Für Dan

ÄGYPTEN UND KANAAN

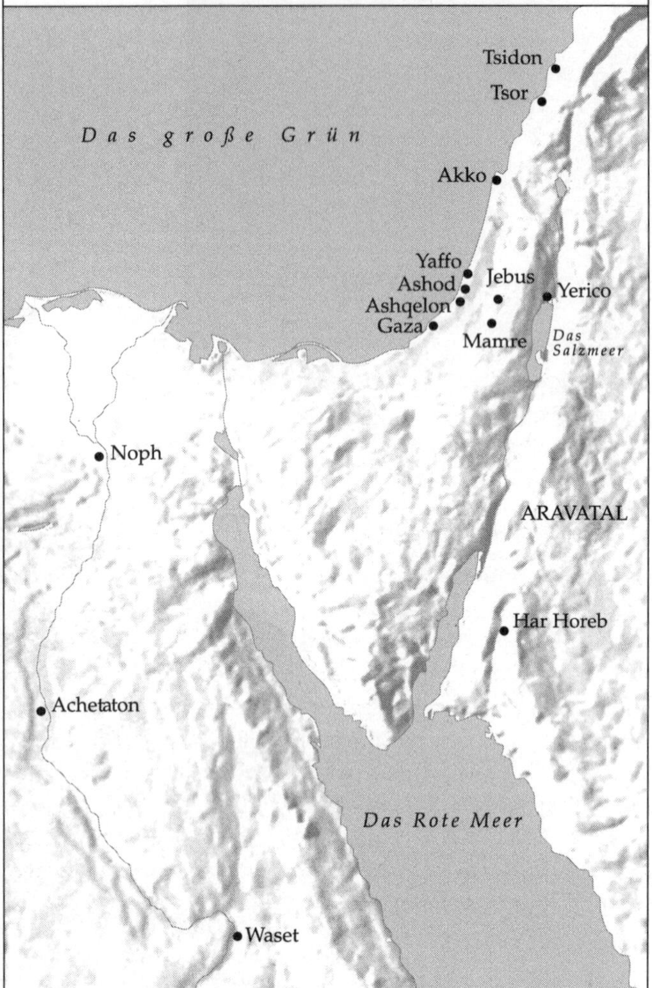

Vorwort

Die Vergangenheit ist bekannt und ausgeleuchtet. Aus dem Schatten gemeißelt wird sie durch Details, die sich allen historischen Aufzeichnungen entziehen. Inwiefern überschattet diese Dunkelheit das, was wir bereits wissen?

Was ist mit jenen Dingen, die nirgendwo verzeichnet sind?

Was ist mit Kriegen, die nie geführt werden? Mit Seuchen, die besiegt werden, ehe sie sich ausbreiten können? Mit Anführern, die einem Anschlag entrinnen?

Sind jene Dinge, die nicht festgeschrieben sind – die nie erzählten Wahrheiten, die Ereignisse, gute wie schlechte, deren Potenzial sich nicht erfüllt –, darum weniger lebendig?

Oder leiht alles, was nicht geschah, dem Geschehenen Gestalt, Form und Glaubwürdigkeit, so wie in der Kunst der negative Raum die Struktur einer Gestalt umreißt?

Letzten Endes sind die Wahrheiten, auf denen wir unser Leben gründen, uns nur zur Hälfte bekannt, weil wir nur jene Dinge sehen, von deren Existenz man uns berichtet.

Erster Teil

1. Kapitel

Ich war kurz davor, im freien Raum zu ertrinken; dann verwandelte sich der freie Raum in Wasser.

Okay, im Wasser zu ertrinken, war wenigstens logisch.

Andererseits konnte mir die Logik herzlich egal sein, falls ich sterben würde.

Sterben?

Ich riss den Mund zu einem Protestschrei auf und schluckte dabei prompt das zuvor erwähnte Wasser. Licht umfloss mich, auf der einen Seite blau getönt auf der anderen rosafarben. Wo ging es hier nach oben? Automatisch strampelte ich vom Blau weg und auf das Rosa zu.

Dann brach ich durch eine lachsfarbene Glasdecke und schnappte nach Luft, die meine Lunge in riesigen Schlucken trank. Um mich herum sah ich nichts als rosafarbenes Wasser unter einem rötlichen Himmel. Was in aller Welt? Dann spürte ich, wie es in meinen Knochen und meinem Blut pulsierte: das Wiedererkennen.

Es gibt ein paar Orte, die man sofort wieder erkennt; dieser hier gehörte für mich dazu. In diesem Wasser hatte ich an fast allen Küsten gespielt: in der Türkei, in Griechenland, Italien, Israel, im

Libanon, in Marokko. Die Farben waren unverkennbar, der Geschmack unvergesslich.

Ich war im Mittelmeer. Die aufgehende Sonne umarmte die mittlerweile blau-schwarze See mit rosa, goldenen und lavendelfarbenen Fingern.

Ich war nicht mehr kurz vorm Ertrinken.

Allerdings war es kaum besser, mitten im Mittelmeer zu treiben, ohne festes Land oder ein Schiff in Sichtweite. Meine Beine bewegten sich wie von selbst und hielten mich dadurch über den Wellen. Bibbernd schwamm ich auf der Suche nach einer wärmeren Strömung durch das Wasser. Ich kreuzte eine und wendete augenblicklich, um dorthin zurückzukehren.

»Dagon sei erhoben!« Ich sah und hörte sie im selben Moment. Bevor ich wegkraulen konnte, flog ein breites, flaches Etwas auf mich zu, das sich über meinen Kopf und meine Arme legte und meine Bewegungsfreiheit einschränkte. Ich zappelte aus Leibeskräften, um mich zu befreien, doch ich saß fest. Ich fluchte, weil ich unter Wasser gezogen wurde und nur meine Beine mich wieder an die Oberfläche zurückbringen konnten. Wie aus weiter Ferne hörte ich Gesang: *»Dagon, Herr des Meeres, wir verneigen uns vor dir.«* Mein Gehirn feuerte immer wieder das Bild ab, das sich mir geboten hatte: ein Kanu mit vier bärtigen Männern in Kleidern. Das Ding über mir zog sich enger zusammen, rutschte tiefer und fesselte auch meine strampelnden Beine.

Diesmal würde ich endgültig ertrinken.

»Dagon, unser Herr, wir bringen –« Den Rest bekamen meine Ohren nicht mehr mit. Wasser brannte in meiner Nase, das altvertraute, salzige Mittelmeerwasser. Ich hätte nie gedacht, dass es einmal das Letzte sein würde, was ich – ich wurde aus meinem Gedanken gerissen, weil jemand meinen Kopf über Wasser zerrte, und zwar an den Haaren, die dadurch halb aus den Wurzeln gerissen wurden.

»Sie ist so schön, wie es dir gebührt. Nimm sie, Dagon –« Das Gesinge ging immer weiter, während ich erst aufkreischte, dann durchatmete und mit aller Gewalt um Beherrschung kämpfte, um meine Pseudoretter nicht zu vertreiben. Ein Erinnerungsfetzen aus

meiner Ausbildung beim Militär warnte mich, dass die meisten Menschen erst bei ihrer Rettung ertranken. *Nicht kämpfen, Chloe. Nicht.* Ich hustete Wasser, und meine Augen tränten, bis die Welt um mich herum verschwamm.

Als ich zum dritten Mal unterging, wurde ich von Armen gepackt. Eine Hand bedeckte meinen Mund, eine andere Stimme beschwor mich, leise zu bleiben und nicht zu zappeln, sie hätten mich gefangen, um mir Ehre erweisen zu können. Ich wollte nicht, dass man mir Ehre erwies, ich wollte freikommen!

Es kostete mich meine gesamte Willenskraft, nicht laut zu schreien, als sie erneut meinen Kopf hochzogen und dabei schon wieder meine Haare als rüden Haltegriff verwendeten. Dann fassten sie mich unter den Ellbogen und hievten mich in ihr Kanu.

»Aus ha-Der-ka-to leuchtet in Schönheit die Liebe Dagons, unseres Herrn«, sangen sie. Der harte Aufschlag meines Körpers auf dem Holz vibrierte in meinem Leib nach, verschlug mir den Atem, lähmte mich einen Moment. Ich konnte nichts sehen, weil mir mein nasses, schweres Haar ins Gesicht hing.

»HaDerkato erfreut das Herz des Herrn des Korns.« Ich hustete noch einen Mund voll Wasser aus und spuckte ihn durch das – Netz? –, in dem ich gefangen war. Ich war stinksauer. Man hatte mich mit einem Netz aus dem Wasser gezogen? Wie einen Fisch? *»Dagon, Herr über das Meer …«* Ich kämpfte darum, Luft zu bekommen. Ich zappelte in meinem Gefängnis, doch dann erlahmten meine Kräfte für einen Moment. Fast zu ertrinken war Schwerstarbeit. Ich war erschöpft.

Ich nieste.

»HaDerkato segnet uns«, sagten sie. *»Dagon, unser Herr, schließt sie in seine Arme.«* Hastig machte ich in meinem Körper Inventur. Alles schien zu funktionieren – Arme, Beine, Rumpf, Hals. Auch wenn mein Kopf sich immer noch irgendwie losgelöst anfühlte, verstand ich, was diese – Seeleute? – sagten.

»Dagon, Herr des Korns, dieses Geschenk bieten wir dir dar …«

Der anbrechende Tag hatte den Himmel blau gefärbt, über uns zogen Schleierwolken dahin. Ich kniff die Augen zusammen und erkannte, dass sie mich hinten im Kanu abgeladen hatten – allerdings war es kein richtiges Kanu, eher ein kleiner Kahn – und ich quer über einer Planke im Heck lag, weshalb meine Füße knapp über dem Wasser baumelten. Im Netz verheddert, wie ich war, konnte ich nur meine Beine, den Himmel und gelegentlich einen Fuß mit Sandale sehen.

Sandalen, Männer in Kleidern.

»Wir flehen dich an, nimm dieses Zeichen unserer Sühne an.«

Meine Augen flogen auf.

»Sie wacht auf!«, rief jemand.

»Wo ist ihr Schwanz?«, fragte eine zweite Männerstimme.

»Haltet sie, ehe sie zurückkehrt!« Das Netz wurde mir heruntergerissen, und die Hände und Füße wurden mir trotz meiner stummen Gegenwehr gefesselt.

Wenn ich zu sehr kämpfte, würde ich über Bord gehen und ganz eindeutig ertrinken. »Schaut ihr nicht in die Augen«, warnte einer. Ich riss den Mund zu einem Schrei auf.

»Bringt sie zum Schweigen, ehe sie Dagon anrufen kann«, sagte jemand. Ich wurde mit salzigen Lumpen geknebelt.

»Bedeckt eure Ohren, hütet euch vor ihrem Blick!«, meldete sich der Nächste zu Wort, ohne dass die Anrufung Dagons auch nur einen Moment unterbrochen wurde.

»Wieso hat sie Beine?«, fragte einer. »Als Gefährtin Dagons müsste sie doch eine Rückenflosse haben oder Bauchflossen oder einen Fischschwanz?«

Einen Fischschwanz? Ich gab meinen Kampf und meine Anstrengungen, den Knebel auszuspucken, auf. Ich drehte den Kopf, wobei der Knebel so an meinen Haaren zerrte, dass ich das Gesicht verzog. Dann sah ich sie kopfüber stehen.

Männer in Kleidern, in gefärbten und bestickten Kleidern, und mit Sandalen. Mit kurzem Haar. Bärten. Und umgehängten Schwertern.

Also gut, Männer in Kleidern. Allerdings hörte ich in meinem Kopf nicht »Also gut«, ich hörte: *»B'seder.«* War das dasselbe?

»Dagon, Erzeuger der Felder ...«

Wer war das? Wo war Cheftu, mein geliebter Gemahl, der einzige Grund meines Hierseins? Ich war unter Männern in Kleidern.

Ich nieste erneut – kein leichtes Manöver unter einem Knebel –, dann sah ich mit großen Augen auf.

Der Himmel war mit einem Mal rot getönt; als ich auf meine Beine und das Wasser darunter schaute, war es ebenfalls rot. Dann begriff ich, dass mein gesamtes Blickfeld von meinen roten Haaren eingerahmt wurde.

»Dagon, Vergewaltiger der Flüsse, Schöpfer der Nixen …«

Ich hatte rotes Haar?

Meine Welt kippte aus den Angeln, und zwar um genau neunzig Grad. Ich hatte rotes Haar! O Gott.

Ein Schauer durchlief mich, während ich mich abmühte, meine Kleider und den Körper darin zu erkennen. Dann spürte ich sie – die Zeugnisse des zwanzigsten Jahrhunderts in dieser ganz offensichtlich vorchristlichen Welt: den Minirock aus Kunstseide, der im Dezemberwind trocknete, die Bügel eines Wonderbras, die gegen meine Rippen drückten. Riemen um meine Fußgelenke, die zu einem Paar lächerlichen Sandalen gehörten. Der Rand einer fluoreszierenden Halskette, die in der Morgensonne in allen Spektralfarben glühte.

Um meinen Hals! An *meinem* Körper!

Ich zwang mich, ruhig durchzuatmen, und versuchte meinen rasenden Puls zur Ruhe zu zwingen. Ich war – wieder – ein Rotschopf mit pergamentblasser Haut und außerdem wie ein Straßenmädchen gekleidet. Und in meinem Kopf waren allein *meine* Gedanken!

Noch ein Dagon-Vers. Dagon. Dagon. Ein König? Ein Gott? Ein Priester? Ich hatte nicht die leiseste Ahnung. Angst schnürte mir die Kehle zu.

Wo war Cheftu?

Der Kahn begann recht flott durch die Wellen zu schneiden. Auf kleinen Booten wird mir sofort speiübel. Und dass ich vor Angst wie versteinert war, besänftigte meinen Magen nicht gerade. Die Gebete an Dagon dudelten dahin wie Kaufhausmusik. Ich nahm meinen Verstand in den Schwitzkasten.

Kein Cheftu, und du bist rothaarig: Das sind ganz neue Regeln.

Ich schluckte die Panik hinunter und überdachte meine Lage.

Erstens, du bist im Mittelmeer aufgewacht. Und zwar *mitten* im Mittelmeer. Dann traf es mich wie ein Schlag: Sie waren keineswegs überrascht gewesen, mich zu finden, offenbar hatten sie nach mir Ausschau gehalten.

»Dagon, Beregner der Ebene, deine –«

Dagon. Dagon. Meine Gedanken entgleisten, denn nun legten wir an einem großen Schiff an, komplett mit Segeln, Rudern und hunderten von Statisten. Lauter Männer in Kleidern. Noch mehr Dagon-Verse. Ich war von irgendwelchen Seeleuten gerettet worden. Von vorchristlichen Seeleuten. Ein Mann warf mich wie einen toten Tunfisch über die Schulter und ich rumpelte gegen ihn, während er sich breitbeinig in dem kleinen Nachen aufbaute. Mein Kopf dröhnte, weil sich das Blut darin staute. Nach einem kurzen Wortwechsel wurde ein Seil herabgeworfen.

»Ist *haDerkato* sicher?«, fragte einer.

Der Gorilla, der mich aufgeladen hatte, klatschte mir auf den Schenkel und rief zurück: *»Ken!* Sie ist sicher, außerdem wird *haYam* uns eine Neue liefern, wenn sie runterfällt.«

Die Muskeln unter meinem Magen spannten sich an, als der Mann sich mit den Händen am Seil hochzuhangeln begann. »Du bist eine ganz schön gewichtige Göttin, *haDerkato*«, schnaufte er.

Ich hatte mich steif wie ein Brett gemacht, um nicht von seiner Schulter zu rutschen: Er hielt mich überhaupt nicht fest! Ich spannte die Beine an und gab mir alle Mühe, nicht ins Schaukeln zu kommen. Grunzend und stöhnend hievte er uns beide an der Schiffswand hoch. Das Meer, die Männer und das Boot wurden immer kleiner unter mir. Plötzlich wehte eine kalte Brise über mich hinweg.

»Passt auf, dass sie euch nicht ansieht«, keuchte der Kletterer, bevor er mich auf ein weiteres Holzdeck plumpsen ließ.

Als ich das nächste Mal die Augen aufschlug, standen alle um mich herum. Männer in Kleidern, mit behaarten Knien und nach Eau de Fisch duftend.

»HaDerkato«, sagte einer von ihnen bedächtig, als würde er zu

einer Ausländerin sprechen. »Willkommen an Bord der *Schlacht in der Morgendämmerung.*«

Unter meinem Knebel hervor verwünschte ich ihn und seine gesamte Sippschaft; mein Kopf drohte gleich zu platzen.

»Sie verflucht dich«, erkannte einer.

Ich sah ihn augenblicklich an, woraufhin alle zurückwichen und die Augen abwandten.

Was zum Teufel wurde hier gespielt?

»Wo ist ihr Schwanz?«, flüsterte einer, der dabei auf meine nackten weißen Beine starrte. Dank meiner Straßenmädchenaufmachung gab es davon reichlich zu sehen. Wieso machten sie sich solche Gedanken um meinen Schwanz? Wie viele Menschen hatten denn schon –

O nein, dachte ich. Sie haben mich aus dem Meer gezogen, sie fürchten sich vor meiner Stimme, sie halten mich für eine Meerjungfrau? Ich konnte nicht anders; die Vorstellung, dass sie mich für eine Sirene hielten, brachte mich einfach zum Lachen, auch wenn ich dabei meinen Knebel durchsabberte. Ich krümmte mich laut heulend zusammen, ohne ihre Reaktion mitzubekommen.

Eine Meerjungfrau? Na super. Priesterin und Orakel war ich schon gewesen. Meerjungfrau noch nie.

Dann wurde ich schlagartig wieder ernst.

Wieso hatten sie mich aus dem Meer gezogen, und wer war Dagon?

Und was sollte das Gerede von einem Sühnezeichen?

Während ein weiterer Vers aus dem Dagon-Song durch mein Gehirn tröpfelte, fiel mir alles wieder ein. Ich war durch den roten Sandsteinbogen getreten, auf dessen Sturz die Worte des Übergangs geschrieben standen, und mein letztes Gebet im Jahr 1996 hatte gelautet: »Bitte, Gott, lass mich Cheftu finden. Gib mir alles, was ich brauche, vor allem seine Sprache, damit ich wieder mit ihm zusammen sein kann.«

»Dagon, Herr des Korns und des Meeres …« Jetzt wurde mir einiges klar! Mir wurde erst heiß, dann eiskalt. Wenn sich dieser Teil des Gebets erfüllt hatte, dann war Cheftu auch hier? Irgendwo?

Nach einem gebrüllten Befehl setzten wir Segel. Immer noch verschnürt wie ein Rollbraten beobachtete ich, wie sich die Segel mit Wind füllten. Ich hörte den langsamen Trommelschlag des Taktgebers, die Riemen quietschten und knarzten, dann nahmen wir allmählich Fahrt auf. Große Schiffe, quadratische Segel und Männer in Kleidern – irgendwie kam mir das alles bekannt vor.

Aber wer war Dagon?

Das Schiff wiegte mich sanft im Rhythmus der Ruderschläge, auch wenn mir vor Verwirrung und Beklemmung der Kopf schwirrte – Knebel sind nicht besonders gemütlich. Dann hörte ich Geflüster. Offenbar glaubten sie, ich würde schlafen.

»Ich verstehe das nicht. Wo ist ihr Schwanz?«, zischelte einer.

»Sie hat ihn nur, solange sie im Wasser ist. Wie sollte Dagon sie sonst zerstampfen können?«

Der Erste schnaubte. »Bist du sicher, dass sie *ha* Fund ist?« Obwohl ich vor diesem Tag noch nie das Wort *ha* gehört hatte, begriff ich zwischen dem Hören und Verstehen instinktiv, dass es sich dabei um »der«, »die« oder »das« handelte. In diesem Fall hatte »der« einen hochachtungsvollen Beiklang, etwa wie in »Der große Gatsby«.

»Sie hat auf *haDerkato* angesprochen, richtig? Außerdem, wer sollte sie sonst sein, am Tage des Fundes mitten in *haYam*, wenn nicht Dagons Auserwählte?«

Ha, der große »Derdiedas«, und *Yam*? *Yam* bedeutete »Meer«. Wieder fand die Übersetzung irgendwo zwischen meinem Ohr und meinem Gehirn statt. Diesmal erklärte mir der innere Dolmetscher nicht nur die Wörter, sondern lieferte auch den kulturellen Kontext dazu. Für diese Menschen brauchte das Mittelmeer keine nähere Bezeichnung, denn es war außer Konkurrenz. Es war »das Meer«.

»Sieh dir ihre Juwelen an; glaubst du, sie könnte von geringerem Stand sein? Niemand außer der Braut des Meereskönigs kann so etwas besitzen. Das Licht des Mondes glüht darin.«

»Und so farbenprächtig«, ergänzte der Zweite nachdenklich.

Offenbar unterhielten sie sich über meinen Neonschmuck. Ich musste mir ein Lächeln verkneifen.

»Sie ist sehr hübsch«, meinte der Misstrauische.

»*Ken.*«

Ich gab mir Mühe, nicht zu erröten.

»Schade, dass sie sterben muss.«

Wie bitte?

»*Ach*, nun ja, Dagon wünscht es eben so.«

»*B'seder.*«

Sie zogen fachsimpelnd ab, während ich liegen blieb und versuchte, mein rasendes Herz zur Ruhe zu bringen. Zu schade, dass ich sterben musste? Was wurde hier gespielt? Ich rang kurz mit meinen Fesseln, in dem irrationalen Versuch freizukommen, auch wenn ich nirgendwohin konnte.

Als es still um mich herum wurde, schlug ich die Augen auf und stellte zu meiner Überraschung fest, dass es dunkel war und wir immer noch segelten. Segelten diese Menschen auch bei Nacht? Die alten Ägypter waren bekannt dafür, dass sie ihre Schiffe in der Abenddämmerung vertäuten, das wusste ich aus eigener Erfahrung. Der Nil war auch so heimtückisch genug, man brauchte das Problem nicht zusätzlich durch mangelnde Sicht zu verschärfen. Doch die Ägypter besaßen auch keine solchen Schiffe.

Hinter meinen Schultern und meinem Rücken machte sich Geschäftigkeit bemerkbar. Die Seeleute hasteten über das Deck, Befehle wurden gerufen – Segel reffen, Schlagzahl verdoppeln, danach, wie vorherzusehen, Anker werfen.

Sterne sprenkelten das Schwarz der Nacht. Die Temperatur war deutlich zurückgegangen, inzwischen war mir kalt. Die Fesseln, die man mir angelegt hatte, wärmten beinahe. Ich lag bibbernd da, während die Männer hin und her eilten. Das Klatschen eines zu Wasser gelassenen Kahns schreckte mich auf. Nur wenige Sekunden später wurde ich auf eine weitere Männerschulter gewuchtet und die nächste Strickleiter hinuntergetragen. Ich machte lieber die Augen zu. Was als Aufstieg bei Tage schon reichlich Nerven gekostet hatte, bereitete mir als Abstieg bei Nacht auf der Schulter eines Seemannes, dessen Alkoholfahne sich aufs Unvorteilhafteste mit seinem Fischgeruch vermengte, Todesangst.

Stehend segelten sie das kleine Beiboot in den Hafen. Konsequenterweise war mein erster Blick auf die Stadt ein auf dem Kopf stehendes Bild zwischen zwei haarigen Knien hindurch. Lichter tupften die Hügel, wodurch die Szenerie zweidimensional wirkte wie die gemalte Kulisse eines Theaterstücks. Wieder sammelte sich das Blut in meinem Hirn, bis mein Kopf im Takt zu seinen Bewegungen pochte. Die Kombination von dröhnendem Schädel, seiner knochigen Schulter in meiner Magengrube und dem Wissen, dass ich mich *kopfunter* auf einem kleinen Boot auf dem kabbeligen Meer befand, bewirkte, dass mir wirklich schlecht wurde.

Gerade als mir der widerwärtige Geschmack warmer Magensäure in den Mund schoss, legten wir, *rums*, an. Fürsorglich wie ein Sack Kartoffeln wurde ich weitergereicht. Wie durch Watte hörte ich, wie die herumstehenden Matrosen und Kaufleute die Männer beglückwünschten, die mich gefangen hatten. Als ich hinten auf einen Karren geladen wurde, klingelten mir immer noch die Ohren. Das Haar hing mir schon wieder ins Gesicht, und der Geschmack der Magensäure hatte meinen Knebel durchtränkt. Ich lag auf der Seite, ohne dass ich mich irgendwie hochziehen konnte. Der Karren rumpelte langsam los, über ausgewaschene Feldwege hinweg. Katzen, was bei unserem Fischgeruch wenig überraschte, schlichen uns nach und schlugen mit den Pfoten nach meinen über die Karrenwand baumelnden Haaren.

Ein Karren. *Denk nach, Chloe, vielleicht kommst du ja drauf, wo du bist.* Wieso zum Teufel sollte das eine Rolle spielen?, nölte ich vor mich hin. Cheftu ist nicht da, wenigstens noch nicht, und ich stecke in meinem eigenen Körper, ohne irgendeinen geistigen Fremdenführer für diese Gegend. Und damit nicht genug, man hat mich auch für irgendein Opfer ausersehen.

Das Wort *Sühne* ließ mich einfach nicht los. Ich hatte zu viele Sommerferien in der Bibelschule verbracht, um nicht nervös zu werden. Sühnen musste man für etwas, das man falsch gemacht hatte, und man tat es in dem Versuch, wieder in Gnade aufgenommen zu werden.

Trotz alledem fiel mir auf, dass ich hinten in einem dem Streitwagen ähnlichen Zweimannkarren lag. Ich konnte nicht feststellen, wie viele Pferde uns zogen, ich konnte sie nicht sehen. Doch irgendwie passte alles zusammen. Männer in Kleidern, Sandalen, Götter und Streitwagen.

Ich war wieder im Altertum.

Ganz bestimmt war Cheftu irgendwo in der Nähe. Ganz bestimmt. Ich musste nur die Augen aufhalten –

Das Gefährt bremste so unvermittelt, dass ich in den Dreck hinunterkugelte. Ich spürte, wie ich mein Gesicht und meine Schulter aufschürfte. Am liebsten hätte ich losgeheult; ich war noch keine vierundzwanzig Stunden hier, und schon bekam ich die ersten Verletzungen ab. Ganz zu schweigen davon, dass ich müde, hungrig und durcheinander war.

Der nächste Kerl warf mich über die Schulter – allmählich begann meinem Magen diese Behandlung ernsthaft aufzustoßen – und trug mich von dem Karren weg in ein Gebäude. Plötzlich änderte sich der Untergrund, genau wie das Licht, der Geruch und die Geräusche. Er ließ mich fallen, wobei ich so laut mit dem Schädel auf den Boden knallte, dass ich den Widerhall hören konnte.

Der Lärm um mich herum entfaltete sich allmählich in verständliche Worte. Ich hörte eine Frau. »Du sollst sie doch vorsichtig absetzen!«, schrie sie ihn an. »Sie ist kein Fisch!«

»Ich war vorsichtig«, verteidigte er sich.

»Hoffentlich hast du sie nicht umgebracht, das würde alles nur noch schlimmer machen!«

Er brummelte etwas, doch was genau, konnte ich unter meinen Kopfschmerzen nicht verstehen. Sie jagte ihn hinaus und beschimpfte ihn als Tölpel und Affen. Kühle Hände tasteten mich ab. »Meeresherrin, er wird bestraft werden. Er ist nur ein Seemann; seine Eltern waren Seeigel! Bitte mach uns keine Vorwürfe.«

Ein Kissen wurde unter meinen Kopf geschoben – das tat weh. Das Haar wurde mir aus den Augen gekämmt – auch das tat weh. Meine Fesseln wurden durchgeschnitten, sodass das Blut in meine Glieder zurückströmte und auch sie wehtaten. Gesicht und Schulter wurden gewaschen und mit einer Salbe beschmiert – was wehtat. Ich merkte, wie sich Tränen unter meinen Wimpern hervorquetschten.

Stille senkte sich herab, gesegneter Friede. Nachdem das Pochen in meinem Körper abgeflaut war, klappte ich vorsichtig ein Lid hoch.

Heilige Isis, ging das schon wieder los?

Ich wollte doch nur eines – Cheftu finden und mit ihm zusammen sein. Stattdessen war ich in einem Tempel gelandet, wie ich ihn nie zuvor gesehen hatte, der sich jedoch durch seinen Geruch, seine Anlage und … die sieben Meter hohe Statue eines Meeresgottes auszeichnete, vor deren, äh, Schwanz man Essen, Gold und Juwelen ausgestreut hatte.

Dies war kein ägyptisches Kunstwerk. Und auch kein aztlantisches. Und es war weder griechisch noch römisch. Um mich herum erhoben sich Säulen, die eine nur etwa zwei Meter hohe Wand stützten. Die Luft war von Räucherwerk gesättigt und stank wie die Pest nach … Koriander? Verbranntem Koriander? Der scharfe Geruch ließ meine Kindheit in Marokko wieder wach werden. Ganz eindeutig Koriander.

Die Farben entsprachen den Tönen des Meeres und des Himmels, Blau und Grün, die wie Wasserfarben ineinander verliefen. Ein Flechtmuster zog sich um die Säulen herum und setzte die Decke ab. Der Boden bestand aus einem Mosaik von Muscheln und farbigem Sand. Der Raum wirkte ausgesprochen hübsch, sehr friedlich und beruhigend.

Wo befand sich dieser Tempel? Mein Kopf pochte immer noch, doch die Übelkeit hatte sich gelegt. Ich lag auf dem Rücken, und zwar oberhalb einiger Stufen. Links von mir stand das Götzenbild.

Es war aus einem einzigen Marmorstück geschnitten. Allerdings war es auf Bauchhöhe und an beiden Armen mindestens dreimal gebrochen. Stein muss sehr teuer sein, dachte ich, während ich den Götzen betrachtete. Wieso hätten sie sonst ein derart fehlerhaftes Stück genommen? Er war ziemlich schlicht und grob zurechtgehauen, durchaus als Meereskönig erkennbar, aber nichts, was die Kunstwelt in Aufruhr versetzen würde.

In den Sockel der Statue hatte man Zeichen eingeschnitten. In einer untergegangenen Sprache. Im nächsten Moment bildeten sich die entenfußartigen Keilzeichen in Buchstaben um, die ich verstand. *Dagon, Herr des Donners, König des Meeres, Herrscher über das Kornfeld, Vater Ba'als, Geliebter Derkatos.*

Dieser Meereskönig war also Dagon?

Wie passte das damit zusammen, dass ich Cheftu wieder treffen würde? Wäre ich sonst hier, in meiner eigenen Haut, wenn meine Gebete nicht erhört worden wären? Ich hatte mich auf die Suche nach ihm gemacht. Statt ihn zu finden war ich jedoch aus dem Mittelmeer geangelt und in einem Tempel abgeladen worden. Vielleicht war Cheftu ja ein Fischer; oder ein Priester?

Das wäre allerdings eigenartig. Cheftu war bisher immer Ägypter geblieben. Und er war jedes Mal aus Ägypten gekommen. Andererseits war ich bisher jedes Mal jemand anderes gewesen, und diesmal war ich ich selbst. Meine Erfahrungen – von denen ich zwei äußerst lebhafte und lebensverändernde gehabt hatte, bei denen ich in der Zeit zurückgereist und in die Geschichte eingetreten war – hatten mich gelehrt, dass ich jedes Mal in einer anderen Person, in ihrem Körper, ihrer Stimme, ihrem Leben landete; ich schlüpfte dabei in die Haut einer Frau aus dem Altertum wie in einen Mantel.

Jetzt fühlte ich mich benommen, denn plötzlich war alles ganz neu – selbst die Regeln hatten sich geändert. Dennoch war ich trotz aller Unterschiede wieder durch die Zeit gereist. Ich sah auf das rote Haar, das über meine weiße Schulter fiel; diesmal hatte ich keinen Mantel. *Hallo?*, fragte ich in mein widerhallendes Cranium hinein. *Ist da jemand? Ju-hu!*

Würde Cheftu so aussehen wie immer? Bisher war es jedes Mal so gewesen. Diesmal wäre es an mir, ihn zu erkennen, denn in meinem Neuzeit-»Mantel« hatte er mich noch nie gesehen.

»Meeresherrin *Derkato*, wünschst du eine Erfrischung?«

Ich sah auf und erblickte ein junges Mädchen mit gesenktem Kopf, dessen Kleid mit Schuppen aus Stoff besetzt war. »Wasser«, antwortete ich, weil ich allem anderen misstraute. Ich glaubte nicht, dass man mich vergiften wollte, aber sicher war ich mir da nicht.

Sie schaute zu mir auf, zog dann den Kopf ein und wich wieder zurück. Im Unterschied zu den Menschen in den beiden anderen

Kulturen, in denen ich gelebt hatte und wo schwarze Haare und dunkle Augen die Norm gewesen waren, war dieses Mädchen honigfarben. Obwohl sie eher groß war, wirkte sie zugleich zierlich. Langes, gerades Haar, braun-golden wie ihre Augen, hing ihr in kunstvollen Zöpfen bis zur Taille herab. Sie glänzte wie blank poliertes Holz.

»Bitte«, rief ich ihr nach. Ich dachte zwar »Bitte«, doch aus meinem Mund kam *B'vakasha*. Bedeutete das in dieser Sprache »Bitte«? Ich ließ mich auf den Mosaikboden sinken und starrte zur Decke hoch. Ein Flachdach mit Fensteröffnungen; wie schön, an einem Ort zu sein, wo mir wenigstens die Architektur bekannt vorkam.

Ich war im Mittelmeerraum. In einem Tempel Dagons. Als Meerjungfrau/Göttin, der der Tod bestimmt war. Als ich die Hand hob, um mir die Haare hinter das Ohr zu schieben, sah ich das Neon auf meinem Arm. Ich glühte.

Neon. Die Priesterin RaEmhetepet, die während der vergangenen zwei Jahre in meinem Körper gelebt hatte, war im Jahr 1996 in ihrer gewohnt vulgären Aufmachung – die ich nun am Leib trug – auf ihrem Weg zu einem Ramadan-/Weihnachtsfest gewesen, als sie durch das Portal getreten und in die Vergangenheit gesogen worden war. Oder so ähnlich, vermutete ich. RaEm hatte in der Neuzeit für Neonfarben und elektrischen Strom und Glitzerkram geschwärmt, weshalb ich nun glühte wie eine Außerirdische aus einem Billigfilm.

»Meeresherrin, dein Wasser.« Das Mädchen glitt heran, stellte eine Muschel gefährlich schief auf dem Boden ab und zog sich mit aufmerksamer Miene zurück. Erwartete sie, dass ich das Wasser aufleckte? Dass ich die Muschel an meine Lippen setzte und leerte?

Es handelte sich hierbei um eine Frage der Etikette. Ich hätte gut eine »andere« gebrauchen können.

Bei meinen beiden vorangegangenen Zeitreisen war ich jedes Mal in den Körper einer Frau aus der entsprechenden Epoche getreten und hatte dadurch Zugriff auf ihr kulturelles Wissen, die Sprache und einige Erinnerungen gehabt. Diese Verbindung zwischen dem Geist der eigentlichen Körperinhaberin und meinem eigenen hatte ich »die andere« genannt. Jetzt war ich anderslos.

Ich war auf mich selbst gestellt. Was bedeutete das?

Wenn du nicht mehr weiter weißt, dann spiel ihnen was vor, Chloe.

Ich hob die Muschel an, um daraus zu trinken.

Stattdessen spuckte ich aus. Salzwasser? »Frisches Wasser«, stellte ich klar, nachdem ich meinen Mund mit dem Handrücken abgewischt hatte.

»Meeresherrin, vergib mir!«, heulte das Mädchen auf, wobei es auf die Knie fiel und sich auf die Brust schlug. »Zeige Nachsicht! Bitte verfluche uns nicht! Ich dachte, du brauchst Salzwasser! Bitte lass deinen Zorn an mir aus, doch verschone mein Volk!«

Ihre Wimpern waren etwa einen halben Meter lang und geschwungen. Ihr Gesicht war von einer babyhaften Unschuld, doch ihr Körper war schon beinahe der einer Frau. »Wer bist du?«, fragte ich.

»Tamera ist der Name, den mir die Göttin gegeben hat.«

»Welche Göttin?« Gab es mehr als eine?

»Die große Göttin, Meeresherrin. Astarte.« Sie sah auf. »*B'vakasha*, verfluche uns nicht.« Sie sah so aus, als würde sie sich gleich wieder auf die Brust trommeln.

Sie verfluchen? Wegen einer Muschel voll Salzwasser? »Ich, äh, ich will Milde zeigen«, sagte ich. Sie kroch auf dem Bauch zu mir her und küsste dabei den Mosaikboden zu meinen Füßen. Erst fesselten und knebelten sie mich, und jetzt hatten sie Angst, ich könnte sie wegen einer Muschel voll Salzwasser verfluchen? Was für eine Logik steckte dahinter? »Hol mir frisches Wasser«, sagte ich. »Und dann erzähl mir von deinem Volk, das du retten möchtest.« Ich gab mich herrisch, aber nicht unhöflich.

Dank murmelnd, zog sie sich rückwärts zurück und lief schließlich aus dem Raum.

Sekunden später kehrte Tamera zurück, diesmal mit einer Tonschale. Sie war groß, flach und mit stilisierten Vögeln, Vierecken, Kreisen und Fischen dekoriert, wodurch sie an ägäische Fundstücke erinnerte. Das Wasser war kalt und erfrischte. Ich nahm einen

Schluck und fragte mich, ob es hier wohl so etwas wie Aspirin gab. Mein Schädel würde mich noch umbringen.

»*HaDerkato* muss in Ehren gehalten werden, was also fordert sie von mir?«, fragte Tamera wieder mit gesenktem Kopf.

»Die Männer, äh, von denen ich mich fangen ließ, wohin waren die unterwegs?«

Sie sah mich an und runzelte dabei ein wenig die Stirn. »Es ist der Tag des Fundes, *haDerkato*. Sie haben von Gaza aus Segel gesetzt. Während der Fahrt haben sie ständig um eine würdige Gefährtin für Dagon gebetet. Eine *Derkato*, die er lieben kann. Sie sind zu uns nach Ashqelon gesegelt, da das Fest hier stattfindet.« Tamera lächelte zaghaft. »Dagon muss sehr zufrieden sein, schließlich hat uns *haYam* dich geschenkt!«

Die Worte flogen mir an den Kopf, während ich darum rang, sie zu begreifen. »Habt ihr da draußen noch jemanden gefunden?«, fragte ich. Vielleicht war Cheftu auf die gleiche Weise angekommen. Dann drang der Rest dessen, was sie gesagt hatte, in mein Bewusstsein vor. »Hast du Gaza gesagt? Ashqelon?«

»*Ken, haDerkato.*«

Gaza – wie in Gazastreifen? Ashqelon – das war eine berühmte ehemalige Philisterstadt in Israel! Meine Mutter hatte in Ashqelon gearbeitet, vor langer Zeit und in ferner Zukunft.

»Meeresherrin, du bist die Einzige, die *haYam* uns geschenkt hat.« Tamara zog die Stirn in Falten.

Die Puzzleteile in meinem Kopf fügten sich in Windeseile zusammen, und die Erkenntnisse hämmerten auf mich ein: Ich war in Israel? Waren das hier Philister? Cheftu war nicht aufgefischt worden? »Und dieser Tempel hier ist… wo?«

»Wir sind in Ashqelon, Meeresherrin.«

»Wieso haben diese Leute jemanden für Dagon gesucht?« Ich nahm einen Schluck Wasser und hoffte dabei, dass die letzte aufgefischte Meeresherrin genauso wissbegierig gewesen war. Sollte ich, als Hauptfigur ihres Rituals, nicht bereits Bescheid wissen?

Wieder runzelte sie die Stirn. »Das ist so Tradition, Meeresherrin.« Tamera sah auf die Hände in ihrem Schoß und zwirbelte an den Stoff-»Schuppen« an ihrem Rock. »Dagon war sehr wütend auf uns.«

Daher der Begriff *Sühne*, erkannte ich. »Wie kommst du darauf?«

»Das Meer ist wie Blut, Meeresherrin. Wir glauben, dass das so ist, weil die Hochländer in der letzten Schlacht unsere Teraphim geraubt und verbrannt haben.« Sie sah wieder zu mir auf. »Wir haben Angst, dass ohne das richtige Opfer Dagon die Getreideernte nicht segnen wird.«

Opfer. Bei dem Wort stellten sich meine Nackenhaare auf. »Wie genau nimmt, äh, Dagon sein Opfer entgegen?«

Tamera lächelte. »Meeresherrin, das braucht nicht deine Sorge zu sein! Du bist unsere geliebte Herrin!« Sie erhob sich strahlend. »Möchtest du etwas essen? Trinken? Möchtest du ein wenig mit Dagon allein sein?«

Ich dachte an die Marmorstatue, die über uns aufragte. Was erwarteten sie eigentlich, wenn sie Dagon und mich allein ließen? »Das ist nicht nötig«, lehnte ich ab. »Sag, wann erntet ihr das Korn?«

Tamera runzelte wieder die Stirn; ihr Gesicht kannte genau zwei Ausdrucksformen. Lächeln oder Stirnrunzeln. »Die Ernte ist erst in einigen Monaten, Meeresherrin. Aber wir müssen das Saatgut aussuchen, und dazu brauchen wir den Rat Dagons, des Erzeugers des Feldes.«

Ein paar Fragen später hatte ich begriffen, dass gutes Saatgut mit einer guten Ernte gleichzusetzen war. Falls Dagon ihnen seine Weisheit nicht zuteil werden ließ, würden sie möglicherweise schlechte Samen einpflanzen und ein ganzes Jahr lang hungern müssen. »Wenigstens habt ihr Fisch«, meinte ich und spürte unverzüglich den steinernen Blick des Meerkönigs auf mir.

Tameras Honigaugen wurden groß wie Teller; sie war fassungslos. »Meeresherrin, wie könnten wir heilige Speisen essen? Lieber würden wir sterben! Die Wesen der Tiefe gehören nur dir, Dagon, den Göttern und Göttinnen! Wir sind sterblich, wir würden das nicht wagen.«

»Ihr habt es doch gewagt, mich aus dem Meer zu ziehen«, wandte ich ein.

Sie fiel auf die Knie; dieses Mädchen hatte heute Abend bestimmt blaue Kniescheiben. »Du bist ein Geschenk des Meeres. Nur du wirst Dagon umstimmen können.«

Fesselten und knebelten sie alle ihre Geschenke aus dem Meer? Wie sollte ich Dagon umstimmen, wenn sie mich opferten? Merkten sie eigentlich, wie unlogisch ihre Religion war? »Ist Dagon, ähm, sehr schwierig?« Ich überlegte, wie ich noch mehr über ihn erfahren konnte. Der Mann hatte nur einen Fischschwanz, ein Großteil der bekannten Probleme zwischen Mann und Frau war damit praktisch hinfällig.

Wechsel von Lächelgesicht zu Stirnrunzelgesicht. »Er und sein Sohn Ba'al haben in diesem Winter oft gekämpft«, sagte sie. »Und dabei zerstören sie uns.«

Bah-Aal? Dagons Sohn? Ich presste die Hand gegen den Kopf und versuchte, trotz meiner kreischenden Kopfschmerzen etwas zu verstehen. »Wieso das denn?«

Sie seufzte ein wenig gereizt angesichts der Lücken in meinem göttlichen Wissen. »Ba'al schleudert seine Blitze und setzt damit Dagons Felder in Brand.« Wenn man die Religion aus ihrer Antwort dividierte, handelte es sich wahrscheinlich um massive Gewitter, Meeresstürme und großflächige Missernten. Und diese Menschen versuchten die Probleme dadurch in den Griff zu bekommen, dass sie keine Fische aßen.

»Das Meer kocht«, fuhr sie fort, »es zermalmt unsere Boote und überlässt uns wehrlos den Kemti, den Kefti und den Tsidoni.«

Mein Herz pochte wie wild. Kemt war die ägyptische Bezeichnung für Ägypten. Das hatte ich auf meiner ersten Zeitreise gelernt. Allerdings war mir neu, dass die Ägypter Eroberungsfeldzüge führten.

Ein neuer Gedanke traf mich mit fast derselben Wucht, mit der mein Kopf vorhin auf dem Mosaikboden aufgeschlagen war: Wenn ich in der Nähe von Gaza war – und das war Ashqelon in der Neuzeit –, dann lag Ägypten südlich von mir. Cheftu war immer ein Ägypter gewesen. Bedeutete das, dass ich nach Süden musste? Würde ich ihn dort finden? Natürlich beruhte all das auf der Annahme, dass Cheftu sich tatsächlich in dieser Epoche aufhielt.

Doch immerhin war ich hier gelandet und sprach die hiesige Sprache, deshalb schien diese Annahme nur vernünftig. Bitte, lieber Gott.

Ich wusste auch, dass Kefti die ägyptische/aztlantische Bezeichnung für die Menschen aus Kaphtor war. Aus Kreta. Sie lebten von den Philistern aus gesehen jenseits des Mittelmeeres, im archäologischen Sinne gesprochen. Wenn die Kefti immer noch auf Kreta lebten, war ich dann in der Zeit vor- oder zurückgereist? Als ich die letzte Epoche verlassen hatte, jene, in der ich als Orakel gelebt hatte, war die damalige Kultur so ziemlich zur Hölle gefahren, Fegefeuer und Schwefeldampf inklusive.

Der Name Tsidoni sagte mir hingegen gar nichts. Süden und Westen hatte sie genannt. Wenn wir am Mittelmeer waren, in der Nähe des neuzeitlichen Gaza, wo kamen dann die Tsidoni her?

»Die Hochländer haben Ba'al entweiht und Dagon beleidigt.« Tamera sah zu dem Meereskönig hin. »Dafür bestraft er uns. Wir waren nicht stark genug. Wie Narren haben wir ihren Worten vertraut.«

»Hochländer?«, wiederholte ich. Allein der Begriff warf meine gesamte Theorie über den Haufen. Highlander? Schotten? Männer im Kilt und mit Dudelsack? Am Mittelmeer? Das passte einfach nicht zusammen. War mein historisches Wissen, waren meine Kenntnisse über die Kulturen wirklich so bruchstückhaft? Ich meine, ich hatte in meiner Kindheit mehr über Laurence von Arabien erfahren als etwa über George III., aber war ich wirklich derart ignorant? Ich fuhr mit der Hand über mein Gesicht; was hätte ich nicht für ein wenig Excedrin gegeben.

Tamera sah mich verständnislos an. »Wir kämpfen schon seit Jahrzehnten gegen sie. Jetzt kommt bald der Frühling und damit die Zeit der neuen Schlachten.«

Das war alles schrecklich traurig, doch was hatte es mit mir zu tun? Ich war nie in Ashqelon gewesen, nicht einmal in der Neuzeit. Ob es im alten Palästina oder Israel lag, war mir einerlei. Ich war hier, um meinen Mann zu finden und... was eigentlich? Über diesen Teil der Gleichung hatten Cheftu und ich nie wirklich gesprochen. Was hielt das Leben für uns als Paar bereit? Doch diese Antwort konnte warten. Ich musste hier raus. Krieg und Sühne waren zwei triftige Gründe für einen schnellen Aufbruch.

»Meeresherrin, begreifst du jetzt, warum es so wichtig ist, dass du hier bist? Wieso es ein solcher Segen ist, dass wir dich gefunden haben? Du kannst dich für uns einsetzen.«

»Wie soll ich mich denn«, erwiderte ich, während ich mich zugleich fragte, ob sie mich nun für sterblich oder für göttlich hielten, wie viele Göttinnen sie pro Jahr wohl auffischten und welche unglückselige Schwimmerin ihnen beim letzten Mal ins Netz gegangen war, »bei einem Gott einsetzen können?«

»Du bist ihm die Liebste von seinen Nixen, du bist eine Göttin, nicht wahr? Dir schenkt er den Reichtum des Meeres, Schätze, wie ich sie noch nie gesehen habe. Du musst seine allerliebste Konkubine sein.«

Ich sah auf mein noch glühendes Neonarmband und bemerkte dabei, dass ich immer noch die Halskette trug, die unzählige Male um meinen Hals gewunden war. Von Grün über Blau und Lila bis hin zu Rosa und Orange war das ganze Farbenspektrum darin vertreten. Das Glühen war ein wenig verblasst, doch es machte immer noch was her.

Das wollte nicht in meinen Kopf. Man hatte mich aus dem Meer gezogen, damit ich Dagon bat, diesen Leuten nicht die Luft abzudrehen; tatsächlich war ich ein Geschenk an ihn, und dabei kannte ich ihn bereits? »Bi-bin ich eine Geisel?«, stotterte ich. Ihre Miene erstarrte, denn in diesem Moment war vor dem Tempel ein Schrei zu hören.

»Ich will sie sehen!«, wiederholte die Stimme. »Ich bestehe darauf!« Diese Stimme duldete keinen Widerspruch. Ihr folgte ein Körper, eine gewaltige Frau, die auf mich zusteuerte wie ein Dampfschiff auf ein Holzfloß. Tamera – dieser Angsthase – floh und ließ mich allein mit dieser Erscheinung zurück.

Und was für einer Erscheinung.

Sie war fast so breit wie hoch, hatte kunstvoll frisiertes und gelocktes schwarzes Haar und stechende Augen, die wie Kalamataoliven in einer Pfanne von safranfarbenem Teig lagen, aus dem nur eine Hakennase und ein Knubbelkinn herausragten. Sie gleißte vor Gold, roch wie ein Gemüsegarten und trug das absolut hässlichste Zimtbraun, das ich je gesehen hatte.

Doch sie hatte Ausstrahlung.

Ich streckte das Kinn vor; mir waren schon mehr mächtige Frauen begegnet. Ich war Dagons liebstes Knuddelchen. Ich würde es schaffen. Ich war eine Geisel?

»Was heißt das, du –«, setzte die Frau an.

»Auf die Knie, Sterbliche«, dröhnte ich mit meiner besten tiefen Meeresherrinnenstimme. Sie sah mich zornig an und ging dann langsam in die Knie. Hinter ihr kamen Sklavinnen hereingelaufen, die für jedes Knie ein Kissen bereitlegten und die Frau bei den Handgelenken hielten, während sie sich herabsenkte. Sie spielte mir etwas vor – doch sie gehorchte mir.

Was sagt man über die Macht? Sie macht bestechlich, und absolute Macht macht absolut bestechlich. Ich war noch keine zwei Minuten lang Göttin, und schon war ich dabei, meine Befugnisse zu überschreiten.

»Meeresherrin!« Ihr Ton war nur wenig respektvoller als zuvor. Ich bedeutete ihr fortzufahren. »Hochländer bedrängen uns aus dem Osten, doch Dagon schweigt, und Ba'al verschließt sein Ohr vor unseren Sorgen! Wir haben um Gnade für die Zerstörung der *Teraphim* gebetet! Was müssen wir tun, damit du eingreifst?«

»Und wer«, wollte ich von oben herab wissen, »bist du?«

Sie sträubte sich sichtlich. »Takala-dagon, Königin der Pelesti, die königliche Witwe.«

Ach. Ich lächelte verlegen.

»Wie viele meiner Söhne muss ich noch verlieren, ehe dein Mutterherz meine Gebete erhört?«

Ein Dolmetscher wäre ganz praktisch gewesen. Was in aller Welt war ein Terra-fiem? Wieso stellte die Königin mir solche Fragen? »Welcher Sohn sitzt zurzeit auf dem Thron?«, fragte ich. »Die Königsfamilie zu sein, ist eine Last für eure Sippe?«

»Meine Söhne haben ihr Leben gegeben, weil Ba'al und Dagon uns nicht verteidigen wollen!«, brauste sie auf.

»Und« – wieso hilft mir denn keiner?, beschwerte ich mich beim Universum im Allgemeinen – »die Hochländer greifen aus dem Osten an?« Östlich des Mittelmeeres – aus dem neuzeitlichen Jordanien?

Plötzlich verwandelte sich mein Gehirn in ein Klassenzimmer: Das Licht wurde gedämpft und ein Overheadprojektor eingeschaltet. Ein Bild der Stadt, weiß gekalkt, größtenteils rechtwinklig um ein Hafenbecken herum angelegt, wurde plötzlich dreidimensional, da der Blickwinkel immer höher stieg, bis ich schließlich aus der Vogel- oder eher Astronautenschau auf die Küste sah.

Keilförmige Buchstaben fügten sich zu Namen zusammen. Im Süden Ägypten; Gaza, Ashdod, Ashqelon, Yaffo und Qiselee an der Küste. Weiter nördlich eine kleine vorgelagerte Insel namens Tsor und eine weitere Stadt namens Tsidon.

»Yamir-Dagon ist ein guter Herrscher«, sagte sie. »Doch ich möchte, dass er vor seinem Tod noch Vater wird! Was tut Dagon uns an? Was will er von uns? Wieso erhört er uns nicht?«

Mein Gehirn arbeitete auf Hochtouren, um die für einen Sekundenbruchteil aufblitzende Landkarte zu verarbeiten. Ich mühte mich immer noch ab, die einzelnen Orte einzuordnen, als zwei weitere Namen auf der Karte erschienen, die alles ins rechte Licht rückten.

Und bei denen mir kalter Schweiß ausbrach.

Der Jordan. Das Tote Meer.

Heilige, heilige, heilige Scheiße! Ich war tatsächlich in Israel! Oder hieß es noch Palästina? Waren das hier die Philister? Die Städtenamen hatten sich nie verändert, ich konnte mich also in jeder beliebigen Epoche befinden. Jeder beliebigen Epoche des Altertums.

O Gott, wo steckt nur Cheftu? Mehr will ich gar nicht wissen, ich will ihn einfach nur finden und von hier verschwinden.

»Hast du nie einen Sohn verloren?«, fragte die wohlbeleibte Dame vor mir. Ich starrte sie an und fuhr währenddessen im Geist Karussell: Tat das Wann und Wo etwas zur Sache? Ich schüttelte den Kopf. Takala-dagon ließ die Hände sinken und senkte den

Kopf, woraufhin ihre gesamte Haltung schlagartig absolute Hoffnungslosigkeit ausstrahlte.

Auf der Stelle bekam ich ein schlechtes Gewissen. Sie war, aller Großspurigkeit zum Trotz, auch nur ein Mensch. Sie hatte Söhne verloren. Sie glaubte irrigerweise, ich könne ihr irgendwie helfen. Woher sollte sie wissen, dass ich eine sechsundzwanzigjährige angloamerikanische Zeitreisende war, deren einzige Aufgabe darin bestand, ihren Ehemann zu finden und ihr früheres Leben wieder aufzunehmen? Ich war keine Meeresherrin, die einen Gott umstimmen konnte. »Ich kann mir deinen Kummer nicht einmal ausmalen«, sagte ich in der Hoffnung, den Schlag abzumildern, den ich ihr versetzt hatte.

Sie hob den Kopf. Ihre tief liegenden olivenschwarzen Augen waren schwer geschminkt und voller Tränen. »Die Hochländer nahen schon wieder«, sagte sie. »Ich weiß nicht mehr, wie viele Bittschreiben wir schon nach Ägypten gesandt haben, wie oft wir Pharao schon angebettelt haben, für uns zu sprechen. Der König, mein Sohn, verlangt unnachgiebig, dass wir wieder in den Krieg ziehen. Wir müssen nach der Zerstörung unserer *Teraphim* unser Gesicht wieder gewinnen.« Ihr voluminöser Brustkasten dehnte sich unter einem Seufzer noch weiter. Die Ketten auf ihrer Haut begannen bei der Bewegung zu tanzen und fingen die durch die Fensteröffnungen hereinsickernden Strahlen der Wintersonne ein.

Bei dem Wort *Ägypten* hatte ich die Ohren gespitzt. Würde ich so vielleicht zu Cheftu geführt? »Vielleicht schickt Pharao uns ja einen Gesandten?«, fragte ich.

»Seit Jahren bitten wir schon darum. Doch Ägypten schert sich nicht darum, was außerhalb seiner Grenzen geschieht.«

Da ich selbst als Ägypterin gelebt hatte, wusste ich, dass das der Wahrheit entsprach. »Können wir die *Teraphim* nicht ersetzen? Dann bräuchte niemand in die Schlacht zu ziehen. Vielleicht könnten wir etwas mit ihnen aushandeln?« Wo ich schon hier war, konnte ich genauso gut Vorschläge machen.

Sie schüttelte den Kopf. »Verhandlungen sind so gut wie ausgeschlossen. Ihr Berggott labt sich an Blut. Die Hochländer machen keine Gefangenen; sie nehmen keine lebende Beute; Krieg ist für sie *Herim.* Alles und jedes muss sterben; das ist *Hal.*«

Hering? Hall?

Auf einer Schultafel in meinem Kopf wurde mir das Wort buchstabiert: *H-a-l.* Allerdings wurde es erst in Keilschrift niedergeschrieben, dann in einem Hühnergekrakel, das ich nicht zu lesen vermochte, bis es sich in Englisch verwandelt hatte. Was war *Hal*?

Als würde eine Seite aus einem Wörterbuch kopiert, erschien die Antwort auf der Tafel: *Hal = Die absolute Hingabe an Gott durch Zerstörung in einem heiligen Krieg,* Herim *genannt. Alle die den* Herim *überleben, werden* Hal.

»Alle«… langsam wurde mir klar, was das bedeutete. Also galt das auch für Menschen?

Hal = Menschen und ihr Besitz.

Ups!

Das Schweigen hielt an. Takalas Knopfaugen bohrten sich in meine. Menschen und ihr Besitz? Ich sah sie wieder an. »Was wollt ihr von mir? Was kann ich tun?«, stellte ich klar.

»Für uns sprechen«, antwortete sie.

»Bei Dagon?«

Ihr Blick war einer von jenen, die eigentlich ungezogenen Kindern und absoluten Idioten vorbehalten sind. Man konnte den Eindruck bekommen, dass aus ihrem Blickwinkel nur die wenigsten Menschen in keine von beiden Kategorien fielen. »*Lo*, du sollst den Herrscher der Hochländer umstimmen, wenn er eintrifft.«

Umstimmen? So wie Mata Hari es tun würde oder so wie Winston Churchill es tun würde?

»Man sagt, er sei hochfahrend, doch auch klug«, erläuterte Takala. »Er hat ein Auge für Frauen im Allgemeinen.« Sie musterte mich von Kopf bis Fuß. »Gut, dass du keinen Schwanz hast«, murmelte sie. »Man munkelt, sein Haar habe die gleiche Farbe wie deines, also wird er sich vielleicht zu dir hingezogen fühlen wie zu einer Schwester.«

Schwester im ägyptischen Sinne, wo das Wort gleichzusetzen war mit »Geliebte«? Oder einer natürlichen Schwester, weil wir dieselbe Haarfarbe hatten? Mein Schädel begann wieder zu dröhnen. »Ihr wollt nur, dass ich zu ihm gehe?«

Sie fuchtelte mit den Händen nach ihren Sklaven, damit sie ihr aufhalfen. Takala stemmte die Hände in die ausladenden Hüften. »Du kommst mir vor wie eine einfache Sterbliche«, urteilte sie. »Doch falls du wirklich eine Göttin oder eine Meeresherrin bist, dann wirst du diesen Dadua der Hochländer mit deinen Reizen betören. Andernfalls wird niemand mehr da sein, der dich oder deinen fischschwänzigen Geliebten verehrt, weil die Pelesti dann vom Angesicht der Erde getilgt sein werden!« Sie drehte auf dem Absatz um und stampfte davon. Die Sklavinnen in ihrem Kielwasser luden Geschenke für mich ab, Kleider, Parfümfläschchen, Sandalen, ein paar Schriftrollen sowie etwas Obst.

Nicht schlecht für jemanden, der in einem Netz angekommen war.

Tamera huschte herein, Tiegel mit dampfenden Getreideprodukten in den Händen haltend. Getreidekuchen, Getreidefladen, Getreideähren, Getreidesalat mit Essig, Getreidebrei, Getreide mit Jogurt, Getreide mit Gurke.

Gleich nebenan gab es massig Fisch, doch sie aßen nur Getreide? Konnte eine Göttin auch die Essgewohnheiten eines Volkes ändern? Ich hatte Bärenhunger, also aß ich Getreide. Und noch mehr Getreide. Der Wein war gut; das Bier schmeckte wie vorherzusehen nach Getreide.

Während ich speiste, kamen Priester herein und trugen mir die Verse 342 bis 768 aus dem Dagon-Song vor: *»Dagon mit den mächtigen Sehnen; Dagon, Vergewaltiger der Flüsse; Dagon, Geliebter, Ursinnahals; Dagon, der Salzspeiende …«* Dagon dies und Dagon das.

Er war eindeutig der dickste Fisch in ihrer Mythologie.

Ach ja, das Leben ist schlecht, wenn man nicht mal über die eigenen miserablen Witze lachen kann. Ich ließ die Getreidespeisen sowie das Bier wegbringen und mir Wein nachschenken und plante währenddessen weiter meine Flucht.

Ich musste es nach Ägypten schaffen. Die Basis meiner Bedürfnispyramide war für den Augenblick befriedigt: Nahrung, ein

Dach über dem Kopf, Kleidung. Wie also sollte ich hier herauskommen? War ich nun Geisel oder Gast? Wie auch immer, meine Zeit war begrenzt. Die Worte des Matrosen spukten mir immer noch im Kopf herum: *Schade, dass sie sterben muss.*

Ich würde nach Ägypten gehen. Zwar hatte ich keine Ahnung, wo sich mein Mann aufhielt, doch schließlich war ich erst einen Tag hier. Heute Nacht würde ich mich ausruhen, morgen würde ich mich mit Proviant eindecken, und in der Nacht darauf würde ich verschwinden. Wir würden uns schon finden. Wir hatten uns noch jedes Mal gefunden.

Natürlich war ich früher immer jemand anderes gewesen. Nie namenlos, nie in meiner eigenen Haut. Nie war es so gewesen wie diesmal.

Je länger der Nachmittag sich dahinzog, desto stiller wurde es im Tempel. Die Priester machten Siesta, die Sänger schrieben wahrscheinlich an neuen Versen über Dagon, die Sonne brachte den Staub in der Luft zum Leuchten. Während ich Kraft für meine Abreise sammelte, erlebte ich im Geist noch einmal die Reise durch, die mich hierher geführt hatte.

Noch vor vierundzwanzig Stunden hatte ich mit meiner Schwester Cammy auf ihrem Bett im Hurghada Hilton gelegen. Sie würde mir nie wirklich glauben, dass ich durch die Zeit gereist war oder meinen Körper mit RaEmhetepet, der sadistischen ägyptischen Priesterin, getauscht hatte. Das war mir ziemlich schnell klar geworden.

Konnte ich Cammy ihren Unglauben zum Vorwurf machen? Hätte ich ihr geglaubt, wenn sie mir mit so einer Geschichte gekommen wäre? Selbst wenn ich Fragen angesprochen hatte, die für mich eindeutige und nicht anders interpretierbare Fakten darstellten, hatte sie eine andere mögliche Erklärung gefunden.

Laut Cammy war ich vor zwei Jahren entführt worden. Die Ärzte behaupteten, das Trauma dieser Erfahrung habe meine Augenfarbe verändert, von (meinem) Grün zu (RaEms) Braun. Dann hätte »ich« mich geweigert, Ägypten zu verlassen, und sei mit einem ägyptischen Playboy zusammengezogen, den kein Mensch kannte: Phaemon.

Nur dass ich, also ich selbst, sehr wohl von Phaemon gehört hatte. Es war der Name von RaEms Liebhaber im alten Ägypten gewesen. Eines Liebhabers, der wie vom Erdboden verschwunden war und für ermordet gehalten wurde, eines Mannes der am dreiundzwanzigsten Phamenoth geboren war, genau wie RaEm, Cheftu und ich. Ein Mensch, den das Schicksal – oder was auch immer – dazu ausersehen hatte, durch die Zeit zu reisen. War er gereist und hatte dabei den Körper mit jemandem getauscht? Und wenn ja, mit wem? Und falls nicht, wieso hatten wir anderen dann zwei Jahre lang ein kosmisches Spiel der musikalischen Körper gespielt und er nicht?

Manchmal hatte ich das Gefühl, das große Ganze nur zur Hälfte zu sehen. Das Gefühl wurde immer stärker, je öfter ich in einer anderen Welt erwachte. Mein Blick fiel auf den Meeresgott. Einer ganz anderen Welt.

Nachdem wir Körper getauscht hatten, hatte es Monate gedauert, bis »ich« – also RaEm – mich weit genug erholt hatte, um zu sprechen, und auch dann hatte sie nur Kauderwelsch geplappert. Eines Nachts im Juli 1995 war sie aus ihrem Krankenzimmer geschlichen. Am nächsten Tag hatte man sie halb tot im Karnaktempel von Luxor gefunden.

Nicht nur das, sie war auch noch von einer Touristengruppe gefunden worden, was in ganz Ägypten zu illustren Schlagzeilen geführt hatte. TOCHTER EINES BOTSCHAFTERS VERSUCHT SELBSTMORD WEGEN MÖGLICHEM FRIEDEN IN NAHOST; ÜBERDOSIS FÜR PRIVILEGIERTE AMERIKANERIN; VERWÖHNTE US-SCHLAMPE ENTEHRT FAMILIE... Der Tenor des Artikels hing ganz von der jeweiligen politischen Position ab.

Im zweiten Jahr war RaEm zur Ruhe gekommen. Sie hatte ihre Zeit, oder genauer meine Zeit, damit zugebracht, mit ihrem Freund Phaemon auf diversen Kairoer Partys zu erscheinen oder fernzusehen. RaEm war zum TV-Junkie geworden. Sie starrte ununterbrochen in die Glotze, eine Gewohnheit, die sie im Krankenhaus angenommen hatte. Sie sah sich alles an, von griechischen Seifenopern angefangen bis zu Sendungen des Discovery Channel. Egal was, und das bis in die frühen Morgenstunden. Sie würde den Fernseher überhaupt nicht mehr ausschalten, hatte Cammy behauptet.

Soweit ich das nach einem Jahr in ihrem Körper beurteilen konnte, war RaEm nicht wissbegierig oder intelligent genug, um sich für etwas anderes als sie selbst zu interessieren, sogar wenn es sich um eine so passive Beschäftigung handelte wie Fernsehen. Doch andererseits hatte ich lediglich Zugriff auf ihre nicht emotionalen Erinnerungen gehabt. Vielleicht hatte sie einfach ein anderes Jahrhundert gebraucht, um das Leben wirklich genießen zu können? Cammy erzählte auch, sie sei in Kairo »sehr bekannt«. Bei den Männern.

Bestimmt hätte mein Vater sie am liebsten umgebracht. Ich jedenfalls hätte es liebend gern getan – innerhalb von zwei Jahren hatte sie auf eindrucksvolle Weise die Beziehung zu meinen Eltern, meiner Schwester, meinen Werbekunden sowie der amerikanischen Regierung demoliert. Offenbar hatte RaEm nur zwei Jahre in meinem Körper gebraucht, um ein ganzes Leben in Anstand zu tilgen. Nervös begutachtete ich meinen Körper. Ich hoffte nur, dass sie sich nichts eingefangen hatte …

Ein paar Priester kamen herein und rissen mich in die Gegenwart zurück. Sie hatten sich neue Strophen für den Dagon-Song ausgedacht. Ich fragte mich, wie lange ich als übernatürliche Freundin Dagons und göttlicher Wetteinsatz dieses Gesinge noch ertragen musste. Es gab nicht einmal eine richtige Melodie, nur eine antiphonale Rezitation der vielen, vielen, vielen Charakterzüge dieses einen Meeresköniggottes.

Dann kam die Abenddämmerung, und mit ihr kamen die Frauen der Stadt. Sie machten mir kleine Geschenke, angefangen von einem Blumenkränzchen oder einer perfekt geformten Muschel bis zu einem beschnitzten Kistchen, das in meine Hand passte, und einem Goldband, das einen Ring für meine Zehe bildete. Jede Frau hatte andere Sorgen, jede bat um Einsicht oder Weisheit, doch die meisten Fragen betrafen das Privatleben, und eine ganze Reihe davon hatte mit Sex zu tun.

Sex.

Ich biss die Zähne zusammen und versuchte verzweifelt, meine Gedanken von diesem Weg fern zu halten. Kein Cheftu… Wir waren inzwischen zwei Jahre verheiratet, doch wir hatten noch nie auch nur ansatzweise ein normales Leben geführt. Im Moment hätte ich mich schon damit begnügt, in derselben Epoche und Stadt zu leben wie er.

Nachdem die Frauen abgezogen waren, starrte ich zu den Sternen hoch. Als ich in der Moderne wieder erwacht war, hatte mir vor allem Angst gemacht, dass es mich möglicherweise aus Cheftus Leben herausgeschleudert hatte. Dann hatte mein schon fast lästiges positives Denken mir eingeflüstert, dass Cheftu bestimmt irgendwo im modernen Ägypten auftauchen würde. In dieser Hoffnung war ich zum Hoteltelefon gerast und hatte meinen Vater angerufen, in dem Versuch, die von RaEm abgebrochenen Brücken wieder aufzubauen, damit Cheftu, sobald er in der Neuzeit eintraf, einen Pass, eine Versicherungsnummer und alle nötigen Dokumente bekommen konnte.

Doch Cheftu war nicht vor mir dort eingetroffen, sonst hätte ich seine Spuren im Sand entdeckt, und er war auch nicht nach mir aufgetaucht, denn ich hatte über zehn Minuten am selben Fleck ausgeharrt. Erst danach hatte ich meine Anrufe erledigt und mich auf Cammys Bett gelegt. Mann, eine Matratze fühlte sich himmlisch an!

Als mir klar wurde, dass Cheftu nicht aufgetaucht war und wohl auch nicht mehr auftauchen würde, war ich zu dem Schluss gekommen, dass wir nur wieder zusammenkommen würden, wenn ich mich auf die Suche nach ihm machte. Und zwar hier. Wo auch immer im großen Plan dieses »Hier« war. Israel? Palästina? Jordanien? Das Philisterland?

Kanaan, korrigierte mein inneres Lexikon.

Cheftu, bist du da?, fragte ich mich, ohne auf das Lexikon zu achten. Schläfst du vielleicht ganz in der Nähe, ohne dass ich es weiß? Ich betastete mein immer noch verfilztes, aber rotes Haar. Ich steckte in meiner eigenen Haut. Dir wird nichts zustoßen, Geliebter, dachte ich und schloss die Augen. Ich komme dich holen, wo immer du bist, dir wird nichts zustoßen.

Ihr würde noch etwas zustoßen, dachte Cheftu. Noch nie hatte er so ernsthaft einen Mord in Erwägung gezogen. Wenn sie sich noch ein einziges Mal beklagte, wenn sie noch ein einziges Mal zu jammern anfing, würde er sie mit größtem Vergnügen ein für alle Mal zum Schweigen bringen. Mit seinen bloßen Händen.

Womit hatte er es verdient, hier mit dieser Hexe festzusitzen? Welchen Gott hatte er vor den Kopf gestoßen? In welchen Kreis der Hölle hatte man ihn geschleudert?

»Hörst du mir zu, Cheftu?«

RaEmhetepet. Lieber Gott, wie hatte es nur geschehen können, dass er zusammen mit RaEm auf diesem Fleckchen Land, das nicht einmal die Bezeichnung Insel verdiente, gestrandet war? Er blickte in den grauen, diesigen Himmel auf und überlegte, ob dies die Strafe für irgendeine grässliche Sünde war, an die er sich nicht mehr erinnerte.

Es tut mir Leid, flehte er die Wolken an. Ich bitte um Milde.

Seit einem Tag waren sie nun hier. Und den ganzen Tag hatte sich RaEm beklagt. Erst über ihren verbrannten Körper, dann über das Wetter, dann über ihn, dann über ihren schmutzigen Leib, dann über ihren Hunger, dann über die Kälte, dann über ihren Mordshunger. Der Kreis ihrer Gedanken hatte sich geschlossen, und sie hatte sich erneut über ihn beklagt. Danach begann sie zu beschreiben, was sie alles gegessen hatte. Und in diesem Moment hatte Cheftu beschlossen, etwas zu unternehmen.

Jetzt ruckte er an der ins Wasser hängenden Leine, in der Hoffnung, dass RaEms Ohrstecker als Köder durchgehen würde. *Bitte*, le bon Dieu, *lass Fische im Wasser sein.* Schon bei dem Gedanken an etwas zum Essen wurde ihm der Mund wässrig.

Seit Tagen hatte er nichts Anständiges in den Magen bekommen. Seit Tagen war er auf der Flucht vor Zerstörung und Tod. Er hatte Chloes Hände gehalten und ihr ewige Treue versprochen, als sich das Zeitportal geöffnet hatte. Im nächsten Moment waren ihre Finger seinem Griff entschlüpft und sie war aus seinem Blickfeld verschwunden.

Dann hatte ihn Licht umschlossen und ihn aufwärts durch Feuer und Wasser, Wind und eben jenen Erdboden gezogen, auf dem er aufgewacht war. Der Querbalken, der anzeigte, wo sich ein Zeitportal befand, jener Querbalken, dessen Schatten zuvor auf ihre Körper gefallen war, war nun zerbrochen. Das war ein Beleg für seine Reise durch die Zeit. Obwohl es ihm nur wie der Moment eines Lidschlags erschienen war, wusste er, dass er Jahrhunderte durchflogen hatte – er konnte nur nicht sagen, ob in Richtung Zukunft oder Vergangenheit.

Ein Schrei und dann ein Gurgeln aus dem Meer hatten ihn aufgeschreckt. Er war auf die Knie hochgekommen und hatte geglaubt, Chloe zu sehen. Doch stattdessen war RaEm aus dem Wasser gestiegen, seine ehemalige Geliebte, eine so bösartige und gefühllose Frau, dass sie ihren eigenen Worten zufolge versucht hatte, ihren Liebhaber umzubringen. Und zwar noch während er sie geliebt hatte. Bei dem Gedanken bekam Cheftu eine Gänsehaut.

Auch der Aufenthalt in Chloes Moderne schien RaEm nicht gebessert zu haben.

»Kannst du nicht mal einen Fisch fangen?«, fragte sie in ihrer monotonen Interpretation von Chloes amerikanischem Akzent. Er hasste ihre Stimme ebenso sehr, wie er Chloes liebte. Und er konnte sich auch nicht erklären, warum sie Englisch mit ihm sprach – selbst er und Chloe unterhielten sich in der jeweiligen Landessprache, wenn sie zusammen waren.

Stundenlang hatte er die Leine ins Wasser baumeln lassen, wartend und kaum atmend. Sein Arm tat ihm weh und RaEms schneidende Kommentare waren ihm keine große Hilfe. Während sie schlief, hatte er den Arm ausgeruht, denn er war erschöpft, hungrig und mutlos. Jetzt massierte er kurz seine Muskeln, um dann erneut die Leine auszuwerfen.

»So wie du dich anstellst, könntest du genauso gut wichsen«, sagte sie in seinem Rücken. Der Dämon war erwacht.

Wäre sein Bauch nicht genauso leer gewesen, hätte Cheftu die ganze Leine ins Wasser geschmissen. Er hatte sie mühselig zusammengeflochten, indem er Faden um Faden aus RaEms Rocksaum gelöst und dann zusammengeknotet hatte. Auch dabei hatte er sich erst gegen sie durchsetzen müssen, sonst hätte sie ihm keinen Stoffstreifen überlassen.

Er drehte sich zu ihr um. Ihr verbranntes Haar stand ihr vom Kopf ab, ihre Augen waren braun. Krokodilsbraun. Cheftu schaute wieder aufs Wasser. Er nahm an, dass sie immer noch in der Ägäis waren. Dort hatten er und Chloe sich befunden, als sich unter dem Querbalken das Portal geöffnet hatte. In welcher Zeit sie gelandet waren, konnten weder er noch RaEm sagen. Und wieso sie hier waren, blieb ebenfalls ein Mysterium. Wo war Chloe? RaEm behauptete, sie seien einander unterwegs »begegnet«. War Chloe in ihre ursprüngliche Zeit und Welt zurückgekehrt?

Cheftu hätte geschluckt, doch seine Kehle war zu trocken dafür. Seine Haut war unter dem Wind fast blau angelaufen. Er trug nichts als eine Schärpe, die seinen Körper zwar nicht wärmen konnte, doch in der sicher die zwei Orakelsteine lagen, die er aus der untergegangenen aztlantischen Kultur mitgenommen hatte. Alles in allem würde er sich wahrscheinlich eine Lungenentzündung und damit den Tod holen – wenn das noch möglich war.

Etwas ruckte an der Angelschnur und Cheftu konzentrierte sich ganz darauf, den Fisch herauszuholen, auch wenn sein Magen bei dem Gedanken an etwas zum Essen umgehend zu knurren begann. RaEm assistierte ihm in der ihr eigenen Art, indem sie ihn abwechselnd lobte und beschimpfte.

»Wie willst du ihn zerteilen? Wie sollen wir ihn kochen?«, zeterte sie. »Er ist noch nicht mal tot! Was bist du eigentlich für ein Fischer? Sollen wir ihn etwa roh essen?«

Er war so hungrig, dass er am liebsten die Zähne in die Schuppen geschlagen hätte, doch ihm war klar, dass er den Fisch aufschneiden musste. Nach kurzem Suchen hatte er einen scharfkantigen Stein gefunden, mit dem er die glitschige Haut durchtrennen konnte. Sein Magen krampfte sich zusammen, während er sich fragte, ob Chloe wohl gegessen hatte und ob sie frieren musste. Wo sie war.

Sie hatten gelobt, sich zu finden, egal wie, egal wo. *Vergiss deinen Schwur nicht, Geliebte.*

»Willst du ihn auch aufschneiden oder nur anstarren?«, wollte RaEm wissen. Cheftu durchsäbelte den Fisch und filetierte ihn grob, wobei ihm vor Hunger das Wasser im Mund zusammenlief. »Es gibt also Sushi?« Sie hatte sich auf dem Felsen niedergelassen. Plötzlich senkte sich die Nacht herab, begleitet von frischerem Wind und kühleren Temperaturen.

»Was ist Sushi?«

»Roher Fisch.«

»Ungekocht?«

»In Algen gepackt und in kleinen Häppchen zusammen mit Sake serviert.«

Cheftu schaute durch die Dunkelheit zu RaEm hinüber. »Ich dachte, Chloe kommt aus einer angesehenen Familie mit großem Landbesitz.« Er schüttelte den Kopf. »Es muss schrecklich sein, in ihrer Zeit in Armut zu leben.«

RaEm schnaubte wieder. Cheftu konnte sich nicht entsinnen, diese Gewohnheit schon früher an ihr bemerkt zu haben, und von Chloe hatte sie sie keinesfalls übernommen. »Die Armen? Nein, nur die Wohlhabenden können sich Sushi leisten. Sie essen es in dunklen Bars und sprechen dabei über Geschäfte, damit sie das Essen absetzen können.«

Cheftu reichte ihr eine Scheibe schlabbriges, rohes Fleisch. »Dann betrachte das hier als Sushi, diesen Fels als ›dunkle Bar‹ und erkläre mir, was ›absetzen‹ bedeutet.« Er schnitt eine Scheibe für sich selbst ab und biss hinein. Vielleicht konnte er sie dazu bringen, aus Chloes Welt zu erzählen, statt sich nur zu beklagen.

Sein Magen protestierte gegen die Temperatur des Fisches, seine Zunge rebellierte gegen den Geschmack, doch immerhin hatte er etwas Essbares. Das Essen würde ihm helfen, nicht auszukühlen. Cheftu sorgte sich allmählich, dass ihm die Weichteile abfrieren könnten. RaEm kaute schweigend vor sich hin. »Schmeckt es wie Sushi?«, fragte er.

»Weiß nicht«, gab sie zu. »Ich habe nur die emotionalen Erinnerungen dieser Frau, nur ihre Eindrücke aus Amerika. Sie hat mir ihren Körper ohne jedes Wissen überlassen, darum habe ich auch nicht gewagt, Ägypten zu verlassen.«

»In Ägypten gibt es kein Sushi?«

Sie lachte. »Nein. Abgesehen von den Leuchtreklamen und den

Autos ist Ägypten fast noch wie zu Pharaos Zeiten. Der Nil wird immer noch von Feluken durchpflügt, auf den Straßen betteln immer noch die Kinder.« Er hörte ihre Ehrfurcht in der Dunkelheit. »Aber der Strom!«

Cheftu bekam eine Gänsehaut und hackte eine zweite Scheibe Fisch ab. »Was für ein Strom?«

»Die Elektrizität!«

»E-leck-drizität? Wer leckt denn die Drizität?«

RaEm starrte ihn an, obwohl in der Dunkelheit nur das Weiß ihrer Augen zu sehen war. »Du Idiot.« Ihr Tonfall war flach und abweisend.

Cheftu rang seinen Zorn nieder. Wie konnte diese ahnungslose, vorwitzige kleine Hexe es wagen, sich über ihn lustig zu machen? »Dann«, erwiderte er kühl, »kläre mich bitte auf.«

»Sie haben die Kraft des Blitzes eingefangen und nutzen sie in ihren Städten. Dort ist es auch mitten in der Nacht taghell.«

Zum ersten Mal, soweit Cheftu sich erinnern konnte, klang RaEm aufgeregt, sogar begeistert. Ihr Ennui wich einem kindlichen Staunen.

Es machte sie attraktiv, doch er wusste, dass dies nur ein unbedeutender Charakterzug dieser so facettenreichen Frau war, deren andere Eigenschaften er verabscheute. »Und wie ernten sie die E-leck-trizität? Du sagst, es sind Blitze?« Er nahm sich die nächste Scheibe Fisch. Fischflüssigkeit tropfte an seinen Armen herab, klebrig und schnell abkühlend. Wenigstens füllte sich allmählich sein Magen. Als Nächstes brauchten sie frisches Wasser.

Und sie mussten weg von dieser Insel.

»Der Benjamin Franklin hat mit einem Drachen den Schlüssel zum Blitz erschlossen.«

»Einem Drachen? Einem feuerspeienden Drachen?«

Sie klang ein bisschen verunsichert. »Natürlich! Du ahnungsloser Idiot, womit denn sonst?«

»Wie hat er das angetellt?«

»Also«, meinte sie vertraulich, »er hat den Drachen mit dem Schlüssel an eine Schnur gebunden.«

»Ein Drachen, eine Schnur und ein Schlüssel?«

»Um die Tür zum Blitz zu öffnen«, bestätigte sie. »Du musst wirklich besser zuhören.«

Cheftu sah sie finster an.

»Der Drachen ist in den Himmel geflogen und hat die Tür aufgeschlossen, und dadurch hat der Benjamin Franklin den Blitz fangen und sich zu Willen machen können. Er hat den Blitz gefärbt und in eine Schachtel gesperrt. Selbst die Hieroglyphen dieser Leute bestehen aus Blitzen.« Er hörte, wie sie etwas Fischfleisch von der Haut schabte. »Aber«, fuhr sie nach einem Schlucken fort, »bei ihm hört der Blitz nie auf.«

Fetzen einer Unterhaltung aus dem neunzehnten Jahrhundert, ehe er mit seinem Bruder Jean-Jacques jene schicksalhafte Reise nach Ägypten angetreten hatte, fügten sich plötzlich zu einem Bild zusammen. RaEm sprach von Menschen, die er aus der jüngsten Geschichte kannte. Franklin und die amerikanische Revolution hatten auch die französischen Revolutionäre inspiriert. Doch wie passte ein angesehener und exzentrischer Staatsmann mit einem Blitzefänger zusammen? Und einem Schlüssel, mit dem man den Blitz aufschließen konnte? Cheftus Gehirn schaltete fieberhaft zwischen Englisch, Französisch und Altägyptisch hin und her, um RaEms Erklärungen zu verarbeiten. Möglicherweise hatte ihr Verstand die Reise durch die Zeit nicht ganz unbeschadet überstanden. »Er hört nicht auf?«, fragte er vollkommen fassungslos.

»Er zuckt nicht nur kurz auf, sondern leuchtet die ganze Zeit. Er muss sehr mächtig sein, um den Blitz fangen zu können. Ich frage mich, wie er wohl ausgesehen hat, ob er ein guter Liebhaber war …«

Cheftu verdrehte die Augen – das war eindeutig die altbekannte RaEm. Franklin war gestorben, ehe Cheftu überhaupt geboren worden war. Trotzdem ergaben ihre Worte keinen Sinn. Offenbar war ihr nicht klar, dass Cheftu ebenfalls ein Zeitreisender war. Doch wie hätte er ansonsten ihre englischen Erläuterungen verstehen können?

»Welche Zauberkräfte er besessen hat!«, Sie seufzte. »So ein mächtiger Mann.«

Cheftu war ziemlich sicher, dass es sich bei dieser Sache um ein wissenschaftliches Phänomen handelte, doch für RaEm war Zauberei die einzig mögliche Erklärung. »Offenbar ist seine Zauberkraft nicht mit ihm gestorben?«

»Nein. Sie lebt in den Straßen weiter und auf den Booten, die über den Nil fahren. Es ist eine Zauberkraft, die jeder in Händen halten kann.«

Cheftu starrte stirnrunzelnd in die Dunkelheit. »Jeder kann über diese Zauberkraft verfügen?«

»Nein. Also, ja und nein.« Sie klang durcheinander. »Ich habe alles darüber aus dem Fernsehen gelernt. Das Fernsehen setzt sie auch ein.« Die Verwirrung in ihrer Stimme legte sich und machte der RaEm-typischen Arroganz Platz. »Selbst *ich* könnte den Blitz beherrschen, wenn ich wollte.«

Cheftu sah davon ab, sich nach dem »Fernsehen« zu erkundigen. Chloe hatte gelegentlich davon erzählt, doch sie hatte sich meistens darüber lustig gemacht. Seine Geliebte schien ihr Jahrhundert weit weniger zu schätzen als RaEm. Und sie hatte kein einziges Mal von einem feuerspeienden Drachen gesprochen, der mit einem Schlüssel in den Himmel flog und den Blitz aufschloss. Das ergab doch keinen Sinn. Irgendetwas fehlte in dieser Geschichte, da war er sicher. Welche Erklärung hätte Chloe wohl einleuchtend gefunden? Er hätte sie so gerne gefragt, sie so gerne gehalten, während sie nachdachte, sie so gerne berührt, während sie antwortete. *Aii, Chloe, wo bist du?* »Was hat dich noch an Chloes Welt fasziniert?«, fragte er.

»Ramses«, antwortete RaEm sofort mit vollem Mund. »Gib mir noch etwas Sushi, dann erzähle ich dir von ihm.«

Da dies für RaEms Verhältnisse schon der Gipfel der Freundlichkeit war, reichte Cheftu ihr eine weitere Scheibe Fisch. Nun waren nur noch Schuppen und Kopf übrig. Sollte er versuchen, noch einen Fisch zu fangen? Aber jetzt war es dunkel, sie mussten sich ausruhen. Morgen würde er mehr zu essen besorgen und die Orakelsteine befragen, was sie tun sollten, um zu überleben – RaEm sollte nichts von ihnen erfahren.

Die Chancen für eine Rettung waren so gering, dass sie an ein Wunder grenzten. Es war Winter; zu dieser Jahreszeit segelte niemand über die Ägäis. Das Wasser brachte den Tod. Jeder von Odysseus bis zum Apostel Paulus kannte traurige Geschichten von Menschen, die versucht hatten im Winter das Mittelmeer zu durchqueren. Wie viele andere waren wohl schiffbrüchig gegangen und vergessen worden?

Er blickte hinaus auf die grenzenlose See. War Chloe irgendwo da draußen? Sie hatten sich noch jedes Mal wieder gefunden, doch diesmal, befürchtete Cheftu, war die Herausforderung erheblich größer. RaEm steckte in der Haut, die Chloe getragen hatte. Wie also sah seine Geliebte jetzt aus? Offenbar hatten die beiden Frauen erneut die Körper getauscht, sodass RaEm bei ihm und Chloe im Jahr 1996 – das Datum jagte Cheftu immer noch ein wenig Ehrfurcht ein – gelandet war, genau auf jenem Sandstreifen, auf dem RaEm ihren Worten zufolge spazieren gegangen war.

Doch Cheftu kannte RaEm. Es war ihr Geburtstag gewesen. Er bezweifelte, dass sie zur Feier des Tages allein über einen Sandstreifen spaziert war. Sie belog ihn, eine Reaktion, die für sie so gewohnt und natürlich war wie das Atmen. Nichts, was sie sagte, konnte man ihr glauben. Nichts.

»Ramses war phantastisch!«, sprudelte es aus RaEm heraus. Wieder klang sie ganz begeistert. Vielleicht hatte die Moderne RaEm ja doch verändert. Urteilte er zu streng über sie?

Er verkniff sich die Bemerkung, dass er von Ramses gehört hatte – offenkundig ahnte sie nicht, dass Cheftu aus ihrer Zukunft und gleichzeitig Chloes Vergangenheit kam und dass Chloe zufolge Cheftus Geburtsname zu Chloes Zeit auf der ganzen Welt bekannt war. Er hatte von Ramses gehört. Nicht nur das, in seinem eigenen Jahrhundert war Cheftu durch eine ganze Reihe von Tempeln spaziert, die der lächelnde Pharao hatte bauen lassen.

RaEms Stimme erwärmte sich. »Viele Herrscher nach der Zeit Pharao Hatschepsuts, Leben!, Gesundheit!, Wohlergehen!, gab es einen Pharao namens Ramses«, führte sie aus. »*Aii*, Cheftu, er war ein großartiger Mann, einfach großartig! Unter ihm wurde Ägypten zu einem großartigen Land! Er ließ vor dem zweiten Katarakt einen riesigen Tempel bauen, mit dem seine Gemahlin geehrt werden sollte. Als Chloe noch ein Kind war, wurde sogar der Nil umgeleitet, damit der Tempel, den Ramses gebaut hatte, der Abu Simbel, nicht beschädigt wurde.«

Cheftu erstarrte. »Sie haben den Nil umgeleitet?«

»Ja. Sie haben diesen riesigen Tempel genommen, diesen Abu Simbel, und ihn flussaufwärts versetzt.«

»Wohin denn? Und wie?« Er war in Abu Simbel gewesen, einer monströsen Anlage. Wie wollte jemand so etwas bewegen, außer durch die Hand von *le bon Dieu*?

»Viele Gelder kamen aus aller Welt«, erwiderte RaEm. »Das habe ich im Fernsehen gesehen.«

Es dauerte ein paar Sekunden, bis ihre Worte wirklich in sein Bewusstsein gedrungen waren. Ahnte sie überhaupt, dass die Erde eine Kugel war? Wusste sie etwas von den vielen Völkern, die den Planeten besiedelten? Sie redete, als hätte sie all ihre Sätze auswendig gelernt. Wie verloren musste sie sich in Chloes schnelllebiger Welt gefühlt haben, wo die Menschen rohen Fisch aßen. »Was genau hast du gesehen?«, hakte Cheftu nach. Sie wusste nicht, wovon sie redete, doch der Gedanke war faszinierend. Den Tempel von Abu Simbel versetzen?

»Sie haben Ramses' Tempel zerlegt und ihn auf der Klippe über dem See, den sie aus dem Nil gemacht haben, wieder aufgebaut.« Sie lutschte einen Finger ab. »Könnte ich nur in Ramses' Zeit leben und mich in diesem Tempel lieben und verehren lassen! Stell dir nur vor, wie viel Geschmeide seine Frau hatte; wie viele Sklavinnen, welche Macht.«

Er hätte wissen müssen, dass ihre Begeisterung aus ihrer altbekannten Gier herrührte. Doch er würde sich nicht an ihrer Charakterlosigkeit stören; sie würde ihm nur vorübergehend Gesellschaft leisten.

Chloe würde ihren Schwur halten. Cheftu musste die Augen nach der grünäugigen Frau offen halten, die irgendwann seinen Weg kreuzen würde. »Noch etwas Sushi?« Er bot RaEm den Kopf an.

»Nein.« Sie wich angeekelt zurück. »Du willst mir die Abfälle geben?«

Seufzend warf Cheftu die Fischreste zurück ins Wasser. Nach

einer kurzen Pause sprach RaEm gedankenversunken weiter. »Ich glaube, zu Sushi braucht man mehr als nur Algen und rohen Fisch. Eine Avocado.«

»Was ist das denn?«

»Ich weiß nicht, etwas zum Essen. Ich habe es dir doch erklärt: Außerhalb der Sprache kenne ich weder Dinge noch Fakten. Ich weiß nur, wie sie empfunden hat. Sie muss eine sehr gefühlsbeladene Erinnerung an Avocado haben.«

»Chloe hatte starke Gefühle für Avocado?«

»Ich wäre gern eine Mätresse, die von einem mächtigen Mann verehrt und bewundert wird«, lenkte RaEm das Gespräch wieder auf ihre eigene Person. »Ich möchte, dass man sich für alle Zeit an mich erinnert. Weißt du, wie diese Modernen uns verehren? Die sagenhaften Ägypter, sagen sie. Es will ihnen nicht in den Kopf, wie wir die Pyramiden gebaut haben, warum wir die Toten mumifizieren. Sie führen ein eingeengtes, düsteres Leben, und doch sind sie der Meinung, wir seien fasziniert vom Tod.« Sie bibberte. »Es ist gespenstisch, wie wenig sie wissen, wie unwirklich wir ihnen vorkommen.«

»Glaubst du, für dich war es leichter, sie zu verstehen?«

Sie verstummte, wodurch Cheftu einen Moment lang Zeit zu staunen blieb, dass er mit dieser Frau ein vernünftiges Gespräch führte. Natürlich gab es im Augenblick nichts zu gewinnen und nichts zu schachern. Doch nur, weil sie nichts von den Steinen wusste. Er bekam eine Gänsehaut, wenn er nur daran dachte, dass RaEm über eine solche Macht verfügen könnte.

»Ägypten wird von dem Stamm der Araber beherrscht, die an einen allein lebenden, kinderlosen Gott glauben. In ihren Augen finde ich meine Wurzeln nicht wieder. Es sind Kaufleute und Handwerker ohne eine Spur von Amun-Re in ihrer Seele.«

Cheftu öffnete schon den Mund, um ihr beizupflichten, um ihr darzulegen, wie erstaunt er gewesen war, als er aus dem Frankreich des neunzehnten Jahrhunderts in ebenjenem Volk und jener Kultur gelandet war, die er sein ganzes Leben lang studiert hatte.

»Wenn es in meiner Macht gelegen hätte, hätte ich sie alle hinweggefegt«, sagte sie. »Und ganz neu angefangen. Trotz ihrer

Leuchtschriften und ihrer Elektrizität sind sie viel zu gewöhnlich.«

Er war wie vor den Kopf geschlagen. »Es sind Menschen«, widersprach er. »Es ist ein ganzes Volk.«

»Sie hüten lediglich das Land«, belehrte sie ihn. »Vom wahren Ägypten verstehen sie nichts. Wie können sie nur einen einzigen Gott verehren, einen Gott, den sie nicht einmal sehen?«

Sie wusste nicht, was sie da sagte, ermahnte sich Cheftu. Sie konnte es nicht wissen.

»Als Phaemon dort aufgewacht ist, hat er geglaubt, in der Nachwelt zu sein, also hat er die Dämonen niedergekämpft.«

Cheftu merkte, wie ihm das Blut aus dem Gesicht wich. »Aber –«

»Aber das war er nicht«, bestätigte RaEm. »Natürlich hat er ein halbes Dutzend von ihnen getötet, sie aufgespießt wie Dämonen, ehe er es gemerkt hat.« Er spürte, dass sie mit den Achseln zuckte. »Phaemon war außer sich, dabei waren es nur Bauern.«

»Wie kannst du nur so kalt sein?«, flüsterte Cheftu entsetzt.

Er spürte RaEms Blick auf seinem Gesicht. »Macht ist das Einzige, was zählt. Sie hatten keine Macht, darum waren sie ohne Bedeutung. Sie trugen keinen Talisman, sie hatten keine Zauberkräfte, sie waren nichts als Spreu.«

Die Steine auf seinem Bauch, seine Talismane, lagen heiß auf seiner Haut. Ihre Wärme kämpfte gegen die Kälte an, die von dieser Frau ausstrahlte. Ein eisiger Lufthauch, beißender als der kalte Winterwind. »Es waren Menschen.«

»*Haii!* Sie waren wie Kiesel.«

Plötzlich war Cheftu dankbar dafür, dass er mit RaEm hier und dass Chloe weit weg in Sicherheit war. RaEm war ein Dämon. Er würde wach bleiben und sie im Auge behalten. Er hoffte, dass in jenem Ägypten, das RaEm so gern zerstören würde, irgendwer über Chloe wachte, vorzugsweise ein alter und hässlicher, aber gleichzeitig sehr kompetener Aufpasser. *Gib auf dich Acht, Geliebte.*

2. Kapitel

Mein inneres Lexikon weckte mich mit der Definition für *Teraphim*. Bilder von Statuetten – Nippes, Hummelpuppen, Porzellanschäferinnen und Zinnfiguren aller Art – blitzten in einer Art Diashow vor meinen Augen auf.

B'seder, es handelte sich also um die Sammelpüppchen und Staubfänger dieses Zeitalters. Nein, widersprach das Lexikon, es ging um mehr. Es waren kleine persönliche Götter, Glücksbringer und der Wertbesitz eines Haushalts, alles zusammen in einem leicht transportierbaren Objekt verpackt.

Bei den pelestischen *Teraphim*, die von den Hochländern verbrannt worden waren, handelte es sich nicht nur um die kleinen Götzenstatuen, die viele Soldaten in der Schlacht als Glücksbringer bei sich trugen, sondern auch um riesenhafte Totemfiguren, die von den Priestern an den Kriegsschauplatz geschleppt worden waren. Diese Götzenbilder wurden auf einem Hügel oberhalb des Schlachtfeldes aufgestellt und sollten den Soldaten Mut machen. Nachdem alles beziehungsweise die Schlacht vorbei war, wurden sie wieder auf ihre Palankine geladen und zum Tempel zurückgeschafft.

Wer wacht schon gern dadurch auf, dass ihm eine Enzyklopädie über den Schädel gezogen wird?

Du fragst, ich antworte. Du wolltet es wissen, wurde auf die Tafel in meinem Hirn gekritzelt.

Ja, schon. Aber musst du mir so früh antworten? Ich wälzte mich herum, um noch ein paar Stündchen zu schlummern.

Der restliche Tag verstrich ereignislos und in absoluter Sicherheit. Ereignislos, weil immer wieder jemand vorbeikam; in absoluter Sicherheit, weil überall Priester mit Schwertern herumschwirrten. Ich sah mir jeden genau an, aber keiner davon war Cheftu. Es sei denn, natürlich, er war diesmal im Körper eines anderen gelandet. Aber keiner von ihnen hatte auch nur bernsteingelbe Augen.

Die Ägypter waren überzeugt, die Augen seien die Fenster zu unserer Seele. Vielleicht hatte ich deshalb immer meine Augenfarbe behalten? Wenn ich sie nicht mehr hätte, wäre ich nicht mehr ich selbst? Dieser Theorie zufolge konnte Cheftu zwar möglicherweise in einem anderen Körper gelandet sein, doch auf gar keinen Fall ohne seine bronzebraunen Augen.

Zudem erfuhr ich, dass mir die Flucht nicht leicht gemacht würde. Immer wenn ich mich allein glaubte, kam jemand anderes herein, dem ich mit weisen Ratschlägen helfen sollte und der mir dafür kleine Geschenke daließ. Ich hatte schon früher das Orakel gespielt, also spielte ich es einfach wieder.

Die größten Sorgen bereiteten ihnen, wann Dagon endlich aufhören würde, sauer auf sie zu sein. Und ob ich mich für sie einsetzen würde. Die Antwort lautete stets Ja, auch wenn ich keine Ahnung hatte, worauf ich mich da einließ. Das war egal, denn während des Mittagsschläfchens würde ich mich aus dem Staub machen.

Mein oder eher RaEms billiges Kunstseidenröckchen war vom Salzwasser bretthart geworden. Meine Haut fühlte sich an wie mit Schuppen besetzt und mein Haar war vollkommen verfilzt. Vor meiner Flucht wollte ich unbedingt baden. Die kleine Zofe brachte eine Wanne und Wasser und wusch mir das Haar. Es ließ ihr keine Ruhe, dass ich Beine hatte. Also spann ich ihr eine verwickelte Geschichte, dass ich Salzwasser bräuchte, damit mir wieder ein Fischschwanz wüchse. Das schien sie zufrieden zu stellen, doch jetzt musste ich eindeutig verschwinden. Ich hatte keine Lust, dass sie mich nur so zum Test ins Meer schubste.

Während ich überlegte, massierte sie meinen Rücken und Hals.

Ich war durch das Wasser gekommen, genau wie der Querbalken des Portals angekündigt hatte. Vor Angst, ich hätte möglicherweise etwas missverstanden und wäre darum nicht in der Lage, zu Cheftu zurückzukommen, hatte ich mir während meiner wenigen Stunden in der Neuzeit den gesamten Abschnitt eingeprägt.

Ein Portal für jene der dreiundzwanzigsten Macht, für all jene, die in der Priesterschaft des Unbekannten dienen. Für all jene existiert die Macht auf Erden, befördert durch die Himmel und gelenkt durch die Wellen. Die Wasser werden führen, sie werden reinigen, sie werden Erlösung bieten. Vom dreiundzwanzigsten Dekan bis zum dreiundzwanzigsten Dekan bleibt diese Tür bestehen.

Also befand sich das eigentliche Portal irgendwie unter dem Wasser? War dies der einzige Ein- und Ausgang zu dieser Epoche? Wie viele von uns schwebten eigentlich verloren im Äther der Chronologie herum?

Von uns chronologisch Geforderten, berichtigte ich mit einem neu geprägten Ausdruck. Eingehüllt vom Duft kokelnden Korianders, glitt ich unter Tameras meisterhaften und kräftigen Händen langsam in den Schlaf ab.

»Meeresherrin, bist du bereit, dich anzukleiden?« Roh aus dem Schlaf gerissen, blickte ich über die Schulter nach oben. Sofort fiel mir auf, dass der Tag fast schon vorbei war. Scheiße! Ich musste noch einen Abend hier bleiben? Würde ich heute Nacht verschwinden können? »Falls sich die Meeresherrin so kleiden möchte wie wir, könnten wir sie anziehen«, schlug das Mädchen vor. Meine ursprünglichen Sachen, der blaue Minirock, die silberne Samtbluse mit V-Kragen und die Sandalen waren gewaschen worden und lagen für mich bereit. Allerdings war alles reichlich knapp und eigentlich nur für die Disco geeignet. Bedauerlicherweise war meine Halskette bereits ausgeglüht.

»Meeresherrin, *haDerkato*, was möchtest du tragen?«

Ich setzte mich auf, das Leintuch vor mich haltend. Mein Geist war träge und mein Herz klopfte immer noch, weil ich so abrupt aufgeweckt worden war. »Wozu denn?«, fragte ich.

»Zu der Feier heute Abend, *haDerkato.*«

Hatte nicht erst gestern Abend eine stattgefunden? Eines musste man diesen frühgeschichtlichen Völkern lassen, sie feierten die Feste, wie sie fielen. »Und ich gehe hin?«

»*Ken, haDerkato.* Erst gibt es ein kleines Ritual draußen auf dem Meer, und danach findet im Palast ein Fest statt.« Ihre Honigaugen strahlten.

»Zieh du mich an«, befahl ich. Wunderbar! Ich würde zusammen mit ihnen den Tempel verlassen und konnte mich unter die Menge mischen, um dann die Flucht nach Ägypten anzutreten. Oder vielleicht würde ich auch hier, in Ashqelon, auf Cheftu stoßen. Vielleicht diente er gar nicht hier im Tempel, und wir hatten uns deshalb noch nicht gefunden.

»Zieh mich an wie dich«, schlug ich lächelnd vor. Sie zupfte an ihrem Gewand. Es war ein schlichtes, enges Etuikleid in Dunkelgrün. Eine Schärpe mit goldenen, rostroten und grünen Streifen lag um ihre Taille und zeichnete den Schwung ihrer Hüften nach. Das Bronzearmband mit den eingeprägten Spiralen passte zu ihrem Halsschmuck und den tropfenförmigen Ohrringen. Um den Kopf hatte sie ein Tuch gelegt, dessen Quasten über ihre Schultern strichen. Sie war barfuß und an ihren winzigen Füßen glänzten perlmuttrosafarbene Zehennägel. Sie war bezaubernd und elegant.

Und eine Philisterin?

Falls ich tatsächlich in Ashqelon war, falls dies Philister waren, dann wusste ich so gut wie nichts über sie. Nur dass sie in fünf Städten gelebt hatten – darunter Ashqelon und Gaza – und angeblich sehr hübsch waren. Delilah, jene Frau, die Samson zu Tode genervt hatte, hatte ihn anfangs durch ihre Schönheit eingenommen. Wenn ich mir Tamera so ansah, hielt ich es zum ersten Mal für möglich, dass diese Geschichte kein Märchen war.

»Ach, ken«, sagte sie. Ich erkannte »Ach ja«, doch sobald ihre Worte an mein Ohr drangen, verwandelte das Lexikon die gesprochene Sprache in lauter Bilder. Ich sah eine Barbie und dann ihren Ken vor mir. Die Barbie explodierte, doch Ken blieb stehen und

nickte mir zu. *Ken*, schlug ich zaghaft vor, bedeutet also »ja«? Die Ken-Puppe lächelte. Das *Ach* war ein Kehllaut, den ich in Arabien immerzu gehört hatte. Was für einen Dialekt sprachen die Philister überhaupt?

»Wann bist du geboren?«, fragte ich.

»Ich wurde unter dem Zeichen des Krebses geboren«, antwortete sie.

Ich kannte mich nicht besonders gut bei den Sternzeichen aus, doch es überraschte mich, dass sie bereits bekannt waren. »Und in welchem Jahr?«

»Jahr?«, wiederholte sie.

»Wie alt bist du?«

»Alt? Wie alt?«

Ich formulierte es anders, um mich klarer auszudrücken. »Welches Jahr haben wir jetzt?«

»Das Jahr des roten Meeres«, antwortete sie eifrig.

Des roten Meeres. Richtig, ich hatte gesehen, dass das Wasser wie Blut aussah. Die rote Welle, dachte ich. Gab es nicht eine Band mit diesem Namen, oder bezog sich das ausschließlich auf die Ampelschaltung? Handelte es sich dabei nicht um ein Naturphänomen, das von irgendwelchen Tieren oder Pflanzen im Wasser herrührte? »Ist das Meer oft rot?«

»Nur wenn wir Dagon erzürnt haben«, erklärte sie. »Dann wird das Meer blutig, die Ernte verdorrt, und wir sterben.« Es schien ihr nicht das Geringste auszumachen, über die Auslöschung ihres Volkes zu sprechen. »Jetzt musst du dich aber anziehen.«

Sie rannte davon, während ich mich vom Massagetisch schälte. Ich schaute aus dem schmalen Fenster. Dieser kleine Raum schloss sich direkt an den Haupttempel an. Wir befanden uns auf einer Anhöhe mit Blick auf die übrige Stadt, den Hafen und das Meer. Mit Zinnen versehene Mauern umschlossen die Stadt und reichten an beiden Enden bis ins Wasser, sodass das Hafenbecken mit all seinen Schiffen praktisch in den Armen Ashqelons zu liegen schien.

Es waren eigenartig aussehende Boote mit schmalgesichtigen Kreaturen an beiden Enden. War ich in so einem Schiff hier angekommen? Ich wusste es nicht. Doch sie hatten die gleichen quadratischen Segel, riesige Segel, um hunderte von Männern über das Wasser zu tragen, und dazu Ruder, um die Reise noch zu beschleunigen.

Die Stadt selbst erinnerte mich mit ihren zwei- und dreistöckigen Gebäuden, den schlichten, rechteckigen Fenstern und den vorgebauten Veranden an Griechenland. Ich sah Bäume in den Höfen, Flachdächer und schnurgerade Straßen. Alles Schnurgerade war untypisch für den Nahen Osten aus meiner Erinnerung. Ich hörte ein Geräusch hinter mir, glaubte, es sei Tamera, und drehte mich um.

Es war nicht Tamera. Es war ein Soldat.

Nur die Todesangst hielt mich davon ab, meine Nacktheit zu verhüllen und mich zusammenzukauern. Wenn ich meine Angst zeigte, würde er möglicherweise erkennen, dass ich eine Hochstaplerin war. Das durfte ich auf keinen Fall zulassen. Er andererseits erglühte zur Farbe eines Granatapfels. Seine Haare konnte ich nicht sehen, denn er hatte einen Kopfschmuck aus Federn aufgesetzt, ansonsten trug er eine Brustplatte aus Leder und Bronze über einem Schurz in klassischer A-Linie, der zwischen seinen Knien spitz zulief.

Er war glatt rasiert und hatte keinen Bleiglanz aufgelegt.

Das mag eigenartig klingen, doch es war das erste Mal, dass ich einen Mann in einem Kleid ohne Schminke sah. In Aztlan und Ägypten hatten die Männer ebenso wie die Frauen Bleiglanz, Lippenstift, Lidschatten, den ganzen Schnickschnack aufgelegt. So ganz ohne sah dieser Typ fast nackt aus.

Ich kramte wieder die Meeresherrinnenstimme hervor. »Du trittst ungebeten in mein Gemach… Sterblicher?«

Er wusste gar nicht, wo er hinschauen sollte, darum starrte er auf den Boden. »Ich hatte, habe, hatte, habe Befehl, dich zu holen«, entschuldigte er sich. Ich schätzte ihn auf vielleicht sechzehn. Seine Stimme war bereits tief, er war auch ausgewachsen, doch er strahlte die Tollpatschigkeit eines jungen Hundes aus, der noch nicht in seine Pfoten hineingewachsen ist.

»El'i!«, kreischte Tamera von der Tür aus. »Was tust du hier?«

Das Mädchen kannte ihn? Aber wieso sollte mich das überraschen?

»Ich führe meine Befehle aus.« Er sah sie höchstens eine Sekunde lang an.

»Sie ist eine *haDerkato*! Man platzt nicht einfach so in das Zimmer einer Göttin! Sie könnte dich in eine Schnecke verwandeln!« Nur in eine Schnecke? Tamera traute mir offenbar nicht allzu viel zu. »Verschwinde, ehe sie es sich anders überlegt.« Damit schob Tamera ihn hinaus.

In der Tür blieb El'i stehen. »Ich warte draußen auf dich, Meeresherrin. Vergib mir mein schlechtes Benehmen.« Darin deutete sich bereits der Mann an, zu dem er heranwachsen würde: kompetent, ernsthaft, respektvoll. Bevor ich auch nur mit einem gnädigen Queen-Elizabeth-Winken reagieren konnte, knallte Tamera ihm die Tür vor der Nase zu.

Sie zeterte und ereiferte sich über El'i, bis ich fertig angezogen war. Mein Kleid war blau und hatte eine Schärpe in verschiedenen Grüntönen, Blau und Silber. Dazu trug ich meinen Neonschmuck, den ich in kaltes Wasser getunkt hatte, um ihm neues Leben einzuhauchen, zusätzlich hatte sie mir ein silbernes Band ins Haar gesteckt. Ich blickte auf die Sandalen, die ich mitgebracht hatte. Sie waren sexy, kess und kosteten wahrscheinlich mindestens ein Monatsgehalt.

Noch ein Grund, RaEm zu erwürgen. Was hatte sie in dieser Nacht da draußen gesucht? Laut Cammy war RaEm während einer äußerst lockeren Ramadanparty, auf der sie ihren Geburtstag gefeiert hatte, plötzlich spazieren gegangen. War sie nur zufällig über das Portal gestolpert? Und was war aus Phaemon geworden?

Ich schlüpfte in die Sandalen und wuchs auf den Schlag um acht Zentimeter. Mimi hatte mir mal erklärt, dass Männer auf hohe Absätze stehen, weil sie glauben, wir könnten darin nicht weglaufen. Als ich wie auf Stelzen die ersten Schritte wagte, begriff ich, dass sie damit vielleicht gar nicht so falsch lag.

Als Erstes strich Tamera Farbe auf meine Lider, dann dekorierte sie mein ganzes Gesicht mit farbigen Kringeln und Schleifen auf

Schläfen und Stirn, Wangen und Kinn. Ich würde mir das Gesicht waschen müssen, ehe ich versuchte, in der Menge unterzutauchen. Schließlich umringte sie auf meinen Wunsch hin meine Augen mit Bleiglanz.

Nachdem sie mich mit Zimt- und Minzdüften überschüttet hatte, rief Tamera nach El'i. In den kurzen Sekunden, während sie mir den Rücken zuwandte, schnappte ich mir mein kleines Überlebenspäckchen. Nach einem Nicken zu Dagon hin wurde ich von El'i aus dem Tempel eskortiert.

Auch wenn das Gebäude ausgesprochen praktisch aussah, war es von keiner Künstlerrasse errichtet worden. Sondern von Handwerkern, die nach einem Minimum an Aufwand strebten.

Malereien gab es nur wenige; Vergoldungen oder Edelsteine überhaupt nicht. Weiß gekalkte Lehmziegelwände und Steinpfeiler stützten ein Dach aus Stroh und Holzträgern. Schlichte Räucherschalen aus Messing wurden von ein paar Menschen mit Fischkopfmasken betreut. Der Tempel erfüllte seinen Zweck, doch er war kaum majestätisch zu nennen.

Ich trat in die kurze Mittelmeerdämmerung und kletterte in einen Ochsenkarren. El'i führte die Tiere, deren Hörner mit Muscheln und Glocken geschmückt waren. Sie gingen in schwerem, langsamem Schritt und ließen mir dadurch Zeit, mich auf der Fahrt durch die Stadt umzusehen. Offenbar ging alle Welt zu diesem Ritual. Menschen säumten die Straßen, anfangs flüsternd und singend – noch mehr Dagon-Verse! – und schließlich laut rufend, dass ich sie retten würde. Dagon war bereit, ihnen zu vergeben! Ich würde Ägypten zu den Pelesti bringen! Wir würden die *Teraphim* zurückbekommen! Die Ernte würde nie wieder schlecht ausfallen!

Ein Ritual. Verdammt. Je länger wir durch die geraden Straßen fuhren und je näher wir dem Meer kamen, desto nervöser wurde ich. Schon konnte ich das Salz schmecken und einen Hauch von Gischt in der Luft spüren. Ehe wir auf den Boulevard stießen, der parallel zum Strand verlief, fuhren wir in Richtung Süden. Wie konnte ich von hier verschwinden? Ganz gleich, was sie von mir wollten, ich würde ihnen nicht helfen können. Ich verstand nichts von Landwirtschaft. Noch weniger von Fischerei. Es gab keine Chance auf ein Happyend. Ich blickte zurück.

In Fünferreihen folgten sie dem Karren.

Ich blickte nach vorn.

Eine Menschenmenge hatte sich im Sand niedergelassen und schaute hinaus aufs Wasser. Zwischen einer felsigen Stelle am Strand und einem riesigen Felsen im Meer zog sich eine dunkle Linie hin, die von unten angeleuchtet wurde, und zwar von Männern in kleinen Nachen, die hoch erhobene Fackeln hielten. Innerhalb dieses Felsenbeckens konnte ich die Umrisse von Tieren ausmachen, die ich mit Ägypten in Verbindung brachte: Krokodilen. Ich hatte gar nicht gewusst, dass Krokodile Salzwasser mochten. Oder war dies ein Süßwasserteich? Wozu waren sie hier?

Wozu war ich hier?

Ich wischte mir den Angstschweiß von der Stirn. Die Menge begann einen Namen zu skandieren: *»HaDerkato! HaDerkato!«* Tamera hatte mich *haDerkato* genannt, doch was hatte das zu bedeuten? Hätte ich vielleicht danach fragen sollen? Konnte mir das Lexikon Auskunft geben?

Wir näherten uns einem überdachten Sessel auf einem Plateau oberhalb des Felsens. Überall schwärmten Frauen in Fischgewändern herum. Das Ritual am Meeresrand; ich hatte das unbestimmte Gefühl, dass ich dabei die Hauptrolle spielen würde. Vor Nervosität blieb mir fast die Luft weg. Was hatte das alles zu bedeuten? *Hallo, Lexikon?*

Allmählich wurde die Zeit knapp.

Die Bilder kamen prompt, eine Montage von Videos, Zeichentrick und Kunstwerken aus meinem früheren Leben. Ein Mädchen, eine Magd Dagons, wird aus dem Meer gestohlen. Nachdem man Dagon mitgeteilt hat, dass sie weg ist, wird sie ihm wieder dargeboten. Auf ziemlich endgültige Weise.

Falls sie überlebt, nimmt man an, sie sei Dagons Geliebte, die ihre Ernten wiederherstellen kann. Dann lebt die Magd das ganze Jahr hindurch bei dem Volk, damit den Menschen Dagons Gunst gesichert bleibt. Falls sie nicht überlebt, wird sie vom heiligen

Fisch, dem Krokodil, verschlungen und auf diese Weise an Dagon zurückgegeben.

Falls sie was nicht überlebt?, fragte ich nervös.

Den Seiltanz.

War das der dunkle Strich, den ich da sah? Ein Seil, das zwischen den beiden Felsen gespannt war? Wie kam ich nur aus dieser Sache raus? Sie erwarteten doch hoffentlich nicht, dass ich über dieses Seil spazierte? Ich sollte einen Seiltanz aufführen? Dass man im Altertum Seiltänze kannte, war mir vollkommen neu.

Wir waren angekommen, unser Karren parkte inmitten einer massiven Menschenmauer. Meine einzige Hoffnung war eine unverhoffte Rettung durch einen Hubschrauber. El'i half mir aus dem Karren und dann die durchgetretene Steintreppe hinauf. Hilfe!, brüllte ich lautlos. Cheftu, wenn du irgendwo in der Nähe bist, jetzt ist es höchste Zeit.

Der Pausenknopf meines Lexikons löste sich. Da kam noch mehr? Die Worte schoben sich über die Leinwand in meinem Kopf wie im Vorspann vom *Krieg der Sterne.*

Während der roten Flut gibt es eine Einschränkung gegenüber der üblichen Vorgehensweise.

Wobei die so genannte übliche Vorgehensweise darin bestand, dass eine Frau sich zu Tode stürzte und von Krokodilen aufgefressen wurde?

Ich war oben auf dem Felsen angekommen. Hunderte bevölkerten den Strand mit erhobenen Fackeln, alle Blicke waren auf mich gerichtet. Von meinem Standort bis zu dem Felsen im Hafenbecken waren es etwa zwanzig Meter Luftlinie, etwa fünf Meter oberhalb einer Krokodilgrube. Was sollte das – spielte ich hier live in einem Videospiel mit?

Etwa sieben Meter zu meiner Linken konnte ich auf Bodenhöhe einen Tümpel erkennen. Wie tief er war, konnte ich nicht einmal vermuten, doch er war einigermaßen groß. Der Wind blies mit aller Kraft und peitschte mir das Haar ins Gesicht. Wir lauschten gerade dem zirka neunhundertsten Dagon-Vers.

Ganz im Ernst, meine Alternativen waren recht beschränkt. Ich konnte unmöglich zwanzig Meter über ein Seil balancieren. Also würde ich als Krokodilköder enden? Ich sah wieder zu dem Teich hinüber, offenbar eine Art heiliger See innerhalb des Tempelbezirks. Konnte ich es bis dorthin schaffen, ohne mich dabei umzubringen? Und wie würde ich von hier, von diesem dämlichen Seil aus, dorthin gelangen? Wäre ein Sprung tödlich? Gott, womit hatte ich das nur verdient?

Das Lied endete. Tamera trat vor und bewegte den Mund, doch ihre Worte wurden vom Wind fortgerissen. Sie kniete vor mir nieder und deutete auf die Plattform. Sie war weniger als zwanzig Zentimeter tief und ungefähr dreißig breit. Wie viele Dagon-Bräute waren schon auf diese Weise gestorben?

Unten wurden die Fackeln gelöscht.

Tameras Hand auf meiner Schulter machte mir noch mehr Angst. »Warte, *haDerkato*. Erst muss die Geschichte erzählt werden.«

»Lasst euch Zeit«, erwiderte ich. Es war mir doch wohl nicht bestimmt, in einer lahmen Vorform von Zirkusshow zu sterben? War Cheftu hier, in der Menge, und schaute zu? Würde er mich dadurch erkennen? Meine Handflächen waren schweißglitschig. Tamera stieg vor mir ein paar Stufen hinauf und begann die Geschichte vorzusingen. Es war eine bezaubernd lyrische, sirenenhafte Melodie.

Irgendwie würde ich das Seil zum Schaukeln bringen müssen, wenn ich es in den Teich schaffen wollte. Ich schaute hinunter ins Wasser. Vielleicht hatten die Krokodile ja schon gegessen? Und waren nicht mehr hungrig? Der Wind kühlte meinen Schweiß aus, während ich gleichzeitig zuhörte und nach einem Fluchtweg suchte.

Als die Götter der Berge mit jenen der See einst im Kriege lagen,
Wurden die Sippen verbannt, die einst unsre Ahnen waren.
Quer über haYam *entflohen wir ihrem Groll, um hier zu siedeln, wo es flach ist und friedvoll.*
Doch dem Gott des Meeres schulden wir noch heute Leben und Einkunft, Kriegsglück und Seelenfreude.
Dagons Lust kennt keine Grenzen, er verführt, wen er be-

gehrt. In Mexos' Gestalt kam er von jenseits haYams *zu einer Maid, sie zu umschmeicheln, sie aus dem Volk seiner Mutter in die Ehe zu gleiten, und hielt an um ihre Hand.*

Sie war Derkato, ihr Anblick war eine Pracht. Ihre Stimme war hoch wie das Meer im Morgen, ihr Haar war wie die See bei Nacht. Mexos-Dagan suchte sie im Weinberg, im Feld und im Tal. Zuletzt fing er sie auf diesem Felsen, wo sie ihm nicht mehr entkam.

Ihre Rufe an die Muttergöttin blieben ungehört, sie konnte nur noch durch die Luft entschweben, sie konnte auf Dagons Gnade bauen oder sich Mexos als Geliebte ergeben.

Obgleich er um ihre Liebe weinte, ergriff sie die Flucht, die jungfräuliche Umarmung des Meeres sie sucht. Doch als sie unter den Wogen erwachte, war ihr Liebhaber längst schon da.

Dagon gewann den Leib der schönen Derkato, auch wenn ihre Seele gestorben war.

Das Lied war zu Ende, Tameras letzte Note schwebte davon zu den Sternen und stieg zum Vollmond auf.

Nach dieser Legende hatten sie mich also benannt? Nach diesem unglückseligen Wesen? Zwanzig Meter, war das zu schaffen? Aber was kam danach? Die alten Völker und ihre landwirtschaftlichen Methoden. Scheiße.

Ich musste es einfach hinüber schaffen. Irgendwie musste ich es einfach hinüber schaffen. Wenn ich mich nur irgendwie festbinden konnte … festbinden! Womit nur? Tamera sprach oder sang immer noch oder machte weiß Gott was, also fuhr ich hastig mit den Händen über meinen Körper. In meinem Notpaket war nichts Brauchbares. Meine Schärpe bestand aus leicht reißendem Stoff, mein Kleid war nutzlos. Ich schlüpfte aus meinen Sandalen, denn die waren Todesfallen.

Was nur? Was nur? Ich sah an mir herab und erblickte die Antwort.

Neon!

Die Neonhalskette bestand aus einer chemischen Flüssigkeit in einer Plastikhülle – und war über einen Meter lang. Sie würde nicht ewig halten, aber vielleicht lange genug, damit ich das Gleichgewicht wieder fand, falls ich ausrutschte? Konnten sie mich sehen? Verstieß ich damit gegen irgendwelche Regeln?

Ach Quatsch, wen kümmerte das. Mit zittrigen Fingern löste ich das Halsband und ging in die Hocke, einen Fuß auf dem Seil – das etwa sieben Zentimeter breit war –, den anderen noch auf der Plattform. Ich musste das Gelenk festbinden, damit mir noch genug Bewegungsfreiheit blieb.

Es war ein hirnrissiges Vorhaben, doch dass ich als Krokodilhäppchen endete, kam überhaupt nicht in Frage. Ich hatte Cheftu ein Versprechen gegeben. In unserer letzten gemeinsamen Stunde hatte ich ihm dasselbe geschworen wie er mir: Ich würde überallhin gehen, in jede Zeit, um ihn zu finden. Und was ich versprach, das hielt ich auch. Schließlich war ich eine Kingsley.

Tamera verstummte. Die meisten Fackeln waren gelöscht. Sie legte mir einen Finger auf die Schulter. War das mein Startzeichen?

Das einzige Problem bei meinem Plan war, dass das Plastik nicht fest schloss. Ich hatte es mehrere Male um meinen Knöchel geschlungen, doch es bildete keinen festen, Sicherheit gebenden Knoten. Zu blöd. Tamera stupste mich noch mal an. Meine Gedanken überschlugen sich. Was könnte ich sonst noch verwenden? Ich fasste nach oben: Ohrringe. Mit Steckern und Gegensteckern!

»Ruft meinen Geliebten für mich an«, befahl ich ihr. »Dagon will unsere, ähm, Verehrung und Liebe spüren.«

»Meeresherrin –«, setzte sie an.

»Macht schon!«, befahl ich. Gleich darauf hörte ich erneut ihre Stimme über mir. Sie sang eine Art Choral, in den die versammelten Pelesti einstimmten. Gleichzeitig zog ich die Ringe aus meinen Ohren, kniete nieder und jagte den Stecker gleich hinter dem letzten Knoten durch den Plastikschlauch. Als zusätzliche Vorsichtsmaßnahme – es konnten gar nicht genug sein – löste ich meine Schärpe und schlang sie um die Plastikknoten, um sie durch den Stoff zu verstärken.

»*HaDerkato!*«, rief Tamera. Unter mir wurde die letzte Fackel gelöscht. Das Neon war bereits wieder verblasst, doch es glühte immerhin noch so hell, dass ich einen Schritt voraussehen konnte. »Ogottogottogott«, flüsterte ich fast unter Tränen.

Sie begannen meinen Namen zu singen. Ich wagte mich einen Schritt vor und merkte, dass mich mein Kleid umbringen würde. Ohne lange nachzudenken, streifte ich es ab. Der Wind war eisig, aber ich konnte mich wenigstens frei bewegen. Ein Schritt und ich spürte das Seil unter meinen Füßen. Als der erste Fuß einigermaßen sicher stand, zog ich langsam das zweite Bein von der Plattform weg.

Stell dir vor, du stehst auf einem Schwebebalken, redete ich mir ein. Das ist bloß ein Schwebebalken, das ist bloß ein Schwebebalken. Konzentrier dich auf das andere Ende, schau nach vorn. Das tat ich. Dort war alles stockfinster. O Gott, o mein Gott.

Schwebebalken, Chloe. Erinnere dich, weißt du noch, wie es in deiner Kinderzeit war? Erinnerst du dich an den Stützpunkt in Südspanien? Wie gern hast du geturnt. Du hast Turnunterricht genommen … Ich schob das erste Bein vor und spürte, wie sich der Neonschlauch um meinen Knöchel zusammenzog. Meine Zehen berührten und erfassten gleich darauf das Seil.

Einen Sekundenbruchteil kam ich ins Schaukeln, dann spürte ich, wie ich das Gleichgewicht wieder fand. Ich stand fest und bequem. Die nächsten paar Schritte waren einfach, Schrittlänge und Timing schienen das einzig Problematische zu sein. Dann brachte mich eine Windbö aus dem Gleichgewicht. Ich hörte, wie ich den Atem anhielt, und wurde erneut von Angst gepackt. *Das Gleichgewicht halten, Chloe. Mach langsam, ganz langsam.*

Ehe wir aus Spanien wegzogen, war ich innerhalb weniger Wochen von einem Meter fünfundsechzig auf einen Meter fünfundsiebzig geschossen.

Wieder machte ich ein paar Schritte. Meine Brustwarzen waren so kalt, dass sie sich wie aufgeklebt anfühlten. Meine Beine zitterten vor Anstrengung. Mein Haar war schweißnass, und ich konnte immer noch nicht das Ende des Seiles sehen. Weiter, ermahnte ich mich selbst. Erinnerst du dich an den Sommer damals? Ich war heim nach Texas geflogen, zu meiner Großmutter Mimi. Sie hatte mich nur kurz angeschaut und mich dann woanders angemeldet.

Beim Ballett. In der Mannequinschule. In der Tanzschule. Sie ließ mich mit einem Buch auf dem Kopf herumlaufen, sie schaute zu, während ich ohne Ende *Tendus, Demipliés* und *Relevés* übte; sie ließ sogar eine Ballettstange auf der hinteren Veranda anbringen.

Noch ein paar Schritte; es wurde allmählich leichter. Noch ein paar. Ich hatte schon fast die Hälfte geschafft! Das flüchtige Gefühl des Beinstreckens und langsamen Vorgleitens war sofort wieder da. Der Wind hatte sich gelegt; die Menge war verstummt. Mit zusammengebissenen Zähnen entkrampfte ich die Fußsohle und brachte sie behutsam nach vorn, bis knapp vor den anderen Fuß. Ich wollte mein Gewicht in den Hüften und Schenkeln nicht verlagern, deshalb kamen große Schritte nicht in Frage. Noch ein Schritt, inzwischen war mir so heiß, dass ich schwitzte. Die Arme hatte ich zur Seite gestreckt, um besser Balance halten zu können.

Bis ich aus Texas abreiste und zu meiner Familie zurückkehrte, die mittlerweile in die Türkei umgesiedelt war, hatte ich meine Glieder wieder unter Kontrolle. Ich hatte noch mal ein, zwei Zentimeter zugelegt, doch ich verstand mich zu bewegen. Als Mimi mich zum Flughafen brachte, zu dem Flug nach Rom, wo ich umsteigen musste, hatte sie mich in die Arme geschlossen. Ich hatte ihr gedankt. Und mitten in meiner Dankesrede –

Begann das Seil zu wackeln. Die Menschen schrien auf. Ich stürzte.

Weil ich festgebunden waren, blieben meine Füße am Seil; außerdem hatte ich mich mit den Händen festgehalten. Doch mein Körper hing jetzt nach unten. Unter mir sperrten die Krokodile erwartungsvoll ihre Mäuler auf. Ich zögerte keine Sekunde; ich zog mich wieder auf das Seil hoch, mit brennenden Händen und einer ganz oder fast ausgerenkten Schulter.

Das Seil wackelte zwischen meinen Schenkeln hin und her. Die Neonfessel hatte sich verdreht, sodass ich verkehrt herum auf dem Seil zu liegen kam. Die Zuschauer zischten.

Worte, bei denen sich Mimi im Grabe umgedreht hätte, schossen aus meinem Mund. Auf dem Bauch liegend und gegen die Tränen ankämpfend fragte ich mich, wie ich wohl wieder hochkommen sollte. Scheiße! Scheiße! Konnte ich mich mit den Händen bis zum anderen Ende schieben? Die Menschen unter mir klangen nicht besonders begeistert. Scheiße! Nach einer Auszeit, die erst zu Ende war, als der Schweiß auf meinen Händen getrocknet war und ich meine Fußfessel entwirrt hatte, stand ich wieder auf.

Ganz vorsichtig, um nicht aus dem Gleichgewicht zu kommen, arbeitete ich mich erst in eine Fötusstellung und dann in die Hocke hoch. Es war genau wie beim Wasserskifahren. Ganz, ganz langsam aufstehen. Meine Beine schlotterten, doch ich stand wieder auf den Füßen.

Unter mir brachen sie in Jubel aus.

Ich schaute nach vorn; immer noch dunkel, aber nur noch halb so schwarz.

Nach zwei weiteren Stürzen ertastete ich endlich die Felskante. Meine Schulter war inzwischen komplett ausgerenkt. Ich brach auf dem festen Stein zusammen und zerrte mit meiner unversehrten Hand an der Neonschnur. Ich musste sie verschwinden lassen, ich ahnte nämlich, dass sie einen solchen Beschiss nicht gutheißen würden.

Hände legten sich auf mich, Wein netzte meine Lippen und für kurze Zeit spürte ich nur noch den Adrenalinrausch, es geschafft zu haben. O Gott, ich hatte überlebt! Danke, petrochemische Industrie! Danke, Gott! Meine Hände zitterten zu stark, als dass ich mir das Gesicht abwischen konnte. Meine Schulter schmerzte unerträglich.

Ich hoffte nur, dass ich den Felsen nicht mehr hinunterklettern musste. Ich glaubte nicht, dass ich noch stehen konnte.

»HaDerkato?«, fragte Tamera. Jemand zerrte an meinem ausgerenkten Arm; ich hörte mich schreien, dann wurde es schwarz um mich herum.

Nur weil RaEm von Chloes Welt erzählte, war sie zu ertragen. Sie erzählte Cheftu von Chloes Schwester, der Ägyptologin Camille; von Chloes Kleidung, die größtenteils schwarz und asymmetrisch geschnitten war; von Chloes Exfreunden, die RaEm zwar aus halb verblassten Erinnerungen seiner Geliebten gestohlen hatte, die ihm aber dennoch unangenehm waren; und von Chloes Tätigkeit als

Grafikerin. Für RaEm war Kunst etwas, das Sklaven und Dienern vorbehalten und somit weit unter ihrer Würde war.

Soweit Cheftu erkennen konnte, hatte RaEm, nachdem sie sich monatelang gegen die gemachte Erfahrung gesträubt hatte, beschlossen, die Rolle der Chloe zu spielen. Ihm fiel auf, dass jeder von ihnen, er, RaEm und Chloe, nach dem ersten Zeitsprung in eine fremde Rolle geschlüpft war. Weil sie Angst davor hatten, entdeckt zu werden? Oder war das einfach auf die Erkenntnis zurückzuführen, dass man, wenn man sich nicht einfügte, in einer fremden Welt ungeheuer einsam war?

Allerdings hatte RaEm ihre Fassade von Anfang an nur notdürftig aufrechterhalten können, denn ihr fehlte jedes Talent. Chloes Malsachen hatte sie kein einziges Mal angerührt, was in der Neuzeit anscheinend einige Fragen aufgeworfen hatte. Doch hätte RaEm sich, falls sie sich anders geäußert oder anders gehandelt hätte, um einige physische Annehmlichkeiten und um Gesellschaft gebracht. Und das würde RaEm auf gar keinen Fall tun.

Dennoch hatte es ihr keine Ruhe gelassen, dass sie in Chloes Zeitalter und Gesellschaft so unbedeutend sein sollte; das wusste er inzwischen. Natürlich wusste er inzwischen alles. Er wusste, dass sie Neon und fluoreszierende Materialien liebte sowie alles, was im Dunklen leuchtete. Er wusste, wer J. R. erschossen hatte. Er kannte alle Speisen, die im Hilton von Kairo serviert wurden.

Dieses Wissen wäre angenehm, sogar unterhaltsam gewesen, wäre es nicht mit negativen Kommentaren durchtränkt worden. Mit Klagen und Sticheleien, die ihre Weltsicht prägten. Sechs Tage mit dieser Frau zusammen auf einem Felsen – durch diese Strafe waren gewiss all seine Sünden getilgt!

Der Wassermangel machte sich bemerkbar, beide litten unter grauenvollen Kopfschmerzen. Salzwasser zu inhalieren verätzte nur ihre Nasenhöhlen, und das wenige Süßwasser, das sie auflecken konnten, machte sie krank. Die Situation spitzte sich allmählich zu.

Er besaß immer noch die Orakelsteine, die Urim und Thummim, die er und Chloe aus Aztlan mitgebracht hatten, doch RaEm sollte keinesfalls erfahren, dass er sie bei sich hatte. Da das Inselchen kaum breiter war, als er von Kopf bis Fuß maß, gab es keinerlei Intimsphäre. Falls sie erfuhr, dass er die Zukunft vorhersagen oder zumindest mit dem einen Gott Verbindung aufnehmen konnte, würde sie ihn wahrscheinlich umbringen.

Die Vorstellung, RaEm könnte in die Zukunft schauen, war beängstigend. Wie würde sie dieses Wissen für sich ausnutzen… diesen Gedanken wollte er lieber nicht weiterspinnen.

Er wälzte sich auf die Seite. Bald würde die Abenddämmerung des sechsten Tages anbrechen. Das mit dem Angeln hatte drei Tage lang ganz gut funktioniert, doch die vergangenen drei Tage hatten ihm nichts eingebracht. Nichts außer RaEms stichelnden Nörgeleien und ihren egozentrischen Bemerkungen.

Schließlich war Cheftu ihr über den Mund gefahren. Sie hatte ihn mit obszönen Beschimpfungen überhäuft und dann den restlichen Tag nur aufs Wasser gestarrt. Eigentlich war es ganz angenehm gewesen, so in aller Stille vor sich hin zu dösen.

War das gestern oder vorgestern gewesen? Er konnte sich nicht mehr entsinnen, er konnte sich keine andere Zeit mehr vorstellen als jenen Moment, den sie gerade durchlebten. Er hatte so lange auf den Horizont gestarrt, dass sich das Bild in seine Augäpfel geätzt hatte; ob Morgen, Mittag oder Abenddämmerung machte keinen Unterschied.

Wieder ging sein Blick übers Wasser, aber Moment! War da nicht ein Schatten? Langsam setzte er sich auf und beobachtete, wie der Schatten an Masse gewann. Es wurde schon dunkler, doch er war sicher, dass da ein Schiff fuhr! Wie konnte er die Seeleute nur auf sich aufmerksam machen?

Was hatte das Schiff hier zu suchen?

Die ganze Nacht hindurch heftete Cheftu seinen Blick auf denselben Fleck und betete dabei, dass er nicht halluziniert hatte, dass der Schatten am nächsten Morgen noch da sein würde. Als das Licht auf sein Gesicht fiel, wachte er mit einem Ruck auf und starrte hinaus aufs Wasser. Kein Schiff. Die Enttäuschung war so bitter, dass er sie auf der Zunge schmeckte. Sie würden verdursten, inmitten von lauter Wasser. Vielleicht sollte er die Steine befragen;

was sollte denn jetzt noch geschehen? Er schaute über die Schulter zurück, nur für den Fall, dass er sich in der Richtung getäuscht hatte.

Das Schiff hielt genau auf sie zu! Das war ihre Rettung! Ein Wunder! »RaEm, schau! Schau!«

Sie setzte sich auf und rieb sich die Augen. »Ob sie uns sehen?«

»Ganz bestimmt«, sagte Cheftu. »Sie halten genau auf uns zu.« Er sah wieder auf das Schiff und versuchte einzuschätzen, in welcher Epoche sie sich befanden. Die Takelage war nicht typisch ägyptisch, trotzdem leuchtete auf dem Toppsegel ein ägyptisches Zeichen. »Was ist das für ein Symbol?«, fragte er.

»Die Scheibe mit den Händen?« RaEm blinzelte zu dem Tuch hoch, das sich im Wind blähte. »Ist das eine Hieroglyphe?«

»Nein, ich glaube nicht.«

Das Schiff steuerte immer noch genau auf sie zu, doch es behielt auch sein Tempo bei. Im Gegenteil, es beschleunigte noch, denn es setzte Segel und Ruder ein. »Bist du sicher, dass sie uns gesehen haben?«, fragte RaEm. Sie waren beide aufgestanden; die Hoffnung hatte ihnen neue Kraft verliehen.

Das Schiff würde an ihrer Insel zerschellen! »Nein«, erkannte Cheftu. »Sie sehen uns nicht! Wir müssen schreien, brüllen, sie warnen.«

Plötzlich drehte das Schiff ab, weg von ihnen und der Insel. »Was in Horus' Namen tun sie da?«, entrüstete sich RaEm, die Hände in die Hüften gestemmt. Wenn das Schiff seinen jetzigen Kurs beibehielt, würde es einfach an ihnen vorbeisegeln.

Vorbeisegeln und sie *zurücklassen.* Cheftu legte die Hände an den Mund und brüllte aus Leibeskräften. Würden sie seine Rufe über dem Schlag der Trommel hören? Wieder hielten die Ruderer inne und die Segel welkten dahin. Das Schiff kam zum Stehen.

RaEm und Cheftu sahen stehend zu, wie die Sonne aufging. Sie hörten Gesprächsfetzen, konnten aber nichts verstehen. »Was tun sie da?« RaEm war vom vielen Schreien schon heiser.

»Das kann ich beim besten Willen nicht sagen«, antwortete Cheftu und blinzelte zum Schiff hin. Plötzlich setzten die Ruder wieder ein, sodass das Schiff fast rückwärts setzte.

»Sie werden uns hierlassen!« RaEm sprang ins Wasser und schwamm auf das Schiff zu, das jetzt wieder von ihnen wegsegelte.

Cheftu sah entsetzt zu. Was für eine Farce! Das durfte doch nicht wahr sein! Er schob die Finger in den Mund und blies mit aller Kraft, sodass der schrille Pfiff bestimmt bis Kreta zu hören war.

Das Schiff kam zum Stehen.

»Mann über Bord!«, rief jemand. Cheftu sackte erleichtert in sich zusammen, als er sah, wie ein Kahn an der Schiffswand herabgelassen wurde und auf RaEm zuruderte.

Grâce à Dieu! Welcher Idiot stand denn da am Steuer?

Erstaunt, dass RaEm ihn nicht vergessen hatte, verfolgte Cheftu, wie der Kahn sich seinem Inselchen näherte. Als das Boot größer wurde, erkannte er, dass drei Männer darin saßen. Zwei ruderten, der dritte hatte den Kopf über die Reling gehängt. Was für ein Seemann war das denn?

Das Boot setzte auf dem Felsen auf. Die beiden Matrosen kümmerten sich gar nicht um RaEm, sondern halfen dem Dritten, einem spindeldürren Ägypter, an Land. Mit einer präzisen, extravaganten Geste wischte sich der Mann das Gesicht ab und wandte sich dann an Cheftu.

»*Aii*, du Narr! Was im Namen des großen Gottes Aton tust du hier, so mitten im Meer? Sprich!«

Cheftu starrte den Mann wortlos an, komplett überfahren durch die vehemente Begrüßung.

»Sprich! Oder bist du vielleicht ein ungewaschener Ausländer, der keine zivilisierte Sprache versteht?«

»Es verschlägt ihm bisweilen die Sprache, wenn er einem so angesehenen Reisenden gegenübersteht«, meldete sich RaEm mit einer Stimme zu Wort, die auf wundersame Weise mürrisch und respektvoll zugleich klang. Der Mann warf ihr einen abschätzigen Blick zu, und Cheftu sah RaEms Nasenflügel vor Zorn erbeben.

»Ist das dein Sklave?« Der Mann sah Cheftu an und deutete dabei mit dem Daumen auf RaEm. »In diesem Fall musst du mehr Gold verdienen und dir einen gesünderen kaufen. Er sieht aus, als würde er bald sterben.«

»Sklave?«, wiederholte RaEm entrüstet. *»Er?«*

Der Mann schenkte ihr gar keine Beachtung, sondern wandte sich ausschließlich an Cheftu. »Bist du ein Bauer? Oder ein Handwerker?« Er schaute über die Schulter zurück. »Ihr habt ja nicht einmal ein Dach über dem Kopf! Welche Götter haben euch nur an einen so elenden Ort verbannt?«

»Der eine Gott«, mischte sich RaEm ein.

»Verzeih mir«, meinte Cheftu in äußerst diplomatischem Tonfall, »doch wer bist du?«

»Wenamun – *aii*, nein, ich bin Wenaton. Herr Wenaton. Botschafter Wenaton.«

Cheftu und RaEm wechselten einen Blick. Er wusste nicht, wie er hieß?

»Fünfundzwanzig Überschwemmungen lang war ich Wenamun, doch dann hat dieser Geck sich den Thron unter den Nagel gerissen und Amun-Re verbannt, und wir mussten alle unsere Namen ändern«, grollte er.

»Er hat den König der Götter verbannt?« RaEms Stimme hob sich entsetzt.

»Ruhe, Mann!«, bellte er. »Es ist ein Verbrechen, auch nur seinen Namen zu nennen.«

»Ich bin eine Frau«, zischte RaEm ihn an. »Kannst du das nicht sehen?«

Wenaton warf einen kurzen Blick auf ihre Brüste und ihren Rock. »*Aii*, das bist du wohl.« Er sah wieder Cheftu an. »Der Aton hat uns alle durcheinander gebracht – Männer, Frauen, alle sehen heutzutage gleich aus.«

»Wer oder was ist der Aton?«, fragte Cheftu.

Wenaton drehte sich um und deutete auf das schlaff am Mast hängende Segel. »Siehst du diese Scheibe mit den Händen?« Cheftu und RaEm nickten einträchtig. »Das ist der Aton. Die kleinen Hände sind die Sonnenstrahlen, die er ausschickt und mit denen er unsere Köpfe berührt.« Er senkte wieder die Stimme. »Pharao hat er damit sogar im Kopf berührt, wenn ihr mich versteht.«

Wieder tauschte Cheftu einen Blick mit RaEm. »Was führt dich hierher, Herr?«, erkundigte sich Cheftu.

»Ich bin gerade auf der Heimfahrt aus Tsor. Dieser unnütze

Sohn eines Ziegenhändlers, Zakar Ba'al, hat mich zwei Jahreszeiten lang warten lassen, ehe er Pharaos Wunsch nachgekommen ist, etwas Holz auszuführen.«

»Holz?« Cheftu kam sich allmählich vor wie ein Papagei, derart idiotisch wiederholte er jedes zweite Wort, doch es gab so viel zu verstehen, so viel zu verarbeiten. Ihm war leicht im Kopf, und er war durstig; wahrscheinlich hing das damit zusammen.

»Genau. Pharao. Seine hohe Geckenhaftigkeit errichtet soeben den nächsten Anbau zu seinem Kochpott von Palast in Achetaton.«

»Wieso nimmt er keine Lehmziegel?«

»Also, dieser Aton«, Wenaton sah zur Sonne auf und machte das Zeichen gegen den bösen Blick, »der ist verflucht heiß in Achetaton. Lehmziegel sind viel zu heiß, um darauf zu gehen, deshalb brauchen wir Holz für die Böden im Palast und im Tempel.«

»Wieso sollte der Boden des Tempels heiß werden?«

»Weil die Sonne darauf scheint, du Idiot!«, fuhr Wenaton ihn an. »Bist du ein Bauer? Weißt du etwa nicht, dass die Hitze der Sonne den Boden erwärmt?«

»Der Tempel hat doch ein Dach, um die Menschen vor der Hitze zu schützen«, erwiderte Cheftu langsam und mit mühsam gezügeltem Zorn.

»Nein.«

»Nein?« Jetzt war es an RaEm, ihn zu wiederholen, und zwar mit so weit aufgerissenen Augen, dass Cheftu rund um die Pupillen das Weiße sehen konnte.

»Nein«, bestätigte Wenaton. »Er hat kein Dach.«

»Was für ein Idiot baut so etwas?«, fragte RaEm. Ausnahmsweise war Cheftu mit ihr einer Meinung.

Wenaton schüttelte den Kopf. »Das weiß ich nicht, aber entworfen hat es Pharao. Amun-Re, der nicht wollte, dass das wenige Gehirn seiner Priester auch noch verglüht, hatte Tempel mit Dächern. Es war sogar kühl darin, falls du jemals in einem warst.« Er betrachtete Cheftu mit seinem langen, lockigen Haar.

»Offenbar nicht«, urteilte Wenaton schließlich. »Jedenfalls will der Aton sein Licht auf uns herabregnen lassen. Und zwar den ganzen Tag. Jeden Tag. Von morgens bis abends. In heißer, glühender Hitze.« Wenaton legte eine Hand an die Stirn. »Die Seereise hat meine Brandblasen geheilt, aber du hättest sie sehen sollen! Ich habe mich geschält wie eine Zwiebel aus Ashqelon! Was für ein Opfer an Aton.«

»Widerwärtig«, bekundete RaEm von oben herab.

»Das ist die neue Hoftracht. Ein Sonnenbrand. Ein Sonnenbrand bezeugt, dass man ein guter Ägypter und dem Aton treu ergeben ist.« Wenaton zögerte einen Augenblick und wirkte plötzlich weniger lächerlich und wesentlich nachdenklicher. »Die Gesandten aus dem Ausland sind überzeugt, dass Pharao verrückt geworden ist«, meinte er betreten. »Die meisten Adligen Ägyptens haben ihm bereits abgeschworen.«

RaEm sah den kleinen Mann mit offenem Mund an. Wahrscheinlich hatte sie noch nie gehört, dass jemand nicht zufrieden mit der herrschenden Klasse war, und schon gar nicht in Ägypten. Cheftu erstickte ein Lächeln. Was sie wohl sagen würde, wenn er ihr erzählte, dass seine Landsleute ihren Monarchen Louis XVI. nicht nur abgesetzt, sondern auch einen Kopf kürzer gemacht hatten?

Rebellion war im alten Ägypten unbekannt, denn Pharao war die Verkörperung Gottes. Wenigstens war Rebellion *früher* im alten Ägypten unbekannt gewesen. »Wer ist Pharao?«, erkundigte sich Cheftu vorsichtig.

Der Kleine richtete sich zu voller Größe auf, drehte die Handfläche nach oben und hob die Hand. »Pharao, ewig möge er im Aton leben!, ist Echnaton.«

Ech-na-ton, wiederholte Cheftu im Geist. Er lebt in Ach-et-aton, das offenbar nach ihm benannt wurde.

»Wer ist seine Gefährtin?«

Cheftu sah, wie die Räder ihrer Habgier zu mahlen begannen.

»*Aii*, früher war das Nofretete. Was für eine Frau…« Wenaton verstummte mit verträumter Miene. »Sie hat sogar wie eine Frau ausgesehen. Zu schade, dass sie verbannt wurde. Sogar über das große Grün verschifft wurde, glaube ich. Ihr Gesicht war so lieblich, dass ihretwegen tausend Schiffe Segel gesetzt hätten.« Er seufzte wieder.

Cheftus Haut kribbelte. Wann würden diese Männer ihnen etwas zu trinken geben? Seine Zunge war festgeschwollen.

»Wenn sie nicht mehr da ist, wer regiert dann an Echnatons Seite?«, schmunzelte RaEm den spindeldürren Botschafter an.

»Niemand lange. Pharao hat alle seine Töchter geheiratet, in dem Versuch, einen Sohn und Thronerben zu zeugen.« Der kleine Ägypter wischte sich die Nase an der Handfläche ab. »Seit zwei Überschwemmungen habe ich keinen Fuß mehr auf ägyptischen Boden gesetzt. Neues werde ich erst erfahren, wenn wir im Delta anlegen.«

Auf einen Ruf hin drehten sie sich um, und Wenaton strahlte vor Freude, als er das Schiff jetzt dicht vor der Insel liegen sah. »*Aii*, ich weiß es zu schätzen, dass ihr mich in eurem Heim empfangen habt.« Er verbeugte sich. »Der Aton segne euch.«

»Warte!«, rief RaEm. »Du kannst uns nicht hier zurücklassen! Hier haben wir überhaupt nichts!«

»Daran hättest du denken sollen, als du diesen langhaarigen Gecken geheiratet hast. Wovon lebst du eigentlich?«, wandte sich Wenaton an Cheftu.

»Wir sind nicht verheiratet«, widersprach Cheftu, die Zähne fest zusammengebissen. »Und ich bin ... königlicher Berater«, ergänzte er, ohne sich von RaEms Schnauben aus dem Konzept bringen zu lassen.

Wenaton hielt inne und sah ihn zornig an. »Und wieso bist du dann nackt? Und sitzt hier draußen mit deiner Braut, wenn du nicht mal mit ihr verheiratet bist? Was für ein Berater bist du denn, so ganz ohne König?« Er blickte über Cheftus Schulter. »Oder ist hier irgendwo ein König?«

»Ich war nicht – es ist nicht –«, setzte Cheftu an, dann gab er auf und lief Wenaton hinterher, der bereits in seinen Kahn kletterte. »Herr, wir sind nicht verheiratet. Wir leben nicht hier. Wir sind schiffbrüchig.«

»Bringt uns nach Ägypten«, heulte RaEm. »Bitte, bei aller Liebe zu den Göttern! Wir sind Ägypter!«

Wenaton hielt inne und sah sie abwechselnd an. »Wieso habt ihr das nicht gleich gesagt? Zu dumm, hierher zu ziehen, mitten ins Nichts, wo man nicht das Geringste anbauen kann«, grummelte er. Er rief einem Matrosen etwas zu, befahl ihm, zwei weitere Schlafmatten vorzubereiten, warf Cheftu einen Umhang zu und ließ sich schließlich in seinem Kahn nieder.

»Hoffentlich vergisst er nicht, uns holen zu lassen«, murmelte Cheftu, während er dem kleinen Boot hinterherschaute und endlich wieder die Wärme festen Leinens auf seinem Körper spürte. Der kleine Ägypter wurde wie ein Paket an der Bordwand hochgezogen, dann wurde das Boot zu Cheftu und RaEm zurückgerudert.

Als sie beide hineingeklettert waren, wechselten sie ein erleichtertes Lächeln – wahrscheinlich der erste nicht feindselige Kontakt seit einer Woche. Cheftu sah sich noch einmal im hellen Tageslicht um. Es war ein Wunder, dass sie gerettet worden waren.

Sie legten längsseits am Schiff an und warteten darauf, dass ein Seil zu ihnen herabgelassen wurde. Sie warteten noch länger. Der Ruf, Anker zu lichten, wehte über sie hinweg, und RaEm hechtete schreiend und trommelnd gegen das große Schiff.

Die beiden Matrosen sahen sich kopfschüttelnd an. Keiner von beiden hatte auch nur ein Wort gesprochen, und Cheftu bemerkte, dass sie keine Ägypter und auch nicht wie Ägypter gekleidet waren. Wenn Echnaton der nicht anerkannte Pharao Ägyptens war, wer war dann sein Vater? Wie war er dazu gekommen, den Aton zu verehren? Die drei Männer schauten zu, wie sich RaEm in die Schlacht gegen die Schiffswand stürzte.

»Was soll das Getobe?«, bellte Wenaton, der oben über die Reling schaute.

»Herr! Bitte nimm uns mit nach Ägypten!«, rief Cheftu nach oben, über RaEms Kopf und Gezeter hinweg.

Ein Seil schlackerte herab und Cheftu zog es straff, um sich hochzuziehen. RaEm sprang auf seinen Rücken, sodass er beinahe das Gleichgewicht verlor. »Glaub bloß nicht, dass du mich so leicht los wirst«, sagte sie schnell. »Ich bleibe bei dir.«

»Schon gut.« Cheftu biss die Zähne zusammen. Seit er mit

RaEm zusammen war, tat ihm der Kiefer weh. Und zwar ununterbrochen. »Du hängst an meinem Rücken. Ich kann so nicht klettern, RaEm.«

»Du findest mich zu fett?« Die Entrüstung war ihr deutlich anzuhören.

In Wahrheit war sie dürr wie ein Gerippe und ihrem Körper fehlte jeder weibliche Zug. »Nicht allzu –«

»Mach schon, du Geck!«, rief Wenaton von oben. »Hör auf, mit deiner Dirne zu poussieren, und klettere wie ein Mann nach oben!«

Die Matrosen lachten, auch wenn sie ihr Prusten hinter vorgehaltenen Händen verbargen. Cheftu wünschte RaEm zusammen mit Wenaton auf den Meeresboden, ehe er sich und RaEm die Schiffswand hochzog. Nach Wasser lechzend, brach er auf dem Deck zusammen.

Am nächsten Morgen, nach einer kleinen Mahlzeit aus Obst und etwas Wasser, um ihren Magen zu schonen, sah Cheftu den Wellen zu, die gegen den Schiffsrumpf leckten. Dies sei ein Schiff aus Tsor, von Zakar Ba'al persönlich erbaut, hatte Wenaton behauptet.

Der Botschafter war für Pharao auf Reisen gewesen und nun dabei, zwei Jahre später als vorgesehen, an den Hof zurückzukehren. Cheftu sah, wie sich RaEm bei dem Gedanken an Gold, einen Pharaonenhof und viel Adlige die Lippen leckte. Wenatons Navigator war einen Monat nach dem Ablegen gestorben, und seither versuchten sie, den Heimweg nach Ägypten zu finden.

Jeder der Männer wollte in eine andere Richtung segeln, was jene Segelmanöver zur Folge hatte, die Cheftu und RaEm beobachtet hatten: erst eine halbe Seemeile in die eine Richtung, dann eine Wende, um an den Fleck zurückzukehren, von dem aus sie losgesegelt waren, aber ohne ihn zu finden. Cheftu meinte zu wissen, wo sie waren, also schlug er vor, in Richtung Südosten zu segeln.

Nach langem Lippenkneifen und Stirnrunzeln erteilte Wenaton den entsprechenden Befehl. Die Tsori sahen einander an, setzten dann widerwillig die Segel und wiederholten den Befehl in ihrer eigenen Sprache: »Der alte Narr weiß plötzlich, wie er heimkommt. Setzt die Segel, wir denken uns solange etwas anderes aus.«

Mit aufflammendem Zorn brüllte Cheftu in ihrer Sprache: »Nach Südosten in Richtung Ägypten zu segeln ist das Einzige, was ihr tun werdet!« Die Matrosen erstarrten und sahen ihn entsetzt an. »Am Abend des dritten Tages müssten wir in Ägypten ankommen.«

Wenaton und RaEm verfolgten den Wortwechsel zwischen ihm und den Matrosen wie ein Tennisduell. Cheftus Blick kam auf dem Bootsmann zu liegen. »Herr«, sagte der gerissene Tsori, »wir sind weit draußen auf dem Meer; wir haben Monate gebraucht, um hierher zu kommen. Ich fürchte, es wird auch Monate brauchen, bis wir den Nil erreichen, selbst wenn wir wüssten, in welche Richtung wir segeln müssen.«

Cheftu ging über das Deck auf den Mann zu, bis sie sich Auge in Auge gegenüberstanden. »Wozu ihr auf dem Weg nach Norden Wochen und Monate gebraucht habt, werdet ihr in Richtung Süden genau drei Tage brauchen«, erklärte er tonlos. »Ich weiß es. Ich kenne den Weg.«

Der Tsori erbleichte und senkte den Blick.

»Ihr habt den Botschafter hintergangen«, sagte Cheftu in der Sprache des Bootsmannes. »Glaubt nicht, dass ihr das mit mir tun könnt.« Meine Frau erwartet mich, dachte er. Ich werde mich nicht von euren Komplotten daran hindern lassen, sie wieder zu sehen. »Falls ihr es probiert, werdet ihr meinen Zorn zu spüren bekommen.« Cheftu starrte dem Mann provozierend in die Augen. »Die Antwort, die ich erwarte, lautet: ›Ja, Herr.‹«

Der Mann schwieg, doch aus seinen Augen leuchtete es rebellisch.

Cheftu trat einen Schritt zurück und rief zwei Matrosen herbei, stämmige Kerle mit flinken, dunklen Augen und vorspringenden Nasen. »Dieser Mann ist seines Ranges enthoben«, wies er an. »Er wird in den Schiffskerker gesperrt, bis wir Kemt erreicht haben.«

»Herr –«, protestierte der Bootsmann.

»Sofort«, befahl Cheftu.

Belämmert führten die Matrosen ihren Vorgesetzten unter Deck ab. Cheftu winkte RaEm heran. Sie überquerte das Deck, den Körper keck entblößt. Cheftu flüsterte ihr zu: »Wir können uns nicht darauf verlassen, dass der Bootsmann wirklich eingesperrt wird. Geh ihnen nach und überzeuge dich davon.« Sie nickte knapp. »Vergiss nicht, RaEm, wenn sie meutern, wirst du Ägypten nie wieder sehen, und du wirst auch Pharao nicht begegnen.«

»Darf ich ihn schlagen?« Ihre Lippen waren leicht geöffnet.

Cheftu sah hinaus aufs Wasser, und sein Blut gefror. »Nicht so sehr, dass er medizinische Pflege braucht. Ich habe keine Lust, ihn wieder gesund zu pflegen.« Ihr Atem ging schwer, und ihre Pupillen waren geweitet. »Treib kein falsches Spiel mit mir, RaEm«, sagte er. »Sonst werde ich dir beibringen, was wahrer Schmerz ist. Und jetzt geh«, befahl er, ohne sich noch einmal umzudrehen.

Die Matrosen standen wie erstarrt und glotzten ihn an. Cheftu musterte sie der Reihe nach. »Dieses Schiff gehört Wenaton, eurem Herrn. Ihr gehört ihm ebenfalls, ihr seid ein Geschenk eures Königs.« Seine Stimme hallte durch das abwartende Schweigen. »Ihr habt meinen Herrn zum Narren gehalten, doch das hat ab sofort ein Ende.« Er fuhr sich mit der Zunge über die Lippen, es war ihm unangenehm, dass er ihnen drohen musste. Doch andernfalls würden sie sich nicht fügen. Vielleicht hatte man ihnen aufgetragen, den Botschafter irgendwo unterwegs loszuwerden. »Wir werden Ägypten innerhalb einer Woche erreichen, wobei genug Zeit für widriges Wetter eingerechnet ist, andernfalls werdet ihr eure erbärmlichen Segelkünste mit dem Leben bezahlen.«

Sie zuckten zusammen. Gut, dachte Cheftu. »Euer Bootsmann hat bereits seine gerechte Strafe bekommen. Es wäre schade, wenn noch mehr von euch sie erdulden müssten.« Vor allem, da RaEm sie bis zur Ekstase peitschen würde. Ein Schauder überlief Cheftu. »Und jetzt nehmen wir Kurs auf Ägypten. Und zwar sofort!«

Die Tsori liefen los, um die Segel zu setzen, den Schlag für die Ruderer zu beschleunigen, in die Wanten zu klettern oder unter Deck zu verschwinden. Kurz darauf hatte das Schiff Fahrt aufgenommen, die Segel blähten sich unter dem Wind und die Ruderer legten ein angenehmes, kraftvolles Tempo vor. Wenaton wartete unter dem Mast auf Cheftu.

»Ausgezeichnete Arbeit, Herr«, lobte er ihn ohne jede Vorrede. »Es ist mir eine Ehre, dich an Bord zu haben.«

Cheftu senkte den Kopf, sein Ärger war verraucht. »Es ist von höchster Dringlichkeit, dass ich möglichst schnell in Ägypten ankomme.«

»Wartet Pharao auf dich? Bist du ein Geschenk für den Thron? Wie bist du mitten im Meer gelandet? Und wie heißt du?« Wenaton zeigte mehr Respekt, aber auch mehr Verstand, als Cheftu ihm zugebilligt hatte.

»Das ist eine lange Geschichte«, antwortete er. *Und ich habe sie mir noch nicht ausgedacht.* »Um die Wahrheit zu sagen, ich bin müde.« *Und ich habe Angst, dir meinen wahren Namen zu verraten.* »Sag Chavsha zu mir«, ergänzte Cheftu. Die Namen waren sich in ihrer Bedeutung so ähnlich, dass sich die Täuschung in Grenzen hielt.

Wenaton klatschte in die Hände, und Sklaven eilten herbei. »Du kannst dich in meiner Kajüte ausruhen, Herr Chavsha. Zum Essen werde ich dich wecken.«

Unter Deck gellte ein Schrei. Die Matrosen hielten kurz inne und arbeiteten dann noch emsiger weiter. Cheftu ließ sich in Wenatons Kajüte führen. Kaum hatte er die Tür geschlossen, da wurde sie erneut geöffnet, und RaEm trat ein. Hatte Wenaton vergessen, dass sie nicht verheiratet waren? Schon wieder hatte Cheftu keine Gelegenheit, die Steine zu fragen, was er unternehmen sollte.

Ob sie in dieser Epoche auch funktionierten?

Würden sie ihm die gewünschten Antworten geben?

Aii, *Chloe, Geliebte, wo bist du*? Konnte er vielleicht in die Zukunft und in ihre Zeit reisen? Und lernen, ein Flugzeug zu fliegen? Fernsehen? Bei Meckdonnels essen? Jedes Bröckchen, das er über Chloes Welt erfahren hatte, nährte seinen Hunger nach ihr und gab der grässlichen Angst Aufschub, dass ihr letzter Abschied möglicherweise endgültig gewesen war.

Als Cheftu am nächsten Morgen aufwachte, blähten sich die Segel unter dem Wind, und die Matrosen schliefen, spielten Würfel oder erledigten die an Bord anfallenden Routinearbeiten. In der Zeltkajüte sah Cheftu Wenatons Schatten über einen Schreibtisch gebeugt. War er dabei, die Papyrusdokumente vorzubereiten, die es ihnen erlauben würden, nilaufwärts bis nach Achetaton zu segeln? RaEm hatte sich bereits von ihrer Liege erhoben; er sah sie im Bug sitzen, wo der Wind durch ihr versengtes Haar wehte. Sie gab einen ausgesprochen gefälligen Anblick für die Matrosen ab.

Echnaton. Der Name sagte Cheftu nichts. Ob Wenaton wohl Pharao Hatschepsut kannte, die kluge Herrscherin, unter der Cheftu als Höfling gedient hatte? Oder hatte ihr Nachfolger Thutmosis sein Gelübde gehalten und sie aus allen Aufzeichnungen getilgt? Was war mit dem Allerprachtvollsten, ihrem Totentempel auf dem Westufer des Nils? Er war bis in Chloes Zeit erhalten geblieben; wurde er jetzt einfach ignoriert? Die Sonne ging auf, und Cheftus Gehirn arbeitete noch schneller. Man konnte den Eindruck bekommen, Pharao sei verrückt geworden. Lebte Chloe an seinem Hof?

»Träumst du schon wieder von deiner Geliebten?« RaEm hatte sich von hinten angeschlichen; offenbar war er immer noch erschöpft, sonst hätte er sie gehört.

Er überging ihre Frage. »Was tust du, wenn wir angekommen sind?« Ihm fiel auf, dass die Verletzungen, die ihr jetziger schwarzhaariger, kupferfarbener Leib bei dem Vulkanausbruch erlitten hatte, allmählich verheilten. Wenigstens war dem Gesicht, das sie jetzt trug, nichts passiert.

»Ein Pharao, der zurzeit keine Frau hat – da fragst du noch?« RaEm lachte, und Cheftu fiel auf, dass die Matrosen zu ihr hersahen. Sie mochten für RaEm zu unbedeutend sein, um Notiz von ihnen zu nehmen, doch umgekehrt galt das keineswegs. Allerdings hatten die Peitschenhiebe, die RaEm ihrem Bootsmann verabreicht hatte, Angst und Respekt in ihre lüsternen Blicke treten lassen. Alle Augen lagen auf ihr, wenn sie über Deck wandelte, die Schultern dem winterlichen Wetter zum Trotz frech entblößt. In Ägypten waren ein solches Verhalten und eine derartige Aufmachung akzeptabel; doch leider stammten die Ruderer aus Tsor. In ihren Augen war RaEm leichter bekleidet als eine Hure. Cheftu hatte ihr einen Umhang vorgeschlagen, doch sie hatte ihn nur ausgelacht; sie sei viel zu dankbar, endlich die Fesseln von Levi's und Dessous abstreifen zu können, hatte sie erwidert.

»Und was wirst du tun?«, fragte sie ihn. »Willst du als ›Königlicher Berater‹ arbeiten? Wann hast du die Sprache dieser Menschen gelernt? Wie kannst du all das so gefasst aufnehmen?« Sie sagte das fast spöttisch, doch Cheftu war auf der Hut. RaEm war über alle Maßen selbstverliebt; noch dazu war sie eitel. Doch er durfte nie vergessen, dass sie schlau war, gefährlich schlau sogar.

»Natürlich werde ich Pharao meine Dienste anbieten.« Vielleicht konnte er in eine so hohe Position aufsteigen, dass er Chloe finden konnte? Oder dass sie ihn finden konnte? Was bedeutet hätte, dass sie ihr zwanzigstes Jahrhundert wieder verlassen hatte. War das möglich? Und hatte sie es getan?

Er musste so bald wie möglich die Steine befragen.

»Richtig, fast hätte ich es vergessen, du bist ja ein so edler Adliger, dass du es nicht ertragen kannst, deine Zeit mit anderen Menschen als den Reichen und Mächtigen zu verbringen«, bemerkte RaEm in sein Schweigen hinein.

Er klappte den Mund auf, um zu protestieren, und klappte ihn dann wieder zu. Was für einen Wert hatte es, mit RaEm zu streiten? Vielleicht konnte er, wenn er schwieg, in Frieden den Sonnenaufgang beobachten. Würde er Chloe schon in wenigen Tagen wiedersehen? War sie in diesem Achetaton?

Wenaton drängte sich zwischen sie. »*Aii*, die Morgengöttin möge euch grüßen.« Er schlug sich mit der Hand auf den Mund. »Aton, vergebe mir! Möge euch der eine Gott Aton grüßen«, verbesserte er sich. »Ich darf auf keinen Fall die richtigen Begrüßungen vergessen! Isis – ähm, Aton steh mir bei!« Damit marschierte er weiter zum Galeerentrommler.

»Was hältst du von dieser Aton-Verehrung?«, fragte RaEm flüsternd.

»Wenn ich mir ansehe, wie nervös unser Gastgeber ist, bin ich mir nicht sicher«, antwortete Cheftu. »Ob er wohl übertreibt? Ich kann mir Ägypten nicht ohne Götter und Göttinnen vorstellen. Ein einziger Gott erscheint mir viel zu wenig für ein so reiches Land.«

»Auch im modernen Ägypten gibt es nur einen Gott. Einen strengen, blutdürstigen Gott«, sagte RaEm. »Er hat wenig Sinn für Schönheit oder Größe; er trachtet einzig und allein danach, über möglichst viele Menschen zu herrschen.«

»Allah?«, fragte Cheftu.

»Genau. Und Mohammed –«

»Ist sein Prophet.« Cheftu sah aufs Wasser. Auch zu seiner Zeit war Ägypten mohammedanisch gewesen.

»Woher weißt du das?«, fragte ihn RaEm mit deutlich hörbarem Misstrauen. »Woher hast du gewusst, dass ich in diesem Körper stecke? Woher kannst du Chloes Sprache?« Sie legte eine Hand auf seinen Arm. »Du reist ebenfalls durch die Portale? Auch du gehörst der dreiundzwanzigsten Macht an?«

Wenaton ersparte Cheftu die Antwort auf ihre Fragen. »Wir werden die gesegneten zwei Länder erreichen, sobald Re – Aton im Zenit steht«, verkündete er. »Ich habe ein Bad und alles zum Rasieren bereitmachen lassen, wir sollten den Wachen also als Ägypter gegenübertreten können. Endlich wieder daheim!«, sang er und tänzelte an ihnen vorbei.

»Dieser Mann macht mich noch ganz irre«, erklärte RaEm. Der Satz klang so sehr nach Chloe, dass Cheftu beinahe gelacht hätte. Er strich mit der Hand über sein bärtiges Kinn und stellte dabei fest, dass sein Haar immer noch im aztlantischen Stil über seinen Rücken floss. Kein Wunder, dass Wenaton anfangs nichts von ihm gehalten hatte. *Ich sehe so ägyptisch aus wie ein Philister.*

»Wenn du einverstanden bist«, schlug er vor, »mache ich den Anfang.« Er wusste nicht, was er auf ihre Fragen antworten sollte. Jede Information, die diese Frau besaß, war eine Gefahr, denn RaEm kannte keine Grenzen. Sie wollte alles besitzen. Das, dachte Cheftu, war möglicherweise der tödlichste Ehrgeiz, den eine Seele entwickeln konnte.

RaEm musterte ihn von Kopf bis Fuß. »Aber bitte doch. Ich bin es leid, dich so zu sehen. Und rasiere und parfümiere dich. Du weißt ja, der erste Eindruck zählt.«

Er runzelte die Stirn und trat in den Schatten. Ein Bad wäre angenehm und eine Rasur nicht minder. Genauso wie die Rückkehr nach Ägypten. Und das Wiedersehen mit Chloe. *Aii!* Götter! Doch er verfolgte noch eine zweite Absicht mit seinem Bad.

Sobald er in der Wanne lag und das kalte Wasser das Salz wegspülte, ließ er die Orakelsteine in seine Hände gleiten. Beide waren länglich, einer war schwarz, einer weiß, und auf beiden waren Buchstaben eingekerbt. Die Einkerbungen waren mit Gold und Silber ausgelegt und bildeten Zeichen, die man eines Tages Protohebräisch nennen würde. Die Urim und Thummim. Cheftu konnte immer noch nicht recht begreifen, auf welchem verschlungenen Pfad die Steine in seine Hände gelangt waren, doch er kannte ihren Wert.

Selbst wenn er sie nur in der Hand hielt, spürte er ihr Leben.

Mit einem nervösen Blick über die Schulter stellte er seine Frage.

»Wo bin ich?«

Er warf die Steine hoch, dass sie in der Luft tanzten und bei jeder Umdrehung ein anderer Buchstabe in ihrer Seite aufleuchtete. »I-M-W-A-S-S-E-R.«

Cheftu trennte die Steine wieder. Natürlich, wie hatte er nur vergessen können, wie wörtlich diese Steine jede Frage nahmen.

»Bist du immer noch nicht fertig?«, fragte RaEm ganz in der Nähe.

»Kann man denn nicht mal in Ruhe baden?«, bellte er und verbarg dabei die Steine in seinen Händen.

Laut fluchend stapfte sie davon. Cheftu wartete, bis es wieder vollkommen still geworden war, dann stellte er flüsternd die Frage, die ihm auf dem Herzen brannte. »Wie kann ich Chloe finden?«

»F-O-L-G-E.«

Wem folgen? Was folgen? Und wohin folgen? Vielleicht sollte er am Anfang beginnen. »Ist Chloe hier?«

Sie schwiegen, ein Hinweis darauf, dass er die Frage nicht korrekt gestellt hatte. »Ist Chloe hier in dieser Zeitepoche?«

»J-A.«

Freude durchzuckte ihn. Sie war hier! Sie war hier! Jetzt musste er nur noch –

»Mach nicht das ganze Wasser schmutzig«, rief RaEm.

Unter Verwünschungen packte Cheftu die Steine weg und widerstand der Versuchung, ins Wasser zu pinkeln, nur um RaEm zu ärgern. Stattdessen stand er auf, trocknete sich ab, zog sich an und ging los zum Haareschneiden. Die Steine steckten wieder sicher in der Schärpe um seinen Bauch: einer auf der linken, der andere auf der rechten Seite.

Chloe war hier, irgendwo in dieser geschichtlichen Epoche. Um zu ihr zu gelangen, brauchte er nur die erste Botschaft richtig zu deuten. Falls er folgte, würde er Chloe finden. Dankbar legte er sich unter die heißen, dampfenden Gesichtstücher, während er gleichzeitig über die Antwort auf seine Frage nachsann. Die Steine irrten sich nie, doch sie gaben nur selten eindeutige Antworten. Er brauchte genauere Anweisungen.

Doch sie war hier. Die Welt war nicht so groß, dass er sie nicht finden konnte. Denk an deinen Schwur, dachte er. Ich denke an meinen.

Ägypten. Es erstreckte sich vor ihnen wie ein Juwel mit unzähligen Facetten. Auf den Feldern grünte das wachsende Getreide, und in den Wassern des Nils spiegelte sich der blaue Himmel. Cheftu betastete sein frisch rasiertes Kinn und spürte den Winterwind, der um seine Beine peitschte und in den langen, schweren Schurz fuhr. Die Haut um seine Augen spannte sich unter dem trockenen Bleiglanz und sein Hals war wieder nackt der Sonne dargeboten.

Sie hatten das Tsori-Schiff mit den misstrauischen Matrosen gegen ein Nilboot getauscht. Mit seinem flachen, kiellosen Boden war es leichter, über die Felsen und durch die manchmal gefährlichen Flusswindungen zu manövrieren. Wenaton und sein Gefolge hatten die Inspektion der gleichgültigen Beamten im Delta problemlos überstanden; jetzt waren sie unterwegs nach Achetaton.

Tempel, die einst stolz und königlich die Flussufer gesäumt hatten, waren nun von Unkraut überwuchert und dienten den Ratten als Bau. Vielen Statuen, die anderen Göttern und Göttinnen geweiht waren, hatte man das Gesicht abgeschlagen und nur noch die Sonnenscheibe mit den ausgestreckten Händen, den Aton, übrig gelassen, wo einst das Antlitz eines Tieres gewesen war. Die katzenköpfige Bastet, der ibisköpfige Thoth, der falkenköpfige Horus – sie alle waren zu Sonnenscheiben mit Händen entstellt worden.

Die Obeliske waren gefällt worden, und die Felder lagen brach, weil es an Priestern fehlte, um sie zu bestellen. Welches andere Gewerbe hatte mit einem Schlag zehntausenden von Priestern Arbeit gegeben?

»Was hat er Ägypten angetan?«, sagte RaEm neben ihm. »Das ist… das ist ja peinlich!«

Cheftu sah die Wasser vorbeigleiten, fühlte die Zeitlosigkeit des Nils, die Trauer des Verfalls um sie herum. »Ich habe den Eindruck, er ist ein Zerstörer, kein Schöpfer«, sagte er. Die Tempel am Ufer waren eingefallen, doch es schien keine neuen an ihrer Stelle zu geben. »Was macht das Volk?«, fragte er sich laut.

RaEm sah noch kurz aufs Ufer, dann verkündete sie, bei dem Anblick werde ihr übel, und kehrte auf ihre Liege zurück. Wenatons Liege, dachte Cheftu, über die sie nun verfügte, nachdem sie Wenaton davon verbannt hatte.

Wenig später stellte sich der Botschafter neben Cheftu an die Reling und trommelte mit den Fingern aufs Holz.

»Was bedrückt dich, Herr?«, fragte Cheftu langsam. Wo war Chloe? War sie in Ägypten? Wem folgen, was folgen, wie folgen… Die Worte jagten sich in seinem Kopf wie ein Hund seinen eigenen Schwanz.

»Ich habe an der Grenze kurz mit einem Bekannten gesprochen. Pharao, ähm, ewig möge er leben!, hat drei Aufstände in Kush hingenommen, ohne einzuschreiten.« Wenaton hatte eine neue Perücke aufgesetzt, diesmal eine mit kurzen Locken. »Und obwohl Kanaan bald überkocht, sind im Osten alle Vorposten aufgegeben worden bis auf einen einzigen alten Diplomaten.«

»Ägypten ist das mächtigste Land der Welt.« Cheftu fragte sich, ob das immer noch zutraf. »Wir haben doch bestimmt nichts von Kanaan zu befürchten?«

»All das Land, das Thutmosis der Große für uns erobert hat, ist dahin.«

Was bedeutet, dass die Zeit Thuts des Großen bereits vorüber ist, dachte Cheftu, und die Zeit von Ramses noch nicht angebrochen. In diesem Abschnitt der Geschichte kenne ich mich nicht aus. *Merde!*

»Einen Vasallen nach dem anderen haben wir verloren.« Irritiert rückte Wenaton seine Perücke gerade. »Diesmal werden wir möglicherweise die Straße der Könige verlieren.«

»Wo befindet sich die?« Dieser Ausdruck war Cheftu neu.

»Sie verläuft vom Salzmeer hinauf nach Mitanni und Assyrien. Quer über die Hochebene und durch das Land der Canani, sodass wir uns keine Gedanken wegen dieser gerissenen tsidonischen Diebe an der Küste zu machen brauchen. Sie haben keinen Respekt vor Ägypten«, knurrte er. »Diese unbeschnittenen Söhne eines Schakals!«

»Wie können wir die Straße der Könige verlieren?« Wie konnte Ägypten irgendwas verlieren? Cheftu starrte auf die verlassenen Dörfer, die verfallenen Straßen; würde er es nicht mit eigenen Augen sehen, hätte er es nicht geglaubt. Wie mussten die Menschen leiden!

Wenaton begann an einem losen Faden in seiner Schärpe herumzufingern und mit seinen kurzen, dürren Fingern am Saum zu zupfen, bis er ihn herausgezogen hatte. »Dieser Idiot hat sie durch reine Untätigkeit verloren. Genauso wie er die Straße der Meere verloren hat, die von Sais nach Gaza verläuft.« Der Faden zerriss in seiner Hand, darum machte er sich kopfschüttelnd daran, einen zweiten herauszuzupfen. »Inzwischen nennt man die Straße schon den Weg der Pelesti. Untätigkeit«, brummelte er. »Die Pelesti haben sie jetzt umbenannt, als hätte sie nicht seit Generationen den Ägyptern gehört.« Der zweite Faden riss ab. »Es war die Straße der Meere, die Ägypter haben ihr diesen Namen gegeben, ehe diese Seeräuber mit ihren Angriffen unser Land ins Unglück getrieben haben.«

Cheftu nickte, als wäre ihm das wohl bekannt. Pelesti; was waren das für Leute? Waren sie die Seeräuber, oder waren die Tsidoni die Seeräuber? Machte inzwischen alle Welt Ägypten das Wegerecht streitig? »Einer der vielen unbedeutenden Bergherren in Zentralkanaan hat das Land der übrigen unterworfen«, erläuterte Wenaton. »Der *Seren*, wie die Pelesti ihren König nennen, hat Ägypten angefleht einzuschreiten.«

»Die Pelesti sind unsere Vasallen?«

Wenaton sah ihn entrüstet an. »Was weißt du überhaupt, du Tölpel? Die Pelesti sind unsere Vasallen, doch das haben sie vergessen. *Haii*, dieser Geck auf den Thron, statt sie an ihre Verpflichtungen zu erinnern, indem er ihnen ein paar Soldaten schickt, beruft er den einzigen kompetenten Idioten zurück, der dort ausgeharrt hat!«

»Ägypten gebietet über ein Imperium. Solange es Tribute entgegennimmt, muss es auch Schutz gewähren, gleichgültig, ob es vergessen wurde oder nicht. Das beinhaltet der Suzeränskontrakt«, widersprach Cheftu.

Wenaton sah ihn zornig an. »Bestimmt bist du ein königlicher Ratgeber; du redest eindeutig wie einer.«

Aus seinem Tonfall schloss Cheftu, dass Wenaton das nicht als Kompliment gemeint hatte. »Na ja«, fuhr der Botschafter fort, »die Überschwemmungen waren dürftig, unsere Priester verwelken wie Lotospflanzen ohne Wasser. Selbst der Hof siecht dahin, obwohl jeder Adlige, der Achetaton verlässt, augenblicklich zum Staatsfeind erklärt wird. Ägypten ist kaum mehr ein Imperium, so traurig das auch ist.«

»Musst du denn an den Hof zurückkehren?«, erkundigte sich Cheftu. »Ich könnte mit dem Schiff eine Nachricht von dir an den Hof überbringen.«

Wenaton kniff die Lippen zusammen. »Ich habe viel von der Welt außerhalb Ägyptens Grenzen gesehen. Selbst wenn Pharao, ewig möge er leben!, vollkommen verrückt geworden ist, so ist doch unser Land immer noch friedlicher, schöner und lieblicher als jedes andere auf der Welt. Sieh doch«, sagte er und deutete dabei auf den Horizont. »Man kann *Hentio* weit sehen. Keine Berge oder Bäume, die den Blick begrenzen und das Auge ermüden.« Wenaton seufzte. »*Aii*, Ägypten, der Garten der Götter, Ähh, Gottes.«

»Wann werden wir Achetaton erreichen?«

»Bei dieser Strömung? In zwei Wochen.«

Ein paar Tage später speisten sie unter den Sternen zu Abend. Wenaton hatte am oberen Ende des Deltas erneut Halt gemacht und dort eine Schriftrolle von einem Freund, einem weiteren Gesandten, ausgehändigt bekommen. Während er Fisch, Geflügel und Obst verspeiste, las er leise kichernd in dem Papyrus.

Cheftu und RaEm tauschten einen Blick. Er verhielt sich unhöflich, doch andererseits war er zwei Jahre lang unterwegs gewesen. Bestimmt genoss er es, wieder daheim zu sein.

RaEm hatte sich nach ägyptischer Sitte den Kopf rasiert und trug eine neue Perücke, »Kushitin« genannt und genauso schräg geschnitten und gelockt wie Wenatons. Das sei der letzte Trend am Hof, hatte man ihr erzählt, außerdem war es ein weiterer Hinweis darauf, dass man unter diesem neuen Regime hohe Stücke auf ein androgynes Aussehen hielt. Nach mehreren Versuchen hatte sie es aufgegeben, Cheftu zu erklären, was »Trend« bedeutete, da das Ägyptische, in dem sie sich unterhielten, keinen entsprechenden Begriff kannte.

Trendig oder *au courant* widersprach dem ägyptischen Ideal von Perfektion, der Ma'at. In der Ma'at veränderte sich nie etwas. Alles verharrte in einem universellen Gleichgewicht – in dem ganz oben ein Pharao herrschte, während die Gemeinen das Feld bestellten und sich die Adligen am Nil gütlich taten –, und zwar in diesem Leben wie im nächsten. Diese göttliche Stabilität war es, wonach jeder vernünftige, ergebene Ägypter strebte.

Neue Moden waren eine Veränderung. Neue Perückenstile waren eine Veränderung. Der neue künstlerische Stil war eine noch größere Veränderung. Der Ägypter, der Cheftu siebzehn Jahre lang gewesen war, fand das erschreckend; dies war nicht das Ägypten, das er kannte und verstand. Hingegen betrachtete der Franzose in ihm, der von ganzem Herzen an *Liberté, Fraternité, Égalité* geglaubt hatte, Veränderungen als Fortschritt. Die meisten Veränderungen wenigstens. Cheftu drehte sich zu RaEm um.

Geplättete Leinenärmel bedeckten ihre Arme vom Schlüsselbein bis zu den Handgelenken, auch das war neu, während der Rock ihres Gewandes in mehreren Schichten über einem festen Unterrock lag.

RaEm hatte erklärt, sie genieße es, wieder in einem schwarzhaarigen und kupferhäutigen Körper zu stecken, selbst wenn er einem anderen Menschen gehörte; alles andere war ihr egal. Die Götter seien gelobt, dachte Cheftu, der Körper, in den sie getreten war, hatte den Vulkanausbruch auf Aztlan ohne bleibende Narben überstanden, selbst wenn RaEm immer noch knabenhaft zierlich war. Ohne Perücke oder Kleid hätte man sich fast fragen können, welches Geschlecht sie hatte.

Die laszive Hathorpriesterin wirkte plötzlich geschlechtslos: eine interessante, ironische Wendung.

Wenaton rollte die Schriftrolle ein und leerte seinen Bierkrug in einem Zug. »*Aii*, na, wollt ihr das Neueste hören?«

RaEm nickte und lächelte ihn an. Ob der kleine Mann wohl begriff, dass sie sogar mit ihm ins Bett steigen würde, um seine Neuigkeiten zu erfahren? Cheftu lehnte sich mit einem Becher Bier zurück und hörte zu.

»Es fliegen dichte und flinke Gerüchte durchs Land, dass Echnaton nach seinem Cousin geschickt hat«, verkündete Wenaton.

Cheftu war klar, dass mit der Bezeichnung *Cousin* jeder gemeint sein konnte, in dessen Adern auch nur ein Tropfen königlichen Blutes floss. Und da die ägyptischen Pharaonen bekanntermaßen ihren Samen generös verteilten, war möglicherweise halb Ägypten ein Cousin Pharaos.

»Wo ist sein Cousin?«, erkundigte sich RaEm.

»*Aii*, nun ja, hinter den Katarakten«, antwortete Wenaton mit gesenkter Stimme. »Königin Tiye aus Kush war bereits verheiratet, ehe sie die Gefährtin von Echnatons Vater Amenhotep Osiris wurde. Und Ay ist Tiyes Bruder.«

Cheftu versuchte sich an irgendeinen dieser Namen zu erinnern. Auch Hatschepsuts Vater hatte Amenhotep geheißen, doch es war ein ägyptischer Brauch, dass ein König die Namen von fast allen seinen Vorfahren trug. Jeder Pharao hatte einen Vornamen und einen geheimen Namen und dazu eine ganze Liste von Ahnennamen.

»Ay ist Pharaos Fächerträger.« Wenaton beugte sich vertraulich vor. »Tiyes Gemahl in Kushi schenkte ihr ein Kind, ehe erkannt wurde, dass sie das Thronrecht hat.«

Richtig, das königliche Blut Ägyptens wurde in den Adern der Frauen weitergegeben, das war Cheftu bekannt. Selbst wenn Tiye mit einem anderen verheiratet war, entsprach es also der Ma'at, dass sie noch einmal heiratete, um dem Thron zu dienen, falls sie die einzige verbliebene Frau mit königlichem Blut war.

»Sie wurde zu Amenhotep Osiris gebracht und ließ ihr Kind und ihren Gemahl in Kush zurück.«

»Einen Sohn?«, warf RaEm ein.

Wenaton zuckte mit den Achseln. »Niemand hat ihn je zu Gesicht bekommen, deshalb nimmt man an, dass es ein Sohn ist.« Den Rest murmelte Wenaton hastig vor sich hin. »Pharao braucht einen Ko-Regenten, damit jemand all den Kleinkram erledigt, der mit der Herrschaft über ein Imperium anfällt, während Pharao sich auf seine Gebete und die Opfer an seinen heißen Gott konzentrieren kann.« Er starrte für einen Moment in die Ferne. »Mehrere Gesandte warten schon seit Jahren darauf, dass Pharao einschreitet. Ihre Länder hoffen auf eine Rettung durch Ägypten.«

»Wie viele Amenhoteps hat es schon gegeben?« Cheftu wollte Einblick in die chronologische Abfolge bekommen, er wollte einengen, in welcher Zeit sie sich befanden.

Wenaton starrte ihn an. »Die Amenhoteps haben schon immer über Ägypten geherrscht.« Er klang verwirrt.

Genau, und erst die Europäer hatten die Herrschaft der Pharaonen über Ägypten in Dynastien unterteilt, denn die Ägypter hatten keine Vorstellung von einer individuellen Herrschaft. Selbst wenn Wenaton ihm also die Pharaonen aufzählen würde, könnte er sie nicht einordnen, erkannte Cheftu.

»Und niemand hat diesen Cousin je zu Gesicht bekommen?«, fragte RaEm, womit sie Wenaton wieder auf sich aufmerksam machte. »Obwohl er ein Thronerbe ist? Ich dachte, alle Erben würden gemeinsam großgezogen?«

Der Gesandte zupfte an einem Hautfetzen auf seinem Arm. »*Aii!* Thutmose war Echnatons Bruder, doch er ist schon früh gestorben. Dann gab es noch einen Bruder, der schon in der Wiege gestorben ist. Deshalb erschien es klug, alle anderen Erben zu verstecken. Als Echnaton noch Amenhotep genannt wurde, herrschte er zusammen mit seinem Vater Amenhotep. Um die Wahrheit zu sagen, herrschte Tiye über sie beide«, ergänzte er mit einem ironischen Unterton.

RaEms Augen glänzten. »Mächtige Frauen werden in Ägypten immer noch bewundert?«

Wenaton kniff die Lippen zusammen. »Sie ist mehr als eine Frau, sie ist ein General!« Er schauderte. »Eine ganze Reihe hochrangiger Soldaten und Diplomaten sind schon vor ihr in Tränen ausgebrochen.«

»Und lebt die Königinmutter ebenfalls in Ach-, in derselben Stadt wie Pharao?«, fragte Cheftu.

»Was ist mit seinem unbekannten Sohn?«, mischte sich RaEm mit einem Blick auf Cheftu ein.

»Semenchkare ist der dritte Sohn –«

»Semenchkare könnte genauso gut ein Frauenname sein«, warf RaEm ein.

Wenaton antwortete RaEm: »Es ist wohl möglich, dass er eine Sie ist. Wer weiß? Die Hauptsache ist doch, dass jemand, irgendjemand von königlichem Blut, über Ägypten herrscht, statt es vor die Hunde gehen zu lassen.«

»Erzähle uns von Achetaton«, sagte Cheftu mit Blick auf RaEm, die schlagartig verstummt war und mit leicht gerunzelter Stirn in die Ferne schaute. Er meinte beinahe, Pech und Schwefel in ihrem Kopf brodeln zu hören. »Lebt die Königinmutter auch dort?«

»Es ist eine ganz neue Stadt, die kaum erbaut war, als ich fort musste«, erzählte Wenaton. »Der größte Teil des Hofes lebte damals noch in Waset, wenngleich Achetaton sich schon bevölkerte.« Er schloss die Augen und rief sich das Bild ins Gedächtnis. »In der Stadt gibt es riesige Gebäude und kaum Dächer. Wir alle sollen unser Gehirn im Dienste des Atons braten lassen.«

»Nimmt der Aton auch Opfer entgegen?«, drängte sich RaEm wieder ins Gespräch.

»Nein.« Wenaton schüttelte den Kopf. »Der Einzige, der weiß, was der Aton will oder wann oder wieso er etwas will, ist Echnaton.«

»Er hat keine Priester?«, fragte Cheftu.

Wenaton füllte ihre Becher nach. »Priester gibt es zuhauf, doch keiner davon spricht mit dem Aton. Und ebenso wenig spricht er mit ihnen.« Er wedelte mit einer Hand vor seinem Gesicht herum. »Ich weiß es nicht genau. Ich habe mich nie für besonders religiös gehalten. Die Götter waren die Götter, wir trugen Amulette, um uns zu schützen, und wenn wir etwas brauchten, haben wir ein Opfer gebracht. Sie waren im Himmel und wir waren auf der Erde. Jetzt, jetzt ...« Er seufzte und kippte das nächste Bier hinunter.

RaEm wirkte unruhig. »Ist dieser Aton wirklich Allah?«, flüsterte sie Cheftu zu. »Er ist ein so strenger Gott.« Zu Wenaton sagte sie: »Und was ist mit den alten Göttern?«

»Die sind verbannt«, antwortete er knapp. »Weg.«

Wie konnte ein einziger Mensch das gesamte ägyptische Pantheon abschaffen? »Sie sind doch gewiss zu kleineren Gottheiten geworden?«, hakte Cheftu nach. »So ähnlich wie Amun-Re –«

»Bist du des Wahnsinns?«, fiel ihm Wenaton zischend und flüsternd ins Wort, wobei er sich hastig umsah. »Dieser Name bedeutet den Tod. Den Tod, glaube mir! Es gibt nur noch einen Gott in Ägypten! Einen einzigen! Und dessen Name ist Aton!« Wenaton lehnte sich zurück, anscheinend beruhigt, und fuhr mit normaler Stimme fort: »Den Namen eines anderen Gottes auszusprechen ist ein strafbares Vergehen. Die Verehrung findet täglich im Tempel des Aufgangs des Atons statt, wo sich alle einzufinden haben. Keiner darf fehlen. Falls jemand zu spät oder gar nicht erscheint, werden Strafen erhoben.« Er stand unvermittelt auf. »Ich muss pissen«, sagte er und taumelte davon.

Cheftu nahm einen Schluck Bier. »War der Aton nicht nur eine unbedeutende Eigenschaft Amun-Res?«, flüsterte er RaEm zu.

Sie sah ihn zornig an, weil er den Namen von Ägyptens Gott ausgesprochen hatte; doch nachdem sie sich davon überzeugt hatte, dass niemand ihnen zuschaute, zuckte sie mit den Achseln. »Ich habe noch nie von diesem Gott, diesem Aton gehört. Wie eigenartig, Ägypten ohne Götter. Was ist aus Hathor geworden? Isis? Neith? Bastet?« Sie sah ihn an. »Gibt es überhaupt keine Göttinnen mehr?« Sie wies auf das Toppsegel, das schlaff über ihnen hing. »Dieser Gott hat nicht mal ein Gesicht! Wie können wir etwas verehren, das keine Augen hat, uns zu sehen, und keine Ohren, uns zu hören?«

Cheftu blickte auf das Symbol: eine Scheibe, von der Strahlen ausgingen, die jeweils in einer offenen Hand endeten. Wie hatte dieser Pharao sein Volk von etwas abbringen können, das die Menschen seit vielen Jahrtausenden gekannt und verehrt hatten? Das ergab keinen Sinn. »Ich gehe auf meine Liege.« Er stand auf und leerte sein Bier.

RaEm sah weg. »Ich glaube, ich werde noch etwas wach bleiben«, sagte sie.

Du meinst, du willst Wenaton noch verführen, erkannte Cheftu. Dennoch nickte er und ging davon. Sobald er in seiner Zeltkabine war, streckte er sich auf seiner Strohmatte aus und zog die Steine wieder hervor. »In welchem Land befindet sich Chloe?«, fragte er flüsternd.

»I-N-D-E-M-L-A-N-D-D-E-I-N-E-R-B-E-S-T-I-M-M-U-N-G.«

Cheftu pustete die Lampe aus. »*Zut alors.*«

Fluchend wälzte ich mich herum. Meine Schulter war immer noch extrem empfindlich, doch wenigstens war sie wieder eingerenkt. Wie zum Teufel ich diese wahnsinnige batmaneske Seiltänzerei überlebt hatte, war mir nach wie vor nicht klar.

Wenigstens war ich am Leben. Ich konnte gehen. Außerdem war ich, ob es mir gefiel oder nicht, die lokale Göttin. Ich wusste nicht genau weshalb, doch indem ich es ans andere Ende des Seiles geschafft hatte, hatte ich den Liebhaber Mexos überlistet, ich hatte Dagon nicht umarmt, und ich war eins mit der Muttergöttin geworden. Wie bei vielen Völkern des Altertums – allmählich hatte ich das Gefühl, zu einer Autorität in Sachen Völker des Altertums zu werden – musste nicht alles, was die Menschen glaubten, mit allem anderen, was sie glaubten, zusammenpassen. Tatsächlich konnten die Geschichten einander sogar widersprechen, ohne dass das als inkonsequent empfunden wurde.

Der westlichen, linearen Denkweise lief das zuwider. Doch für den östlichen Geist, in dessen Gesellschaft ich hier wie in meiner Kindheit lange Zeit gelebt hatte, ergab alles auf eigenwillige, verdrehte und verworrene Weise Sinn.

Infolgedessen war ich die örtliche Göttin, eine Facette der großen Göttin Astarte. Man hatte mir ein Haus, Tamera als Zofe, etwas zu essen, Kleider und Macht gegeben. Man hatte mich eingeladen, bei den *Serenim*, den Stadtältesten, zu sitzen, wenn sie sich Rechtsstreitigkeiten anhörten und Urteile fällten. Ich sollte an jedem Essen und jedem Ereignis teilnehmen, und davon gab es eine Menge. Dumm war nur, dass ich nie ohne Begleitung unterwegs war, dass ständig jemand für mich sorgte und dass meine Chancen, in der Menge unterzutauchen und per Anhalter nach Ägypten zu gelangen, gleich null waren.

Vor allem solange ich meine linke Schulter mitsamt dem zugehörigen Arm und der Hand nicht einsetzen konnte. Sie war noch nicht ausgeheilt. Auch wenn man sie wieder eingerenkt hatte, so war die Schwellung noch nicht ganz zurückgegangen. Ich blickte zu Dagon auf, da ich noch an seiner Schwanzspitze logierte, bis ich mein neues, göttinnenwürdiges Domizil in Besitz nehmen würde. »Heya«, flüsterte ich dem Götzenbild zu. Stöhnend und gar nicht meeresherrinnen-gemäß setzte ich mich auf. Was hätte ich nicht für einen Kaffee gegeben! Oder eine Schmerztablette.

»HaDerkato?«

Ich winkte Tamera herein. Sie brachte mir ein Frühstück aus gegrilltem Fisch mit winzig kleinen, süßen Zwiebeln. Schalotten? Es schmeckte vorzüglich, auch wenn es nach kurzer Zeit wehtat, die Platte zu halten. Ich setzte sie ab, schaute mich um und versuchte mich zu orientieren.

Wer, was, wann, wo und warum lauteten meine Fragen, und auf keine einzige davon wusste ich eine Antwort. War dieses Volk aus der Asche jener Epoche auferstanden, in der ich zuvor gelebt hatte, damals auf Aztlan? Hatte ich mich in der Zeit nach vorn bewegt?

Niemand schien zu wissen, wie Pharao hieß, auch das gab mir also keinen Anhaltspunkt. Alles in allem trieb ich orientierungslos dahin und konnte nur darauf warten, dass Cheftu zufällig meinen Weg kreuzte. Ich beugte mich zur Seite und sah, wie ein Priester mit einem Speer in der Hand um die Ecke schielte.

Meine Ketten waren zwar unsichtbar, doch straff. Man hatte mir nicht einmal Schuhe gegeben!

Tamera mixte mir ein Gebräu aus Salzwasser, einem rohen Ei, Korianderblättern und noch etwas zusammen. Was immer es auch war, es linderte meine Schmerzen. Mühselig kletterte ich in eine Wanne, dann ließ ich mir geduldig das Haar kämmen und ölen, während meine Beine gewachst wurden.

Die Pelesti waren längst nicht so hygienebewusst wie die Ägypter oder auch die Aztlantu. Ich dagegen sehr wohl. Brauenzupfen, Rasieren und Wachsen waren ein Teil meines Lebens geworden, den ich nicht ohne Not aufgeben würde. Mit so vielen blauen Flecken war es freilich eine Tortur. Ich beschränkte mich auf ein Mindestmaß an Pflege, denn was Schmerzen angeht, bin ich ein echter Feigling.

Nicht einmal beim Baden war ich allein.

Bis Mittag war ich angekleidet, geschmückt, frisiert und geschminkt. Ich aß gerade ein paar Rosinen mit Brot, als Tamera hereinkam, gefolgt von einer Abordnung Priesterinnen. Alle trugen Fischmasken und Fischleibmäntel. Tamera überreichte mir eine ebensolche Ausstattung und erklärte, dass ich nun zu ihrem Orden gehöre, und zwar als Göttin, die Dagon diente, so wie jede unter diesen Sterblichen ihm diente.

Wieder fehlte dem Gedankengang die innere Logik. Niemand schien sich daran zu stören, dass ich keine Ahnung hatte, was ich tun sollte, dass ich keine Gebete aufsagen konnte und nicht einmal das Ritual kannte. Wahrscheinlich hielten sie mich für eine besonders stupide Göttin, doch jedermann war so hingerissen von meinem Marsch über das Seil, dass jeder bereit war, über alles andere hinwegzusehen. Der Göttin sei Dank!

Dieses Fischkostüm war eindeutig ein modisches Disaster; doch ich hatte keine Wahl. Ich zog es an, streifte die Maske über den

Kopf und ging dann nach draußen, um auf El'i, meinen Chaffeur, zu warten.

Die Pelesti befanden sich gerade zwischen zwei Zeiten des Keimens und hatten nichts zu tun. Deshalb hatten die *Serenim* eine Massenveranstaltung angesetzt, um die Leute bei Laune zu halten. Heute gab es Gladiatorenspiele. Sie bezeichneten es anders, doch mein Lexikon hatte mir genug Bilder von Matinéefilmstars in kurzen Röckchen und Helmen geliefert, um mir einen ziemlich guten Eindruck zu geben.

Statt im Schutz des komfortablen Dagon-Tempels zu bleiben, saßen wir draußen in einer Gruppe rund um die Hauptbühne unter den Bäumen. Als *haDerkato* stand mir ein Thron neben Takala und Yamir zu. Der jüngste Sohn, Wadia, etwa vierzehn Jahre alt, saß mir zu Füßen und reichte Trauben und Oliven nach hinten durch, als wären diese Popcorn.

Sechs Männer erschienen auf der einen Seite der Sandgrube, sechs weitere auf der anderen. Ein Priester in seiner offiziellen Fischrobe rief Götter und Göttinnen an, diesen Kampf anzusehen. Dann zog er sich unter Verbeugungen zurück, und die Mannschaften griffen einander an.

Säbelnd, hackend, stechend und hauend versuchten sie enthusiastisch, sich gegenseitig umzubringen. Ich biss die Zähne zusammen und ließ das Blickfeld verschwimmen, um nicht mehr zuschauen zu müssen, ohne das sich mich dabei unter meinem Stuhl verkroch, wozu ich größte Lust hatte, was aber zu viele Fragen aufgeworfen hätte.

Das erste Blut ließ einen Aufschrei aus dem Publikum aufsteigen, durch den sich die Anspannung löste. Männer wie Frauen waren gleichermaßen gebannt. Ich hatte keinen Zweifel, dass vor den Toren ein Buchmacher auf die Wettscheine wartete.

Noch bevor der Nachmittag zu Ende gegangen war, war der Sand blutdurchtränkt, alle waren tot, und wir machten uns auf den Heimweg. Mir war speiübel; ich hatte gerade mit angesehen, wie elf Männer einander abgeschlachtet hatten. Was war mit meiner Seele geschehen? Was hatte mich dazu getrieben auszuharren?

Die Angst. Die Angst davor, allein zu sein, einsam zu sein. Es war eine beängstigende, unbekannte Welt. Solange ich mitspielte, überlebte ich. Wenigstens rechtfertigte ich mich damit.

Wir stiegen in unsere klobigen Karren und rumpelten zurück zum Palast. Ich wurde mit allen anderen auf die Feier begleitet. Das Essen wurde serviert, Getreidebrei mit Getreideküchlein in Fischform. Wir waren mitten im Essen, als ich einen Schrei hörte.

»*HaDerkato*, für dich!«, erklärte Tamera.

Entsetzt sah ich auf. Der überlebende Gladiator strahlte mich an, ein Tablett in den ausgestreckten Armen haltend. Ein Tablett mit den offenen, blinden Augen, dem zu einem Schrei aufgerissenen Mund und dem durchtrennten Hals des letzten Duellgegners. Man servierte mir den Kopf des Mannes auf einem Silbertablett!

Das Getreide schoss mir aus dem Magen zurück in den Mund; was sollte ich nur tun? *Lieber Gott, bitte hilf mir!*

Ich schaute hoch in die Augen des Gladiators.

In seine bronzefarbenen Augen. Schwarzes Haar fiel über seine breiten Schultern. Er glänzte ölig nach seinem Nachgemetzelbad. Er trug den spitz zulaufenden Schurz der Pelesti, und die untere Hälfte seines Gesichtes verschwand hinter einem Bart. Wieder sah ich in seine leuchtenden Augen, und mein Herz begann wild zu klopfen.

War das möglich?

»Meeresherrin«, meldete sich König Yamir zu Wort, »es ist Brauch, den Sieger mit einem Kuss zu belohnen.«

Der Gladiator stellte das Tablett mit dem Kopf auf dem Tisch ab, direkt neben meinem Essen. Ich hob das Gesicht an, denn mir war klar, dass ich Cheftu, falls er das war, falls er in den Körper dieses Mannes geschlüpft war, an seinem Kuss wieder erkennen würde.

Erst strich der Gladiator mit seinen Lippen über meine, dann zog er mich mit Bärenkräften in seine Arme und dabei quer über den Tisch. Grob bohrte er seine Zunge mehrmals in meinen Mund, zerquetschte dabei meine Schulter und drückte seine Lippen auf meine, bis ich die Zähne darunter spüren konnte. Meine Schulter schmerzte so sehr, dass ich Sterne sah.

Das war nicht Cheftu.

Der Gorilla gab mich frei, und ich sackte benommen auf meinen Platz zurück.

Die Pelesti jubelten; es war ein leicht zu unterhaltender Menschenschlag. Der Gladiator grinste und ließ dabei erkennen, dass die Zähne, die er gegen meinen Mund gepresst hatte, seine letzten vier waren. Ich unterdrückte ein Schaudern. Mein Blick fiel auf das Tablett, auf die schlammbraunen Augen des unglückseligen Gegners. Ich redete mir ein, es sei nur Wachs. Nur eine Nachbildung. Nicht echt. Echt nicht, Chloe.

Wadia untersuchte währenddessen mit der transchronologischen Faszination aller männlichen Teenager für das Grausame den abgetrennten Kopf, hob dabei die Haare an und schaute in die Ohren. Meine Wangen waren blutleer. Ich fühlte mich schrecklich. Bitte mach, dass ich nicht spucken muss, flehte ich das Universum an. »Bringt ihn zu Dagon«, flüsterte ich. »Opfert ihn dem Meer«, erklärte ich Tamera.

Das fanden sie eine tolle Idee, darum machte sich eine Gruppe tanzend und singend auf den Weg ans Ufer, den Kopf wie ein Banner vorneweg tragend.

Das blutbesudelte Tablett ließen sie mir da. Ich winkte Tamera zu mir. »Bring das weg«, sagte ich. »Ich kehre zum Tempel zurück.«

»Möge die Göttin deinen Schlaf behüten.«

Möge die Göttin mich vor Albträumen bewahren, dachte ich, während ich in den Karren kletterte.

Ich erwachte in einer anderen Stadt. Es war keine physische Ortsveränderung, doch die Fröhlichkeit und die verspielte Atmosphäre waren über Nacht in grimmigen Ernst und Kampfbereitschaft umgeschlagen. Hochländer waren gesichtet worden, die von ihren Festungen im Gebirge auf uns herabschielten. Das war das erste Anzeichen des Frühlings, erläuterte man mir.

»Sie haben Angst, sich in der Ebene mit uns zu messen«, prahlte Wadia später. Wir hatten zusammen zu Abend gespeist; jetzt saßen wir draußen unter den Sternen. Mit Wadia kam ich besser aus als mit jedem anderen. Er war ein Teenager; die waren überall gleich.

»Wenn sie sich in der Ebene mit uns messen würden, würden wir sie mit unseren Streitwagen vernichten.«

»Sie haben keine Streitwagen?«

»*Lo*, nicht einmal Pferde.«

»Wie kommen sie dann voran?« Ich zupfte mir eine Feige aus der Obstschale. Es war die Zeit der Feigen, eine willkommene Abwechslung von der Getreide- und Schalottendiät. Nur zum Frühstück bekam ich Meeresfrüchte.

»Sie schwärmen aus wie die Bienen«, sagte er, wobei er die Hände parallel zueinander bewegte, um den Schwarm zu imitieren. »Dann bsss, raus aus dem Wald ihres Gottes und los auf unsere Männer! Bssss! Sie stechen uns immer wieder.«

»Aber sie haben keine Pferde?«

»In den Hügeln kann es den Tod bedeuten, Pferde zu haben«, erläuterte er mir langsam. »Sie bleiben stecken, sie können nicht Fuß fassen. Sie können nicht wie Bienen ausschwärmen. Die Hochländer haben nicht einmal gute Waffen.«

»Wieso habt ihr dann solche Angst?«, fragte ich, während ich die Samenkerne aus meiner Feige lutschte.

Er schenkte mir einen Blick, wie ich ihn früher meinen Eltern vorbehalten hatte, wenn sie sich so verstockt gezeigt hatten, dass es nicht mehr in Worte zu fassen war. »Bienen können töten, obwohl sie klein sind, obwohl sie winzige Stacheln haben, und zwar weil sie wild sind.«

»Bienen? Sind wild?«

»Hast du jemals versucht, einer Biene etwas wegzunehmen?«, fragte er mich.

Nein, hatte ich nicht. Ich ging Bienen nach Möglichkeit aus dem Weg. »Sie schwärmen also aus und stechen euch«, sagte ich.

»Außerdem haben sie einen mächtigen Gott, weswegen sie ihre Schlachten durch göttliches Eingreifen gewinnen. Ihr Gott ist mächtig, er ist gemein.«

»Aber wieso, ich weiß es ja nicht, wieso verehrt ihr ihn nicht einfach auch? Wenn er mächtiger ist als Dagon?« Ich hatte noch nicht zu Ende gesprochen, da dämmerte mir, dass meine Fragen an Blasphemie grenzten. Ich hielt den Atem an.

»Ihr Gott lässt sich nur von den Hochländern verehren. Andere Völker will er nicht.«

Ein Gott, der an einer Weiterverbreitung nicht interessiert war? Das war mir neu.

»Darum geben wir uns Mühe, ihrem Hochland fernzubleiben, damit sie nicht in unser Tiefland kommen.« Er wandte den Blick ab. Sein Profil glich dem seines Bruders, mitsamt der hervorstechenden Nase. Im Gegensatz zu Yamir jedoch hatte er ein dazu passendes Kinn, dass sich bereits jetzt in sein Gesicht fügte. Er war ein Teenager, doch die typisch jugendliche Verlegenheit fehlte ihm. Seine Stimme war tief. »Sie sind so unaussprechlich, sie sind solcher Abfall, dass sie sogar unsere *Teraphim* verbrannt haben.«

Womit wir wieder bei den Statuetten wären, dachte ich. Ich fragte mich, ob ich nicht einfach welche aus Lehm formen und uns damit eine Menge Schmerz und Leid ersparen konnte. »Wenn ihr Gott nicht will, dass ihr ihn verehrt, welches göttliche Zeichen hat er euch dann gesandt? Und wozu das Ganze?«

Wadia grinste. Er erzählte zu gerne Geschichten. Auch wenn er der nächste Anwärter auf den Thron war, hatte er den Geist eines Gelehrten. Oder eines Hofnarren. Er setzte an: *»Lifnay ...«*

Mein Lexikon hielt eine Karte hoch, auf der stand: »›Einst‹ oder ›Es war einmal‹.«

»... war der Löwe, der nun in den Bergen jagt, nur ein kleines Kätzchen.«

Wieso war kein Mensch mit einer Adresse im Nahen Osten zu einer kurzen und bündigen Antwort im Stande? Wenn man diesen Leuten die Metaphern nahm, würden sie wohl verstummen. Ich nickte Wadia aufmunternd zu.

»Damals regierte ein anderer, Labayu. Er war der erste König, der die Hochländer einte. Er war sehr groß«, sagte Wadia. »Noch größer als du. Er führte sie gegen uns in die Schlacht und war damit einverstanden, dass ihr Bester gegen unseren Besten kämpfen sollte, um die Ehre der Hochländer an unserer Ehre zu messen.« Er zuzelte die Samenkerne aus seiner Feige.

Ich versuchte, das Bild eines Lancelots mit eingelegter Lanze mit dem Bild eines Mannes im Schurz in Einklang zu bringen.

»Das ist so Brauch bei uns«, führte Wadia aus. »Wenn bei jedem Krieg unsere gesamte Armee ausziehen würde, bliebe niemand mehr übrig, um die Frauen zu heiraten oder die Felder zu beackern. Die Pelesti würden aussterben.« Er zuckte mit den Achseln, dass die dünnen Schultern sich durch die Wolle seines Umhangs bohrten.

Das klang sinnig. Mein größter und gemeinster Kerl kämpft gegen deine und alle anderen schauen zu. Weniger Ärger, weniger Beulen. Doch was taten die übrigen Soldaten solange? »Und was geschah?«, fragte ich.

»Wir wählten den größten unter unseren Männern aus, unseren Besten, einen Riesen. Fünfmal ungeschlagen!« Er hob die Hand. »Fünfmal!«

»Doch ihr Bester war noch besser?«

»*Ach!* Sie wählten ein Kind! Einen kleinen Jungen, nicht älter als ich jetzt bin! Und kleiner als ich. Es war demütigend. Labayu wollte uns lächerlich machen.«

Meine Nackenhärchen begannen sich aufzustellen. Ein Kind und ein Riese?

»Es war nicht mal ein Soldat, nur ein Kind, und noch dazu ein dürres kleines Wiesel!«

»Vielleicht, vielleicht hatten sie niemand Besseren?«, schlug ich vor, wohlwissend, dass ich log.

Wadia tadelte mich wieder mit einem dieser Blicke. Wahrscheinlich hatte er sie von seiner Mutter gelernt, der ausladenden Taka-la-Dagon. »Ein Kind gegen unseren besten Krieger in den Kampf zu schicken war eine schreckliche Beleidigung. Nicht nur für uns, sondern auch für unsere Familie, unseren Gott und vor allem für die *Serenim.*« Er hielt inne, ein Märchenerzähler kurz vor dem Höhepunkt der Geschichte. »Aber keiner war so wütend wie unser bester Krieger.« Er senkte die Stimme. »Nun ist unser bester Krieger ohnehin nicht der höchste Baum im Wald. Er zürnt, er kocht. Er zerbricht Möbel, reißt einer Katze die Beine aus, so wütend ist er.«

Er reißt einer Katze die Beine aus? Das war doch hoffentlich nur eine Redensart? Ich verzog das Gesicht.

»Er ruft den Himmel an, um gegen diese Schändlichkeit zu protestieren.« Wadia zog die Stirn in Falten. »Wir haben versucht, ehrenhaft zu handeln, indem wir unseren Besten gegen ihren kämpfen ließen. Das ist nur gerecht.« Er schüttelte den Kopf und zupfte am Stängel einer Feige herum. »Mit ihrem Verhalten ziehen sie unsere Ehre in den Staub.« Er seufzte tief. »Die Hochländer sind ein wilder, unzivilisierter Haufen.« Plötzlich klang er ausgesprochen reif – aber das war auch zu erwarten –, schließlich war er ein kommender König. Ein verdrehtes Paradigma.

»Hat euer Bester trotz seiner verletzten Ehre gegen diesen Jungen gekämpft?«

Wadia lutschte die letzten Reste von Feigensaft von seinen Fingerspitzen. »Schon mit dem ersten Streich war alles vorüber. Ein göttlicher Hauch aus dem Mund ihres Gottes und der andere, dieser kleine Junge, hatte unseren Vorkämpfer gefällt. Es war eine Schande.«

Plötzlich schmeckte meine Feige nach Golfball. Ich fand kaum die Stimme wieder. »Hieß euer Vorkämpfer vielleicht, ähm, Goliath?«

Er hob abrupt den Kopf. »Gol'i'at, *ken*. Woher hast du das gewusst?«

Ogottogott. Ich schluckte schwer. Go-li-at. »Ich bin eine Göttin, hast du das vergessen?«

»Der kleine Junge schlug unseren Riesen Gol'i'at nieder und zog später für seinen Herrscher Labayu in den Krieg. Dann wurde der andere von Labayus Hof verbannt, darum diente er zeitweise als Söldner unserem Bruder*seren*, Akshish von Gath. Doch nachdem Labayu in der Schlacht gegen Akshish und die anderen *Serenim* starb, wandte sich der andere gegen uns. Jetzt herrscht er über das Hochland, doch er ist gerissen, und man kann ihm nicht trauen.« Wadia beugte sich vor. »Er kennt keine Ehre, er achtet die Gesetze des Landes genauso wenig wie die des Himmels. Er schmäht die anderen Götter, und er trampelt auf unserem Volk und unseren Traditionen herum. Voll Eroberungslust blickt er aufs Meer, auf die Städte, mit denen wir Handel treiben.« Er beugte sich noch näher heran, bis seine Stimme fast nur noch ein Flüstern war. »Er will die Geheimnisse unserer Schmelzhütten.«

Mein Lexikon arbeitete so schnell, dass ich schon fürchtete, es könnte einen Kurzschluss geben. Bilder aus der Sonntagsschule, von Männern in Gewändern, mit Bärten und Kronen: den Ältesten, Labayu, kannte ich als Saul. Die Rolle Gol'i'ats wurde von Goliath gespielt.

»Wieso nennt ihr ihn den anderen?«, fragte ich, auf meiner Golfballfeige kauend.

»Meine Mutter hat verboten, seinen Namen auszusprechen«, erwiderte Wadia. »Doch er heißt Dadua.«

Das Lexikon ließ das nächste Bild aufblitzen: Der junge, harfespielende Teenager mit lockigem Haar und Schleuder war Dadua.

David.

Ich fürchtete umzukippen. Das war unglaublich! David und Goliath? War denn alles in der Bibel, der »hebräischen Mythologie«, die ich bislang für ein besseres Märchenbuch gehalten hatte, wahr?

»*HaDerkato*, ist etwas mit dir?«

»Ich brauche was zu trinken«, stieß ich hervor.

Wadia befahl den Sklaven, mir etwas zu trinken zu bringen. Genau, pelestischen Wein, der war möglicherweise stark genug. »Also«, meinte ich hüstelnd und versuchte dabei wieder einen klaren Kopf zu bekommen, »ist der andere jetzt der König der Hochländer?«

In meinem Kopf wurden die schottischen Kilts durch Yarmulkes und die Dudelsäcke durch Widderhörner ersetzt. Nun war mir klar, worüber wir sprachen … nämlich, o Gott … über die Kinder Israels. Ich war in Israel. In Ashqelon. In Israel. Im Altertum, unter lauter Bibelgestalten. In Israel. Bei den Juden. Ich wusste nichts über die Juden. Ich war praktisch Muslimin ehrenhalber. Und doch war ich jetzt hier? Dies war die Bibel; was würde wohl passieren, wenn ich hier Mist baute?

Wo in aller Welt steckte Cheftu? Wir mussten von hier verschwinden!

3. Kapitel

Am Nachmittag des folgenden Tages erschien Achetaton am Horizont. Nichts daran kam Cheftu bekannt vor; es war keine Stadt, die bereits zu Hatschepsuts Zeiten existiert hatte, und auch auf seiner Ägyptenreise im neunzehnten Jahrhundert hatte er nichts von einer Stadt dieses Namens gehört. Die Sonne brannte, obwohl es Winter war, doch das war nichts verglichen mit dem Sommer. Er wischte sich den Schweiß von der glatten Oberlippe und blinzelte gegen das Licht Res – des Aton – an.

Es war eine flache, weiße Stadt mit grünen Nischen am Rande des Nils und inmitten einer halbrunden, von hohen Felsen umstandenen Ebene gelegen. Die Sonne strahlte auf die breiten, leeren Prachtstraßen herab. Im Hafen war alles ruhig, ein paar Schiffe lagen hier vor Anker, doch es herrschte keine Geschäftigkeit, keine Hektik.

Es fehlten die Menschen.

Cheftu strich mit den Fingerspitzen über die Orakelsteine. So durfte der Sitz eines gedeihenden – lebendigen – Imperiums nicht aussehen.

Weil die Überschwemmung in diesem Jahr so karg ausgefallen war, hatte der Nil seine Ufer nicht überflutet, und die Schifffahrtsrinne lag weiter von der Stadt entfernt als üblich. Darum kletterten sie aus der Nilbarke in kleine Ruderboote. Unter Moskitoschwärmen hielten sie quer über den Fluss auf die Kais zu. Ein paar lustlose Hafenarbeiter wuchteten Wenatons zahlreiche Pakete in einen leichten Karren, der von einem alten Klepper gezogen wurde.

Keine Abordnung war im Hafen erschienen, um den heimkehrenden Gesandten zu begrüßen. Abgesehen von den Arbeitern war kein Mensch da.

»Hat man Ägypten nicht nur die Götter, sondern auch die Menschen gestohlen?«, fragte RaEm leise.

»Ich weiß es nicht.« Wenigstens würde es nicht schwierig sein, Chloe zu finden, denn es gab hier keine Menschenmassen.

»Der Aton grüßt euch«, sagte einer der Hafenarbeiter. »Verfügt euch zu dem, der herrscht in der Höhe mit Echnaton, möge er ewig glorreich im Lichte des Aton leben!, in der Kammer des Apek an der Westseite der Halle der ausländischen Tribute.« Er rasselte den Satz ohne abzusetzen herunter, vermutlich eine Formel, die er jedem Besucher wiederholte, tippte Cheftu.

»Wir sind schmutzig von der Reise –«, setzte Cheftu an.

»Das ist ohne Bedeutung«, unterbrach ihn der Dockarbeiter. »Für den Aton zählt einzig und allein eure Anwesenheit, damit er euch mit seinem Licht segnen kann.«

»Ich würde gern erst baden«, wandte RaEm ein. Freundlich, für ihre Verhältnisse.

»Der Aton liebt seine Kinder, wie sie sind, vor allem wenn sie von den verdorbenen Gestaden der Fremde heimkehren. Bitte verfügt euch zu Echnaton, er möge ewig ruhmreich im Lichte des Aton leben!, während er dem Erschaffer ganz Ägyptens huldigt.«

»Wir sind müde. Wir sind hungrig. Wir möchten uns erst ausruhen«, meldete sich Wenaton zu Wort. Er sah auf Cheftu und RaEm. »Dennoch wissen wir, wie wichtig es ist, dem Aton zu huldigen.«

»Der Herr ist weise«, sagte der Arbeiter. »Eure Habseligkeiten werden euch im Palast erwarten. Der Karren erwartet eure Reise zum Aton.« Das Lächeln des Mannes blieb höflich, aber kalt.

Verschwitzt von der Reise und mit knurrendem Magen, da die Lagerräume des Schiffes seit zwei Tagen geleert waren, kletterten sie widerwillig in den Karren. Es war eine kurze Fahrt durch die leeren, von der Dürre gezeichneten Straßen Achetatons.

Die Bäume verdorrten in der Erde und von den nackten Gärten vor den neuen Häusern der Adligen wehte Staub auf. Keine Menschenseele, kein Kind, Sklave oder Fremder war auf der Straße zu sehen. Niemand außer ihnen. Der Karren blieb vor einem riesigen Gebäude stehen, das in Cheftus Augen aussah wie ein kunstvoller Zaun. Zu tausenden stiegen Stimmen von drinnen auf.

Der Dockarbeiter geleitete sie bis zur Tür, ohne ihnen auch nur eine Atempause zu gönnen. Cheftus Beklommenheit wuchs. Ein weiterer Mann, ein Priester mit Schwert und Speer, geleitete sie durch einen langen, schmucklosen Gang. Die Stimmen wurden lauter.

RaEm schob ihre Hand in Cheftus Armbeuge. Er zuckte nicht zurück, auch er konnte etwas Trost gebrauchen. Welcher Wahnsinn hatte Ägypten ergriffen? Man durfte nicht mehr baden, bevor man den Tempel betrat? Oder, was schon überraschend genug war, man ging in den Tempel, statt daheim in aller Stille im Kreis der Familie vor einer persönlichen Gottesstatue zu beten? Ägypten war nie ein Ort kollektiver Gottesdienste gewesen; das hatte es mit allen Kulturen des Altertums gemeinsam. Erschöpft, vergrätzt und mit dem Gefühl, am falschen Ort zu sein, schüttelte Cheftu den Kopf.

Um nicht jene zu stören, die bereits von den Klauen der Verehrung ergriffen waren, würden sie sich heimlich einschleichen, erklärte ihnen der Wachpriester. Er führte sie eine Treppe hinab in die Dunkelheit. »Ihr geht durch die Tür da hinten und dann die Treppe hinauf«, erklärte er ihnen.

Wenaton nickte und übernahm die Führung. In der Dunkelheit war es kühl und frisch. Über ihnen bebte der Boden unter den rezitierten Gebeten. Wenaton öffnete eine Tür, und sie folgten ihm hinauf, hinaus in den Tempel.

Die Hitze traf sie wie ein Hammerschlag, denn die Strahlen der

Sonne wurden durch die Körperwärme tausender Menschen verstärkt. Sie raubte ihnen den Atem, sie sog ihnen jedes Leben aus.

Der Saal war leicht so groß wie die *Place des Vosges*, überlegte Cheftu. Zehntausend Menschen oder mehr standen mit erhobenem Gesicht, aufgerissenen Augen und ausgestreckten Armen da und wiegten sich im Rhythmus des Sprechers. Überall waren bereits Menschen auf dem Boden zusammengebrochen. Sie blieben unbeachtet liegen, die Arme immer noch ausgestreckt. Cheftu fiel auf, dass sich einige von ihnen befleckt hatten, doch die Stehenden ignorierten sie; dieses Ägypten erkannte Cheftu nicht wieder.

Der Mann war böse, war Cheftus erster Gedanke. Echnaton war ein Verbrecher. Die Hälfte der Menschen würde vom In-die-Sonne-Starren erblinden. Ein weiteres Achtel bekäme einen Hitzschlag. Der Rest schien wie unter Drogen zu stehen und vollkommen benommen. Was für ein Regent tat seinem Volk so etwas an? Cheftu musste seinen Zorn mit aller Kraft zügeln.

Wenaton drängte durch die Menge nach vorn. Der Gestank nach Schweiß, menschlichen Ausscheidungen und Erbrochenem legte sich wie ein Film über sie, vermengt mit dem schweren Myrrhegeruch der ägyptischen Religion.

Sobald sie eine Stelle gefunden hatten, an der sie bequem stehen konnten, schielte Cheftu durch die Menge, weil er einen Blick auf jenen Wahnsinnigen werfen wollte, dem so wenig an dem Wohlergehen seines Volkes lag.

Pharao lagerte auf einer goldenen Liege, nur mit einem Schurz und der blauen Krone der Krieger bekleidet. Er hatte Hängeschultern, eingefallene Wangen, einen Fassbauch und von der Sonne schwarz gebrannte Haut. Noch während Cheftu ihn betrachtete, regte sich der König und setzte sich dann auf, als wollte er das Licht umfangen.

Cheftu erlitt den zweiten Schock.

Der Mann hatte eine Stimme wie ein Engel! So unförmig sein Körper auch wirkte, so pervers seine Ideologie auch war, seine Stimme war makellos. Befehlend, stark, musikalisch und mit einem so auserlesenen Timbre, dass die einzelnen Worte kaum zu verstehen waren.

Und als er sie verstand, erlitt Cheftu den dritten und heftigsten Schock: Er kannte diese Worte. Er hatte sie immer wieder gelesen und abgeschrieben:

»Lobe den Aton, mein ka. *Der Aton ist herrlich, er ist schön und prächtig geschmückt. Licht ist sein Kleid, er breitet aus den Himmel wie einen Teppich. Die Pfeiler seines Hauses stehen über den Wassern im Himmel. Er fährt auf den Wolken wie auf einem Wagen, von Blitzen gezogen. Er macht die vier Winde sich zu Boten und Feuerflammen zu seinen Dienern.«*

Cheftu sah, wie sich die Gläubigen um ihn herum im Klang von Echnatons Stimme wiegten, und begriff, weshalb sie gekommen waren. Seine Rede strahlte Charisma, ein Gefühl von Tiefe aus – selbst wenn die Worte gestohlen waren.

»Das Erdreich hat er auf seinen Boden gegründet, dass es bleibt immer und ewiglich. Mit dem Großen Grün deckte er es wie mit einem Kleide, und die Wasser standen über den Bergen. Aber vor deinem Schelten flohen sie dahin, vor deinem Donnern senkte sich der Fluss ins Tal und ruhet fortan in Fruchtbarkeit am Busen des Roten und des Schwarzen Landes.«

Diese Worte waren nicht für dieses Land geschrieben, in dem Regen, Blitz und Donner äußerst seltene, schon beinahe nicht existente Erscheinungen waren. Und sie waren auch nicht für ein flaches Land ohne Berge, ohne Säulen der Erde geschrieben; und ebenso wenig für ein Volk, dessen Vorstellung von einer großen Wasserfläche sich auf einen Fluss, den Nil, beschränkte.

Man brauchte nur ein paar Worte und den Namen des Gottes zu ändern, dachte Cheftu … und schon hatte man einen Psalm!

Pharao hatte aus der Bibel gestohlen! *Mon Dieu!*

Kaum hatte Echnaton angefangen zu sprechen, hatte RaEm gespürt, wie sich ähnlich einer dünnen Flüssigkeit Begierde in ihrem Leib zu sammeln begann. Sobald seine nicht zu entschlüsselnden und sinnlichen Worte über sie hinwegrollten, wurden ihre Beine feucht vor Lust. Seine Hände vollführten Gesten mit langen Fingern, die sie sich sehnlichst auf ihrem Leib wünschte. Sein Leib wand sich unter den Gebeten auf der Liege, als würden ihn die Sonnenstrahlen begatten, so wie ein Mann eine Frau begattete.

RaEm begehrte ihn. Gut, er war Pharao. Seine Töchter hatten ihm weitere Töchter geboren; er hatte keinen Sohn. Sie hatte auch erfahren, dass er sich im Gegensatz zu vielen seiner Vorgänger weigerte, eine nicht mit ihm verwandte Frau zu schwängern, weil der Samen der Sonne nicht auf jedem beliebigen Feld ausgesät werden durfte.

RaEm hatte schon früh gelernt, dass ihre Verführungskraft wenig mit ihrer Schönheit zu tun hatte. Männern konnte man sie beibringen, und durch die viele Übung hatte es RaEm darin zu wahrer Meisterschaft gebracht.

Pharao meinte, nur für die Mitglieder seiner Familie Augen zu haben. Da hatte er nicht mit ihr gerechnet.

Er war der Sohn der Sonne. Hatschepsut hatte sich zum Kind Amun-Res erklärt, doch das war ein politischer Schachzug gewesen. Diesmal war RaEm klar, dass Echnaton tatsächlich der Sprössling der unsterblichen Sonnenscheibe war. Seine Stimme war wie flüssiges Feuer, das alle entfachte und alle erweckte. Das sie alle verzehrte.

Je länger sie in die Sonne starrte, desto fieberhafter arbeitete es in ihr. Licht verschmolz mit Licht, und sie wiegte sich zum Klang seiner Stimme, zu ihrem durchdringenden Pulsieren. Ergeben hob sie die Hände, um sich ihm und dem Aton zu öffnen, um eins mit beiden zu werden. Ein kleines Stöhnen stieg von ihren Lippen auf. In ihrer Nähe hörte sie noch jemanden keuchen. Und noch jemanden. Echnatons Stimme wurde lauter, tiefer, kräftiger, gewaltiger. Sie gab sich keine Mühe mehr, ihre Schreie zu unterdrücken.

Unfähig, die Folter noch länger zu ertragen, öffnete sie die Schließe ihres Gewandes und spürte die Hitze der Sonne auf ihren flachen, nackten Brüsten. Sie kniff sich in die Brustwarzen, um sich, mit gespreizten Beinen im Licht stehend, ganz und gar der Sonne darzubieten.

Eine Hand umfasste sie von hinten und schlüpfte unter ihr Kleid. Das Gedränge war so groß, dass sie keine Ahnung hatte, wer das war, aber es war ihr auch egal. In ihrem Geist war es Echnaton, der sie mit langen Fingern betastete, dessen Stimme ihren Rücken und ihren Hals kitzelte, dessen Zunge in ihrem Haar, ihrem Ohr war. Tausende bewegten sich mittlerweile wie ein einziger Mensch, schwankend, pulsierend und im hitzigen Rhythmus der Gebete Pharaos schwitzend.

Die Hände über den Kopf erhoben, vor seinem Gott entblößt und zum Leben erweckt durch die Sonnenstrahlen auf seinem Leib peitschte Echnaton durch seine Gebete, in denen er Aton um Gnade anbettelte, um Weisheit bat und um das Vergnügen flehte, der Sonne dienen zu dürfen. Seine letzte Bitte endete in einem wilden, kehligen Stöhnen, das in den ekstatischen Schreien seines Volkes unterging.

RaEms Schenkel schlotterten derart, dass sie sich kaum abfangen konnte, ehe sie auf dem Boden auftraf. Sie war völlig erschöpft, verschwitzt und so befriedigt wie noch nie in ihrem Leben.

Pharao lag da wie Osiris, reglos und mit auf der Brust gekreuzten Armen, während seine Erektion zur Sonne zeigte. Noch nie hatte RaEm etwas so Schönes gesehen. Sie musste in seine Nähe gelangen, sie musste ihn berühren, sie musste sich von ihm berühren lassen.

Sie musste seine Verwandte werden; sie musste diesen Mann besitzen.

Und sie würde es.

Der Abend dämmerte bereits, als RaEm gemeinsam mit Wenaton heimkehrte. Er war befremdlich still. Auch Cheftu schwieg. »Kannst du mir noch mehr von Semenchkare erzählen?«, fragte RaEm.

»Niemand weiß etwas«, antwortete Wenaton.

»Worüber?«, hakte sie nach.

»Niemand weiß mehr über Semenchkare, außer dass er –«

»Oder sie«, fiel sie ihm ins Wort, ohne sich um Cheftus Seitenblick zu kümmern.

»Oder sie«, bestätigte Wenaton, »aus Kush kommt.«

»Wann wird Semenchkare eintreffen?«

»Er kommt direkt hierher, also wird es wohl eine Woche dauern. Möglicherweise auch länger oder kürzer.« Den Rest des Weges zum Palast legten sie schweigend zurück. RaEm nahm nichts von ihrer Umgebung wahr, ihr fiel nur auf, dass Echnaton in der Kunst die Ma'at zerstört hatte. Die Gestalten standen nicht mehr im Profil da, mit makellosen Gesichtern und Körpern. Stattdessen wirkten sie … natürlich, auch wenn alle Gesichter und Gestalten aussahen wie Kopien ihres geliebten Echnaton. Was für ein Zauber war das?

Cheftu verschwand in ein Zimmer, worauf RaEm Wenaton beiseite zog, mit ihren Händen über seine hageren Schultern strich und ihn unter ihren Wimpern hervor anlächelte. Eine Woche, dachte RaEm. Kann ich in nur zehn Tagen seine Bestimmung zu meiner machen? »Woher kann ich eine wirklich gute Klinge bekommen?«, fragte sie.

»Wozu brauchst du eine Klinge, wo du doch mit mir und Cheftu hier bist?«

»Du weißt, wie schwach Cheftu ist«, meinte sie vertraulich. »Er ist der größte Geck, den man sich vorstellen kann. Ganz anders als du.« Wenaton kniff die Augen zusammen, nicht gerade die Reaktion, die sie sich erhofft hatte. »Deshalb mache ich mir als allein stehende Frau große Sorgen.« Bei diesen Worten streichelte sie seinen Arm.

»Du bist nicht allein«, widersprach er und deckte dabei ihre Hand auf seinem Arm mit seiner Hand zu. RaEm spürte einen Anflug von Panik, entspannte sich aber sofort wieder.

»Du hast ein Weib und eine Familie, du trägst Verantwortung«, sagte sie. »Und ich, *aii*, bin nicht dazu geschaffen, etwas anderes als eine Hauptfrau zu sein.«

»Den meisten Frauen wäre das egal«, erwiderte Wenaton gedehnt.

Den Göttern sei Dank, dachte RaEm. »Siehst du, wie durcheinander ich bin? Ganz gleich, wie stark und schlau du auch bist, es würde leider nicht funktionieren.« Sie wandte den Blick ab und spannte ihre Miene ein wenig an, so als würde sie die verpasste Gelegenheit bedauern, Wenaton mit auf ihre Liege zu nehmen.

»Darum muss ich tapfer sein. Woher kann ich also eine Klinge bekommen?«

»Du bist nicht allein, weil überall Soldaten sind«, stellte Wenaton klar. »Das habe ich damit gemeint. Überall. Wahrscheinlich kannst du nicht einmal in den Garten gehen, ohne dass du über einen stolperst.«

RaEm hätte diesen vernagelten Kerl am liebsten geohrfeigt. Hatte er mit ihr gespielt? Sie verschränkte die Arme vor der Brust. »Woher kann ich eine Klinge bekommen?«

Wenaton zuckte mit den Achseln und nannte ihr dann den Namen einer Schmiede im Viertel der Pelesti. »Nur die Pelesti haben Eisen«, erklärte er. »Doch nichts schneidet besser. Durch Leder, Wolle, Panzer jeder Art. Bronze hinterlässt nicht einmal Macken darauf.«

Sie dankte ihm, auch wenn ihre Worte nur auf seinen Rücken trafen, denn er hatte sich bereits umgedreht. Dieser Idiot, dachte sie, und schlüpfte in ihr Zimmer. Doch er wäre ein nützlicher Idiot; er kannte den Hof und die Adligen. Sie würde ihn hartnäckiger bearbeiten müssen, um mehr über dieses eigenartige Land zu erfahren, wo sogar die Sprache ein wenig anders klang als in jenem Ägypten, das sie gekannt hatte. Sobald die Tür hinter ihr zufiel, bellte RaEm nach ein paar Sklavinnen. Sie brauchte ein Bad, etwas zu essen und etwas zum Anziehen, und zwar genau in dieser Reihenfolge.

Er würde ihr nicht widerstehen; das hatte noch niemand geschafft.

Erschöpft, aber ohne einschlafen zu können, lag Cheftu auf seiner Liege. RaEm führte irgendetwas im Schilde, doch er wusste nicht was und hatte auch im Augenblick nicht die Kraft, ihre abartigen Gedankengänge nachzuvollziehen.

Was hatte er heute Nachmittag gesehen?

Wie Pharao sein Volk zu einem Massenhöhepunkt geführt hatte, einfach indem er die Worte des 104. Psalms vortrug? Woher kannte Pharao diese Verse? Stammten die Worte am Ende gar nicht aus der Feder von David, dem Autor der Psalmen? Hatte David ein altes ägyptisches Gebet umgedichtet? War es Blasphemie, so etwas auch nur zu denken? Hatte David vor, nach oder während dieser Epoche gelebt? Unmöglich; David war Gottes Liebling, er konnte kein Dieb sein. Also musste Pharao die Worte gestohlen haben, doch wie war er dazu gekommen? Cheftus Gedanken jagten einander, bis er beinahe eingeschlafen war, dann schoss er plötzlich hoch.

Er war allein. Er konnte die Steine befragen! Stolpernd stand er von seiner Liege auf und ging ans Fenster, wo das Mondlicht auf den Urim und Thummim fiel. Seine Hände zitterten, als er jene Frage stellte, die ihm unter den Nägeln brannte. »Ist Chloe in Sicherheit?«

»J-E-T-Z-T.«

Jetzt? Hieß das, dass sie es zuvor nicht gewesen war? Oder hieß das, dass sie es bald nicht mehr sein würde?

»Wo ist sie?«

»B-E-I-DA-G-O-N.«

Dagon? Wer war Dagon? Gab es am Hof einen Mann namens Dagon? Handelte es sich um einen Gott? Einen Priester? Ein Land? Ein Schiff? »Wie komme ich zu ihr?«

»S-I-E-H-N-I-C-H-T-A-U-F-D-E-N-G-Ö-T-Z-E-N.«

Den Götzen? »Was für einen Götzen?«, fragte Cheftu, doch die Steine blieben reglos und stumm liegen. Verärgert und erschöpft steckte er sie wieder ein. Offenbar konnten oder würden sie heute keine weiteren Antworten geben. Er würde es morgen noch einmal probieren.

Auch der folgende Tag brachte keine Antworten oder, genauer gesagt, dieselben Antworten. Mit zusammengebissenen Zähnen schaffte es Cheftu durch den Tag. Er fragte Wenaton, ob er jemanden namens Dagon kenne. »Klingt nach einem Ausländer«, meinte Wenaton abweisend. Danach wich er allen Fragen nach RaEm aus. Cheftu erkannte die Anzeichen: Wenaton war von der zeitreisenden Priesterin bezaubert. Infolgedessen war er nicht länger vertrauenswürdig.

Cheftu verstand das nur zu gut, schließlich hatte sie ihn einst ebenso behext. Damals hatte er sich vor seiner Verantwortung gedrückt, seinen Verstand ausgeschaltet und nur noch auf sein Herz und seine Lust gehört. Wenn RaEm lächelte, war das, als würde sich eine Tür zu jeglichen Spielarten der Lust einen Spalt weit öffnen und den Blick auf alles, was sich ein Mann nur wünschen konnte, freigeben.

Was für ein Narr war er gewesen. Hatschepsut, die ihre Freundin RaEm allzu gut kannte und Mitleid mit Cheftu gehabt hatte – und der es missfiel, wie nachlässig er seinen Pflichten nachkam –, hatte ihn über RaEms wahres Wesen aufzuklären versucht. Doch er hatte die Worte seiner Gebieterin in den Wind geschlagen, bis sein Ego zertrampelt und sein Herz durchbohrt war und seine Seele gellte: »Du Narr!«

Erst da hatte er auf Hat gehört. »RaEm ist ein Krokodil«, meinte sie. »Ein Krokodil kennt nur die Welt, die es mit eigenen Augen sieht. Es kennt keine Familienbande, ihm liegt auch nichts an der Erhaltung seiner Dynastie. Ihm liegt allein an einem vollen Magen und einem angenehmen Leben; nichts anderes hat irgendeine Bedeutung.« Hat nippte an ihrem goldenen Kelch. »RaEm ist eine hervorragende Priesterin, denn ihre Bedürfnisse stimmen mit denen Hathors absolut überein. Um weiter so angenehm leben zu können, wird sie alles Notwendige unternehmen – sogar töten.«

»Ich wollte es ihr ja angenehm machen«, protestierte Cheftu. »Ich wollte ihr ein Haus bauen, direkt am Nil –« Er verstummte, denn Hat hatte eine Hand erhoben.

»Unter einem angenehmen Leben versteht RaEm nicht nur, dass ihre fleischlichen Bedürfnisse befriedigt werden, sondern auch, dass sie ständig neue Eroberungen machen kann.«

Cheftu erstarrte. RaEm war mit einer neuen »Eroberung« verschwunden, während ein ganzes Haus voller Gäste darauf gewartet hatte, dass sie Cheftu heiratete.

»Ein Krokodil«, führte Hat weiter aus, »interessiert sich ausschließlich für lebende Beute, für frisches Blut. Nach dem Töten verliert das Krokodil sofort das Interesse. Dann will sie frisches Fleisch.« Hats dunkle Augen blickten in seine. »Ein einziger Mann kann RaEm nie genügen. Sie wird immer verschlingen, so viel sie kann, und dann die Knochen zurücklassen, um sich die nächste, *aii*, sagen wir, Beute zu suchen.«

Cheftus *amour propre* hatte einen schweren Schlag abbekommen; noch schlimmer war, dass RaEm nicht einmal eine kleine Pause in ihrem Treiben eingelegt hatte, dass er so unbedeutend für sie war. Dann wurde ihm klar, dass zwar seine Selbstachtung verletzt war, er aber nie mit ganzem Herzen bei der Sache gewesen war.

»Du hast Glück gehabt, dass du ihr entkommen bist«, tröstete ihn Hat. »Die Götter haben dir zugelächelt.« Sie setzte ihren goldenen Kelch ab und winkte einen Sklaven heran. »Jetzt benimm dich wie ein Mann, ein Adliger Ägyptens, und tu, was deine Lehensherrin von dir verlangt. Vergiss diese Frau!« Und dann hatte sie ihn an den Hof von Mitanni geschickt, damit er genau das tat.

Jetzt allerdings entdeckte er in Wenatons Augen den gleichen glasigen, überspannten Blick. Jene Miene, die verriet, dass er für ein Lächeln von RaEm einfach alles täte, dass er jede Lüge erzählen und alle Grenzen überschreiten würde. Wie schaffte sie es nur, die Männer so in Bann zu schlagen? Nachdem sie Cheftu verlassen hatte, hatte er verfolgt, wie sie sich durch die Ränge in der Armee und am Hof hocharbeitete. Sie war eine Zauberin, todbringend wie Circe, die eine breite Spur von gebrochenen Herzen und am Boden zerstörten Männern zurückließ.

Und jetzt führte sie wieder ewas im Schilde. Das wusste er. Vor allem, da Wenaton sich kühl weigerte, Cheftus Fragen zu beantworten, und ihm keinerlei Hilfe anbot. Die Steine schwiegen, sein Gastgeber war kurz angebunden. Chloe war im Augenblick nicht in Gefahr, doch wer wollte schon wissen, wann sich das änderte? Was hatte die Antwort der Steine zu bedeuten? »Sieh nicht auf den Götzen?« Welchen Götzen? Wie sollte ihm das helfen, Chloe zu beschützen oder zu ihr zu gelangen? Verlier nicht den Glauben, ermahnte er sich. *Le bon Dieu* hatte sie noch nie im Stich gelassen. Noch nie.

Tage und Wochen verstrichen, ohne dass er RaEm oder Wenaton zu Gesicht bekam. Cheftu wohnte wie alle anderen den Gottesdiensten für den Aton bei. Er wurde fast verrückt vor Angst um

Chloe, doch er hatte nicht die geringste Ahnung, was er unternehmen sollte. Die Zeit verging viel zu schnell und viel zu langsam zugleich. Die Untätigkeit machte ihn allmählich wahnsinnig, doch die Angst davor, etwas Falsches zu tun, war noch stärker.

Er stand auf den Stufen zu Wenatons kleinem Palast, als vor seiner Nase die Tür aufgerissen wurde. Ein Chaos bot sich seinem Blick dar: Barbiere warteten in Habachtstellung und mit gezückten Arbeitsgeräten; mit Goldschmuck behängte Sklavinnen hielten geplättete Schurze bereit; Frauen forderten kreischend ein Bad und Schminke. Und mittendrin stand Wenaton mit herabhängenden Schultern und rang die Hände.

Ein Blick genügte, um Cheftu klarzumachen, dass Wenaton eben begriffen hatte, wie er von RaEm ausgenutzt wurde.

»Pharao hat sich bereit erklärt, den Botschafter zu empfangen!«, erklärte die Haushälterin außer Atem. »Doch die Herrin RaEm ist leider unauffindbar.«

Cheftu kniff die Augen zusammen. »Seit wann?«

»Ich weiß nicht, seit wann er –«

»Seit wann RaEm unauffindbar ist«, stellte Cheftu klar.

Die Haushälterin zog die Schultern hoch. »Seit fast einer Woche?«

Cheftu drängte durch die Sklavinnen, Barbiere und die aufgebrachten Frauen. Dann legte er eine Hand auf Wenatons Arm. »Was ist passiert?«

»Sie hat alles mitgenommen«, hauchte er. »Das Geschmeide meiner Frau und die Grabbeigaben für meine Familie, die wir anfertigen ließen, ehe ich ins Ausland musste.« Seine Stimme war matt, sein Blick trübe.

Sie hat besseren Männern als dir Schlimmeres angetan, dachte Cheftu. Doch er gestattete sich keine Bemerkung. »Wir gehen an den Hof?«

»Ja, ja. Pharao wird uns jetzt empfangen.«

Vielleicht war das ja die Gelegenheit, Chloe zu treffen? Befand sie sich dort, in der Macht eines Menschen namens Dagon? Eines Ausländers? Eines Gesandten? »Ich werde dich begleiten«, sagte Cheftu.

Wenaton erklärte sich, immer noch zerstreut, einverstanden und überließ es Cheftu, alles für die Audienz vorzubereiten.

Als Pharao sie von einem Streitwagen abholen ließ, wartete Cheftu bereits an Wenatons Seite. Sie drängten sich hinter den Lenker auf den Wagen. Wenaton hielt seine Perücke fest, als sie die Prachtstraße hinauffuhren.

Der Botschafter regte sich darüber auf, dass er seit zwei Jahren seine Familie nicht mehr gesehen hatte. Er hatte nicht einmal das Grab seines Vaters besuchen können, denn der Mann war gestorben, während Wenaton auf See gewesen war. Und jetzt hatte RaEm die Wertsachen mitgenommen, die Wenaton in sein Grab geben wollte. Wenaton zitterte bei dem Gedanken, seiner Frau zu erzählen, dass ihr Geschmeide gestohlen worden war. Cheftu äußerte murmelnd sein Beileid und fragte sich, was für ein Mensch wohl einen Namen wie Dagon trug.

Der Audienzsaal im großen Staatspalast stand ebenfalls den Sonnenstrahlen, den Strahlen des Aton, offen. Mit jeder noch so winzigen Hand trommelte der Gott auf die Versammelten nieder. An Echnatons Hof war fast jedes Land repräsentiert. Raunend wurde bestätigt, dass einige der Gesandten schon seit Jahren auf eine Audienz bei Pharao warteten. Manchen war verboten worden, ohne eine ägyptische Eskorte nach Hause zurückzukehren. Wenaton hatte Recht; das Imperium zerrann Pharao unter den Händen.

Die Wände des Palastes wirkten für ägyptische Verhältnisse befremdend. Keine Darstellungen von Pharao, der Wüstenvölker unterjochte oder unter den Göttern residierte. Stattdessen tollte Pharao mit seinen Kindern herum, mit unförmigem Kopf, ausladendem Bauch und vollen Hüften wie ein Weib. Er hatte sogar Brüste!

Cheftu musste ein überraschtes Lachen unterdrücken, als ihm auffiel, dass die meisten Höflinge ihre Kleider ausgestopft hatten, um Echnatons Leibesfülle nachzuahmen. Schmerbäuche wabbelten über langen Schurzen, und falsche Stoppelbärte imitierten Pharaos hohlwangiges Gesicht. Die Kopftücher waren ausgestopft, um Echnatons spitzen Schädel nachzuformen. Die Frauen sahen ausgemergelt aus, hatten die Brüste flach gebunden, damit sie denen von Pharao ähnelten, und ihre Hüften mit Stoff behängt, um dem König zu gleichen, während sie auf dem Kopf die »kuschitische« kurze Perücke trugen. Wer war was? Männer und Frauen waren kaum voneinander zu unterscheiden. Am ägyptischen Hof sahen alle Menschen wie Missgeburten aus. Nur um sich der obersten Missgeburt anzugleichen, dem Pharao.

»Alle loben ihn, der mit dem Aton spricht, der den Aton anbetet, der eins mit dem Aton ist, den allerhöchsten, ruhmreichsten Echnaton!«, rief der Zeremonienmeister aus. Alle Köpfe senkten sich auf den Boden, Cheftus eingeschlossen.

»Erhebt euch, erhebt euch.« Echnaton konnte mit seiner Stimme Knochen schmelzen lassen. Er sang mit sirenengleicher Verführungskraft. Wer ihm zuhörte, geriet unwillkürlich auf den Weg der Selbstzerstörung, und zwar ohne die geringsten Bedenken. »Sagt mir, was euch zu mir führt, damit ich mit meinen Gebeten fortfahren kann.«

Ein älterer Mann, dessen Schurz und Kopftuch betrüblich altmodisch wirkten, erhob sich. »Meine Majestät, ich habe weitere Hilferufe aus Kanaan erhalten. Der Löwe Labayu ist tot, sagt man, doch ein neuer, junger Löwe hat seinen Platz eingenommen. Sie fürchten –«

»Was haben sie zu befürchten, wo doch der Aton uns liebt und bei uns wohnt? Was ist Furcht, gemessen an der Hitze, der Macht des Aton?« Pharaos Stimme klang so sanft, so melodiös, dass fast jeder sich von seinem nichts sagenden Gewäsch über das Thema der Landesverteidigung einlullen ließ. Nur ein Gesandter nicht, dessen Volk sterben würde. Und zwar bald.

»Meine Majestät –«

»Den Aton zu umarmen, mit seiner Kraft und der Pracht seines Feuers zu verschmelzen ist der einzige Weg, wahrhaft alle Schlachten zu gewinnen.«

Der Adlige unternahm noch mehrere Anläufe, doch bei jedem wurde er mit einem Lobgesang auf den Aton unterbrochen. Schließlich gab der Mann auf und zog sich unter steifen Verbeugungen zurück.

»Der Nächste«, wandte sich Echnaton an seinen Hofstaat, an die wartenden Gesandten und Adligen, deren Begeisterung merklich abgekühlt war. »Wen habe ich berufen, mir Bericht zu erstatten?«

Wenaton erhob und verbeugte sich.

»*Haii!* Natürlich! Wenaton, erzähl mir von deiner Reise! Wo sind meine Zedern?« Echnaton sah sich um, als erwarte er, dass Wenaton sich ein paar Bäume auf die Schultern gepackt und in den Saal geschleift hätte.

»*Aii*, meine Majetät, ihr Eintreffen verzögert sich durch unabwendbare Ereignisse.«

»Wie das? Du hast dich schon jetzt um Jahre verspätet.« Der friedvolle, nachsichtige Pharao löste sich in Luft auf. Echnaton beugte sich mit zornigem Blick vor. »Ich habe doch gewusst, dass du unfähig bist!«

»In drei Wochen werden sie eintreffen, meine Majestät«, antwortete Wenaton, ohne sich, wie Cheftu erwartet hätte, einschüchtern zu lassen.

»Das ist lang«, befand Echnaton knapp.

»Ich habe viele Unbilden durchstanden«, erklärte Wenaton. »Nur aus Liebe zu meinem Land und zu meinem Lehnsherrn.« Er verneigte sich.

»Du kehrst weder mit dem Gold zurück, das ich dir mitgegeben habe, noch mit den Zedern für das Haus des Ergötzens am Aton. Wieso?«, verlangte Pharao zu wissen.

Cheftu fand sich plötzlich im Blick der bohrenden, durchdringend dunklen Augen wieder. Pharao mochte wahnsinnig sein, doch er war nicht dumm. Echnatons Blick wanderte über Cheftus Körper und kehrte dann zu Wenaton zurück.

»Meine Abreise stand unter dem Segen A-Atons«, antwortete Wenaton. »Kein Zwischenfall trübte die Reise mit dem Schiff von hier bis ins Land der Pelesti und von dort aus weiter nach Tsor, um Zedern zu holen.«

»Eine simple Reise für einen Simpel.« Echnaton rutschte auf seinem Thron herum.

Cheftus Blick wanderte über die versammelten Höflinge und

Frauen. Konnte er irgendwo Chloe sehen? Würde er sie überhaupt erkennen? Er glaubte auszusehen wie immer, schließlich war das bisher jedes Mal so gewesen. Wieso eigentlich? Und wieso wechselte sie den Körper? RaEm behauptete, sie habe eigentlich rotes Haar und eine helle Haut. Ein schneller Blick verriet ihm, dass sie, falls sie ein Rotschopf war, nicht hier war.

Ich werde sie erkennen, dachte er. Bestimmt. Mein Fleisch, mein Blut wird sie erkennen. Manch eine dunkeläugige Maid erwiderte seinen forschenden Blick, doch keine grünäugige.

»Nun, wir landeten in Ashqelon, wo uns irgendwann mitten in der Nacht ein Matrose das Gold raubte, das du uns für das Holz mitgegeben hattest«, fuhr Wenaton in seiner Erklärung fort.

»Du bist von einem Pelesti ausgeraubt worden?«, brüllte Echnaton. »Wo steckt Horemheb? Wir werden diese undankbare Stadt dem Erdboden gleichmachen –«

»Majestät, Majestät«, beschwichtigte ihn Wenaton. »Das Gold wurde von einem ägyptischen Matrosen gestohlen.«

Echnaton verstummte kurz. »Bist du dir sicher?«

»Ziemlich.« Wenaton rückte seinen Schurz gerade und berichtete weiter. »Natürlich habe ich mich an den Herrscher der Stadt gewandt, einen gewissen Yamir-dagon, und mein Gold zurückverlangt. Immerhin wurde es mir in einem pelestischen Hafen gestohlen.«

Dagon! Cheftu war schlagartig hellwach. Yamir-dagon? Hielt sich Chloe etwa dort auf? Hatte er richtig gehört?

»Ich dachte, du hättest gesagt, ein ägyptischer Matrose habe es gestohlen.«

»So ist es.«

Echnaton zog die Stirn in Falten. »Und hat dieser Yamir dir Gold gegeben?«

»Nein. Er meinte, falls ein Pelesti mich bestohlen hätte, würde er mir den Verlust ersetzen. So jedoch würde er mir zwar helfen, nach dem Dieb zu suchen, doch er könne mich nicht entschädigen, da ich von einem Landsmann bestohlen worden sei.«

Dagon? Pelesti? Ashqelon? Steckte sie vielleicht dort? Cheftu merkte, wie er den Kopf vorreckte, um alles mitzubekommen.

»Neun Tage lang harrte ich dort aus und wartete auf eine Nachricht des Stadtregenten, ob das Gold und der diebische Matrose gefunden worden waren. Doch ich hörte nichts. Ich betete um ein Zeichen, ob ich weiterfahren oder umkehren sollte. An jenem Morgen flog während meines Gebetes ein Falke mit drei Flügeln über mich hinweg in Richtung Norden.«

Cheftus klopfte das Herz im Hals. Bestimmt war dies der Grund dafür, dass er von Wenaton gerettet worden war! Damit er diesen *Dagon*, diesen Yamir fand! Wann war die Audienz vorüber, damit er endlich Fragen stellen konnte? Wieso hatte Wenaton den Namen *Dagon* nicht erkannt, als Cheftu danach gefragt hatte?

»Dies erschien mir wie ein Zeichen, meine Reise fortzusetzen«, sagte Wenaton. »Ich wusste, dass mir nichts widerfahren konnte, da ich das Bild, das gnadenvolle Bild, meine Majestät, des Aton bei mir hatte. Vielleicht würden die zivilisierteren Menschen in anderen Ländern mir Gehör schenken und meine Geschichte anhören. Vielleicht wären sie eher gewillt, mir Glauben zu schenken oder gar Kredit einzuräumen, wenn sie die Majestät des einen Gottes erblickten.«

»Doch du hattest kein Gold mehr.« Echnaton zappelte auf dem Thron herum. »Weil du treulose Taugenichtse angeheuert hattest, die es dir abgenommen haben.«

Wenaton rief rot an, antwortete jedoch nur auf einen Teil der Frage. »Ich hatte kein Gold mehr, nicht ein einziges Stück. Doch während wir in Yaffo vor Anker lagen, gab mir der Gott Gelegenheit, das gestohlene Gold durch Silber zu ersetzen.«

Zwar zuckte Cheftu bei dem Gedanken an einen weiteren Diebstahl zusammen, doch die übrigen Höflinge schien das kalt zu lassen. Ausländer blieben Ausländer. Ungewaschen, unzivilisiert, ungeschlacht. Für den Diebstahl an einem Fremden würde der Gott niemanden verurteilen.

»Ich kam in Tsor an, jenem elenden kleinen Inselreich. Der König weigerte sich, mich zu empfangen. Im Gegenteil, er sandte mir jeden Tag einen Sklaven, der mir eine gute Heimreise wünschte. Fünfzehn Tage und Nächte bettelte ich um eine Audienz. Ich war gekommen, um Zedern für den Gott zu kaufen!, erklärte ich. Doch wollte er mich empfangen? Nein!« Mutlos schüttelte Wenaton den Kopf.

»Kannst du ihm einen Vorwurf daraus machen?« Damit löste Pharao leises Gekicher unter den Zuhörern aus. Er war gehässig, dachte Cheftu. Was war aus der »Liebe-deinen-Nächsten«-Philosophie von vorhin geworden?

»Ich kann nichts daran ändern; also lade ich das Götterbild und meine Habseligkeiten wieder ein, um nach Ägypten heimzukehren. Schon da habe ich, da ich bekanntlich zwei Monate vor der Überflutung abgefahren bin, nur noch einen Monat, um nach Hause zurückzusegeln, ehe die Winde die Heimkehr verhindern und ich bis zum Frühjahr unter den Ausländern ausharren muss.«

Echnaton lauschte gespannt und mit ihm der gesamte Hof.

»Am letzten Tag, als ich gerade mein Schiff besteige, um heimzukommen – genau an diesem Tag! –, schickt mir der König einen Mann, der mich zu einer Audienz bringen soll. Ich mache dem Mann Vorhaltungen, denn ich bin überzeugt, dass er mich nur ablenken soll, damit man mir die Statue und den Rest meiner wenigen Habseligkeiten stehlen kann. Ich verleihe meinen Bedenken Ausdruck, woraufhin der König das Schiff bittet, im Hafen zu bleiben. Als die Audienz beim König beginnt – der von seinem Volk Zakar Ba'al genannt wird, Herr über alles –, frage ich ihn, wieso er so lange gewartet hat und warum er sich gerade heute dazu herabgelassen hat, mich zu empfangen.«

Wenaton senkte die Stimme, um Zakar Ba'al zu imitieren. »›Ein kanaanitischer *Tzadik*, ein heiliger Mann, hat mir geraten, dich hier heraufzubringen‹, sagt er und deutet dabei auf seinen Palast. Er steht auf einer Klippe mit Blick auf das große Grün, das dort oben im Norden noch grüner ist. Die Hügel des Festlandes sind mit Zedern bedeckt, von denen manche dicker sind als ein Ochse breit ist und andere einen Stamm haben, der dünner ist als mein Arm. Er fragt mich ganz unvermittelt, wie lange ich Ägyptens Küste schon nicht mehr gesehen habe. Fünf Monate, antworte ich.« Wenaton hielt inne und erfrischte seine Kehle mit einem Schluck Bier.

»Ich erkläre ihm, dass ich es kaum erwarten kann heimzukehren. Ich vertraue ihm an, unter welchem Fluch diese Reise gestanden hat.«

Cheftu lauschte aufmerksam, während Wenaton dem Pharao erzählte, wie Zakar Ba'al zum Beweis für seinen Auftrag ein Schreiben sehen wollte, jenes Schreiben, das Wenaton irrtümlich zur Aufbewahrung in Ägypten gelassen hatte. Dann hatte sich der König der Tsori über die ägyptischen Seefahrer lustig gemacht. »Er erzählte mir von zwei ägyptischen Gesandten, die zwei Jahre zuvor nach Tsor gereist waren, und sagte dann, er könne mir ihre Gräber zeigen. Ich hatte Todesangst. Ich bettelte ihn an, ich appellierte an seine Ehre, seine Integrität, sein frommes Herz, die Ehrlichkeit, Gnade, Gastfreundschaft, alles zusammen, damit er mir die Zedern für das Haus des Gottes überließ.«

Wenaton sah zu Boden und seine Schultern sackten herab. »Leider begann er erst mit mir zu verhandeln, als ich erwog, heimzufahren und ihm Schiffe voll mit jenem Tand zu schicken, an dem ihm so viel lag.«

Echnatons Nasenflügel bebten vor Zorn, doch er bedeutete Wenaton fortzufahren. Nach einer kurzen Pause erzählte Wenaton, wie er in Tsor Segel gesetzt hatte, doch sein Schiff auf der Insel Kefti Schiffbruch erlitten hatte.

Plötzlich erhob sich Echnaton, legte den Kopf zur Seite und verließ den Raum. Ohne jedes weitere Wort, ohne einen Abschied, einfach so. Die Anwesenden pressten eilends die Köpfe auf den Boden, bis die Tür zuknallte.

Cheftu lehnte sich gegen eine Säule im Schatten, lauschte den Gesandten und Adligen, die ihrem Ärger über die Situation freien Lauf ließen, und wartete darauf, dass Wenaton dem Schreiber zu Ende erzählte. Dem Gerede im Saal nach zu urteilen waren ganze Landstriche ohne Nahrung – da die örtliche Priesterschaft verjagt worden war und die kleinen Dörfer die vielen Felder nicht abernten konnten. Stattdessen hatte die Landbevölkerung neue Schreine für den Aton und neue Priester bekommen, die von ihnen versorgt werden wollten. Priestersoldaten, eine Erfindung Pharaos, durchsuchten die Häuser der Bauern, um sicherzugehen, dass keine anderen Götter oder Göttinnen angebetet wurden. Die Strafe dafür bewegte sich zwischen Sklaverei und Tod.

Unter ähnlichen Umständen hatte sich ganz Frankreich gegen seinen König erhoben, die Aristokratie ausgelöscht und alle Menschen gleich gemacht.

Doch die Ägypter hatten keine Vorstellung von Gleichheit, und ihnen fehlte auch die festgefahrene soziale Struktur des absolutistischen Frankreichs. Nur eines war unabänderlich: Die Theologie lehrte, dass Pharao König und Gott zugleich war; seinem Wort zuwiderzuhandeln bedeutete, das Gleichgewicht der Ma'at zu zerstören.

Cheftu wurde das Herz schwer; Ägypten lag im Sterben. Gleichgültigkeit tötete genauso sicher wie eine Invasion – und war vielleicht eine noch größere Katastrophe, da die Seele des Landes darunter zerbrach. Der Glaube der Menschen an ihre Götter und an ihren König wurde auf eine schwere Probe gestellt.

Cheftu fürchtete, dass Echnaton diese Probe nicht bestehen würde. Er trug zur Zerstörung seines Volkes bei, genauso, als hätte er den Menschen die schlagenden Herzen aus dem Leib gerissen. Wie würde Hatschepsut trauern, wenn sie das wüsste.

Sie wurden wie Vieh aus dem Raum getrieben und dann auf die Straße zum Tempel des Aufgangs des Atons geführt, ohne dass ihnen Gelegenheit zu einem eigenständigen Gedanken oder einer eigenständigen Tat gelassen wurde. Trotz der Hitze und trotz seiner Sorgen um Ägypten war ihm leichter ums Herz. Bald würde er mit Wenaton sprechen und mehr über diesen *Dagon* herausfinden – wo er lebte, wie man dorthin kam. Chloe, ich komme, dachte er.

Vielleicht war mit dem »Folgen« ja gemeint, dass er Wenatons Reiseroute folgen und nach Tsor segeln sollte?

Sobald sie im Tempel angekommen und zu den übrigen tausenden und abertausenden geschubst worden waren, verriegelten die Soldatenpriester die Türen. Sie waren in der Nachmittagshitze gefangen, um hier zu beten. Bis zur Abenddämmerung streckten Ägypter wie Ausländer ihre unbedeckten Köpfe bewundernd der Sonne entgegen.

Cheftu starrte in die Sonne und schloss die Augen, als sie zu brennen begannen. In Gedanken bei Chloe, ließ er sich von Echnatons Stimme einlullen, die von den Wundern des Friedens und der Liebe wie von der Macht der Sonne kündete.

Plötzlich wurde er von Händen gepackt, während eine andere Hand seine Protestschreie erstickte. Cheftu wurde rückwärts durch die Menge geschleift, die sich teilte, um den Weg frei zu machen, doch ohne dass ihn jemand angesehen hätte. Er wurde in eine Grube geschubst, wo die Sonne auf ihn herunterbrannte, die Wände seines Gefängnisses zum Glühen brachte und durch die neuen Sandalen hindurch seine Füße versengte.

»Wer bist du?«, fragte eine Stimme. Gegen das Gleißen des Aton konnte Cheftu nichts erkennen. Am Rande der Grube standen zwei nur als Umrisse erkennbare Gestalten.

»Ch-Chavsha, Schreiber des Wenaton«, erwiderte er hastig. Es war nicht klug, diesen Männern seinen wahren Namen zu verraten. Seinen wahren Namen zu nennen konnte böse Folgen haben. Das war in Frankreich nicht anders als in Ägypten.

»Du hast deine Augen vor dem Glanz des Aton verschlossen«, verkündete der andere. »Du hast gegen das Gesetz verstoßen.«

Es war gegen das Gesetz, die Augen zu schließen? »Ich wollte nicht erblinden«, rechtfertigte sich Cheftu. »Ich habe nur ... etwas länger geblinzelt.«

»Erst die Blindheit öffnet uns wahrhaftig die Augen«, widersprach der Erste. »Nur wenn unser Auge uns nicht mehr ablenkt, sehen wir, was wir wirklich sind, was wir wirklich haben. Blindheit ist ein Geschenk des Aton.«

Cheftu war sprachlos. Sie *wollten* ihn erblinden lassen? Wenn er noch länger zu ihnen aufstarrte, würde er ihnen diesen Wunsch erfüllen können, und zwar bald. Schweiß tröpfelte über Cheftus Rücken und ließ die Kleider an seiner Haut festkleben. »Deine Strafe ist, von nun an bis zu deiner Freilassung dem Aton zu huldigen. Solltest du deine Augen länger als für einen Moment schließen, werden wir sie dir wegnehmen. Nur die Blindheit bringt wahre Klarheit.«

Süße Isis, dachte Cheftu. Hoffentlich hilft mir jemand hier heraus.

Der Palast von Tsor stand auf einem wellenförmig erodierten Hügel und seine weißen Kuben waren durch Treppenfolgen miteinander verbunden. Oberhalb der unzähligen Gebäude befand sich ein riesiger Mosaikboden, der zeitweise überdacht war und zu anderen Zeiten unter freiem Himmel lag. Banner von einem so strahlenden Blau, dass die Augen davon schmerzten, wehten in den wilden Winden über den Mauerzinnen.

Unter dem Boden, dessen eigenwillig gekachelte Figuren in einem zwölffach unterteilten Kreis angeordnet waren, befanden sich Kammern und Gänge, Treppenhäuser und Lichtschachte.

Die unteren Ebenen waren in Audienzsäle und Versammlungsräume aufgeteilt. Abgesehen von eingebetteten Muscheln oder gleichmäßig aufgetragener Farbe waren die Wände schmucklos. Außerhalb der vielen bullig wirkenden Türen lagen Gärten, in denen dicht an dicht Zedern und Bougainvillea wuchsen. In den Gewässern hinter den Gärten ankerten dutzende, hunderte, manchmal sogar tausende Schiffe.

Der Kai erstreckte sich über die gesamte Insel; genauer gesagt war die Insel das Kai. Der einzige Bereich, der nicht zum Kai gehörte, war der Palast.

Auf der Insel Tsor gab es keinen Bedarf an Privathäusern. Während der sechs Segelmonate im Jahre waren alle Männer unterwegs, und alle Frauen webten und spannen sechs Monate lang; danach begaben sich alle gemeinsam in das unterste Stockwerk des Palastes, in die Gruben, wo sie sechs Wintermonate lang färbten.

Man sagte, in Tsor sei selbst das Meer blauer.

Auf dem Festland lebten die Einwohner in Höhlen, die sie ins Erdreich gegraben hatten und die von so hoch wachsenden Bäumen überschattet wurden, dass fast kein Sonnenlicht hindurchdrang. Dort waren die Männer Handwerker, sie beschnitzten das Holz und stellten die geflügelten Löwen her, die Zakar Ba'al, der Herr über Tsor, so liebte.

Sie schnitzten Astartenbäume, Symbole für die Fruchtbarkeit der

Göttin. Sie erbauten in aller Welt Tempel. Jeder dieser dreiräumigen Bauten war aus Holz errichtet, das bereits in Tsor zurechtgehauen und dann durch den *Shamir* – einem wundersamen Zauberinstrument – des Meisters geräuschlos und absolut nahtlos mit dem örtlichen Fels verbunden wurde. Nur wer der geheimen Bruderschaft der *Mnasone* angehörte, konnte vom Meister die Kunst des Steingießens, Felsformens und Verwandelns erlernen. Die Übrigen waren Zimmerleute, die das Holz behauten und sich nie aufs Meer wagten. In Tsor wollte jeder Mensch sich ganz und gar selbst gehören.

Dieses Ziel strebten alle an. Die Frauen waren wie die Frauen zu allen Zeiten damit beschäftigt, das Haus in Ordnung zu halten und die Kinder großzuziehen; doch diese Frauen waren zugleich Kaufleute. Alle zusammen hatten den Meister angerufen und darum ersucht, dass seine Seeleute in den vielen Palästen und Häfen, die sie ansegelten, Nahrungsmittel eintauschten, und zwar gegen hausgemachte Spezialitäten der Tsori: einen aus Kiefernnadeln hergestellten Trank; die Nüsse aus den Kiefernzapfen; ihre bestickten, gefärbten Stoffe; und Waisenkinder.

Dank dieses Handelns waren die Tsori ein wohlhabendes, sehr wohlhabendes Volk. Zakar Ba'al war nicht der Einzige, der von goldenen Tellern speiste, Wein von jenseits des Meeres trank oder Würfelspiele mit Figuren aus Elfenbein und Jade spielte.

Gedankenversunken betastete der Meister seine Spielfigur und blickte von der Insel aufs Festland hinüber. Die Küste war zerklüftet und wunderschön und das Blau des Meeres konnte sich höchstens mit den Stoffen der Tsori messen. In der Ferne erhoben sich Bäume und Berge, und zwar ohne Feuer und geschmolzene Lava. Gelangweilt wandte Zakar Ba'al den Blick ab.

Zwei Straßen führten in seiner Nähe von den Reichtümern Ägyptens, Kushs und des Dschungels weiter südlich zu den großen Zivilisationen im Norden – nach Mitanni, Hattai und in das hunderttorige Assyrien. Jenseits von Assyrien lag der märchenhafte Osten mit seinen Elefanten, schlitzäugigen Menschen und dem eigenwillig würzigen Essen.

Ein Weg führte über das Meer. Dazu musste man nach Süden über Qiselee, Yaffo, Ashdod, Ashqelon ins ägyptische Delta segeln und dann durch den Hals des Nils nach Noph, Waset, Simbel, Kush hinauf … oder noch weiter.

Oder er konnte eine Eselkarawane nach Norden ausschicken, auf dem Umweg durch das Aravatal, über die Hügel und dann auf der Straße der Könige bis nach Assyrien.

Beide Wege waren nun versperrt. Bald würde sein Volk zu hungern beginnen, denn die Tsori waren keine Bauern; sie erwarben ihr Essen durch Handel.

Die Tsidoni, diese Hohlköpfe, hatten den tsorischen Schiffen den Krieg erklärt. Es gab keine Möglichkeit, nach Süden zu segeln, ohne Ako, einen tsidonischen Hafen, zu passieren. Da die Tsori kein Kriegervolk waren, besaßen sie keine Armee. Ihre einzige Möglichkeit war der Rückzug.

Dann war auch die Straße der Könige, sein Hintertürchen, verriegelt worden. Durch eine neue Kraft in den Hügeln Kanaans. Einen Monarchen, der nicht gewillt war, seinen Profit schmälern zu lassen.

Sie hatten sich diesem König einfach nicht in der angemessenen Weise genähert, dachte er. Niemand wies Zakar Ba'al ab.

Dann fielen die Jahre von ihm ab, hunderte und aberhunderte Jahre, ein ganzes Jahrtausend. Ein Gesicht hatte sich für alle Zeiten in sein Gedächtnis gegraben. Ein einziges Mal war er abgewiesen worden, noch ehe er den Namen Ḣiram Zakar Ba'al, Shiva, Thor oder Dionyssos angenommen hatte. Nur einen einzigen Mann hatte er vergebens begehrt, vergebens umworben. Nur ein einziger Mann war ihm ebenbürtig gewesen. Nur ein einziges Mal hatte er so geliebt, hatte er sein Bestes gegeben und Unsterblichkeit geschenkt, nur um von dem Objekt seiner Leidenschaft verlassen zu werden.

Von dem einen Mann, den er begehrt und nie bekommen hatte.

Cheftu *sa'a* Khamese. Dem Ägypter.

Als die Sonne endlich vom Himmel verschwand, hätte Cheftu vor Erleichterung am liebsten geweint. Sein Kopf dröhnte, ihm war übel und die Punkte vor seinen Augen machten ihm Angst. Viele

Tage würde er das nicht mehr durchhalten. Nicht mehr überleben und sein Augenlicht behalten.

Wie konnte er entkommen? Hatte überhaupt jemand sein Verschwinden bemerkt? Wenaton würde wahrscheinlich nicht einmal merken, wenn sein eigener Körper verschwand, von Cheftus ganz zu schweigen.

Der Tempelkomplex wurde bei Sonnenuntergang praktisch geschlossen; dreimal hatte er das bereits beobachten können. Die Priester wünschten einander gute Nacht und verschwanden. Ein abgeschlossener Tempel wäre an einem Hof Amun-Res unvorstellbar gewesen. Doch allmählich glaubte er, dass ihm fast nichts an dem Verhalten der Priester vom Hof Amun-Res her bekannt vorkam. Seit wann waren die Religion und ihre Ausübung nicht mehr Privatsache, sondern ein Gesetz? Was für eine Perversion des Glaubens war das denn?

Seine Augen brannten, sein Magen krampfte sich zusammen, und Cheftu fragte sich, was er wohl unternehmen konnte. Im Augenblick war es stockdunkel, er konnte also nicht einmal die Steine befragen, was die Zukunft für ihn bereithielt. An die abkühlende Wand der Grube gelehnt, schloss er die Augen. Erst einmal würde er sich ausruhen.

»Chavsha?« Ein Flüstern weckte ihn.

Als er die Augen öffnete, schlug die Erinnerung an die vergangenen drei Tage über ihm zusammen. Er kämpfte die Panik in seiner Kehle hinunter und blieb reglos stehen.

»Chavsha?« Es war Wenatons Stimme. »Bist du da?«

»Ja.« Cheftu hörte etwas rascheln, dann knallte ihm ein Seil auf den Kopf.

»Komm schnell rauf. Die Wachen können sich jeden Augenblick zum Dienst melden.«

Auch wenn Hunger und Hitze ihn geschwächt hatten, war der bloße Gedanke an die Freiheit wie Eiswasser für seine Seele. Er sprang am Seil hinauf, zerrte prüfend am Anker und zog sich dann, mit den Füßen an der Wand abgestützt, hoch.

Hände, feste, schwielige Hände, packten ihn unter den Armen und wuchteten ihn über den Rand. Wenaton hatte Helfer. Das Gesicht seines Retters konnte Cheftu nicht sehen. »Ich werde dir ewig dankbar sein«, sprudelte es aus ihm heraus. »Ich stehe tief in deiner Schuld.«

»Du musst sofort fliehen. Man wird nach dir suchen«, sagte Wenaton. »In Ägypten bist du nicht mehr sicher.«

»Kann ich mich nicht irgendwo verstecken?«, fragte Cheftu. Er besaß keine Wertsachen, er konnte keine Flucht finanzieren. Er musste die Steine befragen, er musste sich davon überzeugen, dass Chloe wirklich nicht hier war. Oder war das vielleicht mit dem »Folgen« gemeint?

»Nein, alle werden nach dir suchen. Du hast nicht in die Sonne gesehen, du hast dich von ihr abgewandt.«

Sieh nicht auf den Götzen, hatten die Steine gesagt. Die Sonne war der Götze! »Wo bist du Yamir-dagon begegnet?«, fragte Cheftu. »Das musst du mir noch sagen.«

»Bei den Pelesti. Geh jetzt.«

»Danke«, wiederholte Cheftu noch einmal. »Wenn ich irgendetwas für dich tun kann –«

Die Stimme schnitt ihm das Wort ab. »Das hast du bereits, indem du mich heimgebracht hast.« Wenaton packte ihn an der Schulter. Cheftu zuckte zusammen, als seine verbrannte Haut zusammengedrückt wurde. »Still jetzt! Verschwinde!«

Das Adrenalin spülte Cheftus Kopf frei, und gleich darauf war er mit den Schatten verschmolzen, ängstlich darauf bedacht, die Straße und die *Tenemos*-Mauern des Tempels im Auge zu behalten. Falls Achetaton wie alle anderen ägyptischen Städte angelegt war, dann verlief die Straße der Adligen mit ihren großen Häusern parallel zum Nilufer. Der Nil war seine Pforte aus der Stadt. Sobald er am anderen Ufer oder auf einem Boot war, würde er die Steine befragen, wie er zu Chloe gelangen konnte. Wem oder was er folgen sollte.

Behutsam stahl er sich von einem schwarzen Schatten ins nächste graue Halbdunkel, denn es war Vollmond. Schließlich stand er mutterseelenallein am Kai. Nirgendwo lungerten bierselige Matrosen herum. Es war verboten, nach Einbruch der Dunkelheit auf die Straße zu gehen, denn wer sich im Dunklen aufhielt, umarmte damit nach allgemeiner Überzeugung den Feind des Aton. Im flachen Wasser des Nils dümpelten am Ufer vertäute Boote, von denen einige auf den Bootsbauer warteten, andere hingegen bereits repariert waren. Er ließ die Steine aus seiner Schärpe gleiten und warf sie aus. »Wo ist Chloe?«

»G-E-H.«

»Ist sie hier?« Er musste die brennenden Augen zusammenkneifen, um die Buchstaben auszumachen.

»G-E-H.«

»Bekomme ich auch mal eine andere Antwort?«, fragte er verärgert.

»G-E-H-L-O-S.«

Er stopfte sie wieder in die Schärpe. Mit zusammengebissenen Zähnen, weil er um einen Diebstahl nicht herumkam, wählte er das kleinste Boot aus und kletterte hinein.

Nachdem er im Rumpf die Riemen ertastet hatte, stieß er das Boot vom Ufer ab und ruderte wie ein Wilder, um noch vor der Morgendämmerung die Stadt hinter sich zu lassen. Nie würde er an diesen verfluchten Ort zurückkehren, wo man Gebete dazu missbrauchte, die Menschen zu manipulieren. Pharao lag nicht das Geringste an seinem Land.

Doch als die Muskeln in seinen Schultern sich anspannten, seine Augen in der Morgendämmerung tränten und seine Haut in der Morgensonne zu brennen begann, da wurde ihm klar, dass das nicht mehr zählte. Er würde Ägypten verlassen. Chloe wartete auf ihn.

Er ließ den Nachen am Ostufer des Nils zurück, knapp südlich von Khumnu, das im mittleren Königreich Hauptstadt des Hasengaus gewesen war. Die Stadt war praktisch verlassen. Der Thottempel war geschlossen. Selbst hier, so weit nördlich, entdeckte Cheftu die Stele Echnatons, mit der die Grenze Achetatons markiert wurde. Da er nicht wusste, ob ihm Priestersoldaten auf den Fersen waren, marschierte Cheftu in die Wüste hinein, um gleich darauf kehrtzumachen. Für den Preis einer Übernachtung und von drei Tagesverpflegungen griff er auf seine Kenntnisse als Arzt zurück und wirkte als Geburtshelfer. Es war ein Knabe, der nach ihm benannt werden sollte. Wie aus der Pistole geschossen antwortete Cheftu, sein Name sei Nacht-met. Es war ein guter, anständiger Name; er bedeutete »Einer der sehen konnte« und wies keinerlei Verbindung zu ihm auf. Er durfte keine Spuren hinterlassen.

Während die Frauen aus dem Dorf Amulette um die Arme des Säuglings banden, um ihn gegen die vielen bösen Geister der Luft, der Nacht und des Wassers zu beschützen, verließ Cheftu die Stadt.

Der Proviant hielt Cheftu auf den Beinen, während er parallel zum Nil über die Felder in Richtung Norden wanderte. Die Steine schwiegen; seine einzigen Anhaltspunkte waren der Name *Dagon* und die Pelesti. Er wanderte weiter. Priestersoldaten segelten flussauf und flussab, sekreierten die Fischer und machten in den Dörfern Halt, um sicherzustellen, dass die Tempel geschlossen blieben und nur der Aton verehrt wurde.

In Akoris hörte er Gerüchte von einem gefährlichen Verbrecher, der aus Achetaton geflohen war. Bestürzt hörte Cheftu seine eigene und noch dazu ziemlich treffende Beschreibung.

In dieser Nacht schlich er im Schutz der Dunkelheit zu jener verfallenen Stufenpyramide, wo angeblich eine weise Frau hauste. Nachdem er ihr den Eingang zu einer Höhle freigeräumt hatte, entlohnte sie ihn mit einem Zaubertrank, der sein Aussehen ändern würde. Dann setzte er seinen Weg nach Norden fort.

In Per Medjet, wo neben dem Aton auch Fische verehrt wurden, vernähte er die Fleischwunde einer Barbierstochter und erhielt dafür Proviant, einen selbst gewebten Schurz und eine Tönungspaste, die ihn einerseits vor weiteren Sonnenbränden schützen würde und zweitens seine Haut dunkler aussehen ließ.

Der Mann, der die Straßen von Noph betrat, hatte nichts mehr mit dem Menschen gemein, der aus den Straßen von Achetaton davongeschlichen war. Die Sonne – und die Tönungspaste – hatten seine Haut geschwärzt, sein Kopf war kahl, das lange Haar abrasiert und irgendwo in der Wüste verbrannt worden. Er trug ein kleines Ziegenbärtchen und einen Schnauzbart. Doch das Entscheidende war die Veränderung in seinen Augen.

Das Belladonna, das ihm die Weise überlassen hatte, schützte seinen Blick nicht nur vor den strafenden Strahlen des Aton, sondern weitete zugleich seine Pupillen so sehr, dass das Bernsteingelb seiner Iris nicht mehr zu erkennen war.

Cheftu erkannte sich selbst nicht mehr, als er zum Tempel ging; er befürchtete nur, dass auch Chloe ihn nicht mehr erkennen würde. War sie hier? Die Steine befahlen immer noch: »G-E-H.« Ein schnelles, aber notwendiges Opfer für den Aton, dann würde er seinen Weg nach Norden mit dem Schiff fortsetzen.

Doch auf Grund der Freudenfeiern überall im Königreich fuhren keine Schiffe. Semenchkare war eingetroffen. Zur Huldigung wurden dem Volk die verbliebenen Vorratskammern geöffnet, damit es drei Tage lang feiern konnte, dass Pharaos Bruder – oder Cousin, das wusste niemand so genau – ohne Zwischenfälle den Hof erreicht hatte.

Drei Tage lang suchte Cheftu nach einer Überfahrt in den Norden. Jeder, der Ägypten verlassen wollte, benötigte dazu einen Ausreisebrief, ausgestellt von dem für den Antragsteller zuständigen Tempel des Aton. Anfangs schien das kein Problem darzustellen. Doch dann erkundigte Cheftu sich genauer, lockerte ein paar Zungen mit Bier und erfuhr dabei, dass diese Briefe auf einem ganz besonderen Papyrus geschrieben wurden. Jede Fälschung würde sofort erkannt.

Cheftu fluchte. Jede Nacht warf er die Steine aus. Geh, geh, geh, wiederholten sie. »Ich versuche es ja!«, protestierte er frustriert. In den Straßen machten Geschichten über Semenchkares Ankunft in Achetaton die Runde.

Einige erzählten, er sei in einem goldenen Schiff nilabwärts gesegelt und besäße wie der ehemalige Nilgott sowohl Brüste als auch Phallus. Andere behaupteten, er sei aus der Wüste erschienen, in einem durchsichtigen Schleier und umgeben von lauter Kindern. Jeder glaubte, sie sei die Inkarnation einer Göttin, egal welcher, die Ägypten aus der allumfassenden Herrschaft des Atons herauslocken würde. Cheftu war lange genug Ägypter gewesen, um zu begreifen, dass die Vorstellung, Semenchkare sei ein Mann, nicht notwendigerweise bedeuten musste, dass er nicht zugleich eine Göttin sein konnte. Dass irgendjemand anderes als dieser sirenenhaft säuselnde Knüppel über Ägypten herrschen sollte, war auf jeden Fall ein Grund zum Feiern!

Hatte Echnaton wirklich so wenig Ahnung von seinem Land?, fragte sich Cheftu, während er sich unter die Menge mischte und jemanden zu finden versuchte, der ihn ans große Grün segelte. Fest entschlossen, zu Chloe zu gelangen, erwarb er im Tausch für die Kataraktentfernung bei einer ganzen Familie Proviant und schlug dann den Weg über die Handelsstraße nach Kanaan ein. Sobald er den Wadi Ägyptens hinter sich gelassen hätte, würde er sich die Überfahrt zu den Pelesti erkaufen oder erfeilschen.

Doch in der dritten Nacht seiner Reise durch den Sand lauerten ihm Briganten auf. Er hörte sie nicht, er sah sie nicht, doch als sie erst vor ihm standen, roch er sie. Es waren Ziegenhirten. Sie durchwühlten sein Zelt nach Gold oder Juwelen und waren außer sich, dass er keine leicht zu verhökernden Schätze besaß, darum aßen sie stattdessen seinen Proviant auf.

Cheftu kannte ihren Dialekt nicht, doch einer der Männer hätte ihn am liebsten umgebracht. Zum Glück war der andere, der ihm das Messer an die Kehle hielt, vernünftiger. Sie legten ihm Fußfesseln an und schleuderten ihn dann auf den Sandboden in seinem Zelt, während sie weiter nach etwas suchten, das sie ihm abnehmen oder kaputtmachen konnten.

Die Steine! Er musste sie verstecken! Aber wo? Wenn sie ihm die Kleider abnahmen, würden sie die Steine finden. Er hatte keinen Beutel, keine geheime Tasche. Wenn er sie im Sand vergrub, waren sie und ihre Weisheit damit verloren. Dann würde er Chloe nie mehr finden.

Konnte er sie verschlucken? Dazu waren sie zu groß; wahrscheinlich würde er daran ersticken. Ganz zu schweigen davon, wie er sie dann wieder herausholen müsste.

Un moment... Es war zwar eklig, doch es könnte klappen. Die Fesseln ließen ihm ausreichend Bewegungsfreiheit.

Als die Briganten hereinkamen, um ihn zu den anderen Gefangenen zu schleifen, wurde Cheftu nackt ausgezogen. Routiniert durchbohrten sie den Knorpel oben in seinen Ohrläppchen und zogen eine Kette durch die Löcher. Wodurch er bis an sein Lebensende als Sklave gezeichnet war.

Dann marschierten sie los nach Norden.

Zweiter Teil

4. Kapitel

Ashquelon wurde ausspioniert; nicht offen, doch hatte ganz eindeutig jemand ein Auge auf uns geworfen. Ich hatte noch nie in einem Kriegsgebiet gelebt oder eine Invasion fürchten müssen. Die Hochländer – wie die Pelesti die Israeli oder Israeliten oder Juden oder was auch immer nannten – trieben sich an den Außengrenzen unseres Gebietes herum. Wir standen unter Beobachtung.

Gespenstisch.

Wadia, Takala und Yamir berieten sich mit den *Serenim* der Stadt. Wie fast alle wichtigen Geschäfte wurde auch dieses in den Stadttoren erledigt.

Es handelte sich dabei nicht um Tore, die man öffnen oder schließen konnte, sondern eher um Räume, die zu beiden Seiten in einen versetzten Durchgang eingelassen worden waren. Der eigentliche Eingang war schmal, kaum breit genug für einen Mann mit einem Esel und eindeutig nicht breit genug für eine einfallende Division. Zu beiden Seiten hielten Soldaten Wache, die jeden, der hinaus- oder hineinwollte, genau in Augenschein nahmen. Die Pelesti waren auf der Hut, sie wollten ihre Familien, ihr Auskommen und ihre Felder beschützen.

Sie waren im Grunde genau wie alle anderen Menschen zu jeder anderen Zeit.

Ich wartete in der Kammer gegenüber jener, wo die Gespräche stattfanden. Was tat ich hier? Göttin zu sein wurde mir allmählich fad. Ich durfte nirgendwo alleine hingehen, ich durfte die Stadt nicht verlassen, und alles, was ich tat, weckte Fragen über Fragen.

Im Gegensatz zu meiner Auffassung über die Behandlung einer Göttin, die praktisch nebenan wohnt – der man z. B. Blumen, Zuckerwerk und Gedichte schicken sollte, damit sie einen nicht totzaubert, und der man ansonsten aus dem Weg ging –, betrachteten sie mich als Enzyklopädie für alles Göttliche. Und fast alles andere.

Eine Bewegung auf den Hügeln in der Ferne weckte mein Interesse. Man war allgemein der Meinung, dass die Hochländer nicht in der Ebene angreifen würden. Solange die Pelesti blieben, wo sie waren, nämlich in der Stadt und auf den nahen Feldern, war alles in Ordnung. Doch an einem noch nicht feststehenden Tag im Frühling würde man in die Schlacht ziehen.

Schließlich war es *Frühling*. Diese Leute konnten nicht einfach um einen Maibaum tanzen und sich im Gebüsch vergnügen wie alle anderen; nein, sie mussten in den Krieg ziehen.

Am ernüchterndsten war der Gedanke, dass ich, falls diese Hochländer von David angeführt wurden, jenem poetischen Psalmisten Israels, von dem ich so viel gehört hatte, dass ich in diesem Fall also auf das falsche Pferd gesetzt hatte. Und auf den falschen Wagen dazu.

Wie sollte ich hier lebend rauskommen?

Ein Aufruhr draußen lenkte mich ab, weshalb ich die letzten Worte der stehenden Wendung mitbekam: »– war schon immer so.«

»Aber nicht, solange ich hier Dienst gehabt habe«, erwiderte der pelestische Soldat.

Offensichtlich verweigerte er der wartenden Gruppe den Einlass. Ich sah an ihm vorbei und war augenblicklich entsetzt. Im Schatten der Mauerzinnen standen aneinander gekettete Männer und Frauen mit sonnenverbrannter und blasiger Haut. Dass es

Sklaven waren, konnte man auf den ersten Blick an den Ketten durch ihre Ohren erkennen. Einmal fest angezogen und – jaul!

Meine Ohren schmerzten vor Mitleid gleich mit.

»Meeresherrin!« Der Wachposten hatte mich bemerkt. »Bitte beflecke deinen Blick nicht mit diesen unreinen und unglückseligen Geschöpfen.« Dass ich hier war, schien ihn nervös zu machen. »Dieser Mann wurde dafür zurechtgewiesen, dass er *ha Hamishah* angerufen hat, die fünf pelestischen Städte der Ebene.« Er sah wieder auf den Händler, einen dürren Mann mit fettiger Haut und schmutzverkrustetem Umhang.

Er war keiner bestimmten Rasse zuzuordnen, außer vielleicht der universellen Bruderschaft der Halsabschneider und zweibeinigen Kakerlaken. Der Wachposten befahl ihm erneut zu verschwinden, denn er würde bestimmt nicht eingelassen. Mein Blick wanderte über die Sklaven dahinter, insgesamt an die dreißig Menschen, die allesamt keuchten, schwitzten und von der Sonne gezeichnet waren. Sie mussten quer durch die Wüste gewandert sein, denn an der Küste war das Wetter mild und angenehm.

Einer der Männer kümmerte sich gerade um eine junge Frau. Sie war schwanger und hatte einen dicken Bauch, auch wenn sie ansonsten klapperdürr war. Er tupfte ihr die Stirn trocken und flüsterte ihr etwas zu. War es ihr Ehemann?

Er sah auf und mich an, als hätte er meinen Blick gespürt.

Nein, Chloe, das ist nicht ihr Mann.

Es ist deiner.

»Siehst du etwas, das dir gefällt, Meeresherrin?«, fragte der schmierige Sklavenhändler. Ich konnte den Blick nicht abwenden. Es war Cheftu: verdreckt, abgemagert, von der Sonne verbrannt und mit Bart, doch ganz eindeutig Cheftu. Meine Brust schmerzte, so stark klopfte mein Herz.

Ich war eine Amerikanerin des späten zwanzigsten Jahrhunderts – für mich gab es Sklaverei nur in der Theorie. Zum Leben als Diplomatenfamilie im Ausland verstand sich quasi von selbst, dass wir während meiner Kindheit stets Bedienstete gehabt hatten, doch das waren keine Sklaven gewesen. Als ich dann in Ägypten erwacht war, war ich in eine Welt voller Sklaven getreten, doch ich hatte mich stets bemüht, sie respektvoll zu behandeln. Vor allem da in den beiden Kulturen, in denen ich gelebt hatte. Kein Mensch besaß einen Menschen in jener Form, die auf den amerikanischen Plantagen üblich gewesen war; im Altertum hatten die Sklaven einfach der niedrigsten gesellschaftlichen Schicht angehört.

»Los jetzt, verschwindet«, raunzte der Wachposten den Händler an. »Und hör auf, die Göttin mit deinen Fragen zu belästigen.«

»Ich sehe ihre Augen«, sagte der Händler. Er drehte sich um und betrachtete die Gruppe von Sklaven. Es war kaum mehr als eine Kette von Skeletten. »Eine junge Dame vielleicht? Um dir zuzufächeln und die Hitze der schwülen Nächte zu lindern?«

Mein Blick war, wie ich hoffte, vernichtend. Cheftu hatte sich umgedreht, um der jungen Frau zu helfen; hatte er mich nicht erkannt? »Dieser Mann dort. Wie viel?« Die Worte klebten wie Dreck an meiner Zunge. Wie konnte ich auch nur eine solche Frage stellen.

»*Aii,* der junge Mann?«

Hatte er denn mehr als einen? »Der mit dem Mädchen.«

»*Aii*, ich bitte um Vergebung, Meeresherrin, doch er ist ihr Ehemann.«

Einen Augenblick wurde mir schneeweiß vor Augen. Ihr Ehemann? Ich bohrte die Fingernägel in meine Handflächen; ganz ruhig, Chloe. Du weißt, dass das nicht stimmen kann.

Der Händler deutete auf einen kleinen Jungen, höchstens vier Jahre alt, der gefügig und gesund im Schatten wartete. »Der hier ist von ihm, ein guter Junge. Einen so prächtigen Hengst kann ich nicht für den Preis eines gewöhnlichen Sklaven hergeben.«

»Er, er ist der Vater?«, stotterte ich. Ich kochte vor Wut über die Lügen, die dieses Stück Dreck verbreitete. Und noch dazu über *meinen* Mann!

»Ja. Er zeugt starke Kinder.«

Ich wandte mich wieder dem Wachposten zu und schickte ihn an die Arbeit zurück. So zuwider es mir auch war, ich nahm den schmierigen Händler am Arm und lächelte ihn an, wobei ich allerdings ausschließlich durch den Mund atmete. »Als Göttin habe ich von Zeit zu Zeit einen Hengst nötig«, sagte ich. »Doch müsste ich erst feststellen, ob er meiner Aufmerksamkeit würdig ist.« Ich hielt kurz inne und drückte meine Brust gegen seinen Arm. »Und meine Silberstücke.« Ich fragte mich, ob die Pelesti wohl Silberstücke hatten.

Seine Augen verengten sich zu Schlitzen. »Deine Gunst ehrt mich«, antwortete er. »Wenn du, sagen wir, ihn ganz privat inspizieren müsstest … vielleicht einen Nachmittag lang …«

»Mit einem Nachmittag allein wird kein Handel zu Stande kommen«, erwiderte ich. »Überlass ihn mir einen ganzen Tag.«

»Einen Tag?« Da riss er aber die Augen auf.

»*Ken.* Sollte er mir zusagen, werde ich auch sein Weib und sein Kind nehmen. Schließlich fände ich es schrecklich, wenn er einsam wäre.« *Komm schon, du Frettchen, dafür, dass du ihn mir einen einzigen Tag überlässt, kannst du drei Verkäufe abschließen!* Ich hatte keine Ahnung, woher ich das Geld nehmen sollte und in welcher Währung man hier bezahlte, doch das war mir gleich. Cheftu, nur Cheftu allein zählte.

Der Händler verneigte sich. »Wohin soll ich ihn schicken?«

Ihn schicken? Ich will ihn sofort! *»HaDerkato«*, rief einer der Priester aus dem Torraum, »wir erwarten deinen Urteilsspruch.«

Ich warf einen letzten Blick auf den Händler. »Wir liefern auch«, erklärte er. »Auf diese Weise könnte ich ihn noch putzen und rasieren.«

Ich sah auf Cheftu, der immer noch mit der Frau beschäftigt war. Er hatte kein einziges Mal aufgesehen. Er war so dünn, so verhärmt. »Wenn ich auch nur einen einzigen weiteren blauen Fleck an ihm entdecke, und sei er von einer Feder, dann kostet das deinen Kopf«, prophezeite ich. »Er gehört mir.«

Der Händler senkte eilfertig den Kopf. Wie konnte ich sicherstellen, dass er nicht verschwand und Cheftu mitnahm? Mit zittrigen Fingern nahm ich meine Ohrringe ab, irgendwelche Steine in einer Goldfassung. »Nimm das als Anzahlung.«

Er verbeugte sich tief und packte meinen Schmuck mit seinen dreckigen Pfoten. Unfähig, den Blick von Cheftu abwenden zu können, wich ich rückwärts zurück. Wäre er später noch hier? Ich rief den Wachposten herbei. »Unter gar keinen Umständen, selbst wenn die Hochländer wie Wasser von den Hügeln strömen, unter gar keinen Umständen darf dieser Händler mit seiner« – ich würgte das Wort hervor »Ware verschwinden.«

Der Wachposten blickte mich mit tiefem Ernst an. Ich sah in seine braunen Augen. »Schwöre es.«

»Bei Ba'al«, antwortete er nervös.

»Falls sie nicht hier sind, wenn ich zurückkomme, kostet dich das den Kopf.« Der Priester hatte nach mir gerufen. Jetzt kam er verärgert auf mich zu. »Ich komme schon«, beschwichtigte ich und folgte ihm dann durch das Tor hindurch in den Versammlungsraum.

Bitte mach, dass Cheftu dann immer noch da ist, dachte ich. Bitte, bitte, bitte. Ich bebte, so viel Selbstbeherrschung kostete es mich, nicht gleich hier und jetzt über Cheftu herzufallen, ungeachtet aller möglichen Konsequenzen – und dennoch war ich weggegangen. Bitte sag mir, war das richtig?

Ägypten

RaEm streckte sich und spürte das Ziehen und Brennen nach Echnatons Liebesakt, während er ihr ins Ohr flüsterte: »Du bereitest mir Lust, Schwester-Bruder Semenchkare. Öffne dich noch einmal für mich.«

Einen Moment lang spielte RaEm mit dem Gedanken, ihm zu erwidern, sie sei erschöpft und wund, sie wolle erst baden und essen. Doch immerhin war er Pharao. Er konnte ihr all die Macht und all die Reichtümer verschaffen, die sie sich erträumt hatte. Sie brauchte nur nie Nein zu ihm zu sagen, und er würde ihr immer weiter mit seinem Leib huldigen und in seiner Stimme zu ihr sprechen.

Auch wenn ihre Arme kribbelten, erhob sie sich. Augenblicklich füllte er sie, ganz und gar, die Hände fest um ihre Taille gespannt, die Nägel in die blaufleckige Haut ihres Bauches vergraben. Je mehr sich seine Anspannung steigerte, desto fester bewegte er sich in ihr. Tränen strömten ihr aus den Augen, als sich der Genuss schließlich zur Pein wandelte. »Ich verehre dich«, keuchte er so, dass ihr seine Stimme körperliche Erfüllung bot. »Ich finde es wunderbar, dass du als Mann an meiner Seite erscheinst. Doch«, fuhr er fort, wobei er jedes Wort durch einen Schlag auf ihren Hintern unterstrich, »ich finde es genauso wunderbar, dass ich auf meiner Liege als Mann über dich herrsche.«

Der königliche Samen strömte in ihr Inneres, ohne einen Hafen, ohne eine Lebensmöglichkeit zu finden. Echnaton sackte über ihr zusammen und war sofort eingeschlafen, während sich seine Handabdrücke auf ihrem Leib abzeichneten und ihr Blut den seinen befleckte. Sie blickte durch das Gitterwerk seiner Arme auf die Kartusche auf seinem Stuhl, die goldenen Wände seines Gemaches, die Laken, die so fein waren, dass sie Nebelschleiern glichen, und schließlich auf Pharaos Kriegskrone. Die blaue Krone.

Sie würde sie tragen. Sie, RaEmhetepet, deren Eltern sie nie kennen gelernt hatten; deren Schwesterpriesterinnen sie nie leiden konnten; deren Liebhaber sie nie befriedigt hatten; sie würde über Ägypten herrschen.

Echnaton schnarchte ihr ins Ohr, bis sein schlaffer Penis schließlich aus ihrem Leib glitt. Sie war genau dort, wo sie von Anfang an hingewollt hatte: in den Armen dieses Mannes, der ihr vertraute. Sie würde durch genau jenen Krummstab und jene Geißel herrschen, die er dazu verwendet hatte, über sie zu herrschen. Sie brauchte nur noch ein wenig Zeit.

Zeit war ein Gut, das Zakar Ba'al im Übermaß besaß. Er konnte sich nehmen, was ihm gefiel, oder er konnte einfach abwarten, denn die Zeit würde ihm niemals knapp werden. Andere waren weniger glücklich, und darum würden die Tsori eines Tages auch über die Meere und das Festland herrschen.

Zakar Ba'al tat es nicht des Goldes, der Gewürze oder der Edelsteine wegen, sondern vielmehr, um die Monotonie zu durchbrechen. Schon vor hunderten von Jahren hatte er begriffen, dass dem Leben viel von seiner Süße fehlte, wenn jedes Gefühl von Eile abhanden gekommen war. Wahrscheinlich hatte er ein, zwei Lebensspannen damit vertan, Mohnkapseln zu kauen, bis ihn selbst dieser Zustand gelangweilt hatte.

Das Einzige, was Bestand hatte, war die Macht. Immer wieder zogen Menschen gegen ihn zu Felde, die wussten, dass ihre Zeit bemessen war, und immer wieder sog Zakar Ba'al in einem Wettstreit des Witzes, der Kühnheit oder der Waffen ihnen das Leben aus und leerte die Schale ihrer Begeisterung, um danach die leeren Hüllen wegzuwerfen.

Nun stellte sich eine neue Herausforderung. Ein kühner junger Mann, Poet und Krieger zugleich, meinte, über die Straße der Könige zu herrschen. Abdiheba, dieser tattrige Idiot, schlotterte in seinen tsoriblauen Schuhen und flehte jeden darum an, die Bedrohung zu beseitigen.

Zakar Ba'al lächelte. Er würde seine Hilfe anbieten, doch nur, weil es ihm Vergnügen bereiten würde mit anzusehen, wie Jugend und List diesen alten, zähneklappernden Schafsbeschäler übertölpelten. Wie immer fragte sich Zakar Ba'al, wo Cheftu wohl stecken mochte. In den vergangenen tausend Jahren hätten sich ihre Wege mindestens hundertmal kreuzen müssen; Cheftu war bestimmt nicht tot, denn keine weise Frau hatte jemals seine Seele unter den Schattenwesen entdeckt.

Es war ein Mysterium, das einzige Mysterium, das Zakar Ba'al nicht enthüllen konnte. Er wandte sich an den Schiffskapitän, der an seiner Seite stand. Hinter den wie Honigwaben durchlöcherten Hügeln von Tsor stieg das Licht der Morgendämmerung auf. Dion verzehrte sich nach einer Veränderung, nach Lebendigkeit, nach etwas oder jemandem, der seinen Verstand und seine Willenskraft stimulierte, der ihn herausforderte.

Was nutzte einem das Geschenk der Unsterblichkeit, wenn die Lust am Leben fehlte?

Er machte eine Geste, der Kapitän rief einen Befehl, das Schiff setzte Segel.

Lasst mich aus dem Vollen leben oder tötet mich, bat Dion die Götter.

Ich war nervös. Hinter diesem Vorhang wartete Cheftu – Cheftu, mein teuerster Freund, mein Gefährte, der Geliebte, der tief in meiner Seele wohnte.

Mein Blick huschte noch einmal zu dem Bild im Wasserspiegel zurück. So hatte er mich noch nie gesehen. Ich war groß und blass, und mein grünes Futteralkleid ließ meine Augen noch grüner wirken. Sie waren von Bleiglanz umrahmt, und ich hatte meine Lippen mit Granatapfelsaft gerötet. Der runde Halsausschnitt des Kleides wurde von einer goldenen Halskette hervorgehoben. Dazu hatte ich passende Ohrringe in Tropfenform angelegt. Ein Haarband in Grün, Gold und Braun hielt mein glattes, kupferrotes Haar zurück.

Meine Hände begannen zu zittern, als ich Tameras Stimme hörte: »Meeresherrin, dein Sklave erwartet dich.«

Ich krächzte mühsam eine Antwort hervor. Instinktiv postierte ich mich zwischen zwei Lampen. Dadurch war ich im Vorteil und konnte mit absoluter Gewissheit feststellen, ob dies Cheftu war. Mein Blut hatte ihn längst erkannt, es sauste nur so durch meinen Körper; doch ich wollte mich auch mit dem Verstand davon überzeugen.

Plötzlich stand er vor mir, so stolz und schön, dass ich am liebsten geheult hätte. Er sagte nichts, er sah nirgendwohin, er stand einfach nur da. Mein Blick liebkoste die Muskeln, die über seinen Schulterblättern verschmolzen, die Aderstränge, die sich von seinen einzigartigen Händen über die Arme hinaufzogen.

Morgen würde ich seine Hände malen – so wie ich es seit zwei Jahren vorhatte.

Sein Bauch war so eingefallen, dass man die Rippen zählen konnte. Mein armer Geliebter war halb verhungert. Sein Blick lag wie festgefroren auf meinem Knie oder der Lampe oder etwas anderem knapp über dem Boden. Ich atmete schwerer; es kam mir so vor, als sei in diesen kurzen Augenblicken eine ganze Ewigkeit verstrichen. Hatte ich Angst?

Ganz ehrlich – ja. Er hatte mich noch nie in diesem Körper gesehen. Er war noch nie zuvor Sklave gewesen. Würde er glauben, dass ich es war? Was sollte ich jetzt machen? Ich merkte, wie mir die Tränen in die Augen stiegen. »Ch-Cheftu?«, flüsterte ich und machte einen Schritt auf ihn zu.

Sein Gesicht erschlaffte, als er meine Stimme hörte, dann zuckte sein Blick zu meinen Augen hoch. *»Mon Dieu«*, flüsterte er und musterte mich mit riesigen Augen von Kopf bis Fuß. »Chloe?«

Ich nickte, unfähig, noch einen Schritt zu machen, weil ich so zitterte.

Er sank auf die Knie. *»Grâce à Dieu«*, hauchte er mit erhobenen Händen. Dann richtete er sich wieder auf, und schon lag ich in seinen Armen und lernte von neuem kennen, was mein Körper längst zu wissen schien, mein Verstand und mein Herz jedoch so schnell vergaßen: die Hitze, die Leidenschaft, das Gefühl von Heimkehr in seinen Geruch, seine Berührung, seinen Geschmack.

Mein Herz flog auf und setzte all die Gedanken, Ängste und Gefühle frei, die ich mühsam unter Kontrolle behalten hatte. Ihn in den Armen zu halten, sein Herz an meinem schlagen und die Hitze seines Blutes unter meinen Händen zu spüren war ein Wunder. Eng umschlungen standen wir da und machten uns erneut mit dem Körper des anderen vertraut.

Auch seine Hände zitterten; auch er atmete schwer. »Ich hatte schon Angst«, sagte er, »ich wusste ja nicht –«

Ich wich zurück und drehte seinen Kopf so, dass er mich ansah. Seine bernsteingelben Augen lagen unter einem wässrigen Schleier. »Alles wird gut«, sagte ich auf Englisch. »Wir sind wieder zusammen.«

Er schloss die Augen und die Tränen rannen über seine Wangen. *»Grâce à Dieu«*, hauchte er immer wieder in mein Haar. Als unsere Körper sich beruhigt hatten, lösten wir uns voneinander, um uns gegenseitig zu begutachten. Sein Blick wanderte ausgiebig über mein Haar und mein Gesicht; seine Finger betasteten meine Wangen und mein Ohr. »Du bist bezaubernd«, sagte er. »Wie hat mir dein hübsches Gesicht gefehlt.«

Mein Lächeln schmolz unter seinem Kuss dahin. Ich wusste nicht, wem die Tränen gehörten, die ich während unserer Umarmung schmeckte. Seine Hände fuhren vorsichtig durch mein Haar, und meine Hände strichen über seinen Rücken, wo sie die schorfigen Peitschennarben und die Rippen unter der dünnen Haut betasteten. Er drückte mich noch fester, bis ich seine knochige Hüfte und sein Begehren spürte. Ich hielt ihn fest in den Armen, die Rippen über seinem Bauch in meinen Armbeugen und die Hände um seine schmale Taille geklammert, während er gegen mich drängte und unter meinem Mund zu stöhnen begann.

Ich weiß nicht mehr, in welcher Sprache ich ihm antwortete, doch ich weiß, was ich sagte. Ja. Ja. Ja.

Das Gleiten von Fleisch über Fleisch, dieses unglaubliche Gefühl, bereitete mir gleichzeitig unvergleichliche Lust und ließ die Tränen aus meinen Augen schießen. Cheftu hielt mich fest, liebkoste mein Haar, küsste mich auf die Lider, die Wangen, den Mund und erzählte mir dabei, auf wie viele Weisen er mich liebte. Wie sehr er sich nach mir gesehnt hatte, wie lange er um mich geweint und um mich gebetet hatte.

Die Hände tief in meinem Haar vergraben, die Stirn gegen meine gepresst, stöhnte er meinen Namen, als wir gemeinsam zum Höhepunkt kamen. Ohne sich auch nur zu rühren, drückte er mich an seine Brust, bis unser Atem wieder normal ging.

Die Lampen waren niedergebrannt, und der Himmel war immer noch dunkel. Wir waren eingeschlafen. Ich küsste seine Brust, nur um mich zu vergewissern, dass ich ihn küssen konnte. Er drückte mich mit aller Kraft und begann unvermittelt zu zittern, als würde er von Dämonen gehetzt.

Ich lag friedlich da und genoss seine Berührung. Allmählich kam er wieder zur Ruhe, sein Griff lockerte sich, und ich wand mich nach oben, bis ich ihm ins Gesicht sehen konnte. »Erzähl es mir«, bat ich ihn.

»Wirst du mich kaufen, Meeresherrin?« In dem schwachen Licht, das durch die Fenster herein fiel, sah ich seine Augen lächeln.

»Nun«, antwortete ich und fuhr dabei seine Nase und Wangen nach, »du scheinst viele Begabungen zu haben.«

Sein Gesicht wurde ernst und seine Stimme zärtlich. »Ich habe nicht zu träumen gewagt, dass dieser Tag kommen würde«, gestand er. »Als die Briganten mich überfallen haben, hatte ich Angst, dich nie wieder zu sehen. Ich habe geglaubt, ich sei vom rechten Weg abgekommen, und die Gefangenschaft sei meine Strafe dafür.«

Es schmerzte mich, auch nur daran zu denken, was er alles durchgemacht hatte. Die Male auf seinem Rücken hatten sich für alle Zeit in meine Handflächen eingeprägt. »Was hast du gedacht, als du hierher, in den Tempel gebracht worden bist?«

»Gar nichts«, erwiderte er. »Mir war klar, dass ich keiner anderen Frau Lust spenden konnte. Ich habe einfach gehofft, dass diese Göttin, wer immer sie auch war, mich nur für ihren Garten und nicht für sich selbst wollte.« Er sah mir wieder in die Augen. »Gott sei Dank, dass du hier bist, *chérie*. Ich danke dir, Gott«, fügte er hinzu und presste dann seinen Mund auf meinen.

Wir liebten uns ein weiteres Mal, diesmal langsam, forschend, redend, erinnernd, entdeckend und manchmal nur einander anschauend. Schließlich fielen wir in Schlaf oder eher in friedvolle Besinnungslosigkeit, bis Tamara einem anderen Sklaven zurief: »Ich werde fragen, was die Meeresherrin rät.«

Schlagartig war ich hellwach, und mein Herz pochte wie wild. Cheftu schlief weiter, leise schnarchend. Sekunden später war ich angezogen. Das Futteralkleid war zerknittert, mein Haar zerzaust, doch ich hatte zumindest mein Gesicht gewaschen, meinen Schmuck angelegt und den phantastischen Leib meines Gatten zugedeckt.

Meines Gatten. Hier. Ich lachte in mich hinein. Gott hatte uns wieder zueinander geführt. Jetzt brauchten wir nur noch die Biege zu machen.

Tamera wartete im Gang auf mich. Mit verkniffenem Gesicht. »Yamir hat beschlossen, eine Gruppe von Kriegern in das Refa'im-Tal zu führen. Takala will, dass du ebenfalls auf das Schlachtfeld kommst. Du bist der *Teraphim*.«

Ich klappte den Mund auf, doch sie war noch nicht fertig. »Außerdem macht der Händler einen ziemlichen Aufruhr vor der Stadtmauer, er behauptet, du hättest den Sklaven und seine Frau, seinen Sohn, seine vier Töchter, seine Mutter und deren Sklaven gekauft.«

»Eine Sklavin mit einem eigenen Sklaven?«, hakte ich nach.

Sie zog die Achseln hoch. »Er ist Amaleki.«

Und das erklärte alles? Ich zog die Tür hinter mir zu und redete in normaler Lautstärke weiter. »Bezahl dem Händler, was er verlangt«, sagte ich. »Und dann lass alle frei.«

Sie sah mich fragend an. Gab es irgendein Problem dabei? Hatte ich nicht genug Geld?

»Ken?«, fragte ich.

»Was heißt das, ›lass alle frei‹?«, fragte sie, während wir uns auf den Weg in den Hauptraum machten, um Dagon zu begrüßen.

»Was ist das Gegenteil von Sklave sein?« Ich probierte es andersherum.

»Landbesitzer sein«, antwortete sie und half mir in meinen Fischmantel. Die übrigen Priesterinnen kamen herein, grüßten uns und verschwanden wieder.

Sklave oder Landbesitzer? Ich fuhr mir mit der Hand über das Gesicht. Ich wusste nicht, wie ich mich verständlich machen sollte, darum beschloss ich, eines nach dem anderen zu klären. »Kaufe die Sklaven. Geht das?«

Sie nickte, und wir traten ein, um den Gott wach zu singen.

Nach den Morgengebeten fragte Tamera, ob ich sonst noch etwas brauche. Nachdem ich ein Frühstück mit einer Meeresfrüchteplatte für zwei bestellt hatte, schickte ich sie weg und kehrte zu Cheftu zurück.

Sobald ich ins Zimmer trat, sah ich, dass Cheftu aufgestanden und angezogen war und sich das Haar mit Wasser zurückgekämmt hatte, wodurch seine verstümmelten Ohren sichtbar wurden. »Ist das schlimm?« Ich deutete auf die Kette.

Er zuckte mit den Achseln. »Nicht schlimmer, als seine Freiheit zu verlieren.«

»Das tut nichts zur Sache. Du bist hier. Und bald verschwinden wir von hier.«

Cheftu sah mich an und verschränkte langsam die Arme. »Und wohin?« Ich machte den Mund auf, um ihm zu antworten, doch er redete weiter. »Chloe, ich bin für alle Zeit als Sklave gebrandmarkt. Du hast mich erworben, damit ich dein Sklave bin. Dies hier ist nicht unsere Welt, wir können nichts daran ändern.«

»Das hat keine Bedeutung mehr, wenn wir erst von hier verschwunden sind.«

Er kam zu mir und nahm liebevoll meine Hände. Ich hatte ein ausgesprochen ungutes Gefühl; er wirkte entschieden zu resigniert. Darum begann ich draufloszuplappern. »Das ist doch alles kein Problem. Ich habe jede Menge Geschenke bekommen, wir müssen also nur aus der Stadt verschwinden und dann auf ein Schiff springen – irgendwohin. Wir können in Freiheit leben, wir können zusammen bleiben –«

Er brachte mich zum Schweigen, indem er einen Finger auf meine Lippen legte. »Was bist du hier?«

Ich wandte, ein wenig betreten, den Blick ab. »Die Göttin der Stadt.«

»Und du glaubst, sie lassen dich einfach so hinausspazieren?«

»Es ist mir gleich, was sie wollen. Ich bin zurückgekommen, um dich zu holen. Ich habe dich gefunden. Und jetzt –«

»Glaubst du, du bist einzig und allein hier, um –«

Tamera öffnete die Tür, wies die Sklaven an, das Essen auf dem niedrigen Tisch abzustellen, und scheuchte sie dann wieder hinaus. Ihr Blick wanderte von mir zu Cheftu hinüber, dann richtete sie sich zu voller Größe auf. »Takala wünscht dich sofort in ihrem Audienzsaal zu sehen.«

Wir mussten Pläne schmieden; ich hatte keine Zeit, Takala zu bespaßen. Mein Zeitvertrag als Göttin lief in Kürze aus. Ich brauchte mehr Zeit mit Cheftu. »Sie muss herkommen«, erklärte ich, um die Angelegenheit etwas hinauszuziehen.

Tamera zog den Kopf ein. »Wie du wünschst, Meeresherrin. Wie ich eben erfahren habe, ist König Yamir-dagon in die Schlacht gezogen.«

Der Frühling war da. »Wann sind sie aufgebrochen?«

»Die Division ist während der zweiten Wache ins Refa'im-Tal abgezogen, Meeresherrin.«

»Bevor ich irgendwas unternehmen kann, muss ich erst einmal baden.« Ich wollte noch mehr Zeit schinden.

Tamera maß mich mit einem Blick ab. Ich war eindeutig kürzer angebunden als je zuvor. Wusste sie, was in meinem Kopf vorging? »Ich werde mich mit dem Wasser beeilen.«

Als die Tür sich schloss, begann Cheftu leise zu lachen. »Du verkehrst zurzeit in vornehmen Kreisen, wie?«

Ich gab ihm einen Kuss auf die Schulter. »Vergiss das. Was tun wir jetzt?«

»Sieh meine Ohren an, *chérie*. Ich bin in dieser Epoche ein Sklave.«

»Na ja – kann ich nicht einfach als, als deine Besitzerin mit dir reisen?«

Seine Miene veränderte und verhärtete sich kaum merklich. »Für mich bist du natürlich kein Sklave«, flüsterte ich. »Das ist einfach kaum zu glauben, ich –« Noch während ich sprach, ertasteten meine Finger die Rippen unter seiner Haut. Es war *sehr wohl* zu glauben; man hatte ihn geschlagen. Man hatte ihn verletzt. Man hatte ihn als Sklaven behandelt. »Für mich bist du mein Geliebter, du bist mir ebenbürtig, mein Partner, mein Liebhaber, mein bester Freund.«

»Merci«, sagte er leise.

Die Sklaven schleppten eine Wanne herein, und wir wuschen uns hastig und schweigend. »Wir müssen fort«, setzte ich wieder an.

Er sah mich an. »Du bist nicht nur meinetwegen hier.«

»Wen sollte ich denn sonst quer durch die Zeit jagen?« Plötzlich fühlte ich mich angespannt. »Du akzeptierst diese inakzeptable Situation viel zu schnell!« Ich packte ihn am Unterarm. »Wieso fügst du dich so schnell in dein Schicksal?« Er starrte mich an, doch sein Blick war undurchdringlich. »Willst du nicht mit mir zusammen sein?«, flüsterte ich entsetzt. Ich glaubte die Antwort zu wissen, doch ich hätte auch nie vermutet, dass er sich so verhalten könnte. Er war so … passiv.

»Wo ist sie?«, dröhnte Takalas Stimme von draußen. Wir sprangen auseinander und schlüpften in unsere Kleider. Ich hatte eben einen Kamm durch mein Haar gezogen, als Tamera verkündete, dass Takala eingetroffen sei.

»Da bist du ja!« Sie kam durch den Gang auf mich zugeschossen. »Was für eine Göttin bist du eigentlich? Wir brauchen dich augenblicklich auf dem Schlachtfeld!«

Ich sah ihr ins Gesicht. Sie hatte eine dicke Schicht Schminke aufgelegt, doch ihre Augen wirkten rheumatisch und überschattet. Sie konnte zwar ausgesprochen autoritär werden, doch sie war auch eine liebevolle Mutter und eine gute Königin. Einen Augenblick lang hatte ich ein schlechtes Gewissen, denn schließlich hatte ich vor, mich so bald wie möglich aus dem Staub zu machen. Sie starrte mich an und spießte mich dabei mit ihrem Blick auf. Dann fiel er kurz auf Cheftu, und mir war klar, dass sie begriffen hatte, wie viel er mir bedeutete. Mit einer Handbewegung schickte sie alle anderen hinaus.

»Gegen wen ziehen sie?«, fragte ich schließlich. Es interessierte mich nicht. Ich wollte nur weg. Ich hatte meinen Mann gefunden. Ich hatte meinen eigenen Körper wieder, bestimmt gab es irgendwo einen Ort, an dem wir glücklich bis an unser Lebensende bleiben konnten? Hieß es denn nicht, aller guten Dinge sind drei?

Takala seufzte so tief, dass Ketten und Fetische um ihren Hals aufgleißten und zu klimpern begannen. »Die Hochländer. Sie wollen die Stadt Jebus einnehmen.«

»Jebus?« Der Name kam mir irgendwie bekannt vor; wo hatte ich ihn schon gehört? »Was haben die Jebusi mit euch zu schaffen. Mit uns?«

»Abdiheba, der König dieser Stadt auf den Hügeln, hat meine Tochter zur Frau genommen. Er hat sie gleich darauf getötet –«

Ich sah sie entsetzt an.

»Sie hatte ihm mit einem Schafbock Hörner aufgesetzt. Sie hat es verdient«, erläuterte Takala.

Vielleicht sollte ich die Sache mit der »liebenden Mutter« noch einmal überdenken? Ich nickte benommen.

»Dennoch haben wir einen Suzeränkontrakt mit ihnen. Wir haben geschworen, sie zu verteidigen, falls jemand sie angreifen sollte.«

»Haben die, äh, Hochländer schon angegriffen?«

»Noch nicht. Sie haben die Stadt eingekreist, aber sie verstecken sich in den Hügeln wie ein Rudel wilder Hunde, das nach einem schwachen Lamm Ausschau hält.«

»Wo liegt das Refa'im-Tal?« Ich war ihr gefolgt, und plötzlich merkte ich, dass ich auf dem direkten Weg in den Palast war.

»Östlich der Stadt. Wir fahren heute Nacht nach Lakshish, warten dort auf neue Nachrichten und gehen morgen mit in die Schlacht.«

»Moment mal.« Ich hatte andere Pläne. »Ich kann noch nicht fort.«

Takala blieb stehen und sah mich an. »Die *Serenim* von Ashqelon haben dir ein Obdach, Essen, Gold, Geschmeide und ein hohes Amt gegeben. Du hast besser gelebt als ich! Dank deiner Fürsprache bei Dagon hat sich das Meer wieder in klares Wasser verwandelt. Trotzdem erbitten wir nichts weiter von dir als dies. Komm mit in die Schlacht. Du sollst unser Totem sein.«

Ich sah mich um. Überall standen Soldaten. Eine Stadt mit Mauern. Wachen. Sklaven. Ausgetüftelte Fluchtrouten? Null.

Sie schluckte und erniedrigte sich tiefer vor mir als je zuvor. »Du bist eine Göttin, ich kann dich nicht zwingen. Doch ich bitte dich, denn du kennst meine Söhne. Du hast mit uns zusammen gespeist und mit uns zusammen gebetet. Es sind brave Burschen, sie lieben dieses Land, sie ehren ihre Götter. Wenn du nicht mitkommst, wird es keine Pelesti mehr geben.«

Pelesti, ein Wort, das ich selten zuvor gehört hatte. Philister, die von den Juden unterworfen worden waren, so weit konnte ich mich erinnern. Ich hatte hier nichts zu suchen, ich gehörte nicht in die Bibel.

Ja, ich hatte den Exodus beobachtet, doch ich hatte keine Rolle dabei gespielt. Moses und ich hatten kein Tete-a-tete gehabt. Ich musste verschwinden, ehe ich irgendwas durcheinander brachte. Schließlich kämpften diese Philister hier gegen die Juden. Sie würden nicht überleben, lediglich der Name Palästina würde überdauern.

Auf Grund der Arbeit meines Vaters wusste ich, dass es die Römer gewesen waren, die diesen Landstrich in »Palästina« umbenannt hatten, in dem Versuch, die Juden aus den Geschichtsbüchern, von den Landkarten und schließlich und endlich vom Erdboden zu tilgen. Es war das einzige Wort, das von den Philistern übrig geblieben war. Doch das Volk, das den Namen gestiftet hatte, gab es nicht mehr.

Ich wollte das ganz bestimmt nicht mit ansehen und auch nicht mitbekommen. Wie schrecklich, so zum Untergang verurteilt zu sein. Andererseits waren im Hier und Jetzt ihre Schmerzen genauso real wie Cheftus Peitschennarben. Was konnte es schon schaden, wenn ich mitkam und ihnen eine Weile Beistand leistete? Ich wäre nicht auf dem Schlachtfeld, und ich würde nicht eingreifen. Vielleicht würde das den Menschen ein wenig Mut machen.

Ganz zu schweigen davon, dass ich die vielen Wachen und Mauern hinter mir lassen würde. Es wäre leichter zu fliehen. Ich fuhr mir mit der Zunge über die Lippen. »Ich muss meinen Sklaven mitnehmen«, sagte ich.

»Dafür ist gesorgt. Er wird sich auf dem Schlachtfeld zu uns gesellen.«

Ich lächelte in mich hinein. Diese Frau hätte einen Wahnsinnsgeneral abgegeben. Ich versuchte zu überlegen, was ich noch mitnehmen konnte, ohne allzu viel Staub aufzuwirbeln. »Und meine Juwelen und Kleider.«

Sie sah mich aus schwarzen Augen an. »Dafür ist gesorgt.«

»Und Proviant.«

»Dafür auch.«

Was konnte ich sonst noch erbitten? Die Kleider würden uns warm halten, mit den Juwelen konnten wir unsere Flucht erkaufen, der Proviant würde uns ernähren – was brauchten wir noch? »Dann gehen wir«, sagte ich resigniert.

Die Streitwagen, die sie herbeirief, und die Schnelligkeit, mit der sie bereitgestellt wurden, machten mir klar, dass sie in jedem Fall vorgehabt hatte, mich mitzunehmen, ob ich nun wollte oder nicht. Insgeheim degradierte ich sie zum Oberst.

Im Gegensatz zu den Karren, die ich in Ashqelon gesehen hatte, waren diese Streitwagen leicht und geländegängig. Sie hatten Speichenräder statt fester Holzscheiben. Zum Glück hatte Takala einen eigenen Wagen, denn ich war nicht sicher, ob die Pferde unser vereintes Gewicht hätten ziehen können. Kaum war ich hinten in mein Gefährt gestiegen, fuhren wir auch schon los.

Ich klammerte mich mit aller Kraft fest und sah die Welt an mir vorbeifliegen. Wir waren in der Küstenebene, die von einem Blumenmeer bedeckt war: in Rosa, Gelb und Weiß. Zu beiden Seiten dieses aufgeblasenen Ziegenpfades wuchsen Stängel mit rot-lila Blüten, doch wir fuhren zu schnell, als dass ich etwas Genaues erkennen konnte. Der Wind zerzauste mein Haar, und ich begriff augenblicklich, wieso wir alle Haarbänder trugen: damit wir etwas sehen konnten.

Nach einigen Kilometern ließ meine Anspannung nach. Ich hatte mich an das Schaukeln und Hüpfen gewöhnt und keine Angst mehr, hinten hinauszupurzeln. Der Streitwagen hatte ausgezeichnete Stoßdämpfer. Mein Griff lockerte sich, ich begann mich zu entspannen und Pläne zu schmieden. Fröhlichkeit blubberte in mir hoch; Cheftu war da!

Erst vor wenigen Stunden hatten wir uns in den Armen gehalten. Und heute Nacht würden wir es wieder tun. Wie von nun an jede Nacht. Doch wohin wollten wir fliehen? Wie sollten wir dorthin gelangen? Danke, dass du ihn mir zurückgebracht hast, sagte ich zu Gott. Tolle Arbeit, danke.

Am Spätnachmittag kam Lakshish in Sicht. Die Stadt lag in einer Kuhle unterhalb eines Berghanges, und die umgebenden Hügel waren mit noch schlummernden Reben bepflanzt. Die Befestigungsanlagen waren beachtlich. Im Osten sah ich die Zelte der lagernden Soldaten. Im Norden reihten sich Wachtürme aneinander, von denen drei mit bloßem Auge erkennbar waren.

Wir wurden langsamer. Unsere Pferde waren müde. Meine Knochen fühlten sich gestaucht an, und meine Haut pochte immer noch im Rhythmus der Reise. Wir warteten auf Takala. Kaum wandte ich einmal den Blick ab, schon kam sie aus dem Nichts herangeflogen. Im Gegensatz zu mir lenkte sie ihren Streitwagen selbst. Ihre Pferde schäumten. Sie schoss an uns vorbei und den Hügel hinunter zum Feldlager. Der Soldat, der mich fuhr, folgte ihr, ohne weitere Anweisungen abzuwarten.

In der Abenddämmerung trafen wir im Lager ein.

Ein militärischer Alarmzustand hat etwas an sich, das man augenblicklich wieder erkennt, ob man sich nun unter Philistern in weiß Gott welchem Jahrhundert oder unter Amerikanern im zwanzigsten Jahrhundert befindet: Die dissonante, aufgereizte Atmosphäre ist stets die Gleiche. Die Soldaten der Pelesti wirkten wie Berufssoldaten. Wohin ich auch sah, erblickte ich Männer in spitzen und paspelierten Schurzen, mit bartlosen Gesichtern und gefiederten Helmen. Eine ganze Reihe von ihnen hatte einen Oberkörperpanzer angelegt, der aussah wie aus Leder und Metallspangen gefertigt. Sie trugen lange Speere mit dunklen Klingen an der Spitze und dazu Schwerter und Rundschilde.

Sobald ich ihnen beim Üben zuschaute, formulierte ich meinen ersten Eindruck um: Es *waren* Berufssoldaten. Unsere Pferde wurden ausgeschirrt und weggeführt, die Wagen in eine Reihe mit den Übrigen gestellt. Mit großen Augen verfolgte ich, wie sich unsere leichten Streitwagen in schwere gepanzerte Wagen verwandelten, einfach, indem einige Soldaten bronzene, beinschienenähnliche Verkleidungen daran befestigten.

Yamir-dagon war leicht auszumachen. Das Gefieder auf seinem Helm war rot und blau, sein Mantel rot. Unter den braunen, grünen und goldenen Schurzen stach er heraus wie Klatschmohn aus einem Kornfeld. Takala marschierte los. Zu meiner Verblüffung sah ich, dass sie wie die Soldaten einen gefiederten Helm und einen Kampfpanzer angelegt hatte. Während wir durch das Lager schritten, verneigten sich die Männer vor ihr. Yamir umarmte seine Mutter, nickte mir knapp zu und winkte uns dann, ihm in sein Zelt zu folgen.

Während meiner Zeit als Offizier in der Air Force hatte ich keine einzige Kampfhandlung, dafür aber jede Menge Lagebesprechungen miterlebt. Hier wurde ganz offensichtlich Kriegsrat gehalten. Ich erkannte die *Serenim* und ein paar der Soldaten wieder. Wadia, im gleichen Helm und Umhang wie sein Bruder, zwinkerte mir zu. Ich setzte mich neben Takala.

Der befehlshabende General umriss den Schlachtplan.

Die Hochländer machten das Gebiet um die Stadt Jebus unsicher. Deshalb würden die Pelesti sich von hinten anschleichen, sie am Fuß der bewaldeten Hügel unter der Stadt einkesseln und sie dort abschlachten. Es war allseits bekannt, dass Dadua viel zu schlau war, als dass er all seine Männer an einem Ort zusammenzog, darum würde die Schlacht keine endgültige Entscheidung bringen. Dennoch hätte man den Hochländern eine Lektion erteilt und nach dem Verbrennen der *Teraphim* das Gesicht wiedergewonnen.

»Warum stehlen wir nicht einfach ihre *Teraphim?*«, fragte ich. Die Idee, gegen Dadua in den Kampf zu ziehen, klang für mich nach einem Selbstmordkommando. Schließlich kannte ich die Geschichten aus der Bibel. Und dieses Wissen machte mich ganz krank. Ich musste hier raus, und zwar schnell.

Der Rat war schockiert. Wadia erklärte mir, dass er mir die Sache später erklären würde, dass aber selbst ihr Totem heimtückisch sei. Nie wieder würden sich die Pelesti auf das Wort der Hochländer verlassen, nicht, nachdem sie ihren Kämpfer Gol'i'at derart mit einem Zauber gedemütigt hatten. Nicht nach der Zerstörung, die ihr *Teraphim* über die Pelesti gebracht hatte.

Mir schwirrte der Kopf. Ich hatte immer gedacht, die Israeliten, die Hochländer, seien ihren Feinden gegenüber im Nachteil. Wurde es in der Bibel nicht so dargestellt?

Doch aus der Sicht der Pelesti waren die Hochländer prinzipienlose Rabauken. Sie kämpften nicht mit einem stehenden Heer, sondern mit einer Bande umherstreifender Apiru, die Dadua angeheuert hatte und die notfalls mit Sensen oder Rechen angriffen. Sie scherten sich nicht um allgemein akzeptierte Kampfregeln, sie kannten keine Gnade und, was das Schlimmste war, sie achteten keine fremden Götter.

Was man mir in der First Methodist Church von Reglim, Texas, alles verschwiegen hatte …

Da die Totems von Dagon und Ba'al gestohlen und zerstört worden waren, würde ich in meiner Eigenschaft als örtliche Göttin an Stelle der Totems der Schlacht beiwohnen. Meine Aufgabe bestand darin, auf dem Hügel zu stehen, den Kampf zu beobachten und um Dagons Hilfe zu bitten – schließlich wollten sie extra seinetwegen in der Nähe eines Baches kämpfen –, wie auch um jene Ba'als, des Blitzeschleuderers, sollte es notwendig werden. Als Vorsichtsmaßnahme gegen die gerissenen Hochländer würden die Pelesti einen bestimmten Punkt im Tal nicht überschreiten, da die Karren und Pferde im felsigen, baumbestandenen Gelände der Hügel nicht manövrieren konnten.

Takala und ich logierten im selben Zelt, das im Grunde nur aus einer Ziegenhautplane über ein paar Zweigen bestand. Es tat nichts zur Sache; nach der nächtlichen Wiedersehensfeier mit Cheftu und der stundenlangen Fahrt im Streitwagen hätte ich auch auf dem Rücksitz eines Rennautos schlafen können, und zwar die gesamten vierundzwanzig Stunden von Le Mans durch. Allerdings machte es mich nervös, dass Cheftu noch nicht aufgetaucht war. Takala beschwichtigte meine Ängste, und gleich darauf waren mir die Augen zugefallen.

Ich erwachte in tiefschwarzer Nacht und mit einer Gänsehaut. Ich hörte nichts weiter im Zelt, nicht einmal Takalas Atem.

Dann wehten Worte zu mir herein, die ich im ersten Moment nicht einzuordnen vermochte.

Ich richtete mich auf, schlüpfte unter meiner Decke hervor, wanderte zum Rand des Lagers und dann noch weiter. Ein wenig höher als wir und nicht einmal zwanzig Meter von uns entfernt feierten die Hochländer. Von meinem Beobachtungspunkt aus wirkte das Plateau wie eine Theaterbühne mit natürlicher Akustik.

Die Musik setzte ein, ein wildes Trommeln, das mein Blut zum Brodeln brachte. Hinter ihnen brannte ein riesiger Scheiterhaufen, um den herum die schwarzen Gestalten tanzten, ummalt von orangenen und roten und goldenen Flammen. Es sah aus wie auf einem Hexensabbat.

»Wir wollen doch nur so wenig«, sagte Takala hinter mir, und zwar ausnahmsweise leise. »Dass wir in Frieden auf unserem Land leben können. Dagon hat uns *ha Hamishah* geschenkt, wieso hilft er uns nicht, es zu verteidigen?«

Als sie »Hamishah« sagte, leuchtete mein innerer Diaprojektor auf und zeigte mir die fünf Städte, welche die Pelesti als die ihren betrachteten: Gaza, Ashdod, Ashqelon, Ekron und Qisilee.

Ich sagte nichts, ich sah nur zwischen den Bäumen auf. Jetzt verharrte vor dem Feuer die Silhouette eines einzelnen Mannes, der seine Hände über den Kopf erhoben hatte. Seine Stimme trug, als hätte er eine Stereoanlage aufgedreht, denn der geschwungene Hang des Hügels wirkte wie ein Amphitheater.

»Morgen stoßen wir in der Schlacht auf unsere ehemaligen Verbündeten« – die Hochländer lachten – »und gegenwärtigen Feinde.« Die einsame Figur schritt mit gesenktem Kopf vor dem Feuer auf und ab, weshalb sich bei jeder Bewegung ihr Schatten über die Bäume und das Plateau legte. Der Schatten eines Riesen im Gebet oder in Gedanken. Als er sich umdrehte, der Mann im Schatten, glitzerte an seiner Braue Gold auf.

Seine Soldaten verharrten wie reglose schwarze Klumpen vor dem goldgetönten Licht. »Was bleibt am Vorabend unserer Schlacht noch zu sagen?«, fragte er in derselben Sprache, die auch die Pelesti sprachen. »Welche Fragen strömen durch unser Blut? Welcher heimliche Kummer wird uns heute Nacht den Schlaf rauben?«

Der Auftritt war darauf angelegt, den Pelesti Angst einzujagen. Und obwohl ich das wusste, verfehlte er seine Wirkung nicht. Die Stimmen der Männer konterten in titanischer Lautstärke, fast als würde das Tal selbst die Antworten zurückbrüllen. Als wäre selbst der Himmel auf seiner Seite, hörten wir um uns herum: »Möge Shaday dir in deiner Not zur Seite stehen! Möge *el Sh'Yacov* dich beschützen! Möge Er dir Hilfe von den Außenposten senden und dir Unterstützung aus Qiryat Yerim gewähren! Möge Er das Blut nicht vergessen, das du ihm geopfert hast, und auch deine Brandopfer nicht!«

El war »Gott«; das wusste ich, einerseits von meiner Mutter, der Archäologin, und andererseits, weil ich ihre Sprache verstand. Yacov war Jakob… wie in Jakob und Esau. Ich konnte mich an keine Einzelheiten erinnern, doch ich entsann mich, dass Jakob eine ausgesprochen wichtige Figur war. Das »sh« vor seinem Namen war das Schrecklichste. Es bedeutete, dass Shaday der Gott Jakobs war. Und dieser Gott Jakobs liebte Blut- und Brandopfer.

Es war der Gott, der *Hal* von *Herim* verlangte.

»Ist das Dadua?«, fragte ich Takala.

»*Ken.* Der Andere ist Dadua. *Ach,* und dabei war Der Andere einst einer von uns. Wie viele Jahreszeiten hindurch hat er uns beschützt und ernährt? Wie viele Jahreszeiten hindurch haben wir ihn wie einen Sohn behandelt, nur damit er nun über uns herfällt wie ein hungriger Wolf?«

Die Hochländer fuhren mit ihren einstudierten Wechselreden fort und schienen dem mittlerweile vom Feuer umrahmten Mann Mut zu machen. »Möge Er all deine Herzenswünsche erfüllen und deine Schlachtpläne mit Erfolg segnen. Wir rufen unsere Freude über den Sieg hinaus und erheben unsere Standarten zu Ehren Shadays. Möge *El* deine Bitten erhören!«

Dann rief eine einsame Stimme, eine andere Stimme, über das ganze Tal hinweg: »Der Unveränderliche errettet Seine Gesalbten; Er antwortet jenen, die auserwählt sind, von der Höhe des Himmels aus, mit der Kraft Seiner rechten Hand.«

Der Mann vor dem Feuer sprach wieder. »Manche verlassen sich wie Toren auf Streitwagen und Pferde. Sie glauben, ihre Schnelligkeit und ihre Brustpanzer könnten ihnen den Sieg eintragen. Doch wir …« Er hielt inne. »Doch *wir,* woran glauben wir?«

»Wir glauben an den Namen Gottes!«

»Die anderen werden in den Staub geworfen!«, schrie er.

Die Menge stöhnte auf.

»Sie sinken auf die Knie –« Der Mann spielte das nach und sank auf die Knie, als könnte er sich nicht mehr auf den Beinen halten.

Die Hochländer lachten.

»Sie vergehen, sie fallen.« Seine Worte tropften in eine erwartungsvolle Stille. »Wir aber, die wir erwählt sind von *el ha*Shaday, die wir durch ganz Kanaan wandern, wir erheben uns und stehen fest!«

Chaos! Die Männer sprangen auf und tanzten, sangen, weinten wie besessen. Ein Wechselgesang unterstrich das Treiben. »Shaday, errette Dadua. Erhöre sein Flehen! Shaday, errette Dadua! Erhöre sein Flehen! Shaday, errette Dadua! Erhöre sein Flehen!«

Ich sah den Mann im Feuerschein erglühen. Er hatte die Augen geschlossen und tanzte ebenfalls. Jeder Derwisch hätte ihn um seine Bewegungen beneidet. Als ich den Kopf wandte, sah ich die Soldaten der Pelesti in ihren Schurzen, aber unbehelmt, zum Plateau aufstarren.

Schon jetzt zeichnete sich in ihren Gesichtern die Niederlage ab.

Offenbar hatte man schon viel früher psychologische Kriegsführung betrieben, als ich geglaubt hatte.

»Sein Gott gewährt ihm alles, worum er bittet«, kommentierte einer von ihnen. »Selbst falls wir morgen siegen, können wir die Jebusi nicht ewig verteidigen. Er wird sich das Tal nehmen.«

»Jebus kann er auf keinen Fall einnehmen«, meinte ein anderer. »Wir haben das jahrzehntelang vergeblich versucht.«

»Ich wünschte, er würde tot umfallen«, spie Takala. »Dann würden die Mütter der Pelesti keine Söhne mehr verlieren. Yamir wird gegen Den Anderen kämpfen, bis unsere Hoffnungen auf Kinder im Blut der Väter ertrinken.«

Ich hörte ihnen zwar zu, doch ich beobachtete dabei die Männer auf dem Hügel. Ganz plötzlich eilten sie auf den Sprecher zu und hoben ihn auf ihre Schultern. Sie wirkten wie eine Fußballmannschaft nach einem gewonnenen Spiel, doch dann hörte ich ihre Worte, ihre Rufe durch das ganze Tal hallen, bis in die Herzen jener, die schon jetzt geschlagen, besiegt, halb tot waren. »Einen Segen hat Er gegeben! Den Segen des Landes und *Chesed*!«

Sobald Cheftu hier auftauchte, würden wir uns auf die Socken machen! Ich hatte alles, weswegen ich gekommen war; jetzt war es höchste Zeit, nach Hause zu gehen. Was oder wo auch immer das sein mochte – hier war es auf keinen Fall.

»So beenden sie wieder einen *Tan'in*«, erklärte der Soldat direkt neben mir. Er war älter und sein Haar schon ergraut, doch seine Brauen waren immer noch dunkel und buschig. »Vor jeder Schlacht tanzen sie sich in einen Blutrausch.« Der Rest seiner Erklärung hing unausgesprochen in der nach Rauch schmeckenden Luft: *Und dadurch machen sie sich unbesiegbar.*

Schweigend kehrten wir in unsere Zelte zurück. Bevor ich die Augen schloss, begriff ich, dass die Hochländer in zweierlei Hinsicht erfolgreich gewesen waren. Einerseits hatten sie dem Gegner durch diese ausgetüftelte Vorführung den Schneid abgekauft;

zweitens hatten sie dafür gesorgt, dass jeder im Lager mindestens drei Stunden Schlaf verlor, denn es stand außer Frage, dass die Männer die verbleibenden zwei Stunden bis zur Morgendämmerung voller Angst durchwachen würden.

Morgen früh würde ich mich verdrücken. Mein guter Wille, morgen auf dem Hügel zu stehen, war in Daduas Lagerfeuer dahingeschmolzen. Das würde nicht das Geringste bringen. Wir mussten von hier verschwinden.

Wo war Cheftu?

RaEm drehte sich zur Seite und zeigte sich dem Künstler im Profil, obwohl ihr klar war, dass er ihr Gesicht jenem Echnatons angleichen würde. In Wahrheit gab es keinen Semenchkare. Doch andererseits gab es auch keine Ma'at. Beide wurden durch Echnatons Begierden neu interpretiert.

Der Begriff und die Göttin, die früher das universelle Gleichgewicht symbolisiert hatten, standen jetzt für »Offenheit« und »Individualismus«. Semenchkare, ein krummbeiniger Knabe mit erdfarbener Haut, war verscharrt worden, während sich der neue Semenchkare erhoben hatte: RaEm.

»Es reicht, mein, ähm, Semenchkare«, verkündete der Künstler und zog sich rückwärts zurück. RaEm entließ ihn mit einem Winken.

»Pharaos Tochter Meritaton wünscht eine Audienz«, kündigte RaEms Zeremonienmeister an.

»Welche ist sie?«

»Anchenespa'atons Schwester. Die ebenselbe, die dich schon früher besucht hat, meine … mein Semenchkare.«

RaEm wünschte, irgendjemand würde sich ein Herz fassen, ihr Geschlecht aufs Geratewohl zu bestimmen und dadurch dem Raten ein Ende zu machen. Manchmal war sie selbst nicht mehr sicher. War sie nun Frau oder Mann? Machte das einen Unterschied? So oder so gehörte ihr Pharaos Herz und Leib, wenigstens im Augenblick. »Sonst noch jemand? Ich habe nicht den Wunsch, Meritaton jetzt zu sehen.«

Der Zeremonienmeister, ein steifer alter Knacker, dem ständig die Perücke verrutschte, räusperte sich. »Die Königinmutter, Tiye, deine Mutter, wünscht dich zu sehen.«

Einen Moment blieb es still. »Ich werde Meritaton empfangen.«

Wenig später ließ man das Mädchen vor, ein zerbrechliches Geschöpf, das auf Grund seiner extrem schlechten Augen nicht einmal erkennen konnte, dass RaEm in Wahrheit eine Frau war. Doch andererseits war das an Echnatons Hof, wo selbst Pharao Brüste und einen Phallus besaß, bei vielen schwer festzustellen.

»Der Segen des großen Gottes Aton sei heute Morgen mit dir, Cousin Semenchkare.« Die melodiöse Stimme des schmächtigen Kindes war kaum mehr als ein Flüstern. Es war kaum zu glauben, dass ein so energischer Mann wie Echnaton als Töchter derart farblose Würmer gezeugt hatte.

»Mit dir desgleichen, Meritaton.« RaEm stand aus ihrem Stuhl auf. »Möchtest du deinen Mund parfümieren, Cousine?«

Meritaton blickte auf, mit ausdruckslosen, großen braunen Augen. »O ja. Das ist sehr fürsorglich von dir, Herr.«

RaEm erstickte ein Lächeln und warf dem Zeremonienmeister einen Blick zu. »Du bist ein zu empfindsamer Lotus, um dir weniger angedeihen zu lassen«, wiegelte sie ab. Nach einem weiteren Blick wurde ihnen etwas zu essen gebracht. Gewässerter Wein, krümeliges Gebäck und angematschtes Obst. RaEm hätte das Zeug zum Fenster hinausgeworfen, wenn sie nicht gewusst hätte, dass dies das Beste war, was die Küche zu bieten hatte. Nur dieser Gedanke hielt sie davon ab.

Sie ließ sich neben einem leopardenköpfigen Tisch nieder und befahl mit einem Winken, einen Hocker für Meritaton zu bringen. Das Mädchen setzte sich und strich dabei an RaEm vorbei. Aus der Nähe betrachtet, war sie auf puppenhafte Weise hübsch. Sie hatte runde Augen, und ihr Kinn war spitz wie das ihres Vaters. Die kurze Perücke auf ihrem Kopf brachte ihren dünnen Hals zur Geltung.

So leicht abzuknicken, dachte RaEm. Sie schenkte dem Mädchen Wein ein.

»Hast du deine Mutter schon besucht?«, fragte Meritaton leise.

»Noch nicht.« RaEm hatte geflissentlich vermieden, Tiyes Weg zu kreuzen, während sie daran gearbeitet hatte, Echnaton mit Leib und Seele an sich zu fesseln. Es war ein Wunder, dass sie nach den Nächten mit ihm überhaupt noch laufen konnte. Bald jedoch würde sie der Frau gegenübertreten müssen. Würde sie alles durchschauen?

Der gegenwärtigen Mode folgend trug RaEm alias Semenchkare ein Hemd und einen Schurz, eine androgyne Perücke sowie Goldgeschmeide. Während der drei Wochen, die sie in der Wüste verbracht hatte und während derer sie beinahe an der Umsetzung ihres Planes zu Grunde gegangen wäre, war sie noch dünner und damit knabenhafter geworden. Ihre Brüste waren seither kleiner, und ihre Hüften wirkten weniger fraulich.

Sie sah fast aus wie Echnaton.

Und genau darum konnte er ihr nicht widerstehen. Er glaubte, sie sei sein Spiegelbild, sie beide seien die männliche und weibliche Seite derselben Seele und dazu geschaffen, in Harmonie mit dem Aton zu sein. Außer ihm wusste kein Mensch, was er von ihr halten oder wie er sie auch nur ansprechen sollte.

Und dieses arme Mädchen an RaEms Seite wünschte, ihre Braut zu werden.

Das Interessante dabei war, dass RaEm sich den Kopf darüber zermarterte, wie sie mit einem solchen Schauspiel durchkommen konnte. Sie wollte über Ägypten herrschen; doch einer Frau würde man das nicht gestatten, nicht noch einmal. Wie konnte sie Echnaton dazu überreden, sie zum Mitregenten zu machen?

»Ich… ich nähere mich dem zweiten Jahr meines Frauseins«, sagte Meritaton schüchtern. »Vater hat davon gesprochen, mich zu heiraten. Ich…«

Wenn sie nicht schneller sprach, würde RaEm ihr noch den Kragen umdrehen. »Alle deine Schwestern haben deinen Vater geheiratet«, meinte sie.

»Und alle sind gestorben.«

»Was ist mit Anchenespa'aton?«

»Sie ist noch klein und Tuti zugedacht.« Meritaton sah mit Leidensmiene zu ihr auf. »Gefällt sie dir besser?«

RaEm streichelte dem jungen Mädchen das Gesicht. »Natürlich nicht, sie ist noch ein Kind. Du bist eine bezaubernde junge Frau.«

Meritaton errötete, und ihre braunen Augen huschten verlegen herum. Ich war nie so dumm, dachte RaEm. »Ich… ich hätte so gerne Kinder«, verriet Meritaton.

Das, meine dumme Lotosblüte, ist genau das Problem. »Söhne für den Aton?« Jetzt streichelte RaEm Meritatons Haar.

»Ja.« Das Mädchen stand auf und sah RaEm in die Augen. »Du bist so hübsch, fast hübscher als ich.« Sie lächelte. »Ich, ich will auch Söhne für mich selbst. Die ich im Arm halten kann. Ich hoffe, sie werden hübsch.«

RaEm zog ihre Hand zurück. »Alle Kinder, die du bekommen wirst, werden hübsch sein, Meritaton.«

»Ich will sie von dir.«

RaEm starrte sie an, ebenso beeindruckt wie angewidert von der Courage dieses Mädchens. Und in diesem wortlosen Augenblick beugte sich Meritaton vor und küsste sie auf die Lippen. Ihr Mund war weich, nachgiebig, und RaEm reagierte unwillkürlich darauf.

Als sie sich voneinander lösten, waren beide überrascht über das Feuer, das sie entzündet hatten.

»Wirst du mit meinem Vater sprechen?«, fragte Meritaton und legte dabei eine kleine Hand auf RaEms Schenkel.

RaEms Augen wurden schmal. Sie hatte dieses Mädchen unterschätzt. Diese kleinen morgendlichen Besuche waren durchgeplant, als wären sie auf Papyrus niedergeschrieben, und RaEm hatte sich wie ein Esel hinters Licht führen lassen. Die Hand wanderte höher. RaEm erhob sich abrupt. »Das werde ich.«

Meritaton sprang auf und starrte wieder zu Boden. »Möge dein Tag mit dem Aton gesegnet sein.« Ihre Wangen waren hochrot, und ihre Hände zitterten. Sie reichte RaEm bis zur Brust, ein Mädchen von kaum dreizehn Überschwemmungen.

Das ihren Cousin Semenchkare für einen Knaben von siebzehn Überschwemmungen hielt.

Erst als RaEm schwer seufzte, sah Meritaton wieder auf. Wie man in Chloes Zeit sagen würde: »Scheiß drauf.« Sie gab dem Mädchen noch einen Kuss und genoss dabei die absolute Kontrolle, die sie über dieses Kind ausübte. »Geh in deinen Garten«, befahl sie. »Ich werde heute Nacht mit deinem Vater sprechen.«

Die Tür ging hinter Meritaton zu, und RaEm warf sich auf die Liege. Mit einem Klatschen rief sie den Zeremonienmeister herbei. »Richte der Königinmutter Tiye aus, dass ich heute Abend mit ihr speisen werde. Und dann erkundige dich, ob Meine Majestät Echnaton nach Sonnenuntergang alleine ist.«

Jawohl. Sie würde über Ägypten herrschen.

Der Wind peitschte uns entgegen, die wir am Rande der Anhöhe standen und auf das Schlachtfeld blickten. Mein Gott, ich war auf einem Schlachtfeld. Ich hatte in der Normandie den Omaha Beach und den Utah Beach besichtigt; ich war durch das Shenandoah Valley in Virginia gewandert; Herrgott, ich war sogar auf der Ebene von Troja gewesen – doch nie mit so vielen Menschen zusammen.

In Rüstung.

Und Waffen.

Ich zupfte an meinem paspelierten und spitz zulaufenden Kampfkleid und rückte dann den gefiederten Helm gerade, den man mir aufgesetzt hatte. Ich sah aus wie eine riesige Statue, genau wie beabsichtigt, da ich das Totem darstellte. Ich schmeckte Magensäure. Cheftu war immer noch nicht aufgetaucht, sonst wäre ich schon längst abgehauen. Zieh das hier durch, heute Nachmittag ist er bestimmt da, dachte ich. Dann konnten wir beide verschwinden.

Takala saß wie das Sinnbild innerer Ruhe auf einem Stuhl und trank Wein. Wania stand mit ernster Miene neben ihr. »Sie lässt mich nicht mit, Meeresherrscherin«, wandte er sich mit leicht weinerlicher Stimme an mich. »Sag ihr, dass ich ein Mann bin und dass ich Dagon auf diese Weise dienen kann.«

Wie alt er wohl war? Fünfzehn? Vierzehn? Nicht einmal im amerikanischen Bürgerkrieg waren die Soldaten so jung gewesen, wenigstens nicht zu Kriegsbeginn. »Sie braucht deine Kraft an ihrer Seite«, antwortete ich. Sein Blick ließ keinen Zweifel daran, dass er sich von mir betrogen fühlte, darum winkte ich ihn heran und flüsterte ihm zu: »Ich weiß, dass das schwer für dich ist, doch falls, was Dagon verhindern möge, Yamir etwas zustößt, dann bist du der Kronprinz von Ashqelon. Dein Leben ist zu wertvoll, um es aufs Spiel zu setzen.«

Er sah mich missbilligend an, doch er hatte offenbar begriffen, dass ich die Wahrheit sagte. »Ich werde beten, dass Dagon über meinen Bruder wacht«, sagte er. »Dann kann *er* in der nächsten Schlacht hier oben sitzen, und *ich* kann unten im Tal kämpfen.«

Würde es überhaupt ein Morgen geben?, fragte ich mich. Brauchten die Juden nicht ausgesprochen lange, sogar mehrere Jahrhunderte, um die Philister zu unterwerfen? Andererseits hatte ich keine Ahnung, wo auf dieser langen Strecke wir uns befanden. David. König David. Ach du liebe Scheiße.

Takala blickte weiter angestrengt ins Tal, doch ich war sicher, dass sie jedes einzelne Wort mitbekommen hatte. Zögernd trat ich an den Rand des Abhanges. Etwa dreißig Meter unter uns marschierten die Pelesti in Schlachtordnung vorbei, wobei jeder Zug einen von zwei Pferden gezogenen Streitwagen umschloss. Die Sonne brach sich in ihren Speergriffen und Schilden. Sie sahen unbesiegbar aus. Es war schwer, diese Philister mit jenem Begriff in Übereinstimmung zu bringen, der später gleichbedeutend mit »barbarisch« geworden war. Sie hatten Mosaikböden, verflixt noch mal!

Die Sonne prügelte auf uns herab, allerdings linderte eine leichte Brise die Hitze. Im Tal war es bestimmt wesentlich wärmer. »Zum Zenit weht eine Brise von *haYam* durch das Refa'im«, sagte Takala. »Ein guter Zeitpunkt für einen Angriff.«

Ich sah die Hochländer von Norden her vorrücken. Sie trugen Rundhelme und hatten Metallpanzer. »Sie haben keine starken Waffen«, sagte Takala. »Wir allein kennen das Geheimnis der Erzschmelze. Ihre Waffen verbiegen und brechen leicht.« Im Unterschied zu den Pelesti, die nur einen Brustpanzer angelegt hatten, steckten die Hochländer fast in einer Rüstung.

Doch wenn die Pelesti nur gegen Bronzewaffen antraten – die Bronzezeit kam vor der Eisenzeit, wieder ein wertvolles Informationshäppchen, das ich meiner archäologisch bewanderten Mutter verdankte –, brauchten sie keine schweren Panzer. Die Hochländer hingegen bekamen es mit Eisenwaffen zu tun.

Andererseits waren die Hochländer Juden. Das Endergebnis wollte mir nicht aus dem Kopf. Es würden keine Philister übrig bleiben. Ich hätte zu gern ein paar Valium gehabt.

Die Kampftracht der Hochländer machte einen zusammengestöpselten Eindruck. Nichts passte zueinander, die Waffen blinkten nicht, und die Männer schlurften kraftlos daher. War dies dieselbe Gruppe wie in der vergangenen Nacht?

»Vielleicht haben sie sich bei dem *Tani'n* gestern Nacht verausgabt«, meinte Takala fröhlich. »Wir werden sie zerschmettern und noch in der Abenddämmerung in Lakshish sein.«

Ich ließ mich nicht so leicht überzeugen. Sie waren gerissen, das hatten sie letzte Nacht bewiesen. Wer wollte schon sagen, was sie jetzt vorhatten? Sie rückten aus dem Wald vor, marschierten dabei aber langsamer als die Pelesti.

»Was tun sie da, Meeresherrin?«, fragte Wadia verwirrt.

Ich wusste nicht, was sie da taten. Vielleicht wollten sie ja picknicken? Ich starrte auf die Hochländer. Sie hatten sich hingesetzt.

Und *das* waren die Kinder Israels? Was ging hier vor? Sie wussten doch bestimmt, dass wir sie beobachteten. Und dennoch ließen sie sich vor unseren Augen nieder, als könnten sie keinen Schritt weitermarschieren. Wollten sie ein Mittagsschläfchen halten?

Die Pelesti waren beinahe bis zu ihnen vorgerückt. Es würde ein Gemetzel geben. Und ich hatte mir Sorgen gemacht, dass die armen Pelesti von diesen Wahnsinnigen abgeschlachtet werden könnten? Ich konnte gar nicht hinsehen; es würde grauenvoll werden. Konnten wir uns nicht auf ein Unentschieden einigen?

»Sie kämpfen überhaupt nicht.« Wadias Stimme bebte. Ich brauchte mir die Augen nicht zuzuhalten; ich hörte die Schreie, die Angst, das Entsetzen. Das Klirren von Metall auf Metall, das Brüllen von Männern und Pferden.

»Dagon sei gelobt!«, rief Takala aus. »Wir siegen!«

Ich sah hinunter und zwang mich zuzuschauen. Hatte ich mich in der Geschichte geirrt? Oder hatte sich die Geschichte verändert?

Das Tal war tief, ein Wadi, im Verlauf von Jahrtausenden vom Wasser gegraben, das sich seinen Weg durch die Felsen gesucht hatte. Auf beiden Hängen standen Bäume, und am Fuß des Berges, wo das Tal seinen Ausgang nahm, wuchs ein größerer Wald.

Die Pelesti mit ihren Pferden, Streitwagen, Uniformen und gefiederten Helmen, die sie noch größer wirken ließen, wirkten wie eine richtige Armee. Die Hochländer hingegen sahen aus wie Bauern, denen man vor zehn Minuten ein Schwert in die Hand gedrückt hatte.

Sie wichen zurück, bis die Hälfte von ihnen im Wald verschwunden war, während die andere Hälfte sich zu einer Art Schlachtordnung sammelte. Das Blut dröhnte in meinen Ohren, und die Hand um meine Lanze wurde glitschig. Die Hochländer schienen überrascht, die Pelesti zu sehen, doch auf einen Ruf hin, einen fremdartigen, jammernden Ruf – *ein Shofar,* wie mir mein Lexikon einflüsterte –, stand jeder Zweite von ihnen auf, während die Übrigen in die Hocke gingen.

Wir hörten ein leises, tiefes Sirren und sahen die Pelesti zu Boden stürzen. Was hatte sie gefällt? Dann sah ich die Pfeile und Speere durch die Luft fliegen. Plötzlich bekamen die grünen Uniformen rote Flecken. Gefiederte Helme rollten über den Boden.

Doch die Hochländer wichen immer noch zurück.

»Wir treiben sie in den Wald hinein«, verkündete Takala erfreut. »Bis zur Abenddämmerung haben wir Den Anderen und seine Truppen bis nach Mamre getrieben!«

Das Lexikon blendete erneut die Landkarte ein. Mamre war das neuzeitliche Hebron. Keiner der beiden Namen sagte mir etwas. Die Hochländer tauchten in den Wald ein, doch nicht als Gejagte. Sie schlichen sich davon.

»Das ist eine Falle.« Plötzlich ging mir auf, was sie getan hatten. »Hol sie zurück!«, rief ich Takala zu.

»Wir haben so gut wie gewonnen«, erwiderte sie, ohne den Blick auf nur abzuwenden.

Ich packte sie am Arm. »Sie haben uns in einen Hinterhalt gelockt! Hol sie raus! Es ist eine Falle!« Ich wies auf das Schlachtfeld. Die Talsohle war für die wichtigsten pelestischen Waffen, für ihre Pferde und Streitwagen, zu schmal geworden. In ihrem Übereifer hatten sie sich aus der Sicherheitszone herausgewagt.

Ihr Gesicht wurde aschfahl. »Sie können nicht umkehren«, flüsterte sie. »Sie können nicht zurückweichen!«

Die Kämpfe wurden sichtlich intensiver, inzwischen kamen zwei Pelesti auf einen Israeliten. Das Herz schlug mir im Hals, ich überlegte fieberhaft, was ich tun sollte. Hatte ich Recht oder nicht? Der Wald schien leer zu sein, doch er wirkte irgendwie abwartend. Mit einer Hand hielt ich Wadias, in der anderen den Speer, den ich voller Angst in den Boden drückte. Es wurden immer weniger Hochländer. Ein paar von ihnen bleiben tot auf dem Boden liegen. Aber nicht viele. Die Pelesti zogen sich vom Waldrand zurück, dorthin, wo ihre Streitwagen und Pferde festsaßen.

Ein Wind wehte über uns hinweg, ebenjener Wind, von dem Takala gesprochen hatte. Dann hörten wir ein Rascheln in den Bäumen wie von schweren Geschützen, die in Position gebracht werden.

Die Soldaten hörten es ebenfalls; und auch den Triumphschrei: »Shaday reitet den *Elohim* voran!« Laut. Und immer wieder.

In meinem geistigen Lexikon erschienen bei dem Wort *Elohim* zahllose, endlose Divisionen von Engelwesen. Keine pausbäckigen Cherubim mit Pfeil und Bogen, sondern Furcht gebietende Erscheinungen mit blutbefleckten Schwertern und einer Flügelspannweite wie ein Pterodaktylus.

»Shaday ist mit den *Elohim*!«

Plötzlich strömten Hochländer aus den Wäldern und verwandelten dieses Scharmützel in eine ausgewachsene Schlacht. Das Adrenalin schoss mir mit solcher Wucht durch die Adern, dass ich einen Moment lang taub war. Mein Gott, nein. *Nein!*

Der erste Kopfputz, der zu Boden flog, war jener von Yamir. Takala schrie gellend ihren Schmerz hinaus, während Wadia mit tränenüberströmten Wangen zusah. Ihr Sohn war tot. Ich war entsetzt; ich hatte diesen Mann gekannt, der jetzt tot war.

Ich wollte mein Gesicht verbergen, ich wollte mich abwenden. Doch das kam mir wie eine beschämende Reaktion vor. In meinen Adern floss das Blut von Soldaten, von Cromwells Zeiten angefangen bis zu dem Fiasko von Vietnam. Diese Männer hatten verdient, dass jemand zusah und Zeugnis nahm von ihrer Tapferkeit.

In diesem Moment wurde ich zur Pelesti. Das Volk, mit dem ich gespeist hatte, mit dem ich gelächelt und gelacht hatte; es wurde mein Volk.

Nach einer Weile war ich vollkommen taub geworden. Takala und Wadia standen an meiner Seite und schauten zu. Der Gestank von Blut und Exkrementen wehte zu uns herauf. Uns an den Händen haltend verfolgten wir, wie der Stolz der Pelesti, ihre Pferde und Streitwagen, das Todesurteil über ihre Soldaten fällte.

Die verbliebenen Pelesti versuchten, über das Gewirr aus Holz und Pferdefleisch hinwegzuklettern, das sie in dem Tal gefangen hielt. Die Pferde bäumten sich auf, in Todesangst versetzt durch den Blutgeruch und aufgescheucht durch das Kreischen der Schwerter und Männer, und versuchten sich zu befreien. Letztendlich töteten sie wahrscheinlich ebenso viele Pelesti wie die Hochländer. Wem es gelang, aus dem Flaschenhals zu entkommen, der floh in Richtung Lakshish.

»Wir müssen weg von hier«, sagte Takala. »Wir müssen Wadia nach Ashdod oder Gaza bringen.«

Ich drehte mich zu ihr um; plötzlich kam mir alles vollkommen unwirklich vor. Kaum hatte sie das »za« ausgesprochen, da begann ihr Körper zu zappeln. Ihre Augen wurden groß, dann zuckte ihr Leib erneut zusammen. Im gleichen Moment wuchs ein roter Fleck auf ihrem blauen Kleid; ihr Blick wurde glasig, doch die Augen blieben offen. Ich rief Wadia herbei, damit wir gemeinsam ihren Fall ein wenig abfederten.

Etwas knackste zweimal und sie schrie auf. Sie blutete schwer, ihre Haut wurde kalt, dann setzten die Schmerzen ein. *»Derkato«*, keuchte sie, »du musst Wadia fortbringen. Ihr müsst weg von hier.« Sie war zweimal in den Rücken getroffen worden; im Fallen waren beide Schäfte abgeknickt, und die Spitzen hatten sich tief in ihr Fleisch gebohrt.

»Wir können dich nicht allein lassen.« Ich war damit beschäftigt, sie in einen Mantel zu hüllen, den ich unter ihrem Hals feststeckte.

»Er ist der Kronprinz«, flüsterte sie.

Meine vorhin so leicht dahingesagten Worte, mit denen ich ihn umgestimmt hatte, kamen mir wieder in den Sinn. Sie hatten sich bewahrheitet. Er war der letzte überlebende Prinz.

»Du musst ihn nach Gaza oder Ashdod bringen«, sagte sie.

»Was ist mit –«

»Ich sterbe, du nutzlose Göttin!«, schnaufte sie. »Lass mich bei meinen Soldaten! Geht! Sofort!«

Wadia hielt ihre Hand und weinte. Sie drückte sie und lächelte ihn an. »Sei klug, mein Sohn. Geh jetzt.«

»Ich kann dich doch nicht –«

»Du bist der König, Wadia. Du bist es deinem Volk schuldig.« Takala starrte ihm in die Augen, obwohl schon Schweiß auf ihrer Stirn perlte. Jemand zupfte an meinem Arm, und ich sah meine Hand nach Wadias fassen.

»Du.« Takala sah mich wutentbrannt an. »Du bist für die Stadt verantwortlich – du bist unsere Göttin –« Ihre Worte gingen in einem Schrei unter, denn die Schmerzen hatten sie übermannt. Ich zog Wadia, der mir blindlings folgte, fort.

Noch im Weglaufen wurden wir von unzähligen Todesschreien eingeholt. Wadia kehrte an den Rand des Hügels zurück und zog mich dabei mit. Die Soldaten, die so tapfer gekämpft hatten, um über die Hindernisse hinwegzuklettern und sicher nach Hause zu kommen, wurden nun gnadenlos abgeschlachtet. Die nächste Truppe von Hochländern ergoss sich aus den Hügeln unter uns und fiel über die erschöpften, verängstigten Pelesti her. Die Philister wehrten sich und kämpften, doch sie waren bereits geschlagen. »Nein«, flüsterte ich, zu entsetzt, um darauf zu achten, was ich sagte. »Bitte, lieber Gott, nein.«

Ein Soldat packte mich grob am Arm und schleifte mich den Berg hinunter. Ich wiederum zog Wadia hinter mir her. Der Soldat schubste mich und Wadia in einen Streitwagen. »Fahrt nach Ashdod«, befahl er. »Sagt ihnen, wir brauchen Verstärkung!«

Er hatte den Pferden bereits die Peitsche gegeben; ohne dass jemand die Zügel hielt, rumpelten wir über den unebenen Boden. Soldaten umringten uns, Hochländer mit blutdurstigem

Blick, Bärten, glänzenden Helmen und ihren ständig wiederholten Schreien: »Shaday reitet mit den *Elohim*!«

Ich packte die Zügel und versuchte unbeholfen, die panischen Pferde unter Kontrolle zu bekommen. Wadia stieß mich beiseite und brüllte mich an, in Deckung zu gehen. Er peitschte die Pferde nochmals und schleuderte mich zu Boden, während wir in wilder Fahrt den Hügel hinabholperten und -polterten. Die Knochen klapperten mir im Leibe, und die Zähne flogen mir fast aus dem Mund. Wir rasten bergab bis ins flache Gelände, doch auch da wurden wir nicht langsamer. Ich riss mich zusammen und rappelte mich auf.

Sein Blick war stumpf; das arme Kind hatte einen schweren Schock. Er hatte mit angesehen, wie sein Bruder umgebracht, seine Mutter erschossen und sein Volk massakriert worden war. Ich konnte mir seinen Schmerz nicht einmal ausmalen, doch ich wollte vermeiden, dass er jetzt durchdrehte. Dazu gab es zu viel zu tun. »Erzähl mir von damals, als die Pelesti den *Teraphim* der Hochländer geraubt haben«, rief ich ihm über das Getrappel der Pferde hinweg zu. Hauptsache, ich brachte ein wenig Leben in seine Augen zurück.

»Das war bei einer Schlacht«, sagte er, als läse er den Text von einem Teleprompter ab. »Wir haben die Schlacht gewonnen, darum haben wir ihr Totem als Trophäe genommen.«

»Wieso?«, fragte ich. »Wozu denn?«

»Wir wollten es durch *ha Hamishah* tragen, damit alle Menschen sehen, dass Dagon ihrem Gott überlegen war, dass wir den Gott der Hochländer gefangen genommen hatten.«

»Und warum hat das nicht geklappt?« Meine Fragen klangen genauso einstudiert wie seine Antworten.

Ein Hauch von Farbe kehrte in seine Wangen zurück, außerdem wurden wir allmählich langsamer. »Ihr Totem war todbringend. Wer es berührte, musste sterben. Sobald jemand in seine Nähe kam, bekam er Geschwüre und starb schließlich.«

»Die Hochländer hatten es vermint?« Offenbar gab es in seiner Sprache den Begriff »vermint« nicht. Er wurde mit »zum Bösen entstellt« übersetzt.

Er zuckte mit den Achseln. »Der König von Ashdod schickte das Totem nach Gaza. Dort starben noch mehr Menschen. Dann schickten sie es nach Lakshish. Der dortige König wollte es nicht haben, weil in nur fünf Monaten fast zwanzigtausend Pelesti gestorben waren.« Endlich kam sein Blick auf mir zu liegen. »Sie hatten uns hintergangen. Wenn man das Totem eines Volkes gefangen nimmt, muss es einem nützen, nicht schaden.«

Ich nickte.

»Dann vermutete der König von Lakshish, dass das Totem so todbringend sei, weil es uns zürnte. Man hatte ihm nicht die angemessene, ehrerbietige Behandlung zukommen lassen, die ein Gott verdient und erwartet. Darum schickten wir es in den Tempel des Dagon in Ashqelon. Es ist der heiligste Ort in ganz Pelesti.«

»Und was geschah dort?«

»Nach der ersten Nacht fanden die Priester die Statue Dagons in zwei Hälften zerbrochen am Boden liegend. Das Totem der Hochländer war ihr gegenüber aufgestellt worden.«

»Das hat den Priestern bestimmt zu schaffen gemacht.« Damit war klar, dass die Bruchstellen, die ich gesehen hatte, nicht auf mangelnde Kunstfertigkeit, sondern auf das Totem der Hochländer zurückzuführen waren. Was war das Totem der Juden?

»Genau. In der nächsten Nacht geschah das Gleiche, diesmal wurden Dagons Hände abgebrochen.«

Ein Meeresgott ohne Hände war wie eine Papiertür an einem U-Boot, nämlich absolut nutzlos.

»Augenblicklich schickten die Bürger von Ashqelon das Totem zurück nach Lakshish. Die dortigen Priester, das heißt diejenigen, die den ersten Besuch des Totems überlebt hatten, sagten: ›*Lo lo lo!*‹, stellten es auf einen Karren und fuhren es ins Hochland.« Seine Augen begannen zu glänzen. »Doch als es dort ankam, war es immer noch wütend, das haben die Spione berichtet, die dem Karren folgten, denn es tötete auch die Hochländer.«

Wir hatten eine weitere Anhöhe erreicht – und waren dabei irgendwie auf ein zweites Schlachtfeld gestoßen.

Die Sonne stand schon dicht über dem Horizont, doch wir konnten ganz deutlich die Leichen erkennen, elegant und kräftig und aus kupfer- oder bronzefarbenem Fleisch gehauen. Jetzt lagen sie völlig verdreht da. Ströme von Blut hatten das Gras braun gefärbt und die Bäume bespritzt. Unter den Leichen war es zu glänzenden Pfützen geronnen.

Waren wir im Kreis gefahren, oder hatte diese Schlacht hier schon früher stattgefunden? »Offenbar jagen die Hochländer« – Wadia spuckte aus, um seine Verachtung zu zeigen – »uns zurück nach Gezer.« Er blickte über die Schulter auf unseren Weg zurück. »Vermutlich haben sie Lakshish umgangen.«

»Wir sollten doch nach Ashdod fahren.«

Wadia sah mich an; sein Blick war gehetzt wie der eines Sechzigjährigen. »*Lo*, nur ich.«

Takalas Worte wehten noch einmal über mich hinweg. Für die Stadt war ich verantwortlich. Ich sah nach Süden. »Ashqelon liegt dort unten?«

»*Ken.*«

Obwohl meine Beine schlotterten, stieg ich ab. »Wie soll ich in die Stadt kommen, falls sie schon dort sind?«

Nachdem Wadia mir verraten hatte, wie ich mich in die Stadt schleichen konnte, falls das notwendig werden sollte, fuhr er los in Richtung Ashdod, um neue Truppen zu sammeln. Der Knabe war zum Mann geworden.

Mir war klar, dass ich nun nicht mehr klammheimlich verschwinden konnte. Abwechselnd auf Takala fluchend und mit Gott hadernd, machte ich mich auf den Weg zum Meer. Bis zum Morgengrauen müsste ich es und damit Ashqelon erreicht haben.

Immer mehr Sterne besprenkelten den Himmel über mir. Kaum zu glauben, dass dies noch dasselbe Universum war wie heute Morgen. Ich kam mir verändert vor, dabei hatte sich nichts geändert. Die Bäume wuchsen immer noch nach oben, immer noch deckte das Dunkel alles zu, und immer noch vermissten kleine Jungs ihre Mama. Die Last des Tages zwang mich in die Knie.

Ich hatte eine Schlacht beobachtet. Einen Krieg, in dem Menschen getötet und verstümmelt wurden. Und ich hatte nichts unternommen, sondern einfach nur zugesehen.

Ich hatte keine Ahnung, wie spät es war, ich wusste nur, dass ich müde war. Todmüde. Hatte das Ganze wirklich nicht einmal vierundzwanzig Stunden gedauert? Erst heute Morgen waren wir losgefahren, da hatten wir uns noch wie Sieger gefühlt. O Gott, dachte ich. Doch bist du der Gott der gegnerischen Mannschaft? Heißt das, die Pelesti hatten von Anfang an keine Chance gehabt? Es erschien mir schrecklich gemein, die Karten so ungerecht zu verteilen.

Diese Männer brachten andere Männer um. Jene Männer, die die Bibel verfasst hatten, mitsamt der Stelle »Du sollst nicht töten«, schlachteten andere Männer ab. »Ich glaube, ich werde Hinduistin«, flüsterte ich.

5. Kapitel

Selbst so weit von Ashqelon entfernt konnte ich die Schreie, das Klirren und Scheppern der primitiven Waffen hören. Die Pelesti und Hochländer kämpften also immer noch?

Meine Schritte wurden schneller, denn ich musste an Cheftu denken. War er in Sicherheit? War er verletzt? Warum war er nicht in Lakshish aufgetaucht?

Als ich zwischen den Bäumen hervortrat, sah ich Männer, die sich gegenseitig an die Kehle gingen. Immer noch. Dies war der Grund, weshalb der Friedensprozess hier selbst in der Neuzeit einem gordischen Knoten glich, begriff ich. Diese Leute hatten in all den Jahrhunderten nie gelernt, miteinander auszukommen. Vielleicht sollten wir einfach abwarten, bis sie sich gegenseitig umgebracht hatten, und dadurch der Geschichte wie auch dem Rest des Planeten eine Menge Ärger ersparen? Ich konnte mich nicht entsinnen, wann mich die Menschheit im Allgemeinen je so angewidert hätte.

Ich schlich um das Schlachtfeld herum in die tiefer werdenden Schatten im Tal. Das Geschrei der Männer, das Wiehern der Pferde und das unablässige Scheppern von Metall auf Metall gellte mir in den Ohren. Zu tausenden kämpften sie hier inmitten der Überreste ihrer Kameraden. Es war ein gespenstisches Chaos.

Die schwerterschwingenden Pelesti waren alte Männer mit viel zu schweren Waffen und notdürftig geflickten Rüstungen. Das sollte die Verstärkung für jene sein, die in der Schlacht niedergemäht worden waren? Mir sank das Herz in die Hose.

Von einer Schlachtordnung war nichts mehr zu erkennen. Jetzt hieß es einfach federbuschiger Mann gegen bärtigen Mann. Hinter den Zinnen der Stadtmauern warteten Pelesti darauf, dass die Schlacht näher kam, damit sie ihre Pfeile, Speere und das vorbereitete heiße Öl nutzbringend einsetzen konnten.

Am Horizont sah ich die Sonne in blutigen Farben über einem blutigen Land aufgehen. Das Licht stahl sich über den Strand und kletterte schnell höher, bis es schließlich die Schatten der sich gegenseitig tötenden Männer auf den Boden legte, in schwarzen und grauen Umrissen auf dem rötlich-braunen Gras. Dann lösten sich die Schatten der Morgendämmerung auf, und auch der Schlachtenlärm, das Schreien und Sterben, nahm allmählich ein Ende.

In wenigen Stunden würde es keine Pelesti mehr geben. Nicht in Ashqelon. Ich kehrte auf demselben Weg zum Strand zurück, auf dem ich gekommen war, und tappte dann vorsichtig durch die Umfriedung des Heiligen Sees. Die Krokodile sonnten sich schon in der Morgensonne.

Der Tempel Dagons war leer, denn die männlichen Priester hatten ihren Kopfschmuck aufgesetzt, um ihr Leben und ihre Lebensweise zu verteidigen. Die Priesterinnen standen vermutlich zusammen mit allen anderen auf den Stadtmauern.

Ich öffnete die Tür zu dem Zimmer, in dem Cheftu und ich uns geliebt hatten. Cheftu war immer noch dort, mit den Ohren an die Wand gekettet und zusammengekauert. Schlief er? War er tot?

»Cheftu!«, rief ich und lief auf ihn zu. Seine Haut war warm, doch er lag in tiefer Bewusstlosigkeit. Hatte man ihm Drogen eingeflößt? Ich war rasend wütend auf Takala; bestimmt steckte sie dahinter! Ich kniete neben meinem Ehemann nieder und betrachtete sein Gesicht. Die Falten um seine Augen waren schärfer und tiefer eingekerbt. Seine Haut war so dunkel, dass man ihn für einen Indonesier halten konnte. Und diese Löcher – sie waren verheilt, aber immer noch so riesig, als hätte man sie mit einem

Nagel oder einer Ahle durchstoßen. Instinktiv fasste ich an meine Ohren. Mein Gott, musste das wehgetan haben.

Er würde noch Stunden bewusstlos bleiben.

Ich ließ mich auf der Bettkante nieder. Der Schlachtenlärm war verstummt. Bald würde man das Lärmen der Invasion hören. Ich sah an mir herab und stellte fest, dass ich mit Blut überzogen war. Es lag wie Latex auf meiner Haut. Ich ließ den Kopf in die Hände sinken.

Ich war für die Stadt verantwortlich. Wie hatte das geschehen können? Widerwillig zwang ich mich zum Aufstehen und ging durch die Tür in den Hauptraum.

Tameras Gesicht war tränenfleckig; keuchend und schluchzend lag sie Dagon zu Füßen. Als sie mich sah, kreischte sie auf und warf sich sofort vor meinen Schwanz. »Du, meine Meeresherrin! Du bist alles, was uns bleibt! Takala-dagon ist tot. Wadia ist verloren –«

»Er ist in Ashdod«, verbesserte ich.

»Yamir-dagon wurde schon als Asche zum Himmel geschickt.«

Ich brauchte einen Moment, um ihre Worte zu verarbeiten. »Er ist eingeäschert worden?«

»So ist es bei uns Brauch, *haDerkato*«, erwiderte sie würdevoll.

Ich nickte benommen. Mein Mund öffnete sich wie von selbst. »Was soll ich tun?« Scheiße! Ich wollte mich doch gar nicht einmischen! Wir standen als Verlierer der Mannschaft Gottes gegenüber! Doch Takala hatte ihre letzten Worte an mich gerichtet. Yamir hatte mich stets angelächelt, und Wadia war zu jung, um all das allein durchzustehen.

»Die Hochländer werden uns bald ihre Bedingungen mitteilen«, meinte sie unter Tränen. »Sie lagern vor der Stadt, doch ich habe gehört, sie haben heute ihren heiligen Tag. Deshalb werden sie sich bis morgen Abend nicht vom Fleck rühren oder arbeiten oder kämpfen. Unsere Männer sind fast alle tot. Nur Frauen und Kinder sind noch in der Stadt.«

»Wir haben noch einen Tag«, meinte ich.

Sie versuchte zu lächeln.

»Was habt ihr mit meinem Sklaven gemacht?«, fragte ich. Ich

brauchte Cheftu – ich brauchte seinen Rat. Er konnte mir helfen herauszufinden, was wir überhaupt noch unternehmen konnten.

»Er wird bald wieder aufwachen«, sagte sie.

»Behandeln die Hochländer ihre Gefangenen gut?« Ich musste versuchen, mich an verschiedene Möglichkeiten heranzutasten. Ich war für eine ganze Stadt verantwortlich. Tameras Gesicht fiel in sich zusammen.

»Das tun sie nicht, Meeresherrin.« Sie sagte es ganz leise und ergeben, und mir fiel mein Lexikon wieder ein.

Hal und *Herim*. Ich schloss die Augen, denn die Welt wurde eine Sekunde lang weiß. »Sie machen keine Gefangenen«, erkannte ich und hoffte dabei im Stillen, sie würde mir nicht zustimmen.

»Niemals, Meeresherrin.«

Ich drehte mich unvermittelt um und starrte auf die nutzlose, armselig ausgebesserte Statue. Mir blieb keine Zeit zum Raten, weshalb ich hier war, ob durch Zufall oder aus Absicht, ob es ein – geschickt getarnter – Segen war oder eine Strafe. Jetzt war der Zeitpunkt zum Handeln gekommen.

Schweigend stand ich da und starrte ins Leere. Draußen war es schwarz geworden. Die Nacht des Sabbats. Die Hochländer durchsangen sie mit einer geisterhaften Mollmelodie. Mein Atem hallte mir in den Ohren.

Nach einer Weile hörte ich Geräusche aus dem Tempel: Cheftus Aufwachgeräusche. Ich rannte zurück und riss die Tür auf. »*Mon Dieu!* Du bist hier! Du lebst!«, sagte er und starrte mich dabei aus blutunterlaufenen Augen an.

»Ja«, antwortete ich. »Wie kriege ich dich von der Wand los?«

Er wandte den Kopf langsam zur Seite, bis er die Kette sah und sein Blick matt wurde. »Schneide sie durch.«

Nach langer Suche quer durch den ganzen Tempel stieß ich auf zwei Priester, die sich in einer Kammer gemeinsam betranken, sowie in einem zweiten Raum auf einen Eisendolch. Ich hieb auf die Kette ein und richtete dabei meinen ganzen Zorn auf die Eisenglieder. Als Cheftu endlich befreit war, gab ich ihm etwas Brot und Wein und verwandte zwanzig Minuten sowie ein Wannenbad darauf, ihm zu versichern, dass ich nicht verletzt war und dass das Blut nicht von mir stammte.

»Was ist passiert?«, fragte er.

»Was ist mit dir passiert?«

»Als ich aufgewacht bin, war ich angekettet«, antwortete er. »So wie mir der Schädel brummt, nehme ich an, dass sie mir ein Schlafmittel verabreicht haben.«

Ich seufzte, weil ich es nicht schaffte, die Bilder abzuschütteln, die ständig hinter meinen Lidern vorbeizogen, ob ich sie nun geschlossen hatte oder nicht. »Die Pelesti sind die Philister.«

»*Oui?*«

»Die Hochländer, gegen die sie in die Schlacht ziehen und von denen sie eben abgeschlachtet wurden, sind die Juden. Die Israeliten.«

Cheftus Augen wurden groß. »Aus der Heiligen Schrift?«, fragte er. »Samson? Saul? David?«

Der Mann war ein wandelndes Bibellexikon. »Dadua ist David.«

»Wir leben in Daduas Zeit? Wir kennen dieses heilige Volk?« Sein Englisch klang ehrfurchtsvoll.

Für mich hatten diese Menschen nichts Heiliges. Sie schlachteten ihre Gegner ab wie Metzger. Ich redete auf Englisch weiter. »Dumm ist nur, dass wir sie allzu gut kennen und dass wir auf der anderen Seite stehen. Die Königsfamilie ist ausgelöscht, und ich«, ich fuhr mir mit der Zunge über die Lippen, »trage jetzt die Verantwortung.«

Er sah mir prüfend ins Gesicht, in die Augen. »Sie haben eine gute Wahl getroffen.«

Mir stiegen Tränen in die Augen. »Danke.«

»Wie kann ich dir beistehen?«, fragte er, nachdem er mich ein paar Atemzüge lang nur angestarrt hatte. Wie lebte meine Seele doch in seiner Nähe auf, selbst jetzt.

»Hast du irgendeine Ahnung, mit wem ich verhandeln werde?«

»Davids General war Joab«, antwortete er prompt. »Und Nathan war sein Prophet.«

»Wissen wir irgendwas über sie?«

Er runzelte die Stirn. »Joab war offenbar ein Menschenschlächter. Blutrünstig. Er war Davids, wie sagt man, Hinrichter?«

»Henker.«

»*Oui.* Henker. Er hat für David all das erledigt, womit David sich nicht die Finger schmutzig machen wollte.«

»Und was ist mit Nathan?«

»Er war ein Prophet.«

»Noch etwas?«

»*Ach,* na ja. Nathan hat seine Prophezeiungen hin und wieder umgeworfen. Manchmal hat er sich korrigiert, auf Grund eines Traumes zum Beispiel. Er war kein besonders zuverlässiger Prophet.«

»Was erhofft sich Tamera deiner Meinung nach von meinem Eingreifen?«

Cheftu antwortete absolut tonlos: »Einen schmerzlosen, schnellen Tod.«

»Ist das dein Ernst, oder möchtest du mir nur Mut machen?«, fuhr ich ihn an. Es wurde bald hell; und ich bekam allmählich Todesangst. Das Leben dieser Menschen hing von mir ab.

»So steht es in der Bibel, allerdings gab es auch Zeiten, in denen es den Israeliten gestattet war, Beute zu machen«, führte er aus.

»Es geht also um Tod oder Sklaverei?«

Er nickte knapp.

»Heilige Scheiße«, flüsterte ich. Gleich darauf fragte ich: »Äh, was für verschiedene Todesarten gibt es? Ich meine, haben sie Erschießungskommandos? Würden sie uns unter einem Pfeilhagel begraben?«

Er stand auf und ging ärgerlich im Raum auf und ab. »Woher soll ich das wissen, Chloe? Als ich die Bibel gelesen habe, stand mir dabei nicht vor Augen, was für abenteuerliche und grausame Methoden das Volk Gottes bei der Hinrichtung seiner Feinde anwandte! Wieso bist du so morbid, so auf Einzelheiten versessen?«

Ich merkte, wie mich sein Ausbruch in Rage brachte. »Ich habe nur versucht, mir ein Bild zu machen«, verteidigte ich mich. »Schließlich musst nicht du um das Leben dieser Menschen feilschen. Schließlich musst nicht du wissen, welcher von beiden Wegen der qualvollere oder weniger qualvolle ist. Ich kann nicht mal um ein Paar Sandalen feilschen!« Plötzlich sackte die ganze Last auf mich herab. »Hier geht es um das Leben dieser Menschen! Und es ruht auf meinen Schultern!«

»Ach, chérie«, sagte er zerknirscht, dann umarmte er mich und strich über mein windzerzaustes Haar. Er zog mich an seine Brust, sodass ich seine Worte gleichzeitig spürte und hörte. »Fürchtest du dich?«

»Ich sterbe vor Angst. Und du?«

Er brauchte einen Moment, ehe er mir antwortete, darum schloss ich die Augen und gab mich ganz dem Gefühl seiner Finger hin, die durch mein Haar fuhren und meine Kopfhaut massierten. »Ich sorge mich um dich, doch das ist nicht die Quelle meiner Angst.«

»Sondern die Tatsache, dass dies eine Geschichte aus der Bibel ist?«, fragte ich ein wenig später.

Er seufzte tief. »Für mich ist dies eine heilige Zeit. David und Joab mit eigenen Augen zu sehen ist für mich fast unmöglich zu glauben.«

»Weil sie sich so gar nicht heilig verhalten?«

Tamera erschien in der Tür, frisiert und elegant gekleidet. »Die Priester möchten dich für morgen früh reinigen und schmücken«, sagte sie. »Bitte komm mit mir.«

Cheftu drückte meine Hand. »Ich werde für dich beten.«

»Hab keine Angst«, flüsterte ich.

Als zuständige Göttin wurde ich gebadet, geschminkt, angebetet, angefastet, gefeiert und schließlich kurz ins Bett geschickt. Als ich aufwachte, war der Tag meines Treffens mit den Hochländern angebrochen: den Israeliten. Ich hatte nicht den Hauch einer Ahnung, was ich ihnen sagen sollte.

Tamera kam mit dem Fischmantel herein. Als Repräsentantin Ashqelons war es mein Job, ihn zu tragen. So viel zu der Theorie, dass man in den eigenen Kleidern sicherer auftritt. »Kommen sie in die Stadt?«, fragte ich.

»*Lo, haDerkato*. Wir werden sie am Stadttor erwarten.«

»*Lo*, nicht am Stadttor.« Ich versuchte mir alles ins Gedächtnis zu rufen, was mein Vater mir über Diplomatie, über das richtige Diskutieren und über das Verhandeln beigebracht hatte. O Gott. »Wir werden uns am Strand mit ihnen treffen, am heiligen Fischweiher.« Das erschien mir neutral genug.

Sie verbeugte sich und verließ rückwärts den Raum. Ich rief sie noch einmal zurück, um sicherzustellen, dass es dort Wein und etwas zu essen geben würde – und zwar nicht nur Getreide. Und auch keine Schalentiere und kein Schwein, denn das würden sie, genau wie Moslems, als Beleidigung auffassen. Ich war nicht umsonst Tochter eines Botschafters gewesen.

Der Gedanke schlug wie ein Blitz aus heiterem Himmel ein. War es möglich, dass ich nicht nur hier war, um Cheftu zu finden?

Meinen Fischmantel hatte ich an, und mein Leib war bemalt, allerdings ohne die kunstvollen Bleiglanzmuster auf meinem Gesicht. Eine erfolgreiche Verhandlungsführung hing auch davon ab, dass man der anderen Seite so ähnlich wie möglich sah, so viel war mir klar. Das würde ihnen bewusst machen, wie viel man gemeinsam hatte. Ich hoffte, dass es funktionierte.

Cheftu blieb die ganze Zeit an meiner Seite, doch niemand schien sich an seiner Anwesenheit zu stören oder daran, dass *ha-Derkato* plötzlich von einem Sklaven begleitet wurde. Schweigend zogen wir zum Strand hinab. Wohin ich auch schaute, blickte ich in die Gesichter der Pelesti. In Augen, honigbraun, blau, grün oder schwarz, die mich anflehten, sie zu retten. Die Stadt Gezer hatte ein grauenvolles Ende genommen. Die Hochländer hatten erst alles umgebracht, was atmete, und dann alles niedergebrannt, was sich anzünden ließ.

Das einzig Gute an der ganzen Sache war, dass die Truppen, die vor unseren Stadtmauern lagerten, ihre Zerstörungslust bereits gestillt hatten. Haufenweise Gold, Ölkrüge und Proviant war aus den Trümmern von Gezer in ihr Lager gekarrt worden. Doch kein einziger Gefangener.

Meinen Anweisungen getreu hatte Tamera dafür gesorgt, dass an unserem Treffpunkt zwei abgedeckte Sessel mit einem kleinen Tisch dazwischen aufgestellt worden waren. Zu beiden Seiten warteten Diener mit Fächern, Wein und Süßigkeiten. Die morgendliche Brise war ausgesprochen mild, ein Zeichen dafür, dass wir uns schon mitten im Frühling befanden. In der Kriegssaison.

»Sobald der Unterhändler eintrifft, möchte ich, dass sich alle außer meinem Sklaven zurückziehen«, wies ich die wartenden Priester, Priesterinnen und Sklaven an. »Nur mein Sklave wird uns bedienen.« Als Tamera Protest einlegen wollte, erklärte ich ihr, dass das Gesinde des Unterhändlers unterhalten werden sollte, um es abzulenken. Es war besser, wenn ich allein mit dem Unterhändler sprach.

Die Hochländer erschienen erst in der größten Tageshitze. Ich sah sie über den Strand auf uns zukommen. Fünf Männer in glänzender Rüstung.

Okay, Chloe. Showtime.

»*Chérie*, versuch mit dem Propheten zu verhandeln«, meldete sich Cheftu plötzlich zu Wort. »Ich habe eine Idee.«

Ich drehte mich mit weit aufgerissenen Augen zu ihm um. »Sie sind noch fünfzehn Schritte von uns entfernt, und du hast *jetzt* eine Idee?« Er zog seine Bauchschärpe nach unten. Ich sah etwas Längliches, Weißes darin liegen. »Du hast die Steine noch? Wie das denn?«

»Ich habe sie versteckt«, antwortete er. »Sie antworten immer noch. Hol den Heiligen her.«

Die Gruppe war fast auf Hörweite herangekommen. Ich stellte mich dem Blick ihres Anführers, während ich Cheftu aus dem Mundwinkel fragte: »Hat man dich nicht ausgeraubt? Geschlagen? Wie kommt es, dass du sie immer noch hast?«

»Glaub mir«, erwiderte er bestimmt, »das willst du nicht wirklich wissen.«

Mir blieb keine Zeit, über seine Antwort nachzusinnen; die Hochländer waren da.

Unsere beiden Gruppen starrten einander an. Es waren fünf auf ihrer Seite und drei auf unserer. Schon dieses Kräfteverhältnis musste ihnen Vertrauen geben. Von den fünf sah einer aus wie ein Klingone aus Cammys jüngeren *Raumschiff-Enterprise*-Folgen. Zwei andere waren Zwillinge. Der vierte trug eine weiße Robe unter seinem Brustpanzer. Der fünfte war der Anführer. Er hatte grüne Augen und schwarze Locken. Er war zwar nicht groß, doch gut gebaut. Alle fünf hatten Bärte und Locken, die über ihre Ohren hingen und bis auf ihre Schultern reichten.

In ihren bronzenen Schuppenpanzern mussten sie fast verglühen, auch wenn sie darunter Schurze und Hemden trugen. Sie waren eindeutig fürs Gebirge gekleidet, nicht für den Strand. Ich erhob mich und streckte dem Anführer die Hand entgegen. Jede Berührung zählte, hatte mein Vater immer gesagt. Jede Berührung und der richtige Blickwinkel.

Gebe Gott, dass ich beides richtig einsetzen würde.

»Willkommen in Ashqelon«, hörte ich mich in unserer gemeinsamen Sprache sagen. »*B'vakasha*, nehmt Platz. Eure Männer können sich in jenem Zelt dort erfrischen und unterhalten lassen.« Ich deutete auf ein hastig errichtetes Zelt knapp außer Hörweite. Ich winkte Cheftu, einem von ihnen einen weiteren Stuhl zu bringen. Der Anführer würde auswählen müssen, welcher der Männer bei ihm blieb. Die Entscheidung würde eine Menge über ihn und darüber verraten, wie flexibel er in dieser Sache agieren wollte.

»Yoav ben Zerui'a ist mein Name«, sagte der Schwarzhaarige. »Ashqelon ist dem Untergang geweiht, *Isha*. Euer Gott Dagon ist schwach.«

Ich machte den Mund auf, um ihm zu antworten: »Ich bin *haDerkato*.« Doch stattdessen sagte ich: »*HaDerkato* ist mein Name.« Ich konnte nicht sagen: »Ich bin.« Schräg. »Möchtet ihr Wein? Oder Bier?«

»Ich schließe keinen *B'rith* mit einer Unbeschnittenen.«

Ich sah zu ihm auf. »Würde es dir tatsächlich gefallen, wenn ich beschnitten wäre?«

Seine Lippen zuckten, doch ich glaubte, dass er ein Lachen zu unterdrücken versuchte. Das gab mir ein wenig Auftrieb.

»B'vakasha«, sagte ich. »Nimm Platz.«

Cheftu kehrte mit einem dritten Stuhl zurück. Der Mann in Weiß nahm ihn an. Er sah aus wie ein Asket, dunkel, hager, nervös. Seinen Bart zwirbelnd beobachtete er, wie Yoav – Joab in neuzeitlicher Aussprache – und ich miteinander sprachen. Dies also war Davids Henker? Auf mich machte er einen recht zivilisierten Eindruck.

Widerwillig ließen sich die beiden Männer nieder, wenn auch nur auf der äußersten Stuhlkante. Yoav schätzte ich auf Ende dreißig oder Anfang vierzig. Der andere war wahrscheinlich noch keine dreißig. Die Zwillinge und der Klingone gingen, von Tamera eskortiert, von der Bühne ab. Aber sie behielten uns im Auge.

Ich hoffte, dass Yoav jetzt zugänglicher wurde. Möglicherweise ließ es sich ohne Publikum, ohne aufgeplusterte männliche Egos, besser feilschen.

»Die Schlacht in den Refa'im wurde klug gewonnen«, sagte ich. »Sich die Naturerscheinungen zu Nutze zu machen, den Wind in den Bäumen, ihn klingen zu lassen, als würde eine Kriegsmaschine durch den Wald brechen, war wirklich eine glänzende Idee.«

»Es war der Plan unseres Gottes.«

»Und eure Armee hat ihn hervorragend ausgeführt«, schloss ich. Wir saßen uns schweigend gegenüber. Mein Vater hatte mir immer erklärt, dass Schweigen wie ein Korkenzieher funktionierte. Mit der Zeit konnte man damit selbst die verschlossensten Lippen öffnen. Also saßen wir nur da und starrten einander an. Yoav war forsch, sein Blick musterte unzweifelhaft lüstern meinen Körper. Damit will er mich nur nervös machen, dachte ich. Ich weigerte mich zu erröten, sondern wartete einfach ab, bis er sich zum Narren machte.

Cheftu stand ganz gelassen an der Zeltwand, einen Krug in der Hand. Die Muskeln an seinem Oberkörper waren angespannt. Ich hatte nicht den leisesten Zweifel, dass Yoav, falls ich auch nur eine Sekunde in Bedrängnis geriet, mit dem Leben bezahlen würde. Es war ein gutes Gefühl, denn die beiden schüchterten mich tatsächlich ein. Der Wind wehte um uns herum, und wir starrten einander an. Gelegentlich lächelte ich sie an, weil die Situation immer grotesker wurde.

Yoav wandte als Erster den Blick ab. Ha! Eins zu null für die Braut im Fischkostüm!

Der andere, der mir immer noch nicht vorgestellt worden war, erwiderte mein Lächeln. Er wirkte auf mich wie ein überzüchteter

Jagdhund. Mager und spitz. Und irgendwie waren mir seine Gesichtszüge und die Form seiner Schultern vertraut. Kannte ich ihn irgendwoher? Die ganze Zeit hatte er seine Finger im Bart, und die Schläfenlocken reichten ihm weit über die Ohren bis auf die Brust.

Schweiß rann über meinen Rücken. Wir befanden uns wohl im März, tippte ich. Und schon war es heiß. Endlich beugte sich Yoav vor. »Die Pelesti sind geschlagen«, sagte er. »Euer Gott ist schwach, ihr habt keine Soldaten mehr, ihr seid keine Bedrohung mehr für uns.«

»Dann zieht eurer Wege und lasst uns in Frieden«, antwortete ich. »Ihr habt gesiegt.«

Er blinzelte. Wahrscheinlich war eine Kapitulation hier nicht üblich. Nach einem kurzen Blick auf den Mann in Weiß ergriff er wieder das Wort. »Das kann ich nicht. Es ist *Herim*; darum ist alles, was Odem hat, *Hal.*«

»War es deine Entscheidung oder die deines Königs, gegen Ashqelon zu ziehen?«

»Meine.«

»Also bist auf diesem Schlachtfeld du der König?«

Seine Augen wurden schmal. Seine Antwort kam langsam. »*Ken.*«

»Gezer wurde zerstört, nicht wahr?«

»*Ken.* Dem Erdboden gleichgemacht. Es war *Hal.*«

»Welche Städte meines Volkes sind erhalten geblieben?«

»Lakshish, Qisilee, Yaffo, Ashdod und Ashqelon.«

»Wie viele Männer im kampffähigen Alter sind deiner Schätzung nach noch am Leben?«

Er zupfte an seiner Schläfenlocke, während er über die Antwort nachsann. »Die Männer aus Lakshish und Ashdod haben unter dem *Seren* Yamir gedient, *nachon*?«

Das Lexikon kam mir mit einem Spickzettel zu Hilfe. *Nachon* konnte alles Mögliche bedeuten, von »genau« über »richtig?« bis zu »Bingo!«. Ich nahm an, dass er es in der mittleren Bedeutung gebraucht hatte. Ich nickte. »Yaffo und Qisilee sind vor allem Hafenstädte«, sagte ich. »Von dort aus importieren wir ebenjene Luxuswaren, die dein König und dein Volk begehren.« Jetzt beugte ich mich vor. »Ihr seid Hochländer. Ihr seid Bauern, Familienväter und Ehemänner mit Feldern, Vieh und Weinbergen.«

Er lehnte sich zurück; kein gutes Zeichen. *»B'seder.«*

»Ohne uns werdet ihr auf die fein gefärbten Kleider verzichten müssen, die du gerade trägst.« Ich deutete auf die rote Tunika, die er unter seinem Panzer angezogen hatte. »Ohne uns werden eure Tempel und vornehmen Häuser stinken, denn ihr werdet keine Myrrhe, keinen Weihrauch und keine Gewürze mehr bekommen. Diese Dinge bringen wir aus fremden Ländern mit.«

Sein Blick blieb vollkommen undurchsichtig. Wie grünes Strandglas.

»Vor allem«, jetzt lehnte auch ich mich zurück, »haben wir Eisen.«

»Wir werden euch vom Angesicht der Erde tilgen, dann brauchen wir auch kein Eisen mehr.«

»Irgendwann wird Pharao aus seinem Schlaf erwachen«, wandte ich ein. »Die Menschen im Norden, in Tsor und Tsidon, werden begehrliche Blicke auf euch werfen. Unseren Verwandten von jenseits *haYam* wird es nach euren Feldern gelüsten. Und alle haben Eisen.

Mit ihren seetüchtigen Schiffen, die an euren Ufern landen werden – denn wenn ihr uns ›vom Angesicht der Erde tilgt‹, dann werden es eure Ufer sein –, ihren Streitwagen, die bis in die Hügel eures Königreichs vordringen können, und ihrem nie versiegenden Nachschub an Männern, Proviant und Pferden – denn sie alle kommen aus großen Nationen, nicht aus einem unbedeutenden Königreich, dessen Berggott für sie kämpft – werden sie mit einer Hand eure Bronzeschwerter zersplittern, während sie mit der anderen euer Land, eure Frauen und eure Totems rauben.

Wir sind euer Schutzwall, wir schützen euch vor Plünderern, die nach Osten vordringen wollen. Wir sind euer Schutzpanzer, und wir treiben Handel für euch. Wir betreiben eure Häfen in Ashqelon, Yaffo und Qisilee; wir schmieden eure Waffen in Lakshish, Ashqelon und Ashdod. Ihr habt weder die Kenntnisse noch die Menschen, uns zu ersetzen.«

Der Mann in Weiß sprang auf. »Sie beleidigt uns!«, brüllte er.

»Sie führt uns ihren Gott vor und beschämt *el ha*Shaday! Wir dürfen ihr kein Gehör schenken!«

»Setz dich, N'tan«, bellte Yoav ihn an. »Was sie sagt, sind ökonomische Wahrheiten.« Er sah mich finster an.

Mein Rücken war schweißnass. Ich wagte nicht, auf Cheftu oder auf das Meer zu blicken. Stattdessen starrte ich wie hypnotisiert Yoav an. Gib uns eine Chance, dachte ich. Bitte!

Er schwieg lange. Er spannte mich auf die Folter. Hätte ich anders vorgehen sollen? Hätte ich weniger überheblich sein sollen? Hätte ich um Gnade bitten sollen? Allmählich lernte ich sein Gesicht besser kennen als mein eigenes, so lange schaute ich ihn inzwischen an. Hätte er nicht ganz so viele Narben gehabt, hätte er fast gut ausgesehen. So jedoch wirkte er vor allem verwegen, ein wenig piratenhaft. »Es geht darum, unser Gesicht zu wahren«, meinte er schließlich. »Die Pelesti haben uns immer wieder angegriffen.«

»Wie du selbst gesagt hast, sind keine Männer mehr übrig.«

»Wenn alle Frauen so sind wie du, dann weiß ich nicht, ob ihr Männer braucht, um Krieg zu führen«, brummelte er.

Ich beschloss, das als Kompliment zu nehmen.

»Was willst du?«, fragte er. »Was erhoffst du dir von mir und den Männern meines Stammes?«

»Unser Leben«, antwortete ich schlicht. »Unsere Städte und unser Leben. Ihr habt uns bereits unsere Männer, unsere Brüder und Väter genommen. Unser *Seren* und seine Mutter wurden ebenfalls von euch niedergemetzelt. Erlaubt uns, hier zu leben, sonst nichts.«

Sein Blick gab mich frei und richtete sich auf die Stadtmauern in meinem Rücken. Die weißen Gebäude waren wie Bauklötze übereinander gestapelt, und die Sonne legte bläuliche Schatten in Fenster und Türen. Die ersten Blumen blühten bereits und ergossen sich wie bunte Wasserfälle aus Balkonkästen, Bäumen und Blumentöpfen. »Es ist eine schöne Stadt«, bemerkte er. »Im Süden habt ihr einen sicheren Hafen.«

»*Ken*. Doch für ein Volk, das die Hügel beackert und nichts von Schiffen versteht, ist er ohne Nutzen.«

»Ich will das Geheimnis des Erzschmelzens. Bringt uns bei, wie man Eisen macht.«

Sag niemals Nein. Die Worte meines Vaters zogen durch meinen Kopf. Ein Nein ist das Ende jeder Verhandlung. Lüge, falls es nicht anders geht, biege die Wahrheit zurecht, doch sag niemals Nein. Ich fuhr mir mit der Zunge über die spröden Lippen. »Was würde euch daran hindern, uns zu töten, sobald wir euch unsere Geheimnisse verraten haben?«

Er drehte eine der Locken vor seinen Ohren. »Nichts.« Er fixierte mich wieder mit seinem Blick, mit grünen Augen wie Laserstrahlen. »Ihr müsst uns vertrauen.«

»Du musst bei deinem Gott schwören«, verlangte ich.

»Wir missbrauchen den Namen unseres Gottes nicht zum Schwur!«

Ich zuckte mit den Achseln. »Er ist das Einzige, was euch wirklich teuer ist. Es wäre der einzige Beweis dafür, dass ihr euren Teil der Abmachung einhaltet.«

»Ich will noch mehr«, sagte er.

Das hatte ich befürchtet. »Was noch?«

»Euer kleiner Prinz muss sterben.«

Nicht Wadia, er war noch ein Junge! Ich konnte mir nur mit Mühe ein entschiedenes Nein verkneifen. »Ihr habt alle seine Brüder, seinen Vater und seine Mutter getötet, wieso lasst ihr den Knaben nicht in Frieden? Er ist doch nur ein Kind.«

»Er kann gegen eine Mauer pinkeln; er ist ein Mann. Wenn er älter wird, wird er von neuem mit den Pelesti gegen uns in den Krieg ziehen.« Seine Augen verrieten, dass es ihm Ernst damit war. »Mein Herr und König Dadua hat anderes zu tun, als jedes Jahr im Frühling die Pelesti wie lästige Mücken zurückzuschlagen.«

»Und wenn Wadia schwört, nicht anzugreifen?« Ich hörte das Zittern in meiner Stimme und verfluchte mich insgeheim dafür.

»Was hindert ihn daran, sein Wort zu brechen? Welche Sicherheiten hätte ich?«, fragte Yoav.

»Er ist zwar jung, doch er ist ein Mann von Ehre.«

Yoav lehnte sich zurück und streckte seine Beine knapp neben meinen aus. War das Zufall oder Absicht? »Ich glaube, ich werde jetzt etwas Wein trinken«, beschloss er. Cheftu hatte schon welchen eingeschenkt, ehe er fertig gesprochen hatte. Yoav nahm den Becher entgegen und reichte ihn an mich weiter. »Die Höflichkeit gebietet, dich zuerst trinken zu lassen.«

Da ich wusste, dass der Wein nicht vergiftet war, nahm ich einen Schluck. Er schmeckte süffig, erfrischend und absolut ungefährlich. Ich gab ihm den Becher zurück. »Im Gegensatz zu euch wahren wir die Regeln der Gastfreundschaft.«

Er leerte den Becher auf einen Sitz und wischte sich den Mund mit dem Handrücken ab. »Im Gegensatz zu euch bieten wir unseren Wein nur jenen an, die unseresgleichen sind und denen wir vertrauen können.«

Dieser Mann brachte mich noch auf die Palme. *Ganz ruhig, Chloe.* Cheftu reichte mir ebenfalls einen Becher, den ich ebenso schnell leerte wie Yoav, wenn auch reinlicher. Ich stellte den Becher ab, um deutlich zu machen, dass ich die Herausforderung angenommen hatte. »Wie lauten deine Bedingungen, Yoav?«

»Das Geheimnis der Erzschmelze. Eure fortdauernden Dienste als Seefahrer und Kaufleute. Euer vollkommener Rückzug aus den Tälern. Stattdessen werden wir diese Wachtürme bemannen. Nur Ashqelon, Ashdod und Yaffo werden verschont.«

Sie würden das ganze Land an sich nehmen? »Und was ist mit Lakshish? Und Qisilee?«

»Menschen aus unseren Stämmen werden zu den Pelesti in diese Städte ziehen. Wir werden unsere eigenen Tempel bauen, unseren Gott verehren und von eurem Volk die Künste der Erzschmelze, des Töpferns und Färbens lernen… jene gottlosen Kleinigkeiten, die für jede Nation, ganz gleich welcher Größe, bedeutsam sind.«

Eine friedliche Invasion. »Und was ist mit Wadia?«

Seine Augen wurden schmal, tasteten mich ab und schwenkten dann auf das Wasser in meinem Rücken, die auf den Strand klatschenden Wellen. »Ich nehme dich stattdessen.«

Adrenalin schoss durch meine Adern. Schlagartig war mir so kalt, dass ich fast bibberte. »Mich?«

»Du bist das Oberhaupt von Ashqelon. Wenn wir dich mitnehmen, haben sie niemanden mehr, dem sie folgen können. Mehr noch, wenn du unsere Geisel bist, dann wird der junge Wadia jede seiner Taten genau überlegen.«

»Das wird er nicht mehr, wenn ihr mich tötet«, wandte ich ein. Meine Stimme klang fest, was ein wahres Wunder war. Innerlich lag ich am Boden.

Er lächelte. »Ich will dich nicht töten, ich will, dass deine überheblichen Hände mich bedienen.«

Irgendwo fiel klirrend ein Krug zu Boden.

»Was?«

»Du, *haDerkato,* bist die größte Trophäe überhaupt«, erklärte er mit einem Wolfslächeln. »Eine Göttin, die als Sklavin in meinem Hause dient.«

»Mein Gemahl...«, flüsterte ich wie vor den Kopf geschlagen.

Er zuckte mit den Achseln. »Ihr gehört einer unbeschnittenen Rasse an. Ich bin kein Samson, der sich von den Reizen einer Pelesti betören lässt.« Sein Blick war voller Verachtung. »Deinen Gemahl können wir ebenso leicht versklaven. Ihr könnt euch vereinigen und mir noch mehr Sklaven schenken, das ist mir egal.« Er drehte seinen Becher um, ein Zeichen, dass die Unterhaltung beendet war. »Doch du wirst mir dienen.«

Es hieß also ich oder Wadia? Wie hatte ich bloß derart in die Klemme geraten können? Mich ging die ganze Sache doch gar nichts an! Scheiße, Scheiße, Scheiße. »Was wird aus der Stadt und den Menschen?« Den wenigen Überlebenden.

»Um mein Gesicht und meinen Stolz zu wahren, muss ich alle übrigen Männer töten.«

Ich öffnete den Mund, um zu protestieren, klappte ihn dann aber wieder zu. »Weiter.«

»Ich werde die Hälfte der Bevölkerung versklaven und dazu alle eure Sklaven mitnehmen.«

Die Hälfte der übrig gebliebenen Frauen, dachte ich, und Cheftu noch dazu. »Weiter.«

»Wir werden die Hälfte eurer Felder niederbrennen, doch die Stadt werden wir unversehrt lassen.«

Ich schluckte. »Weiter.«

»Lakshish wird unberührt bleiben, doch auf den Feldern zwischen den beiden Städten werden meine Männer wohnen.«

Genau wie ich gedacht hatte! Er würde das ganze Land annektieren und die Pelesti in ihre Städte einsperren wie in Ghettos. Angenehme, schöne Ghettos, aber trotzdem Ghettos.

»Lakshish wird uns während der Erntezeit beherbergen. Genau wie Qisilee. Ashdod, nun ja, ich glaube, die Lehre von Ashqelon –«

»Du meinst, die Zerstörung von Ashqelon.«

Er sah mich an. »Die Eroberung von Ashqelon wird den übrigen Städten deutlich genug zeigen, dass wir von nun an die Herren über euer Land sind.« Er rieb sich mit den Händen über die Schenkel. »Meine Männer sind müde, sie sehnen sich nach ihren Frauen und nach der Kühle des Berglandes. Auf diese Weise sollte der Ehre beider Seiten Genüge getan sein.«

Konnte ich ihn nicht einfach umbringen? Konnte ich ihn nicht einfach umbringen und dann abhauen? »Schwöre, dass ihr die Frauen weder töten noch schänden werdet«, verlangte ich leise. Mir war klar, dass ich die Männer, die wenigen noch lebenden alten und jungen Männer, nicht retten konnte.

Zum ersten Mal wirkte er beleidigt. »Wir sind Männer des Glaubens, *Isha*. Wir schänden keine Frauen. Der Samen unseres Stammes wird nicht achtlos verstreut wie jener von Götzendienern! Wir führen unseren Krieg auf dem Land im Auftrag von *el ha*Shaday, nicht um unsere Körper zu beflecken.« Er sah mich an, als wollte er mich gleich anspucken.

Mein Atem ging flach. Sollte ich seinen Bedingungen zustimmen? Oder gab es eine bessere Zukunft für mein, für dieses Volk? Jetzt sah ich zum ersten Mal über Yoavs Schulter hinweg auf Cheftu. Sein Blick war dunkel, seine Miene eingefroren. Die Alternative wäre der Tod gewesen, Chloe. Verglichen damit sieht es gar nicht so schlecht aus.

Aber nur verglichen damit – aus jedem anderen Blickwinkel war es grauenvoll!

Yoav erhob sich. »Denk darüber nach, *haDerkato*. Ich werde

auf deine Antwort warten.« Er blickte zum Himmel auf. »Ich lasse euch Zeit bis zur Abenddämmerung.«

»Wie soll ich mit dir Verbindung aufnehmen?«

»Ich werde an deinen Taten erkennen, wie du entschieden hast. Wenn ich die Hälfte der verbliebenen Einwohner unter deiner Führung aus dem Tor kommen sehe, dann weiß ich Bescheid. Falls nicht, werde ich Ashqelon dem Erdboden gleichmachen. Wie du selbst gesagt hast, haben Yaffo und Qisilee ebenfalls einen Hafen. Wir brauchen eure Stadt nicht.«

Er drehte sich um und ging davon.

Die Zwillinge und der Klingone eilten an Yoavs Seite, während N'tan ihnen hinterhertrödelte. Wieder marschierten sie zu fünft über den Strand.

Am ganzen Körper zitternd, sackte ich auf meinem Stuhl zusammen. Was hatte ich getan? Was konnte ich noch tun? Wieso musste ausgerechnet ich das tun? Wieso hatte mir Takala diesen Fluch auferlegt? Wieso konnte ich nicht einfach abhauen?

Tamera erschien mit einem Jogurt-Gurken-Getränk in der Hand. Es besänftigte meinen Magen, während ich die verschiedenen Alternativen abwog. »Wie viele Boote liegen im Hafen? Genug, um uns alle nach Qisilee zu bringen?«

»*Lo,* Meeresherrin. Sie liegen alle noch nach dem Winter im Trockendock und müssen repariert werden.« Sie rückte ihren Fischanzug gerade. »Zu dieser Jahreszeit segelt niemand.«

So viel zu einer Flucht. Ich kippte den Rest meines Drinks hinunter.

»Was ist vorgefallen?«, fragte sie. »Die *Serenim* der überlebenden Städte in *ha Hamishah* erwarten sehnlichst einen Bericht.«

Würden sie meine Vorschläge tatsächlich befolgen? Ich war ihre Göttin, aber sie glaubten doch bestimmt nicht, dass ich deshalb gottgleich war? Allein die Vorstellung erschien mir anmaßend. Doch andererseits war auch die Sache mit dem Seiltanz ziemlich unglaublich gewesen, und trotzdem hatten sie mich dadurch erwählt. Ich atmete tief durch und brachte mit ein paar Sätzen ihre Welt zum Einsturz.

»Die Tage unserer, ähm, Überlegenheit sind vorüber«, antwortete ich ihr. »Bis zur Abenddämmerung muss die Hälfte von uns bereit sein, sich versklaven zu lassen. Die Hälfte unserer Felder wird niedergebrannt. Wadia kann aus Ashdod zurückkehren und wieder herrschen, doch unter dem Auge der Hochländer, die alle Felder zwischen hier und Lakshish besetzen werden.«

Sie setzte sich im Schneidersitz vor mich hin. »Was wird aus dir?«

Meine Hände zitterten. »Ich werde zur Sklavin.«

Tränen traten in Tameras Augen, darum schickte ich sie weg.

Sobald sie verschwunden war, legte Cheftu seine Hand auf meine Schulter. »Ich werde mich mit dir versklaven lassen«, sagte er.

»Das kann ich nicht von dir verlangen«, widersprach ich. »Du solltest hier bleiben und Wadia beim Regieren helfen.«

»*Lo*. Dies ist nicht meine Zeit. Dieser Junge Wadia liebt dich, nicht deinen Sklaven. Ich habe gelobt, bei dir zu bleiben. Außerdem endet bei den Juden die Sklaverei nach sieben Jahren.«

»Willst du mir damit Mut machen?«, platzte es aus mir heraus.

»Wir werden nicht einmal ein Jahr lang hier bleiben«, sagte er. »Dann öffnet sich das Portal, und wir sind frei.«

»Ich weiß nicht, wo hier ein Portal sein soll. Ich bin im Wasser gelandet.«

Seine Hände bohrten sich kurz in meine Schultern, entspannten sich jedoch gleich wieder. »Ich werde mit dir zusammen sein. Dafür können wir Gott dankbar sein.«

»Ist für dich unsere Ehe nicht Sklaverei genug?«

Mein Witz stieß auf taube Ohren. Ich konnte es ihm nicht verübeln; er war nicht komisch.

In der Abenddämmerung öffneten wir die Stadttore. Das Jammern und Klagen brannte sich wie Peitschenhiebe in mein Gewissen. Hätte ich noch mehr tun können? Wieso hatte ausgerechnet ich diese Aufgabe übernehmen müssen? Gott vergebe mir, aber ich wusste wirklich nicht, was ich da tat.

Wie Schafe auf dem Weg zur Schlachtbank folgten sie mir, eine abgerissene Ansammlung meist älterer Frauen und einiger weniger

Mädchen. Die Stadt hatte mit festem Griff die wenigen übrig gebliebenen Knaben, die bald ins heiratsfähige Alter kommen würden, und die Frauen mit fruchtbarem Leib zurückbehalten.

Ashqelon musste die Möglichkeit zur Wiederbevölkerung bewahren.

Cheftu ging an meiner Seite, stolz und schön trotz der Ketten in seinen Ohren. Ketten, wie ich sie auch bald tragen würde. Das machte mir die meiste Angst – weil es so beängstigend real war. Ich hatte die Narben an seinen Ohren gesehen. Wie Leuchtfeuer, die nie verglimmen würden. Ich streckte die Schultern durch und ging weiter.

Wir hatten die Urim und Thummim geworfen, doch die Antwort war so vage ausgefallen, dass wir uns nur darüber geärgert hatten. »Dienst bedeutet dienen.« Was zum Teufel sollte das heißen? Als immer und immer wieder nur diese Antwort kam, gaben wir schließlich auf. Cheftu zog sich zurück, um die Steine wieder zu verstecken – ich hatte schließlich begriffen, in welchem Geheimversteck sie auch unentdeckt blieben, wenn er sich nackt ausziehen musste. Manchmal war er geradezu ekelhaft schlau.

Vor der Stadt zog sich eine Kette von Hochländern über den gesamten Horizont. Sie standen in Habtachtstellung wie die Rockettes, vollkommen reglos, während der Wind unter ihre Röcke fuhr und die untergehende Sonne in ihren Schilden und den kuppelförmigen Helmen blinkte.

Eindrucksvoll.

Yoav wartete davor, in strahlendes Rot und Grün gekleidet. Ich roch meine Angst, obwohl ich, bevor ich die Stadt verlassen musste, in Zimt und Minze gebadet hatte. Falls ich Ashqelon repräsentierte, hatte Tamera gesagt, während sie mich einkleidete, dann sollten sich die Hochländer für alle Zeit an die Schönheit und Erhabenheit dieser Stadt erinnern.

Mein Gewand war fein gewebt, gefärbt und bestickt. Gold hing an meinem Hals, meinen Schultern und meinen Ohren. Tamera hatte eine aus Goldfäden gewebte Schärpe um meine Stirn gebunden, deren Gold, Blau und Grün von der Schärpe um meine Taille aufgenommen wurde. Hinten an meinem Kleid war ein kunstvoller Fischmantel befestigt, diesmal mit Schuppen und Flossen aus Stoff. Mein Gesicht, meine Schultern und mein Schlüsselbein waren mit Goldstaubmustern überzogen, die einen Schutzzauber darstellten.

Hatte sich Kleopatra genauso gefühlt, als sie sich herausputzte, ehe sie sich ergab?

Die Schultern zurückgezogen, den bleiglanzumringten Blick fest auf Yoav gerichtet, blieb ich einen Meter vor ihm stehen.

»Du verlangst die Unterwerfung der Ashqeloni«, sagte ich. »So wie du gewünscht hast, sollst du die Hälfte ihrer Felder, die Hälfte der Menschen und ihre Göttin, *haDerkato*, bekommen. Schwöre, Yoav ben Zerui'a, in heiliger *B'rith*, dass du diese Gefangenen gerecht und ehrvoll behandeln wirst, dass die Mägde rein bleiben und die Mütter nicht gezüchtigt werden. Schwöre, dass Ashdod unberührt bleiben wird, dass *Seren* Wadia am Leben bleibt, dass Qisilee, Yaffo und Lakshish weder unter dem Schwert noch unter der Fackel leiden müssen. Schwöre all dies, dann werden diese Pelesti dir gehören.«

»Ich schwöre niemals beim Namen meines Gottes«, widersprach er.

»Dann schwöre bei Seinem Fußschemel, eurem Totem.«

Er sah mich wutentbrannt an, biss kurz die Zähne zusammen und brüllte unvermittelt: »Beim Gnadenthron schwöre ich es! Beim Schemel *el ha*Shadays, diese Worte sind wahr!«

Cheftus Hand krampfte sich in meine Schärpe. Yoav sah mich mit einem herablassenden Lächeln an. »Unterwirf dich, Göttin.«

So hoheitsvoll wie nur möglich ging ich in die Knie. Ein Hochländer trat hinter mich, zwei andere an meine Seiten. Yoav ließ sich von N'tan einen Holzhammer und eine Ahle geben. Ich begann unkontrollierbar zu schlottern; ich betete nur, dass Cheftu nicht eingreifen würde.

Wir hatten darüber gesprochen. Es würde hoffentlich nicht viel schlimmer werden, als sich Ohrringe schießen zu lassen.

Ein Mann zog mein Haar zurück, der andere nahm meine Ohrringe ab und reichte sie mir. Die beiden Männer neben mir drückten meine Schultern nach unten und hielten mich bewegungslos auf dem Boden fest.

Eigenartigerweise machte Yoav nicht den Eindruck, als würde ihm das hier Spaß machen. Ich blinzelte wütend die Tränen zurück. Zum Glück hatte ich zuvor meine Blase geleert. Er reichte mir ein Blatt. »Wermut«, sagte er. Ich nahm es entgegen und kaute wild drauflos. Dann spürte ich, wie oberhalb des Läppchens ein Holzblock gegen den Knorpel in meiner Ohrmuschel gedrückt wurde.

Das Pieken der Ahle.

»Atme aus dem Bauch«, sagte er und schlug die Ahle durch mein Ohr.

Der Schmerz kam schlagartig und raubte mir die Sinne. Noch während ich benommen und kurz vor dem Erbrechen zusammensackte, nahm er sich das andere Ohr vor. Der Blockhalter und Yoav traten zurück und riefen den Pelesti zu: »So wie ich eure Göttin versklavt habe, ist auch das Volk des Meeres versklavt. Wir haben euch zwar am Leben gelassen, doch dafür werdet ihr den Stämmen dienen!«

Die beiden Männer halfen mir auf und drehten mich in Richtung Stadt. Ich spürte das Zerren der blutigen Haut, als die Kette eingefädelt wurde. Sie zog an meinen Ohren; mir fehlten die Worte dafür, wie es sich anfühlte. Mein Kopf war leicht, und ich fürchtete, mich gleich übergeben zu müssen. Als ich aufsah und dabei die Kette in meinem Haar und das Gewicht an meinen empfindlichen Ohren spürte, knieten die Menschen vor mir, die überlebenden Pelesti, nieder. Ich konnte kein einziges Gesicht erkennen; so weit konnte ich nicht sehen.

Von den Mauern der Stadt her hörte ich: »Gesegnet sei *haDerkato*, denn sie hat sich für Ashqelon hingegeben.« Die Hochländer brachen auf in Richtung Stadt, um dort die noch lebenden, die wenigen noch lebenden Männer umzubringen. Die stolzen Rufe verwandelten sich in ängstliche Schreie. Plötzlich schien die an meinen Ohren zerrende Kette keine Bedeutung mehr zu haben. Vielleicht hatte ich dadurch ja ein paar Leben gerettet?

Cheftu half mir behutsam auf und lockerte den Zug des Metalls.

Er schob mir etwas in den Mund, noch ein Blatt. »Kau und schlafe«, sagte er. »Das wird dir gut tun.«

Ich bekam nur noch mit, dass sich die Angstschreie in Wehklagen über einen unersetzlichen Verlust verwandelt hatten. Und dieses Wehklagen folgte mir in den Schlaf.

»Das bedeutet, dass ich nicht mehr an deiner Seite sein werde?« RaEm richtete den Blick durch das Dunkel der Nacht auf Echnaton.

Seine Hand fand ihren Schenkel, strich über ihre Haut und beruhigte ihr *Ka.* »Es ist nur ein kurzer Besuch, nur um klarzustellen, dass die Herrschaft des Aton nicht enden wird. Außerdem müsst ihr eine Brautreise unternehmen.«

Seufzend rückte RaEm die Stütze unter ihrem Kopf gerade und ließ ihren Körper von der warmen Brise kühlen. »Deine Tochter ist die reine Freude, doch ein ganzer Monat mit ihr raubt mir den Verstand.«

Er lachte und küsste sie auf die Stelle, wo eben noch seine Hände gewesen waren. »Sie liebt dich von Herzen, Semenchkare; sie würde alles tun, um dir zu gefallen.«

Das wusste RaEm bereits. Seit ihrer Heirat mit dem Mädchen hatte sie praktisch keinen ruhigen Augenblick mehr gehabt. Meritaton liebte sie rasend, ständig wollte sie RaEm berühren, küssen, bei ihr sein. RaEm setzte sich auf und stützte den Kopf in die Hände. »Ich muss ihr ein Kind machen.«

»*Aiii,* ich kenne keinen Priester, der einen so großen Zauber vollbringen könnte«, meinte Echnaton. »Außerdem lasse ich nicht zu, dass sie mit einem anderen als einem königlichen Werkzeug gepflügt wird.« Sein Tonfall machte klar, dass er keinen Widerspruch duldete.

Aber sie treibt mich noch zum Wahnsinn, wenn sie nicht bald schwanger wird, dachte RaEm. Derart in die Zange genommen von Tiye, die zwar misstrauisch war, aber allmählich erblindete, und Meritaton, die zwar blind, aber bezaubernd war, bezahlte RaEm einen zu hohen Preis für zu wenig Macht. »Deine Mutter –«

»Die auch deine ist –«

»Ja, schon gut, also, sie möchte in Waset einen Tempel errichten lassen.«

Echnaton stand von der Liege auf. »Ich will nichts davon hören«, sagte er fest. »Ich schulde ihr Respekt dafür, dass sie mich geboren hat, doch sie hat trotzdem das Herz einer … einer Ungläubigen.«

»Der Tempel bedeutet mir nichts.« RaEm folgte ihm auf den Balkon unter dem Mond hinaus. »Ich will nur, dass Meritaton glücklich bleibt. Du, Meine Majestät, bist alles, was ich begehre.« Sie presste die Lippen zusammen, um nicht weiter zu betteln. »Bitte schick mich nicht fort, fort von deinem Feuer.« Sie küsste ihn auf die Schulter. »Sonst müsste ich erfrieren.«

Augenblicklich war Echnaton über ihr und in ihr. »Du willst Hitze, du willst brennen?«

»Ja, Meine … Majestät«, keuchte sie.

»Du willst, dass mein Feuer durch deine Adern fließt?«

»Ja! Ja!«

Rücksichtslos riss er sie auf, um noch tiefer vorzudringen. »Du wirst für niemanden außer mir schmelzen. Ganz gleich, wie gut du meiner Tochter gefällst, Semenchkare, ich allein werde deine Hitze spüren. Nie wieder wird ein anderer dich keuchen und stöhnen hören. Das bleibt mir allein vorbehalten.« Er ohrfeigte sie rücksichtslos und schloss eine Hand um ihre Kehle. »Ich bin deine Gottheit. Du sollst keinen Gott neben mir haben. Ich bin der Aton.«

Er löste sich aus ihr und ließ sein flüssiges Feuer auf sie herabregnen, Salz aus seiner Tiefe, das sich mit den Tränen mischte, die aus ihrem tiefsten Herzen aufstiegen. Pharao ging aus dem Zimmer, doch in der Tür blieb er stehen. »Du verbringst einen Monat mit deiner Braut. Danach kehrst du als mein Mitregent nach Achetaton zurück.«

Die Tür fiel zu, während RaEm sich einrollte, in das verglimmende Feuer ihres Gottes gehüllt.

Dritter Teil

6. Kapitel

Meine erste Woche in Sklaverei zog im Drogennebel an mir vorbei. Irgendwie schafften wir es von Ashqelon nach Mamre. Das Einzige, woran ich mich deutlich erinnere, waren die Nächte, in denen Cheftu die Ketten in meinen Ohrlöchern hin- und herzog. Ich heulte und beklagte mich jedes Mal, doch er hatte Recht. Wenn ich die Ketten nicht bewegte, würden sie, sobald die Löcher verheilt waren, in meinen Ohren festwachsen. So hingegen würde ich zwar zeit meines Lebens Narben, aber nicht die Ketten darin behalten.

»Du musst an unsere Zukunft denken, *chérie*«, sagte er. »Das hier wird nicht ewig dauern.«

Doch unter dem Ziehen und Reißen, das mir permanent Kopfschmerzen bereitete, fiel es mir schwer, an die Zukunft zu denken.

Eines Nachts blieb, während sich hunderte von uns Ashqeloni um ein Feuer versammelt hatten, ein gebeugter Alter vor uns stehen. »*Shalom*, willkommen unter den Stämmen Y'srael.«

Cheftu und ich tauschten einen fassungslosen Blick. Es war das eine zu wissen, dass man ein Teil der Geschichte und der Bibel geworden war, doch etwas ganz anderes, es durch eine entsprechende Begrüßung bestätigt zu bekommen!

»Der Krieg hat euch zu Sklaven gemacht«, sagte der Gebeugte. »Doch wir von den Stämmen behandeln unsere Sklaven anders, als ihr Heiden es tut.« Er hustete und spuckte ins Feuer. »Hier kann jeder zum Sklaven werden. Vielleicht, weil er seinen Grundherren nicht bezahlen kann? Oder vielleicht ist der Mann gestorben und er hatte keinen Bruder, der die Witwe heiraten und ihr ein Heim bieten konnte? Dann verkauft sie sich und ihre Kinder in die Sklaverei. Das kommt oft vor.«

War das hier der Kurs »Sklaverei für Anfänger«?

»Sieben Jahre lang werdet ihr den Stämmen gehören. Ihr werdet Sklaven des Landes, unseres Volkes und unseres Gottes Shaday sein. Ihr seid Heiden, wir nehmen also an, dass ihr die Götter verehren werdet, die ihr mitgebracht habt. Doch ihr werdet unsere Feier- und Fastentage achten.«

Er begann sie an seinen Fingern abzuzählen. »*Echad:* Jeder siebte Tag ist ein Ruhetag. Es wird nicht gearbeitet, nicht gekocht, nicht gewandert und nichts getragen. Keine Arbeit. Wer gegen dieses Gesetz verstößt, lädt den Tod durch Steinigung auf sich. Keine Arbeit.«

Cheftus Hand spannte sich fester um meine.

»*Shtyme:* Im Frühling gibt es eine Woche lang keine Hefe. Nirgendwo. Aus keinem Grund. *Shalosh:* Es werden keine Kinder geopfert. Das ist eine Todsünde. Wer es dennoch tut, wird zu Tode gesteinigt.«

Er war noch nicht am Ende. »Nach Abschluss der sieben Jahre steht euch ein Ruhejahr zu. Das *Shabat*-Jahr. Ihr werdet freigelassen, doch alle eure Kinder bleiben versklavt, bis ihr sie mit Geld ausgelöst habt.« Sein schwarzer Blick huschte über uns hinweg. »Morgen werden wir Mamre erreichen. Einige von euch sind für den Dienst im Palast eingeteilt worden; andere für die Arbeit auf den Feldern rund um die Stadt. Die Gerstenernte geht eben zu Ende. Weil *Adoni* Yoav den Angriff auf Ashqelon geführt hat und weil ihr euch ihm ergeben habt, ist er für euch alle verantwortlich.« Er hielt inne und musterte uns der Reihe nach. »Habt ihr irgendetwas zu sagen?«

Wir durften Fragen stellen? Cheftu warf mir einen warnenden

Blick zu. Ich schluckte meine Kommentare hinunter. In dieser Nacht wurden Männer und Frauen voneinander getrennt und dann für den Marsch in die Stadt aneinander gekettet; das waren die Männer des Stammes ihrem Stolz schuldig.

Ich schlief schlecht. Mich quälten Bilder von schwarzen Mädchen, die von ihren weißen Besitzern vergewaltigt wurden, von starken Männern, die ausgepeitscht wurden, von einem Teil der Bevölkerung, der auf fremden Feldern schwitzen musste.

So sollte fortan mein Leben aussehen? Gestern noch Göttin, heute eine Sklavin – hatte ich mir irgendwas zu Schulden kommen lassen? Nein, es war keine persönliche Sache, die Umstände wollten es verrückterweise so. Vielmehr beschäftigte mich die Frage, wie das Volk der Bibel die Versklavung anderer Menschen zulassen konnte.

Das Lexikon kritzelte auf die Tafel in meinem Geist: *Hier gelten Sklaven nicht als persönliches Eigentum. Wie zu Zeiten der Römer oder Byzantiner stellen die Sklaven eine eigene Klasse innerhalb der Gesellschaft dar.*

Na toll, ich stand also ganz unten in der Nahrungskette?

Du bist dafür verantwortlich, dass die Nahrungskette in Gang kommt, aber im Grunde hast du Recht. Du bist eine Drohne. Kein Sklave wie auf einer Südstaatenplantage, denn du hast weitaus mehr Rechte als jede dieser armen Seelen.

Ich fasste an meine Ohren, während ich mir das durch den Kopf gehen ließ: Ich bin eine Drohne.

Mein erster Eindruck von Mamre war der von Krach, Chaos und Kindern.

Sie waren überall – sie rannten über die Straßen, zupften an Röcken, spielten laut lachend, arbeiteten an der Seite ihrer Eltern, kletterten auf Bäume oder verkrümelten sich in die Seitengassen. Kinder über Kinder.

Für jemanden mit rasenden Kopfschmerzen, der seit einer Woche nicht gebadet hatte, war Mamre die Hölle. Die meisten Sklaven waren bei den Familien auf den Feldern geblieben, wo sie bei der Gerstenernte halfen.

Ich hatte noch nie Gerste gegessen, ganz zu schweigen davon, dass ich welche geerntet hätte.

Cheftu und ich wurden in die Stadt geführt, denn wir sollten im Palast dienen. Offenbar lebten alle *Giborim*, wie Daduas Führungsmannschaft genannt wurde, gemeinsam. Auch wenn wir Sklaven waren, würden wir wenigstens zusammenbleiben. Schon das allein war eine Menge wert. Bis jetzt war uns das nur selten vergönnt gewesen.

Weil Mamre auf einem Hügel lag, war es nur schlüssig, dass die Stammesbrüder – wie sie sich selbst nannten – von allen anderen »Hochländer« genannt wurden. Es war eine alte Stadt. Windschief und halb verfallen lehnten die Gebäude aneinander. Selbst die Stadttore wirkten wenig eindrucksvoll. Doch dieser Ort war den Männern heilig, und zwar seit *Lifnay*, was so viel hieß wie »zuvor«, und zwar im Sinne von »Vor langer, langer Zeit …«

Dafür bot sich, wenn man den Hügel heraufkam, ein atemberaubender Blick auf die terrassierten Abhänge und grünen Felder.

Wir erreichten den Palast, marschierten aber an der halb eingesunkenen Front des Gebäudes vorbei bis zu dem Schlammpfad dahinter. Schließlich waren wir jetzt Sklaven. Kreischende und lachende Kinder rannten kreuz und quer durch unsere Gruppe. Mein Kleid, das vor den Toren Ashqelons noch von bezaubernder Schönheit gewesen war, war inzwischen blut-, schlamm-, dreck- und weinfleckig – es sah grässlich aus, ich hätte es am liebsten ausgezogen. Doch ich hatte nichts anderes.

Drei Männer standen in dem kleinen, überfüllten Hof. Einer stellte sich als Aufseher vor. Es gebe drei Klassen von Sklaven, erläuterte er. Die kleinen Kinder waren Leibsklaven und stammten größtenteils aus den Stämmen selbst. Danach kamen die Stammesbrüder, Erwachsene, die von Armut oder Obdachlosigkeit in die Sklaverei gezwungen worden waren. Und dann kamen wir, die Niedrigsten der Niedrigen, denn wir zählten zu den Unbeschnittenen. Wir würden überall dort aushelfen, wo Not am Mann war.

»Du.« Ein Mann vor einer verriegelten Tür deutete auf Cheftu. »Melde dich auf den Feldern.«

»Man hat uns gesagt, wir würden zusammen in einem Haus wohnen«, sagte ich. »Wo ist das?«

»Ihr seid das Ehepaar?« Der Mann musterte uns beide.

»Ken«, antworteten wir wie aus einem Mund.

Er zuckte mit den Achseln. »Es gibt jede Menge Wachkabinen, die ihr beziehen könnt.«

»Aber –«, protestierte ich, doch er hatte sich bereits abgewandt.

»Ich werde dich finden, *chérie*«, versicherte mir Cheftu, der bereits weggezerrt wurde.

Noch mehr Kinder, diesmal älter und besser gekleidet, spielten in den Gängen und Gärten Fangen. Auf meinem Weg in einen weiteren Innenhof fiel mir auf, dass Erstere dunkel und eng waren und mich an Karnickelbauten erinnerten; und dass Letztere etwas Pflege vertragen hätten.

Vom Morgen bis zum Nachmittag saß ich auf einer Stufe im Hof und wartete. Jedes Mal wenn ich aufstehen wollte, tauchte irgendwer auf und erklärte mir, dass gleich irgendwer anderer erscheinen würde. Ich hätte beinahe gelächelt, so typisch orientalisch kam mir das vor. Oder auch militärisch: Zack, zack, antreten zum Warten.

Bis der vierte, fünfte und schließlich sechste Stern am Firmament erschien, war ich halb verhungert, doch man hatte mir eingebläut, mich nicht vom Fleck zu rühren.

Dann kam ganz unerwartet eine winzige Frau mit ausgebleichten roten Haaren auf mich zugeschossen. »Du!« Sie zielte mit ihrem Finger auf mich. »Was sitzt du hier herum?« Ich wollte schon zu einer Erklärung ansetzen, doch sie riss mich hoch und schubste mich aus dem Hof. »Du gehst hier zur Hand«, sagte sie.

Wir waren in einer Küche, die abseits des Haupthauses errichtet worden war, damit die übrigen Bewohner von der Hitze und den Gerüchen verschont blieben. Sowie ich über die Schwelle getreten war, wurde mir ein Weinkrug in die Hand gedrückt und befohlen, aufs Hauptdach zu steigen, um dort nachzuschenken.

Es war kein zierlicher Krug. Er war etwa achtzig Zentimeter hoch und hatte eine zehn Zentimeter breite Öffnung sowie zwei Griffe. Mein allzeit bereites Lexikon zeigte mir das Bild einer Kanne, eines Behälters mit einem Fassungsvermögen von etwa einem Liter. Dann schrieb es das »=«-Zeichen neben das Wort *Krug*. Offenbar war hier und jetzt ein Krug mit einer Kanne gleichzusetzen. Wie auch immer, das Ding fasste einen ganzen Weinsee. Ich folgte einigen anderen Sklaven und wuchtete meinen Krug nach oben.

Wieder entsprach die Bauweise jener des modernen Nahen Ostens. Das Flachdach wurde zur Unterhaltung genutzt. Auf allen vier Seiten des Daches waren Unterstände errichtet worden, die Schutz vor dem kühlen Nachtwind boten. An der Küste war der Frühling bereits eingezogen, hier noch nicht.

Ich füllte alle Tonbecher nach – etwa fünfzig – und tappte dann wieder nach unten, um einen weiteren Weinkrug zu holen. Noch mehr Gäste waren eingetroffen, Männer und Frauen, die Schwerter trugen, allerdings in der Scheide, sodass sie eher wie Insignien wirkten als wie Waffen.

Die Rothaarige, die sich als Shana, Schwester des Königs, vorgestellt hatte, warf einen finsteren Blick auf meine Kleider und befahl mir, ihr zu folgen. »Hier.« Damit warf sie mir ein Stoffbündel in die Arme. »Zieh das an.«

Kaum war sie weg, rollte ich das Bündel auf. Es war ein gerade geschnittenes Etuikleid in Erntegold mit einer Schärpe in Rot, Gold und Braun. Ich schlüpfte aus meinem zerfetzten Ensemble und zog mich um. Das Kleid war ärmellos mit asymmetrisch geschnittener Schulter, doch es war einigermaßen lang. Geschwind flocht ich mein Haar, das RaEm sehr lang hatte wachsen lassen, und setzte dann den goldenen Stirnreif wieder auf. Auf diese Weise fielen mir die Haare nicht ins Gesicht.

Ich eilte zurück in die Küche, schnappte meinen Weinkrug und hastete wieder hoch aufs Dach.

Zu den *Giborim*, wörtlich »die Mächtigen«, wie die Israeliten ihre Krieger nannten, zählten sowohl Männer als auch Frauen. Sie lagerten um den langen, niedrigen Tisch herum. Bestickte Tücher in Rot, Schwarz, Blau und Safrangelb lagen unter den Tonwaren, die pelestischer Sitte gemäß schwarz und rot glasiert waren. Schüsseln mit Getreide, mit Gewürzen und Kräutern garniert, dienten als Dekoration. Auf Bronzeplatten dampfte Fleisch, und entlang der Mitte des Tisches war eine hefige Wand aus Brotlaiben aufgeschichtet.

Zum ersten Mal auf meinen Reisen durch das Altertum wurde ich nicht eingeladen, mich zu setzen. Ich war ein Niemand – oder noch weniger. Ich war unsichtbar.

Die Musik setzte ein: Kanaatische Mädchen bliesen auf ägyptischen Doppelrohrflöten, spielten Tamburin und schlugen die Trommeln. Ein Blinder saß ein wenig erhöht und spielte zu ihren Improvisationen den *Kinor* – mein Lexikon hielt das Bild einer Harfe und ein weiteres »=«-Zeichen hoch. Die Musik bildete einen gefälligen, festlichen Hintergrund.

Frauen kamen die Treppe heraufgeschwebt; sie hatten das Haar zu Zöpfen geflochten und ihre Leiber in gleichermaßen freizügige wie bunt gemusterte Tücher gehüllt. Wer war das? Auf ihren Kissen lagernd oder gegeneinander gelehnt, scherzten die *Giborim* und forderten sich gegenseitig zum Wetttrinken heraus.

Ich konnte noch immer kaum glauben, dass ich jedes Wort verstand.

Meine Aufgabe an diesem Abend war simpel: Ich musste dafür sorgen, dass die Becher mit dem gewässerten Wein nicht leer wurden. Den großen Krug mit den zwei Henkeln auf der Schulter balancierend, ging ich von einem zur anderen und schätzte den Pegel in den Bechern ab. Shana erklärte uns, dass Dadua und seine Privatarmee heute Abend von der zweiten Gemahlin des Königs, nämlich von *G'vret* – was »Herrin« bedeutete – Ahino'am bedient würden, wobei ihr seine Konkubinen zur Hand gingen.

Dies also waren die zuvor erwähnten herumschwebenden Frauen. Wobei auf einen Mann mindestens zwölf Frauen kamen.

Ich erspähte einen leeren Becher und schlängelte mich durch die Menge, ganz darauf konzentriert, Daduas Konkubinen auszuweichen und nichts zu verschütten. Eine weibliche *Gibor* hielt ihren Becher hoch, ohne mich auch nur anzusehen.

Jetzt würde ich zum ersten Mal vor Publikum einschenken.

Aus Angst, etwas zu verschütten, kippte ich den Krug ganz vorsichtig an, bis ich merkte, wie sich das Gewicht des Weines darin verschob. Ich hatte meine Bewegungen genau synchronisiert.

Ein Strahl ergoss sich über meine Schulter in ihren Becher. Sobald er voll war, drehte ich den Krug, damit der letzte Tropfen am Rand entlang und schließlich wieder in den Krug zurück lief.

Kein Wort des Dankes und erst recht kein Trinkgeld. Ich hob den Kopf und hielt nach dem nächsten leeren Becher Ausschau. Als ich den Raum in entgegengesetzter Richtung durchquerte, fiel mir auf, dass es still geworden war. Sogar die Musik war verstummt. Ganz langsam drehte ich mich um, damit der Krug nicht aus der Balance geriet.

Nur weil ich dabei die Zähne zusammenbeißen musste, blieb mir nicht der Mund offen stehen. Drei Menschen waren auf dem Fest erschienen. Der Erste war Yoav, äußerst eindrucksvoll in seiner langen, fransenbesetzten und bei jeder Bewegung aufglänzenden Robe. An seiner Seite ging eine dunkle, zierliche Frau, die ganz in Blau gekleidet war und einen milchigen Edelstein von der Größe eines Baseballs am Handgelenk trug.

Der Dritte war in ein langes, einärmliges Gewand gehüllt, doch seine Kleidung verblasste angesichts seiner Schönheit zur Bedeutungslosigkeit. Mahagonibraunes Haar kringelte sich rotschimmernd über seine Schultern. Schwarze Augen glänzten unter rötlichen Brauen hervor. Sein überraschend weißes Lächeln war von einem rötlichen Kinnbart, Schnurrbart und Schläfenlocken umrahmt, die ihm fast bis zur Taille reichten. Er wirkte wie ein mythologischer Held aus einem Gemälde Dante Rossettis, des präraffaelitischen Malers aus dem neunzehnten Jahrhundert.

Er hob eine Hand und bat um Shadays Segen, womit er mir eine halbe Herzattacke bescherte. Das also war Dadua? Ich drehte mich zu Cheftu um und fing quer durch den Raum seinen Blick auf. Bildete ich mir das nur ein, oder war er genauso geschockt wie ich?

Als das Gebet gesprochen war, begann die Feier. Nachdem meine Kost sich in der letzten Zeit ausschließlich auf Getreide, abwechselnd mit Meeresfrüchten oder Feigen, beschränkt hatte, bereitete es mir Tantalusqualen, anzusehen, welche Vielfalt an Speisen diese Menschen verzehrten. Erst gab es eine Jogurtsuppe mit Rosinen und Getreidegarnierung, dann Fleisch: Lamm, Geflügel und Fisch. Mit Öl und Kräutern aromatisierte Gerste lag hoch aufgetürmt auf kupfernen Platten. Und zu allem gab es Brot, tonnenweise Brot.

Sie brauchten eine Menge Wein, darum war ich ununterbrochen unterwegs, immer bemüht, nichts zu verschütten, und ständig durch die Menge wandelnd, elegant und schnell, damit niemand mich herbeirief: »Sklavin!«

Schließlich wurden die Teller abgeräumt, die Becher leerten sich langsamer, und die Menschen wurden ruhiger. Dadua griff nach einem Kinor.

Ich konnte nicht fassen, dass ich hier war.

Stille senkte sich über die Gäste. Er spannte ein paar Mal die Finger an und strich dann über die Saiten, um den Klang zu testen.

Wer kann auf dem Berge Shadays stehen? Wer kann auf Seinem heiligen Hügel wohnen?

Gehet aufrecht, doch geht nicht vom rechten Wege ab, sprecht, wie euer Herz befiehlt.

Schmähet keinen, nicht eines seiner Glieder.

Arbeitet Hand in Hand mit eurem Nächsten, erhebt eure Stammesbrüder.

Verachtet alle, die Shaday fluchen, und ehret jene, die an Ihn glauben.

Achtet die Wahrheit selbst im Schmerz, und gebt von ganzem Herzen.

Ihr sollt auferstehen und durch Shadays heilige Hallen wandeln.

Es war eine eingängige Melodie, ein richtiger Ohrwurm. Noch während der letzte Ton verhallte, sah ich auf die *Giborim*. Auf allen Wangen glänzten Tränen. Dadua hob den Kopf und blickte in ihre erwartungsvollen Gesichter.

»Ich spreche von einem Ort, der noch nicht unser ist«, erklärte er. »Doch mein *Nefish* sagt mir, dass *el ha*Shaday an diesem Ort wohnen muss.«

Mein Lexikon hielt ein Kärtchen hoch: *Nefish = Ka = Psyche = Seele.*

»Dort«, verkündete er, »werde ich uns einen Palast erbauen und einen Palast für den Gott unserer Väter. Er soll nicht länger in einem Zelt wohnen wie ein Heidengott ohne festes Heim. Er wird eine Wohnung unter Seinem Volk haben.«

Sie schwiegen verblüfft.

»Ihr, meine dreißig Getreuen, meine *Giborim*, werdet an unseren Grenzen wohnen. Du und du«, damit deutete er auf zwei junge Bärtige, »werdet im Süden leben und uns vor den Wegelagerern auf dem Negev beschützen. Du und du«, wandte er sich an zwei weitere, »werdet nach Norden gehen, zwischen die Stämme Zebulons und Ahsers, und uns gegen die Tsori, Tsidonni und Mitanni verteidigen.« Entsprechend teilte er auch den übrigen eine neue Heimat zu. Eine Heimat, die ihn nichts kosten und ihm dafür sichere Grenzen schaffen würde. Denn so würden die Männer nicht nur für ihren Herrn, sondern auch für ihr Heim und ihre Familie kämpfen.

Ich sah zu Cheftu. Er schaute mit großen Augen zu.

»Wir werden eine Flotte bauen«, fuhr Dadua fort. »Auf diese Weise wird sich unser Gebiet von der Wüste bis zu den Zedern erstrecken!«

Die Männer jubelten; es gefiel ihnen zu herrschen; sie liebten ihren siegreichen Gott. Dadua trug sein Lied noch mehrmals vor, bis wir alle einstimmten. Es war nicht gerade ein Trinklied, aber davon ließ sich niemand bremsen.

Inzwischen schenkte ich bereits meinen vierten Krug aus.

Dadua erzählte von einer Bibliothek, die er errichten wollte. Danach von einer Herberge für alle, die Shadays Wort studieren wollten, und von einem Stadtviertel, in dem ausländische Handwerker und Künstler ihre Fähigkeiten an die Hochländer weitergeben sollten. Und all das sollte auf einem Hügel errichtet werden.

Einem Hügel? Ich spürte stoppelige Gänsehautpickel unter meinem Kleid. Nicht auf jenem Hügel; deswegen war ich doch bestimmt nicht hier? Ich packte den Krug fester, um mein Zittern zu unterdrücken.

»Dieser Hügel liegt fast zum Greifen nahe«, sagte Dadua. »Doch ich biete euch, meinen besten, meinen heiligsten Brüdern, einen Wettkampf an. Wir, die wir gemeinsam als Gesetzlose in den Höhlen von Abdullum gelebt haben, werden auch gemeinsam herrschen.«

Enthusiastischer Jubel übertönte seine Worte.

»Doch wer diese eine Tat begeht, dem will ich die größte Belohnung gewähren.«

»Du hast von Labayu gelernt, wie?«, kommentierte ein *Gibor* lachend.

Dadua lächelte. »*Ken.* Ich habe gelernt, dass ein Mann eine Menge auf sich nimmt, um mit einer Frau zu schlafen.«

Alle lachten. Cheftu flüsterte mir etwas ins Ohr und jagte mir damit einen Mordsschrecken ein, denn ich hatte nicht mitbekommen, dass er so nahe bei mir stand. »Laut der Heiligen Schrift hat David seinem König Saul die Vorhäute von zweihundert Pelesti überreicht, ehe er Sauls Tochter Mik'el zur Frau nehmen durfte.« Er küsste mich aufs Ohr und tauchte wieder in der Menge unter.

»*Lo*«, sagte Dadua. »Doch hier geht es nicht um eine Frau, die sich in den Kopf setzen kann, einem Mann selbst dieses Vergnügen zu verwehren, wenn es ihr beliebt«, meinte er viel sagend. Die Männer brüllten, während ich mich fragte, welche Frau ihn jemals abgewiesen hatte. Er sah phantastisch aus, er hatte Charisma ... verflixt, er beherrschte sogar ein Musikinstrument. Keine unter meinen Freundinnen hätte ihn abgewiesen. Ich blickte auf die Frau an seiner Seite, *G'vret* Aygay'el. Sie war seine zweite Frau, sie war ein Juwel, und sie sah selbst nach dieser Bemerkung mit absoluter Bewunderung zu ihm auf.

Dadua war noch nicht fertig. »Für diese Tat, falls er sie durch Shadays Willen überlebt, will ich ihn für alle Zeit zum *Rosh Tsor haHagana* machen.«

Das Lexikon in meinem Kopf schmiss nur so mit Bildern um sich. Ich sah eines von George Washington als General; dann MacArthur bei seinem Satz: »Ich komme zurück«; und schließlich Colin Powell. Dadua hatte die Ausschreibung für das Amt des Oberkommandierenden eröffnet.

»Er muss mir Jebus geben.«

Unerbittlich und alles erstickend wie ein Bühnenvorhang senkte sich Schweigen herab. Dadua lächelte seine Krieger an. »Abdiheba, der König von Jebus, behauptet, nur die Blinden und Lahmen könnten seine Bergzitadelle einnehmen. Damit nicht genug, er behauptet, dass jeder, der in seine Burg eindringe, blind und lahm werde. Ich fürchte, ich begreife ihn da nicht ganz.« Dadua lachte, und die *Giborim* fielen in sein Lachen ein. »Dies also ist meine Forderung: Ich will, so wie es Shaday auch will, das Fest der Wochen in Jebus feiern! Als meiner Stadt!«

Jebus? Wieso Jebus?

Das Lexikon ließ erneut die Landkarte aufleuchten, auf der die Städte der Philister eingezeichnet waren. Im Osten, hoch in den Bergen, las ich das Wort *Jebus*. Dann verschmolzen die Buchstaben zu einem englischen, einem neuzeitlich englischen Wort, das mir verriet, wonach sich Dadua verzehrte. Ich war zwar halb darauf gefasst, doch meine Ahnung war nichts verglichen mit der Gewissheit.

Jerusalem.

David und Jerusalem. Ich wusste nicht viel über die Bibel, doch ich hatte viel über Jerusalem gehört. Mein Vater hatte einen Gutteil seiner beruflichen Laufbahn mit dem Thema Jerusalem verbracht. Trotzdem wollte mir der zeitliche Ablauf nicht in den Kopf. Würde David die Stadt schon jetzt erobern? Oder würde eine Zeit des Abwartens oder der Belagerung vorausgehen?

Cheftu trat hinter mich. Während ich mich umdrehte, um meinen leeren Krug gegen seinen vollen zu tauschen, flüsterte ich: »Unsere Kinder müssen ihre Geschichtsbücher auswendig lernen.« Auf diese Weise wären sie besser gerüstet als ihre ahnungslose Mutter, falls sie sich irgendwann für eine Karriere im Zeitreisen entscheiden sollten.

»*Nachon*«, antwortete er, und ich marschierte los, einen frischen Krug auf der Schulter.

Würde Cheftu den zeitlichen Ablauf wissen? Wenn er in der Bibel stand, dann bestimmt. Aber stand er in der Bibel?

»Erobert die Stadt, und das *haHagana* sei eures«, sagte Dadua zu den Giborim. »Der Erste, der mir die Tore nach Jebus öffnet, wird für alle Zeit der Erste Befehlshaber sein.« Diese Position war noch frei? Ich blickte auf Yoav, der reglos und mit Augen wie grünes Glas dabeisaß. Wurde hier eben sein Job zur Disposition gestellt?

Wie aus einem Mund erwiderten sie: »Dein Wille geschehe.«

Ich schenkte Becher um Becher voll und lauschte dabei den leisen Gesprächen der Männer, während zusätzlich zu den vielen Musikern nun auch Tänzer und Artisten für Unterhaltung sorgten. *HaMelekh* Dadua, König David, lehnte sich zurück, ein zufriedenes Lächeln auf dem Gesicht. Er verstand es, seine Männer zu motivieren.

Die Nacht verstrich, überall schliefen die *Giborim* ein, manche taumelten auf ihre Zimmer, die Übrigen schnarchten vor den Türen. Wir Sklaven schlichen leise zwischen ihnen hindurch, sammelten Becher und Teller ein oder verscheuchten Katzen und Hunde, die glaubten, in aller Ruhe schmausen zu können, solange die Soldaten schliefen.

Cheftu wartete auf mich, um mir zu zeigen, wo ich heute Nacht schlafen würde. Ich konnte kaum glauben, dass wir erst an diesem Morgen angekommen waren. »Wir wohnen in einem Wachhaus«, sagte er, während wir durch den Weingarten gingen. An den Weinstöcken sprossen die ersten Blätter. Im Gegensatz zu den französischen Weinstöcken waren diese hier nicht an einem Spalier festgebunden. Sie wuchsen in kleinen Büschen und wurden von einer einzigen Schnur in Reih und Glied gehalten.

In der Mitte des Feldes stand ein zylindrischer Bau mit einer Wendeltreppe vor der Tür. »Unser Heim«, sagte er und drückte mich dabei. Wir würden zusammen in einem Haus leben, wie ein richtiges Ehepaar. Zwei Jahre waren wir inzwischen verheiratet, und endlich durften wir Mann und Frau spielen. Ich ließ meinen Kopf auf seine Schulter sinken.

Für mich war es das Paradies.

Der Morgen brach bereits an, als wir die Stufen hinaufkletterten und die Türe aufschoben. Meine Augen brauchten einen Moment, um sich an die Dunkelheit anzupassen. Innen war das Haus kaum luxuriöser als außen. Es war wie eine Grube ausgehoben und so tief, dass ich darin stehen und gleichzeitig hinausschauen konnte, denn die Wände endeten etwa fünfzig Zentimeter unter dem Dach, wodurch sich ein vollständiger Panoramablick bot.

Eine flüchtige Inspektion offenbarte mehrere, mit staubigen und struppigen Strohmatten ausgelegte Nischen in den Mauern; zwei Decken aus kratziger Wolle; einen runden, unglasierten Teller; einen Wasserkrug; eine Öllampe.

Wir schüttelten die Strohmatte auf, und Cheftu ließ sich aufs Bett fallen. Er war Feldarbeiter und musste in einer Stunde zur Arbeit antreten – auch wenn die Israeliten keinen Begriff für eine so kurze Zeitspanne wie eine Stunde hatten. Mattes Licht fiel auf die Decken über seinen Waden. Sein Haar war deutlich gewachsen, und er war zu der Überzeugung gelangt, dass die Hochländer Bärte trugen, weil ihre Bronzeklingen zu stumpf zum Rasieren waren. Alle Versuche, die Stoppeln an seinem Kinn zu entfernen, hatten ihm nichts als verschorfte Kratzer eingebracht.

»Bist du fertig mit Nachdenken?«, flüsterte er.

»Woher hast du gewusst, dass ich nachdenke?«, flüsterte ich zurück. Ich hatte geglaubt, er sei eingeschlafen.

»Du runzelst die Stirn.«

Ach, das hatte ich gar nicht gemerkt.

»Komm ins Bett, Geliebte, lass mich deine Falten glätten.« Noch im Sprechen beugte er sich vor, auf einen Arm gestützt und verschlafen blinzelnd.

»Er hat seine Männer zu einem Wettstreit um die Eroberung von Jebus aufgerufen«, meinte ich und löste dabei meine Schärpe. »Löscht David Jebus schon jetzt aus? Ich weiß, dass es ihm irgendwann gelingt.«

»Woher weißt du das?« David schlug die Decke für mich zurück.

»Weil man Jerusalem auch die Stadt Davids nennt…« Ich verstummte und schlüpfte aus meinen Sandalen. »Es sei denn, damit ist Bethlehem gemeint.«

Er lachte leise. »Jebus ist ebenfalls die Stadt Davids.«

Ich löste mein Haar und fuhr mit den Fingern hindurch, um wenigstens die dicksten Knoten zu entwirren. »Wieso sind wir in dieser Epoche gelandet?«, fragte ich. »Ich bin nur deinetwegen zurückgekommen. Wir befinden uns an einem Wendepunkt der Geschichte, Cheftu. Nicht irgendwo im Dunkel der Vergangenheit oder auf einer Insel, die von den meisten Menschen für eine Sage gehalten wird. Wir durchleben einen Abschnitt der Geschichte, auf dem die gesamte westliche Zivilisation beruhen wird.« Ich hörte das Beben in meiner Stimme; ich war total aufgedreht. Meine Ergriffenheit war mir so peinlich, dass ich mich wegdrehte.

Während ich das Kleid über den Kopf zog, spürte ich plötzlich Cheftu an meinem Rücken, die schläfrige Wärme seines Leibes an meiner nachtkühlen Haut. Seine Arme umschlangen mich und zogen mich in den sicheren Kokon seiner Wärme. Wir waren fast gleich groß, sodass wir Wange an Wange in der Dämmerung standen.

»Erzähl es mir«, sagte er. »Wovor hast du Angst?« Ich spürte seine Worte an meinem Hals.

»All das geschieht wirklich«, antwortete ich. »Was tun wir hier? Und was passiert, wenn wir Mist bauen?«

Er küsste mich auf die Schulter, hob mich dann auf und trug mich auf die Strohmatte. Sein Leib folgte meinem, doch gerade als ich den vertrauten Hitzeschub spürte, der allein durch den Gedanken, mit ihm zusammen zu sein, ausgelöst wurde, sagte er: »Was können wir denn falsch machen?«

Statt die Millionen möglicher Fehler aufzuzählen, die ich mir ausmalen konnte, zog ich ihn in mich. Sein Mund war heiß und süß und sein Leib wie mit meinem verwachsen. »Sieh mich an, *chérie*«, sagte er. »Was können wir denn falsch machen? Du klingst, als sei die Geschichte für dich wie in Stein gemeißelt.«

»Ist sie das denn nicht?«

»Geschichte besteht aus Alltäglichkeiten, Geliebte. Die Geschichte eines Volkes, das sind zwei Menschen, die sich lieben, die eine Familie gründen, die miteinander lachen und weinen. Erst wenn diese zwei Menschen zu Staub zerfallen sind und ihre Kindeskinder einander lieben und Familien gründen, wird man wissen, welchen Verlauf die Geschichte genommen hat.«

»Das ist einer der Gründe, weshalb ich dich liebe«, flüsterte ich. Ich hob die Hüften an, um besser zu spüren, wie er in mich drang. Was für ein Wunder, derart miteinander verbunden zu sein. Was für einen befreienden Paradigmenwandel er da andeutete.

»Wie die Geschichte aussieht, hängt vom Blickwinkel ab«, hauchte er gegen meine Haut. Seine Pupillen waren riesig. Ich umklammerte ihn mit Armen und Beinen, während Tränen aus meinen Augenwinkeln sickerten. Für mich war das wie ein Gebet.

Cheftu zog meine Arme nach oben und hielt mich fest, sodass ich ihn anschauen musste. »Sieh mich an, Geliebte. Wir sind Geschichte. Gott hat uns hierher geschickt, und nur er allein weiß warum. Aber«, damit stieß er tiefer vor, »wir werden es erfahren. Wenn die Zeit verstrichen und zur Geschichte geworden ist.«

Ich streckte den Kopf hoch und leckte einen Schweißtropfen von seinem Kinn. »Also machen wir gerade Geschichte?«

»Lo«, widersprach er mit einem atemberaubenden Lächeln. »Wir machen gerade Eiscreme.« Dann begann er mich zu schmelzen, mich zu verhärten, mich zu schmecken und in mir, seiner liebsten Leckerei, aufzugehen.

Von diesem Gipfel aus konnte es nur noch bergab gehen; und so lernte ich den Mühlstein kennen.

Plötzlich ergaben alle Klischees Sinn. Wer einen Mühlstein um den Hals hängen hatte, konnte leicht ertrinken. Und schlechte Neuigkeiten konnten wie ein Mühlstein wirken.

Und die Arbeit einer Frau ist niemals erledigt.

Das Grundnahrungsmittel aller Völker im Altertum – darin war ich inzwischen Expertin – war Brot. Brot wurde aus Teig gemacht. Teig wurde aus Wasser, Sauerteig und Mehl gemacht. Das Wasser wurde von Gott gemacht, der Sauerteig wurde von der letzten Ladung Teig abgezweigt, und Mehl zu machen war meine Aufgabe.

Es war eine stumpfsinnige, den Rücken strapazierende Arbeit für zwei.

Ich arbeitete mit einem Mädchen zusammen, einem reizlosen

Geschöpf mit Glupschaugen, vorstehenden Zähnen und Sprachfehler. Sie war schlaksig und ungelenk. Ihre Mutter hatte sie als Zehnjährige in die Sklaverei verkauft. Inzwischen war sie zwölf, und ihre Brüste begannen zu knospen. Allerdings war sie die erste echte Platinblonde, die mir diesseits irgendwelcher Malibu-Schönheiten unter die Augen gekommen war. Weißblond, wikingerblond, California-dreaming-blond. Sie hieß 'Sheva und sprach kaum ein Wort, selbst wenn man mit ihr redete.

Shana, die herrische Rothaarige, zeigte mir den Mühlstein, der einen Durchmesser von etwa dreißig Zentimetern und ein Loch in der Mitte hatte. Er sah aus wie ein Donut aus Granit. »Ich brauche sieben Maß Getreide«, kommandierte sie. »Da drüben ist der Vorratsraum. 'Sheva wird dir helfen.«

Sie marschierte ab. Ich sah das Mädchen an. »Weißt du, wie das geht?«

Sie starrte mich blöde an.

»Weißt du es? Ich weiß es nämlich nicht.«

Keine Reaktion.

Aus lauter Angst, etwas falsch zu machen, lief ich Shana hinterher – dafür dass die Frau so kurze Beine hatte, konnte sie verdammt schnell laufen. »Verzeih mir, *G'vret*, aber –«

Die Hände in die Hüften gestemmt, fuhr sie herum. »Was ist denn noch?«

»Ich, tja, also ich weiß nicht, was du von mir willst.«

Sie blieb einen Augenblick stumm. »Du weißt nicht, wie man Brot macht?«

Zaghaft schüttelte ich den Kopf.

»Du weißt nicht, wie man Getreide mahlt?« Sie wurde immer lauter. Alle im Hof sahen inzwischen zu uns her, weil sie wissen wollten, was dieser Lärm zu bedeuten hatte.

Wieder schüttelte ich den Kopf, wobei ich mir alle Mühe gab, demütig zu lächeln. Mein Gesicht wurde heiß.

»Du bist die nutzloseste Sklavin, die mir je untergekommen ist!« Sie drehte sich zu ihrem Publikum um. »Seht euch das an! Eine erwachsene Frau! Mit einem Ehemann! Und sie kann kein Brot machen! Sie kann nicht einmal Getreide mahlen! *Ach!* Shaday sei Dank, dass dir keine Kinder geschenkt wurden, *Isha*. Sie wären verhungert!«

Mein Gesicht glühte derart, dass man Eier darauf braten konnte. Sie sah mich wieder an, als hätte ich durch ihre öffentliche Demütigung lernen müssen, den Mühlstein zu benützen. Ich sah auf ihre Füße und wartete auf den nächsten Anpfiff.

»*Ach!* Man hat dich also zur *G'vret* erzogen, zu einer Dame. Kein Wunder, dass unser Gott euren besiegen kann; unsere Frauen sind nicht so empfindlich. Empfindliche Frauen kriegen auch empfindliche Kinder.« Wir kehrten zum Mühlstein zurück, wobei sie ununterbrochen *tch'te*.

'Sheva, die Transuse, saß reglos daneben und stierte vor sich hin.

»*Yelad*«, Shana bezeichnete 'Sheva als Kind, »lauf und hol Getreide!« Sie klatschte in die Hände, und die Transuse rannte los. »Du!« Damit war ich gemeint. »Setz dich hierhin.«

Ich sollte mich auf den Steinkringel setzen? Gehorsam raffte ich die Röcke und schaffte es schließlich, mich im Schneidersitz darauf niederzulassen.

»Du wirst dich im Kreis drehen, während das *Yelad* Getreide in das Loch laufen lässt, siehst du?« Ich nickte. Ich hätte auch genickt, wenn ich kein Wort verstanden hätte. Für einen Tag hatte ich mich genug blamiert.

»Schau her.« Sie deutete auf einen Kanal, der unter dem Mühlstein austrat. Erst jetzt begriff ich, dass der Mühlstein aus zwei Teilen bestand, und plötzlich ergab alles einen Sinn. Ich würde mein Gewicht und das des Granits dazu verwenden, die Körner zu zerquetschen, bis sie so fein gemahlen waren wie Sand. Dann würde das *Yelad* das Mehl aufkehren, wiegen und entweder ins Lager bringen oder zum Backen verwenden.

»Ihr werdet sieben Maß mahlen«, sagte Shana. »Danach zeige ich dir täppischer Pelesti, wie man Brot bäckt.«

Sie verschwand, und 'Sheva kehrte zurück.

Wären wir in einem Kurs in antiker Hauswirtschaftskunde gewesen, wäre ich durchgefallen. Die erste Ladung war so grob, dass ich sie ein zweites Mal mahlen musste. Danach war sie zu fein, eher wie Staub als wie Mehl. Sie sah wie das Zeug aus, mit dem Mimi immer gebacken hatte, doch da ich nicht wusste, was nach dem Mahlen kommen würde, schwieg ich. Shana hatte es aufgegeben, mich anzuschreien. Sie seufzte nur noch viel sagend und schüttete dann neues Getreide nach, damit ich einen zweiten Versuch starten konnte.

Bis zum Mittagessen hatte ich drei Maß zusammen. Da ich mit der Arbeit hinterherhinkte, musste ich durcharbeiten statt zu essen. 'Sheva schüttete mechanisch Getreide ins Loch und bohrte gleichzeitig in der Nase. Ich behielt ihre zwei Hände ununterbrochen im Blick, um sicherzustellen, dass sie die Schütthand nicht mit der Popelhand verwechselte.

Mein Rücken tat mir weh, meine Beine taten mir weh, und mein Hintern tat mir erst recht weh. Die Arbeit erinnerte mich an meine Kindheit, als ich auf dem Spielplatzkarussell saß und mich selbst im Sitzen anschubste. Nur dass Stein auf Stein sich nicht so leicht anschubsen ließ.

Zum ersten Mal bedauerte ich wirklich, dass ich keine Priesterin oder Prinzessin oder Prophetin mehr war. Mein Gott, selbst als Nixe war das Leben besser gewesen! Das hier war die reine Schinderei.

Bis zur Abenddämmerung konnte ich mich kaum mehr rühren. Shana seufzte, schickte mich aber dennoch fort. Ich durchquerte den Weinberg und erklomm langsam eine Stufe nach der anderen. Unser Zimmer war finster und leer. Ich fiel bäuchlings auf die Strohmatte.

Später weckte Cheftu mich auf. Ich meine mich zu entsinnen, dass er mit mir zu reden versuchte, aber ich schlief immer wieder darüber ein.

Ich erwachte im Morgengrauen vom Krähen des Hahnes. Und ich fühlte mich, als hätte ich selbst unter dem Mühlstein gelegen. Cheftu war bereits verschwunden.

Da ich in meinem einzigen Gewand erst Getreide gemahlen und dann geschlafen hatte, schlüpfte ich in mein altes Kleid und humpelte los durch den Weingarten. In der Ferne konnte ich bereits die Männer auf den Gerstefeldern arbeiten sehen. Manche schnitten

Getreide, andere trennten die Spreu vom Korn, indem sie es in die Luft warfen, wieder andere standen nur dabei. Cheftu konnte ich aus dieser Distanz nicht ausmachen.

Bis zum Mittag hatte ich etwa fünf Maß gemahlen. Shana ließ mich etwas essen und schickte mich dann wieder an die Arbeit. Cheftu kam erst spät heim, verschwitzt und müde, und wir lagen nebeneinander auf der Strohmatte, zu erschöpft, um auch nur zu essen.

Bis zum Wochenende waren wir jedoch in weitaus besserer Verfassung. Tatsächlich führten wir ein so unabhängiges Leben, dass wir uns, abgesehen von den Ketten, beinahe frei fühlten. Auch wenn Cheftu bis zur Erschöpfung arbeiten musste, beklagte er sich nie. Er meinte, es sei eine interessante Abwechslung zu seiner Arbeit als Arzt. Der Kommentar befremdete mich, doch ich fragte nicht weiter nach. Er brachte mir ein Lied bei, das sie auf den Gerstefeldern sangen, einen swingenden Bauernalmanach.

»Zwei Monate für die Olivenernte; zwei Monate für die Getreidesaat. Dann zwei Monate für die Spätaussaat. Der Monat des Flachshechelns, ein Monat zur Getreideernte. Dann zwei Monate für die Pflege des Weinstocks und einen Monat für die Früchte des Sommers.«

Israel war ein anstrengendes Land, in dem jeder schwer zu schuften hatte, doch die Menschen verrichteten ihre Arbeit im wahrsten Sinne des Wortes mit einem Lied auf den Lippen. Wir konnten sie sogar im Palasthof singen hören, während wir dafür dankten, verhätschelte Palastsklaven zu sein.

»Singet mit Freuden Shaday euer Lied, denn es gebühret dem Volk, ihn zu preisen. Preist ihn mit Harfen, stimmet mit ein in den Klang des Kinor, singt ihm ein neues Lied. Spielt mit all eurer Kunst und singet laut vor Freuden.

Denn aus den Himmeln blickt el haShaday herab und sieht auf alle Erdenbewohner. Aus seiner Wohnstatt sieht er alle, die auf Erden leben. Er, der die Herzen aller formt, der alles bedenkt, was ein jeder tut.«

Die Gerstefelder wurden als Daduas Eigentum betrachtet, das

haMelekh aber natürlich nicht eigenhändig bestellte. Bei der Ernte bewegten sich die Schnitter im Kreis wie Ochsen, die an einen Pfosten in der Mitte angebunden sind. Die Felder waren quadratisch – aber sie ernteten einen perfekten Kreis ab. Ich war gerade unterwegs, um Wasser zu verteilen, als sie mir zum ersten Mal auffielen. Die Armen.

Ich war zwar theoretisch eine Sklavin, doch ich hatte zu essen und ein Dach über dem Kopf. Sie waren zwar theoretisch frei, doch sie hatten keines von beiden. Plötzlich begriff ich, warum so viele Menschen sich selbst oder ihre Kinder in die Sklaverei verkauften. In gewisser Hinsicht war das Leben als Sklave besser als ihres. Das erschien mir schrecklich pervers.

Ich sah sie in den Ecken der Felder hocken und Gerste zupfen. Als ich mich nach ihnen erkundigte, antwortete Shana: »So will es das Gesetz. Nicht alle haben Felder geerbt, also sind jene, die welche geerbt haben, gehalten, sie mit jenen zu teilen, die keine besitzen. Sie dürfen alles aufsammeln, was auf den Feldern und in den Ecken zurückbleibt.«

Als ich in den Hof zurückkehrte und das Thema anschnitt, wachte 'Sheva zum ersten Mal auf und bot mir an, mit mir zusammen auf die Felder zu gehen. Wahrscheinlich war es der längste Satz, den sie jemals zu Stande gebracht hatte. Wir zogen gemeinsam los, bis sie mich stehen ließ und auf einige der Getreidesammler zulief.

»Das ist ihre Familie«, klärte mich eine andere Sklavin auf. »Sie haben sie verkauft, weil sie sich keine zwei Mädchen und einen Jungen leisten konnten.«

Ich beobachtete, wie 'Sheva vor einem Mann mit herabsackenden Schultern und einer kauernden Frau mit einem Baby an der Brust stehen blieb.

»Sobald sie verkauft war, bekamen sie noch ein Kind. Einen Sohn«, erläuterte die Sklavin. Offenbar hatten sie den behalten. Arme 'Sheva.

Keiner rührte die Transuse auch nur an, und dann sahen wir ihre Familie abziehen. 'Sheva ließ den Kopf sinken, nahm ihren Krug auf und stolperte über das Feld davon. Sie hatte die falsche

Richtung eingeschlagen und ging weder auf den Palast noch auf die Stadt zu. Schweigend sahen wir ihr nach.

»Die vielen Ecken summieren sich zu einem Viertel der ganzen Ernte. Das ist eine Menge«, meinte ich, um das Gespräch wieder in Gang zu bringen.

Der Blick der anderen Sklavin wurde kalt. »Es sind Stammesbrüder. Entweder sorgen wir auf diese Weise für sie, oder sie werden darum betteln müssen, das Gleiche zu werden wie wir. Sklaven.« Sie zog ab und ließ mich gedankenversunken stehen, bis ich mein Stichwort hörte:

»Du! *Isha!* Wasser!«

An jenem Nachmittag gab ich mir redlich Mühe, nett zu der Transuse zu sein. Sie war stumm wie ein Hefepilz, vollkommen abgeschottet und in sich gekehrt. Zwischen uns lagen Welten, dabei war sie kaum jünger als Wadia, mit dem ich mich von Anfang an verstanden hatte. Ich seufzte und drehte den Stein.

»Sie kommt!«, hallte es plötzlich durch den Hof. Shana tauchte aus dem Nichts auf und schubste mich vom Mühlstein. Hag'it, eine von Daduas Konkubinen, sammelte eilig das Mehl auf, und dann verschwanden beide Frauen durch das Hoftor hinaus.

Wer kam? Männer und Frauen drängten durch den Hof, doch niemand schenkte mir oder 'Sheva Beachtung. »Hast du gesehen, was für ein Spektakel er für sie aufführt?«, hörte ich.

'Shevas Kopf fuhr hoch wie der einer Marionette. Sie sah mich mit klarem Blick an. »Mik'el«, sagte sie und schnappte meine Hand. Wir liefen durch den Hof, aus dem Tor hinaus und mischten uns unter die Menge.

Man konnte den Eindruck bekommen, dass alle Bewohner Mamres draußen waren und alle zum Tor rausdrängten. 'Sheva war dünn und geschmeidig und ließ meine Hand keine Sekunde los, als wir uns durch die Menge quetschten und uns durch das Gedränge an den Toren schoben und schubsten, bis wir endlich ganz vorne standen. An der Stadtmauer gleich neben dem Tor wartete Dadua, in seine feinsten Gewänder gehüllt.

Die Sonne brach sich in der Krone auf seinem Kopf. Er trug ein in Gold gefasstes, lila-blaues Gewand, das sich in einer Spirale um seine Beine zog. Bart und Haar waren geölt, und in seinen Ohren hingen goldene Reifen. Selbst seine Sandalen waren golden. Neben ihm wartete N'tan, dessen weiße Amtstracht in der Nachmittagssonne strahlte. Manchmal kam mir N'tan äußerst vertraut vor.

»Ist er nicht göttlich?« 'Sheva starrte mit großen Augen auf den Monarchen.

Was wurde hier gespielt? Ich blickte auf Dadua. »*Ken*, er ist wirklich ganz ansehnlich.«

»Er schreibt einfach göttliche Musik«, meinte sie hingerissen.

Ich spähte über die Menge hinweg und versuchte auszumachen, worauf wir alle warteten. Die Menschen steckten fest, sodass wir nicht weiter vorwärts kamen. Ich murmelte etwas Zustimmendes in 'Shevas Richtung.

»Er kann göttlich mit der Schleuder umgehen«, fuhr sie fort. Das Mädchen war ein Groupie, begriff ich. Ein Groupie, dessen Vokabular sich auf ein einziges Wort beschränkte.

»Wie ich sehe, haben die Jahre sie keine Demut gelehrt«, meinte jemand hinter mir.

Durch die Schatten des Tores näherte sich eine Frau auf einem weißen Esel, der von einem elegant gekleideten Krieger geführt wurde. Dahinter folgte ein Mann, der seinen Kopf mit Asche beschmiert hatte und dessen Kleider so zerrissen waren, dass das schmuddelige Weiß seines Unterhemdes zu sehen war. Ihm zockelten vier kleine Kinder hinterdrein, deren ältestes ein Baby auf dem Arm trug.

»Sie haben so lange gebraucht, um sie zu holen, weil erst ihre Zeit der Unreinheit verstreichen musste. Sie hat eben ihren jüngsten Sohn geboren«, bemerkte ein anderer aus der Menge.

»Seht sie nur an, aufgeputzt wie eine Braut«, empörte sich eine Frau. »Eine Jungfrau, beim Auge Astartes, ich glaube es nicht!«

»Nur diese arroganten Binyami würden es wagen, eine Braut zu schicken, die bereits mit einem anderen verheiratet war.«

»Ein Wunder, dass Dadua sie zurückwill.«

»Sie ist eine Metze!«

»Sie war ein Werkzeug für Labayus Rache.«

Unzählige Kommentare umschwirrten mich, die mir jedoch allesamt nichts nützten, da ich keine Ahnung hatte, was hier vor sich ging, und mir auch niemand eine Erklärung bot. Nicht einmal 'Sheva achtete auf mich, sie war damit beschäftigt, Dadua anzuhimmeln und zu seufzen. Dieses Kind war bis über beide Ohren in den König Israels verknallt. So wie ich es sah, brauchte sie sich keine allzu große Hoffnungen zu machten. Natürlich stand es ihm jederzeit frei, seine Sammlung von Eroberungen zu vergrößern, doch ich bezweifelte, dass er sie jemals eines Blickes würdigen würde.

Das Objekt des umherfliegenden Klatsches kam direkt an mir vorbei. Sie war verschleiert, und ihr Kopfputz, der Rand ihres Schleiers wie auch die Säume an Armen und Beinen waren mit Münzen besetzt. Die Frau trug mindestens zehn Kilo Hartgeld mit sich herum.

Wer war das?

»Wieso ist sie dann zurückgekommen? Wenn sie so glücklich war?« Die Menge war mit ihren Kommentaren noch nicht am Ende.

»Dadua hat das in den *B'rith*-Vertrag aufgenommen, als er sich einverstanden erklärte, über Yuda und Y'srael zu herrschen.«

»*Ach*, er vereint auf diese Weise das alte Haus Labayus mit dem neuen Haus Daduas.«

Dies war also Michal, Sauls Tochter? Daduas erste Frau? Das Weinen des Grauhaarigen, der ihr folgte, schnürte mir das Herz zu. Er musste sie über alle Maßen lieben, um sich derart zu erniedrigen.

Mik'el hatte nicht einen einzigen Blick für ihn übrig.

Dadua trat auf sie zu, hob sie von ihrem Esel und stellte sie neben sich. Auf ein Fingerschnippen hin wurde ihm eine Krone gereicht. Er hob ihren Schleier an, wobei er ihr Gesicht mit seinem Körper vor der Menge abschirmte. Sowie die Krone ihren Scheitel berührte, zerriss das Heulen des von der Mutter verlassenen Kindes die Luft. Dadua küsste Mik'el auf beide Wangen und drehte sie dann zu ihren Untertanen um.

Sie hatte zwar ein bezauberndes Gesicht, doch ihre Miene wirkte wie erstarrt. Lange braune Haare fielen ihr bis auf die Taille, und große Rehaugen wanderten leidenschaftslos über uns hinweg. Aufrecht und königlich stand sie da, während der Wind das Kleid gegen ihre hohen Brüste und den weichen Bauch wehte. Dann schritt Mik'el, von Dadua untergehakt, in die Stadt. Das Kind weinte von neuem. Beide blieben einen Moment stehen und gingen dann weiter.

Als wir in die Küche zurückkamen, mussten wir unseren Ausflug teuer bezahlen. Shana schrie uns an und ließ uns dann Gemüse putzen. Ihre Beschimpfungen gellten mir immer noch in den Ohren, als ich in unser Haus zurückkehrte. Ich kuschelte mich an Cheftu, der bereits auf der Strohmatte schlief.

Er wälzte sich herum und legte seinen Arm um mich. Dass ich noch angezogen war, schien ihn aufzuwecken.

»Wieso sind wir hier?«, fragte ich schläfrig. »Was kann so wichtig daran sein, dass ich Getreide mahle und du auf dem Feld arbeitest? Ist das hier ein kosmischer Witz?«

Cheftu zog die Stirn in Falten. »Ich dachte, du bist glücklich. Ich dachte, dir gefällt es, hier zu sein und mit mir zusammen zu sein. Uns sind keine Wahnsinnigen auf den Fersen, der Boden wackelt nicht, und alle Flutwellen sind weit weg. Es ist schön hier. Endlich können wir richtig leben, statt von einer Katastrophe in die nächste zu stolpern.«

»Wie kannst du nur so selbstgefällig sein?«, fragte ich.

Er zuckte mit den Achseln, in jener gallischen Geste, die mein Blut zum Rasen brachte. »Ist es selbstgefällig, zufrieden zu sein?«

Ich stand auf und marschierte auf und ab. Ich war zwar müde, doch ich konnte keine Ruhe finden. »Glaubst du denn nicht, dass wir hier einen ganz bestimmten Zweck erfüllen sollten? Du bist Arzt, Herrgott noch mal!«

»Welchen Zweck hat das Leben? Die Liebe? Unser tägliches Dasein?«, fragte er, ohne auf meine letzte Bemerkung einzugehen. »All das ist reiner Selbstzweck«, antwortete er selbst. »Es ist Frage und Antwort zugleich.«

»Ich finde es schrecklich, wenn du mir diese esoterischen Antworten gibst«, sagte ich. »Ich fühle mich dann immer so jung und…« Ich suchte nach dem richtigen Wort.

»Idealistisch?«, schlug er auf Englisch vor.

»Ich meine, wieso sind wir hier?«

Er setzte sich auf, zog die Decke zurecht und verschränkte die Hände hinter dem Kopf. »Du hast behauptet, du seist nur meinetwegen zurückgekommen.«

»Bin ich auch!«

»Doch ich allein bin dir nicht genug?«

Ich stockte, ehe ich begriff, dass er mich auf den Arm nahm. »*Ach*, vergiss es.« Plötzlich war ich das Thema leid. »Heute Abend findet eine Hochzeitsfeier statt. Daduas erste Frau ist zurückgekehrt. Aus irgendwelchen politischen Gründen erneuern sie ihr Ehegelübde oder heiraten ein zweites Mal oder so.«

»*Chérie*, ganz gleich, wann man lebt, eines ändert sich nie. Erst in den Büchern erscheint uns die Geschichte so, als würde sie sich in jedem Augenblick ereignen. In Wahrheit führen wir einfach unser Leben, ob nun unter der Herrschaft Pharaos und an seinem Hof oder unter der Herrschaft Davids und auf den Feldern.«

Während er das sagte, spritzte ich mir etwas Wasser ins Gesicht und flocht meine Zöpfe neu. »Also, ich begebe mich dann wieder unter die Herrschaft Shanas und in die Küche«, verabschiedete ich mich im Hinausgehen.

Im Palast herrschte eine Atmosphäre gezwungener Fröhlichkeit. Kinder, die man für die Erneuerung des Ehegelübdes ihres Vaters herausgeputzt hatte, rasten treppauf und treppab. Ganz oben auf dem Treppenabsatz stand Shana und bewachte das geschmückte Flachdach.

»Du!«, fuhr sie mich an. »Du passt auf, dass keiner vor dem Fest hier heraufkommt.«

Also spielte ich die Türsteherin, verscheuchte die Kinder und ließ die Erwachsenen ein. *G'vret* Avgay'el durfte das Festmahl zu Ehren ihres Gemahls und seiner ersten Frau zubereiten. Das musste ihr ziemlich stinken.

Doch auch wenn die andere Frau ihre Rivalin war, sie trug ein eindrucksvolles Menü auf. Getreide in fünferlei Zubereitung, gedämpftes, gefülltes, gestampftes Obst, geröstetes Wurzelgemüse und eine Platte mit dunklem, fasrigem Fleisch zogen an mir vorbei. Als die Familie eintrudelte, knurrte mein Magen bereits vernehmlich. Das war das Verblüffende an dem heutigen Essen: Alle Familienmitglieder nahmen daran teil, Kinder und Ehefrauen eingeschlossen.

Es war eine fröhliche Runde, die *Yeladim* sangen und rannten herum, die Frauen lachten und plauderten, während Dadua am Kopfende thronte und mit den verschiedenen Männern, die ebenfalls zu seinem Haushalt gehörten, Freundlichkeiten austauschte. Mik'el saß, immer noch mit ihrem Taschengeld beladen, reglos und aufregend wie eine Statue neben ihm.

Eigentlich tat ich ihr damit Unrecht. Eine Statue konnte durchaus aufregend sein. Gegen Mik'el jedoch wirkte sogar meine Transuse lebendig.

Als der Mond aufging, verlangten die Männer nach einer Geschichte. Dadua, der seine Braut den ganzen Abend kaum angesehen hatte, stimmte begeistert zu. Avgay'el als beste Geschichtenerzählerin wurde bedrängt, eine zu erzählen.

Mit charmantem Zögern begann sie: »*Beresheth …*«

Schon ihr erstes Wort ließ mir den Atem stocken. Mein Lexikon übersetzte, stockte und übersetzte erneut: »*Am Anfang …*«

»… schuf Yahwe die Sonne, den Mond und die Sterne mit Seinem Wort. Wie eine Zeltstatt breitete Er die Himmel über die Tiefe und schuf über den Höheren Wassern ein Heim für Seinen Hofstaat, die *Elohim.*« Avgay'el demonstrierte mit einer graziösen Geste, wie Gott über dem Rest des Planeten lebte.

»Sehet nun: Denn durch seine Schöpfung erhob sich Yahwe über die Tiefe, die darum gegen ihn aufbegehrte. Tehom, die dunkle Königin der Tiefe, suchte Yahwes Schöpfung zu ertränken, doch Er ritt in einem lodernden Flammenwagen wider sie, bewaffnet mit Hagel und Blitzen.«

Die Kinder sahen mit großen Augen zu ihr auf. Auch ich saß wie gebannt da.

»Tehom schickte ihren besten Krieger Leviathan gegen Yahwe aus, doch Yahwe spaltete seinen Schädel mit einem Blitz und schleuderte dann ein Schwert in das Herz der Schlange Rahab. Die Wasser der Tiefe flohen vor Yahwes Stimme. Zitternd vor Angst ergab sich Tehom. Yahwe setzte fest, dass der Mond die Jahreszeiten regieren und die Sonne den Tag von der Nacht scheiden solle. In Ehrfurcht vor Yahwes Sieg begannen die Morgensterne zu singen und die *Elohim* vor Freude zu jubilieren.«

Die Kinder jubelten begeistert los, während die Erwachsenen mit den Knöcheln auf den Tisch pochten – die Art der Stammesbrüder zu applaudieren. Avgay'el beugte sich zu ihrem Publikum vor und fuhr leise fort: »Noch grünte kein Strauch und kein Feld auf Erden, und kein Halm hatte Wurzel gefasst – denn Yahwe hatte noch keinen Regen herabgeschickt und das Land noch nicht mit Erdlingen bevölkert –, doch von jenem Tag an, als die Erde vom Himmel geschieden war, erhob sich ein Nebel aus der Tiefe, um das Land zu netzen.

Aus dem *Adama* –«

Roten Boden, übersetzte mein Lexikon.

»– erschuf Yahwe mit Seinen Händen den Erdenbewohner.«

Die Kinder hielten vor Spannung den Atem an.

»Und in seine Nase, so wie du eine hast, Avshalem, oder du, K'liab«, wandte sie sich an zwei von Daduas Kindern, »blies Yahwe *Nishmat ha hayyim.*«

Auf der Leinwand in meinem Kopf leuchtete das Bild Gottes und Adams bei der ersten Berührung auf, das Fresko von Michelangelo in der Sixtinischen Kapelle. Nur streckte bei mir das bärtige Himmelsporträt Gottes nicht den Finger nach Adam aus, sondern hauchte seinen Odem in den leblosen Leib Adams: der daraufhin die Augen aufschlug und seinen Schöpfer ansah.

Das, erklärte mein Lexikon triumphierend, *ist* Nishad ha hayyim. *Der göttliche Odem des Allerhöchsten, der Leben spendet und die Leidenschaft am Leben.*

»Sehet nun: Der Mensch wurde Fleisch«, sagte Avgay'el.

Meine Hände zitterten; ich hoffte nur, dass niemand jetzt Wein wollte.

»Also: Yahwe pflanzte einen Garten; in Eden gegen Morgen hin setzte Er den Menschen hinein, Adama, den er aus Lehm und seinem Odem erschaffen hatte. Auf Sein Wort hin ließ Yahwe dort alle Bäume wachsen, die das Auge und den Magen erfreuten. Der Baum des Lebens wuchs dort und der Baum der Erkenntnis des Guten und Bösen.« Avgay'el hielt inne, um einem Kind durch das Haar zu wuscheln.

»Yahwe setzt den Menschen in den Garten, dass er ihn bebaue. ›Du sollst von allen Bäumen essen‹, spricht Er zu dem Menschen. ›Doch von dem Baum der Erkenntnis des Guten und Bösen sollst du nicht essen. An jenem Tag, da du davon isst, soll der Tod dich erkennen.‹«

»Ist er nicht einsam?«, fragte einer von Daduas Söhnen.

Avgay'el lächelte ihn an. »*Ken*, er ist einsam. Yahwe hat alles Getier des Feldes, der Luft und der Wasser erschaffen, und Adama hat alles benannt, doch keines davon ist ihm ein Gefährte.«

»Doch Mik'el ist Daduas Gefährte, *nachon*?«, warf eines der Kinder ein. Alle im Raum erstarrten und blickten auf die reglos dasitzende Frau. Avgay'el lächelte ihre Rivalin an, ohne in ihrer Erzählung auszusetzen.

»›Armer Adam‹, so spricht Yahwe zu ihm. Da lässt Yahwe Adama in einen tiefen Schlaf fallen. Und während er schläft, nimmt Yahwe eine seiner Rippen und schließt die Wunde. Aus der Rippe des Mannes baut Yahwe eine Frau und setzt sie zurück an Adamas Seite.«

»Wie heißt sie? Wie heißt sie?«, rief alles durcheinander.

»Ihr wisst, wie sie heißt«, antwortete Avgay'el lächelnd. Sie sah aus wie eine Kameeschnitzerei von Wedgwood. »Die Mutter aller Dinge. Wer ist das?«

»Hava!«, riefen sie wie aus einem Mund.

Mein Lexikon lieferte mir unnötigerweise den modernen Namen: *Eva*.

Avgay'el wandte sich an die Braut, Mik'el. »So wie Hava über Eden und Adama herrschte, so heiße ich dich als meine Schwester willkommen, die herrschen soll –« Sie hielt inne und verbeugte sich elegant. Was kam jetzt?«

Mik'el sah uns alle an. Alle beugten sich kaum wahrnehmbar vor und warteten gespannt auf ihre Antwort, auf eine elegante

Erwiderung. Sie schwieg und schien ihre Gedanken zu sammeln. Dann sah sie uns alle an. »Ich möchte mich jetzt zurückziehen.«

Totenstille. Daduas Gesicht verhärtete sich, doch er erhob sich mit ihr. Avgay'el verharrte in ihrer Verbeugung. Weshalb ihr Gesicht nicht zu sehen war. Die Königin Mik'el stand auf und stolzierte hinaus. Dadua folgte ihr auf dem Fuß.

»*Ach*, nun, sie muss müde sein nach einem so langen Tag«, nahm sie ein älterer *Gibori* in Schutz. »Sie ist nicht mehr so jung wie früher.«

Dafür hätte sie ihm wahrscheinlich die Augen ausgekratzt. Ich wartete, bis alle gegangen waren, dann war es wieder einmal Zeit zum Abräumen.

Ganz im Ernst, mein gegenwärtiger Dienst unterschied sich kaum von einem Job als Kellnerin. Allerdings ohne Trinkgeld. Dafür aber auch ohne Anmache. Ich war im Grunde unsichtbar. Es kam mir so vor, als seien die Sklaven so etwas wie Tapeten. Hatte ich jemals den hunderten von Männern, Frauen, Knaben und Mädchen in den ägyptischen Palästen Thebens Aufmerksamkeit geschenkt? Oder jenen auf Kallistae in Aztlan? War ich damals so blind gewesen, wie ich jetzt unsichtbar war?

RaEmhetepet versetzte dem Mädchen eine Ohrfeige und schickte es weg. Endlich allein! Endlich einmal durchatmen, ohne dass ihr auf Schritt und Tritt vierzehn Zofen, drei blumenstreuende Kinder und fünf Frauen folgten, die unablässig an ihrer Frisur, ihrer Schminke und ihren Kleidern herumfummelten. Es reichte; allmählich trieb sie das zum Wahnsinn!

Fast im selben Moment kam Meritaton herein. »Herr, du hast dieses Kind geschlagen?« RaEms Braut war zu zierlich und zu verdammt lieblich, um irgendwen zu schlagen.

RaEm konzentrierte sich auf ihr Spiegelbild. »Und wenn?«

Das Mädchen glitt durch das Zimmer heran. »Bist du nicht glücklich, Herr? Hast du irgendeinen Wunsch?«

Sie legte eine kleine Hand auf RaEms Schulter, und RaEm musste sich beherrschen, um sie nicht abzuschütteln. Sie stand am Beginn ihres Zyklus, und ihre einmonatige Verbannung hatte sich auf zwei Monate ausgedehnt. Noch nie hatte sie sich nach einem Menschen so verzehrt wie nach Echnaton. Sie brauchte seinen Körper, seine Stimme, seinen Verstand. Ihr war kalt, die Begierde ließ sie bis ins Mark frösteln. »Es ist mir zutiefst zuwider, unter diesen Rebellen zu leben«, sagte sie schließlich.

Meritaton huschte ans Fenster und sah hinaus auf die Stadt Waset. Sie stützte sich auf die niedrige Lehmziegelmauer. »Ich muss gestehen, dass es mir hier ausgesprochen gut gefällt. Schau nur! Alles ist so bunt, so fröhlich.«

Mit steinerner Miene betrachtete RaEm sich im Bronzespiegel. Waset war ein Trümmerfeld. Die Tempel, einst bunt bemalt und mit Juwelen besetzt, waren ausgeblichen und verfallen. Die farbenfrohen Standarten, die früher aus jedem Fenster der Stadt gehangen hatten, waren verschwunden. Es war heiß und weiß, voll und laut hier. An der Straße der Adligen reihten sich die mit Brettern vernagelten Häuser. Die Exerzierplätze für Hats einstmals große Armee waren überwuchert und dienten den Feldmäusen als Tummelplatz.

Auch wenn RaEm Echnaton als Mann liebte, als Herrscher war er ihr verhasst. Hatte er denn gar keinen Stolz? Wusste er nicht, was die Menschen über ihn, den Sohn der Sonne, Pharao, ewig möge er leben!, den Fleisch gewordenen Gott, redeten? Auch ihr waren die Menschen im Grunde egal, jedenfalls als Individuen. Auf einem Feld wuchsen schließlich unendlich viele Körner. Doch als Masse stellten sie den Wohlstand Ägyptens dar, die Beine des Thrones, auf dem das Gewicht des Könighauses ruhte.

Und sie hassten Echnaton.

Meritaton war immer noch auf dem Balkon und damit beschäftigt, alles aufzuzählen, was ihr an Waset gefiel. RaEm beobachtete ungerührt, wie ihre Schminke aufgetragen wurde: Bleiglanz für die Augen, in dicken Linien, um die mandelförmigen Umrisse auszulöschen. Ihr Kopf wurde rasiert, um die nächtlichen Stoppeln zu entfernen. Ob sie sich darüber wunderten, dass sie nie im Gesicht rasiert werden musste? Ihr Magen knurrte, doch sie achtet nicht darauf. Vor allem in Waset musste sie so mager und männlich wie möglich bleiben, denn hier war man nicht an die Vorstellung gewöhnt, dass sich Männer und Frauen bis auf die Kleidung möglichst ähnlich sehen sollten. Sie dankte den Göttern, dass zurzeit Hemden in Mode waren.

Zwar würde ihr Ankleider bezeugen, die Ausbuchtung von Semenchkares Männlichkeit gesehen zu haben, dennoch machte sich RaEm Sorgen. Meritaton ahnte nichts, und RaEm wollte ihr Geheimnis für sich behalten – vor allem in Waset. Dass sie so eng aufeinander lebten, machte es umso schwieriger, ihren Monatszyklus zu verheimlichen.

»Königin Tiye möchte dich sprechen«, meldete der Zeremonienmeister.

RaEm erhob sich, stieg in die geschwungenen Sandalen mit den Zehenschlaufen und rückte das schwere Gegengewicht und den Kragen um ihren Hals zurecht. »Wohin gehst du, Herr?«, fragte Meritaton. Sie stand neben ihr, mit verletzt aufgerissenen Augen. »Du hast mir doch versprochen, dass wir heute gemeinsam über den Markt gehen würden. Werden wir das nicht?« Wieder berührte sie RaEm.

Semenchkare erhob sich, während der Sklave ihm den juwelenbesetzten Dolch samt Scheide anlegte. »Mich rufen die Geschäfte. Ich komme erst spät heim.«

Zornig blinzelnd wandte Meritaton das Gesicht ab. »War ich zu redselig? Hat dir das Essen nicht geschmeckt, das ich anrichten ließ? Wieso –«

RaEm verdrehte die Augen und gab ihrer Frau einen Kuss. »Es sind Geschäfte. Sonst nichts. Geh mit deinem Cousin … irgendeinem« – sie gab es auf, nach einem Namen zu suchen – »auf den Markt. Aber nimm auf jeden Fall eine Leibgarde mit. Diese Menschen achten das Haus deines Vaters nicht.«

»Das Haus deines Bruders«, meinte Meritaton.

»Ganz recht. Und jetzt zieh kein Gesicht, sondern geh.«

Meritaton lächelte unter Tränen und schlug fast flüsternd vor: »Vielleicht könnten wir es ja heute Nacht nach deiner Rückkehr noch mal … probieren?«

RaEm sah über sie hinweg. »Vielleicht. Möge der Aton deinen Tag segnen.«

Ihre Gemahlin zog den Kopf ein und verschwand. Den Göttern sei Dank, dachte RaEm.

Sobald man sie in ihren Palankin verfrachtet hatte, öffnete RaEm die Schriftrollen, die ihr tief in der Nacht zugestellt wurden, solange Meritaton unter dem Einfluss der Droge schlief, die sie jedes Mal trank, bevor sie und »Semenchkare« sich liebten. Wie lästig sie war, dachte RaEm.

Einen Moment hielt sie inne, um das Siegel auf dem Papyrus zu betrachten. Hatschepsut, meine teure Freundin, wie ich dich vermisse, dachte sie. Dann ritzte RaEm den Verschluss mit dem Fingernagel auf, entrollte den Papyrus und kniff die Augen zusammen, um die winzigen, makellosen Zeichen des Schreibers zu entziffern.

Der damalige Priester hatte ohne Fehl aufgezeichnet, wo was gelagert wurde, zum Beispiel Getreide für ein Land, das kurz vor dem Verhungern stand. Feld um Feld lag brach, niemand pflügte, niemand säte, denn diese Aufgaben waren seit jeher den Priestern vorbehalten gewesen. Das einfache Volk beschränkte sich auf ein paar kleine Gemüsebeete. Im Austausch gegen ihre Steuern und zum Lohn für ihre Treue den Göttern und ihren Schreinen gegenüber erhielten die Menschen Mehl, aus dem sie Brot buken.

Nur dass es kein Mehl, kein Getreide und bald auch kein Brot mehr geben würde.

RaEms Finger folgten den Linien, die der Schreiber gezeichnet hatte. Sie zeigten mehrere unterirdische Getreidesilos. In den darauffolgenden Dynastien – RaEm wusste nicht, wie viele es gewesen waren oder wie viel Zeit inzwischen verstrichen war – waren die Priester stets diesem Muster gefolgt. Also müsste RaEm dort auf Getreide stoßen.

Sie winkte einen Sklaven herbei. »Geh zu Königin Tiye«, befahl sie. »Richte ihr aus, dass ihr Sohn Semenchkare wegen dringender Geschäfte die Stadt verlassen musste und erst am Wochenende zurückkehrt. Bitte sie, diese Information auch an seine Gemahlin, die Prinzessin Meritaton, weiterzugeben.«

Der Sklave zog den Kopf ein, und RaEm schickte ihn los, um sofort einen anderen herzuwinken. Nachdem sie ihm einige weitere Anweisungen erteilt hatte, beugte sie sich vor zu dem Palankinträger. »Bring mich zu den Ställen und besorge dann ein Boot, das mich am Nil erwartet. Einen kleinen Kahn, nichts Besonderes.«

Sie hatte noch nicht viel Macht, doch allmählich lernte sie, damit umzugehen.

Die Reise hatte doppelt so lange gedauert, wie sie veranschlagt hatte. »Stopp!«, rief sie den Ruderern zu. Wieder blickte sie auf die Karte und dann hoch. Nachdem sie wieder einmal die Moskitos weggewedelt hatte, ließ sie sich aus dem Ruderboot helfen. Sofort versanken ihre Füße bis zu den Waden im schlammigen Untergrund.

RaEm gab ihre Sandalen verloren und stapfte durch das einstmalige Feld davon. »Die Überschwemmung war doch nur schwach, wieso verrottet dieses Feld?«, fragte sie den fassungslosen Bauern, den sie ein paar Felder entfernt aufgegabelt hatten.

»Der Deich, Herr«, antwortete der Mann. »Er ist vor ungefähr zwei Überschwemmungen gebrochen, und niemand kann ihn flicken.«

»Was benötigt ihr für die Reparatur?« RaEm suchte sich vorsichtig ihren Weg. Angeblich gab es in solchen Sümpfen auch Schlangen.

»Steine, Herr. Wir haben keine Steine, nur Lehm.« Er seufzte. »Wir hatten den Deich mit Lehm geflickt, weil das immer noch besser war als nichts. Dann war der alte Ma'atonum«, korrigierte sich der Alte hastig, damit der Name religiös akzeptabel klang, »eines Nachts, ungefähr letztes Jahr um diese Zeit, hier draußen. *Aii,* er war gerade dabei, den Deich auszubessern, als die Götter ihn zu sich geholt haben.«

RaEm drehte sich zu dem Mann um. »Er ist gestorben?«

»Ja, Herr. Wir haben ihn nie gefunden, denn bei seinem Sturz hat er die ausgetrockneten Lehmziegel zerschlagen, und *Schwapp*! kam das Wasser durch und hat alles mit fortgeschwemmt, Ma'atonum, den Deich und den Fluss, alles auf unser Feld. Ein paar Tiere sind auch dabei ertrunken.«

Sofort setzte RaEm ihre Schritte behutsamer. Sie hatte keine Lust, auf Ma'atonums Überreste zu treten.

»Ist es hier, Herr?«, rief einer der Ruderer. Er stand bei einem halb unter Wasser liegenden Steinhaufen. RaEm brauchte ihre Zeichnung nicht zu konsultieren, sie kannte sie auswendig. Mit einem knappen Nicken stapfte sie weiter auf ihn zu.

RaEm sah sich um und versuchte sich vorzustellen, wie diese Felder wohl vor ihrer Verwandlung in einen moskitoverseuchten Tümpel ausgesehen hatten. »Gibt es eine Möglichkeit, den Silo zu öffnen, ohne dass Wasser hineinläuft?«, fragte sie niemand Bestimmten.

»Man könnte das Feld trockenlegen«, schlug der alte Bauer vor. »Dann ist es egal, dann kannst du die Tür so weit aufreißen, wie es dir gefällt.«

Und du hast dein Feld zurück, das Pharao für dich trockenlegt, dachte RaEm. Doch sie musste ihn für seine Listigkeit bewundern. »Wie viele Sklaven für wie viele Tage?«, fragte sie ihn.

Er sah aus wie eine Rosine, kahl, braun und schrumpelig. Das Alter macht die Menschen unattraktiv, dachte sie leidenschaftslos. »Zwanzig Arbeiter würden vielleicht eine Woche, allerhöchstens fünfzehn Tage brauchen, wenn sie vom Morgen bis zum Abend hier draußen sind.« Er taxierte sie mit zusammengekniffenen Augen. »Ich kenne zwanzig Männer, die das übernehmen könnten und wahrscheinlich billiger sind als Sklaven.«

RaEm verschränkte die Arme und spürte, wie der Schweiß über die Moskitopickel auf ihren Armen und Beinen rollte. »Billiger als Sklaven?«

Er pulte in seinen Zähnen – den wenigen, die ihm noch geblieben waren –, und rückte dann seinen Schurz, einen schmuddeligen, steifen Fetzen, zurecht. »Sklaven brauchen etwas zu essen, *haii*? Ein paar Gurken, Brot, Salzfisch, das steht ihnen laut Vertrag zu, habe ich Recht?«

»Hast du.«

»Und da es Pharao, ewig möge er leben! –«

»Der ruhmreiche Pharao, ewig möge er im Lichte Atons leben!«, verbesserte RaEm ihn unwillkürlich.

»Genau. Da es ihm vor allem an Nahrungsmitteln fehlt, wäre es da nicht besser, ein paar Männer anzuheuern, die ihren Bauch selber füllen können, und sie mit etwas zu bezahlen, das Ägypten im Übermaß besitzt?«

»Wie etwa?« RaEm schlug einen weiteren Moskito tot.

»Steinen vielleicht?«

Sie warf den Kopf zurück und lachte. »Ihr sollt eure Steine bekommen, Alter. In sieben Tagen bin ich wieder da –«

»Sieben Tage! Hältst du mich für einen Heidengott, dass ich in sieben Tagen Wasser in Land verwandeln kann?«

»Sieben, Alter, oder unser Geschäft ist hinfällig.«

Er kreuzte respektvoll den Arm vor der Brust, eine uralte Geste, für die RaEm ihn noch sympathischer fand.

»Bis dahin müsst ihr fertig sein, sonst werde ich dich unter den Steinen begraben.«

Er wischte sich mit dem Handrücken über die Nase und meinte langsam: »Wenn du nicht an das Getreide kommst, dann wirst du dazu keine Steine mehr brauchen. Dann bringt uns schon der Hunger um.«

Plötzlich fühlte sich RaEm erschöpft. Sie sehnte sich nach einem Bad, frischen Kleidern und einem jungen Knaben, daher befahl sie den Ruderern, sie zurück zum Nil zu bringen.

Sieben Tage. Es war ihre letzte Hoffnung: ein riesiger, mit Getreide gefüllter Silo unter der Erde, um ein hungriges Volk satt zu machen. Sieben Tage.

7. Kapitel

In dieser Nacht stand nach dem Essen der *Tzadik* N'tan auf, während wir Sklaven, froh über die Pause, uns setzten. Es war das *Yom Rishon*-Essen, das genau genommen am Abend nach dem Sabbat stattfand, da der heilige Tag von einer Abenddämmerung bis zur nächsten andauerte. Sobald N'tan seine weiße Robe straffte, verstummten die Menschen und lehnten sich zurück.

Sie waren die Art von Unterhaltung gewohnt, die N'tan mit seinen Predigten bot. Beim wöchentlichen *Yom Rishon* gab es immer viel Gelächter und Tanz – und viele Geschichten. Die Angehörigen der Stämme hätten wunderbare Versuchskarnickel für die Zielgruppenstudien von Fernsehforschern abgegeben; sie waren ein äußerst aufmerksames Publikum.

»Wir sollen wie Schafe sein«, sagte N'tan, und die Zuhörer stöhnten auf.

»Wenn du nicht eine so bezaubernde Braut hättest, würden wir uns wirklich Sorgen um dich machen!«, rief ein *Gibori* ihm zu.

N'tans hochschwangere und knallrot angelaufene Braut schleuderte einen Brotlaib auf den Zwischenrufer. »Er muss über Schafe reden, wenn er mit euch spricht, damit du, Dov ben Hamah, ihn auch verstehst!« Alle lachten.

Der *Tzadik* sprach weiter. »Ein einziger Hirte soll uns leiten, einer einzigen Stimme sollen wir folgen.« Scheinbar gedankenversunken zwirbelte er seine Schläfenlocken. »Wir Stämme sollen keine anderen Götter verehren, so wie es andere Völker tun. Wir sind keine Nation unter vielen. Für uns ist *el ha*Shaday kein Teil der Natur. Er ist keine Jahreszeit, kein Wetter, er ist nichts, was wir berühren oder sehen können. Er ist nicht das Land.«

Er sah seine Zuhörer an. »Was ist dies für ein Land? Was hat Shaday uns gegeben?«

»*Chalev oo'd'vash*, wie die Weisen sagten«, meldete sich ein junger *Gibori* stolz.

Mein Lexikon zeigte mir einen Milchkarton und dann eine Bienenwabe. Milch und Honig. Schon klar.

Ich reagierte inzwischen nicht mehr so fassungslos, wenn mir ins Gesicht gebrüllt wurde, was ich aus der Bibel kannte. Ich hoffte, dass Cheftu irgendwo hinter diesem Verschlag in der Dunkelheit stand und zuhörte. Bestimmt ging ihm dort im Dunkel, unter den wie Sand am Meeresstrand verstreuten Sternen, das Herz auf. Es gab Gott wirklich. Was in der Bibel stand, war wahr.

Sein Glaube war tief, viel tiefer als meiner, doch unsere Überzeugungen waren schon immer verschieden tief gewesen. Dass ich nicht fester – und inbrünstiger – in meinem Glauben war, machte ihn traurig, das wusste ich. Doch wenn ich, nur um ihn zu trösten, behauptet hätte, aus tiefstem Herzen zu glauben, wäre das unaufrichtig gewesen.

Er empfand eine beinahe schlichte Ehrfurcht bei der Vorstellung, in Davids Israel zu sein. Ich dagegen wartete nach wie vor darauf, dass bei mir der sprichwörtliche Groschen fiel, doch zumindest festigte sich während des Wartens in meinem rationalen, gebildeten und durch und durch westlichen Gehirn die Überzeugung, dass alles, was ich je über die hebräische Mythologie gehört hatte, der Wahrheit entsprach.

»*Nachon!*«, sagte N'tan. »Wir sind keine Pelesti oder Mizri; wir haben keine Götter für die verschiedenen Jahreszeiten. Shaday hat uns fruchtbares Land geschenkt, habe ich Recht?«

»*Sela!*«, riefen alle. Ich hatte mitbekommen, dass *Sela* etwa dem

»Amen, brother!« in einer Gospelkirche entsprach; außerdem konnte es als Segenswunsch verwendet werden.

»Sela«, wiederholte N'tan. »Die Fruchtbarkeit des Bodens liegt im Land. Wir, wir selbst bestimmen darüber, wie wir sie nutzen. Durch unser Verhalten bestimmen wir, wie viel der Boden uns gibt und wie oft es regnet.

Wir kasteien uns, um niemals zu vergessen, darum sind unsere Zweige auch mit rotem Faden gebunden.«

Hä?

N'tan zupfte kurz an seinem Bart und starrte in die Ferne, während alle Blicke auf ihn gerichtet waren. »Unsere Traditionen konzentrieren sich auf das Erinnern. Erinnert euch daran, was Shaday für uns getan hat, als Er uns aus Ägypten führte.«

O ja, daran erinnerte ich mich. Sehr gut sogar.

Alle sagten: *»Sela.«*

»Erinnert euch daran, wie Er in der Wüste für uns gesorgt hat.«

»Sela.«

»Erinnert euch, wie Er als Todesengel über uns hinwegflog.«

Ein Schauer überlief mich bei der Erinnerung an jenes grauenvoll schöne Gesicht, an die Klauenzeichen, die es hinterließ, an die nächtlichen Schreie, als es Opfer um Opfer einforderte.

»Sela.«

»Erinnert euch daran, wie Er die Ägypter im Meer untergehen ließ.«

Gold und Leichen, die auf den Wellen trieben, dann das machtvolle Rauschen des Windes, der die Wasser beruhigte und reinigte.

»Sela!«

»Ihr müsst euch erinnern, erinnern, erinnern!«

Begeistert trommelten sie mit den Knöcheln auf die Tische. N'tan verstand es, das Blut in Wallung zu bringen. Er wandte sich an die Menge. »Seit Generationen, seit wir unter der Führung von Y'shua und Ka'lib in dieses Land kamen, sind die *Tzadikim* und *Kohanim* zum Berg Gottes in Midian gepilgert, um ihrer Erinnerung Füße zu verleihen. Denn dort ist der Ort, an dem *ha*Moshe und die *Zekenim* bei Yahwe saßen und den *B'rith* speisten.«

Um ein Haar hätte ich meinen Krug fallen lassen. Hatte N'tan da eben erzählt, dass die Anführer der Stämme – die Propheten und Priester sowie die Herrscher über die einzelnen Unterstämme – sich versammelt und mit Gott das Bündnismahl eingenommen hatten? Das stand in der *Bibel*? Und sie wussten, wo diese Begegnung stattgefunden hatte?

»Um den *B'rith* nicht zu vergessen, haben unsere Vorväter den Berg erklommen, um in Erinnerung an unsere Väter und Yahwe zu speisen.«

Offenbar hatte ich die falsche Bibel gelesen.

»Darum: Weil unser Brauch es so will, weil es die Erinnerung fordert, werde ich mit einer Gruppe von *Kohanim* aufbrechen und nach dem Shavu'ot diese Pilgerreise antreten. Wer mit mir kommen will, wer dort sitzen will, wo seine Ahnen und Väter saßen, wer den Berg Gottes sehen will, der soll mit mir gehen. Kommt mit mir und erinnert euch!«

In meinem Geist entstand das Bild eines Picknicks mit Gott auf einem Berg. Mein Gehirn, sogar mein sonst so nützliches Lexikon, musste sich redlich abmühen, diese Vorstellung zu verdauen!

»Wein!«, hörte ich eine Stimme, die so klang, als hätte sie nicht das erste Mal gerufen. Ich eilte hin, schenkte gedankenverloren aus meinem Krug nach und verschüttete dabei tatsächlich ein paar Tropfen auf den Boden. Dafür handelte ich mir einen missbilligenden Blick ein, doch das war mir gleich. Ich stolperte zurück in die Reihe der Sklaven, die alle darauf warteten, die Sitzenden zu bedienen.

Ich war hin und weg. Ich hatte mich allmählich daran gewöhnt, dass ich schon vorher wusste, was mich in dieser Zeit erwartete. Doch N'tans Ankündigung schien außer mir niemanden zu überraschen. Sie hatten alle damit gerechnet? Dadua sang einen weiteren Psalm, alle sagten *»Sela«*, und dann durfte ich wieder einmal aufräumen.

Als ich in unseren Wachturm zurückkroch, linste bereits die Sonne über den Horizont, und Cheftu kam zur Tür heraus. Wir gaben uns einen Kuss. »Hast du das mitbekommen?«, fragte ich schläfrig. »Das gestern Nacht. Warst du dort?«

»*Lo*. Was ist denn passiert?« Er blickte gehetzt in die Dämmerung. »Geliebte, erzähl es mir heute Nacht. Wir müssen heute die Ernte auf den weiter entfernten Feldern einbringen.« Er gab mir noch einen Kuss und verschwand.

Ich hatte bizarre Träume, eine Kreuzung von Alice im Wunderland und dem, was ich über die *Zekenim* – die Siebzig, ergänzte mein Lexikon – gehört hatte, die mit Gott zusammensaßen. Nur dass Gott diesmal Tee trank, dass die Siebzig allesamt weiße Kaninchen waren und dass RaEm in der Tracht der Herzkönigin dabeistand und kreischte: »Runter mit dem Kopf!«

Ich erwachte davon, dass Shana nach mir kreischte.

»Dieser Idiot«, zeterte sie lautstark. Ich gesellte mich zu den unzähligen anderen Sklaven: Stammesmitgliedern und Kindern, Heiden und Frauen. »Er fällt diese Entscheidungen vollkommen willkürlich und ohne einen Gedanken an die Jahreszeiten oder daran zu verwenden, welche Feiern bevorstehen. *Ach!* Männer!«

Ich sah zu den anderen Sklaven hinüber. Kali'a, der ich gelegentlich begegnete, beugte sich zu mir herüber. »Sie regt sich über N'tans Ankündigung von gestern Abend auf. Die ganze Woche bereiten wir schon das Shavu'ot vor. Und jetzt will er am Abend danach aufbrechen.«

Auch wenn sich die Zeiten geändert hatten, hatten Mimi und Mama sich fast wortgleich über die Männer in ihrem Leben ereifert: Die Menschen änderten sich nicht, durch alle Zeiten hindurch. Bei dem Gedanken musste ich grinsen.

»*Isha*! Findest du so lustig, was ich sage?« Shana steuerte auf mich zu.

Ich schüttelte heftig den Kopf. Gott bewahre, sie sollte keinesfalls glauben, dass ich über sie lachte! Sie sah mich misstrauisch an, doch sie wirkte weniger zornig als sonst. »Darum: *haMelekhs* Felder brauchen *B'kurim*.«

Mein Lexikon blieb stumm.

»Du und du«, damit deutete sie auf zwei kleine Buben, »werdet für die Schafe und Lämmer sorgen. Du und du«, sie zeigte auf zwei Mädchen, wovon eines aus ihrem Stamm und das andere Heidin war, »werdet im Obstgarten die Zweige binden.« Sie teilte 'Sheva zu einer Gruppe ein, welche die Trauben hochbinden sollte. »Du«, befahl sie mir mit ihrer altbekannten Feindseligkeit, »arbeitest in der Küche.«

Na super, und alle anderen durften draußen spielen. Ich fühlte mich ausgestoßen. »Du gehörst nicht unserem Stamm an«, sagte sie. »Du darfst die *B'kurim* nicht berühren.« Sie seufzte. »Ich sehe dir an, dass du nicht weißt, was das ist.«

Ich schüttelte den Kopf. Ich war eine Pelesti, hatte sie das etwa vergessen?

Shana wandte sich an uns alle: »Jahwe hat uns in dieses Land voller *Chalev oo'd'vash* geführt. Dreimal im Jahr müssen unsere Männer vor den Gnadenthron treten. Die *B'kurim* sind die ersten Früchte der Jahreszeit, *ken*? Jeder Bauer und jeder Winzer umwindet, sobald er die ersten Früchte dieser Jahreszeit sieht, den Ast mit einem roten Faden, statt sie zu essen.«

Shana machte eine Geste zu einem Sklaven hin und wandte sich dann wieder an uns. »Diese Früchte werden zusammen mit einem Gebet Shaday als Dankopfer gebracht.«

»Wie lautet das Gebet?«, fragte eine andere, mutigere Seele als ich.

Sie bedeckte ihr Haupt mit einem Schal, erhob die Arme und begann zu singen: »*Mein Vater war ein Fremder im Lande Mizra'im. Dort wurde er zum Ahnherrn einer mächtigen Nation. Die Mizri waren neidisch und versklavten uns, sie schlugen uns. Durch Wunder und Zauberei befreite Yahwe mein Volk aus ihren Händen und brachte uns in das Land, wo Milch und Honig fließen. Seht: Darum bringe ich Yahwe das Erste dessen, was Er mir geschenkt hat.*« Sie öffnete wieder die Augen. »Daran erinnern wir. Und jetzt los! Wir haben viel zu tun und müssen noch das Essen für die Siebzig vorbereiten.« Sie ging davon, wobei sie wie gewohnt *tch*'te.

Bevor ich irgendwelche Speisen anrührte, musste ich mir die Hände waschen und die Haare zurückbinden. Dann zeigte man mir die Datteln.

Einen ganzen Berg von Datteln, einen Mount Everest! Jede Einzelne musste entkernt und dann mit Rosinen oder Nüssen gefüllt werden. Es ging um Millionen von Datteln, genug für alle im Palast, die dreißig *Giborim* und ihre Familien eingeschlossen.

Damit würde ich nicht vor Shavu'ot im nächsten Jahr fertig!

Als Klinge bekam ich einen scharfen Keil, und so machte ich mich daran, die Datteln aufzuschlitzen, sie von einem Korb in den anderen zu werfen und dabei zu denken, dass dies, falls ich Katholikin wäre, bestimmt das Fegefeuer für mich bedeutet hätte.

Um mich herum eilten die Menschen geschäftig hin und her. Berauschende Düfte stiegen aus den Öfen auf, wo Kuchen und Brote backten, die hinterher mit Gewürzen bestäubt oder mit Obst besteckt und anschließend in getrocknete Palmblätter gewickelt wurden, um dann beiseite gestellt zu werden.

Als ich tief in der Nacht nach Hause humpelte, merkte ich, dass die knospenden Sprosse der Rebstöcke mit Fäden, den *B'kurim*, geschmückt waren. Cheftu hatte ein Abendessen organisiert, ein paar Fleischstücke und Linsenbrei. »Wenn ich mich recht entsinne, ist unser Leben kaum anders als das von jenen unter meinen Freunden, die verheiratet waren und beide gearbeitet haben«, meinte ich in dem Versuch, positiv zu klingen. Ich war sogar zu müde für die Liebe.

»Frauen arbeiten?«, fragte er.

Kauend sah ich ihn an. »Manchmal liegen wirklich Lichtjahre zwischen uns.«

»Jahre voller Licht?«, fragte er verständnislos.

Ich gab ihm schweigend einen Kuss, denn ich war zu erschöpft, um zu einer Erklärung anzusetzen. »Hast du mitbekommen, was N'tan gestern Abend gesagt hat? Über die Siebzig und ihr Abendessen mit Gott?«

Er lehnte sich zurück. »Ja. Wir haben auf den Feldern über nichts anderes gesprochen. Alle Familien überlegen fieberhaft, wie sie ihre Söhne mitschicken können. Es gibt eine stillschweigende Übereinkunft, dass auf diese Weise die neuen Anführer für ihre Stämme ausgewählt werden.«

»Der Stamm hat siebzig Oberhäupter?«, fragte ich.

»*Lo*, die Reise steht auch allen anderen Stämmen offen. Sie werden sich in Shek'im sammeln und dann talabwärts am Salzmeer vorbeiziehen. Dort nehmen sie ein Schiff, das sie nach Midian bringt. Von da aus sind es nur noch zwei Tage zu Fuß, wie ich gehört habe.«

Ich legte die Knochen aus meinem Fleisch beiseite. »Klingst du nur so, oder bist du wirklich neidisch?«

Er sah zu Boden. »Stell dir das doch vor, Chloe: Sie wissen, wohin sie gehen. Sie wissen, wo der Berg Gottes liegt! In meiner Zeit glaubt man, es sei der Sinai. Wie haben wir uns getäuscht!«

»Auch in meiner Zeit glaubt man, es sei der Sinai. Wenn irgendwer ahnen würde, dass der Berg in Saudi-Arabien liegt, gäbe es sofort den nächsten Krieg mit Israel.«

Er sah wieder auf. »Israel ist in deiner Zeit ein eigenes Land?«

»Ken«, bestätigte ich. »Mein Vater ist Diplomat und darum bemüht, zwischen dem jüdischen Staat und den vielen arabischen Ländern Frieden zu stiften.«

»Deshalb bist du also hier«, flüsterte er ehrfurchtsvoll. »Du weißt all diese Dinge.« Er schüttelte den Kopf. »Ich habe mich schon gewundert, wie du mit Yoav gesprochen hast. Du hast dich mit einem Mann aus der Geschichte gestritten, *Chérie*! Du hast es gewagt, eine Gestalt aus der Bibel zu beleidigen.«

»Das brauchst du mir nicht unter die Nase zu reiben. Die Vorstellung lähmt mich vollkommen. Ich darf einfach nicht daran denken, was das für ein Volk ist oder woher ich es kenne.« Hastig nahm ich einen Schluck Bier und spuckte die Spelzen wieder aus. Als Sklaven bekamen wir keine Becher mit eingebauten Filtern. »Also, was ist das für eine Geschichte, die N'tan da erzählt hat? Hast du schon davon gehört?«

Er stand auf, streckte sich und sah hinaus auf die Weinstöcke, an denen sich eben die ersten Blätter zeigten. Er hielt mir die Hand hin, und gemeinsam kletterten wir auf die Mauer, wo wir in der untergehenden Sonne saßen und auf das gedeihende Land blickten. *»Chalev oo'd'vash«*, flüsterte ich.

»Wirklich«, bestätigte Cheftu. »Soweit ich mich an die Heilige Schrift erinnere, steht nichts darin, dass Moshe *le bon Dieu* von Angesicht zu Angesicht gegenübergesessen hätte. Im Gegenteil, er konnte Gott nicht ins Gesicht sehen, sondern nur seinen Rücken. Selbst dadurch hat er sich Verbrennungen zugezogen, und sein Gesicht wurde so entstellt, dass sein Volk ihn bat, sein Antlitz zu verhüllen, als er in ihr Lager zurückkehrte.«

»Wieso?«

»Er war in Gottes Nähe gewesen, das zeigte sich auf seinem Gesicht und machte ihnen Angst.«

Puh. Als wäre er verstrahlt oder so?

»Ich dachte, wer den Berg Gottes berührt, müsste sterben«, sann er nach. »Von dieser Geschichte, die N'tan da erzählt, habe ich noch nie etwas gehört.«

»Hältst du sie für wahr?«, fragte ich. Der Himmel war in Streifen von Lavendel, Rosa und Gold unterteilt. Cheftus kräftige Finger verschränkten sich mit meinen. Mir stiegen Tränen in die Augen, so makellos kam mir dieser Moment vor. Ich spürte nicht einmal mehr meine Ketten. Meine Ohren waren verheilt, und ich begriff, dass ich meine Versklavung durch meine Angst wahrscheinlich nur verschlimmert hatte. Inzwischen fühlten sich meine Ohren an wie gepierct; gut, sie waren mit zentimetergroßen Löchern gepierct, und zwar durch den Knorpel hindurch, aber das war vollkommen unwichtig. Lächelnd drückte ich seine Hand. Endlich hatten wir unser Eckchen im Paradies gefunden.

»*Ach*«, sagte er. »Woher soll ich das wissen? Dieses Volk hält diese Geschichten schon seit Generationen lebendig.«

»Glaubst du, er beruft sich dabei auf eine Legende oder auf eine Tatsache? Und wenn es eine Tatsache ist, warum haben wir dann nie davon gehört?«

»Dass siebzig Männer auf einen Berg klettern und mit Gott speisen, kommt mir zu abwegig vor, als dass es erfunden sein könnte.«

»Nicht erfunden, nur übertrieben«, schränkte ich ein.

»Ist eine Übertreibung keine Erfindung?«, fragte er.

Ich sah ihn kritisch an; ich wusste es nicht. »Wann sind sie da hinaufgegangen?« Im Geist sah ich Charlton Heston als Moses ganz allein mit den Zehn Geboten vom Berg herabsteigen. »Ich dachte, Gott hätte die Gebote mit dem Finger in Stein gemeißelt.«

Cheftu lächelte und drückte mich. Die Nacht hatte sich herabgesenkt, und die Sterne begannen in weißen, grünen, rosa und gelben Sprenkeln vor dem dunklen Himmel zu funkeln. Es erstaunte mich, dass ich tatsächlich verschiedene Farben erkennen konnte, auch wenn ich stets gewusst hatte, dass sie da waren. Verhielt es sich so mit meinem ganzen Leben? War ich jemals so glücklich gewesen? »Du erinnerst dich ziemlich genau für eine *Isha*, die behauptet, nichts von der Bibel zu wissen.«

»Mimi wäre stolz, das zu hören.« Ich gab ihm ein Küsschen auf den Hals.

»Deine *grand-mère*?«

»*Oui.*«

Cheftu legte seine Wange an meine. Seine Bartstoppeln hatten endlich das Sandpapierstadium und die Pferdehaarphase hinter sich gelassen und waren nun weich wie ein Pelz. Die Locken über seinen Ohren wurden immer länger, darum hatte er sich angewöhnt, die langen Haarsträhnen wie ein Israelit um seine Ohren zu schlingen. »Es muss Moshes zweiter Aufstieg auf den Berg gewesen sein«, murmelte Cheftu an meinem Ohr, wobei ich die Vibrationen gleichzeitig in seiner Brust spürte. »Vielleicht war es, als er Gottes Worte mit eigener Hand niederschrieb?«

»Ich liebe dich«, flüsterte ich und löste mich von ihm, um ihn ansehen zu können. »Dein Wissen erstaunt mich immer wieder. Dein Verstand verschlägt mir den Atem.«

Er zog eine Braue hoch. »Nur mein Verstand?«

»Na ja«, wand ich mich, auf meiner Lippe kauend.

Er eroberte meinen Mund und grummelte dabei, vielleicht müsse er mir mal wieder ins Gedächtnis rufen, dass er nicht nur aus Hirn bestehe.

Als wir später schon im Halbschlaf in der Löffelchenstellung nebeneinander lagen, stellte ich eine wichtige Frage. »Wir lieben uns ohne Verhütung, *nachon*?«

Cheftu blieb so lange still, dass ich schon glaubte, er sei eingeschlafen. »Du schon«, sagte er schließlich.

»Wieso?«, fragte ich halb im Traum und halb wach. »Ich dachte, du wolltest auf keinen Fall, dass ich hier ein Kind bekomme?«

Er küsste mich auf den Wangenknochen, zog mich fester heran und breitete seine Finger über meinen Bauch. »Ich hatte Angst davor, ein Kind zu haben, während wir all diese Katastrophen durchstehen mussten«, korrigierte er. »Außerdem hatte ich Angst davor, was passieren würde, wenn du dabei nicht in deinem eigenen Körper bist.«

Meine Augen flogen auf; schlagartig war ich hellwach. Ich hatte nie auch nur einen Gedanken daran verschwendet, dass ich nicht in meinem eigenen Körper gewesen war. Vielleicht weil es sich für mich wie mein eigener Körper angefühlt hatte, ganz gleich, wo ich gewesen war. Mir war es beinahe so vorgekommen, als wären die Körper anderer Menschen Gymnastikanzüge, die ich mir nur überstreifte. So gut passten sie mir. Als ich mich umdrehte und ihn ansah, machte sich ein Zittern in meiner Kehle bemerkbar. Das Licht der Sterne fiel von oben auf sein Gesicht und malte die Schatten der Wimpern auf seinen Wangen nach. Dunkel zeichnete sich sein Haar auf dem gebleichten Weiß der Strohmatte ab. »Meinst du damit… was ich glaube, dass du meinst?«, fragte ich. Ich hörte das Wackeln in meiner Stimme.

Mimi hatte mir oft gesagt, im Leben gebe es immer wieder Coca-Cola-Momente. Zeitschnipsel, an die man sich, solange man lebte, liebevoll über einer Coca-Cola erinnern würde. Mimi liebte ihre Coca-Colas. Als ich auf der Uni war, saßen wir oft auf ihrer Veranda hinter dem Fliegengitter, und sie offenbarte mir ihre Coca-Cola-Momente:

Als sie ihren ersten Mann heiratete; als sie erfuhr, dass er gestorben war und sie deshalb fast ihr erstes Kind verloren hätte. Als sie die Liebe ihres Lebens kennen lernte, den Stiefvater meines Vaters. Als sie meinen Vater seinen ersten arabischen Satz sprechen hörte und begriff, dass er zum Nomaden geboren war und auf keinen Fall zu Hause bleiben würde. Als sie zum ersten Mal in ein Flugzeug gestiegen war, nach Griechenland nämlich, zur Hochzeit meiner Eltern. Als sie mich das erste Mal gesehen hatte, mit so großen grünen Augen, dass niemand ihr erklären musste, wer ihr Enkelkind sei.

All das waren Coca-Cola-Momente.

Cheftu öffnete die Augen. »Was glaubst du denn, dass ich meine?«

Ich suchte sein Gesicht ab und spürte im selben Moment, wie in meinem Leben eine neue Seite aufgeschlagen wurde: ein Gefühl, das für alle Zeit bei mir bleiben würde, eindeutig ein Coca-Cola-Moment. »Was immer es auch ist, meine Antwort lautet ja.«

Dann lag ich flach auf dem Rücken und mein Mann war über mir. Die Umrisse seines Leibes, die vom Schwingen der Sense, vom Worfeln der Gerste, vom Halten meines Körpers gehärteten Muskeln zeichneten sich scharf über mir ab. Seine Augen waren so dunkel, dass ich sie nicht klar erkennen konnte. Doch ich spürte seine Begierde und merkte, wie meine eigene Begierde meinen Körper überschwemmte. »Meine Antwort lautet ebenfalls ja, *chérie*. Allerdings ist es ein verzögertes Ja. Ich werde kein Kind, keine Kinder zeugen, selbst wenn *le bon Dieu* uns damit segnen sollte, die als Sklaven geboren werden.«

Ich merkte, wie ich meine Enttäuschung hinunterschlucken musste und zugleich merkwürdig erleichtert war.

»Ich wünsche mir nichts sehnlicher, als dass sich unsere Leben auf diese Weise verbinden, doch nicht solange mich diese Ketten binden.« Seine Stimme war fest geworden; ich wusste, dass er nicht umzustimmen war. »Doch sorge diesmal ich für die Verhütung.«

»Wie das denn?«, fragte ich völlig fassungslos.

»Es wäre tolldreist von mir, dich so oft und so innig zu lieben, wie es mir danach verlangt. Darum habe ich eine weise Frau befragt, wie ich dich davor bewahren könnte, ein Kind zu empfangen, und dich gleichzeitig lieben könnte. Sie hat mir ein Kraut gegeben, das die Kraft meines Samens mindert.« Er drückte mein Gesicht gegen seine Schulter. »Weine nicht, Geliebte«, sagte er. »Irgendwie werden wir bald wieder freikommen.«

Seine Küsse waren sanft. Ich wusste nicht, warum ich weinte, doch ich fühlte mich betrogen. So viel zu Coca-Colas.

Als ich am nächsten Morgen zur Arbeit antrat, hinkten bereits alle Shanas Vorgaben hinterher. Ich fand mich am Mühlstein wieder, und zwar mit doppeltem Tagespensum. Wahrscheinlich konnten meine Datteln warten. 'Sheva und ich waren fast mit dem Mehl fertig, als Shana auf mich zukam. Augenblicklich begann es fieberhaft in meinem Kopf zu arbeiten: Hatte ich vielleicht etwas kaputtgemacht? Jemanden beleidigt? Mir wollte nichts einfallen, doch andererseits hatte das nicht viel zu bedeuten.

»Du«, sagte sie, doch weniger heftig als üblich. »Komm mit. 'Sheva, übernimm ihre Arbeit.«

Die Transuse nickte bedächtig, während Shana mich hochriss. »Du musst dich erst waschen«, meinte sie mit einem prüfenden Blick. Ich zupfte an meinem Kleidsaum. Ich hatte gestern gebadet und mich heute Morgen mit dem Schwamm gewaschen, doch mein Haar sah schrecklich aus. Seufzend befahl sie mir, ihr zu folgen.

Wir gingen in den Palast und bogen dann in den Frauenflügel ab.

Kaum waren wir dort angekommen, bellte Shana nach Wasser und Kleidern. Was ging hier vor? Durfte ich sie das fragen? »Zieh dich aus«, sagte sie. »Du sollst vor *haMelekh* treten. So wie du jetzt aussiehst, würdest du ihn beleidigen und damit ein schlechtes Licht auf mich werfen.«

»Den König?«, wiederholte ich baff.

Sie sah mich grimmig an. »*Ken.* Den König.«

Ich wurde ausgezogen, untergetaucht, gewaschen, abgetrocknet; mein Haar wurde gekämmt und geflochten. Dann überreichte Shana mir widerstrebend ein neues Kleid. Es sah phantastisch aus, dunkelgrün mit einem blauen Band. Dazu bekam ich eine passende Schärpe mit winzigen blauen, grünen und goldenen Streifen.

»Das gehört dir«, sagte sie und überreichte mir das Goldgeschmeide, das ich bei meiner Ankunft getragen hatte. Der pelestische Schmuck war wunderschön: kompliziert gearbeitete Arabesken und Wirbel, die sich durch alle vier Reihen der Halskette wiederholten. Die Ohrringe waren schwer; tatsächlich baumelten sie bis auf meine Schultern.

Es war keine Aufmachung für eine Sklavin. »*Todah*«, sagte ich, »doch das hier stammt aus einem anderen Leben.«

Ihr Blick fiel auf das Loch in meinem Ohr und auf das Kettenstück, das sich von einem Ohr zum anderen zog. Die Enden verbarg ich zum Schutz unter meinen Kleidern, direkt auf der nackten Haut. Shana winkte eine der Frauen herbei, die mein Haar zurechtrückte und dann ein blaues Stirnband festknotete, mit dem das ganze Arrangement an Ort und Stelle gehalten wurde. Was sollte das alles? Ich war eine Sklavin!

»Möchtest du diese hier haben?«, fragte ich wenig später und streckte Shana dabei die Ohrringe mit der Halskette hin.

Sie errötete! Die Falten in ihrem Gesicht glätteten sich, während sie ehrfürchtig die Halskette betastete. »Ich habe noch nie etwas so Feines gesehen«, gestand sie leise.

»Dann nimm es, es ist für dich«, drängte ich.

Sie lächelte. »Diese Zeiten sind für mich vorbei.«

»*B'seder*«, bestätigte ich und gab ihr dabei mein Geschmeide zurück. »Für mich auch.«

Sie sah mich kurz an und verwandelte sich gleich darauf wieder in die altbekannte Shana. »Was stehst du noch hier rum? Los!« Sie wandte sich an die Übrigen. »Ist sie nicht bezaubernd? Ein Bild von einer Frau! Seht ihr? So gut sorgt Shana für den Palast und für ihre Sklavinnen. Jetzt geh«, befahl sie mir. »In den Audienzsaal.«

Ich klappte den Mund auf, um zu fragen, wo der sei, doch sie kam mir zuvor: »Mach dir keine Gedanken, wo der Saal ist, dein Mann wartet vor der Tür auf dich.«

Ich kam mir ein wenig wie Aschenputtel vor – hatte sie sich auch so benommen gefühlt? –, als ich durch den Harem eilte. Cheftu stand, sauber und gestärkt wie ich selbst, im Gang. Sein Schurz war eng gebunden und bunt gemalt. Das Haar reichte ihm inzwischen beinahe bis auf die Schultern, und sein Bart war frisch gestutzt. Die Schläfenlocken fielen in tintenschwarzen Kringeln über seine Ohren. Auch er war über diese Anordnung und die zuvorkommende Behandlung verblüfft.

Er streckte mir die Hand entgegen. »Was hat das zu bedeuten?«, fragte ich, während wir Hand in Hand loszogen.

»Du!«, hörte ich, noch ehe wir drei Schritte weit gekommen waren. Automatisch drehte ich mich um. Shana steuerte mit entschlossener Miene auf uns zu. »Vielleicht sind die hier jetzt besser für dich«, erklärte sie mit ausgestreckter Hand.

Sie überreichte mir zwei Kreolen. Sie waren klobiger als mein früheres Geschmeide, doch sie waren auf irgendeine Weise bearbeitet worden, die das Gold zum Glitzern brachte. »Die sind aber schön«, sagte ich und probierte sie sofort an. Sie verfingen sich nicht in der Sklavenkette, die von dem einen Loch in der Mitte des Knorpels an meiner Ohrmuschel zum anderen Ohr verlief.

Sie strahlte. »Shana sorgt für die ihren«, sagte sie. »Und jetzt los! Ihr kommt zu spät!«

Aufgekratzt marschierten wir durch die Gänge. Als Sklaven bekamen wir diese Bereiche des Palastes sonst nicht zu sehen. Normalerweise blieben wir in den Dienstbotengängen, die unsichtbar die Zimmer miteinander verbanden und dadurch die Illusion von Eleganz wahrten. Es wäre äußerst uncool gewesen, Nachttöpfe durch die Hallen der Adligen zu tragen.

Gott sei Dank war mir diese Arbeit bislang erspart geblieben.

Wir blieben vor den Türen zum Audienzsaal stehen und hielten nach dem Zeremonienmeister Ausschau. Es ließ sich niemand blicken, darum klopfte Cheftu zaghaft an.

»Was soll das alles?«, fragte ich.

»Ich habe keine Ahnung. Es kommt mir ausgesprochen eigenartig vor, dass sie mich sehen wollten.« Er blickte mich an. »Ich habe sie gebeten, auch nach dir zu schicken.«

»Wieso ist das eigenartig? Du hast extrem viele Begabungen, es überrascht mich, dass ihnen das nicht schon früher aufgefallen ist.«

»Geliebte, als ich hier mit dir ankam, war ich bereits ein Sklave, *nachon*?«

Richtig. Niemand konnte ahnen, dass Cheftu ein Arzt und ein ehemaliger ägyptischer Adliger und ein Schreiber oder auch nur eines davon war. »Hat dir die Arbeit auf dem Feld gefallen?«, fragte ich.

Wir hörten, wie jemand hinter der Tür uns hereinrief. Cheftu blickte kurz über die Schulter zurück, dann drückte er die Holztüren an ihren Lederangeln auf. »Ausgesprochen gut.« Plötzlich schüttelte er gedankenverloren den Kopf. »Ich weiß nicht, ob ich je wieder als Arzt arbeiten will.« Noch bevor ich etwas auf diese merkwürdige Bemerkung erwidern konnte, schwang die Tür auf.

Es war der lausige Abklatsch eines Audienzsaales: dunkel, mit niedriger Decke und so klein, dass man sich fast in einer Zelle der Bastille wähnte. N'tan lagerte in seiner weißen Robe. Dadua saß gedankenversunken Yoav gegenüber an einem Spielbrett. In einer Ecke zog ein Mädchen neue Saiten auf ihren *Kinor*. In einer anderen Ecke saß Avgay'el und webte, wobei sie schweigend und geschickt mit Kamm und Schiffchen hantierte. Dies also war der Saal des Königs von Israel? Im Vergleich dazu nahm sich der Rest von Mamre beinahe kosmopolitisch aus.

»Dein Sklave ist Ägypter, *Isha*?«, fragte mich Yoav ohne jede Vorrede. Mein Sklave? Ich war Sklavin. Sie starrten mich an, bis mir wieder einfiel, dass technisch gesehen Cheftu mein Sklave war. Irgendwie. »Äh, *ken*«, sagte ich mit einem verstohlenen Seitenblick auf Cheftu.

»Dann frag ihn, ob er jemals Gerüchte über Gold in der Wüste vernommen hat.«

Glaubten sie, Cheftu würde sie nicht verstehen? Wollte Cheftu sie in dem Glauben lassen, er verstünde sie nicht? Er schüttelte unmerklich den Kopf. Ich begriff nicht recht, warum er es ihnen verheimlichen wollte, doch ich übersetzte die Frage Wort für Wort. Er antwortete in fließendem Ägyptisch: »Welcher Wüste?«

Sie wechselten Blicke untereinander, als ich ihnen das übersetzte. »Der Wüste von Midian.«

Ich übersetzte und gab mir dabei alle Mühe, nicht mehr so begriffsstutzig zu klingen. »*Lo*, er hat nichts dergleichen gehört«, sagte ich.

»Kennt er die Legende, wie die Stämme aus seinem Heimatland flohen?«

Redeten sie vom Exodus? Würden die Ägypter die Kunde von ihrer Niederlage weitergeben? Wohl kaum! Ich übersetzte und Cheftu erwiderte, dass er als Ägypter nie davon gehört hätte. Allerdings sei er zusammen mit einem Apiru versklavt gewesen, der ihm von diesen Geschichten erzählt habe.

»Einem Apiru!«, schnaubte N'tan.

Cheftu und ich tauschten einen Blick, denn als »Apiru« hatten die Ägypter die Israeliten bezeichnet. Ich fuhr mir mit der Zunge über die Lippen und meinte: »Für die Ägypter seid ihr Apiru.«

Yoav sah mir ins Gesicht. »Die Apiru sind ein entfernter Zweig«, erklärte er. »Es ist eine abfällige Bezeichnung für all jene, die sich nicht dem Vertrag anschließen wollten, den unsere Vorväter mit unserem Berggott geschlossen haben, als sie in seinem Heim waren.«

Sprachen sie von Gott auf dem Berg Sinai?

»Es sind keine vollwertigen Bürger«, ergänzte N'tan. »Sie stammen wie wir von Avraham ab und sind beschnitten, doch sie blieben hier, als Yacov und sein Stamm nach Ägypten gingen und dort zu Sklaven wurden.«

Sie waren also Bürger zweiter Klasse, weil sie vernünftig genug waren, sich nicht versklaven zu lassen?

»Kennt dein Sklave den Weg durch den Sinai?«, fragte Yoav.

Allmählich zeichnete sich ab, wohin sie wollten. Auf den Sinai und nach Midian. Ich wiederholte die Frage, und Cheftu zögerte. Keiner von uns wusste, wie wir uns verhalten sollten. »Halbwegs«, übersetzte ich seine Antwort.

Am Spielbrett hatte Dadua über Yoav gesiegt. Er lachte laut auf und lehnte sich zurück. »Erzähl ihnen die Geschichte, Yoav«, befahl er.

Wie ich schon geargwöhnt hatte, sah Yoav Cheftu an und begann die Geschichte zu erzählen; auf Ägyptisch.

»Vor Generationen war mein Volk Sklave deines Volkes.« Er lächelte grimmig. »Eigenartig, welche Windungen ein Fluss manchmal nimmt, *aii*? Unser Gott schlug die Götter der Ägypter. Schließlich erklärte sich euer Pharao Thutmosis bereit, mein Volk ziehen zu lassen. Doch erst nachdem viel Leid, viele Plagen und Pocken über dein Volk gekommen waren.«

Cheftus Miene blieb versteinert. Doch mir fiel zum ersten Mal auf, dass er zwar die Kleider und sogar das Haar der Stammesmänner trug, aber immer noch fremdländisch aussah. Er war durch und durch Ägypter, selbst wenn er als Franzose geboren worden war, ganz gleich, welches Kostüm er trug. Ich hatte mich in einen Ägypter aus dem Altertum verliebt. Cheftu nickte knapp, um Yoavs Worte zu bestätigen.

»Weil wir bei unserem Auszug so viel Chaos und Kummer auslösten, gingen wir zu unseren Nachbarn, den Ägyptern, und baten sie um ihr Gold.«

»Nachdem euer Gott ... mein Volk mit Pocken geschlagen hatte?«, stellte Cheftu klar.

»Sie hätten uns alles gegeben«, sagte Yoav, »nur um uns loszuwerden. Und so zogen die Abkömmlinge unseres Stammes, der frei, aber arm in Ägypten eingezogen war, vierhundert Jahre später frei und wohlhabend wieder aus.« Wieder ließ Yoav die Zähne unter seinem dunklen Bart zu einem Lächeln aufblitzen. Ich hörte das Flüstern und Schlagen Avgay'els am Webstuhl. Daduas kritischer Blick lag auf Cheftu, nicht auf Yoav.

N'tan musterte uns alle. Wem sah er nur ähnlich?

»Mit diesem Gold beladen, reisten wir durch den Sinai hinab, bis unser Gott das Rote Meer für uns öffnete und uns trockenen Fußes ans andere Ufer gelangen ließ.«

»Ihr habt einen sehr mächtigen Gott«, meinte Cheftu höflich. »Er war ein exzellenter Schauspieler; man hätte nicht geahnt, dass er denselben Gott verehrte. Oder dass er mit eigenen Augen verfolgt hatte, was für diese Menschen nur eine Legende war.

»Also«, Yoav lehnte sich zurück, »überlegte Pharao es sich anders und schickte uns seine Pferde und Streitwagen nach. Sie sind dort ertrunken.«

Ich erinnerte mich noch gut daran. Ich war dabei gewesen, ich hatte wie versteinert vom Strand aus zugesehen. Ich war erschüttert, entsetzt gewesen. Bei der Erinnerung wurde mir immer noch ein wenig übel und zittrig. Dies war kein ruhiger, vernünftiger Gott. Dies war Gott, der Herrscher über das Universum, der Oberkommandierende in der Höhe, GOTT der Allgewaltige.

Irgendwie machte er mir Angst.

»Mein Volk tanzte vor Freude am anderen Ufer und zog dann tiefer in die Wüste hinein, wo ihr Anführer, *ha*Moshe, schon früher gelebt hatte. Sein Schwiegervater hatte dort Schafe gezüchtet, also führte er die Stämme hindurch. Nun …« Yoavs Arroganz legte sich allmählich. »Sie schlugen ihr Lager am Fuße des Berges Horeb auf, wo *ha*Moshe schon einmal mit Shaday gesprochen hatte. Er brachte sein ganzes Volk dorthin, denn so war es ihm aufgegeben worden: nach Ägypten zu gehen, sein Volk zu holen und es zurückzubringen.«

Yoav rief nach Wein; ich wollte schon loslaufen, doch Cheftu legte beschwichtigend die Hand auf meinen Arm. Ich war nicht als Sklavin hier. Benimm dich nicht wie eine, schalt ich mich selbst. Yoav trank aus seinem Becher und beendete dann seine Geschichte.

»*Ha*Moshe ging los, um vor Gott zu treten. Dabei wurde er von den siebzig Ältesten der Stämme begleitet, den *Zekenim,* während er seinen Bruder Aharon und seine Schwester Miryam zurückließ.« Alle im Raum verstummten. Er nahm die siebzig schon beim ersten Mal mit? Yoav sah besorgt aus; er wollte uns nicht in die Augen sehen.

N'tan seufzte und übernahm das Erzählen. Auf Aramäisch oder Akkadianisch oder Hebräisch oder was für eine Sprache das auch sein mochte. War das ebenfalls ein Test? Rechneten sie damit, dass Cheftu ihre Sprache ebenfalls verstand? Verstand er sie? »Die Menschen hatten Angst. Sie hatten in Städten gewohnt, jetzt waren sie in der Wüste. Sie waren die üppigen Ufer des Nils gewohnt und daran, jederzeit Wasser zu haben und Essen im Übermaß. Hier gab es nichts als Sand und hin und wieder eine Palme. Dann verschwinden all ihre Anführer und bleiben tagelang, wochenlang weg. Die Menschen bekommen Angst.«

»Sie gingen zu Aharon«, fiel Dadua N'tan ins Wort. »Sie baten ihn, eine Statue zu machen. Irgendetwas, das sie sehen konnten, damit sie keine Angst mehr zu haben brauchten. Diese Statue würden sie anbeten können, sie würden um die Sicherheit *ha*Moshes und der *Zekenim* bitten können.

Aharon war das unangenehm, darum versuchte er, ihnen die Idee abspenstig zu machen, indem er sie um all ihr Gold bat. Nun war das meiste Gold, das sie aus Ägypten mitgenommen hatten, gemeinsam verwahrt worden. Nur Kleinigkeiten wie Ohrringe oder Armbänder, die leicht zu tragen und zu transportieren waren, hatten die Menschen für sich behalten. Doch goldene Bilder, Lampen, Kisten, all das war auf einen Karren geladen worden und wurde in einem verschlossenen Zelt aufbewahrt.

Aharon glaubte, seine Stammesgefährten würden ihre Ohrringe und Armbänder nicht hergeben und er bräuchte die Statue darum nicht herzustellen.«

»Er irrte«, unterbrach N'tan wiederum Dadua. »Sie brachten ihm ihr Gold. Dann versuchte er wiederum, ihnen den Gedanken abspenstig zu machen, doch sie bauten erst einen Altar und entzündeten dann ein Feuer, in dem sie das Gold schmelzen wollten. Ein paar Goldschmiede hatten ihr Handwerk in Ägypten gelernt.

Darum machten sie Bier wie die Ägypter, kleideten sich, wie sie es über Generationen hinweg bei den Ägyptern gesehen hatten, und machten sich schließlich daran, das Abbild eines Gottes zu formen. Eines ägyptischen Gottes.«

Yoav schnitt N'tan das Wort ab. Es war ein strategischer Schritt, um die Verfehlungen der Stämme nicht zu enthüllen. Der General sprach wieder Ägyptisch. »Der Rest der Geschichte tut wenig zur Sache. Die Hauptsache ist, dass ein Großteil des Goldes nicht verwendet wurde, weder für das Götzenbild oder die nachfolgende Bestrafung noch für den Bau des Gnadenthrones, unseres Totems, und seiner Werkzeuge.«

»Deswegen«, sagte Dadua, »geht N'tan in die Wüste. Sobald er wiederkehrt, werden wir den Gnadenthron in die Stadt bringen und Anspruch auf Jebus, seine Heimatstadt, erheben. Aber wir brauchen das Gold.« Der König sah Cheftu an. »Yoav kann ich nicht entbehren; doch niemand außer ihm spricht Ägyptisch und versteht zugleich unsere Sprache. Verstehst du unsere Sprache?«, fragte er plötzlich verunsichert.

»Ken«, antwortete Cheftu.

Wieso hatte ich dann übersetzen müssen? Sie hatten mich auf die Probe gestellt! Oder hatten sie Cheftu auf die Probe gestellt?

»Zwischen hier und dort gibt es viele ägyptische Außenposten. Pharao scheint sich zwar für nichts zu interessieren, was außerhalb seines Flusstales vor sich geht, doch wir sollten trotzdem Vorsicht walten lassen. Es wäre besser, einen Ägypter dabeizuhaben, der mit ihnen sprechen kann.« Daduas Blick war abwägend. »Es ist nicht zu übersehen, dass du nicht von Geburt an Sklave warst.«

Cheftu blieb reglos stehen.

»Als Ägypter weißt du auch manches über die goldenen Götter, über die Statuen, die wir ans Licht bringen werden. Du liest und schreibst, hat man mir berichtet?«

Wer hatte ihm das berichtet?, fragte ich mich.

»Hieroglyphen, Keilschrift, die Sprache der Seevölker«, bestätigte Cheftu.

Dadua warf Yoav einen zornigen Blick zu. »Wieso haben wir diesen Mann auf die Felder geschickt?«, fragte er. »Ich hätte einen Schreiber brauchen können!« Er sprach in einem anderen Dialekt als üblich, doch ich verstand ihn trotzdem. Ich sah aus dem Augenwinkel zu Cheftu hinüber. Hatte er ihn ebenfalls verstanden? Verfügte auch er über ein inneres Lexikon? Woher *kannte* er diese Sprachen? Alle?

Cheftus Miene war ausdruckslos wie ein Grabgemälde. Und ebenso schön.

»Du bist ein Sklave, man könnte dir also leicht befehlen, mit N'tan zu gehen«, fuhr Dadua fort. »Doch stattdessen sage ich dir, dass du eingeladen bist, mit ihm zu gehen. Die Reise wird mehrere Monate dauern, doch zur Traubenernte, zur Ankunft des Gnadenthrones, werdet ihr wieder hier sein.«

Daduas Worte drangen mir nur langsam ins Bewusstsein: Cheftu würde weggehen? Für wie viele Monate? Würde ich mitgehen? Würden wir wieder getrennt? Ich spürte, wie mir die Tränen in die Augen schossen. Das durfte doch nicht wahr sein, nicht nachdem wir so viel auf uns genommen hatten, um zusammen zu sein. Nicht nachdem wir uns sogar in die Sklaverei begeben hatten, um zusammen zu sein. Bitte nicht.

Cheftu senkte den Kopf. »*Ha-adoni* ehrt mich, doch ich bin es inzwischen zufrieden, auf den Feldern zu arbeiten und zu meinem Weib heimzukehren.«

Daduas schwarze Augen glitzerten; nur daran ließ sich erkennen, dass er verärgert war. Vermutlich bekam er nicht allzu oft ein *Lo* zu hören. Er antwortete knapp, wobei die weißen Zähne in seinem rötlichen Bart aufflammten: »Geh nach Midian und kehre zurück. Bei deiner Rückkehr bist du ein freier Mann.«

Cheftu erstarrte; wäre er ein Hund gewesen, hätte er die Ohren aufgestellt und mit dem Schwanz gewedelt.

Ein freier Mann. Seine Kinder wären keine Sklaven. Er hätte einen festen Stand in der Gemeinschaft. Er würde selbst über sein Leben bestimmen können. Ich kannte Cheftu, ich wusste, dass dies der süßeste Knochen überhaupt für ihn war, der königliche Verführungshappen. Cheftu würde seine Freiheit zurückbekommen; dazu brauchte er nur etwas zu tun, wonach er ohnehin heimlich gelechzt hatte, seit er davon erfahren hatte. Er würde zum Berg Gottes reisen.

»Nur wenn mein Weib ebenfalls freigelassen wird«, sagte er.

Dadua sah kurz auf mich und dann wieder weg. »Geh und kehr als freier Mann zurück. Ein Jahr darauf, am Jahrestag deiner Abreise, wird sie ebenfalls frei sein.«

»Nach spätestens sechs Monaten.«

»Bis zum Fest des Ungesäuerten Brotes im nächsten Jahr.«

Cheftu überschlug den Zeitraum und sah mich dann an. »Was sagst du dazu?«, fragte er mich auf Englisch.

Die Antwort brach mir fast das Herz, doch ich wusste, dass ich ihm keine andere geben durfte. Vor allem nach unserer Unterhaltung vom Vorabend. »Wie du willst. Ich möchte, dass du glücklich bist, dass du frei bist.«

»Ich werde versuchen, ihn auf sechs Monate herunterzuhandeln.«

»Wieso willst du das überhaupt auf dich nehmen?«, fragte ich in dem Versuch, vernünftig zu klingen.

»Weil noch keiner von uns ein Portal gefunden hat. In Ägypten habe ich siebzehn Jahre verbracht. Wenn wir frei wären, könnten wir genauso gut hier leben. Unsere Kinder unter dem Einen Gott großziehen, sicher und glücklich sein.« Er sah zu unseren Zuhörern hinüber. »Vertrau mir, Chloe. So können wir uns ein Leben zurechtzimmern.«

»Tu, was du für richtig hältst«, sagte ich, auch wenn ich diese Worte nur mit äußerster Anstrengung über die Lippen brachte. »Ich liebe dich.«

»*Ach*, aber vertraust du mir auch?«

»Das versteht sich von selbst.«

Sein Blick blieb noch kurz auf meinem Gesicht liegen, dann wandte er sich an Dadua. »Dein Wille geschehe«, sagte er. »Ich werde gehen.«

Sie boten Cheftu einen Stuhl an und schickten mich fort.

Er geht weg, dachte ich in einem monotonen Singsang, der sich bei jedem Schritt durch die Gänge zurück zu den Frauengemächern wiederholte. Er geht weg. Er geht weg. Ich trat in den Hauptraum im Frauenflügel und dachte: Er geht weg.

Shana warf nur einen einzigen Blick auf mich und schloss mich in die Arme. Einen Moment lang waren wir nicht Sklavin und Besitzerin, sondern einfach zwei Frauen. »Sie denken sich so dumme Dinge aus«, erkannte sie, während ich schluchzend und unter Tränen erklärte, was Dadua uns angeboten und dass Cheftu angenommen hatte. »Immer streben sie nach Ruhm für sich oder für ihre Götter oder ihren König.« Sie tätschelte mir die Schulter. »Dabei wollen wir eigentlich nur, dass sie bei uns zu Hause bleiben, mit uns lachen und mit unseren Kindern spielen. Arme *Isha*«, sagte sie. »Jetzt weißt du, was es heißt, eine Frau aus unserem Stamm zu sein.«

Schniefend löste ich mich von ihr. »Wieso?«

»Weil jede Frau aus unserem Stamm ihrem Vater, ihren Brüdern und schließlich auch ihrem Mann Lebwohl sagen muss. So ist es bei uns üblich. Jetzt komm, du. Zieh diese Sachen aus, wasch dein Gesicht und geh in die Küche. Sag der alten Vettel, ich hätte befohlen, dir etwas Gurkensuppe mit Honig zu geben.« Ich versuchte, ihr für ihre Güte mit einem Lächeln zu danken, heulte aber stattdessen wieder los. »Geh schon«, sagte sie und schob mich zu den wartenden Sklavinnen hin, die mich wieder auszogen.

Nach meiner Suppe mit Honig erklärte mir Shana, es sei an der Zeit, dass ich das Brotbacken lernte; die Datteln waren vergessen.

»Das Teigkneten ist Shekinas Weg, unseren Zorn zu lösen«, sagte sie.

»Ich fühle keinen Zorn«, protestierte ich.

»Trotzdem«, meinte sie dunkel. Wir gingen auf die andere Seite des Hofes, gegenüber dem Mühlstein. »Hier«, sagte sie. Ich blickte auf das nächste Steingebilde. Es handelte sich um eine rechteckige Fläche, um die herum eine U-förmige Rinne verlief. »Sobald 'Sheva mit dem Getreide fertig ist, mischst du es mit Wasser und einer Hand voll Teig von gestern, um neues Brot zu backen. Dann«, sagte sie mit einem kritischen Blick auf mich, »deckst du den Teig zu, während du das Wasser holst, das du für den Tag brauchst.«

»Am Brunnen?«

»Wo willst du sonst Wasser holen?«

Keine Ahnung, an einem Wasserhahn vielleicht? Oder im Supermarkt? Ich fühlte mich ein wenig daneben. Cheftu hatte beschlossen, mich zu verlassen. Aus gutem Grund, na gut. Aber trotzdem. Wo lag Midian? Die flüchtenden Apiru hatten das Meer am Ende des Golfes von Akaba durchquert, und zwar in Richtung... Saudi-Arabien? Ein hysterisches Lachen kroch in meiner Kehle nach oben. Das Gold der Juden lag in einem arabischen Land?

Das weißt du bereits, kritzelte das Lexikon auf die Tafel in meinem Kopf.

Ich habe es gehört, gab ich zurück. Ich habe es nicht *gewusst*, so wie ich es jetzt weiß.

»Danach wartest du etwa eine Woche lang«, setzte Shana ihre Kochstunde fort. »Lass dir Zeit. Dann holst du den Teig herunter und knetest ihn. Du weißt nicht, wie man knetet.« Ich merkte sofort, dass das keine Frage war.

»Ach, lo«, sagte ich unnötigerweise.

Sie *tch*'te nur einmal und zog mich dann nach unten, um mir zu zeigen, wie man knetete. Man musste auf den Teig einprügeln, ihn flach ausbreiten und dann wieder einrollen. »Jetzt du.«

Ich kam einigermaßen zurecht, doch ich würde ganz bestimmt keinen vorchristlichen Pizzastand aufmachen. Dafür aber wusste ich, wie ich meinen Trizeps bis ans Ende der Zeit trainieren konnte. »Das musst du etwa vierzigmal wiederholen«, sagte sie. »Und schließlich machst du kleine runde Fladen.«

Fladen würde ich noch zu Wege bringen.

»Wenn du sie hier liegen lässt, kommen die Küchensklavinnen sie holen.«

Ich nickte.

»Und jetzt geh wieder an deine Datteln!«

Ich war etwa sechs Datteln weit gekommen, bevor ich mich zu fragen begann, wer eigentlich Shekina war.

Cheftu schwieg in jener Nacht. Ich schwieg ebenfalls. Was sollte ich auch sagen. Er hatte gute Gründe; er verhielt sich vernünftig. Ich dagegen war neurotisch. Wir lagen still nebeneinander, ohne uns zu berühren. Wir erwachten schweigend und berührten uns immer noch nicht. Er verschwand auf die Felder, und ich kehrte zu meinem unbesiegbaren Dattelhaufen zurück.

Nur dass ich dem Sieg ganz langsam näher kam. Eine Dattel nach der anderen war von einem Haufen auf den anderen gewandert. Jetzt brauchte ich sie nur noch mit Gewürzen oder anderem Zeug zu füllen und sie in Krügen einzulagern. Nachdem ich meinen Keil gegen einen Löffel eingetauscht hatte, ging ich in die Hocke und machte mich ans Stopfen.

Als wir in Saudi-Arabien lebten, hatte ich eine Freundin gehabt, die mir beteuerte, Datteln seien beinlose Kakerlaken. Damals hatte mir schon bei dem bloßen Gedanken gegraust, und die Wirkung hatte seither nicht nachgelassen. Dennoch verbannte ich Kafka aus meinen Gedanken und stopfte die Datteln mit Pistazien und stopfte sie mit Rosinen, während ich dem Getratsche der Frauen zuhörte.

Irgendwo im Palast knallte eine Tür. Das ganze Gebäude erbebte. In der Küche erstarrte alles in der Bewegung. Selbst das ständige Geplapper der spielenden Kinder verstummte.

»Wie kannst du es wagen?«, hörten wir. Das Gezeter kam zum Fenster herein, allerdings konnte ich es auch näher hören. Eine erboste Frau, die aus Leibeskräften schrie.

»Wagen? Und das sagst du zu mir, der Prinzessin des Herrschers über unser Volk?« Erboste Frau Nummer zwei, ebenfalls kreischend.

»Eine Prinzessin warst du nur, bis dein Vater sein Anrecht auf die Krone weggepisst hat.«

Die Stimmen waren leicht zu erkennen: Avgay'el und Mik'el. Die Übersetzung in meinem Kopf zeigte einen Mann, der nicht nur urinierte, sondern seinen Urin auch als Wertsache sammelte. Jemanden, der verquere Prioritäten setzte. Ich sah mich um; alle lauschten gierig.

Wie peinlich für die Prinzessinnen und wie demütigend für Dadua.

»Die Königswürde kann auf keinen Fall verloren gehen«, sagte Mik'el. Der Frost in ihrer Stimme hätte Fensterscheiben vereisen können. »Aber das begreift ein Weib deines Standes natürlich nicht. Du bist der Beweis dafür, dass Tiefes sich zu Tiefem hingezogen fühlt und Flaches zu Flachem.«

Wir alle schnappten hörbar nach Luft. Der Mann mochte in einem schäbigen Verschlag wohnen und über eine Horde von religiösen Raufbolden regieren, doch er war immerhin König. Ein König! Er war ein Mann, der zum Beispiel gebieten konnte: »Runter mit ihrem Kopf!«

»Wie kannst du es wagen, Dadua flach zu nennen?«

Ich vermutete, dass Mik'el das durchaus sagen konnte, schließlich wussten wir alle, dass Dadua sich nichts aus ihr machte. Ich konnte fast vor mir sehen, wie sie mit den Achseln zuckte. »Er ist nichts als ein Mann aus dem gemeinen Volk. Der Abkömmling eines Yudi-Bauern«, sie lachte, »und einer Apiru-Sklavin.«

Das war eine schwere Beleidigung, so viel hatte ich inzwischen begriffen.

Mik'el lachte wieder. »Nur durch Muskelkraft hat er den Thron gewonnen. Er steht ihm nicht zu; er war nicht auserwählt, er hat einfach danach gegrabscht!«

»Ach, sie ist so dumm!«, flüsterte eine der Küchensklavinnen.

»Vom Grabschen verstehst du natürlich etwas.« Avgay'els Stimme war schneidend vor Ekel. »Hast du dir nicht den ersten sabbernden Narren gegrabscht, der gewillt war, dich, eine verstoßene Frau, aufzunehmen?«

»Dadua hat mich nicht verstoßen«, zischte Mik'el ohrenbetäubend laut. »Er hat begriffen, dass ich zu fein war, um in einer Höhle zu wohnen!«

»Das stimmt«, kommentierte eine andere Sklavin. »Sie hätte nicht mal gewusst, wie sie ihr Stroh wechseln soll!«

Ich zuckte zusammen, denn das war eine grobe Beleidigung: die Frauen aus dem Stamm saßen auf Stroh, wenn sie ihre Tage hatten. Ich hätte die Sklavinnen gern zum Schweigen gebracht; sonst würde uns die Erwiderung entgehen.

»Nein, er hat gewusst, dass du zu kalt bist, um mit einem Mann zusammenzuleben«, brüllte Avgay'el.

»Nein, ich habe sehr gut mit einem Mann zusammengelebt. Er hat gewusst, dass ich zu sehr *G'vret* bin, um wie eine grunzende Sau um die Aufmerksamkeit eines lüsternen Apiru zu buhlen!«

Schweigen. Der armen Avgay'el blieb nichts anderes übrig, als mit den anderen Frauen in Daduas Leben zu konkurrieren. Das war ihr Los; so war es in ihrer Zeit üblich. Doch das Thema war tabu. Man sprach nicht darüber, weil es geschmacklos und schmerzhaft war und weil es keine geeignete Erwiderung darauf gab. Es war einfach so.

Dazu kam noch die Beleidigung mit den Schweinen. In meiner Zeit war der Verzehr von Schweinefleisch für Muslime wie für Juden eine schwere Sünde. Galt diese Regel schon jetzt?

»Wenigstens bietet er mir an, bei mir zu liegen«, erklärte Avgay'el gekränkt. »Bei mir lässt seine Kraft nie nach, bei mir verströmt er seine Leidenschaft. Er begehrt mich.«

»Autsch«, entfuhr es mir. Alle wussten, dass Dadua zwar Mik'els Rückkehr erzwungen hatte, aber noch nicht mit ihr ins Bett gegangen war. Nicht einmal in der Nacht, als sie ihr Ehegelübde erneuert hatten. Darauf gab es für Mik'el nichts zu erwidern. Zum ersten Mal tat sie mir aufrichtig Leid.

Ihn zu ertragen, obwohl sie ihn nicht begehrte, war das eine; so abgewiesen zu werden, dass es der ganze Hof mitbekam, etwas anderes. Eine öffentliche Demütigung in Reinkultur nämlich.

Jetzt knallten die Türen in Stereo.

In der Küche wagte keine, die anderen anzusehen. Wir konzentrierten uns einfach auf unsere Arbeit und wirkten, als Shana wenig später auftauchte, wie Sinnbilder von Würde und Anstand. Sie war knallrot. Natürlich wusste sie, dass wir alles mitbekommen hatten. Ich füllte unschuldig meine Kakerlaken und stopfte sie in die Krüge.

»Vergiss die Mandeln nicht«, erklärte sie.

Mandeln! Von Mandeln hatte sie kein Wort gesagt. Noch während ich darüber grübelte, wie ich mich beschweren konnte, ohne dabei allzu viel Staub aufzuwirbeln, erklärte sie mir, dass die Transuse mir welche bringen würde und dass ich damit die Datteln schließen konnte. Ich zog den Kopf ein und stopfte weiter.

Bis zum Nachmittag schmerzte mir jeder Muskel im Leib. Meine Arme kreischten vor Schmerz, weil ich nichts anderes getan hatte als Datteln zu füllen, meine Waden waren steif, weil ich die ganze Zeit in der Hocke gekauert hatte, und ich hatte mir den Hals verzogen. Ich konzentrierte mich gerade darauf, noch ein paar letzte Datteln fertig zu machen, um mich dann unauffällig abzuseilen, als eine andere Frau meine Schultern berührte. »*Isha*, dein Mann steht draußen.«

Ich blickte auf die Datteln und meine mit Fruchtmark verklebten Hände. »Geh schon«, sagte sie. »Ich mache für dich weiter.«

»*Todah*«, bedankte ich mich. »Dafür stehe ich in deiner Schuld.«

Sie lächelte. »Ich liebe Datteln. Ich kann nicht versprechen, dass die Krüge sehr viel voller werden, aber ich werde für dich sauber machen.«

»Wenn du welche isst«, sagte ich, »dann nimm bitte welche, die noch nicht entsteint sind.«

Sie lachte und half mir auf. Ich versuchte, meine Hände abzuspülen, doch Dattelfleisch ist klebrig. Kurz darauf trat ich ins Freie. Cheftu stand in der Sonne, den Blick fest nach Süden gerichtet.

»Hi«, sagte ich.

Er drehte sich zu mir um, umfasste meinen Kiefer und eroberte meinen Mund mit einem zärtlichen Kuss, bei dem meine Knie zu Wasser wurden. Wie aus weiter Ferne hörte ich die Küchensklavinnen jubeln. »Komm mit«, sagte er.

»Sollte ich das als Zweideutigkeit auffassen?«, fragte ich mit einem benommenen Lächeln.

Er ließ ein Grinsen aufblitzen. »Ich hoffe doch.«

Ich drehte mich um. »Kann ich einfach so weggehen?«

»Vertrau mir.« Er nahm meine Hand und verschränkte seine Finger mit meinen. Über seine Stirn zogen sich leichte Denkerfalten. Wir gingen aus dem Palast, den Hügel hinunter und auf die Felder. Zum ersten Mal seit Wochen schaute ich mich um. Endlich war ich einmal im Tageslicht draußen und bekam mehr als nur einen Lehmziegelpalast und den blauen Himmel zu sehen. »Kriegen wir keine Schwierigkeiten –«

»*Non*«, sagte er.

Achselzuckend folgte ich ihm weiter. Wir nahmen einen steilen Ziegenpfad hügelabwärts, passierten unseren Weingarten und unseren Wachturm und wanderten immer tiefer ins Tal.

»Weißt du, dass ich dich liebe?«, fragte er, während wir uns den schmalen Weg entlangschlängelten. Meine Hand lag fest in seiner, die andere hatte ich ausgestreckt, um das Gleichgewicht zu halten. Es war kaum zu fassen, wie fest meine Fußsohlen geworden waren.

»Ich, äh, natürlich.« Den letzten Meter übersprang ich. Wir waren wieder auf ebenem Grund, in einem Olivenhain. Das Flüstern der silbergrünen Blätter war fast so beruhigend wie Meeresrauschen. Überall um uns herum waren die Zweige mit roten Fäden umwunden. Weitere *B'kurim*. Schillernde Schatten fielen über uns.

Er nahm auch meine andere Hand, sodass ich mich zu ihm umdrehen musste. »Du sagst das mit wenig Überzeugung, *chérie.*«

Ich wusste nicht, was ich darauf erwidern sollte. Mir war klar, dass er mich liebte, ich… ich spürte es einfach nicht so sehr, wie ich mir gewünscht hätte.

»Ich habe dich hierher gebracht, weil du dabei sein sollst, wenn ich erfahre, ob es mein Schicksal ist, diese Reise nach Midian zu unternehmen.« Er sprach wieder Ägyptisch.

»Wie willst du –«, setzte ich an, doch dann fielen mir die Steine wieder ein, die Urim und Thummin. »Du hast sie immer noch?«

Er errötete und nickte. »Ja.«

»Versteckst du sie immer noch in deinem, äh…« Ich deutete in Richtung seines Schurzes.

»Dort sind sie am sichersten aufgehoben«, sagte er.

Als Ägypterin und vor allem als Frau eines Arztes wusste ich, dass der Anus ein äußerst wichtiger Körperteil war. Einläufe waren das Aspirin des alten Ägyptens. Ob die Israeliten das genauso sahen, wusste ich nicht; und ich wollte es auch nicht wissen. «Kannst du es verstehen, wenn ich sie nicht werfen möchte?«, fragte ich.

Er lächelte und holte sie dann aus seiner Bauchschärpe. Die Urim und Thummin: auf den länglichen Steinen waren althebräische Buchstaben eingraviert. Sobald man die Steine zusammenbrachte, begannen sie zu tanzen. Cheftu hielt einen in jeder Hand, und plötzlich begriff ich, woraus sie bestanden, durch welchen »Zauber« sie funktionierten.

»Es sind Magneten!«, platzte es aus mir heraus.

»Aber natürlich«, bestätigte er. »Jetzt schau zu, du musst die Zeichen lesen.« Er sah mir tief in die Augen. »Du fragst, weshalb wir hier sind, Geliebte. Vielleicht werden wir das gleich erfahren?

Soll ich, Cheftu, in die Wüste und zum Berg Gottes ziehen?«, fragte er langsam. Er warf die Steine aus, und ich sah sie miteinander reagieren. Die Sonne schien einen Buchstaben nach dem anderen zum Leuchten zu bringen, und Cheftu las sie der Reihe nach vor.

Vor meinen Augen verwandelte sich das Gekritzel und Gekrakel in mir bekannte Buchstaben: »D-E-R-W-I-L-L-E-Y-H-W-H-S-G-E-S-C-H-E-H-E.«

Er zog die Stirn in Falten.

»Heißt das, du sollst gehen, oder du sollst nicht gehen?« Ich starrte auf die Steine. Sie lagen reglos auf dem Boden, etwa zwei

Handspannen voneinander entfernt. »Ich finde das eine schreckliche esoterische Antwort.«

»Das sind sie oft«, bestätigte er düster.

»Darf ich mal?« Ich fasste nach dem weißen.

»Ich dachte, du wolltest sie nicht anfassen?«

Ohne auf seine Bemerkung einzugehen, nahm ich erst den einen, dann den anderen auf. Als ich meine Hände zueinander führte, spürte ich, wie sie in meinen Handflächen zu vibrieren begannen. Kraftblitze zuckten durch meine Arme. Es tat fast weh. »Soll ich gehen?«, fragte ich und warf sie aus.

»T-A-U-C-H-I-N-D-I-E-W-A-S-S-E-R-D-I-E-D-I-C-H-F-Ü-H-R-E-N.«

»Vielleicht sind sie kaputt«, meinte ich. »Das ergibt doch keinen Sinn.«

»*Non*, du hast die falsche Frage gestellt«, widersprach er. »Du hättest fragen müssen: ›Soll Cheftu gehen?‹«

»Huch!« Ich stellte die Frage noch einmal, und wir erhielten wieder »D-E-R-W-I-L-L-E-Y-H-W-H-S-G-E-S-C-H-E-H-E.«

»*Ach*, als sie sagten, du seist bei Dagon, habe ich sie auch erst verstanden, nachdem ich nach Ashqelon gekommen war.« Einen Moment lang wirkte er verwirrt. »Damals haben sie behauptet, du seist in Gefahr, doch als ich ankam, warst du ganz obenauf.«

»Wahrscheinlich habe ich in dem Moment gerade meinen Seiltanz absolviert.« Unwillkürlich war ich erstaunt über die Steine.

Cheftu wiederholte das Wort ganz langsam auf Englisch. »Was ist das?«

»Eine lange Geschichte. Du hast sie nach mir befragt?« Irgendwie konnte ich immer noch nicht fassen, dass dieser wunderbare, gut aussehende, witzige und liebevolle Mann mich liebte.

»Du wunderschöne *idiote*, aber natürlich! Allerdings hast du kaum fünf Tage später um das Leben von uns allen gefeilscht. Sie antworten immer genau, wir verstehen sie nur nicht.«

»Was ist mit dir passiert?«, fragte ich. »Während du bei den Sklavenhändlern warst?«

Er presste die Hände gegeneinander und verstummte kurz. »Ich werde es dir ein einziges Mal erzählen, und dann werden wir diese Sache hier in diesem Olivenhain zurücklassen, und zwar für alle Zeit, *nachon?*«

»*B'seder.*«

»Sie haben mich geschlagen«, erzählte er tonlos. »Ausdauernder als alle anderen. Sie haben mich hungern lassen. Sie haben versucht, mich zu vergewaltigen, aber die, äh, Steine...«

Mein Kopf lag in meinen Händen. Es machte mich verlegen, ihm zuzuhören, es tat mir Leid, dass ich gefragt hatte, dass ich das hatte wissen wollen. Cheftu räusperte sich. »Danach haben sie mich in Ruhe gelassen.«

Ich schwieg eine Weile. »Wieso willst du nicht wieder als Arzt arbeiten?«

»Wegen Aztlan.«

»Wieso?« Wir sahen einander nicht einmal an.

»Sie sind alle gestorben, Chloe. Was wir auch versucht haben, sie sind gestorben. Nur ich, der Arzt, *ach*, nun, ich wurde urgesund.«

»Ich kann dir nicht folgen.«

»Die Krankheit.« Er seufzte tief. »Ich habe mein Einfühlungsvermögen verloren.«

Ich war wie vor den Kopf geschlagen. Cheftu war eindeutig der einfühlsamste Mensch, den ich kannte. War er ausgebrannt? Ich wartete schweigend ab. Wenn er mir mehr erzählen wollte, würde ich ihm zuhören. Doch ich hatte eben eine unangenehme Lektion bekommen, was das Fragenstellen anging.

Mit einem Seufzer lehnte Cheftu sich zurück. »In Aztlan sind die Menschen gestorben, ganz gleich, was wir versucht haben. Also haben wir nach dem Grund dafür gesucht.« Er sah auf seine Hände und drehte sie dabei hin und her, als könnte er die Antwort vielleicht in den Handfalten, in den Hautzellen lesen. »Als wir den Grund entdeckt hatten, als wir weitere Erkrankungen verhüten wollten, weil es keine Heilung gab, befolgte niemand unseren Rat. Niemand hörte auf uns. Niemand glaubte uns. Alle sind gestorben. Ohne Ende und ohne Sinn.« Er faltete die Hände und starrte mir in die Augen. »Ich merke, dass ich wütend auf sie bin. Sie haben ihren Tod selbst verschuldet, und dennoch lastet er auf meinen Schultern.«

Er spannte den Unterkiefer an. »Dann musste ich daran denken, was ich im Laufe der Jahre alles verschrieben und verordnet und vorgeschlagen habe und wie wenige Menschen meinen Rat tatsächlich befolgt haben und geheilt wurden und –« Er warf die Hände hoch. »Es kommt mir so sinnlos vor. Ich will mir nicht weiter die Finger und das Herz blutig arbeiten, wenn ich so wenig damit erreiche.«

»Also geh nach Midian«, sagte ich mit gespielter Heiterkeit. »Mal sehen, wie du dich fühlst, wenn du zurückkommst.«

Er zuckte mit den Achseln.

Ich reichte ihm die Steine zurück und sah zu, wie er sie wieder in seine Schärpe steckte, einen auf jede Seite, damit sie nicht tanzten. »Wann geht ihr los?«

Sein Blick traf auf meinen. »Nächste Woche. Nach Shavu'ot.«

»Feiern wir mit?«, fragte ich. Bis auf die Vorbereitungen hatte Shana kein Wort darüber verloren.

»Sie gehen dafür in die Stadt Shek'im«, sagte er. »Dort ist ihr Totem. Ich glaube, wir bleiben so lange hier und bewachen die Felder.«

Die Verlegenheit war wieder da. Ich fühlte mich auf merkwürdige Weise allein gelassen, wie ich so im Schneidersitz im Olivenhain saß. »Wo bist du?«, platzte es aus mir heraus.

Er blinzelte überrascht. »Wie meinst du das?«

»Du. Du bist nicht hier. Bist du schon am Berg Gottes?«

Er schlug die Augen nieder. Ich hatte den Nagel auf den Kopf getroffen.

»Cheftu, du wirst auf diese Reise gehen. Ihr werdet nächste Woche losziehen. Allmählich beginne ich das zu verstehen und zu glauben. Doch solange du noch hier bist, sei bitte auch wirklich hier.« Ich beugte mich hinüber und drehte sein Gesicht zu mir her. »Erzähl mir, wie aufregend du das findest, erzähl mir, was du zu finden hoffst oder warum du mit willst. Schließ mich nicht aus. Verlass mich nicht schon, bevor du losgehst. Bitte.«

Das Sonnenlicht vergoldete ihn wie mit Speeren, brachte die

Lichter in seinem schwarzen Haar zum Funkeln und hob die kleinen Narben auf seiner Haut hervor. »Was wirst du als ›unbeschnittener‹ Ägypter überhaupt mitbekommen?«, fragte ich. »Sie lassen dich bestimmt nicht auf den Berg, sie werden dich nichts berühren und tun lassen, sobald sie dort angekommen sind.« Ich drückte seine Hand, um meinen Worten die Schärfe zu nehmen. »Sie benützen dich.«

»So wie ich sie benütze«, antwortete er. »*B'seder*, du willst die Wahrheit hören? Du willst hören, was in meinem Herzen vorgeht?«

»Ja!«, antwortete ich auf Englisch. »Natürlich will ich das! Wie konntest du auch nur daran zweifeln? *Ach!*«, entfuhr es mir verärgert.

»Chloe, wir leben hier unter einem Volk, dessen Vorväter Gott von Angesicht zu Angesicht gegenübergesessen haben. Sie haben mit ihm gespeist, sie haben mit ihm gesprochen. Das war keine Gottheit, die so mächtig war, dass man nur auf ihren Hinterkopf blicken durfte. Er war da, in Fleisch und Blut, und hat bei ihnen gesessen. Er war schon vor jeder Inkarnation, von der wir wissen, zum Menschen geworden!«

Seine Augen glühten, er war begeistert, er war schön. Und ich hatte keine Ahnung, wovon er da redete.

»Als *ha*Moshe Gott nach seinem Namen fragte, bekam er ein unergründliches Rätsel zur Antwort. Doch Moshe hatte Gott bereits seinen Namen gegeben, darum stand er in Gottes Macht.«

»Weil er seinen Namen kannte?«

»Namen sind ein mächtiger Zauber, *chérie*. Wenn man den Namen eines Menschen kennt, weiß man etwas über ihn. Darum hatten zu allen Zeiten viele Menschen, vor allem jene aus Herrscherfamilien, einen geheimen Namen.« Er streichelte mein Gesicht und fuhr dabei mit seinen Fingerrücken über meine Wangenknochen. »Als du mir zum ersten Mal deinen Namen gesagt hast – Chloe –, da wusste ich, dass er die Wahrheit über dich verriet.«

Ich runzelte leicht die Stirn, während der Wind in den Bäumen raschelte und silbrig grüne Blätter auf uns herabregneten. »Wieso das?«

»Im Griechischen, das habe ich dir schon mal erklärt, bedeutet dein Name ›Grün‹ und ›Aufblühend‹. Mehr noch, er bedeutet auch ›Lebendig‹, ›Wachsend‹ und ›Hoffnungsvoll‹.« Er strahlte mich an, mit einem langsam aufleuchtenden Lächeln, das von seinen Augen ausging und dann zu seinem Mund hinunterwanderte. »Für mich bist du genau das. Was auch geschieht, du wächst darüber hinaus. Nie verlierst du die Hoffnung, immer bist du voller Leben.«

Mein Gesicht glühte, und das Herz schlug mir im Hals. Wir sahen einander schweigend und glücklich an. Ich hatte vollkommen vergessen, worüber wir gesprochen hatten. »Küss mich, *chérie*«, sagte er.

Wir verschmolzen erst unsere Münder im sonnengetupften Schatten, dann unsere Leiber, dann unsere Seelen. Als wir schließlich nebeneinander lagen und zum blauen Himmel aufsahen, sagte er: »Ich bin Gelehrter und außerdem Katholik; deshalb möchte ich mitgehen. Mein Leben würde so viel dadurch gewinnen, dass ich diese Dinge sehe und sie erfahre. Selbst wenn ich den Berg nicht berühre. Ich habe nicht den Wunsch, Gott zu sehen; ich werde ihn ohnehin sehen, wenn ich sterbe.«

»Falls du stirbst«, verbesserte ich.

»*Ach*, Chloe.« Er sah mich an und betrachtete seine braune Hand auf meiner weißen Haut. »Die einzige Unsterblichkeit, die ich mir wünsche, sind unsere Kinder«, flüsterte er. »Für mich selbst löst sich die Zeit aus ihren Grenzen, wenn ich mit dir vereint bin und an deiner Seite lebe.« Er küsste mich und flüsterte gegen meine Lippen: »Das ist die Ewigkeit für mich.«

Waset

Zornig sah RaEm den Priester an, der die Frechheit hatte, sie unaufgefordert aufzusuchen. Vor zwei Tagen hatte Echnaton die Neuigkeit im Reich kundtun lassen: Sein Bruder und Schwiegersohn Semenchkare werde für alle Zeiten als Mitregent an seiner Seite im Lichte des Aton herrschen. Seither hatte RaEm den Audienzsaal nicht mehr verlassen, denn plötzlich tauchten viele der Adligen, die aus Achetaton geflohen waren, aus der Versenkung auf und baten um Vergebung.

Und Meritaton glaubte, den Göttern und Göttinnen sei Dank, schwanger zu sein, weshalb Tiye RaEm nicht mehr ganz so scharf im Visier ihrer Falkenaugen hatte.

»Mein Name ist Horetamun«, erklärte der Priester mit einer Verbeugung. »Ich komme als Hohe Priester, um dich im Tempel Amun-Res willkommen zu heißen, Semenchkare.«

Genau das war der springende Punkt. Sollte Semenchkare diesen Priester offiziell willkommen heißen oder seinen Gott anerkennen, dann würde Semenchkare höchstwahrscheinlich die gesamte Macht verlieren, die ihm Pharao, ewig möge er leben!, übertragen hatte. Falls Semenchkare jedoch die Ohren vor diesem Geflöte verschloss, konnte es leicht passieren, dass er von einem Hagel verdorbenem Gemüses aus Waset hinauseskortiert würde.

RaEm dröhnte der Kopf. »Sprich mich mit Semenchkare, ewig möge er leben!, an, Horetaton.« Schon jetzt war es heiß. Der Priester blinzelte sie dreist an. Die Sonne glänzte auf seiner kahlen Platte, leuchtete in seinem weißen Schurz und glitzerte bernsteingelb in den Augen des Leoparden, den er sich über die Schultern gelegt hatte. So langsam, dass es eher beleidigend als gehorsam wirkte, senkte er den Kopf.

Aus dem Augenwinkel sah sie, dass sein Nicken auch die umstehenden Höflinge beeindruckte. Gut, dass sie überhaupt etwas beeindruckte; bald würden sie ebenfalls verhungern, ganz gleich, welchen Pharao sie unterstützten oder welche Götter sie verehrten.

Es gab nichts mehr zu essen, alle Lager waren bereits geöffnet worden. In ihrer Faust hielt sie den Papyrus mit der Antwort auf die erboste Anfrage, die sie an Echnaton geschickt hatte. Zwei Wochen nach der angemessenen Antwortszeit hatte sie zu lesen bekommen: »Ja, diese Lager wurden zur Feier des letzten Geburtstages von Amenhotep Osiris geöffnet.«

Glücklicherweise wollten die Männer, die auf dem Feld gearbeitet hatten, mit Steinen bezahlt werden, die es in Ägypten im

Übermaß gab. Zu dumm, dass man Steine nicht essen konnte. Sie wandte sich wieder an den Priester. »Meine Majestät –« aus irgendeinem Grund faszinierte es sie weniger, diese Worte auszusprechen, als sie geglaubt hatte, »heißt dich an seinem Hof willkommen, auch wenn du einen gesetzlosen Gott verehrst, dessen Name fürderhin nicht mehr fallen wird.«

Der Priester kniff die Lippen zusammen, erwiderte aber nichts darauf. Das Schweigen dehnte sich, das Rascheln der anwesenden Höflinge wurde provozierender. »Hast du noch etwas zu sagen?«, fragte RaEm irritiert.

Er sah zu ihr auf und blickte mit seinen braunen Augen direkt in ihre. »Der Segen der Jahreszeiten sei mit dir, Meine Majestät.«

RaEm erhob sich. Die Audienz war beendet.

Sie hatte eben ihre Robe an- und ihre Krone abgelegt, als der Zeremonienmeister den Kopf durch die Türe streckte. »Ein Mann möchte dich sehen, Meine Majestät.«

Wenigstens war es nicht dieses Muli Meritaton. RaEm rieb sich den Hals und bat den Mann herein. Eine Gestalt im Umhang trat ins Zimmer und schob gleich darauf die Kapuze ins Genick.

Der Hohe Priester Amun-Res? »Was tust du hier?« Sie sah sich um. Gleich darauf hatte sie die Türen verriegelt, durch die man auf den Gartenweg kam, und die Vorhänge zugezogen. »Wenn uns einer sieht, müssen wir beide sterben.«

Er blieb stehen und sah sie tapfer an. »Meine Majestät, Herrin –«

RaEm wirbelte herum. »Was hast du gesagt?«

Sein Blick war fest und trotzig. »Herrin, denn das bist du doch, oder nicht?«

RaEm verschränkte die Arme. »Ich bin Semenchkare, der Gemahl Meritatons und Mitregent Ägyptens.«

»Das tut für mich nichts zur Sache, auch wenn mir das Kind Meritaton Leid tut«, sagte er. »Sie weiß es nicht, oder?«

RaEm schwieg. Woher wusste er Bescheid? Wie war er darauf gekommen? Hatte er mit jemandem darüber gesprochen?

»Es tut nichts zur Sache«, wiederholte er. »Nur insofern: Wir müssen Amun-Res Priesterschaft wieder zusammenführen. Die Felder verrotten, die Menschen werden verhungern, weil uns die Männer fehlen, um das Essen zu verteilen.«

»Ich kann nichts unternehmen«, wehrte sie ab. »Allein dadurch, dass ich dir zuhöre, setze ich mein Leben aufs Spiel.«

Horetamun zog seine Kapuze wieder über. »Wenn du bereit bist, wie ein wahrhafter Pharao zu handeln, dann lass es mich wissen.«

Er drehte sich um und entriegelte die Tür zum Garten.

»Wenn die Zeit zu handeln für uns gekommen ist, Horet«, sagte sie, »dann lass es mich wissen.«

Über Shavu'ot leerte sich die Stadt, denn alle Männer mussten nach Shek'im ziehen, wo der Be'ma-Thron, der Gnadenthron, wartete. Auf ihm ruhte Yahwes Macht.

Wenn Yahwe in Shek'im war, warum stiefelten die *Zekenim* dann auf den Berg, um ihn zu sehen?, fragte ich mich. Doch ich stellte keine Fragen. Sklavinnen stellen keine Fragen. Ich wurde allmählich so stumm wie meine Transuse.

Ich würde also vorübergehend meinen Mann verlieren. Dann beschloss jemand, dass ich nicht allein wohnen sollte, und ich wurde in den Frauenflügel des Palastes umgesiedelt: Avgay'els Territorium, da Mik'el auf die andere Straßenseite umgezogen war.

Die Männer kehrten allmählich von ihrer Reise zurück und machten sich an die niemals endende Arbeit in ihren Weingärten. Ich war damit beschäftigt, wie besinnungslos Getreide zu mahlen und zu schwitzen, als eines Nachmittags ein Soldat, kein *Gibori*, sondern ein normaler Soldat, neben mir niederkniete. Die Transuse war irgendwohin verschwunden. Sie tauchte immer öfter ab. Mir war das gleich; solange sie weg war, brauchte ich mich nicht abzumühen, ein Gespräch in Gang zu bringen.

»*Isha*, in der dritten Wache möchte Yoav dich sehen.« Außer seinen kristallblauen Augen nahm ich kaum etwas an ihm wahr.

Damit verschwand er wieder. Während der dritten Wache des Tages oder der Nacht? Ich zog es eindeutig vor, Yoav im hellen Tageslicht aufzusuchen, vor allem da mir diese Einladung zu einer Unterredung reichlich unorthodox vorkam. Schließlich war ich seine Sklavin und hatte ihm jederzeit zur Verfügung zu stehen. Warum ließ er mich nicht einfach abholen?

Doch immerhin bot sich dadurch ein Vorwand, aus dem Palast zu kommen.

Gegen vier Uhr schien die Sonne immer noch, und der Hof war menschenleer. Es war die dritte Tagwache. Ich stand auf, schüttete das Mehl in den entsprechenden Vorratsbehälter und sah mich dabei um. Niemand beachtete mich.

Ich schlenderte durch den Gang und schnappte mir einen Wasserkrug. Wenigstens konnte ich so behaupten, ich sei auf dem Weg zum Brunnen, obwohl man mir diese Aufgabe nie zuvor übertragen hatte – ich war nur ein einziges Mal dort gewesen. Ich huschte durch den Hof und bemerkte dabei, dass niemand mich bemerkte. Mal was ganz anderes, dachte ich sarkastisch.

Draußen. Wow! Ich war draußen! In der Stadt. Mamre. Noch nie war ich ohne Begleitung auf dieser Seite der Palasttore gewesen. Vor Aufregung musste ich beinahe kichern.

Yoavs Heim stand Seite an Seite mit Daduas, da wir alle miteinander in einer Art Kommune lebten. Sollte ich vorn oder hinten an seinem Haus vorbei?

»*Isha*, komm mit.« Verdutzt drehte ich mich um. Es war derselbe Soldat wie am Morgen, nur wirkten seine Augen jetzt weniger atemberaubend und eher roboterhaft. Er war mir ein wenig zu entgegenkommend. Ich wurde misstrauisch. Wer war dieser Typ? Wusste ich mit Sicherheit, dass Yoav ihn geschickt hatte?

»Sag mir, wohin ich gehen soll, dann werde ich schon hinfinden«, entgegnete ich.

»Ich bringe dich hin.«

»Ich finde schon hin«, wiederholte ich entschiedener. Ich war als Frau allein in einer mir unbekannten Stadt. Ich hatte diesen Soldaten heute Morgen zum ersten Mal zu Gesicht bekommen. Ich streckte die Schultern durch und wurde dadurch sichtlich aggressiver.

Er nickte zustimmend. »Wie du meinst. Yoav will sich in der Taverne am Tor mit dir treffen. In der Honigbiene.«

Die Israeliten hatten Tavernen?

»Geh rein und zum Wirt, dann wird er dir zeigen, wo du Yoav finden kannst.«

»*Todah*«, sagte ich und schulterte meinen Krug. Er würde mir wenigstens einen fadenscheinigen Vorwand bieten, sollte ich einen brauchen. Sobald ich mich auf den Weg gemacht hatte, stellte ich fest, dass mir der Soldat in einigem Abstand folgte. Das machte mich nervös, doch immerhin waren Menschen auf den Straßen. Ich war eindeutig weniger gefährdet als bei einem Spaziergang durch das nächtliche Dallas oder durch Istanbul bei Tag. Vielleicht würde sich diese Gelegenheit kein zweites Mal bieten – und bei meiner Arbeit im Harem bekam ich immer öfter Hummeln im Hintern.

Während ich mich mit dem Krug auf der Schulter durch die Menschen schlängelte, versuchte ich mir darüber klar zu werden, warum er mir folgte. Wäre ich allein gewesen, hätte mir möglicherweise Gefahr gedroht. Doch da ich verheiratet war, hätte alles von einer Vergewaltigung bis zur Verführung als Ehebruch gezählt, da die Definition von Ehebruch auf dem weiblichen Part beruhte.

Es war weniger eine moralische Frage als vielmehr eine – ich biss die Zähne zusammen – des Besitzanspruchs. Ein Mann musste die Gewissheit haben können, dass seine Kinder von ihm stammten. Doch jedermann wusste, dass ich verheiratet war. Da ich nicht glaubte, dass dieser Soldat das Risiko eines Todes durch Steinigung eingehen würde, weil er eine verheiratete Frau vergewaltigt hatte, musste es einen anderen Grund geben.

Wieso blieb dieser Typ mir auf den Fersen? Ich nahm den Krug von der Schulter und schlüpfte in eine Seitengasse, um meine Theorie zu überprüfen. Mit seinen unheimlich blauen Augen nach allen Seiten spähend, ging er an mir vorbei. Zu dutzenden trugen die Frauen irgendwelches Zeug auf ihren Schultern und Köpfen durch die Straßen. Ich beobachtete, wie er eilig zu einer Frau aufschloss, deren Krug so aussah wie meiner. Dann schlüpfte ich wieder aus meiner Gasse heraus und folgte ihm.

Erst als sie abbog, begriff er, dass sie nicht ich war. Ich machte eine Kehrtwendung, denn mir war klar, dass er sich jetzt nach allen Seiten umsehen und sich fragen würde, wohin ich verschwunden war. Irgendwie machte mir die Sache Spaß – jedenfalls mehr, als weinerlichen Weibern dutzende von Kleidern nachzutragen!

Nach einigen weiteren Fehlschlägen, nachdem ich ihn ein paar Mal verloren und ein paar Mal entdeckt worden war, begriff ich, dass ich vor einem vertrackten Problem stand: Ich wusste nicht, wohin ich gehen musste. Ich kannte mich in Mamre nicht aus. Allmählich rückte der Abend näher; die Straßen leerten sich bereits.

Am Stadttor, hatte der Soldat gesagt, darum folgte ich einigen Tageshändlern, die diese Nacht vor der Stadt verbringen würden. Es war reines Glück, dass ich zwei Mitanni dabei belauschte, wie sie sich über die Linsensuppe unterhielten, die in der Honigbiene serviert wurde. Mein Krug war zwar leer, doch ganz schön schwer geworden.

Ich heftete mich an ihre Fersen, spazierte in die Taverne hinein und wurde sofort angeherrscht, meinen Krug draußen zu lassen. In der Hoffnung, dass niemand ihn stehlen würde, kam ich der Aufforderung nach und ging dann an die Bar. Der Mann musterte mich von Kopf bis Fuß, um schließlich eine Kinnbewegung zur Seite zu machen.

Ich trat durch eine Vorhangtür.

»*Shalom*«, sagte Yoav. Avgay'el saß an seiner Seite.

»*Shalom, Adon, G'vret.* Du wünschtest mich zu sehen?«

»Du hast meinen Boten geschickt überlistet«, sagte er. »Das beweist mir, dass du die bist, nach der ich suche.«

Schweigend überlegte ich, wie er das wohl meinte. *Du musst pokern, Chloe. Lass ihn nicht wissen, was du denkst.*

»*B'vakasha*, nimm Platz«, bot er mit einem spröden Lächeln an.

B'seder, Yoav, auch ich habe nicht vergessen, dass einst unsere Rollen vertauscht waren. Ich nahm den Hocker, etwas anderes bot sich nicht an, und ließ meinen Blick zwischen Daduas zweiter Frau und seinem zweiten Oberkommandierenden hin und her wandern. War es nicht verdächtig, dass sie hier waren? Allein? Zusammen?

Ich bin eine richtige Klatschbase geworden, dachte ich.

Er beugte sich vor, wobei die schwarzen Locken über seinen Ohren nach vorne fielen. »Dein Mann ist ein ägyptischer Schreiber, *Isha*?«

»Ja«, antwortete ich.

»Und du bist ›eine Göttin‹? Was noch? Kannst du Gold aus Stroh spinnen oder weißt du von einem Geheimnis, das du uns zu verraten vergessen hast?«

»Lo.«

Er lehnte sich zurück. »Ich weiß noch von unseren Verhandlungen in Ashqelon, dass du strategisch denken kannst«, sagte er. »Das hast du heute Nacht erneut bestätigt. Du nimmst deine Umgebung wahr, du verstehst mit Licht und Schatten zu verschmelzen. Woher kannst du das?«

Ich sah auf Avgay'el. Ihr Blick war düster, aber freundlich. Oder spielten sie »guter Israelit/böser Israelit« mit mir? »Weshalb willst du das wissen?«, fragte ich. »Was hätte ich daraus lernen sollen, dass dein Mann mir durch die Stadt folgte?«

»Eine dir unbekannte Stadt«, sagte er. »Die Stadt eines Volkes, dem du nicht angehörst. Doch du hast dich mit einem Krug getarnt und dein Haar und deine Ohren bedeckt, damit niemand von dir Notiz nimmt.«

Darauf gab es nichts zu sagen. Ich hatte mir keine Gedanken darüber gemacht. Er hielt mir meine List unverdienterweise zugute, doch das würde ich ihm keinesfalls auf die Nase binden.

»Wer bist du? Was bist du?«

»Du hast es selbst gesagt. Eine ›Göttin‹.«

Seine grünen Augen sprühten. »*B'seder.* Behalte deine Geheimnisse für dich«, knurrte er.

»Todah«, erwiderte ich sarkastisch.

Auf meinen Tonfall hin zog er die Brauen hoch, um mich daran zu erinnern, dass ich eine Sklavin und er mein Herr war. *Jesus, Chloe, reiß dich zusammen!* »Verzeih mir«, sagte ich, ohne es auch nur im Entferntesten zu meinen.

»Sieh mich an und sag das noch mal.«

Ich hob den Blick; seine Augen hatten fast dieselbe Farbe wie meine, allerdings glaubte ich nicht, dass meine so ausdruckslos blicken konnten wie seine. Aus irgendeinem Grund irritierte er mich zutiefst, genau wie damals in Ashqelon. Ich biss die Zähne zusammen und weigerte mich wegzusehen. Er blieb ebenfalls standhaft. Das nächste Blickduell.

Ich weigerte mich, als Erste zu blinzeln, und sollten mir die Augäpfel aus den Höhlen fallen. Offenbar dachte er genauso. Wir starrten einander an, ohne dass einer aufgegeben hätte. Meine Augen begannen auszutrocknen und zu tränen. Yoavs untere Lider zuckten und füllten sich mit Tränen.

»*Ach!* Seid nicht so kindisch!«, mischte sich Avgay'el verärgert ein. »Das führt doch zu nichts, Yoav. Sklavin, *Isha, ach,* wie heißt du?«

»Chloe«, antwortete ich, ohne den Blick abzuwenden. Die Frau hätte das eigentlich wissen müssen, schließlich arbeitete ich tagein, tagaus vor ihrer Nase.

»Klo-ee? Na gut. Ihr habt beide gewonnen, also hört auf.«

Keiner von uns wollte wegsehen, ihren Worten zum Trotz. Tränen liefen in Strömen über meine Wangen, genau wie bei ihm. Avgay'el schlug ihm auf die Schulter. »Yoav ben Zerui'a, deine Kinder sind vernünftiger als du! Schluss damit!«

Seine Augen wölbten sich erbost vor, doch er weigerte sich wegzusehen. Ich musste kichern; ich lieferte mir mit einer Bibelgestalt ein Starrduell! Er begann leise zu lachen. Avgay'el versetzte ihm den nächsten Schlag. Inzwischen lachte ich schon lauthals. Sie schwenkte ihre Hand zwischen uns auf und ab und baute sich dann zwischen uns auf.

Mein Blick wurde abgelenkt, und meine Lider begannen zu blinzeln. »Shekina sei gelobt!«, entfuhr es ihr. »Ihr zwei … *ach*! Sieh nur, wie viel Zeit du mit diesem Unfug vertan hast, Yoav!«

Ich rieb meine Augen, aus denen die Tränen liefen.

»Gar nichts war vertan«, widersprach er. »Ich habe mehr über Klo-ee erfahren, als wenn ich eine Stunde mit ihr gesprochen hätte.« Sie hatten in einen anderen Dialekt gewechselt, doch ich verstand sie immer noch. Sollte ich das? Wussten sie das?

»*Isha*«, sagte er zu mir. »Willst du deine Freiheit zurück?«

»*Todah*«, sagte Cheftu zerstreut zu dem Sklaven. Zu dem anderen Sklaven, korrigierte er. Bis das Gold ausgegraben, aufgeladen und Dadua übergeben war, würde Cheftu ebenfalls Sklave bleiben, auch wenn man ihm die Ohrketten abgenommen hatte.

Er sah über das Land. Nicht einmal eine Eidechse krabbelte unter der glühenden Sonne herum, kein Lufthauch regte sich, sogar die Luft roch nach Schwefel.

Als er gegen das Licht anblinzelnd in die Ferne sah, stellte er fest, dass sich die Mühe des Blinzelns nicht lohnte; es sah überall gleich aus.

Neben ihnen erstreckte sich das Salzmeer, in dessen blau-grüner Oberfläche sich der Himmel spiegelte. Keine Fische schwammen in diesem Gewässer, keine Tiere labten sich an seinem Ufer. Felsbrocken und phantastisch geformte Salzgebilde ragten aus dem Wasser auf oder lagen am Strand herum. Selbst der Wind war mit einem stechenden Salzgeruch beladen.

Über einen Tag lang würden sie durch die sengende Hitze am Ufer dieses Meeres, das keinerlei Erfrischung bot, entlangwandern. Die weit entfernten und oben abgeflachten Hügel im Westen waren mit Felsbrocken übersät, unter denen Berglöwen und wilde Ziegen hausten. Und Briganten.

Cheftu drehte sich zu der zusammengestellten Karawane um: siebzig Söhne aus den edelsten Familien, dreißig Sklaven sowie hundert Esel, eine Hand voll Priester, N'tan und er selbst. Erste Wahl für eine Brigantenbande, vor allem auf dem Rückweg. Wieder einmal ging ihm durch den Kopf, dass es nicht besonders schlau war, das Gold quer durch die Wüste zu schleifen, nicht solange sie keine Armee-Eskorte hatten.

Bald würde die Sonne untergehen, und sie würden noch weiterwandern. Um die Männer, vor allem jene aus den kühleren Hügeln um Jebus und das Galil, an die Hitze zu gewöhnen, marschierten sie bei Nacht. Außerdem fiel, solange die Männer in der Abenddämmerung erwachten und sich im Morgengrauen schlafen legten, weniger ins Gewicht, dass es weder Wein noch Weiber gab.

Cheftu wünschte, sein Körper und Geist würden sich genauso leicht in Ketten legen lassen. Er konnte halb tot sein und trotzdem seine Frau begehren, nicht allein um der physischen Erleichterung willen, sondern auch, weil er bei ihr, in ihr, sein Heim fand. Er nahm einen Schluck lauwarmes Bier, dann stand er auf und riss seine Gedanken gewaltsam von Chloe los. Etwas an dieser Reise machte ihn nervös; irgendetwas stimmte nicht.

Sein Blick strich über die fernen Hügel, die von sterbendem Sonnenlicht überspült wurden. Sie wurden beobachtet, doch er wusste nicht von wem. Er wünschte, er hätte ein Schwert; doch das durften nur freie Männer tragen.

»Ich werde dir eins geben.« N'tan war neben ihn getreten und hatte seine Gedanken erraten.

»Adon!«, begrüßte Cheftu den Tzadik. Der Nathan der Bibel; bisweilen war es einfach nicht zu glauben. »Wie kann ich dir helfen?«

Der Prophet zwirbelte den Bart zwischen den langen braunen Fingern und kniff die Augen vor der Sonne zusammen. »Wie lautet dein Name?«

»Du kennst meinen Namen.«

»Chavsha ist nicht dein wahrer Name, Ägypter. Wie lautet dein Name?«

Cheftu spürte ein Prickeln in den Nerven, sagte aber nichts. Vielleicht hatte man ihn bei einer Lüge ertappt, dennoch war er nicht gewillt, die Wahrheit zu sagen. N'tan wartete schweigend ab.

»Wenn du mir deinen Namen nennst und mir verrätst, wie du zum Sklaven in Ashqelon wurdest, dann werde ich dir eine Klinge anvertrauen.«

»Der Preis erscheint mir zu hoch, *Adon*«, erwiderte Cheftu kühl. »Ich soll meine geistige Verteidigung gegen eine physische eintauschen?«

»Das wird mir zeigen, welche Welt du mehr fürchtest.« N'tan drehte sich zum Gehen um.

»Wie lautet *dein* wahrer Name, *Adon*?«, fragte Cheftu verärgert.

N'tan wandte sich noch einmal um. »Wenn du der bist, für den ich dich halte, dann kennst du meinen Namen. Du kennst meine Familie und meine Ahnen. Wenn du es nicht bist, dann werde ich mich nicht vor dir offenbaren.«

Cheftu blieb wie angewurzelt stehen und sah dem kleinwüchsigen, dunkeläugigen Mann mit den langen Locken und dem langen Lockenbart nach. N'tan deutete ein Lächeln an. »Siehe das, was ist, nicht das, was du zu sehen meinst.« Cheftus verwirrtes Stirnrunzeln ließ sein Lächeln verschwinden. »Hinfort, Sklave.«

Cheftu klaubte seine Habseligkeiten zusammen und trat auf den Pfad, der ihn in die Freiheit führen würde.

Waset

RaEm starrte auf die Zähltafel. Es war hoffnungslos. Es gab keine Nahrung für Ägypten. Es gab kaum genug für die königliche Familie! Im ganzen Lande hatte es Missernten gegeben. Die Überschwemmung hatte den Boden kaum angefeuchtet. Ohne die Tränen des Nils gab es kein schwarzes Land, nur das alles umschließende Rot der Wüste.

Sie hatte alte Lagerhäuser ausfindig gemacht, die mit Amenhoteps Kartusche versiegelt waren. Nach dem Öffnen der Türen hatten die Soldaten die Fackeln aufgenommen und waren ihr vorangegangen.

In die Leere.

Es war nichts mehr übrig. Kein Halm, kein Körnchen, kein Samenkorn. Es gab nichts zu essen.

Echnaton hatte bestätigt, dass sie selbstverständich alles aufgegessen hätten. RaEm schluckte schwer und rief sich ins Gedächtnis, dass er Pharao war und sie von ihm nur geduldet wurde; selbst wenn sie Mitregent war, konnte sich dieser Status von einem Wimpernschlag auf den nächsten ändern. *Aii,* wie hatte das geschehen können?

Stattdessen hatte sie ihm in einem weiteren Brief ihren Körper versprochen, während sie im Geist nach einem Plan, einem Ausweg suchte. Früher einmal wäre es ihr gleich gewesen, ob alles um sie herum verhungerte und starb, solange es ihr nur gut ging. Doch dann war sie an einem anderen Ort und in einer anderen Zeit erwacht, in panischer Angst vor dem Dunkel, blutbesudelt und um ihr Leben bangend.

Aus dem Beutel auf ihrem Rücken hatte sie nichts zu Tage gefördert, was sie begriffen hätte. Eine sprechende Kiste, aber wie konnte darin ein Mensch sitzen? Ein dicker Packen Papyrus, aber viel besser gehämmert, als sie es je gesehen hatte. Etwas Längliches, das essbar roch und behauptete, ein MARS zu sein. Sie konnte die Worte zwar lesen, doch sie verstand sie nicht.

Als sie die runde, flache Schachtel aufklappte, wurden ihre schlimmsten Albträume wahr. Aus dem Inneren hatte sie ein *Kheft*, ein Dämon, angestarrt, mit rotem Haar, das flammengleich um ein papyrusweißes Gesicht wehte, und hervorstehenden braunen Augen unter blutfleckigen Brauen.

Mittlerweile war RaEm endlich wieder in Ägypten zurück und berührte ihre Haut, um sich zu vergewissern: braun. Ihr Schädel war geschoren, doch ihre Brauen waren schwarz. Sie war in Sicherheit. Vorübergehend von Echnaton verbannt, doch in Sicherheit.

Damals jedoch hatte sie befürchtet, im Jenseits gelandet zu sein, und kreischend den Kreis fortgeschleudert, um in der Dunkelheit zusammengekauert auf das Zupacken der Fänge und Krallen zu warten.

»Schon okay«, hatte sie in ihrem Geist durch das heftige Zittern hindurch vernommen. Nichts war passiert. Sie hatte über ihre Arme geschielt. Der *Kheft* war ihr nicht nachgekommen. Dicht an den Boden gepresst war sie näher an die runde, flache Schachtel gekrochen, um festzustellen, ob der Kheft darin gefangen saß oder ob er freigelassen worden war. Sie sah nichts außer der Decke und einem Licht, das aus einer fernen Öffnung hereindrang. Nachdem sie die Schachtel umkreist und festgestellt hatte, dass keine Gefahr mehr drohte, hatte sie die Hand danach ausgestreckt, um sie zu schließen –

Der *Kheft* war zurückgekehrt! Keck starrte er sie an. RaEm schrie auf und knallte die Schachtel zu, um den Dämon darin einzusperren. Dann blickte sie auf ihre Haut. Der Dämon hatte sie mit Pocken angesteckt! Überall an ihren Armen sprossen braune und dunkelrosa Pünktchen. Sie sah auf ihre Beine; die waren ebenfalls befallen! »Hathor!«, hatte sie gebrüllt.

RaEm war in Chloes Welt nie heimisch geworden. Selbst nachdem sie erfahren hatte, dass die sprechende Kiste ein »CD-Player« war; dass ein MARS eine Süßigkeit und ein »Snack« war; dass der »Dämon«, den sie erblickt hatte, lediglich ihr Spiegelbild in einer Puderdose von Estée Lauder gewesen war – selbst da fühlte sie sich noch verloren.

Ganz langsam waren die Begriffe in ihren Verstand gesickert, doch waren sie schwer zu verstehen, da ihr jede rationale Erinnerung fehlte, da sie keine Ahnung hatte, wie sie das Gehörte mit irgendetwas verknüpfen sollte, das sie kannte. Alles war hier größer und komplizierter. Selbst die Menschen und ihre eigenen emotionalen Erinnerungen verwirrten sie. Schließlich hatte sie sich in Chloes Leben zurechtgefunden, doch es hatte Monate gedauert, bis sie »Die Zukunft« begriff. Nie zuvor hatte sie einen Gedanken an »Die Zukunft« verschwendet… es gab keine Zukunft, nur die Gegenwart und danach das Jenseits.

Dass sie in einem Krankenbett gefangen und von hilflosen Ärzten umzingelt war, die ihr Fragen stellten, auf die RaEm keine Antwort geben konnte – »Warum sind Sie in Ägypten?« »Wo befindet sich Ihr Vater jetzt?« »Nehmen Sie den Stift und zeichnen Sie etwas für mich« –, machte alles nur noch schlimmer. Sie wurde von grauenvollen Albträumen gequält; wenn sie die Augen schloss, erwachte sie jedes Mal schreiend. Und wenn sie erwachte, wurden jedes Mal ihre schlimmsten Albträume wahr. Sie war zum *Kheft* geworden!

Schließlich waren die Krankenschwestern ihrer überdrüssig geworden. Sie »schalteten« die schwarze Kiste an der Decke »ein«

und ließen sie allein. Sie konnte sie nicht ausschalten; sie kam nicht einmal hinauf, wenn sie sich darunter stellte. So hatte sie angefangen, Sky TV zu schauen.

Als sie schließlich begriff, was Unmögliches geschehen war, tastete sie sich zaghaft in die Welt vor. Jetzt, wo sie mehr Bilder und damit mehr Wissen hatte und auch die Chloe Kingsley, die immer noch in ihrem Kopf hauste, besser verstand, konnte sie allmählich begreifen, was gesagt oder getan wurde.

Wohl fühlte sie sich dennoch nie. Sie ekelte sich vor ihrer eigenen Haut. Sie versuchte, Ägypten in den dunkeläugigen Menschen, die jetzt im Niltal lebten, wieder zu finden, doch Ägypten war verloren. In panischer Angst, das Rote und Schwarze Land verlassen zu müssen, hatte RaEm ihren Stolz hinuntergeschluckt und Phaemon, jenen Liebhaber, den sie zu ermorden versucht hatte, jenen Mann, den sie mit sich durch die Zeit geschleppt hatte, um Vergebung gebeten.

Zumindest war sie danach nicht mehr allein.

Manches an der Zukunft war einfach phantastisch. Die Elektrizität, Neonlichter, Käse in unzähligen Geschmacksrichtungen. Kondome. Hochhackige Schuhe. Zeitschriften. Fernsehen. Doch ihr gehörte nichts davon.

RaEms Blick ging über den leeren Audienzsaal. Leer, da dies ein Feiertag Amun-Res war, des verbannten Gottes aus Waset. Sie saß auf Ägyptens Thron. Mit Krummstab und Geißel in den Händen. Hier hatte Hatschepsut gesessen; jetzt saß sie hier. Der Thron gehörte ihr. Ägypten gehörte ihr. RaEm musste es bewahren, sonst würde es am Ende vom Erdboden getilgt und sie wäre wieder allein.

Doch Ägypten wurde von niemand anderem gemeuchelt als von RaEms Geliebten, ihrem Liebhaber, ihrem Bruder.

Noch einmal überdachte sie ihre Wahl: ihr Liebhaber oder sie selbst?

8. Kapitel

Mamre

Es gab keine korrekte Übersetzung für meine Reaktion. *Uff!* Außerdem hätte sie wohl nicht der Etikette entsprochen. Darum beließ ich es bei einem gehorsamen Nicken.

»Du hast gehört, wozu uns *haMelekh* vor ein paar Wochen herausgefordert hat.« Yoav stand auf und begann hin und her zu gehen. Ohne Rüstung sah er in der einärmligen Tunika der Israeliten aus, als würde sein fleischiger Leib im nächsten Moment das Gewebe mit dem Goldbesatz sprengen. »Wer als Erster in die Stadt Jebus vordringt, erwirbt für alle Zeiten den Rang des *Rosh Tsor haHagana*. Das will ich sein.«

So eine Überraschung.

Er drehte sich zu mir um. »Und du wirst mir dazu verhelfen.«

Das war wirklich eine Überraschung. »Ich? Wie, wie soll ich denn…?« Ich sah Avgay'el an. Ihr dunkler Blick wirkte berechnend, weshalb ich mich fragte, was sie hiervon hatte, wieso sie hier war.

Yoav wandte sich ab und spazierte erneut im Zimmer herum. »Nur Blinde und Lahme gelangen hinein«, zitierte er.

Meine Haare stellten sich auf. Er wollte doch nicht vorschlagen, mir die Augen auszustechen und die Knochen zu brechen? Instinktiv wich ich einen Schritt zurück.

»Pass auf, dass dir die Augen nicht aus dem Kopf fallen«, meinte er mit einem Blick über die Schulter. »Ich habe Gerüchte von einem Wasserlauf gehört, der von außerhalb der Mauern bis zum Stadtbrunnen führen soll.«

»Ein Wasserlauf?« Ich versuchte irgendeinen Sinn in seine Worte zu bringen.

»Eine Frau und nur eine Frau darf zum Brunnen gehen«, erklärte mir Avgay'el.

Mir fiel der Krug ein, den ich den ganzen Nachmittag mit mir herumgeschleppt hatte. »Was hat das mit mir zu tun?«

Yoav fuhr sich mit dem Finger über den Schnurrbart. »Du bist eine Frau, eine schlaue Frau.«

Mir war durchaus bewusst, dass er mit seiner Schmeichelei etwas erreichen wollte, dennoch wurden mir die Wangen heiß.

»Und außerdem habe ich, was du begehrst.« Breitbeinig und mit durchgestreckten Schultern baute er sich vor mir auf, wodurch die perfekten Proportionen seines Körpers klar erkennbar wurden. »Deine Freiheit.«

»Ich verstehe dich nicht.« Ich gab mir alle Mühe, ruhig zu erscheinen.

»Wenn dein Gemahl heimkehrt, wird er freigelassen.«

Ich schwieg.

»Dies ist die Gelegenheit für dich, ebenfalls freizukommen.«

»Du willst, dass ich nach Jebus gehe?«, fragte ich. »Als Brunnenmagd?«

»Ken.«

»Um was zu tun?«

»Um mir die Stadt auszuliefern.«

»Ich soll die Wachen überwältigen? Die Stadttore öffnen?« Hoffentlich war mir anzuhören, was ich von seinem Vorschlag hielt. »Als Frau und ganz allein – du musst verrückt sein!«

Seine grünen Augen blitzten mich an. »Hüte deine Zunge, Isha. Sonst wird sie dich noch in Schwierigkeiten bringen.«

Du bist eine Sklavin, Chloe. Eine Sklavin. S-k-l-a-v-i-n. Denk nur an all die Haremsdamen mit ihren nervenaufreibenden Wünschen, an all die entkernten Datteln. Eine Sklavin! Also benimm dich auch wie eine! Ich biss mir auf die Zunge. »Was soll ich für dich tun?«

»Du sollst vom Brunnen aus dem Wasserlauf folgen und uns in die Stadt führen.«

»Was für einem Wasserlauf?«, wiederholte ich. Sprachen wir hier über die Kanalisation?

»Dem vom Brunnen aus, einem Trinkwasserbach.«

»Und wenn ich erwischt werde?«

Yoav zuckte mit den Achseln. »Du gehörst nicht unserem Stamm an, darum wird man keinen Verdacht gegen uns schöpfen. Falls überhaupt, wird man die Pelesti ins Visier nehmen. Das ändert nichts.« Er zog sein Messer aus der Scheide und hielt inne, um das Lampenlicht in der Bronzeklinge und in dem mit Steinen besetzten Heft blinken zu lassen. »Falls du mir den Weg in die Stadt nicht zeigen kannst, werden dich die Jebusi als Spionin der Pelesti hinrichten. Falls du mir jedoch den Weg in die Stadt nicht zeigst, werde ich dich persönlich töten.«

»Aha: Wenn ich bei dem Versuch scheitere, dann wirst du mich töten, und wenn ich bei dem Versuch erwischt werde, bin ich so gut wie tot. Aber wenn ich es nicht versuche, dann lässt du mich in Ruhe?«

Er sah kurz zu Avgay'el hinüber. »Nachdem ich sichergestellt habe, dass du mich nicht hintergehen wirst, *ken*.«

Ich bekam eine Gänsehaut unter meinem Kleid. »Und wie willst du das sicherstellen?«

Yoav ließ die Klinge langsam in die Scheide gleiten. »Ich schneide dir die Zunge heraus.«

Ich begann am ganzen Leib unkontrollierbar zu zittern. »Das ist doch … ein Scherz? Oder?«

Er breitete die Hände aus. »Ich muss mich schützen. Ich habe *Yeladim*.«

Es war schwer zu glauben, dass er ein Vater war und mir trotzdem ohne Skrupel die Zunge herausschneiden würde. Ich antwortete langsam, denn plötzlich fühlte sich meine Zunge dick und pelzig an: »Und wenn ich es in die Stadt schaffe, dann lässt du mich frei?«

»Wenn du es in die Stadt schaffst und uns hineinführst, *nachon*. Dann bist du frei.«

»Du lässt mir keine große Wahl«, kommentierte ich trocken. Die ganze Sache war unglaublich.

Er rammte den Dolch endgültig in die Scheide zurück. »Natürlich lasse ich dir die Wahl! Yoav ben Zeriu'a ist kein unbeschnittener Heide. Du kannst weiter bis ans Ende deiner sieben Jahre tagein, tagaus als Sklavin bei den schwangeren Müttern, den stillenden Müttern und den Frauen in der Regel dienen.«

»Ohne Zunge«, ergänzte ich.

Er zuckte mit den Achseln.

»Wieso ausgerechnet ich?«, wollte ich wissen. »Wieso nimmst du keine andere?«

Yoav sah erst Avgay'el, dann mich an. »Du bist nicht aus unserem Stamm, das erkennt man an jeder deiner Bewegungen. Und du bist keine...« Seine Hände fuhren durch die Luft, als wollten sie nach dem richtigen Wort haschen. »Dir fehlt das Weibliche. Du bist wie eine Witwe, die alle Geschäfte ihres Gemahls führen kann, ohne dass sie die Hilfe eines Mannes bräuchte.« Er wirkte bekümmert. *»B'Y'srael...«*

In Israel, kritzelte das Lexikon auf die Tafel.

»...hatten alle unsere Anführerinnen diese Eigenschaft, diese Fähigkeit. Alle waren wie Witwen, von der großen Richterin D'vora bis hin zu Ya'el, die dem Wunsch ihres Mannes zuwider gehandelt hat. Selbst Yeftahs Tochter wirkte wie ein allein stehendes Weib, als sie in die Wüste ging.«

Ich hatte keine Ahnung, wer diese Leute waren, und ich war ganz bestimmt keine Witwe. Und dass ich eine Mauer hinaufklettern und ein Ziel treffen konnte, bedeutete nicht, dass ich nicht weiblich war. Ich schoss wütende Blicke auf ihn ab, während ich mir zugleich ins Gedächtnis zu rufen versuchte, dass er ein Mann aus der Zeit vor Christi Geburt und für seine Kultur und seine Zeit ziemlich progressiv war... doch er hatte immer noch einen weiten

Weg vor sich. Aber war er deshalb ein Idiot? Glaubte er tatsächlich, dass ich ihm eine Stadt ausliefern konnte, die nicht einmal vier Armeen eingenommen hatten? »Ich will das einmal klarstellen.«

»B'vakasha«, überließ er mir das Rednerpult.

Ich rang darum, nicht respektlos zu klingen. »Du willst, dass ich, eine Pelesti-Sklavin, euch die Stadt Jebus übergebe, damit ihr, dieselben Hochländer, die meine Schwesterstädte geplündert haben, die nächste Stadt plündern könnt? Du glaubst, dass ich, weil es mir an Weiblichkeit mangelt und ich in der Lage bin, einen Wasserkrug zu tragen, diese Jebusi dazu überreden kann, mich in ihren Brunnen, ihre einzige Trinkwasserquelle zu lassen, von wo aus ich dann irgendwie aus der Stadt gelange, um auf demselben Wege mit einer ganzen Armee zurückzukehren?«

Sein Blick tastete mich langsam und wohlwollend ab. Wieder wechselte er in einen anderen Dialekt; einen, den ich verstand, Avgay'el hingegen nicht. »Dir mangelt es an gar nichts, *Isha*. Es ist, dass du weißt, wie du mit dir umgehen musst. Du kannst nachdenken. Du kannst dich verstecken, wenn jemand dich verfolgt. Du verstehst dich vor Fremden in Acht zu nehmen.«

Er sah mir wieder in die Augen. »Doch nicht, weil du irgendwie unansehnlich wärst. Im Gegenteil, du wirst dich verkleiden müssen.« Das Letzte sagte er auf Hebräisch oder Akkadianisch oder wie auch immer das hier übliche *Patois* hieß. »Das ist eine Aufgabe für Avgay'el.«

»Ata meshugah!«, brüllte ich ihn an. Er war wirklich absolut durchgeknallt!

»Ist das ein Nein?«, fragte er, eine Hand schon an seinem Messer.

Zitternd suchte ich nach irgendeinem Ausweg, doch ich hatte zu viel Angst, um klar denken zu können. »Wieso tust du das?«, wandte ich mich an Avgay'el.

»Ich will meinen eigenen Palast«, antwortete sie. »Ich will endlich nicht mehr hören müssen, wie wundervoll diese Stadt ist und wie sehr Daduas *Nefesh* sie begehrt. Ich will, dass diese ewigen flehenden Gebete ein Ende haben. Ich will, dass sich sein Traum erfüllt, damit wir endlich unser Leben leben können.«

»Du bist bereit, jeden Preis zu zahlen, nur damit *haMelekh* endlich aufhört zu nörgeln?«, krächzte ich hervor.

»*Nachon!*«

»Und es ist dir egal, dass es mein Leben und das dieser Soldaten kosten könnte?«

»Du hast die freie Wahl«, meinte sie.

»Zu sterben oder stumm weiterzuleben!«

Sie senkte den Blick.

Du musst anders ansetzen, Chloe. »Wieso unterstützt du Yoav? Und keinen anderen der vielen *Giborim*?«, fragte ich. Jeder hatte ein Auge auf den Rang des *Rosh Tsor haHagana* geworfen.

Avgay'el sah Yoav an. »Niemand war dem Herz der Wünsche meines Gemahls treuer als er«, antwortete sie mit ihrer melodiösen Geschichtenerzählerinnenstimme. »Yoav weiß, was Dadua will, selbst wenn Dadua meint, es nicht zu wissen.« Sie sah wieder mich an. »Yoav hat sich diesen Rang längst verdient. Er hat ihn durch Blut erworben.«

Für meinen Geschmack war diese Gegend eindeutig zu blutig.

»Es war nicht« – sie schien nach den richtigen Worten zu suchen – »allzu ehrenvoll von *haMelekh*, daraus einen … einen Wettstreit unter seinen Männern zu machen.«

»*Lo*. Sie sollten wie Kameraden sein, statt sich gegenseitig an die Gurgel zu gehen.« Ich gab mir alle Mühe, inmitten dieses Wahnsinns die Vernunft zu bewahren.

»Du hast als Soldatin gedient«, meinte Yoav tonlos. »Bei den Ashqeloni?«

Mein Blick war wenig respektvoll. »Wie lautet der Plan?« Hatte ich überhaupt eine Chance? Die Wahl zwischen der sicheren Verstümmelung oder dem möglichen Tod? »Gibt es überhaupt einen Plan?«

»Du wirst mit zwei meiner vertrauenswürdigsten Männern die Stadt observieren. Ihr müsst herausfinden, wo dieser Wasserlauf herauskommt.«

Ein Spähtrupp, *b'seder.* »Du weißt nicht, wo dieser Bach verläuft?«

»*Lo*, das gehört zu deiner Aufgabe als Spionin.«

Mein Vater wäre schrecklich stolz auf mich gewesen. »Und wenn ich nichts finde –« Ich sprach den Satz nicht zu Ende; das war auch gar nicht nötig, denn er hatte bereits nach seinem Messer gefasst. Offenbar fiel ›den Weg nicht zu finden‹ in eine der oben genannten Kategorien. Stummheit oder Tod. »Und wenn es gar keinen gibt?«

»Du bist eine schlaue Frau.«

Allmählich hörte sich das eher nach einer Drohung als nach einem Kompliment an. Ich fuhr mit der Zunge über meine Lippen und atmete tief ein, um nicht wieder laut zu schreien. »*B'seder* und dann?«

»Dann gehst du als wandernde Brunnenmagd in die Stadt.«

»Kommt so etwas oft vor?«, erkundigte ich mich.

Avgay'el zuckte mit den Achseln. »Oft genug. Vielleicht solltest du dich als Witwe ausgeben.«

Auch gut.

»Du bist eine Pelesti und aus den Städten geflohen, die wir zerstört haben«, schlug Yoav vor.

Es war immer gut, beim Lügen möglichst nahe an der Wahrheit zu bleiben. »*B'seder.* Und was ist das für eine Sache mit den Blinden und Lahmen?«, fragte ich weiter.

»Das ist ein Fluch, den Abdiheba, der jetzige König, über all jene gelegt hat, die seine Stadt einnehmen wollen.«

Ich wartete ab. Kam da noch was nach?

»Beunruhigt dich das?«, fragte er.

»Dass ich ein ganzes Volk hintergehen muss, um freizukommen? Oder dass er mich mit einem Fluch überzieht – obwohl es schon Fluch genug ist, eine Sklavin und von meinem Mann getrennt zu sein?«

Yoav und Avgay'el sahen sich an. »Es ist mir neu, dass ihr Heiden so hohe Stücke auf die Ehe haltet. Also. Habt ihr eure Kinder geopfert?«

Ich blinzelte fassungslos. »Wie?«

»Die Jebusi verehren Molekh«, sagte Yoav und spie aus. »Sie opfern bei Vollmond ihre Kinder. Sind die Pelesti genauso?«

»Äh, Dragon wollte nie etwas anderes als Krabbenfleisch«, widersprach ich. Und hin und wieder eine seiltanzende Jungfrau.

»Wieso habt ihr dann keine Kinder?«, fragte Avgay'el.

»Wir…« Ich senkte den Blick und überlegte fieberhaft. Lügen oder die Wahrheit sagen? Oder die Wahrheit teilweise ausschmücken? Oder eine Teillüge erzählen? »Wir sind noch nicht lange verheiratet«, antwortete ich zögernd. »Und gleich zu Anfang haben wir ein Baby… verloren.«

»Arme *Isha*. Möge Shekina deinen Leib dafür segnen, dass du den Stämmen zu diesem Sieg verhilfst.« Avgay'el sprach mit aufrichtigem Mitgefühl. Ich nickte und hoffte insgeheim, dass Gott mich nicht mit Unfruchtbarkeit schlug, weil ich die Frauen, die ein Kind verloren hatten, derart verhöhnte. Ja, ich hatte einst eine Fehlgeburt gehabt… aber…

Es war ein wenig anders gewesen, als ich jetzt angedeutet hatte. *Ach!*

Avgay'el erhob sich unvermittelt. »Ich muss zurück. Dadua fragt sich bestimmt schon, wo sein Essen bleibt.«

Yoav sah mich an. »Hast du dich entschieden?«

Ich rekapitulierte noch einmal die Situation. Ich würde eine Pelesti-Witwe spielen, die durch das Land zieht und davon lebt, dass sie Wasser holt. »Wird mir auch nichts passieren?«, fragte ich. »Achten die Jebusi die gleichen Gesetze wie eure Stämme?«

»*Lo*. Du wirst dich zur Wehr setzen müssen«, sagte er. »Auch aus diesem Grund ist meine Wahl auf dich gefallen.« Seine grünen Augen tasteten mich ab. »Avgay'el wird dich verkleiden, damit du nicht alle Blicke auf dich ziehst.«

»Und den Rest muss ich mir selbst überlegen?« Es schien keinen festen Plan zu geben.

»Du wirst die Stadt ausspähen. In ein paar Tagen werde ich zu dir kommen, dann können wir über unsere Optionen und Aktionen sprechen.«

Ich stand auf. »Ich werde dich begleiten, *G'vret,* wenn ich darf?«

Yoav sah mich mit zusammengekniffenen Augen an, als könne er in mein Innerstes blicken. Dann sagte er zu Avgay'el: »Sie geht übermorgen im Morgengrauen los.«

»Yoav, das ist der *Shabat*-Morgen! So weit kann sie nicht laufen! Sonst wird sie gesteinigt!«

»Sie ist meine Sklavin. Sie wird tun, was ich ihr befehle.« Er sah mich an. »Um dich jedoch vor *avayra goreret avayra* zu bewahren, wirst du am *Shabat* nach Sonnenuntergang losziehen. Du kannst die Nacht durchwandern.«

Avgay'el *tch'te* und verbarg dann ihr Gesicht, Haare und den riesigen, unverkennbaren Stein an ihrem Handgelenk unter einem Umhang. Ich warf meinen Umhang ebenfalls über, sodass mein Haar und meine Ohren bedeckt waren. Wir waren einfach zwei verhüllte Frauen auf dem Weg zum Palast. Schweigend gingen wir durch die Dunkelheit.

»Bevor du gehst, werden wir dir einen Schutz geben«, sagte sie.

»Todah, G'vret.« Aber wie soll ich mich schützen, wenn ich erst dort bin? Konnte ich noch in dieser Nacht aus Mamre fliehen? Oder morgen? Wohin sollte ich fliehen?

Tot oder stumm – und so was schimpfte sich nun freie Wahl?

Der Marsch würde bis tief in die Nacht dauern. Da Yoav die Stadt Jebus vor einer etwaigen Belagerung auskundschaften musste und darum rund um die Uhr überwachen ließ, begegneten wir ab und zu Soldaten auf dem Heimweg nach ihrer einwöchigen Schicht. Auf Grund meiner Ausbildung war mir sofort klar, dass die Posten auf diese Weise mindestens vier Stunden pro Woche unbesetzt blieben. Ob die Jebusi das wussten?

Wir sprachen nicht, wir wanderten nur. Etwa gegen zwei Uhr früh, mitten auf unserer Wanderung, stießen wir auf die anderen. Niemand sprach ein Wort, die Stammesbrüder grüßten sich lediglich mit Gesten im Vorbeigehen. Ich hielt den verhüllten Kopf gesenkt und den Blick abgewandt. Yoav wollte nicht, dass jemand von seinem Plan, in die Stadt zu gelangen, erfuhr, damit ihm niemand zuvorkommen konnte.

Als die Sonne schließlich aufging, war mein Gehirn wie leer gefegt. Die Farben durcheilten das Spektrum in einer solchen Geschwindigkeit, dass mir kaum Zeit blieb, mich daran zu erfreuen. Der Himmel wurde erst rot, dann rosa mit goldenen Fransen an den Wolken, und schließlich ging die Sonne auf und überflutete die weißen Mauern von Jebus mit ihrem Licht.

Zion, Jerusalem, die Goldene, die Stadt des Friedens.

Wow.

Sie war auf reflektierendem Felsgestein gegründet, das die Farben des Sonnenaufgangs aufnahm. Hoch auf einem Hügel erbaut, schien sie von goldenem Licht überströmt. Unter uns sahen wir die Stadtgrenzen, die sich über die Hügel zogen.

Hier war Geschichte im Entstehen begriffen.

Jetzt, wo ich sah, dass die Stadt auf drei Seiten von tiefen Tälern umschlossen war und unterhalb eines Tafelberges lag, erkannte ich, wie schwer es sein musste, sie einzunehmen. Ich war noch nie hier gewesen, und Vater hatte von Jerusalem nie als Reiseziel gesprochen, sondern immer nur als dem Kronjuwel seiner Verhandlungsbemühungen.

Jedes der winzigen Königreiche in der Region hatte schon versucht die Jebusi zu vertreiben. Trotz der vielen Stadttore war es noch niemandem gelungen, Jebus einzunehmen. Zum einen war es unmöglich, sich unentdeckt anzuschleichen; zum anderen besaßen die Jebusi anscheinend einen unerschöpflichen Vorrat an Wasser, Nahrung … und Geduld.

Unser handverlesenes Team von zwanzig Mann unter Yoavs Kommando schwärmte aus, zwei Späher pro Beobachtungsposten. Mein Partner, Dov – der mit dem berühmten Schafswitz –, und ich bekamen den Auftrag, die Rückseite der Stadt und den Berg zu observieren, da Yoav der Auffassung war, wir würden besser im Verborgenen arbeiten.

Schon standen die Menschen vor den Toren Schlange, um in die Stadt zu gelangen. Manche wollten Waren verkaufen, andere welche kaufen, wieder andere wollten zu König Abdiheba. Die meisten davon ersuchten um eine Genehmigung, Abdihebas Land zu durchqueren, um in den oberen Teil Kanaans zu gelangen. Hier befand sich die Auffahrt zur Straße der Könige, die vom Salzmeer direkt nach Mitanni und von dort aus weiter nach Assyrien führte – im zwanzigsten Jahrhundert Enklaven der Araber.

Yoav zufolge war Dadua der Meinung, dass die heidnischen

Stämme – die Amoni, die Amori, die Keleti, die Edomi, Moabi, Alameda, ganz zu schweigen von den vereinten Stämmen, die von Daduas Vettern regiert wurden – genau verfolgten, wie Daduas Stamm sich vor Jebus behaupten würde.

Ein Sieg über die Jebusi würde seine Oberherrschaft über das restliche Land sicherstellen. Dann würden sich alle weiteren Schlachten erübrigen, da die anderen Stämme sich unter dem Eindruck von Daduas Primat zu Verhandlungen bereit erklären würden.

Wir schlugen unser Ziegenfellzelt auf, das eigentlich nur aus ein paar Stangen bestand, über die etwas Ziegenhaut geworfen wurde, um Schutz vor der Sonne zu bieten, dann nahmen Dov und ich abwechselnd den Beobachtungsposten ein. Wie oft und wie lange blieben die Tore geöffnet? Verließ jemals jemand die Stadt durch die Mauer? Darüber? Darunter? Blieb irgendeines der hoch in den Wehrgängen eingelassenen Fenster jemals unbenannt? Dov und ich observierten schweigend und wechselten uns zugleich bei unseren Wachgängen ab.

In der Abenddämmerung füllten sich die Stadttore erneut, diesmal weil so viele hinauswollten. Im Gegensatz zu den meisten Städten untersagten es die Jebusi allen Fremden, die Nacht innerhalb der Stadtmauern zu verbringen. Wer über Nacht in der Stadt bleiben wollte, brauchte einen angesehenen Bürger als Bürgen. Auf diese Weise war eine Invasion von innen unmöglich.

Oder zumindest unwahrscheinlich.

Handwerker, Kaufleute und Familien begannen an den Hängen neben der Straße in die Stadt ihre Zelte aufzuschlagen. Heute Nacht würden Dov und ich uns unter die Menschen mischen und heiße Speisen verkaufen – die jemand anderes aus unserem Team zubereitet hatte –, während wir zugleich den Berichten aus der Stadt lauschen würden.

Noch während des Tages, denn für die Stämme war die Nacht erst angebrochen, wenn die ersten drei Sterne am Himmel zu sehen waren, schlossen die Jebusi die Tore. Das Rasseln und Scheppern der Fallgitter war bis zu unserem Unterschlupf zu hören. Wie verabredet stießen wir zu einigen anderen, alle unterschiedlich gekleidet, um in die Zeltstadt der Besucher zu wandern.

Die Ironie dabei war, dass die Besucher aus der Stadt genau wussten, dass sie es mit Spionen zu tun hatten. Über zu viele Jahre hinweg hatten zu viele Triebe von Avrahams weit verzweigter Verwandtschaft diese Art von Spionage betrieben, als dass es nicht jeder gewusst hätte. Konsequenterweise tauschten jene, die vor der Stadt lagerten, ihr Wissen nur gegen Essen ein.

Ein Kaufmann konnte beispielsweise etwas über einen unterirdischen Gang andeuten, in dem sein Kunde Waren lagerte, um dann unvermittelt um einen Gratisnachschlag zu bitten. Zum Glück war die ganze Sache ein einziger Witz, weil jeder alle Geschichten aus Jebus kannte. Sie hatten sich zu wahren Stadtmythen entwickelt.

Die Situation erinnerte mich an die Geschichte von den Sträflingen, die ihre Witze durchnummeriert hatten, sodass einer nur »Zweiundfünfzig« zu brüllen brauchte, und alle lachten los, weil jeder die Pointe kannte.

Mir oblag es, unser Gebräu auszuteilen, das wir dadurch an den Mann brachten, dass wir es als »Suppe« bezeichneten. Die Kommentare – neckisch, verführerisch, draufgängerisch oder humorvoll – nahmen kein Ende, denn ich war unverkennbar eine Frau. Dov blieb dicht neben mir und ging mit keinem Wort auf die Bemerkungen über eine dritte Frau, die Freuden der frühsommerlichen Liebe im Wald etc. ein. Zum Glück war es so dunkel, dass mir die glühenden Wangen nicht anzusehen waren. Ohne etwas Neues erfahren zu haben, kehrten wir auf unseren Beobachtungsposten zurück. Wir würden uns die Nacht aufteilen, wobei ich während der ersten Wache und er während der zweiten schlafen durfte.

Es war nach meinem Maßstab zwar kein Zelt, doch ich schlief. Nur um Cheftus Sicherheit machte ich mir Sorgen. Doch ehe ich mich versah, wurde ich von Dov geweckt.

Er schnarchte. Laut. Ich zog mich an den Rand einer ausgeschlagenen Lichtung zurück, weit genug von ihm entfernt, dass ich auf die Geräusche der Nacht lauschen und zugleich die Stadt beobachten konnte. Ich hörte nur leises Rascheln und Knurren, doch keine Bewegungen. Ich kniff die Augen zusammen, blickte fest auf das

Fenster in der Stadtmauer und behielt es im Auge, bis ich eine Bewegung zu sehen meinte: Das Rechteck wurde erst dunkel, dann wieder hell. Jemand war vor einer Lampe vorbeigegangen, reimte ich mir zusammen. Dass dieser Jemand ging, bedeutete, dass er wach war, auf diesem Weg kam also niemand hinein.

Eine uneinnehmbare Stadt. Falls ich einen anderen Plan austüftelte, würden wir dann das »Wasserweg-oder-Stirb«-Programm fallen lassen können, das Yoav sich zurechtgelegt hatte? Ich wollte freikommen; was für eine Freude wäre es, Cheftu zu erzählen, dass wir uns sofort nach seiner Freilassung aus dem Staub machen konnten, da ich ebenfalls meine Freiheit gewonnen hätte. Ich wollte mir nicht einmal ausmalen, was Cheftu empfinden würde, wenn er heimkehrte und erfuhr, dass ich gestorben war.

Ich weigerte mich zu sterben. Es musste einen Weg geben, einen weniger gefährlichen Weg. Wieso hatte *ich* die Urim und Thummim nicht bei mir?

Wieder sah ich zur Stadt hinüber und überlegte mir, wie ich hineingelangen könnte.

Konnte man hier mit trojanischen Pferden arbeiten? Nein – dazu war das Tor zu schmal und zu niedrig. Nicht einmal ein Pferd mit Wagen käme hindurch – wenn die Stämme so etwas besessen hätten. Sie wären in den Straßen von Jebus, die Yoav zufolge verschlungen und von unzähligen Treppen unterbrochen waren, nur hinderlich. Wäre ein Ochsenwagen mit Gespann besser? Keinesfalls.

Vielleicht hatte Yoav Recht. Vielleicht führte der einzige Weg in die Stadt durch das Wasser.

Als Dov aufwachte, erklärte ich ihm, dass ich mir den Bach genauer ansehen wollte. Er nickte und erklärte mir, wo ich ihn finden würde. Ich wuchtete meinen klobigen Wasserkrug auf die Schulter und machte mich dann an den Abstieg den fünfundvierzig Grad steilen Hügel hinunter. Abwechselnd schlitterte und rannte ich. Noch ehe ich hundert Meter weit gekommen war, schwitzte ich am ganzen Leib.

Es war heiß für einen Junitag!

Noch bevor ich am Talboden angekommen war, keuchte ich bereits vor Erschöpfung – zum Wandern brauchte man andere Muskeln als zum Dattelnfüllen. Jetzt musste ich nur noch auf der anderen Seite einen ähnlich steilen Abhang hochzuklettern. Wieso kam eigentlich nie ein Taxi, wenn man mal eins brauchte?

Über mir erwachten eben die nach Jebus ziehenden Pilger, während bereits der nächste Spionagetrupp versuchte, ihnen gegen ein Frühstück neue Informationen abzuhandeln.

Der leere Krug schaukelte auf meiner Schulter herum wie ein betrunkener Elefant, während ich mir mühsam einen Weg suchte. Die Hügel bestanden fast durchweg aus Felsgestein. Im Wind silbern und grün changierende Olivenbäume standen in Gruppen an den Hängen.

Ich entdeckte den winzigen Wasserlauf und stellte fest, dass er über eine gewisse Strecke geradeaus verlief, um dann wie durch einen Abfluss im Boden zu versickern. Weil ich mich beobachtet fühlte, verplemperte ich etwas Zeit damit, den Krug von meiner Schulter zu heben und ihn ins Wasser zu tunken. Während ich den Lehmbehälter festhielt und er voll Wasser lief, sah ich mich um und überlegte, was ich als Nächstes tun sollte.

Der Krug war viel zu schwer, um ihn wieder hochzuheben. Er war wie ein Mühlstein. Ich versuchte, daneben niederzuknien und ihn auf meine Schulter zu ziehen. Keine Chance. Ich sah mich um, teils verlegen und teils nervös, dass mein fadenscheiniges Alibi auffliegen könnte. Ich schüttete etwas Wasser aus und unternahm einen zweiten Versuch.

Er war immer noch granitschwer. Ich goss noch mehr Wasser weg und probierte dann, den Krug aus einem anderen Winkel aufzuladen. Ohne Erfolg, stattdessen hätte ich um ein Haar den Krug fallen lassen und ihn zerbrochen – was unter Umständen ein Segen gewesen wäre.

Wie schafften diese kleinen Frauen das nur? Ich hatte jahrelang Rucksäcke geschleppt. Ich war Ski gelaufen, ich war Berg gestiegen. Ich konnte sogar im Schmetterlingsstil schwimmen. Aber dies ging über meine Kräfte. Offenbar fehlten mir die richtigen Muskeln, um das Gewicht eines kleinen Dinosauriers über den Kopf zu heben. Oder vielleicht brauchte ich einfach nur ein bisschen Ruhe.

In der leisen Hoffnung, jemand möge ihn stehlen, ließ ich den Krug auf dem Boden stehen und folgte dem vermutlichen Lauf des unterirdischen Baches. Vielleicht trat er ja irgendwo wieder ans Tageslicht? Ich hatte die Stadt zur Hälfte umrundet, als ich plötzlich stehen blieb. Im Aufsehen bemerkte ich, dass ich mich genau unter einem in die Stadtmauer eingelassenen Wachhäuschen befand, auch wenn der Wachposten mich aus diesem Winkel nicht sehen konnte. Ich legte den Kopf schief und lauschte angestrengt.

Wasserplätschern.

Gemächlich im Schatten der Mauer dahinschlendernd, ging ich lauschend weiter. Das Plätschern wurde erst lauter, dann leiser und dann wieder lauter. Als ich um eine weitere Ecke in der Stadtmauer bog, wurde es eindeutig laut. Ich konnte kaum etwas erkennen, gerade so viel, dass ich jenseits einer leichten Anhöhe ein paar große Steine ausmachen konnte. Bewacht von riesigen, Furcht einflößend aussehenden gelben Pseudohunden.

Ich ließ mich auf den Boden fallen. Das musste es sein!

Nachdem ich an meinem Finger gelutscht hatte, hielt ich ihn hoch in die Luft, um die Windrichtung zu prüfen. Ich näherte mich gegen den Wind, weshalb die an die Mauer geketteten Hunde, die nur entfernt wie Hunde aussahen, nicht angeschlagen hatten. Ein nicht zu verleugnendes Siegesgefühl durchschoss mich. Vielleicht waren die Jebusi gar nicht so gut beschützt, wie sie glaubten?

Die gelben Hunde sahen gemein aus. Eigentlich sahen sie mehr nach Wölfen als nach Hunden aus. Ich schloss kurz die Augen und versuchte mir irgendein ägyptisches Kunstwerk mit einem Hund ins Gedächtnis zu rufen. Abgesehen von Anubis, dem schakalköpfigen Totengott – Moment, das hier waren Schakale!

Als hätte er meine Gedanken gehört, drehte einer von ihnen den Kopf in meine Richtung, ganz langsam, fast als könne er mich fühlen. Mein Vertrauen in seine Leine war beschränkt, darum zog ich mich zurück, flach auf den Boden gepresst, während mein Gehirn von Erinnerungen an meine Offiziersausbildung überschwemmt wurde. Sobald ich aus dem Blickfeld der Schakale war, stand ich auf und drückte mich gegen die hoch aufragenden Steine.

Es gab einen Zugang! Unwillkürlich wurde ich aufgeregt. Ich hatte das Geheimnis entdeckt!

Ich hatte die Hälfte des Weges zu meinem Zelt zurückgelegt, diesmal auf der anderen Seite der Stadt, als ich auf die exakt gleiche Anordnung stieß: Schakale, Stein, Wasserrauschen. Gab es zwei Zugänge zur Stadt? Oder war einer davon nur eine Attrappe?

Welcher war echt und welcher war HP-gedruckt?

Meine Begeisterung verpuffte wie Schweiß in der Wüste, und deprimiert stapfte ich zu unserem Lager zurück.

Erst als ich dort ankam, klatschnass und völlig außer Atem, fiel mir der Krug mit eiskaltem Wasser ein, der immer noch auf dem Talboden stand. Dov schnaubte abfällig, als ich ihm davon erzählte, und ließ mich dann allein. Gegen einen Baum gelehnt, schlief ich ein.

Am dritten Tag meines einwöchigen Späheinsatzes sah ich Dov beim Training mit seiner Schleuder zu. Er stellte in vierzig Schritt Entfernung einen Zweig auf, auf den er in schneller Folge fünf Schüsse abgab. Fünf lotrechte Einschläge, in gleichmäßigem Abstand wie von einer Nähmaschine gesetzt, kerbten das Holz. Der Typ war nicht gerade ein großer Unterhalter, aber Mann, er konnte zielen. Weil ich es kaum aushielt, so untätig herumzusitzen, und da ich wusste, dass mein Abschnitt der Mauer bereits überwacht wurde, beschloss ich, mein Glück mit der Schleuder zu probieren.

Leichter gesagt als getan.

Dov weigerte sich, weil die Kunst des Schleuderschießens dem Stamm der Binyami vorbehalten sei. Nur dessen Männer übten an Schleuder und Bogen. Wieder und wieder brachte er diese Erklärung vor, bis ich mir einen Bogen schnappte und mein Talent als Bogenschützin unter Beweis stellte. Dann fragte ich ihn nochmals. Widerstrebend erklärte er sich einverstanden.

Ich hatte nicht vor, die Schleuder als Waffe einzusetzen; für mich war es nur eine Möglichkeit, mir die Zeit zu vertreiben und dabei das phantastische windige Wetter zu genießen, während ich gleichzeitig etwas von diesen Menschen lernte. Bei dem Gedanken daran, wie fest David seinen Stein schleudern musste, damit er in Goliaths Kopf stecken blieb, wurde mir ein wenig übel.

Die Schleuder bestand aus einer Ledertasche am Ende zweier langer Bänder. Um zu schießen, musste man den Stein in der Tasche halten, während man die Schleuder über dem Kopf kreisen ließ, bis sie genug Geschwindigkeit aufgenommen hatte. Dann ließ man eines der Lederbänder los und den Stein in Richtung Ziel fliegen. Dazu musste man die Bewegungen in Sekundenbruchteilen koordinieren; ganz anders als bei Pfeil und Bogen.

Beim ersten Mal rutschte mir der Stein aus der Ledertasche und fiel mir auf den Kopf, der, unnötig zu sagen, schmerzte. Dov verkniff sich ein Schmunzeln, doch ich ahnte, dass ihn das nicht überraschte. Es erforderte einige Übung, die Bänder unter Spannung zu halten, während man die Schleuder schwang. Mir war klar, dass die Zentrifugalkraft den Stein in der Tasche halten würde, wenn man die Schleuder nur schnell genug drehte, doch ich wusste das nur, weil dies dasselbe physikalische Gesetz war, das verhinderte, dass ich bei einem Achterbahnlooping aus meinem Wagen fiel.

Die Sonne wurde heißer und die Brise hatte sich gelegt. Noch mal ließ ich die Schleuder kreisen und kreisen und lauschte dabei ihrem leisen Sirren. »Jetzt!«, rief Dov. Der Stein flog zwanzig Ellen weit durch die Luft und landete irgendwo weiter unten zwischen den Felsen. Dov schickte mich los, ihn zu holen, da glatte, gleichmäßige Flusskiesel selten und damit wertvoll waren. Ich versucht es noch einmal. Und noch einmal. Mit jedem Fehlschlag wuchs meine Entschlossenheit. Ich würde diese Kunst meistern, mir fehlte nur die nötige Übung.

In der Abenddämmerung schmerzte mir der Arm – auch hierfür brauchte man andere Muskeln als zum Dattelnfüllen. Zum Glück waren in dieser Nacht nicht wir an der Reihe, um die Stadt herumzuschleichen, darum backte ich ein wenig Brot, er machte uns eine Art Eintopf, und wir speisten schweigend, den Blick auf die Lichter gerichtet. Geht es dir gut, Cheftu?, fragte ich mich.

RaEm hielt die kleine Hand ihrer Gemahlin in ihrer kraftvollen braunen. Meritatons Gesicht war schmerzverzerrt, sie keuchte und jammerte. Es waren Scheinwehen; es mussten Scheinwehen sein, denn es gab keine Möglichkeit unter dem Aton, dass das Mädchen wirklich schwanger war.

Auch wenn RaEm sich dafür verfluchte, dass sie sich diese Last aufgeladen hatte, murmelte sie Meritaton aufmunternd zu und verarbeitete zugleich die neuesten Informationen aus dem Delta.

Die Pest hatte Ägypten heimgesucht, sie reiste immer weiter nilabwärts und raubte die Seelen aus den Leibern, die sich zu lange aufrecht gehalten hatten. Der Nahrungsmangel hatte die Menschen geschwächt, die Herzenskrankheit, weil man ihnen die Götter genommen hatte, hatte ihnen das Mark aus den Knochen gesogen, jetzt kam die Pest und fällte sie.

Schreiend bog Meritaton den Rücken durch. Pharaos ältlicher Leibarzt starrte auf den Fleck zwischen den Beinen des Mädchens, als hätte er noch nie eine Frau gesehen.

»Gib ihr irgendwas«, befahl RaEm. »Sie hat Schmerzen.« *Ich habe keine Ahnung, warum.*

»Sie hat den Mohn zurückgewiesen, meine Majestät«, entgegnete der Alte, während er ins Dunkel schielte. »Ich kann keinen Kopf sehen.«

»Natürlich nicht!«, fuhr RaEm ihn an, riss sich aber augenblicklich zusammen. »Sie ist noch vor der Zeit«, schränkte sie ein. »Gib ihr den Mohn, ob sie ihn will oder nicht.«

»Meine Majestät –«

RaEm wandte sich wieder dem Mädchen zu. Der Griff um ihre Hand hatte sich gelockert. Schweißtröpfchen kullerten über die Wangen der eben erst Vierzehnjährigen, und ihre Stirn war glühend heiß. Einen Moment lang empfand RaEm echte Angst. Vielleicht war es doch mehr als bloße Einbildung? »Nimm ihre Temperatur«, befahl sie dem Arzt.

Er legte eine runzlige Hand auf ihre Stirn. »*Ukhedu*«, urteilte er bekümmert. »Sie kämpft eine schwere Schlacht.«

»Wie meinst du das? Wie können wir ihr helfen?«

»*Aii! Ukhedu* ist in ihren Leib eingedrungen, er frisst sie innerlich auf. Wir müssen beten und Weihrauch entzünden.«

Wenn Cheftu da wäre, könnte er ihr ein echtes Medikament geben, dachte RaEm unwillkürlich. Merkwürdig, dass sie plötzlich an ihn denken musste. »Können wir ihr denn gar nichts geben? Ein Heilkraut? Medizin?«

»*Aii*, da es sich um *Ukhedu* handelt, ist es eine geistige Schlacht. Am besten informierst du Pharao, ewig möge er leben!, dass der Aton sich ihrer Nöte annehmen muss, da nur er mit dem Gott sprechen kann.«

RaEm hörte sehr wohl die Provokation in der Bemerkung des Alten. »Du bist entlassen«, zischte sie zwischen zusammengebissenen Zähnen hervor. Meritaton schrie erneut und packte RaEms Hand so fest, dass sie zusammenzuckte.

Wenig später kam Tiye hereingelaufen und legte die Hand auf Meritatons Stirn. »Das Kind wurde vergiftet«, verkündete sie.

RaEms Kopf fuhr hoch. »Was sagst du da, Mutter?«

»Vergiftet. Ihr Bauch ist prall, aber leer, ihre Haut ist heiß und trocken.« Sie wandte sich an Meritaton. »Kind, wo genau tut es weh?«

»In meinem … meinem Bauch«, hauchte Meritaton. »Sie haben mir ein Messer reingesteckt, damit ich glaube. Ich will zum Aton, ich will zu meinem Vater, ich will zu meiner Mutter.« Die Worte kamen abgehackt und drangen nur bruchstückweise in RaEms Geist vor. Vergiftet? Meritaton war vergiftet worden?

Echnatons Stimme dröhnte ihr in den Ohren: *Mach meine Tochter glücklich.*

»Sie muss sich übergeben.« RaEm stand unvermittelt auf. »Wer auch immer das getan hat, dessen Kopf wird meinen Türstock zieren! Sie darf nicht sterben.«

Tiye sah auf. »Sie spürt es bereits. Das Gift hat sein Werk verrichtet, wir können nur noch –«

»Nein!«, rief RaEm. »Sie wird nicht sterben! Sie darf nicht sterben! Hilf mir oder verschwinde!«

Tiye kniff die Augen zusammen. »Du liebst sie wirklich, nicht wahr, auf deine eigene, krankhafte Art?«

RaEm hielt inne, denn ihr ging auf, dass sie mit ihrem Verhalten die Mär nährte, Meritaton sei ihre geliebte Gemahlin. »Was glaubst du denn?«, fauchte sie. »Und jetzt hol mir etwas, womit ich sie zum Erbrechen bringen kann.«

»Es ist zu spät.«

RaEm trat an Meritatons Liege und zog das Mädchen seinem Gewimmer zum Trotz hoch. »Psst, Geliebte. Es wird dir kurz schlechter gehen, aber danach wirst du dich wieder ganz gesund fühlen. Vertrau mir.«

»*Aii,* Semenchkare …« Sie seufzte und lehnte sich an RaEms mit Leinen verschnürte Brust.

RaEm rief ein paar Sklaven, die den Körper des Kindes stützten. Den Kopf des Mädchens in der Linken und ihren Mund aufhaltend, damit sie nicht gebissen wurde, steckte RaEm ihren Finger in Meritatons Hals und brachte sie zum Erbrechen.

Zuerst würgte Meritaton nur Magensäure hervor, doch dann kam das Essen, und zwar in Massen. RaEm war angewidert, aber erleichtert. Das Mädchen hatte sich nur den Magen verdorben? Was hatte sie geritten, so viel zu essen? Nachdem Meritatons Magen geleert war, reinigten die Sklaven die Liege und den Boden, und RaEm legte das Mädchen wieder hin. Sie war zwar geschwächt, doch ihr Körper schien sich abgekühlt zu haben.

»Was sollen wir mit, äh, dem hier machen, meine Majestät?«, fragte der Zeremonienmeister und deutete dabei auf die Schüsseln mit Meritatons Mageninhalt.

»Gebt es den Hunden. Und beobachtet, ob sie krank werden.«

Tiye trat neben RaEm. »Geh dich baden, meine Majestät«, meinte RaEms getäuschte Mutter. »Du sollst wissen, dass ich noch nie einen eindringlicheren Beweis für eheliche Liebe gesehen habe.« Ihr brach die Stimme. »Mein Mutterherz schwillt vor Stolz auf deine Tat.«

RaEm entfloh.

Cheftu blickte nach Backbord, über das wilde, weite Midian hinweg. Seit Tagen lagen sie nun schon im Hafen fest und schacherten mit den hiesigen Schafhirten und Händlern um den nötigen Proviant für die Reise der Siebzig zu dem heiligen Berg.

Har Horeb. Wieder schüttelte Cheftu kummervoll den Kopf. Und seine Generation glaubte, sie wisse alles und niemand zuvor sei so fortschrittlich gewesen. Welche Arroganz!

Wer den Sinai gesehen und sich bewusst gemacht hatte, wie viele Menschen zusammen mit Moses aus Ägypten gezogen waren, musste ein Narr sein, um zu glauben, dass die Halbinsel genug Nahrung und Verstecke bot. Für ein Volk auf der Flucht war sie schlicht zu klein und von zu vielen Ägyptern überlaufen.

Auf dem Sinai lebten mindestens zwanzigtausend Sklaven und wahrscheinlich zehntausend Soldaten dazu, und zwar noch heute. Cheftu spürte dutzende von Blicken in seinem Rücken. Diese Ägypter behielten sie stets im Auge. Würde Pharao von ihrer Reise erfahren? Und wie wollte N'tan das Gold zurück nach Mamre schaffen?

Oder wäre Dadua bis dahin in Jebus? Wusste er, dass man nur durch den *Tzinor* in die Stadt gelangen konnte? Wenigstens den heiligen Schriften zufolge – nur dass niemand wusste, wie dieser Bgriff genau zu übersetzen war. Wasserlauf? Kanal? Abfluss? Es gab so vieles, was er nicht wusste, was er nicht verstand. Was hatten die kryptischen Anmerkungen des *Tzadik* zu bedeuten? Wieso war es so wichtig, Cheftus wahren Namen zu wissen?

Seufzend rieb er sich die Augen. *Ach, Chloe, ma chère, langweilst du dich immer noch beim Getreidemahlen?*

»Ägypter!«

Er drehte sich um. N'tan redete ihn stets nur mit »Ägypter« oder »Sklave« an, so als wolle er den Namen Chavsha gar nicht zur Kenntnis nehmen. Wie sehnte sich Cheftu danach, wieder frei zu sein, wieder selbst über seine Schritte bestimmen zu können. Vielleicht würden die Löcher in seinen Ohren im Lauf der Zeit ebenfalls heilen. Dieses Zeichen, dass jemand anderer über seinen Körper verfügen konnte, war ihm zutiefst zuwider.

Fast so zuwider wie die Tatsache, dass jemand anderer über seine Zeit verfügen konnte.

N'tan winkte, und Cheftu ging zu ihm. »Wir haben jetzt Führer, Esel und Proviant«, sagte N'tan. »Wir werden in drei getrennten Gruppen marschieren.« Er senkte die Stimme und sah über Cheftus Schulter hinweg. »Ich mache mir allmählich Sorgen, dass der Anblick derartiger Reichtümer einen der Siebzig dazu verleiten könnte, unsere Gesetze zu übertreten.«

»Des Menschen Herz ist schwer zu durchschauen«, kommentierte Cheftu.

»Gold allein verführt oft zu Falschheit und Mord. Und zu allen anderen erdenklichen Taten: *Avayra goreret avayra*. Darum müssen wir die Versuchung verringern.«

»Also teilen wir sie auf?«

N'tan nickte und zog dann die Achseln hoch. »Ich sehe keinen besseren Plan«, bekannte er.

»In welcher Abteilung werde ich reisen?«, erkundigte sich Cheftu.

N'tan musterte ihn wohlgefällig. »Du wirst die erste Gruppe führen.«

Cheftu neigte den Kopf zum Dank für diese Auszeichnung, auch wenn er nie vergaß, dass dieser Mann sein Eigentümer war. »*Todah rabah* für dein Vertrauen.«

»Selbst wenn du ein Götzenanbeter bist.«

Cheftu hielt den Blick zu Boden gesenkt, da er nicht gewillt war, auf die offenkundige Beleidigung zu reagieren. Warum sollte N'tan auf Grund dessen, was er gesehen hatte, auch etwas anderes annehmen? Cheftu wusste, dass *le bon Dieu* die Wahrheit kannte; war das nicht alles, was zählte? »Bekommen wir einen Führer? Oder muss ich mir den Weg allein suchen?«

»Du verehrst viele Götter, Ägypter?«, fragte N'tan.

Cheftu schwieg eisern und ohne auf das Sticheln des *Tzadik* einzugehen.

N'tan seufzte. »Der Führer bringt euch hin.«

»Und wenn ihm etwas zustößt? Wenn er krank wird? Oder wegläuft?«

N'tan lachte leise. »Sei versichert, es wird nichts passieren.«

Cheftus dunkle Vorahnungen verstärkten sich zusehends. Man sollte niemals derart absolute Behauptungen aufstellen. Das brachte Unglück. »Ich hätte ein besseres Gefühl, wenn ich es genau wüsste«, sagte er. »Dann –«

N'tan schnitt ihm frostig das Wort ab. »Der Führer bringt euch hin, Sklave. Ihr werdet zu Beginn der nächsten Wache aufbrechen. Innerhalb der nächsten zwei Tage werden wir zu euch, den ersten fünfunddreißig Männern, und dann zu den zweiten fünfunddreißig Männern stoßen. *Maspeak!*«

Schluss; damit war das Gespräch beendet. Cheftu ließ sich wegschicken und starrte dann vom Schiff aus in die Wüste. Er hatte die Steine – von ihnen konnte er alles erfahren, was er wissen musste. Aber er brauchte eine Waffe. Um sich eine zu besorgen, würde er das Gesetz brechen und eine stehlen müssen. Doch würde er sich andernfalls vollkommen schutzlos dort hinauswagen? Und ahnungslos?

Boten die Steine Schutz genug?

Achetaton

RaEm zupfte an ihrem Morgenschurz und besah sich einen Moment lang versonnen ihre Aufmachung. Sie war Semenchkare, der trauernde Witwer, der nach Achetaton zurückgekehrt war, um sein geliebtes Weib zu bestatten. Verflucht, warum war Meritatons *Ka* nur so zerbrechlich gewesen? Wie viele Tage der Trauer um dieses weiche, leicht zu beherrschende kleine Kind würde RaEm noch über sich ergehen lassen müssen? Wenigstens war die Trauerzeit unter Aton kürzer als unter Amun-Re. Bald würden die Staatsgeschäfte wieder aufgenommen.

Sie beugte sich vor und stützte die Ellbogen auf die Knie. »Die Staatsgeschäfte« waren in Achetaton ein weit verbreiteter Kalauer und tatsächlich ein einziger Witz.

In Wahrheit widmete sich Echnaton so gut wie nie den Staatsgeschäften, wie RaEm begriffen hatte. Er interessierte sich nicht für sein Land, nur für seine unpersönliche Gottheit, den Aton. RaEm hatte die Briefe von den Außenposten des Imperiums gelesen. Vierzehn Jahre lang hatte man dort um eine Schutztruppe gefleht. Jetzt war es zu spät; eine neue militärische Kraft machte die Hügel Kanaans unsicher. Ägypten hatte sein Imperium verspielt. Das Zentrum der Macht lag nicht mehr in den roten und schwarzen Ländern.

Auch wenn RaEm eine Liebe zu Pharao empfand, die sie für keinen anderen empfunden hatte, so bereitete es ihr doch unermessliche Schmerzen, Ägypten sterben zu sehen. Mit anzusehen, wie alles, was Hatschepsut, ihre einzige Freundin, und Hats Vater Amenhotep errungen hatten, in Echnatons Fingern zerrann wie Nilwasser, bereitete ihr fast unerträgliche Qualen. Das Amt, um das RaEm gekämpft und für das sie gemordet hatte, würde bald nicht mehr existieren.

Echnaton ignorierte alles, was außerhalb dieser Stadt vorging; für ihn bestand Ägypten einzig und allein aus Achetaton. Er hatte verkündet, dass es nicht mehr nötig sei, sich außerhalb der Xenotaphe zu begeben, die er rund um die Stadt hatte errichten lassen. Tiye tat in Waset ihr Möglichstes, damit die Adligen weiter zu Pharao hielten, doch es war besser, dass er in Achetaton blieb. In Wahrheit war er nirgendwo sonst gern gesehen.

Außerhalb dieser Enklave hatte Ägypten seinen König verstoßen. Das einfache Volk wurde von Pocken heimgesucht, einer Seuche, welche die Menschen zu hunderten dahinraffte. Die Überschwemmungen waren dürftig ausgefallen; an allen Grenzen wurde gegen marodierende Sandwanderer gekämpft. Ägypten lag im Sterben. In den Augen der Ägypter war das die Schuld des Pharao; er trug die Verantwortung. Er hatte sich von den Göttern abgewandt.

Es war eine bittere Erkenntnis, dass RaEm trotz all ihrer Ränke nun, wo sie am Ziel war, wo sie Krummstab und Geißel in der Hand hielt, nichts erreicht hatte, weil Ägypten nichts mehr wert war. Mochten die Götter Meritaton verfluchen; sie war gestorben und hatte ihr dadurch diesen Weg zum Thron versperrt. Auch wenn Semenchkare immer noch lediglich Ko-Regent war, stand er ebenfalls unter Verdacht, solange das Land so viel durchmachte.

RaEm setzte die Krone ab. Sie war wunderschön, aber auch schwer. Sie hinterließ Druckspuren auf ihrer Stirn. Was hätte Hatschepsut an ihrer Stelle getan? Gold und guter Wille halten ein Land in Gang, hatte ihr Pharao oftmals gesagt.

RaEm bellte ein Lachen durch ihre dunkle Kammer – Ägypten hatte beides nicht.

Die Hitze schlug gegen die Mauern. Es war die Zeit des Keimens, doch es war bereits viel zu heiß. Sie hatten zu wenig Wasser, und der Aton war zu mächtig. Der Emmer würde auf den Feldern verdorren, genau wie alles andere auch. Sie stützte den Kopf in die Hände, sodass der Flaum ihres rasierten Kopfes in ihren Handflächen kitzelte.

Amun-Re, haben wir dich beleidigt?, betete sie. Muttergöttin Hathor, bist du wütend auf uns? Sie wagte diese Worte nicht einmal zu flüstern, denn Echnaton würde sich abrupt von ihr abwenden. Ohne die Verzückung, die er ihr durch seine Stimme und seinen Leib verschaffte, würde sie sterben. Auch wenn seine Hitze sie bis zu den Wurzeln versengte, so hatte sie das Leben noch nie so geliebt und sich noch nie derart nach dem verzehrt, was sie nicht haben konnte. Sie sehnte sich nach jenem Teil von ihm, der allein dem Aton gehörte.

Dem Aton, einem düsteren Gott, der sich weder um die Landwirtschaft noch den Zustand des Landes scherte; wer war dieser Gott? Protestierten die alten Götter gegen die Vergesslichkeit des Hauses des Thutmosis?

Gold und guter Wille.

Die Kluft zwischen dem Haus des Pharaos und seinem Volk war nicht zu überbrücken. Nur sein Tod würde die Menschen wieder versöhnen. Auf beiden Seiten fehlte es an gutem Willen. Für Echnaton waren die Menschen Luft, und sie hielten ihn für einen Wahnsinnigen, der die Doppelkrone ebenso wenig verdient hatte wie jeder, den er erwählte.

Doch wenn sie nicht regierte, wer sollte es dann tun? Die Anwärter auf den Thron Ägyptens standen schon Schlange: Horemheb, der sabbernde Kommandant über die Zehntausend; Ay, der allzu loyale Diener des Thrones; und dazu kamen die ausgesuchten Cousins, die es schon lange juckte, die Geißel in Händen zu halten. Doch keinem von ihnen lag etwas an Echnaton. Keiner von ihnen würde den Aton weiterleben lassen. Selbst der kleine Tuti, Echnatons jüngster Halbbruder und daher rechtmäßiger Thronerbe, ließ nicht den rechten Glauben an den Aton und an die Vision seines Bruders erkennen.

Also blieb nur das Gold. RaEm würde diese Krone, diese Macht, nicht wieder hergeben. Sie bedeutete nur wenig, doch sie würde daran festhalten und sie zu neuer Kraft führen. Sie würde all jene besiegen, die in ihrer Machtgier Echnaton zu überrollen versuchten.

Mit Gold könnten wir in anderen Ländern Getreide für das einfache Volk kaufen, dachte sie. Mit Gold könnten wir uns guten Willen erkaufen. Dann könnten wir möglicherweise in einer Versöhnungsgeste einige Tempel wieder eröffnen. Das Gold würde Ägypten erlauben, all das zu erwerben, was ihm einstmals selbstverständlich zugestanden hatte: Handelsbeziehungen zu den Mächten im Norden und Westen.

RaEm würde nicht verlieren. Nicht diesen Thron.

»Wieso sitzt du allein im Dunkeln?«, fragte Echnaton hinter ihr. Sie schloss die Augen und zwang ihren Leib dazu, ihm entgegenzuwachsen. Lächelnd drehte sie sich zu ihm um. Er war nackt, erigiert, und seine Augen glänzten. »Öffne dich mir«, befahl er.

Mit einem innerlichen Seufzen nahm sie ihn gehorsam in sich auf, um seine Leidenschaft hochzupeitschen. Seine Lust zu nähren, bedeutete Macht für sie, denn auf diese Weise konnte sie ihn kontrollieren. Auf diese Weise herrschte sie über den mächtigsten Herrscher im ganzen Land. Um ihre Macht über ihn zu betonen, drückte sie ihn auf die Knie nieder. »Gib«, sagte sie, während sie ihn leckte, »mir –«

»Ja«, stöhnte er. »Alles, was du willst.«

Sie nahm ihn ganz tief in sich auf. »Schwöre.«

»All- alles. Ich« – er keuchte – »alles, was du … was du willst.«

»Schwöre es beim Grab Nofretetes«, flüsterte sie leise. Einen Moment lang hielt er inne und sein Blick wurde kalt; RaEm fürchtete schon, zu weit gegangen zu sein. Sie befriedigte ihn mit einem weiteren Finger, diesmal mit einem beringten, was seine Leidenschaft noch mehr anstachelte. Schlagartig war er wieder in die Sphären der Lust aufgestiegen. Eilig machte sie ihn fertig und ließ zu, dass er sich in sie ergoss.

Im Aufstehen sah er sie an. Mit kaltem, berechnendem Blick. »Wonach drängt es dich so sehr?« Sein Lächeln war ohne jede Zuneigung. »Wieso hast du mich mit solchem Bestreben genommen?«

»Mein wichtigstes Bestreben ist stets, dir Vergnügen zu bereiten … Meine Majestät«, sagte sie.

Er ließ sich auf ihre Liege zurücksinken. »Und dein zweitwichtigstes?«

»Ich will die Armee.«

»Ein Pharao allein kann das Feuer zwischen deinen Beinen nicht löschen?«

Er war absichtlich grob, und RaEm biss sich innen auf die Lippe. Er war Pharao. Alles, was sie besaß, konnte schon morgen verschwunden sein, wenn es ihm nur einfiel. »Auf meiner Liege brauche ich nichts außer Meiner Majestät«, sagte sie. »Doch ich will die Armee exerzieren lassen.«

Er setzte sich auf. »Wozu? Was beabsichtigst du damit?«

Ich will, dass Horemheb und seine Männer auf meiner Seite stehen, ganz gleich, was passiert, dachte sie. »Es war nur so eine Idee.« Sie schmiegte sich an ihn. »Sag, kann ich die Armee haben?«

Er hob ihr Kinn an und küsste sie auf die Lippen. »Du kannst alles haben. Du besitzt bereits Pharaos Herz. Mehr noch, du sollst Nofretetes Titel erben; fortan sollst du Semenchkare Neferhetenaton heißen.«

Diese Worte aus seinem Mund zu hören war mehr, als sie sich je erträumt hatte. Es bereitete ihm nicht die geringste Mühe, sie mit seinem Mund und seinem Gesicht zu verführen, und war doch tödlich für sie. Sie blickte in sein wunderbares missgestaltetes Gesicht und erkannte, dass sie für ihn sterben würde. Und falls er starb – und das musste er, da Ägypten unter seiner Herrschaft nicht überleben konnte –, würde sie ebenfalls untergehen.

9. Kapitel

Ich zog den Schleier über meinem Gesicht glatt und sah an den Mauern von Jebus hoch. Die Morgendämmerung war angebrochen und die Jebusi warteten hinter ihren offenen Toren auf die Händler. Ich rückte mein Tramperpack auf dem Rücken zurecht und schlurfte mit allen anderen vorwärts. Im Stadttor, das einen kleinen Raum bildete, saßen die *Serenim*. Wie in Ashqelon und Mamre musste man erst an den Stadtvätern vorbei und konnte dann seitlich durch einen zweiten Durchlass in die Stadt treten. Auf diese Weise blieb einem jeder Blick verwehrt, ehe man tatsächlich in den Straßen der Stadt stand. Jeder Besucher wurde angehalten, befragt und entweder tageweise in die Stadt gelassen, oder er bekam auf Grund der Fürsprache eines angesehenen Bürgers die Erlaubnis, als Gast zu übernachten, wenn er nicht gleich abgewiesen wurde.

»Du. *Isha*. Was für Geschäfte bringen dich nach Jebus?« Praktischerweise sprachen die Jebusi dieselbe Sprache und sogar einen ähnlichen Dialekt.

Ich deutete auf meine Visitenkarte – den verhassten Wasserkrug. Der Soldat war stämmig und muskulös, aber nicht fett, seine Uniform war sauber, sein Bart gekämmt, seine Rüstung glänzte. Seine professionelle Erscheinung machte mir nicht eben Mut.

»Sprich!«, fuhr er mich an. »Du bist eine Brunnenmagd?«

Ich nickte.

»Bist du stumm?«

Das war das Problem an der Sache, ich war nicht stumm, aber ich sprach mit dem falschen Akzent. Auch wenn es sich anhörte wie aus einem Dickens-Roman, so sprach ich doch »Nieder«-Akkadianisch. »Eine Witwe, Herr, auf dem Weg zu ihrer Familie. Doch leider sind sie arm und ich habe keine Mitgift.« Ich hielt den Blick gesenkt.

»Tut mir Leid, *Isha*«, antwortete der Mann. »Du kommst aus der Küstenebene?«

Ich nickte knapp.

»Wie ist dein Mann gestorben?«

»Die Hochländer«, ich spuckte aus, »haben meine Familie zerstört, sie haben meinen Vater, meinen Bruder und meinen Mann getötet.« Es machte mir keine Mühe, das mit ätzender Giftigkeit vorzubringen. Ich brauchte nur an Takala-dagon, Yamir... und Wadia zu denken, den ich wahrscheinlich nie wieder sehen würde.

Der Mann beriet sich mit einem zweiten Soldaten – einem weiteren gut frisierten, diszipliniert aussehenden Soldaten. Verflixt. Aber vielleicht beschränkte sich das ja auf die Soldaten in der vordersten Reihe? Vielleicht wollten sie damit Eindruck schinden? »Wer war dein Mann? Wie ist er gestorben?«, herrschte mich nun der zweite Soldat an.

Ich erzählte ihnen meine Geschichte, bekam meinen Einlassschein in die Stadt und gesellte mich zu den anderen, die es durch die Kontrolle geschafft hatten.

Die Wächter packten uns Tagesbesucher in den ersten Raum und ließen uns dann einzeln durch das kleinere Tor ein, bis wir blinzelnd in der Sonne standen. Ich spürte einen Schauer der Erregung, als ich drinnen war. In der Stadt Jebus.

Die Stadt war aus Stein erbaut, der immer noch die Kühle der Nacht abstrahlte. Eine Art Abwasserkanal verlief in der Mitte der zu beiden Seiten gepflasterten Straße. Die Häuser hockten dicht nebeneinander und aufeinander, und überall gab es Treppen. Die Stadt begann hier unten und erklomm dann, durch kleine Treppen verbunden, eine Stufe nach der anderen bis hoch zur Hügelkuppe. Ich sah Bäume über die Dächer lugen und roch die ersten aufspringenden Geißblatt- und Rosenblüten. Die Stadt war weiß, sie war sauber, sie war prachtvoll!

Und das war Jerusalem?

Ich sagte das nicht, weil ich mir weniger erwartet hätte, sondern weil die Wirklichkeit nur in den seltensten Fällen der Propaganda gerecht wird. Stonehenge ist klein, der Turm von Pisa ist gar nicht so schief, und das Parthenon liegt über die gesamte Akropolis verstreut wie ein Puzzle.

Jerusalem war *wirklich* wunderschön.

Die Kaufleute hatten noch nicht zu handeln begonnen; selbst für sie war es noch früh. Ich kam auf den vom Tau glatten Steinen ins Stolpern, ging aber immer weiter. Es kostete mich Mühe, meine Gedanken von den gewundenen Efeuranken, die alle Wände schmückten, von dem azurblauen Himmel über mir und der schmerzlichen Leere in mir abzulenken und auf die Stadt zu richten. Auf den Grund meines Hierseins. *O Mann, Chloe. Wasser. Brunnen. Tot oder stumm. Wach auf.*

Wo befand sich der Brunnen? Dort, wo sich die Frauen versammeln würden. Mein Blick wanderte über noch mehr wohlfrisierte, auf Hochglanz polierte Soldaten hinweg in Richtung der Frauen. Aus irgendeinem Grund stimmte etwas nicht mit diesem Ort. Vielleicht fehlte irgendwas? Ich setzte meinen Weg fort und suchte weiter nach dem Grund, weshalb es mich so erschreckte, in Jerusalem zu sein.

Die Straßen verhedderten sich miteinander, bis nach kurzer Zeit jeder Schritt zu einer gemeinschaftlichen Anstrengung wurde, da immer mehr Menschen sich ins Gedränge mischten. Männer, Frauen, teils alt, teils in den besten Jahren, füllten die Durchgänge – aber etwas fehlte. Nach einer Ansammlung von Frauen Ausschau haltend, drängte ich weiter.

Die Buden begannen zu öffnen und ihre Waren aus dem Meer, den Bergen, der Wüste und den Ländern jenseits der Wüste feilzubieten. Die Händler nahmen ihre Geschäfte auf und zogen immer mehr Kunden aus dem Pulk, der sich durch die Straßen wälzte. Die

Hausierer hoben an zu rufen, und zwar die gleichen Verkaufssprüche, die wahrscheinlich von diesem Tag an bis ins Jahr 1996 in diesen Straßen zu hören sein würden.

Ein *Suk* blieb ein *Suk* blieb ein *Suk*.

Und doch fehlte etwas. Es war ein gespenstisches Gefühl, das noch über die alltäglichen Sorgen hinausging, die ich mir bei meinen Gedanken um und Gebeten für Cheftu machte. Irgendetwas war hier total bizarr.

Ich sah mich um; vielleicht kam das Gefühl daher, dass dies mein erster Tag als aknegeplagte und sommersprossige Brünette war?

Wir gingen immer noch bergauf; das spürte ich in den Beinen. Als wir den Markt durchquert hatten, waren die meisten Menschen aus der Menge gefiltert worden, sodass dahinter nur noch ein Rinnsal blieb. Bald spazierte ich fast allein eine Straße entlang. Wie sollte ich mich nur als Brunnenmagd anbieten, wenn ich nicht mal den verfluchten Brunnen fand?

»*Isha bay'b'er!*«, rief jemand.

Erst beim zweiten Rufen begriff ich, dass ich damit gemeint war; die Frau rief nach einer Brunnenmagd, auch wenn ihr Ruf wie »Bier« klang. Strauchelnd machte ich kehrt und dachte dabei insgeheim, dass »Grazie« ganz eindeutig nicht zu meinen herausragenden Eigenschaften zählte. Den Krug balancierend, der sich auch nach einer Woche Training noch wie ein kleiner Wolkenkratzer auf meiner Schulter anfühlte, sah ich an ein paar Steinhäusern nach oben. Im strahlenden Tageslicht wirkten die Fenster und Türen schwarz. Ich suchte nach der Quelle des Rufes.

»*Isha!*«, war die Stimme erneut zu hören. Schließlich entdeckte ich eine winzige Frau. Sie stand tief gebückt und auf einen Stock gestützt da. Ich trat näher, woraufhin sie erneut winkte. Irgendwie kam sie mir vage vertraut vor. Nicht wegen ihrer Haltung, sondern wegen der glänzenden, rabenschwarzen Augen.

Ein Schauder lief über meinen Rücken, doch ich neigte respektvoll den Kopf.

»Ich brauche Wasser«, erklärte das winzige Wesen mit kräftiger

Stimme. »Wenn du mir dann noch das Getreide mahlst, darfst du auch mein Brot essen. Sprich, Mädel.«

»B'seder«, antwortete ich, wobei ich mir Mühe gab, meinen schweren Akzent zu verschlucken.

»Sind wir uns einig?«, fragte die Alte.

Ich nickte, und die Alte, deren Gesicht kaum zu sehen war, runzelte die Stirn. »*B'seder*. Und jetzt geh Wasser holen«, brummelte sie. »Was für ein Unfug, dass die Männer bestimmen, wo die Brunnen hinkommen, schließlich müssen wir Frauen mit ihren idiotischen Plänen leben, denn wir müssen das Wasser holen. Viele von uns in Jebus können unsere Krüge nicht mehr füllen, ganz zu schweigen davon, dass wir sie die steilen Wege hinaufschleppen könnten. Wir sind einfach zu alt«, meinte sie traurig. »Es fehlen die Jungen.« Dann schniefte sie und fixierte mich mit ihren strahlenden Augen. »Weißt du, wo der Brunnen ist?«

Ich schüttelte den Kopf – als wäre ich nicht aus genau diesem Grund hier! –, und die Frau begann mir den Weg zu beschreiben:

»Du gehst in Richtung Stadttor. An der Rehov haLechem, dem K'vish-Basar und der Rehov Shiryon vorbei.« Mein Lexikon blendete Bilder in meinen Kopf ein: die Straßen der Lebensmittel, der Metzger und der Bäcker. Mein Magen begann augenblicklich zu knurren, während eine Dallasversion ähnlicher Etablissements durch meinen Kopf zog. La Madelaine, Ozona's und – der Laden mit den Schweizer Offiziersmessern?

»Links wirst du ein kleines Haus mit einem Metallgitter sehen. Du gehst durch das Gitter in einen Gang.« Ihre Wegbeschreibung klang wie aus »Tausendundeiner Nacht«!

»Er ist tief und lang und sehr kühl, was nachmittags ausgesprochen angenehm ist. Er zieht sich immer weiter nach unten hin, bis du zu den Stufen kommst. Dort musst du aufpassen, sie sind sehr rutschig.« Ihre Knopfaugen musterten mich kurz ab. »Nimm dich in Acht, auch wenn du jung bist.« Sie seufzte erneut und voller Trauer. »Wir haben kein Leben in Jebus. Keine Kinder, kein Geschrei auf den Straßen, niemand spielt in den Parks.« Sie seufzte noch mal und wandte sich wieder mir zu. Offenbar war sie mit ihrer Wegbeschreibung noch nicht fertig.

»Die Treppe geht im Kreis herum und reicht bis zum Wasserspiegel hinab. Unten ist nicht viel Platz, und man muss oft Schlange stehen. Hab Geduld und komm dann zu mir zurück. Sobald ich mein Wasser habe, kannst du nötigenfalls zum Brunnen zurückgehen und neue Aufträge annehmen.«

Diese Reise mehr als zweimal am Tag? Ich würde Proviant mitnehmen müssen! Mein Gott, wenn diese Stadt nicht uneinnehmbar war! Ich hoffte nur, dass ich mich nicht verlaufen würde. Vielleicht würde Yoavs Plan ja doch nicht klappen? Natürlich musste er klappen, sonst würde ich sterben – ich hatte keinen Zweifel, dass er seine Drohungen wahr machen würde. Seufzend nahm ich meinen Wasserkrug hoch und marschierte zurück in Richtung Tor.

Die Sonne begann die Stadt zu erhellen, die obersten Stockwerke auszubleichen und dem kalten Stein Wärme einzuhauchen. Ich sah zum Himmel auf; es war wichtig, dass ich allein am Brunnen sein würde. Würde ich es schaffen, den Frauen zuvorzukommen? Oder sollte ich bis zum späten Nachmittag warten? Nein, damit würde ich zu viel Aufmerksamkeit auf mich ziehen.

Mit größeren Schritten folgte ich gewissenhaft dem beschriebenen Weg: durch die *Rehovim*, die Straßen. An den Waffenschmieden vorbei; dann an den Metzgern und Bäckern; scharf nach links und durch ein schweres Tor.

Unterwegs sah ich nicht ein einziges Kind.

Moment mal. Das war es, was hier fehlte oder eher, wer hier fehlte. Nachdem ich in *Yeladim* jeden Alters geradezu ersoffen war, sah ich plötzlich nur noch Erwachsene. Keine Kinder? Wie war das möglich? Wie konnte es in einer Stadt keine Kinder geben? Ich war so mit meinen Gedanken beschäftigt, dass ich geradewegs an den Wachposten vorbeispazierte.

»Halt!«, rief einer. Ich ging weiter, ganz auf den fehlenden Nachwuchs konzentriert.

»Halt, habe ich gesagt!«, brüllte er und setzte mir nach.

Er baute sich vor mir auf, und ich musste mein ganzes Talent aufbieten, den Krug nicht fallen zu lassen. Den Blick hielt ich zu Boden gesenkt; bei den Jebusi genossen die Frauen weniger Freiheiten als bei den Stämmen.

»Arbeitest du heute hier?«, fragte er.

Ich nickte.

Er klopfte gegen meinen Krug.

»Holst du Wasser für die Frauen aus dem Dorf?«

Ich nickte wieder, woraufhin er gegen den Krug pochte. »Bezahlen dich die Frauen aus dem Ort?« Wieder pochte er gegen meinen Krug. Allmählich machte ich mir Sorgen um meinen Krug.

»Ken!«, rief ich und brachte meinen Krug außerhalb des Pochradius in Sicherheit.

»Pass nur auf, dass du bei Anbruch der Nacht wieder weg bist.« Er wandte sich ab. Ich hörte ihn etwas von »pelestischem Abschaum« brummeln. Noch einmal drehte er sich um. »Mach so schnell du kannst«, sagte er. »Ich warte auf dich.«

Derart verabschiedet, setzte ich meinen Weg zum Brunnen fort. Die Anlage wurde streng bewacht. Das war nicht gut. Waren alle Soldaten so fit und aufmerksam? Ich hatte noch keinen einzigen Wachposten gesehen, den zu viele Süßigkeiten und Kaffee aufgeschwemmt hatten. Im Grunde waren sie nicht zu besiegen; hinter ihren dicken Mauern, mit ihren erstklassigen Rüstungen und Waffen, geschmiedet von Menschen, die sich auf ihr Handwerk verstanden.

Würde ich die Sache noch hinbiegen können?

In modriger und klammer Kälte zog sich die Wendeltreppe zum Brunnen nach unten. Bei jeder Stufe spürte ich, wie die Muskeln in meinen Beinen protestierend aufschrien. Auf dem Rückweg alles wieder hochzusteigen, und zwar mit zwanzig Kilo Wasser auf der Schulter, war praktisch Mord. Ich stöhnte bei dem Gedanken, dass ich mich auf mehrere Tage dieser Tortur eingelassen hatte.

Selbst mit Übung würde ich nie wieder die Alte werden.

Frauen auf dem Weg nach oben kamen an mir vorbei, teils allein, meist aber in Dreiergruppen. Die Frauen der Jebusi trugen, was ich immer als Bibelstil bezeichnet hatte: Gewänder ohne Schnitt und praktisch ohne Farbe oder Muster. Im Grunde waren es in der Mitte zusammengeschnürte Leinensäcke mit Ärmeln.

Eines war mir bei den Stämmen aufgefallen, nämlich dass Männer wie Frauen sich dort nach der letzten Mode kleideten. Die

Frauen trugen keine Schleier, und die verwendeten Stoffe waren bunt und gut gewebt. Am auffälligsten war jedoch, vor allem nach meinen Erfahrungen in Ägypten, dass die Kleidung individuell zusammengestellt war.

Ich hatte den untersten Treppenabsatz erreicht und blinzelte in die Dunkelheit. Wasserplätschern verriet mir, dass der Brunnen hier war. Vor mir füllten in einer Schlange wartende Frauen ihre Krüge. Ich konnte sie nur mit Mühe erkennen, da der Raum lediglich von zwei Fackeln erhellt wurde. Wir schlängelten uns aneinander vorbei, während eine Gruppe oder Frau nach der anderen die Krüge füllte und dann die Treppe wieder hochstieg.

Neben dem Brunnen saß behäbig ein Jebusisoldat, der gemütlich vor sich hinschnitzte und ab und zu den Blick über uns wandern ließ. Der faule Sack!

Als sich meine Augen an das Licht gewöhnt hatten, erkannte ich das System der Anlage. Der Brunnenschacht war mit einer etwa sechzig auf hundertzwanzig Zentimeter großen Holzplatte versiegelt. Diese hölzerne Abdeckung war mit Kupferbolzen, dick wie mein Handgelenk, im Stein verankert. Innerhalb der großen Holzplatte war eine kleine Öffnung ausgeschnitten – das Loch zum Wasserholen. Man brauchte nur dieses Loch zu schließen und niemand würde ahnen, dass sich hier ein Brunnen befand.

Das Schlimmste an der ganzen Sache war, dass die innere Aussparung etwa zwanzig auf zwanzig Zentimeter maß – durch dieses Loch gelangte nicht mal eine gut genährte Ratte! Ich bemerkte, dass es einen Extraeimer zum Wasserziehen gab, aus dem man das Wasser in sein eigenes Gefäß schüttete, um es dann wieder nach oben zu schleppen.

Es war vollkommen ausgeschlossen, dass jemand durch den Brunnen in die Stadt gelangte.

Ich war so gut wie tot.

Mir stiegen die Tränen in die Augen, denn mir wurde klar, dass mir nur noch ein einziger Ausweg blieb – ich musste nach Midian, um Cheftu zu suchen. Noch heute Nacht musste ich mich aus der Stadt schleichen, ehe jemand ahnen würde, was ich vorhatte. O Gott; ich stellte den Krug ab, damit ich ihn nicht fallen ließ.

Das Mädchen vor mir in der Schlange war vielleicht im sechsten Monat schwanger. Ich beobachtete, wie sie mit ihrem Krug kämpfte, ihn aber wegen ihres dicken Bauches nicht mehr hochbekam. Die anderen Frauen ignorierten sie, was mich zornig machte. Ich trat vor, hob den Krug hoch und half ihr stöhnend, das Gefäß auf ihrer Schulter auszubalancieren.

»*Todah*«, flüsterte sie, ohne meinen Blick zu erwidern.

Ich murmelte, das sei doch selbstverständlich, und machte ihr den Weg frei. Die Frauen aus der Stadt waren verstummt und beobachteten uns. Mir blieb fast das Herz stehen; schon jetzt taten mir die Arme weh. Ich starrte immerzu auf die winzige Öffnung; dies sollte der Eingang zur Stadt sein? Selbst wenn ich ein Jahr lang hungerte, würde ich da nicht durchpassen. Um ein Haar hätte ich losgeflennt. So idiotisch das auch war, ich hatte mir fast eingeredet, ich könnte es schaffen, ich könnte die Stadt einnehmen.

Mühsam füllte ich meinen Krug, Eimer um Eimer. Wie ich es bei anderen Frauen gesehen und auch geübt hatte, ging ich mit durchgestrecktem Rücken auf ein Knie. Dann wuchtete ich den Krug erst auf meinen Arm und danach auf die Schulter. Ängstlich darauf achtend, dass meine Knie nicht einknickten, stand ich wieder auf.

Und das Ding war nur halb voll? Ich taumelte vom Brunnen weg. Diese Qualen waren nicht auszuhalten.

Ich hoffte nur, dass mir die Schweißströme nicht im wahrsten Sinn des Wortes die Tarnung wegwuschen.

Nicht dass das einen Unterschied gemacht hätte.

Ich war so gut wie tot.

Achetaton

Wieder stand der Priester vor Semenchkare: der Hohe Priester eines verstoßenen Gottes, jenes Gottes, der sie ironischerweise alle überleben würde. So schnell hatte sich alles geändert. Die Seuche hatte, so wie es aussah, den Hohe Priester des Atons ebenso dahingerafft wie Echnatons Enkelin, die ihm seine Tochter geboren hatte.

Diese zwei Toten im engsten Umkreis Pharaos hatten selbst die loyalsten Anhänger des Atons überzeugt, dass Echnaton den Sonnengott beleidigt hatte. Die Stadt in der Ebene leerte sich wie ein rissiger Krug, aus dem das Wasser sickert. Jedes Mal wenn man sich umsah, waren weniger Menschen um einen herum. RaEms schönster Traum lag im Sterben; Pharao mordete auch ihre Träume.

Jetzt war der Priester zurückgekommen. Die Zeit wurde allmählich knapp.

»Welche Lügen willst du mir diesmal entgegenspeien, Horetaton?« RaEm wusste, dass es ihn ärgerte, wenn sie seinen Namen von Horetamun in die Form brachte, die an diesem Hof angemessen war: Horetaton. Doch verhielt sie sich dadurch eher so, wie es vor so vielen zuhörenden Höflingen angebracht war.

»Ich sehe, dass mein« – er räusperte sich – »Herr Semenchkare gnädig und nachsichtig ist wie stets.«

»Was an meiner Regentschaft und Herrschaft als Ko-Regent Ägyptens, ewig möge ich im Lichte Atons leben!, vermag dein schwächliches Gehirn nicht zu begreifen? Und sprich mich so an, wie es mir gebührt, Horetaton.«

Er neigte den Kopf. »Meine Majestät. Ich sehe, dass der Aton dein Wesen gesegnet hat. Du bist noch mitfühlender, als ich dich in Erinnerung habe.«

»Solltest du je um Vergebung ersuchen, könnte ich sie dir möglicherweise gewähren. Was willst du hier?«

»Du kennst die Jahreszeiten. Pharao sollte sich bereit machen, zum Tag des Gottes in der Barke zu segeln, so wie es sein Amt gebietet.«

RaEm warf einen kurzen Blick auf die Höflinge und Adligen; gelangweilt verfolgten sie die Szene, die sie so oft und mit so vielen Priestern beobachtet hatten. Die früheren Religionen Ägyptens hatten nicht aufgehört, darum zu werben, dass ihre Gottheiten als Konsorten oder Höflinge des Atons anerkannt wurden. RaEm ließ sich Wein bringen. »Er erkennt diesen Gott nicht mehr an.«

Horet wagte sich dem Thron zu nähern und senkte seine Stimme so weit, dass selbst die Schreiber ihn nicht mehr verstehen konnten. »Bald wird Ägypten ihn nicht mehr anerkennen.« Sein Blick war ohne jedes Gift; stattdessen flehten seine Augen sie an. RaEm spürte, wie ihr Blut gefror. War der Tag gekommen? War nichts mehr zu retten?

Sie griff nach einem Weinbecher und nahm einen Schluck, in der Hoffnung, dass der Priester aus einem anderen Grund als dem von ihr gefürchteten gekommen war. Sie brauchte noch mehr Zeit; sie hatte noch keine Lösung gefunden, noch kannte sie die Antworten, die man von ihr forderte, nicht.

Horetaton ließ sich durch nichts einschüchtern. RaEm hatte gute Lust, ihn ins Gefängnis zu werfen, nur um ihn einmal bleich werden zu sehen. Doch so etwas zu tun, wäre töricht und lächerlich. Kaum hatte sie den Wein geleert, spürte sie, wie er in ihre Adern strömte und ihren Zorn linderte.

Mit einer knappen Handbewegung schickte sie alle Soldaten, Adligen, Zofen, Schreiber, Höflinge und Sklaven aus dem Raum.

»Was wünschst du wirklich, Horet?« Sie hörte die Erschöpfung in ihrer Stimme. Und wirklich – seitdem sie alle Nächte hindurch Echnatons Wünsche erfüllte und sich allmorgendlich bei Tagesanbruch erhob, um zum Aton zu beten, ehe sie den ganzen Tag lang in der Hoffnung, das Königreich wieder ins Lot zu bekommen, Audienzen gewährte, unterbrochen von endlosen Festmählern, Gelagen und Feiern, bis Echnaton sie wieder ins Bett schleifte, damit sie ihm Vergnügen bereitete, war sie tagsüber fast immer den Tränen nahe.

Was sie jetzt keinesfalls brauchen konnte, waren weitere Intrigen. Die Weiber schmiedeten Pläne, die Kinder steckten die Köpfe zusammen, die Soldaten hatten ihre eigene Motive und Absichten und die Adligen nicht minder. Echnaton war und blieb ein großes Kind, das in seiner Sandburg spielte, ohne auch nur zu ahnen, wie sehr sein Volk ihn hasste. Und ohne sich darum zu kümmern.

Als Priesterin im Ägypten von Pharao Hatschepsut hatte sie den Klatsch und die Ränke am Palast genossen. Doch damals hatte

Ägypten in Frieden gelebt, es war gesund gewesen, über alle Maßen reich, voller Ideen, voller schöner Menschen und mächtig.

Jetzt wurden alle Grenzen Ägyptens durch Scharmützel perforiert, das Land darbte in unerträglicher Armut, es wurde nur noch eine einzgie Idee geduldet und es gab keine schönen Menschen mehr. Macht war eine Illusion. Das Palastleben hatte jeden Reiz verloren; geblieben war nichts als Hunger, Armut, Krankheit. »Was willst du hier?«, wiederholte sie.

»Meine Majestät.« Er gewährte ihr den zustehenden Titel, jenen Titel, für den sie mit Blut bezahlt hatte. »Waset fordert einen neuen Herrscher, einen neuen König, der die Last dieser alles vergiftenden Jahre von unseren Schultern nimmt, ehe es zu spät ist.«

Diesmal sprach er ganz unverbrämt; in dieser Situation konnte auf Empfindlichkeiten keine Rücksicht genommen werden. RaEm spürte ihre Angst wachsen. Sie umklammerte mit beiden Händen Krummstab und Geißel und zwang sich, gleichmäßig zu atmen.

Seit jeher hatte Waset das Land regiert. Dort lebte seit Generationen der gesamte Adel. Dort wohnten hunderte und tausende von Priestern und Soldaten. Dort befanden sich mit Gold überladene Tempel voller Magie und Geheimnisse. Dort trennte Ägyptens Schlagader das Land der Lebenden von der Stadt der Toten. Daran hatte Echnaton nichts ändern können, wenigstens nicht dauerhaft.

»Ich habe nach dem Tod Meritatons mit dir getrauert«, sagte er.

RaEm warf ihm einen verstohlenen Blick zu – ahnte er etwas? Sie neigte den Kopf.

»Es war ein heldenhafter, tapferer Versuch, die Herrschaft des Atons überdauern zu lassen«, sagte er. »Doch er ist fehlgeschlagen. Es hat keine Kinder gegeben und Ägypten braucht frisches Blut. Kräftigeres, gesundes Blut.«

»Nur der Junge ist noch da.« RaEm war so unerträglich müde. »Und er kann nur seine Schwester heiraten.«

»Wie alt ist er?«

»Sieben.«

»Und sie?«

»Elf.«

Horet seufzte. »Ich liebe Ägypten, Meine Majestät. Ich habe nicht zu jenen gehört, die sich zur Wehr gesetzt haben, als die Steuern an die Tempel beschnitten wurden. Ich habe auch nicht protestiert, als meine Brüder in der Priesterschaft allmählich mehr Zeit zu Hause als beim Gottesdienst verbrachten, weil ihnen die Gläubigen und das Gold ausgingen.« Er verschränkte die Arme. »Die Tempel hatten zu viel Macht an sich gerissen. Die Entscheidungen wurden nicht mehr am Hofe Pharaos, sondern in den Gewürzgärten der Priester gefällt.« Seine braunen Augen waren weit offen. »Das war nicht recht.« Er sah zu ihr auf. »Amun versuchte, die Ma'at wiederherzustellen.«

Horet streckte den Arm aus. »Das Pendel schwingt erst nach Norden, dann nach Süden, ehe es über dem Nabel Gebs, der Erde, zur Ruhe kommt.«

RaEm nippte an ihrem Becher, musste aber feststellen, dass er leer war.

»Pharao, ewig möge er leben!, hat das Pendel zu weit ausschlagen lassen.« Horets Stimme wurde hörbar metallischer. »Es ist an der Zeit, Ägypten wieder ins Lot zu bringen. Das Land liegt am Boden.« Er trat vor und sank auf die Knie, so wie er es von Anfang an hätte tun sollen, aber nicht getan hatte. »Ich liebe dieses rote und schwarze Land mehr als jede Frau, mehr als jeden Gott.« Als er wieder aufsah, waren seine Wangen tränennass. »Lieber wäre ich im Nachleben namenlos –«

RaEm stockte der Atem.

»– als es weiter so bluten zu sehen.«

»Weißt du, welchen Fluch du da auf dich lädst?«, flüsterte sie und spähte dabei in die dunklen Ecken des Saales. »Namenlos?« Nichts fürchtete ein Ägypter so sehr wie vor den Göttern keinen Namen, keine Identität zu haben. Namenlos zu sein, bedeutete, dass man ausgelöscht und vom Allesverschlingenden verspeist wurde. Danach würde das innerste Selbst weinend und verloren durch die Ewigkeit ziehen. Es war ein unaussprechlich grässliches Ende.

»Ich würde alles tun, um Ägypten von dieser Klippe der Zerstörung wegzuziehen«, sagte er.

RaEm schlug das Herz im Hals. Ägypten, das Land ihrer Wurzeln, das Land, das sie in ihrem Blut spürte, dessen Erde sie ernährte – oder Echnaton, der Mann, dessen Leib, Seele und Geist sie vergötterte? »Wie viel Zeit bleibt noch?«

Horet wandte den Blick ab. »Höchstens Monate. Die Adligen sind von Achetaton nach Waset zurückgekehrt. Der Pharao hat seine Machtbasis und seine wichtigste Stütze verloren.«

Sie gab ihm im Stillen Recht.

»Unter meinen Männern gibt es einen habsüchtigen Menschen, dessen Hass auf Pharao keine Grenzen kennt. Falls er wüsste, dass ich hier bin, würde er nicht einmal mich ungeschoren lassen.«

Sie nickte knapp. »Könnte man die Schmerzen mit Gold lindern?«

»Aber nur lindern, meine Majestät. Damit würde man das Unvermeidliche nur hinausschieben.«

»Ja, das habe ich verstanden, doch wir brauchen Zeit, bis Tuti erwachsen wird, und vielleicht –« Doch RaEm war klar, dass sich Echnaton nie ändern würde. Es war vollkommen ausgeschlossen, dass er irgendwann zurechnungsfähiger und vernünftiger würde.

Bestand die Möglichkeit, dass sie allein als Pharao regieren konnte?

Er nickte nachdenklich. »Wären die Menschen besser genährt, dann würden die Krankheiten nicht so viele Opfer fordern. Mit Gold könnte man auch einige der kleineren Tempel wieder in Stand setzen.«

»Ja, wenn wir sie wieder öffnen, beschwichtigt das vielleicht…« RaEm verstummte. Schon ihre Worte waren ein Verrat an Echnaton. Doch es war nicht zu ändern. Sie schloss die Augen, weil sie die wenigen Tränen nicht länger zurückhalten konnte. Horet wartete schweigend ab. Sie schniefte kurz, ehe sie die Beherrschung wiedergefunden hatte.

»Mit Gold ließen sich viele der Wunden Ägyptens zupflastern«, bestätigte Horet. »Wo ist es?«

RaEm seufzte. Das war die Millionenfrage, wie es im Fernsehen immer geheißen hatte. Die Minen waren bis auf den letzten Krümel geleert, an das Gold in den Tempeln kam niemand heran. Der

Staatssäckel war leer, und abgesehen von wertlosem Tand waren keine Tribute mehr eingegangen. Ägypten hatte seine Stellung als ernst zu nehmende Macht eingebüßt. Seit zwanzig Jahren hatte das Land den Rest der Welt ignoriert.

Also war der Lauf der Welt über Ägypten hinweggegangen.

»Ich habe es noch nicht.«

Ärgerlich warf er die Hände hoch. »Eine Springflut des Zornes lässt sich nicht mit bloßen Versprechungen eindämmen!« Wütend sah er sie an, dann trat er zurück und ging auf und ab – er wagte es sogar, ihr den Rücken zuzudrehen! »Einen Augenblick lang habe ich geglaubt, du hättest begriffen, du seist einverstanden! Wir waren uns doch einig, *haii*? Ägypten stirbt! Es wird ermordet, ermordet von diesem, diesem ...« Er wirbelte auf dem Absatz herum.

»Das Volk verhungert. Die Tempel sind nur noch Ruinen. In endlosen Scharmützeln, die wir nicht einmal als Schlachten bezeichnen dürfen, haben wir Söhne und Brüder und Väter verloren!« Er sprach sie direkt an. »Ich bin zu dir gekommen, um für das Land zu bitten, das Pharao seinem Eid nach allem anderen voranstellen muss. Und du machst dich über mich lustig!« Wieder weinte er, ungehemmt flossen die Tränen über seine Wangen. »Mein Leben wäre verwirkt, wenn herauskäme, dass ich hier war und mit dir gesprochen habe. Ich bin der letzte Stein, der den Fluss zurückhält, Weib. Bau mir einen Deich, sonst werden wir allesamt ertrinken.«

RaEm stieg von ihrem Thron. Schon bei der ersten Bewegung verknitterte ihr sorgfältig geschneiderter und ihrem Sitz perfekt angepasster Schurz in unzählige Falten. Eine Stufe tiefer blieb sie stehen, einen juwelengeschmückten Fuß neben den Schemel stellend.

Behutsam legte sie die eigens für sie feiner gearbeiteten Kopien der Geißel und des Krummstabs auf dem Thron ab, dann sah sie in seine Augen hinab. »Ich werde dir Gold besorgen. Ich weiß nicht genau wo, doch mir sind Gerüchte zu Ohren gekommen.« Sie biss die Zähne zusammen. »Ich würde noch schneller sterben als du, sollte auch nur ein Wort dieses Gesprächs nach außen dringen. Man würde mich strecken und vierteilen, nachdem man mich eine Woche lang in eine Ameisengrube gesteckt hätte, glaube mir.« Sie stieg eine weitere Stufe hinab, überragte ihn aber immer noch. »Ich flehe dich an, du musst den Fluss noch ein paar Monate eindämmen. Ich werde das Gold beschaffen.«

Er sah sie an; RaEm musste daran denken, was ein paar Tränen mit ihrer Bleiglanzschminke anstellen konnten, und fürchtete, dass sie eher wie ein Gespenst aussah als wie der Ko-Regent eines lebenden Gottes. »Bis zur nächsten Überschwemmung können wir Tutis Hochzeit mit Anchesenpa'aton verkünden«, bot ihm RaEm an.

»Das Gold brauchen wir trotzdem«, warnte er.

Sie starrten einander an. Er war ein junger Mann, auch wenn Sorgenfalten seine Wangen durchzogen und sich Furchen in seine Stirn gegraben hatten. Seine Brauen waren ebenso dunkel wie seine Wimpern. Auch diesmal hatte RaEm nicht das Gefühl, dass dieser Mann irgendein persönliches Interesse verfolgte. Sein Blick war offen und rein wie der eines Kindes.

»Du bist der Doppelkrone würdig«, flüsterte er. »Denn du liebst Ägypten mehr als dein Herz.«

RaEm hätte am liebsten erst laut gelacht und dann geweint. *Aii*, Hatschepsut, meine Freundin, jetzt hat mich die Charakterkrankheit, wegen der ich dich so oft aufgezogen habe, offenbar selbst befallen! RaEm war erschöpft, dennoch versuchte sie sich auszumalen, was für Gerüchte oder Folgen ihr Gespräch nach sich ziehen würde. »Ich muss dich auspeitschen lassen«, sagte sie leise.

Im ersten Moment riss er die Augen auf, dann nickte er. »Da der letzte Priester nackt ausgezogen und gezwungen wurde, nach Waset zurückzuschwimmen, muss ich die Peitsche wohl als … mildes Urteil betrachten.«

Sie blieb schweigend stehen. Wenn er nicht ausgepeitscht wurde, würde es Fragen über Fragen geben. Falls dieser Priester unversehrt wieder abreiste, wäre allzu offensichtlich, dass sie gemeinsame Sache machten. Schon jetzt würde Echnaton nach Einzelheiten fragen, die sie sich erst ausdenken musste. »Hast du je zuvor den Biss von Leder gespürt?«

Er lächelte spröde. »Nur bei meinem alten Lehrer, der immer behauptete, das Ohr eines Jungen sitze auf seinem Rücken. Je öfter er uns schlug, desto besser würden wir hören.«

Ein weit verbreiteter ägyptischer Glaube, wie sich RaEm entsann. »Wenn du ihn spürst, musst du ausatmen, und zwar aus dem Bauch. Höre auf meinen Atem, und tue es mir gleich.«

»Wirst du die Peitsche selbst führen?«

Sie biss sich auf die Lippe und kehrte ihm den Rücken zu. Es schien so lange her zu sein, diese vielen Männer und Frauen. Adlige beiderlei Geschlechts, die Mohn oder Lotos aßen, zu viel tranken und dann um ihre Peitsche bettelten. Wie hatte sie das damals erhitzt und erregt. Selbst der Matrose auf dem Schiff, dessen Leib sie mit Blut überzogen hatte, um ihn dann zu benutzen, hatte sie erregt. Schmerz und Blut, beides war ihr wie ein seltenes, kostbares Mitbringsel vom Gipfel des Lebens erschienen. »Möchtest du das?«, fragte sie.

»Ich vertraue dir«, antwortete er. »Du wirst tun, was für Ägypten nötig ist.«

»Sklaven!«, kreischte sie und wirbelte herum. Sobald die Türen aufflogen, wurde Horet an beiden Armen gepackt. Hastig verbarg er seine fassungslose Miene. »Peitscht ihn aus!«, brüllte sie und deutete dabei auf ihn. »Er hat es gewagt, mit seinem Geschwätz von Amun-« – sie spie aus – »Re, diesem mickrigen, altmodischen Gott aus Waset, die Gemächer zu beflecken, die dem mächtigen Aton geweiht sind!« Ein Aufseher zog geschwind die Peitsche und probierte sie am Boden aus, während RaEm zeternd im Raum herumstolzierte.

»Idiot!«, fuhr sie den Mann an und riss sie ihm aus der Hand. »Wieso probierst du deine Peitsche an den Kacheln aus, wenn du sie an seinem Rücken ausprobieren kannst? Dreht ihn herum!«, befahl sie.

Der Priester wurde herumgewirbelt, als hätte man ihm einen Spieß durch den Leib gerammt. Das Leopardenfell wurde ihm von den Schultern gerissen, sein Schurz gelöst und seine bleiche, bibbernde Hinterseite entblößt. RaEm hob die Peitsche und ließ sie auf seinen Rücken knallen, wobei sie sorgsam darauf achtete, laut auszuatmen, während die Vibrationen durch ihren Arm nach oben liefen. Er hatte die Luft angehalten und dadurch seine Qualen vergrößert.

Sie schlug noch einmal zu, dann trat sie zu ihm und riss seinen Kopf an der Haut im Nacken zurück, als wäre er eine Katze. »Polytheistischer Köter!« Sie spuckte ihm auf die Wange. Kaum hörbar befahl sie ihm, im gleichen Rhythmus zu atmen wie sie. Gleich darauf schleuderte sie ihn von sich, kehrte auf ihre ursprüngliche Position zurück und peitschte ihn abwechselnd mit beiden Armen durch. Rote Schwielen woben sich wie das Muster eines Korbes über seinen Rücken.

Aber er atmete in ihrem Rhythmus. Auch wenn er Schmerzen leiden musste, hatte er sie doch beträchtlich verringert.

»Gebt ihm seinen Schurz zurück und jagt ihn heim nach Waset«, verkündete RaEm, während sie sich wieder auf ihrem Thron niederließ. Ihre Kleider waren schweißnass und die Krone rutschte ihr in die Stirn. »Nein! Wartet, bringt ihn zu mir!«

Was sehen sie?, fragte sich RaEm. Sie beobachteten Semenchkare mit großen Augen, während der Priester vor ihr zu Boden gestoßen wurde, mit auf dem Rücken gefesselten Händen, sodass er auf das Gesicht fiel. Sie hob seinen Kopf weit genug an, um ihm in die Augen sehen zu können. Bemerkten sie, wie weiß seine Haut wurde, als sie ihm etwas zuflüsterte? Dann presste sie ihren Fuß gegen Horetatons Stirn, stieß ihn vom Podest hinab und rief nach Wein.

Kurze Zeit nachdem der Hohe Priester aus dem Raum geschleift worden war, schickte sie die vielen Sklaven, Soldaten und Schreiber hinaus.

Wo gab es noch Gold?

Sie hatte in alle Gaue Ägyptens Kundschafter ausgesandt, in der Hoffnung, dass sich irgendwo eine noch nicht geschröpfte Goldader fand. Hundert Männer durchkämmten allein den Sinai. Sie trank einen weiteren Becher Wein, um ihre Angst zu dämpfen. Würde irgendwann ans Licht kommen, was sie heute getan hatte?

Würde Ägypten eine Chance bekommen, am Leben zu bleiben?

Hilf mir Gold zu finden, betete sie zum Aton. Wenn es dich

wirklich gibt, dann verschaffe mir Gold. Zeig mir, wo es ist. Rette Ägypten.

Jebus

Sobald ich das Wasser bei meiner Arbeitgeberin abgeliefert und damit meinen Lohn verdient hatte – etwas Brot, etwas Salz, etwas Wein –, nahm ich meinen Krug wieder auf, um die Stadt zu erforschen. Zum Schein wollte ich weitere Aufträge an Land ziehen. In Wahrheit ging ich die Straßen auskundschaften und versuchte weitere mögliche Wege in … und aus der Stadt zu finden.

Allerdings hatte Jebus jede Menge Tore, auch wenn man nur durch ein einziges in die Stadt durfte. Ich konnte mich jedoch hinausschleichen und danach fliehen, am besten … *Wohin, Chloe?* Nur unter größter Anstrengung konnte ich mich auf das Auskundschaften konzentrieren. *Gib nicht auf, vielleicht gibt es ja noch einen anderen Weg.*

Die Vorstellung, allein und ohne Geld, als hellhäutige Frau und zu Fuß halb Israel durchqueren zu müssen, bereitete mir eine Höllenangst.

Das Auskundschaften umfasste eine ganze Reihe von Tätigkeiten, das wusste ich von meiner Ausbildung her. Herauszufinden, wie viele Männer unter Waffen standen, welche Waffenkapazität ihnen zur Verfügung stand, ihren Bereitschafts- und Wachsamkeitsstatus, wer unter ihnen verbittert war, all das gehörte dazu. Und vieles davon ließ sich durch Beobachtung in Erfahrung bringen.

Nicht dass ich so etwas je zuvor getan hätte – ich hatte nur ein, zwei Kurse besucht, in der wir einen vorgegebenen Text durchgearbeitet hatten. Außerdem hatte ich Mimis Erzählungen vom Krieg zwischen den Staaten gelauscht, die meine Großmutter selbst erzählt bekommen hatte.

Der augenfälligste Unterschied zwischen Jebus und Mamre war, abgesehen von der befremdlichen Kinderlosigkeit, die Allgegenwart von Blut und Götzenbildern. In Mamre lebten die Menschen, allem Schlamm zum Trotz, einigermaßen reinlich. Hier schwemmte Blut durch die Straßen. Die Metzger arbeiteten im Freien und nahmen es hin, dass die Fliegen auf ihrem Fleisch hockten. Die Menschen achteten gar nicht auf das gerinnende Blut, in dem sie standen und in dem auch das Fleisch lag. Na gut, ich war in Ländern aufgewachsen, wo man Fleisch kaufte, indem man auf einem offenen Markt ging und dort auf eine baumelnde Tierkarkasse deutete, doch wenn ich sah, wie diese Händler mit ihrem Fleisch umgingen, bekam ich eine Gänsehaut.

Darüber hinaus deckte sich der Blutgeruch auch über alles andere. Er überzog meine Kehle und die Nasengänge und schien beinahe die Luft zu färben.

Als Nächstes stachen mir die *Teraphim* ins Auge. Ich hatte sie in Ashqelon, aber nicht in Mamre gesehen. Statuetten in allen Größen, von der eines Nagellackfläschchens bis zu der eines Deutschen Schäferhundes, füllten einen Laden nach dem anderen. Manche waren aus Stein, die meisten jedoch aus Lehm.

Es schien zwei Basismodelle zu geben: Ba'al mit einem gezückten Blitz in der Faust und einer Krone auf dem Kopf, die exakt wie ein Bowlingkegel aussah; und Astarte, die Muttergöttin, mit einem Seitenscheitel im Stil der Sechzigerjahre und ein, zwei strategisch positionierten Blumen auf ihrer Hüfte, die breit genug für Zwillinge war.

In einem weiteren Laden gab es schlechte Kopien ägyptischer Götter, allerdings drang sogar hier die Feinheit der ursprünglichen Vorlage durch. Würde ich so etwas herstellen und verkaufen können?, fragte ich mich fieberhaft.

Konzentration, Chloe, Konzentration.

Ich kam an zwei nebeneinander liegenden Teppichläden vorbei, die ihre Waren über die Türen gehängt hatten. Dick gesponnene Wolle in Blau- und Grüntönen, zu einem undefinierbaren Muster gewoben, hing neben Teppichen in Gelb, Orange und Giftrot. Der Händler nebenan hatte die Edelware: Teppiche in Gelb, die mit Lila-Blau durchzogen waren.

»Gefällt er dir, *Isha*?«, fragte der Verkäufer die Frau vor mir.

»Ein sehr edles Stück, das Lila stammt von den Keleti, wo es schöne Frauen wie du mühsam aus den Meeresschnecken herausgepult und dann zerquetscht haben.« Er trat näher. »Wegen dieser Schnecke ist es so selten und so begehrenswert. Komm, sieh nur, ich habe noch mehr.« Er hob einen Teppich nach dem anderen an.

Der darunter war Orange mit noch blasserem Lila. Aus dem Augenwinkel beobachtete er genau ihre Miene und hielt inne, sobald er Interesse spürte.

Es war ein Spiel.

Sie kniff die Lippen zusammen.

»Willst du ihn kaufen?«, fragte er begeistert.

Sie schüttelte ablehnend den Kopf und ging weiter.

Wie jeder anständige Verkäufer lief er ihr auf die Straße nach und brüllte ihr hinterher, wie viel Rabatt er geben würde. Nur dass es sich dabei nicht um Geldbeträge handelte, sondern um Tauschwaren. Für ein Pferd würde er ihr den lila Teppich überlassen. Den gelb-lilafarbenen würde er ihr, auch wenn das an Raub grenzte, für nur zwei Esel und ein Huhn überlassen. Sein letztes Angebot war der Teppich in Lila und Orange. Eine so bezaubernde Farbkombination! Und was für ein Geschäft für nur drei Tauben und einen Esel!

Noch bevor er mit seiner Tirade fertig war, war sie verschwunden.

Alles wirkte so normal, so absolut alltäglich. Ahnten sie, dass die Hochländer ihre Stadt belauerten? Dass David, Gottes Liebling, diese Stadt erobern wollte und es früher oder später auch tun würde? Waren wir alle nur ein Bauernopfer? Steckte irgendein Plan hinter all dem? Was hatte ich hier zu suchen? Ich meinte in meinen Ängsten zu ertrinken, während meine Füße mich in die Rehov Shiryon führten, die Straße der Waffenschmiede – Bronzewaffen, da allein wir Pelesti Eisen herstellen konnten.

Konzentrier dich aufs Lauschen, Chloe. Denk nach! Im Zickzack schlenderte ich über die breite Straße, dankbar dafür, dass alle so laut und deutlich zu sprechen schienen.

Die vereinte Hitze der Schmiedeöfen und der Nachmittagssonne brachte das Straßenpflaster fast zum Glühen. Nach nur wenigen

Sekunden fühlten sich meine Nasenlöcher versengt an. Es war eine wichtige Straße; hier wurden die Waffen hergestellt. Das Klirren der Metallbearbeitung drang mir durch Mark und Bein, während ich erst die Waffen zählte und dann die Uniformierten, die ich auf der Straße sah. Ein wahrscheinlich erst achtzehnjähriger Junge hämmerte Hufeisen. Bei jedem Schlag sprühten Funken, was in mir die Frage weckte, wie viele Pferde sie wohl beschlugen. Allerdings waren die Pferde nicht hier untergebracht – ich konnte also auch keines stehlen –, denn die Stadttore waren für sie zu klein.

Verkauften sie die Hufeisen an andere Völker? Im Weitergehen machte ich mir im Kopf eine Liste. Speerspitzen, Schwertklingen, Pfeilspitzen – alles war zum Verkauf ausgelegt. Aus dieser Entfernung war schwer zu sagen, ob sie aus Kupfer oder Bronze waren. Näher wagte ich mich nicht heran, weil das Verdacht erregt hätte.

Doch die Liste in meinem Kopf wurde immer länger. Jebus war eine Stadt mit reichlich Reserven.

Ein kurzer Spaziergang an der Mauer entlang ließ erkennen, dass die Fundamente ausgezeichnet in Schuss waren und jeder Wachturm mit drei Männern besetzt war. Falls es diesen Leuten jemals gelang, ein Fallgatter zu konstruieren, würde Jerusalem nie eingenommen werden!

Und nirgendwo ein Kind zu sehen.

In der Abenddämmerung verließ ich zusammen mit den übrigen Reisenden die Stadt. Meine Arbeitgeberin hätte mich in ihrem Hof schlafen lassen, doch ihr junger, pfiffiger Sohn hatte Vorbehalte. Unter dem fernen, aber wachsamen Auge von Yoavs Soldaten schlief ich ein.

Midian

Cheftu sah sich um. Er war überzeugt, dass sie sich verirrt hatten. Seit beinahe vier Tagen waren sie nun unterwegs, dabei hätten sie den Berg schon in zweien erreichen müssen. Und immer noch steckten sie mitten im Nirgendwo. Meilenweit erstreckte sich nur

Sand um sie herum, weicher, nachgiebiger, in endlose Wellen gelegter Sand.

Die Mehrheit der Sklaven war in der ersten Gruppe losgezogen, um das Lager für ihre Herren herzurichten. Cheftu hatte den Auftrag bekommen, sich umzusehen und zu prüfen, ob er am Fuß des Berges irgendwo eine Spur von Gold entdecken konnte.

Nicht nur, dass er kein Gold fand, es war noch nicht einmal ein Berg zu sehen.

Die Führer weigerten sich, mit den Sklaven oder mit ihm zu sprechen. Sie führten nur durch Gesten, ganz nach Lust und Laune pausierten sie oder zogen weiter. Cheftu legte die Hand auf die Steine an seiner Taille; er hatte schon vorgehabt, sie notfalls einzusetzen. Dann dämmerte ihm, dass er den Weg des Exodus aus Ägypten bereits kannte, da er die Bibel kannte.

In der Stille des Nachmittags, als sie sich in der größten Hitze des Tages ausruhen sollten, hatte er all das niedergeschrieben, was er noch wusste. Der Heiligen Schrift zufolge waren die Hebräer nach der Durchquerung des Roten Meeres drei Tage lang ohne Wasser weitergezogen. Dann hatten sie Wasser gefunden, bitteres Wasser. Moses und Gott hatten eingegriffen und das Wasser geeinigt und süß gemacht und Gott hatte ihnen erklärt, dass er ein heilender Gott sei, Jahwe Yi'ra.

Danach hatten sie eine Oase namens El'im erreicht, wo sie ihr Lager aufschlugen.

Sie hatten El'im verlassen und waren in die Wüste vorgestoßen. In der Bibel stand, dies habe sich einen Monat nach ihrem Auszug aus Ägypten ereignet. Ein Monat war vergangen, seit Pharao sie ins Meer gedrängt hatte; das wusste er, schließlich war er selbst dabei gewesen. Das Wissen, dass diese Worte wahr und unverfälscht durch Jahrtausende hindurch weitergegeben worden waren, bereitete ihm immer noch eine Gänsehaut. Wieso hatte Chloe nur solche Schwierigkeiten, die Gültigkeit und Wahrheit der Bibel und damit die Existenz Gottes anzuerkennen?

In der Wüste regneten Manna und Wachteln auf die Hebräer herab. Dann, nachdem sie weitergewandert waren, schlug Moses unerlaubt gegen einen Fels, doch Gott gab ihnen trotzdem Wasser.

Die Amalekiter – Amaleki genannt – hatten angegriffen, waren von den Stämmen aber geschlagen worden.

Kurz darauf wurde Moses wieder mit seiner Familie vereint, vor allem mit seinem Schwiegervater. Und der schlug dann vor, dass Moses seine Verantwortung delegieren solle. Danach war er heimgekehrt und die Stämme waren auf den Sinai gezogen, um am Fuß von Gottes Berg ihr Lager aufzuschlagen.

Demzufolge hätte Cheftus Gruppe schon längst an den Quellen des bitteren Wassers, den Quellen von Mara, vorbeikommen müssen. Irgendwo am Horizont müssten eigentlich siebzig Psalmen zu sehen sein.

Es sei denn, sie hatten sich verirrt.

Cheftu legte sich auf den Bauch und stellte sich schlafend. Er ließ die Steine aus seiner Schärpe gleiten und flüsterte ihnen zu. »Haben wir uns verirrt?«

»I-H-R-S-E-I-D-I-M-H-O-F-E-J-H-W-s.«

Noch während die letzten Buchstaben vorbeiklackerten, begriff Cheftu, dass er fortan barfuß gehen würde.

Er wandelte auf heiligem Boden.

Achetaton

»Wir müssen die Bekanntmachung vornehmen«, sagte RaEm leise. »Ägypten muss wissen, wer der nächste Herrscher sein wird. So will es die Ma'at.«

Echnaton rückte von ihr ab und löste dabei seine verschwitzte Haut von ihrer. »Du sprichst immer noch von diesen altmodischen« – er sah kurz über seine Schulter – »und abgesetzten Göttern.«

»Die Ma'at ist ein Ideal!«, protestierte RaEm. »Keine Gottheit.«

»Es gibt inzwischen ein neues Ägypten«, meinte er düster und mit abgewandtem Blick.

Sie seufzte in sich hinein. Pharao wurde mit jedem Tag bockiger – und die Zeit wurde immer knapper. »Geliebter«, schnurrte sie und legte ihre Hand auf seinen Rücken, der immer noch von ihren Nägeln gerötet war. »Wir leben in ungewissen Zeiten. Das wäre das Sicherste.«

»Der Aton verlangt, dass wir an ihn glauben, selbst wenn uns alles ungewiss erscheint. Es gibt keinen anderen Weg.«

»Sieh es einmal aus einem anderen Blickwinkel«, setzte sie erneut an. »Wenn du ankündigst, dass Tuti der nächste Pharao sein wird, dann verleiht das der Herrschaft des Aton Dauer.«

Er blieb lange still; unter ihrer Handfläche spürte sie seine Atemzüge. »Wenn ich Tuti zum nächsten Pharao ernenne, verleugne ich damit meinen eigenen Samen«, antwortete Pharao schließlich. »Der Aton will, dass ein Kind meiner Lenden auf dem Thron sitzen wird. Nicht irgendein kleiner Bruder, nicht der Sohn Amenhotep Osiris'.«

»Ich bin dein Bruder und sitze ebenfalls auf dem Thron«, wandte sie ein.

Echnaton zog die Achseln hoch. »Du bist mein Schwiegersohn –« Seine Stimme stockte, weil Pharao ein paar Atemzüge lang stumm um seine Tochter weinte. »Du sitzt an meiner Seite.«

Meritaton, dieses kleine Balg, dachte RaEm. Es musste einen anderen Ausweg aus dieser Misere geben. Sie hatte dem Hohen Priester Amun-Res versprochen, dass Tutis Thronfolge verkündet würde; und genauso würde es auch geschehen. Ägypten durfte nicht sterben.

Sie wollte ihren Platz auf dem Thron und in der Geschichte nicht verlieren.

Wenn du nicht weiterweißt, verführe ihn, dachte sie. RaEm beugte sich eben vor, um von neuem das Feuer in ihrem Liebhaber anzufachen, als sie Laufschritte auf dem Gang hörten. Der Palast in Achetaton war praktisch totenstill. Wer rannte hier wohl herum? Und warum?

Sie hörten draußen etwas rascheln und dann ein Klopfen an der Tür. RaEm sah sich nach einem Sklaven um, doch es war keiner zu sehen. Sie hatten Todesangst vor ihr. Seufzend zog sie sich einen Umhang über und riss die Tür auf.

Augenblicklich warf sich der Bote bibbernd auf den Boden. »Weshalb unterbrichst du die Ruhe Pharaos, er lebe ewig im glorreichen Licht des Aton?«, verlangte sie zu wissen.

»Weil etwas gesichtet wurde, meine Majestät! Wie befohlen.«

RaEm wurde steif. Sie spürte, wie hinter ihr Echnatons Interesse erwachte. »Melde dich in der Küche und lass dir eine Erfrischung geben«, sagte sie, um den Mann loszuwerden. Der Bote zog sich eilig zurück. RaEm winkte dem Wachposten, gab ihm ein paar Anweisungen und schloss die Tür.

»Was wurde gesichtet?«, fragte Echnaton misstrauisch. »Schleichen etwa diese verfluchten Priester des abgesetzten Gottes durch die Wüste?«

Nur auf einem einzigen Weg ließ sich erreichen, dass Pharao sich für die Vorgänge in seinem Königreich interessierte – man musste versuchen, sie geheim zu halten, dachte RaEm seufzend. »Ich habe die Soldaten gebeten, darauf zu achten, wer an unseren Kupferminen im Sinai vorbeikommt. Sonst nichts.«

Seine dunklen Augen tasteten erst ihr Gesicht und dann ihren Körper ab. Schließlich sah er ihr wieder in die Augen. »Wie viele Soldaten haben wir auf dem Sinai?«

»Mehrere Kompanien.« *Keinesfalls genug, um unsere Interessen dort zu verteidigen ...* »Die meisten davon beaufsichtigen die Sklaven.«

»Wie viele Sklaven?«

RaEm zog die Achseln hoch. »Ich habe keine Ahnung.« *Jedenfalls nicht genug.* »Vielleicht ein paar tausend?«

»Wozu brauchen wir Kupfer?«

Sie musste an sich halten, um ihrer Miene nicht anmerken zu lassen, wie dumm er ihr bisweilen vorkam. Glaubte er etwa, das Land funktionierte von ganz allein? Dass Ägypten nichts aus anderen Ländern brauchte? Dass alle Dienste und Produkte in Ägypten hergestellt werden konnten?

Möglicherweise zu Hatschepsuts oder Ramses' Zeiten – die erst noch kamen, wie ihr mittlerweile klar geworden war –, aber nicht zu dieser Zeit. »Wir müssen Tuti krönen«, nahm sie den Gesprächsfaden wieder auf.

»Er ist noch ein Kind und nicht alt genug, mit einer Frau zusammen zu sein. Außerdem«, meinte er schmollend, »sollte Anchenespa'aton meine Frau werden!«

»Sie ist auch deine Tochter und die einzige noch lebende Frau, die das Königsrecht trägt.«

»*Aii*, Meritaton«, flüsterte er leise. Einen Moment lang blieb er stumm, dann stand er auf, die dicken Schenkel von dem Samen verklebt, den er nicht mehr von ihrem Körper aufnehmen ließ. »Ich werde ihr einen König besorgen.«

Blinzelnd versuchte RaEm ihn zu verstehen, seinen Worten irgendeinen Sinn zu geben.

Pharao hob seinen Schurz vom Boden auf. »Wenn du meinst, dass wir einen König krönen müssen, dann werde ich Anchenespa'aton auf meine Liege mitnehmen, bis sie schwanger ist.«

Augenblicklich standen RaEm die Tränen in den Augen. »Du willst mich verlassen?« Ihre Stimme war dünn wie ein Faden.

»Du hast selbst gesagt, dass wir im Sinn der Ma'at handeln müssen«, meinte er. »Ich sage dir, die Ma'at ist tot, die Ma'at hat sich gewandelt zu einem Verständnis von geistiger Offenheit. Doch eines gestehe ich dir zu: Ägypten muss begreifen, dass diese Dynastie fortdauern wird. Da du«, er kicherte, »deiner Pflicht nicht nachgekommen bist, ist die Reihe jetzt an mir. Die nächste Generation von Ägyptern wird nur noch die wärmende Liebe des Atons kennen. Ein König von meinem Blut muss sie anführen.«

RaEm hatte die Fäuste so fest geballt, dass sie die Halbmonde ihrer Nägel spürte, die sich jetzt in ihre Handflächen gruben. Der Biss des Schmerzes war das Einzige, was sie noch auf den Beinen hielt. »Ich liebe dich«, flüsterte sie. Es waren Worte, die sie noch nie aufrichtig ausgesprochen hatte. Worte, die sie bisher einzig und allein eingesetzt hatte, um zu manipulieren und Macht zu gewinnen.

Jetzt hatte sie alle Macht verloren. »Bitte… tu mir das nicht an. Verlass mich nicht.« Der Gedanke, dass sie ihn anbettelte, ekelte sie an, doch die Vorstellung, ohne ihn leben zu müssen, war tausendmal schlimmer.

Echnatons Blick blieb kühl und seine volle Stimme tonlos.

»Fahr zu deinen Kupferminen. Bei deiner Rückkehr wird Anchenespa'aton ein Kind erwarten. Sollte mir dann der Sinn danach stehen, werde ich dich wieder aufnehmen.«

RaEm spürte den Schlag so deutlich wie seine Hand, die sie so oft auf ihrem Hintern und ihren Schenkeln gespürt hatte. »Wie Meine Majestät wünscht«, hauchte sie.

Er kam zu ihr, mit verknittertem Schurz und schlaffem Bauch. Falten gruben sich durch sein Gesicht und schnitten tief in die Haut beiderseits seines Mundes, seines weiblichen und so beweglichen Mundes. Seine Schultern hingen herab, seine Arme waren zu dünn, doch sie liebte ihn. Sie kannte jede Faser seines Körpers. Sie hatte ihn auf jede nur erdenkliche Weise gefoppt und erregt, doch es hatte nicht genügt. Ich tue das für Ägypten – am liebsten hätte sie das laut herausgebrüllt, damit die Götter ihre Taten rechtfertigten, damit ihr Geliebter sie verstand. Er beugte sich zu ihr herab und küsste sie. »Auch du liegst mir am Herzen«, sagte er. »Komm schnell zurück.«

Dann war Pharao verschwunden.

RaEm starrte die Tür an, dann befahl sie den Sklaven, Wein und den Boten zu holen. Zuerst den Wein.

»Majestät?«, hörte sie wenig später eine Stimme in der Tür. Augenblicklich stellte sie ihren Weinbecher ab und griff nach den Insignien ihrer Königswürde. Sie neigte den Kopf, da kein Schreiber oder Zeremonienmeister anwesend war, der ihre Wünsche hätte verkünden können.

»Ein Spion aus den Kupferminen auf dem Sinai, Meine Majestät. Er bittet, dich sprechen zu dürfen«, sagte ein Sklave.

Es war unter ihrer Würde, mit diesem Menschen zu sprechen, doch ihr blieb nichts anderes übrig. »Er soll eintreten.«

Der Sklave wich rückwärts zurück. Gleich darauf trat ein zweiter Mann in den Raum. Er hatte dunkle Haut, war jung und hatte ein Glänzen in den Augen, das verriet, dass er zu allem bereit war. Er warf sich zu Boden und wartete auf ihren Befehl.

»Erhebe dich«, sagte RaEm leise.

Er kam ihrer Aufforderung nach. Über der scharfen Nase saßen zwei aufmerksame, dunkle Augen. Er kam frisch vom Barbier, das verrieten die kleinen Schnitte an Hals und Kinn. Sein Schurz war frisch gewaschen, wenn auch altmodisch. Er trug keinerlei Schmuck, lediglich eine schlichte Kupferklinge im Gürtel.

»Sprich.«

»Meine Majestät, ich gehöre zu den Männern, die überall nach Gold suchen sollten.«

»Gibt es eine neue Ader?«

»Ader? Nein, nein, meine Majestät. Es handelt sich um ein Schiff, das aus Midian kommt.«

Was war das für ein Hohlkopf? »Das tun viele Schiffe.«

»Dieses Schiff kommt vom Berg Horeb.«

»Was soll das heißen? Woher weißt du das?«

Er senkte den Blick. »Meine Vorfahren waren Apiru, meine Majestät. In Midian gibt es Gold.«

»Eine Ader? Eine noch nicht angezapfte Quelle?« Wer herrschte über Midian? Konnte man ihn kaufen oder beseitigen? »Sprich!«

»*Aii*... eine noch nicht angezapfte Quelle, meine Majestät.«

»Sprich!«, bellte sie ihn an.

»Die Apiru haben viel ägyptisches Gold in den Bergen vergraben, meine Majestät. Das Schiff stammt aus Jebus in Kanaan.« Offensichtlich ahnte er, dass ihr diese Namen nichts sagten. »Während der Herrschaft von Thutmosis Osiris dem Großen sind die Apiru nach Kanaan, in ihr Heimatland, zurückgekehrt. Jetzt suchen sie ihr Gold, um es heimzubringen.«

»Wo in Midian?« Wo lag Midian? »Können wir ihnen zuvorkommen? Oder besser, können wir es ihnen später abnehmen?«

Er kratzte sich an der Nase und zog die Achseln hoch. »Ja, Meine Majestät. Sie haben es bereits ausgegraben. Wenn in den nächsten« – er zählte es an den Fingern ab – »drei Tage ein Truppenkontingent lossegelt, könnten wir ihnen das Gold abjagen, ehe sie nach Jebus zurückkehren.«

»Macht es so«, zitierte RaEm aus einer Fernsehserie. Sie hatte eine Schwäche für Jean-Luc Picard gehabt, er hatte einen geschorenen Kopf wie ein Ägypter. Er hatte über das gesamte

Raumschiff Enterprise geherrscht. Ein vernünftiger und mächtiger Mann.

Es war das Einzige gewesen, worin sich RaEm und Chloes Schwester Camille einig gewesen waren.

»Bereitet alles vor. Ich werde mit euch kommen«, sagte sie. Ich hole Tuti, und wir kommen beide mit, dachte RaEm. Wir verlassen Achetaton, wo man uns nicht haben will, und erobern die Herzen der Soldaten, indem wir mit euch reisen.

Er verneigte sich und wich rückwärts aus dem Raum.

Danke, Hathor, hauchte sie. Dafür baue ich dir einen goldenen Tempel. Lass mich nur erst meinem Volk zu essen geben. Lass mich nicht allein.

Midian

Seit Tagen sprachen die Sklaven kaum ein Wort. Alle marschierten in ehrfurchtsvollem Schweigen durch den schlüpfrigen, saugenden Sand. Cheftu bildete inzwischen die Nachhut, damit keiner zurückfiel. Alle waren gesund und kräftig, aber keiner versuchte zu fliehen. Unter dem tiefen Gewölbe des Himmels bekam sogar die Sklaverei etwas Tröstliches, sie erschien wie eine Art Heimat, sie gab ein Gefühl von Zugehörigkeit.

Dann blieben alle wie auf Kommando stehen und bildeten eine Menschenmauer. Cheftu drängte sich nach vorn und stellte dabei fest, dass sie einen kleinen braunen Hügel hinaufgestiegen waren, der in all dem Sand gar nicht aufgefallen war. Er kam um eine Biegung und sah nach oben.

Wie eine Burg stieg der Berg aus dem Wüstenboden auf. Zwei Gipfel zeichneten sich kohlenschwarz gegen den blauen Himmel ab. Keine Menschen, keine Tiere, nur der Berg. Hatten sie überhaupt das Recht, in Gottes Festung einzudringen?

Die Führer deuteten den Hügel hinunter. Die Führer selbst würden nicht mitkommen, sie würden nicht in das Tal der Amaleki hinabsteigen oder gar den Berg Gottes betreten. Cheftu übernahm die Esel mit dem übrig gebliebenen Proviant, dankte den Führern und machte sich an den Abstieg in Richtung Har Horeb – Moses' Berg.

An ein paar struppigen Büschen und Bäumen vorbei, die aus der trockenen Erde aufragten, durchquerten sie die Ebene auf den größer werdenden Berg zu. In der Abenddämmerung hatten sie den Fuß erreicht. Vierzig Jahre waren vergangen, seit die letzten Angehörigen der Stämme hier gewesen waren. Trotzdem waren die Spuren ihres Aufenthalts unübersehbar. Die Lagerbefestigungen waren ebenso zu erkennen wie die Steinhaufen, die anzeigten, wo die einzelnen Stämme gelagert hatten. Die Sklaven, von denen viele den Stämmen angehörten, machten sich sofort ans Werk, das Lager neu aufzubauen. Cheftu wanderte unterdessen am Fuß des Berges entlang und sah sich um. Schlampig in den Stein gehauene Inschriften verkündeten, dass es den Tod bedeutete, diesen Berg zu berühren, außerdem war etwa alle zehn Meter ein kleinerer Steinhaufen als Grenzstein aufgeschichtet.

Als Cheftu den Altar für das goldene Kalb entdeckte, spürte er, wie ihm das Blut aus dem Gesicht wich. Seitlich war eine unbeholfene Darstellung eingeschnitten, auf der die Göttin Hathor verehrt wurde. Wo hatten sie bloß das Gold versteckt?, fragte er sich. Doch ein Ruf hielt ihn davon ab, danach zu suchen. Eben traf die zweite Abteilung ein. Offenbar hatten Cheftus Führer sie quer durch die Wüste geführt und dabei einen anderen Weg genommen als die Angehörigen der Stämme und Moses.

Wo hatte Gott mit den siebzig *B'rith* gespeist?

Nachts, nachdem die zweite Gruppe ihr Lager aufgeschlagen, gespeist und gerastet hatte, baute sich N'tan vor ihnen auf. Der Berg glühte bläulich, Millionen – oder »Milcharden und Abermilcharden«, wie Chloe sagen würde – von Sternen prangten am Himmel. Der Mond war nur eine schmale Sichel und legte kaum Licht auf N'tan. Der Prophet führte die Männer durch einen Psalm nach dem anderen und punktierte die Nachtluft mit *»Sela«*-Rufen.

Cheftu merkte, wie der Rhythmus ihn ergriff und seinen Geist durchfuhr, bis ihm jede nur erdenkliche Tat vollkommen normal erschien. Wie ein Mann folgten die Männer N'tan und bauten sich jeweils zwischen zwei Grenzsteinen auf. Cheftu hatte das Gefühl, außerhalb seines Körpers zu stehen, so teilnahmslos beobachtete er, wie vierzig Männer im Dreck zu buddeln begannen.

Er hatte schon eine ganze Weile gegraben und mit bloßen Händen die Erde in seinem Bereich zwischen zwei Grenzsteinen weggeschabt, als er plötzlich etwas spürte. Stoff? Überall um ihn herum wühlten die Männer eingewickelte Päckchen aus dem Sand. Er packte den Gegenstand mit beiden Händen und zog. Das unförmige Objekt löste sich so unvermittelt aus dem Boden, dass er auf den Rücken kippte und das Ding auf seiner Brust landete.

Mit bebenden Fingern fummelte Cheftu an dem Stoff herum und riss ihn mit einer Gier beiseite, die er sich niemals zugetraut hätte. Staunend hielt er seinen Fund in das blaue Licht des Berges.

Ein Götzenbild, eine Statue aus reinem Gold – mit herausgeschlagenem Gesicht.

»›Ihr sollt euch kein Bildnis machen‹, so hat Shaday verkündet«, sagte N'tan in seinem Rücken. »Sieht er aus wie einer der Götter, die du angebetet hast, Sklave?«

Cheftu buddelte weiter im Sand. In gemeinschaftlicher Arbeit hoben sie einen Graben aus, den die ersten Zekenim mit dem Gold der Ägypter gefüllt hatten.

Geisterhaft im blauen Licht des Horeb leuchtend, kniete N'tan neben ihm nieder.

Und endlich erkannte Cheftus fehlerfreies, wenngleich langsames Gedächtnis ihn unter dem langen Haar und dem jugendlichen Aussehen wieder. »Du bist ein Imhotep!«

Der Hochmut im Gesicht des *Tzadik* war wie weggefegt. »Und du bist der Reisende, der Nomade in den Leben meiner Familie.« Seine Augen wurden groß. »Ist die pelestische Göttin die andere?«

War Cheftu so vom Licht, vom Mysterium und Mirakel dieses Ortes durchdrungen oder hatte er wirklich gehört und verstanden, was N'tan, der N'tan der Bibel, da sagte? »Du bist ein Imhotep?«, wiederholte er.

Die Antwort sprach dem Mann aus den Knochen, aus seinen Augen, aus seinem Körperbau. Wie viele tausend Jahre waren vergangen? Wie viele Treueschwüre hatten die Imhoteps inzwischen abgelegt? Am Hof von Aztlan? An den vielen Höfen Ägyptens?

»Wie kommt es, dass du Jude bist?«, fragte Cheftu. N'tans verwirrte Miene verriet Cheftu, dass er Französisch gesprochen hatte. Wahrscheinlich gab es den Ausdruck »Jude« noch gar nicht. »Du gehörst den Stämmen an?«

»Du bist ein Verehrer des Einen Gottes«, gab N'tan zurück.

Ein Schrei lenkte sie ab und ließ Cheftu herumfahren. Unter dem langsam dahinziehenden Mond wuchs der Schatz immer weiter an. Je länger die Männer im Sand scharrten, desto mehr Armreifen, Statuen, Votivgaben, Kerzenhalter, Weihrauchgefäße wurden den glitzernden Haufen hinzugegeben.

Die Reichtümer raubten ihnen den Atem, blendeten sie und schlugen sie in Bann. Nicht einmal der Prunk im Grab eines Pharaos hätte es damit aufnehmen können. Und all dies hatte *le bon Dieu* in seinem Ratschluss den Israeliten zukommen lassen. Talente und Tonnen aus Gold und Bronze, mit Türkisen, Karneol, Jaspis und Jade besetzt. Ornamente aus Silber, Figurinen aus Elfenbein. Im Schatten von Gottes Berg wuchs ein Goldberg heran. Immer weiter drangen die Männer vor und gruben dabei riesige Stücke aus, Samoware und Räder – goldbeschlagene Räder von Pharaos geschlagener Armee –, Statuen, Brustpanzer, Kragen, Armbänder ... Cheftu fühlte sich wie betäubt angesichts dieser Pracht.

»Du und ich, wir werden uns unterhalten.« N'tan erhob sich aus der Hocke. »Heute Nacht muss ich alles von diesen Männern fordern. Der Graben zieht sich um den gesamten Berg herum.« Er streckte Cheftu die Hand hin. »Ich heiße Imhotep und stamme einer langen Linie von Imhoteps ab, auch wenn man uns Yofaset nennt, ein weniger nach Kemt klingender Name, wie er einem Angehörigen der Stämme entspricht.«

Cheftu stand ebenfalls auf. »Ich habe viele Namen, doch nur einer entspricht dem Mann, zu dem ich herangewachsen bin.« Er verbeugte sich. »Cheftu *sa'a* Khamese aus Ägypten.«

»Gemeinsam werden wir dem König eines freien Volkes den Schatz eines Pharao bringen«, erklärte N'tan.

Sie knieten Seite an Seite im bläulichen Licht nieder und gruben weiter.

Jebus

Bald hatte man sich in Jebus an meinen Anblick gewöhnt; tatsächlich hatte ich sogar gelernt, den Krug auf der Schulter zu tragen – wenigstens halb voll. Wieder einmal stieg ich die Stufen hinab und warf einen kurzen Blick auf die Wachen, doch ich blieb still und zurückgezogen. Würde sich eine Frau in meiner Lage nicht tatsächlich so verhalten?

Unten warteten bereits die Frauen aus der Stadt. Ein paar nickten mir zu, aber keine sprach mich an. Als Fremde kam ich immer als Letzte an die Reihe. Gerade als ich den Eimer anhob, um ihn durch das unsäglich kleine Loch hinabzulassen, das immer noch mein Todesurteil bedeutete, hörte ich hinter mir ein Geräusch. Ich wandte mich um und sah, dass es das Mädchen von meinem ersten Tag hier war, die Schwangere.

Ihr Gesicht war von feuchten Spuren überzogen, als hätte sie geweint. Doch andererseits fiel die Beleuchtung hier unten eindeutig in die Kategorie »indirekt«, ich konnte mich also auch täuschen. Nachdem ich vier Eimer Wasser hochgezogen hatte, war ich für den Rückweg bereit. Sobald ich den Krug behutsam auf die Schulter geladen hatte, drehte ich mich um.

Sie weinte tatsächlich. Sie hatte die Hände vors Gesicht geschlagen und bebte lautlos. Ich sah an dem Wachposten vorbei. Er schnitzte vor sich hin und gab sich alle Mühe, uns nicht zu beachten. Auch wenn mir das vollkommen geistlos vorkam, beugte ich mich vor und flüsterte: *»Hakol b'seder?«* Ist alles in Ordnung?

Augenblicklich versiegten ihre Tränen. Sie sah auf, offenkundig fassungslos, dass ich sie angesprochen hatte. Oder überraschte es sie, dass ich sie beim Weinen ertappt hatte? *»Ken, ken«*, sagte sie und nickte hastig dabei, ohne meinen Blick zu erwidern. Ihre Hände schoben sich schützend vor ihren Bauch. Einen Moment lang blieb ich schweigend vor ihr stehen, dann zuckte ich mit den Achseln und wünschte ihr einen guten Tag.

Als ich die Treppe – die ich mit Inbrunst hasste – zur Hälfte hinaufgestiegen war, hörte ich Schritte hinter mir. »*Isha?*«, rief sie. »*Isha?*«

Vorsichtig meine Balance und die des Kruges wahrend, wandte ich mich ihr zu. »Ich heiße Waqi«, sagte sie. »Mein Mann ist Kaufmann und auf Reisen. Würdest du … gern zum Zenit das Brot mit mir teilen?«

»Wie viel Wasser brauchst du?«, fragte ich. Mittlerweile hatte ich gelernt, dass die Frauen der Jebusi nur sehr indirekt um meine Dienste baten, normalerweise in der Form einer freundlichen Einladung.

»*Lo, lo.* Du sollst mir nur Gesellschaft leisten«, sagte sie. »Ich werde eine Sklavin zum Wasserholen schicken.«

Ich blinzelte die Tränen zurück. Wie lange war es her, seit ich mit jemandem gesprochen hatte, der einfach nur mit mir zusammen sein wollte und nicht sofort fragte, was ich für ihn tun konnte? »*Todah*, aber gern.«

»Mein Haus liegt abseits des Platzes an der Rehov Abda«, sagte sie. »Ich erwarte dich dort.«

Auf dem Weg zu ihrer Wohnung an der Rehov Abda fiel mir auf, dass ich vieles noch nicht begriffen hatte. Zum einen war die Rehov Abda das Gegenstück zum Highland Park in Dallas; reich, aufgemotzt und auf Äußerlichkeiten bedacht. Selbst die Sklaven wirkten hier hochnäsig. Zum Zweiten war Waqis Mann niemand anderer als der Bronzelieferant für fast alle Handwerker. Die beiden gehörten zur Highsociety.

Was in aller Welt wollte sie mit mir? Meine Unsicherheit verstärkte sich zusätzlich, als ich von einem assyrischen Haushälter mit scheelem Blick von der Vordertür zur Hintertür geschickt wurde. Als ich hinten angekommen war, ließ man mich im Hinterhof Platz nehmen und warten.

Plötzlich fiel mir wieder ein, was ich am Anzeigenverkaufen am meisten gehasst hatte: das Warten. Beinahe eine Stunde lang hockte ich dort in der Sonne und sinnierte, wie es Cheftu wohl ergehen mochte, als ich plötzlich von oben jemanden rufen hörte. »*Isha!*« Es war die Frau. Sie winkte und verschwand dann vom Fenster.

Sekunden später wurde die Tür aufgerissen. »Ich habe gar nicht gewusst, dass du schon da bist!« Sie warf dem blöde glotzenden Assyrer an ihrer Seite einen zornigen Blick zu. »Komm herein, komm herein, wasch dir die Füße, erfrisch dich.«

Sie setzte mich auf einen Hocker. Als ich mich vorbeugte, um meine Sandalen auszuziehen, begann sie zu *t'chen*. Eine Sklavin kniete vor mir nieder. Sie löste die Bänder meiner Sandalen und badete behutsam meine Füße, während eine weitere Sklavin ein kühles Getränk – eine Art Jogurt – und ein Tuch für mein Gesicht brachte.

Das Gesicht konnte ich mir keinesfalls waschen, sonst würde ich meine aufgeschminkte Tarnung verwischen. Ich tupfte mich nur ein bisschen ab und sah dann zu, wie die Sklavin meine Füße abtrocknete. Waqi erwarte mich, erklärte mir die andere Sklavin. Ob ich die Güte hätte, ihr zu folgen?

Wir stiegen die Treppe hinauf, eine dunkle, schmale Treppe in einem dunklen, schmalen Haus, allem Reichtum zum Trotz. Teppiche bedeckten Boden und Wände. Auf jedem Treppenabsatz standen leere Samoware. Überall stolperte man über Lampen, Armleuchter und Stehlichter. Schließlich traten wir auf das Dach, wo ein niedriger Tisch, umgeben von bunten Kissen, aufgestellt worden war.

Ich fühlte mich an Daduas Palast erinnert.

»Bitte«, lud Waqi mich ein, »setz dich und iss.«

In der Sonne erkannte ich, dass sie jung war. Verdammt jung. Vielleicht fünfzehn? Und unglücklich dazu; ihre Augen waren vom vielen Weinen angeschwollen. Nur selten nahm sie die Hände aus der schützenden Position vor ihrem Bauch. Schweigend aßen wir zu Mittag: gedämpftes Getreide, Gemüsefladen, Gurken- und Zwiebelsalat in Gewürzessig, dazu tranken wir Wein.

»Vielleicht möchtest du deinen Wein mit Wasser verdünnen«, schlug ich vor, »schließlich bist du –« Ich deutete auf ihren Bauch.

Entsetzt beobachtete ich, wie Tränen in ihre Augen schossen. »*Hakol b'seder*«, plapperte ich hastig weiter, »ein wenig Wein wird dir nicht schaden, aber zu viel, also, das wäre nicht gut für das Baby, obwohl ich überzeugt bin, dass es deinem gut geht und so … ich meine …« *Chloe, halt den Schnabel.*

Sie schluchzte schweigend. Ich ließ mein Brot fallen, krabbelte zu ihr hinüber, nahm sie in die Arme und wiegte sie. Die Frau krallte sich an mir fest und begann zu heulen, als hätte ihr jemand das Herz aus dem Leib gerissen. »Meine Eltern stammen nicht von hier«, schluchzte sie unter Tränen. »Mein Vater hatte keine Ahnung, was es für mich bedeuten würde, hier zu leben. Er hat es wirklich nicht gewusst. Sonst hätte er der Heirat nie zugestimmt …« Das löste die nächste Tränenflut aus. Armes Kind, dachte ich und strich ihr übers Haar.

»Ich weiß wirklich nicht, wie die Frauen das aushalten«, fuhr sie fort. »Ich überlege die ganze Zeit, wie ich darum herumkomme, aber mir fällt nichts ein. Wohin sollte ich auch gehen? Was sollte ich dort anfangen?«

In meinem Gehirn begannen sich die Fragen zu überschlagen.

Sie löste sich von mir, wischte sich übers Gesicht und versuchte zu lächeln. »Möchtest du etwas Halva?«, bot sie mir den Nachtisch in gezwungen heiterem Gastgeberinnen-Tonfall an.

Du bist eine Sklavin, Chloe, rief ich mir ins Gedächtnis. Ich kehrte an meine Seite des Tisches zurück. Eine weitere Sklavin tauchte auf, servierte uns die mit Honig gesüßte Sesampaste und zog sich wieder zurück.

»Du lebst außerhalb der Stadt?«, fragte sie.

»Ja.«

»Es muss sehr anstrengend sein, jeden Tag durch das Tor zu gehen.«

Auf jeden Fall, vor allem wenn man jede Nacht von Yoavs Soldaten verhört wird, ob es Fortschritte gibt. »Ken.«

»Mein Mann kommt erst in einigen Wochen zurück. Ich …« Sie rang um Haltung. »Meine Zeit kommt bald. Ich habe keine Familie.«

Ich nickte.

»Möchtest du vielleicht zu mir ziehen? Ich habe noch ein Zimmer im ersten Stock. Es ist recht schlicht, aber es gibt eine Strohmatte dort, und es ist luftig. Natürlich wärst du mein Gast, aber ich würde auch verstehen, wenn du weiterhin deine Dienste anbieten möchtest.«

Ich konnte nicht glauben, dass sie mir ein Zimmer anbot! »Und was ist mit den Wachen?«, fragte ich.

Sie zuckte mit den Achseln. »Ich bin Waqi bat Urek, Gemahlin von Abda, einem Cousin ersten Grades des Königs. Es wird keine Probleme geben.«

Rehov Abda – die Straße war nach ihm benannt.

Ich legte mein Halvastück ab. Das war ideal! Ich würde bei ihr wohnen können, während ich nach einer Möglichkeit suchte, allein aus der Stadt zu fliehen oder sie mit einer Armee einzunehmen. *Das nenne ich die Gastfreundschaft ausnutzen, Chloe,* seufzte ich in mich hinein. »Das würde zu viele Probleme geben. Ich kann dich nicht derart ausnutzen.«

Ich hörte ihr volles, aufrichtiges Lachen. »Mir liegt nur an deiner Gesellschaft, *Isha*. – Wie heißt du eigentlich?«

Verrate nie deinen wahren Namen, Chloe, im Namen liegt Magie, hörte ich Cheftu sagen. »Takala.«

»Takala, wie hübsch.«

Ich lächelte und fühlte mich hundeelend.

»Takala, ich bitte dich nicht aus Großherzigkeit, bei mir zu wohnen. Meine Zeit kommt bald, und dann hätte ich gern eine andere Frau bei mir, und zwar keine Sklavin.«

»Was ist mit den Frauen am Brunnen?«

Sie lächelte traurig. »Ich stamme aus einer Familie von Assyrern, und die werden hier verachtet. Allerdings ist es in beiden Völkern Tradition, dass die Frau des Hauses das Wasser selbst holt. So verlangt es die Ehre eines Hauses und einer Familie.« Sie wandte den Blick ab. »Auch wenn ich am Brunnen nicht gern gesehen bin, würde ich meine Familie doch nicht dadurch entehren, dass ich eine Magd zum Wasserholen schicke. Das schickt sich nicht. Außerdem«, sagte sie und sah dabei zu mir auf, »verehre ich Ishtar, die Göttin der Geburt, der Liebe, der kindlichen Zuneigung. Die anderen verehren Molekh.« Ihr Tonfall wurde schärfer. »Eine solche Frau will ich nicht an meinem Wochenbett haben.«

Ideologische Differenzen, dachte ich. *Ach*, der Nahe Osten blieb sich durch alle Zeiten hindurch gleich. »*B'seder.* Ich bleibe bei dir«, sagte ich.

Waqi lächelte und holte mit einem Klatschen ein paar Sklavinnen herbei.

»Perfekt, *Isha.*« Yoav lächelte mich in der Dunkelheit des Zeltes an. »Jetzt hast du einen Vorwand, länger zu bleiben.« Er schlug mir auf die Schulter. »Wie lange wird es deiner Meinung nach dauern, uns in die Stadt zu führen?«

Praktischerweise hatte ich vergessen, ihm gegenüber zu erwähnen, dass die Öffnung im Brunnen so gut wie nicht vorhanden war. Man konnte das als Selbsterhaltungstrieb bezeichnen. Waqi hatte noch etwa zwei Monate bis zur Entbindung, dadurch blieben mir noch zwei Monate zum Planen, um Zeit zu schinden, um Cheftus Rückkehr abzuwarten. »Etwa drei Monate?«

Yoavs Blick war berechnend. »Bis zum Ende des Sommers?«

Ich zuckte mit den Achseln. Klar, warum nicht?

»Wie können wir mit dir Verbindung aufnehmen?«

»Dadurch würde ich meine Tarnung verraten«, sagte ich. »Es wird schwierig werden, schließlich bin ich ständig mit anderen Menschen zusammen.«

»Isha«, versprach Yoav, »wir werden mit dir in Verbindung bleiben. Wir werden dich nicht aus den Augen lassen, keinen Atemzug lang.«

Ich sah in seine glasgrünen Augen. Wie viele Städte hatte er schon geplündert? Wie viele Menschen ermordet? »Wieso willst du diesen Posten haben?«, fragte ich, noch ehe ich begriff, dass ich die Worte ausgesprochen hatte.

Selbst er wirkte verblüfft. Und dann nachdenklich. »Dadua ist mein Onkel«, sagte er langsam, »auch wenn ich mehr Jahre zähle als er.« Er lächelte über irgendeine Erinnerung. »Dadua war schon immer ein spindeldürres Kind mit feuerrotem Haar, das ständig herumrannte und aus vollem Halse sang. Fast von Geburt an umschmeichelte er die Frauen im Harem, er war den alten Kameraden seines Vaters geistig haushoch überlegen, er beleidigte seine Brüder so geschickt, dass Tage vergingen, ehe sie es auch nur begriffen hatten.« Yoav sah mich an. »Dadua verkörpert das Leben schlechthin, er ist göttliche Kraft in ihrer reinsten Gestalt, ähnlich Yahwes Shekina-Kräften.«

»Ich dachte, Shekina sei eine Göttin?«

»*Ach!* Das sagen die Frauen, doch Yahwe ist einfach alles. Männlich und weiblich, dunkel und hell, Freude und Tränen.« Yoav zog die Schultern hoch. »Die Frauen ziehen Yahwes Mächte über die Nacht und über den Leib heraus und verleihen diesen Kräften einen Namen – Shekina. Doch die Shekina Yahwes, die Energie, die *Nishmat ha hayyim*, kann unmöglich von ihrer Quelle abgelöst werden.«

»Wenn du an *Nishmat ha hayyim*, an den göttlichen Odem glaubst, wie kannst du ihn dann so vielen Menschen rauben? Wenn das Leben heilig ist, wie kannst du dann deinen Lebensunterhalt mit Morden verdienen?«

»Weil Dadua es nicht kann, wenn er jenen Teil seines Wesens nicht verlieren will, welcher der Shekina-Ruhm Yahwes ist.«

»Dadua tötet nicht?«

Yoav warf den Kopf zurück und lachte. Der Schein der Lampe flackerte über die Muskeln in seinem Hals und seiner Brust und dämpfte die Narben auf seinem Gesicht. »Natürlich hat Dadua schon getötet. Doch es bereitet ihm Qualen. Sollten diese Qualen schwinden, sollte das Töten für ihn zum Beruf werden, dann wird das Licht der Shekina verglühen.« Yoav schüttelte den Kopf. »Y'srael würde leiden, und wir alle würden etwas Reines, Schönes verlieren, sollte Dadua werden wie wir alle. Gewöhnlich. Berührbar.«

»Darum befleckst du lieber deine Hände und dein Haupt mit diesem Blut?«

»*Ken*«, bestätigte er. »Dadua ist ein Mensch und ein König, doch für Yahwe ist er das liebste seiner Kinder. Wir, Daduas Familie, müssen ihm diese Unschuld bewahren. Er überschreitet die Gebote nicht so wie wir.«

»*Ach!* Wie kannst du so etwas sagen? Er ist ein Erdling!« Manche Worte hörten sich in der Übersetzung ausgesprochen befremdlich an.

»Das ist er. Doch sein Fleisch kennt keine Lust, keinen Hass und keinen Mord. Er ist wie Bronze, die niemals fleckig wird. Um seiner Reinheit willen werde ich in Blut baden.« Yoav sah mich an. »Das Land muss erobert werden, daran gibt es keinen Zweifel. Jene unter uns, die ihn lieben, müssen das bewirken, und sie müssen die ausgelöschten Leben auf ihre eigenen Seelen laden, nicht auf seine.«

Ich starrte ihn an, ich schaute in seine klaren grünen Augen, während sich tiefes Schweigen über uns senkte. Dies war Davids Henker, und er handelte aus den reinsten Motiven, die ich mir für ein solches Gemetzel ausmalen konnte. Machte das die Sache besser? Verzeihlicher? Ich wusste es nicht, doch plötzlich hatte ich das Gefühl, kein Urteil über ihn fällen zu können. Hatte ich jemals jemanden so geliebt? Cheftu eingeschlossen? »Ich bin mit Avgay'el einer Meinung«, erklärte ich leise. »Du verdienst es, *Rosh Tsor* zu werden.«

Er stand auf und streckte mir die Hand hin. Ich ergriff sie, und er zog mich hoch. »Dein Mann ist immer noch in der Wüste«, sagte er. Plötzlich fiel mir auf, wie nahe wir beieinander standen, wie dunkel sein Blick und wie warm das Zelt geworden war.

Und plötzlich fiel mir auf, dass meine Hand immer noch in seiner lag. Ich zog sie zurück. »*Todah*, ich danke dir, dass du mir das erzählt hast.«

In verlegenem Schweigen standen wir voreinander. »Gut. Wir werden dann Verbindung mit dir aufnehmen, Klo-ee.«

»*Laylah tov,* Yoav«, sagte ich in seinen Rücken.

Er drehte sich noch einmal um. »*Lo*, heute Abend beginnt der Sabbat. *Shabat shalom.*«

10. Kapitel

Heute war die Nacht der Nächte. Ich hatte die Tage seit meinem Treffen mit Yoav akribisch mitgezählt. Am Tag nach dem Sabbath würden die Soldaten die Stadt für einige Stunden unbeobachtet lassen. Und mir damit ein Zeitfenster öffnen.

Wir hatten Vollmond, was mir die Reise erleichtern würde. Ich hatte ein schlechtes Gewissen, weil ich Waqi im Stich lassen musste, die ein wahrer Schatz war und Besseres verdient hatte. Doch wenn ich blieb, würde ich sie verraten müssen, genau wie Shamuz am Brunnen und Yorq, die mir Brot verkaufte. Sie alle waren wirkliche Menschen, dies war kein Spiel, dies war kein Computerkrieg. Ich brachte es einfach nicht übers Herz, sie zu verraten.

Darum würde ich mich aus der Stadt schleichen. Mit geschnürtem Bündel behielt ich von meinem Zimmer aus die Straße im Auge. Heute Nacht war eine Menge los, unzählige Menschen eilten mit kleinen Lampen hin und her. Traurig warf ich meinen Umhang über und schlich die Treppe hinunter. Draußen ging ein Wind; er fühlte sich wunderbar an, so ungestüm und frei, als könnte er mich hochwehen und irgendwo anders wieder absetzen.

Ich hätte fast alles dafür gegeben, Cheftus Hand in meiner zu spüren und mit ihm gemeinsam den Abend zu genießen. Nachdem ich die Tür hinter mir zugezogen hatte, eilte ich durch die Straßen, immer im Schatten bleibend, wie ich hoffte. Auf meinem Weg fielen mir dutzende von schaukelnden Lichtern auf, ein stetiger Fluss, der durch das Mülltor aus der Stadt talwärts strömte. Die Menschen gingen ins Tal? Mitten in der Nacht?

Bizarr. Im Altertum standen die meisten Menschen mit der Sonne auf und gingen auch mit ihr zu Bett. Die Tage waren lang und hart; sie hatten die Ruhe dringend nötig. Ganz zu schweigen von den Ängsten vor den vielen Gefahren, die einem in der Nacht drohten. Was wurde hier gespielt? Sie wollten doch bestimmt nicht alle aus der Stadt fliehen?

Innerlich jubilierend ging ich durch das Mülltor hinaus, wobei ich die vielen Abfallhaufen umging – der Grund dafür, dass dieses Tor als Mülltor bezeichnet wurde. Ich war frei! Auf dem Weg den steilen Hügel hinab blies mir der Wind den Umhang aus dem Gesicht und fuhr mir unter die Röcke. Ich hielt einen Moment inne und sah mich noch einmal um, um einen letzten Blick auf Jerusalem zu werfen: Es kam mir so vor, als würde die Stadt von tausenden Glühwürmchen erhellt; in den Fenstern brannten Lampen, an den Mauern waren Fackeln angezündet worden, in den Toren loderten Kohlenpfannen. In der Luft lag der schwere Duft von Geißblatt, Rosen und Kräutern.

Vorsichtig den felsigen Untergrund abtastend, suchte ich mir einen Weg durch die immer schwärzer werdende Finsternis. Es war still, und die vielen Lichter, die ich anfangs gesehen hatte, waren verschwunden. Je tiefer ich ins Tal hinabstieg, desto weniger spielte der Wind mit mir und desto schwerer wurde der Duft der Blumen.

Als ich die Abzweigung zur Talsohle hinunter passierte, weil ich lieber auf der Straße nach Yerico bleiben wollte, hörte ich eine Art Schrei. Ich blieb kurz stehen und nahm dann den Weg in Richtung Süden. Noch während ich abbog, schlug mir Gestank entgegen. Ein widerwärtiger Gestank nach verkohlendem Fleisch. Er überdeckte den Duft der Zitrusblüten, das Geißblatt und sogar den leichten Hauch nach Immergrün von den Hügeln.

Luft in mein Gesicht fächelnd, beschleunigte ich meine Schritte, bis ich um eine Ecke bog. Und dann sah ich, woher der Gestank kam.

Etwa zwanzig Meter unter mir brannte am Grund einer schmalen Schlucht ein Feuer. Ein paar Schritte davon entfernt standen dicht gedrängt unzählige Lampen – die Menschen, die so plötzlich verschwunden waren? Was ging hier vor? Ein tiefes Summen wie aus der *Carmina Burana* stieg zu meinem Pfad herauf.

Neugierig wagte ich mich ein paar Schritte nach unten, um mir die Sache näher anzusehen. Nur langsam passten sich meine Pupillen den grell aus der Dunkelheit leuchtenden Flammen an.

Vor meinen Augen drängten die Menschen immer näher an das Feuer heran. Schließlich näherte sich eine einzelne Gestalt, die jemand anderem einen Gegenstand überreichte. Ich kniff die Augen zusammen. Der Rauch, der Gestank, der meine Kehle verklebte, und der gespenstische Gesang wirkten geradezu surreal.

Dann warf die zweite Gestalt, die den Gegenstand entgegengenommen hatte, etwas ins Feuer. Etwas Kleines. Die erste Gestalt war wieder verschwunden.

Verbrannten sie hier ihren Müll? Dem Gestank nach war das durchaus möglich. Ich presste die Hand auf die Nase und atmete durch den Mund. Schließlich mischte ich mich unter die Menge, weil mich interessierte, welcher Müll hier verbrannt wurde, dass sich so viele Menschen darum versammelten. Unter dem Singen hörte ich ein hysterisches Schluchzen und Flehen, auch wenn die Worte nicht auszumachen waren. Im Näherkommen erkannte ich, dass das Feuer nicht in einer Höhle, sondern im Bauch einer riesigen hässlichen Statue brannte.

Ein zweiter Mensch näherte sich und überreichte dem Werfer ein kleines Paket. Ein weinendes Paket. Ein winziges Wesen.

Alle meine Haare stellten sich auf.

»Nein«, entfuhr es mir auf Englisch. »Nein!« Ich schlug mir die Hand über den Mund, wobei es gleichgültig war, ob ich es tat, um nicht zu speien oder um nicht laut zu schreien. Das nächste Bündel flog in die Flammen. Zwei Männer hielten eine Frau zurück, eine brüllende Frau. Der Wind wehte in meine Richtung, sodass ich ihre Worte verstand: »*Lo!* Nicht mein Kind! Nicht mein teures Lämmchen! Verflucht seid ihr! *Lo*, nicht mein Kind!«

Sie opfern ihre Kinder, hörte ich im Geist Yoav sagen. *Ich weiß nicht, wie die Frauen das aushalten,* setzten mir Waqis Worte zu. *Wenn mein Vater das nur gewusst hätte* – o mein Gott. Und dies hier erwartete sie ebenfalls?

Bemüht, keine Aufmerksamkeit auf mich zu ziehen, setzte ich meinen Weg nach unten fort, entsetzt und strauchelnd und ohne recht begreifen zu können, was ich da gesehen hatte. Vor mir ging noch jemand, zum Glück mit leeren Händen.

Eine verhüllte Gestalt näherte sich, überreichte dem Werfer ein Baby und taumelte dann zurück, während der Mörder das Kind über seinen Kopf erhob, den Himmel anrief und das Baby schließlich ins Feuer schleuderte!

Die Gestalt vor mir knickte ein, wie ein Mantra *»Lo«* murmelnd. Ich war wie vom Blitz getroffen. Das hier hatte ich doch gewiss nicht, ganz gewiss nicht wirklich gesehen. Die Bilder wollten einfach keinen Sinn ergeben, obwohl der Geruch nach versengtem Fleisch, den ich zu meinem Leidwesen wieder erkannte, mir fast den Atem verschlug. Und nur allzu real war.

Fast wäre ich über die Frau vor mir gestolpert. Sie quiekte auf, und ich sah nach unten. Sie versuchte wieder aufzustehen, war aber so dickbäuchig, dass sie es nicht schaffte. »Waqi«, flüsterte ich.

Entsetzt sah sie auf. »Du gehörst auch dazu?«

»Lo, lo«, sagte ich schnell.

Weiteres Geschrei, weiteres Flehen hinter mir. Ich wusste nicht, was ich tun sollte. Sollte ich mich auf den Priester stürzen? Ich musste Waqi fortschaffen; ich war auf der Flucht aus der Stadt … o Gott.

Der Schrei eines Kleinkindes stieg zum Himmel auf und ging gleich darauf in den Gesängen der Betenden unter.

»Zu unserem Schutz geben wir dir Blut.

Um uns zu retten, geben wir dir unser Fleisch –« Es war ein grässliches Lied.

Ich kehrte zu Waqi zurück und half ihr auf. »Was tust du hier?«, flüsterte ich.

»Ich musste es sehen, mit eigenen Augen sehen. Lieber würde ich mir das Leben nehmen als zuzuschauen, wie mein Kind stirbt.« Ihr Gesicht fiel in sich zusammen, und Tränenspuren glänzten im Licht der Flammen. »Seine ersten drei Frauen haben diesen Kummer nicht überlebt.«

Sie war Abdas vierte Frau? »Wir müssen hier weg«, sagte ich. »Du kannst ihn noch heute Nacht verlassen.«

Sie schüttelte den Kopf. »Heute Nachmittag haben die Wehen eingesetzt. Mein Kind kommt schon.«

Es gab bei weitem nicht genug Flüche in meinem Vokabular. Stattdessen hörte ich in meinem Kopf immer nur Prissys Geständnis aus *Vom Winde verweht.* »Gibt es hier eine Hebamme? Eine weise Frau?«, fragte ich sie.

»Wenn ich eine hole, werden sie es erfahren … ich kann das Kind nur schützen, indem ich behaupte, ich hätte es verloren.«

Damit wären logistische Albträume verbunden, doch das war egal. »Wir gehen zurück in die Stadt.« Waqi hinter mir herziehend, drängelte ich durch die Menge.

»Sie werden es erfahren, sie werden es erfahren«, beharrte sie.

Ich schob meine Nase gegen ihre. »Wenn du versuchst, das Kind allein zu bekommen, wirst du sterben. Und das Kind ebenfalls. Wenn du eine Hebamme rufst und dir helfen lässt, dann können wir dich und das Kind vielleicht aus der Stadt schmuggeln, aber wenigstens werdet ihr beide überleben.«

»Wohin wolltest du?«

»Ich wollte gerade fliehen.«

»Vor mir?«

»*Lo*, du warst die Güte selbst zu mir. Ich habe –«

»Du bist keine einfache Brunnenmagd, habe ich Recht?« Sie stützte sich auf mich und hatte ihre Finger in meine geschoben. Immer wenn die Wehen einsetzten, quetschte sie meine Hand, doch ansonsten ließ sie sich ihre Beschwerden nicht anmerken.

»*Lo*«, sagte ich, »ich bin eine Spionin.«

Ihre Hand presste meine noch fester, und sie blieb kurz stehen. Als sie wieder sprach, kamen ihre Worte abgehackt. »Für wen?«

»Die Hochländer. Sie wollen eure Stadt einnehmen.«

Sie keuchte und brach mir praktisch die Finger. Ich spürte, wie ihre Beine neben meinen zu zittern begannen und sie alle Kraft aufbringen musste, um nicht einzuknicken. Ich sah zu der Stadt hoch, die ich eigentlich nie wieder sehen wollte. Sie war etwa vierzehn Lichtjahre von uns entfernt.

»Haben die Hochländer Kinder?«, fragte sie im Weitergehen.

»Ganze Heerscharen.« Ich schob meine Hand um ihre Taille, falls sie ins Stolpern kam.

»Ich wünschte, sie würden bald einmarschieren«, sagte sie. »Ich würde ihnen die Stadt sofort überlassen.« Ihr Griff wurde fester, doch sie kam nicht aus dem Schritt.

»Wieso tun sie das?« Der Gestank verschmorenden Fleisches brannte mir immer noch in der Nase; obwohl wir uns bereits der Stadt näherten, roch ich die Rosen nicht mehr.

»Zum Schutz. Jedes Kind, das sie Molekh geben, verwandelt sich in einen weiteren Dämonenwächter über die Stadt. Deshalb wurde die Stadt noch nie eingenommen.« Sie ging wimmernd in die Knie.

Ich sah mich um; wir befanden uns am Rand der Müllhalde – nicht gerade der ideale Platz, um ein Kind zur Welt zu bringen. »Komm, Waqi, nur noch ein kurzes Stück.« War irgendwo ein Wachposten? Während sie Atem schöpfte, suchte ich die Mauern, die Müllgrube, die Bäume um uns herum ab. »Hilfe!«, rief ich. »Ist da jemand?«

Waqi kreischte auf und schlug sich augenblicklich die Hand vor den Mund. Ich ging vor ihr in die Hocke. »Was ist? Werden die Schmerzen schlimmer?«

»Das Fruchtwasser«, keuchte sie. »Die Blase ist geplatzt.«

Ich stand auf und sah mich um. Nirgendwo regte sich etwas, kein Laut war zu hören. Der Rauch aus dem Tal überzog den Nachthimmel. Ich nahm den Dialekt an, in dem Yoav gelegentlich redete, und sprach laut und mit tragender Stimme: »Du hast gesagt, du würdest mich nicht aus den Augen lassen. Ich brauche deine Hilfe. Um Yahwes Liebe willen, steh uns bei!«

Bildete ich mir wirklich nur ein, dass ich Blicke auf mir spürte?

Nichts regte sich. Ich kniete neben ihr nieder. »Leg deinen Arm um mich«, sagte ich. »Ich werde dich tragen.«

Ihren linken Arm über meine Schulter ziehend, richtete ich mich wieder auf. Sie war klein, aber schwanger und vor Schmerz halb besinnungslos. Wir hatten die Müllgrube zur Hälfte durchquert, als er uns in den Weg trat: der Soldat aus Mamre, der mir vor meinem ersten Treffen mit Yoav durch die Straßen gefolgt war. Ich wusste nicht einmal, wie er hieß. Wortlos nahm er sie hoch.

»Waqi«, sagte ich, ohne ihre Hand loszulassen. »Was sollen wir den Wachen sagen?« Der Soldat aus Mamre sah nicht aus wie ein Jebusi; vielleicht wie ein Pelesti?

»Heute Nacht gibt es keine Wachen«, keuchte sie. »Wir haben Molekhs Mond. Sie, sie –« Wieder schrie sie auf.

»Isha«, sagte er zu ihr. »Drück dein Gesicht in meinen Umhang, *b'seder*?«

Waqi vergrub ihr Gesicht an seiner Brust. »Zeig uns den Weg, schnell«, sagte er. »Sie kann die Beine nicht länger zusammenhalten. Das Kind kommt gleich.«

Wir platzten durch die Tür des Hauses in der Rehov Abda. Der Assyrer erfasste mit einem einzigen Blick die Situation und eilte uns unter ständigen Anrufungen Ishtars voran in Waqis Zimmer. Der Soldat legte sie auf der Strohmatte ab und sah mich an. Ich starrte mit großen Augen zurück. »Keine Hebamme?«, fragte er.

»Das Kind wird sonst geopfert«, antwortete ich. Waqi war klatschnass vor Schweiß, darum zogen der Assyrer – der Uru hieß – und ich sie aus, badeten sie und wickelten sie dann in trockene Tücher. Ihre Schenkel waren mit Blut verschmiert. Mir war elend zu Mute – was sollten wir nur tun? Der Soldat hatte uns den Rücken zugedreht und war mit irgendetwas beschäftigt.

Waqi schrie auf, weshalb wir eine weitere Decke über sie warfen. Uru eilte zu ihr und redete in einer mir unverständlichen Sprache auf sie ein. »Wo kann ich eine Hebamme finden?«, fragte ich die beiden. »Das ist unsere einzige Chance.«

Der Soldat drehte sich um und spießte Waqi mit seinem spektralblauen Blick auf. »Ich habe schon Lämmer, Kälber und Esel entbunden. Ich kann helfen, dieses Kind auf die Welt zu bringen, und es vor diesem blutrünstigen Gott retten.«

Ich sah auf Waqi, die still und schweißnass dalag. »Wie heißt du?«, flüsterte sie.

»Zorak ben Dani'el.«

Waqi kniff die Augen zu und knüllte die Decke in ihrer Hand zusammen. Sie hätte eigentlich durch den Schmerz hindurch atmen sollen. So hatte ich es im Fernsehen gesehen, ich wusste nur nicht, wie das ging. Die Wehe ging vorüber, und sie sprach ihn an: »Bring mein Kind zur Welt.«

Zorak verwandelte sich in einen General. Wir eilten mit sauberen Laken, heißem Wasser, Wein, einem Messer mit Eisenklinge und Lampen herbei und bauten alles ordentlich in ihrem Zimmer auf. Er schob die Schläfenlocken hinter die Ohren und wusch seine Hände in Wein. Die Wehen wollten kein Ende nehmen, aber Waqi war zäh. Sie schrie nur selten; meistens streichelte sie ihren Bauch und lächelte unter ihren Höllenqualen.

In regelmäßigen Abständen sprach Zorak ein Gebet, um danach zwischen ihre Beine zu schauen und ihr zu sagen, dass es noch dauern würde. Als er schließlich verkündete, dass es so weit sei, war die Nacht tintenschwarz und der Mond hinter einer Wolke verschwunden.

Ein paar Ziegelsteine wurden ins Zimmer gebracht und Waqi von ihrem Strohlager zu den Ziegeln geführt, auf denen sie kauern sollte. Ich wurde auf ihre linke Seite gestellt und eine Sklavin zu ihrer Rechten, während Uru hinter ihr stand und ihren Hals sowie das Rückgrat mit Duftölen massierte. Zorak hockte vor ihr, massierte die Innenseiten ihrer Schenkel und ihren Bauch und sprach ihr leise und beruhigend zu, wobei er ihr ununterbrochen in die Augen sah.

Waqi wandte den Blick kein einziges Mal von ihm ab. Auch wenn die Wehen einsetzten, blieben ihre Augen offen und auf seine gerichtet, während wir sie aufrecht hielten und beobachteten, wie ihr massiger Leib sich in Wellen zusammenzog. Uru sang leise unverständliche Worte zu einer betörenden Melodie vor sich hin.

Wie Wasser aus einer Dusche floss der Schweiß über Waqis

Leib. Eigentümlicherweise war mein Widerwille geschwunden, seit ich mit angesehen hatte, wie dieses junge Mädchen mit seinem Kind sprach und dabei in die Augen dieses Fremden schaute, der alles zu Stande bringen würde. Plötzlich fühlte ich mich ungeheuer unwichtig.

Dann schrie sie unvermittelt mehrmals kurz hintereinander auf und schien beinahe gegen unseren Griff anzukämpfen. »Lasst sie runter«, befahl Zorak, und gehorsam ließen wir sie in die Hocke sinken. Die anderen Sklavinnen rückten näher, um so viel Licht wie möglich zu spenden. Zorak redete Waqi zu und rieb dabei über ihren Bauch, Uru sprach ihr Mut zu, selbst ich sagte ihr, dass sie das ausgezeichnet machte, dass alles *b'seder* sein würde, dass sie einfach weiteratmen solle.

Ihr Leib zitterte dermaßen, dass wir sie fast fallen ließen, weil der Schweiß sie so glitschig machte, und dann ... glitt eine blutige Masse in Zoraks Hände. Es war abstoßend; es war unfassbar!

Das Baby brauchte einen Moment, ehe es zu brüllen anfing. Als ich schließlich begriff, was eben geschehen war, strömten mir Tränen über die Wangen. Vor meinen Augen war ein Kind geboren worden.

Wir machten alles sauber. Zorak entfernte die Nachgeburt, schlug sie in ein Tuch und überreichte sie einer Sklavin, die damit verschwand. Dann reichte er Waqi das eiserne Messer, die damit unter einem Gebet die Nabelschnur durchtrennte. Uru und Zorak rieben das Kind mit Salz ab, während die Sklavinnen alle Leintücher wechselten. Die andere Sklavin und ich wuschen Waqi und rieben anschließend ihre Schenkel, ihren Bauch und die Brüste mit Öl ein. Eigentlich hätte es mich verlegen machen müssen, eine andere Frau so zu berühren, doch stattdessen fühlte ich mich als Beschützerin und dadurch mit ihr verbunden. Was ihr Körper zu Stande gebracht hatte, konnte meiner ebenfalls zu Stande bringen, dieses Band schmiedete uns zusammen.

Das Kind war ein Junge. Zorak reichte ihn ihr. »Er ist bezaubernd«, sagte er. »Genau wie seine Mutter.« Er gab ihr einen Kuss auf die Stirn und trat in den Hintergrund. Waqi nahm uns alle überhaupt nicht wahr. Sie strich dem Kind über das Gesicht, küsste jeden Zentimeter seines Leibes, der nicht eingewickelt war, und hielt es dann an ihre Brust.

Natürlich war er schnell von Begriff, schließlich war er das schönste Baby der Welt und das gescheiteste dazu, daran gab es keinen Zweifel. Gleich darauf nuckelte er wie ein Weltmeister. Mit einer Miene absoluter Glückseligkeit ließ sich Waqi zurücksinken. Ich sah kurz zu Zorak hinüber, der immer noch mit Blut verschmiert war, und bemerkte, dass er weinte. Uru legte die Hand auf meinen Arm. »*Isha*, lassen wir sie ein wenig allein.«

Wir schlichen aus dem Zimmer und ließen Mutter und Kind in vollkommener Verzückung zurück.

Die Wüste

Gut bewaffnet und gepanzert marschierten die hundert Männer durch das Arava-Tal. Cheftus Blick war auf die Schotterebene gerichtet, als er ganz unerwartet einen winzigen Moment lang etwas wie einen Spiegel im Dreck aufblitzen sah. Nur seiner Erfahrung war es zu verdanken, dass er nicht stolperte und dadurch zu erkennen gab, was er gesehen hatte – das Gleißen der Sonne auf Metall. Er ging weiter, nun aber ganz und gar auf seine Umgebung konzentriert und auf jedes Geräusch lauschend. Hinter ihm befand sich, sorgfältig unter Proviant, Kleidung und einer toten Ziege versteckt, der Reichtum von Hatschepsuts Ägypten.

Es war eine Wüste, doch anders als in Midian gab es hier keine Sandwellen und keine wild streunenden Kamelherden. Es war ein brutaler, felsiger Landstrich, in dem nur Akazien und wildes Gras überlebten. Die Hügel zu beiden Seiten waren von Höhlen durchlöchert. In regelmäßigen Abständen erspähten sie eine Ziege oder eine Wildkatze. Hyänen keckerten in der Ferne, und über die salzige Ebene hin und her ziehende Gazellenherden hatten ihre Spuren hinterlassen.

Der Schweiß verdampfte ebenso schnell, wie er aus den Poren trat, so trocken war es hier. Da ihre Rückkehr dringend erwartet wurde, marschierten sie tagsüber, was ausgesprochen unüblich war. Und so spät im Sommer der blanke Wahnsinn. Das sollte Echnaton mal ausprobieren, dachte Cheftu. Hier gab es mehr von seinem »Aton«, als selbst Pharao ertragen konnte.

Das Wandern in der Sonne, in Stoff gehüllt und einen Fuß monoton vor den anderen setzend, brannte ihm alle Gedanken aus. Darum war ihm nicht schon früher aufgefallen, dass sie verfolgt wurden.

N'tan taumelte an seine Seite. »Spürst du es?«, fragte Cheftu leise.

»Wir werden beobachtet.«

Unauffällig ließ Cheftu den Blick wie so oft über die Hügel, die Akazien und Felsen wandern. »Ich kann sie nicht sehen.«

»Ich auch nicht.«

»Sollen wir weitergehen?«

»Was meinst du, sind es Tiere oder Menschen?«, fragte N'tan.

Cheftu musste ein Lachen unterdrücken. Tiere würden vor einer so großen Karawane die Flucht ergreifen. Nur ein einziges Lebewesen würde versuchen, so viele Menschen anzugreifen. »Ganz eindeutig Menschen.«

»*Ach!*«, meinte N'tan. »Wir sind nahe der Salzmeerküste.«

»Wie nahe?«, hakte Cheftu nach.

»Wenn wir weiterziehen würden, wären wir in der Morgendämmerung dort.«

Was wäre wohl besser? Weiterzuziehen, in der Hoffnung, die Verfolger abzuhängen oder auszuspielen? Oder wie all die Abende zuvor ein Lager aufzuschlagen und sich auf eine Schlacht in der Morgendämmerung vorzubereiten? »Was für Waffen haben unsere Männer?«

»Bronzeschwerter. Ein paar haben auch pelestische Klingen.«

»Wir werden uns wieder in drei Divisionen aufteilen. Um sie zu verwirren.«

»Was wird ... aus dem Schatz?«, wisperte N'tan.

»Heute Nacht werden wir im Schutz der Dunkelheit einiges davon vergraben. Den größten Teil.«

»Und zurücklassen?«

Cheftu widerstand der Versuchung, seine trockenen Lippen mit der Zunge anzufeuchten; dadurch würden sie nur noch mehr austrocknen. Er fummelte in seiner Schärpe nach einem kleinen Stein, seinem Lutschstein. Er hatte gelernt, dass ein Kiesel unter der Zunge Mund und Kehle feucht hielt. Gleich darauf hatte er wieder genug Speichel zum Schlucken und zum Sprechen. »Eine Abteilung schicken wir voraus, mit einem Teil des Goldes und den Männern mit den Bronzeklingen. Sie werden den Weg durch Midian und Yerico hindurch und um Jebus herum nach Mamre nehmen.«

»Und die Übrigen?«

»Eine Abteilung bleibt zurück, um sich zum Kampf zu stellen, und die Beigesetzten werden später scheinbar den aufgewühlten Boden erklären.«

»Wir bringen sie um? Und vergraben das Gold dann mit ihnen?«

»*Lo*. Wer auch immer uns nachstellt, wird sie töten. Wir werden das Gold mit ihnen vergraben, die Gräber wie typische Wüstengrabstätten mit Steinen abdecken und das Gold später holen.«

»Glaubst du, das wird die Briganten davon abhalten, die Leichen und das Gold wieder auszubuddeln?«

Cheftus Blick tastete die weit entfernten Höhlenfelsen ab; steckten sie vielleicht dort? Wie viele? Und aus welchem Volk? »Falls es Ägypter sind, werden sie die Toten ruhen lassen.« Hoffentlich, dachte er. »Die andere Möglichkeit wäre, das Gold in diesen Höhlen zu verstecken – irgendwie.«

»Und was soll deiner Meinung nach die dritte Gruppe tun?«, fragte N'tan.

»Sie werden direkt nach Mamre ziehen, um Verstärkung zu holen.«

»Wir tun das im Schutz der Nacht?«

»*Ken*. Heute Nacht.«

N'tan blinzelte gegen die Sonne. »Also werden wir etwa in einer Wache unser Lager aufschlagen. Ich werde es den anderen sagen.« Damit fiel er zurück.

Den Blick fest auf die Felsklippen gerichtet, marschierte Cheftu weiter. Ein einziges Gleißen würde ihm verraten, was er wissen musste. Falls Pharao dort lauerte, würden die Soldaten Rüstung tragen. Falls es andere Stämme waren, würde er sie rufen hören, die Laute der Wüste nachahmend.

Die nächste Wache würde zeigen, wer es war. Nichtsdestotrotz würden sie das Gold zu Dadua schaffen. David würde sein Gold bekommen. Und Cheftu seine Freiheit wieder gewinnen.

Cheftu marschierte weiter.

Ich begriff, wie die Franzosen in der Résistance sich gefühlt haben mussten. Äußerlich schien alles ganz normal zu sein, doch ich wusste, dass es nicht so war. Die Frauen in den Straßen von Jebus waren keine Fremden mehr, sie waren meine Mitspioninnen; die lächelnden und so zuvorkommenden Männer waren dieselben Männer, die verlangten, dass ihre Kinder verbrannt werden sollten, damit sie selbst ungeschoren blieben. Sie waren zu Feinden geworden. Doch für einen Außenstehenden hatte sich nichts verändert.

Als wäre dies ein Tag wie jeder andere, ging ich zum Brunnen. »Heute bist du aber früh dran, was? Ein neuer Krug?«, kommentierte der erste Wachposten.

Ich zuckte mit den Achseln. »*G'vret* Waqi wünscht heute Morgen ein Bad.«

»*Ach*, die Reichen!« Lachend ließen sie mich passieren. Auf der Treppe kam ich an ein paar Frauen vorbei. Alles lief nach Plan.

Derselbe Wachposten wie jeden Tag hatte Dienst. »Dein Husten hört sich schlimmer an«, sagte er, als ich mich unter der Wucht meiner Hustenanfälle zusammenkrümmte. Trübe nickte ich ihn an. Der Husten war nicht gespielt, ich hatte mir irgendwo eine Erkältung eingefangen. Statt mit einem Stapel Zeitschriften, meiner Fernbedienung und einer Familienpackung Eiscreme von *Ben & Jerry's* im Bett zu liegen – mein Universalrezept gegen alle Beschwerden –, würde ich die Invasion und den Verrat von Jebus anführen.

Das Adrenalin würde mich aufrecht halten müssen.

Wegen meines Hustens und Niesens schien es ewig zu dauern, bis ich den extragroßen Krug voll hatte. Ich sah den Wachmann an. »Kann man diese Öffnung irgendwie größer machen? Sonst«, ich nieste, »brauche ich den ganzen Tag.«

»Wer hat dir davon erzählt?«, fragte er misstrauisch.

Ich nieste. »Waqi. Sie braucht Wasser, und zwar viel.«

»Zum Baden? Mitten unter der Woche?«

Ich zuckte mit den Achseln. »Das Kind kann jeden Moment kommen.«

Er hüpfte von seinem Thron und trat an die Wand. Dort befanden sich einige an einem Haken befestigte Seile. Er zog ein paar Mal fest an, und schon hatte er die gesamte hölzerne Plattform nach oben gezogen und die natürliche Öffnung freigelegt, die etwa drei Meter groß war. Meine Begeisterung führte zu einem weiteren Niesen.

»Mach schnell.« Er sah mir zu. Ich war zwar kräftiger geworden, trotzdem brachte ich immer noch keinen normal großen Krug auf die Schulter, wenn ich ihn randvoll machte. Weshalb dieser Riesenkrug ein Unding für mich war, vor allem da ich immerzu niesen musste. Wütend trug er mir den vollen Krug die Treppe hinauf, an den hinabsteigenden Frauen vorbei. Bemerkte er die Blicke, die wir tauschten?

Ganz oben an der Treppe stolperte ich absichtlich und purzelte die Stufen wieder hinunter, darauf achtend, dass ich mir den Kopf nicht allzu fest anschlug. Der Wachposten rief nach Hilfe und stürzte dann die Treppe hinauf, um jemanden zu holen, wobei er meinen Krug auf den Stufen zurückließ. Innerhalb weniger Sekunden hatten die Frauen, an denen wir eben vorbeigekommen waren, mir aufgeholfen. Eine andere Frau schlüpfte in meinen Umhang; ihr Gesicht hatten wir so angemalt, dass es meinem ähnelte. Traurigerweise hatte sie bereits blaue Flecken.

Sie legte sich an meine Stelle, während ich hoppelnd die Treppe hinunterrannte. Die anderen Frauen sammelten sich auf dem Treppenabsatz, sodass der Wachsoldat nicht nach unten konnte.

Nur wenige Augenblicke später starrte ich, im Eimer kauernd und das Seil mit beiden Händen fassend, in die Tiefen des schwarzen Wassers, während mir die umstehenden Frauen »Viel Glück« ins Ohr flüsterten.

Ich merkte, dass ich eigentlich Angst vor Höhlen voll schwarzem Wasser haben sollte; doch meine bisherigen Erfahrungen hatten mich auf genau diese Situation vorbereitet. Ich hatte nicht den geringsten Zweifel, dass ich einen Weg ins Freie finden würde, und ich befürchtete ebenso wenig, dass ich zu lange unter Wasser bleiben würde. Schließlich hatte ich während meiner Zeit auf Aztlan ein verflucht kompliziertes Labyrinth überlebt, und zwar nicht nur einmal, sondern dreimal. Dies hier war für mich ein Kinderspiel.

Ein kaltes Kinderspiel. Ich nieste wieder und spürte, wie die Brustwarzen kieselhart gegen mein Kleid drückten, so kühl wehte es von unten herauf. Meine Hände zitterten so, dass ich kaum die Seile bedienen konnte. Stimmen, die des Wachsoldaten und jene der Frauen, hallten zu mir herab. Jetzt oder nie.

Die Frauen hatten mir versichert, ich würde nur ein paar Sekunden lang untertauchen, da der Brunnen im Grunde eher ein Teich sei. Wenn ich es dorthin geschafft hatte, würde ich ins Freie schwimmen können – was auch den Verweis auf die »Lahmen« erklärte, da man sich im Wasser fortbewegen konnte, ohne die Beine zu bewegen. Wenn ich der Strömung folgte, würde ich irgendwo außerhalb der Stadt landen, wo einer von Yoavs Einsatztrupps auf mich warten sollte.

Falls man sich auf die Worte der Frauen verlassen konnte.

Was soll's, dachte ich und löste meinen Griff um das Seil. Der Flachs schürfte mir die Handflächen auf, während ich auf das Wasser zusauste. Sofort drang die eisige Kälte durch meine Kleider. Ich pfiff durch die Zähne, als ich sie erst an meinen Beinen und dann an meinem Bauch spürte. Ich holte ein letztes Mal tief Luft, dann tauchte ich in die nasse Dunkelheit ein.

Indem ich mich von einem angeborenen Richtungssinn und vor allem der Strömung des Wassers leiten ließ, gelangte ich schnell zu dem Abfluss unten im Brunnen. Alles verlief ganz nach Plan – ich machte mich steif wie ein Stück Holz, das nach draußen getrieben wurde –, als ich plötzlich stecken blieb.

Ich hielt den Atem an; ich steckte unter Wasser in einer Stromschnelle und klemmte dabei fest wie ein Korken. Der Fels schnitt mir in die Schultern und riss an meinen Brüsten. Von echter Angst gepackt, begann ich zu kämpfen. Ich kam weder vor noch zurück; meine Ohren schmerzten, weil das Wasser von oben auf mich herabdrückte.

O Gott, o Gott. Der Drang zu niesen wurde immer stärker; meine Lunge drohte zu platzen. Ich spürte, dass meine Beine unter mir in der Luft baumelten, während sich hinter mir immer mehr Wasser aufstaute. Ich konnte nichts sehen und fragte mich einen Moment lang, ob damit wohl alles aus war. Hatte meine Eitelkeit mich das Leben gekostet oder hatten mich die Frauen in einen Hinterhalt gelockt?

Meine Nase juckte, und ich holte automatisch Luft, wobei ich noch mehr Wasser schluckte. Und so kräftig nieste, dass mein Körper sich losriss.

Wie ein Stein knallte ich in den Kanal unter mir, zum Glück dämpften die aufgestauten Wassermassen meinen Aufprall. Einen Moment lang schloss sich das Wasser über meinem Kopf, dann kam ich auf die Beine. Blaufleckig zwar, aber in hüfthohem Wasser.

In absoluter Dunkelheit legte ich etwa hundert Schritte zurück, wobei ich nichts hörte außer dem Platschen meiner Schritte, mit denen ich dem Wasserlauf behutsam bergab folgte. Dann wurde ich langsamer, denn ich merkte, dass der Gang weiter wurde. Vielleicht stand draußen ja ein Wachposten. Ich spürte nichts dergleichen, aber ich war vorsichtig.

Plötzlich machte der Tunnel eine Biegung und fiel gleichzeitig nach unten ab. Mit der mir eigenen Grazie stolperte ich, glitt aus und klatschte in einen Tümpel im Sonnenlicht. Prustend tauchte ich wieder auf und wurde umgehend von dem Anblick einiger am Rand des Teiches aufgereihter, zugedeckter Leichen ernüchtert.

Einer der *Giborim* – Abishi, glaube ich – hieß mich willkommen und zog mich aus dem Wasser. Er legte einen Umhang über meine Schultern. »Was ist mit diesen Männern passiert?«, fragte ich, während ich mein Gesicht abtrocknete.

»Es sind Yoavs Spione. Sie wurden erwischt und mussten mit

den Wachen der Jebusi kämpfen.« Abishi wandte den Blick ab, und mir fiel auf, dass er geweint hatte. »Möchtest du sie anschauen?«

Ich zögerte kurz, doch ich wollte sie nicht sehen. Ich wollte nicht die wenigen Gesichter, die ich mit lebendigen, lachenden Soldaten assoziierte, an einigen blutbesudelten Leichen neben einem Wasserlauf wieder sehen. Hatte auch nur einer von unseren Jungs gewonnen? »Wissen die Jebusi, dass wir hier sind?«

Abishis Miene wirkte resigniert. »Noch nicht, aber ab der nächsten Wache schon.«

Seine Antwort ließ mein Blut gefrieren. Diese Frauen, diese wenigen Frauen, hatten alles aufs Spiel gesetzt, um uns zu helfen, um ihre eigene Freiheit zu erkaufen, um in Zukunft ihre Kinder behalten zu dürfen. »Dann gehen wir«, sagte ich.

»Yoav hat an zwei verschiedenen Stellen der Stadtmauer Angriffe geplant, falls wir von uns ablenken müssen.«

»Der Mann ist ein fantastischer Stratege«, sagte ich.

»Ken«, bestätigte er und sah mich dann besorgt von oben bis unten an. »*Isha!* Hat man dich angegriffen? Bist du wohlauf? Brauchst du Wein? Brot?«

Ich nieste und schüttelte den Kopf. Ich konnte mir vorstellen, dass ich zum Fürchten aussah. Ungewaschen, klatschnass, mit verlaufener Schminke, zerrissenen Kleidern und gefärbtem Haar. Igitt! »Der Abfluss hat mich angegriffen.« Ich wollte gar nicht wissen, wo ich mir überall Verletzungen zugezogen hatte; die Kälte betäubte meinen Körper, was momentan nur hilfreich sein konnte. »Du wirst nicht hindurchpassen«, sagte ich und deutete dabei auf seine Schultern. »Der Durchlass ist sehr schmal. Such die kleinsten Männer aus, dann gehen wir.« Wie lange hatte ich hierher gebraucht? Im Wasser hatte ich jedes Zeitgefühl verloren. Draußen schien immer noch die Sonne, und die Vögel sangen immer noch im sommerlichen Nachmittag.

»Gib es noch –«

»*Lo*. Gehen wir.«

In absoluter Dunkelheit durch das Quellwasser zu waten, war gleichzeitig kalt und irgendwie surreal. Während draußen alles hell und fröhlich war, schmiedeten wir unter der Stadt Mordpläne.

Allerdings hatten meine Gewissensbisse deutlich nachgelassen, seit Waqi mich angefleht hatte einzumarschieren. Dann hatten immer mehr Frauen – ich hatte keine Ahnung, woher sie Bescheid wussten – mich auf dem Markt angerempelt und mir zugeflüstert: »Ich helfe euch« oder »Auf mich könnt ihr zählen.« Die Frauen der Stadt wollten neue Regenten und neue Gesetze. Nicht alle, davon war ich überzeugt, aber eine ziemlich lautstarke Minderheit, die von der Königin persönlich angeführt wurde. Sie wollten endlich ihre Kinder heranwachsen sehen.

Im Gegenzug sollte ich um ihre Freiheit feilschen. Es sollte weder *Herim* noch *Hal* für sie geben. Auch keine Sklaverei. Yoav lag der Sieg so am Herzen, dass ich glaubte, er würde zustimmen. Zorak war der gleichen Meinung – Zorak, der sich von meinem stillen Schatten in einen Schutzengel für Waqi und das noch namenlose Kleine verwandelt hatte.

Die Männer hinter mir sprachen kein Wort, nur gelegentlich verrieten ein paar flache Atemzüge, dass zwölf Soldaten durchs Wasser schlurften. Meine Sandalen – es überraschte mich, dass ich sie immer noch hatte – zerrten an den Füßen und gaben mir das Gefühl, in Latschen zu gehen. Je weiter wir vorankamen, desto tiefer wurde das Wasser, von knietief über hüfttief bis zu bauchtief. Bibbernd und durchnässt führte ich die Männer den dunklen Gang hinauf. Licht zu machen wagten wir nicht, doch trotz der Dunkelheit spürte ich die Steinwände, die Decke, die über uns lastenden Erdmassen. Das Rauschen von Wasser ließ erkennen, dass wir uns dem Schacht näherten.

Wir befanden uns schon längst innerhalb der Stadtmauern. Verlief alles nach Plan?

Nachdem ich mein Kleid so zurechtgezogen hatte, dass es meine Knie bedeckte, machte ich mich an den anstrengenden Aufstieg durch den Schacht. Ich war schon früher geklettert, aber noch nie unter einem Wasserfall, ohne jede Ausrüstung und im Kleid! Die Soldaten unter mir rückten zusammen, um mich nach oben zu schieben. Die Steine rissen mir die Handflächen auf, von oben trommelte mir das Wasser auf den Kopf, und ich tastete mich blind aufwärts, immer weiter aufwärts.

Der Kanal wurde enger; wir würden es nie im Leben hindurchschaffen. Wie eine Entenmuschel an der Wand klebend, zog ich das Messer aus meinem Kleid und schlug mit dem Heft auf den Kalkstein ein. Schon ein paar Zentimeter mehr würden uns die Sache ganz erheblich erleichtern!

Erst purzelten kleine Bröckchen auf die Männer unter mir, dann löste sich ein größeres Stück. Ich zuckte zusammen, als ich den überraschten Aufschrei von unten hörte. Nachdem ich das Messer sorgfältig wieder eingeschoben hatte, kletterte ich weiter. Sich durchzuquetschen, kostete immer noch Mühe, war aber machbar, vor allem, da ich von unten angeschoben wurde. Ich hatte kaum Zeit, ein letztes Mal Luft zu holen, ehe ich in dem Teich war.

Mit beinahe berstenden Lungen kam ich an die Wasseroberfläche. Einen Moment lang hielt ich wassertretend inne und las das vereinbarte Signal. Es war immer noch absolut still hier; wir befanden uns noch viele Meter unter der Stadt.

Um mich herum tauchten die Soldaten aus dem Wasser auf, wobei jedes Luftschnappen anzeigte, dass wieder einer zu uns gestoßen war. Ich war verdutzt, wie viel und wie gut ich in der Dunkelheit sehen konnte. Das Seil und der Eimer tanzten auf den Wellen, und das durch die Brunnenöffnung fallende Licht legte ein matt leuchtendes Viereck zwischen uns. Ein winziges Viereck.

Wir mussten die Ausweichroute nehmen; diese hier wurde bewacht.

Vor unseren Augen wurde der Eimer unter Wasser gesenkt, wobei von oben nur Schatten und Stimmen wahrzunehmen waren.

Möglichst ohne zu plätschern, winkte ich den Männern, mir zu folgen. Wir würden gegen die Strömung zur Quelle schwimmen, da das Wasser von hier aus hügelabwärts floss.

Von hier ab konnte die Sache haarig werden, denn dieser Weg war seit langem nicht mehr benützt worden, hatte Waqi mir erklärt. Während ich unter die Wasseroberfläche tauchte, erfüllte langsam ein vor langer Zeit eingeprägter Satz meinen Geist und beruhigte mich: *Die Wasser werden führen, sie werden reinigen, sie werden Erlösung schenken.* Die Worte von dem Zeitportal im modernen Ägypten, gerichtet an eine Reisende der dreiundzwanzigsten Macht.

Okay, Chloe. Vergiss das nicht.

Während die Soldaten abwarteten und die Abdeckung des Brunnens im Auge behielten, schwamm ich ans andere Ende des Teiches und tastete in der Steinmauer nach einer Öffnung. Das Wasser lief durch diesen Quellteich und dann durch die Öffnung ab, durch die wir eben heraufgekommen waren. Was bedeutete, dass es von weiter oben kommen musste – es war nur fraglich, wie groß genau der »Wasserhahn« war. Schließlich hatte ich ihn gefunden, einen sechzig auf sechzig Zentimeter großen Kanal in absoluter Schwärze, durch den das Wasser rauschte.

Ich winkte Abishi, mir ein Seil zu reichen, mit dem wir uns alle aneinander banden, ich ganz vorne und er als Letzter. Blind und lahm, echt wahr, dachte ich. Ich schloss die Augen, um ihnen etwas Erholung von dem Wasserdruck zu gönnen, der mir die Augäpfel aus den Höhlen zu spülen drohte.

Mit angehaltenem Atem, während die Wassermassen an unseren Leibern zerrten und auf uns einprügelten, arbeiteten wir uns nach oben. Ich sah schon Punkte hinter den geschlossenen Lidern, und meine Brust brannte und schmerzte unerträglich, als ich plötzlich feststellte, dass der Kanal erheblich breiter wurde. Der Wasserspiegel war gesunken.

Halb schwimmend, halb watend und mit aller Kraft an unserem Seil festgeklammert, kämpften wir gegen die Strömung an. Dann schwammen wir im Hundekraul praktisch senkrecht nach oben, weil der Kanal wieder enger wurde und uns das Wasser bis zum Kinn stand. Über dem Tosen der Strömung hörte ich kaum die Geräusche der Soldaten hinter mir. Dann gingen wir wieder eben dahin, durch hüfthohes Wasser.

Hätte ich mich nicht mit beiden Händen an den Wänden abgestützt, hätte ich die Öffnung übersehen. Ein schmaler Spalt, durch den Luft hereinwehte. Ich hielt an und spürte, wie der nachfolgende Soldat dicht hinter mir stehen blieb. Wenn ich den Kopf zur

Seite drehte, konnte ich nach draußen sehen – ins Freie! Wir hatten es fast geschafft!

Aber wie sollten wir aus diesem Kanal und auf die Straße gelangen? Das hatte uns keine der Frauen sagen können.

Da ich keine Alternative sah und da ich wusste, die Jebusi würden mittlerweile festgestellt haben, dass ihre Wachposten verschwunden waren, was bedeutete, dass uns die Zeit knapp wurde, band ich mir die Röcke um die Schenkel hoch und zwängte mich dann durch den Spalt. Ich biss die Zähne zusammen, als der Stein meine Haut aufschürfte. Zum Glück war ich groß und dünn und kam seitlich durch die Lücke. Außerdem konnte ich, falls ich erwischt wurde, wahrscheinlich irgendeinen Vorwand finden, weshalb ich hier war. Ein Mann aus den Stämmen würde augenblicklich entdeckt werden.

Also drückte ich mich durch den ein Meter sechzig hohen spaltartigen Schacht und hielt am anderen Ende kurz inne. Hatte man mich in einen Hinterhalt gelockt? Ich wartete zwei, vielleicht drei Minuten. Niemand kam. Sollte ich dadurch in falscher Sicherheit gewiegt werden?

Nach fünf Minuten zischte ich Abishi zu, weiter gegen die Strömung anzuwaten. Mir drohte keine Gefahr, und ich würde ihn am anderen Ende dieses Kanals erwarten, wo auch immer das sein mochte. Bitte, lieber Gott, lass mich die Quelle finden.

Ich ließ mich, Ausschau haltend und hellhörig, auf alle viere fallen. Ich hörte nichts Ungewöhnliches – noch nicht. Nördlich von mir sah ich ein Haus stehen. Ich wusste, dass der Tunnel im Hof dieses Hauses endete; das hatte man mir erzählt. Bis jetzt hatten alle Angaben gestimmt. Wenn die Königin wie versprochen diesen Trakt hatte räumen lassen, dann war alles in Ordnung.

Andernfalls konnte es böse für mich enden, denn hier war niemand, der mir helfen konnte. Ich war ganz auf mich allein gestellt. *O Gott, bitte mach, dass ich nicht erwischt werde.*

Ich beobachtete die Hausfront, doch ich konnte keinerlei Wachhunde entdecken, nur einen alten Mann, der auf der Türschwelle schlummerte. Es war die Stunde der im ganzen Mittelmeerraum üblichen Siesta, und die Sonne war so heiß, dass meine Kleider in

Windeseile trockneten. Als ich an der Hausfront vorbeilief, um durch die Hintertür hineinzukommen, rührte sich nichts.

Die Hintertür sollte offen sein, nicht wahr? Ich drückte dagegen, dann nochmals, diesmal fester, bis ich den Gegendruck des Metalls spürte. Die Tür war von innen verriegelt. Verdammt, sie hatte die Türen nicht öffnen können. Ersatzplan? Ich ging langsam weiter und sah zu den Fenstern auf. Sie waren zu weit oben und zu schmal. Und vergittert. Super.

Am helllichten Tag eine Hausmauer zu erklimmen war vielleicht nicht besonders klug, aber ich wusste nicht, was ich sonst tun sollte. Unter mir warteten die Soldaten; überall in den Häusern dieser Stadt warteten die Frauen. Seufzend wickelte ich das über meiner Schulter hängende Seil ab. Erst beim siebten Versuch schlang es sich um das Holzgitter in einer Fensteröffnung.

Ich biss die Zähne zusammen, um nicht laut aufzuschreien, als das Seil in meine bereits brennenden Handflächen schnitt – was mich dazu inspirierte, einen Streifen aus meinem Kleid zu reißen und ihn um die Hand zu winden –, dann kletterte ich nach oben und schlüpfte zwischen den Holzstäben hindurch.

Der Boden des Hofes war rund um ein großes Wasserbecken bunt bemalt. Aber jeder Zentimeter der Mauern war mit Schilden bedeckt – atemberaubenden Rüstungen aus Gold und Silber, die mit Halbedelsteinen besetzt waren. Es waren mindestens fünfzig. Ein Wasserfall ergoss sich aus der Hauswand in das Becken. Die Sonne spielte auf der Wasseroberfläche und spiegelte sich dann in den Schilden, wodurch der ganze Hof wirkte wie eine Unterwasserlandschaft. Wie hypnotisiert schaute ich zu, wie das Wasser in den Spiegel des Wasserbeckens donnerte, ohrenbetäubend laut und die Luft mit kühler Gischt erfüllend. Dann dämmerte es mir: Man hatte das Haus in den Berg hineingebaut!

Mit angehaltenem Atem sprang ich in den Hof hinab, rollte mich ab, stand wieder auf und sah mich um. Und wartete ab. Mir drohte keine Gefahr, da niemand mich hören konnte. Aber würde man mich sehen? Ich blieb stehen. Offenbar hatte die Königin diesen Teil ihres Versprechens eingehalten. Vor dem, was ich für die Lagerräume hielt, sah ich einen Mann dösen. Nirgendwo waren

Tiere zu sehen, was für diese Zeit und Weltgegend ausgesprochen ungewöhnlich war. Ein Esel wurde hier besser behandelt oder jedenfalls besser gefüttert und getränkt, als die eigenen Kinder. Vor allem in einer Stadt ohne Kinder, rief ich mir ins Gedächtnis. Ich wartete noch länger.

Nichts.

Nachdem ich das Seil wieder eingerollt hatte, näherte ich mich dem Becken, wobei ich die ganze Zeit über im Schatten blieb.

Ich konnte nicht bis auf den Beckenrand sehen, was gut war, da es keinen Beckengrund *geben* durfte.

Während ich das Seil um einen Pfeiler knotete, unterdrückte ich ein Niesen, sodass das leise Zischen im Tosen des Wasserfalls unterging. Hoffentlich war das Seil lang genug. Den Flachs in der Hand haltend, atmete ich tief ein, tauchte unter die Wasseroberfläche und tastete erst nach dem Boden und dann nach dem »Abfluss«.

Wie vermutet und wie schon einmal ging es erst nach unten, durch einen schmalen Durchlass und dann ... stürzte ich abwärts, umgeben von lauter Wasser. Im Gegensatz zu meinem letzten Sturz fiel ich diesmal nicht in weiches Wasser. Ich schoss knapp zwei Meter nach unten und landete auf einem Stein, der aus dem Bachbett herausragte. Mein Aufschrei verriet Abishi und seinen Leuten, dass ich eingetroffen war.

Er platschte durch das Wasser auf mich zu. »Oben«, sagte ich mit zusammengebissenen Zähnen; das tat weh! »Im königlichen Harem, in einem Hof.« Mit schmerzverzogenem Gesicht stand ich auf. »Wir sind auf der Ostseite. Das Stadttor befindet sich ein Stück hügelabwärts.«

»Kommst du mit uns?«

Ich unterdrückte ein Niesen. »Ich werde am Tor zu euch und den Frauen stoßen. Vergesst nicht, dass ihr mir euer Wort gegeben habt – keine Vergewaltigungen, keine Plünderungen, keine Frauen werden getötet. Wir warten ab, bis Yoav eingetroffen ist.«

Abishis Stimme wurde schärfer. »Ich habe nie ein solches Versprechen abgegeben, doch ich werde mich daran halten.«

»Sie verraten alles, was ihnen lieb ist«, erklärte ich leise. »Bestraft sie nicht dafür, dass sie euch geholfen haben.«

Nach all meinen Stürzen schmerzte mir jeder Knochen im Leib, zusätzlich zu den elenden Erkältungsbeschwerden; leidend kehrte ich zu dem schmalen Spalt in der Wand zurück und quetschte mich hindurch. Die Stadt war eigenartig ruhig; eigentlich hätten schon wieder Menschen auf der Straße sein müssen, denn die Sonne würde bald untergehen.

Ich hatte das beunruhigende Gefühl, dass irgendetwas schief gelaufen war. Wo waren sie alle? Auf meinem Weg den Hügel hinunter zum Tor sah ich keine Menschenseele und hörte auch niemanden. Was war hier los? Menschen hätten zum Markt gehen müssen, Frauen hätten zum Brunnen gehen müssen. Jebus war eine Geisterstadt.

Du hast es dazu gemacht, wisperte mein Gewissen mir ein. *Das ist deine Schuld.* Irgendwo weiter oben hörte ich das Blöken des *Shofars* und dann das Gebrüll von Männern. Kam das von drinnen oder von draußen? Ich wusste es nicht, doch ich rannte bereits zum Haupttor, das immer noch verriegelt war. Man musste mindestens zu zehnt sein, um diesen Balken anzuheben. Aus der Stadt hörte ich einen Aufschrei – »Man hat uns verraten!« –, der unvermittelt abbrach.

Nichts. Niemand. Das wurde ja immer gespenstischer. »Hallo?«, rief ich. »Ist da jemand?«

»Isha!«, rief Yoav von der anderen Seite des Tores. »Öffne das Tor!«

Plötzlich begriff ich, dass dies meine Chance war. Ich hatte die Stadt in der Hand; es war an mir, sie ihm zu übergeben. »Nur wenn du einen Eid ablegst, Yoav.«

»Was?« Nur klang das in seiner Sprache viel barscher: *Mah?*

»Versprich, dass es keinen *Hal* geben wird.«

»Mah?« Er klang wenig begeistert. »Öffne das Tor, *Isha. Akchav!«*

Sofort, wie? »Versprich es beim Namen des Allerhöchsten«, drängte ich.

»Öffne das verdammte Tor.«

»Versichere mir, dass diese Frauen nicht bestraft werden. Sie haben dir geholfen, die Stadt einzunehmen, du musst sie verschonen.«

»Dies ist nicht der Zeitpunkt, darüber zu streiten, Klo-ee«, widersprach er.

Ich schaute über meine Schulter. Drei zitternde Frauen mit weit aufgerissenen Augen hatten sich hinter mir versammelt. »*Akchav* diskutieren wir darüber, Yoav. Kein *Herim*, kein *Hal.*«

Draußen blieb es kurz still. »*B'seder.* Öffne das Tor.«

»Und keine Sklaverei.« Die Gruppe war auf sieben Frauen angewachsen.

Wir waren wieder beim fassungslosen »Was?« angelangt. »Wo ist Waqi?«, fragte ich eine der Frauen leise.

»Bei der Königin im Palast.«

»Was ist passiert?«

»Wir haben ihnen einen Schlaftrunk gegeben. Die meisten Männer schlafen.«

Yoav donnerte gegen das Tor. »Versprich es in Gottes Namen, Yoav«, brüllte ich ihn an, dann sagte ich leise zu den Frauen: »Und kein Mann soll sterben, es sei denn, er ist Soldat.«

Er brüllte vor Zorn und Entrüstung. Mir war klar, dass das bei den Stämmen nicht üblich war.

»Es ist nicht Art der Jebusi, ihre Geliebten zu hintergehen«, erklärte ich ihm, während ich auf die wachsende Gruppe hinter mir sah. »Nur Männer, die Soldaten sind, sterben.«

Weitere fünf Frauen kamen die Straße herabgelaufen. »Die Hochländer!«, riefen sie, und im nächsten Moment sprangen die Soldaten, die ich durch den *Tzinor* geführt hatte, auf die Straße. Ich schnappte mir ein Messer und hielt es drohend hoch. »Schwöre es, Yoav!«, schrie ich durch das Tor. Abishi hatte mit einem Blick die Situation erfasst und hielt an.

»Yoav!«, brüllte er.

»Bring diese Verrückte dazu, das Tor zu öffnen!«, bellte Yoav zurück. »Das wird allmählich zu einer Farce!«

Abishi kam einen Schritt näher. »Bleib stehen.« Ich schwenkte mein Messer. »Ich weiß, wie man damit umgeht.« Wenn auch nur beim Truthahnschneiden. »Schwöre, dass diese Frauen heil und unversehrt bleiben«, sagte ich. »Sie wollen nichts als die Freiheit, Kinder bekommen und sie und ihre Männer behalten zu können. Keine weiteren Opfer an Molekh, kein Opfer als *Hal.*« Ich beobachtete, wie er Blut von seinem Schwert wischte.

»*Isha*, Yoav wird Dadua diese Stadt zum Geschenk machen. Er kann dir diese Zusicherungen nicht geben.«

»Es ist mir gleich, nach welchen Regeln ihr sonst vorgeht. Schwöre, Yoav!«, rief ich wieder. In dem Durchgang sammelten sich immer mehr Zuschauerinnen.

Zorak, der mit mir durchs Wasser gekommen war, auch wenn ich das nicht gemerkt hatte, rief Yoav zu. »Mit ihr ist nicht zu reden, Yoav. Ich fürchte, wir müssen zustimmen.« Abishi sah ihn wutentbrannt an.

Ich hörte Gemurmel und versuchte mir auszumalen, was jetzt auf der anderen Seite vor sich ging. Plötzlich sah ich Pfeile herabregnen, und gleichzeitig hörte ich die Schreie der ersten Getroffenen. Jebusische Wachsoldaten aus den Türmen reihten sich auf den Wehrgängen auf und zielten in die Stadt hinein. Hastig öffnete ich das Tor, unterstützt von den Frauen und einigen Soldaten. Hinter mir hörte ich Schlachtenlärm, Geschrei und Gestöhne.

Wir hoben den Riegel an und zogen das Tor auf, während die Soldaten auf der anderen Seite schoben. »Schwör es, Yoav«, brüllte ich in die Männer hinein. »Schwöre, schwöre, schwöre!«

Er packte mich am Oberarm und starrte mir mit glasgrünen Augen ins Gesicht. »Verflucht seist du, ich schwöre.«

»Bei –«

»*Ken! Ken!* Beim Namen des Allmächtigen!« Dann schubste er mich beiseite und kämpfte sich durch die Menge.

Kein Film hatte mich darauf vorbereitet, tatsächlich in eine Schlacht verwickelt zu sein und zu beobachten, wie Menschen ihre Schwerter schwangen, um andere damit zu töten. Hier gab es keine Choreografie, kein geschmackvoll hindekoriertes Blut. Die Geräusche waren grässlich: das Schmatzen einer herausgezogenen Klinge, der dumpfe Aufprall der Leiber auf dem Dreck und den Steinen der Straße. Versteckt im dunkler werdenden Schatten des

Torbogens sah ich zu, wie die Soldaten die Männer der Jebusi zurückdrängten, bis sie von der Mauer purzelten und vor uns auf den Boden klatschten.

Und die ganze Zeit über hörte ich bei jedem Blutstropfen meine Stimme im Kopf: *Das warst du. Nur deinetwegen, Chloe Bennett Kingsley, geschieht all das.* Hatte ich die Geschichte total durcheinander gebracht?

Verflucht spät, sich deswegen den Kopf zu zerbrechen, *Isha*, erwiderte ich mir selbst sarkastisch. Doch dann wurde mir alles zu viel, der Anblick, der Lärm, der Gestank. Benommen und mit Schuldgefühlen beladen übergab ich mich auf den Boden.

Die Kämpfe verlagerten sich vom Tor weg und weiter in die Stadt hinein. Die Frauen verschwanden in ihre Häuser wie ein Schwarm Spatzen in den Himmel. Ich blieb zusammengekauert im Dunkel sitzen.

Irgendwann in den düstersten Minuten vor der Morgendämmerung hallte der unirdische Ruf eines Widderhorns über die Stadt und durch das Tal. Das Signal verriet mir, dass Abishi und Yoav die Zitadelle eingenommen hatten. Der *Shofar* war erklungen. Jebus war eine offene Stadt.

War ich eine Verräterin? Oder nur eine Frau, die mit dem Rücken an der Wand stand? Die Frauen hatten mich darum gebeten, sie hatten ihre Männer geopfert. Oder legte ich mir das nur zurecht, weil es »sie oder ich« geheißen hatte und weil ich wusste, dass Jerusalem letzten Endes Dadua sowieso zufallen würde? War es wirklich so gewesen? Hatte ich den Platz eines anderen Menschen in der Geschichte eingenommen? Hatte ich die gesamte Menschheitsgeschichte durcheinander gewirbelt?

Oder bestand die Menschheitsgeschichte, so wie Cheftu es sagte, nur aus Menschen, die sich Tag für Tag durchwursteln, und erst der zeitliche und räumliche Abstand entschied darüber, welches Ereignis wirklich wichtig war?

Ich wusste es nicht und ich konnte nicht mehr denken. Mein Körper war wie betäubt; ich keuchte vor Anstrengung. Mein Niesen wollte kein Ende nehmen, ich hatte überall Wunden und blaue Flecke; ich wollte nur noch heim.

Doch wohin heim?

Heim zu Cheftu, ergänzte ich; Ort und Zeit bedeuteten mir dabei nichts.

Noch während die Morgendämmerung den Stein tönte, schwärmten die Soldaten durch die Stadt. Die Leichen der in der Schlacht gefallenen Männer wurden im Tal ausgelegt.

In Wolle gehüllt, krampfhaft niesend und mit allmählich verschorfenden Schürfwunden verfolgte ich, wie die Männer die Bevölkerung der Stadt aufteilten.

Dadua würde bald eintreffen. Er würde auf einem Esel in die Stadt kommen.

Offenbar ritt ein Bergprinz, ein *Nasi*, auf einem Esel in seine Stadt ein.

Ein König, *haMelekh*, kommandierte seine Armee von einem Streitwagen aus. Folglich war Dadua zwar *haMelekh* über alle Stämme, da er sie in den Krieg führte und von einem Streitwagen aus befehligte, hier jedoch war er *Nasi*.

Es gab keine hierarchische Abstufung zwischen König und Prinz, man brauchte auch nicht erst Prinz zu sein, um König zu werden. Beides fiel in vollkommen verschiedene Kategorien. Ein Prinz war man nur in einem Gebirgskönigreich. Ein König nur als Kriegsherr.

Infolgedessen waren die Herrscher über die Pelesti Könige, weil sie in Streitwagen fuhren. Dadua war *haNasi* von Jebus, weil er auf einem Esel in die Stadt kam. Mein Gehirn pochte im Gegenrhythmus zu meinen Wunden, so viel Anstrengung kostete es mich, das Konzept zu begreifen, das mein gesamtes bisheriges Verständnis von der Beziehung zwischen einem König und einem Prinzen auf den Kopf stellte.

Im klaren Licht des Vormittags erwarteten die überlebenden Männer und Frauen von Jebus aufrecht den neuen *Nasi*. Yoav stand in Habtachtstellung, blutfleckig, aber stolz, umgeben von seinen Soldaten, welche die mir inzwischen bekannten goldenen und silbernen Schilde trugen. Wir alle schauten zu, wie Dadua auf seinem Esel den Hügel heraufgeritten kam. Obwohl seine Füße beinahe im Staub schleiften, strahlte eine majestätische Aura von ihm aus, die uns allen ein Gefühl von Bedeutungslosigkeit gab. Gold glänzte an seinem Helm, seinem Hals, seinen Beinschienen.

Dies war *David*.

Der Esel, weiß und rein, schlängelte sich durch die Einfriedung hinter dem Tor und blieb im Schatten stehen. Yoav kam auf Dadua zu, aufmerksam beobachtet von der ganzen Stadt und all seinen Soldaten. »*HaMelekh* Dadua ben Yesse, ich überreiche dir diese Stadt, den Traum deines Herzens, die Sehnsucht deines *Nefesh*, auf dass sie dein sei für alle Zeiten und Sitz der Dynastie Daduas werde, die mit *el ha*Shadays Hilfe bis in alle Ewigkeit fortbestehen wird.«

Der Esel war ein bisschen nervös, er tänzelte hin und her und stampfte auf den Boden. »Nun, da ich diese Stadt betrete, dieses Geschenk deiner Treue, verkünde ich, dass du, Yoav ben Zerui'a, *Rosh Tsor haHagana* sein sollst, bis deinem Körper der letzte Atemzug entwichen ist«, erwiderte Dadua.

»Dein Wille geschehe«, bedankte sich Yoav mit einer Verbeugung.

Um uns herum begannen die Männer zu jubeln, und Dadua sah zu uns her. Ich fragte mich, ob er sich wohl darüber Gedanken gemacht hatte, wie viel diese Stadt gekostet hatte. Ob er wohl wusste, wie sehr Yoav ihn liebte, welchen Preis er entrichtet hatte, damit Dadua bekam, was er wollte, ohne sich beflecken zu müssen, indem er es selbst eroberte.

Unter lautem Jubel ritt Dadua in die Stadt ein, während wir alle auf die Knie sanken und den Kopf senkten. Heute sah er wahrhaft königlich aus. Er stieg ab und ging vor uns her, ausgesprochen eindrucksvoll mit seinem irisblauen Gürtel und Umhang, dem juwelenbesetzten Dolch an der Seite und der in der Sonne gleißenden Rüstung.

»Jebusi!«, rief er aus. »Ich will euch kein Leid zufügen! Euer Herrscher Abdiheba ist tot, Jebus gehört euch nicht länger. Bis in alle Zeiten soll diese Stadt mir gehören und bevölkert werden von meinen *Chorim* und *Giborim*.«

Freunden und Verbündeten, übersetzte das Lexikon. Darauf wäre ich auch von selbst gekommen.

»Von heute an ist Jebus eine neue Stadt«, fuhr er fort. »Diese Stadt ist von Alters her meinem Volk versprochen. Sie gehört weder den Stämmen des Nordens: Zebulon, Asher, Y'sakhar, Gad, Binyamin, Efra'im, Manasha, Naftali; noch den Stämmen des Südens: Yuda, Reuven, Tsimeon, Dan. Es ist eine neue Stadt, die Stadt Daduas, Qiryat Dadua.«

Auch wenn ich genau das erwartet hatte, blieb mir der Atem weg. David, Israel, Jerusalem. *Ach Cheftu, was würdest du darum geben, jetzt hier zu sein.*

Die Menge lauschte schweigend und stoisch. Die Frauen, deren Väter, Brüder und Männer entweder schliefen oder durch die Machenschaften ihrer weiblichen Verwandten zu Tode gekommen waren, standen wie angewurzelt da. Sie hielten einander fest bei den Händen und lauschten mit schmalen Augen und voller Zweifel diesem Mann, der die Pelesti unterworfen hatte. »Ich biete euch an, hier zu bleiben und mit uns zusammen diesen Ort zu einer Stadt des Versprechens zu machen. Doch ich erwarte, dass ihr zwei Bedingungen erfüllt.« Ich sah Yoav wütend an; hatte er Dadua von seinem Schwur erzählt? Man konnte fast hören, wie alle den Atem anhielten. Ich schaute zu und wartete ab.

»Erstens müssen die Gebote unseres Gottes befolgt werden. Er ist der einzige Gott unseres Volkes. Er wird der einzige Gott auf diesem Berg sein. Er allein ist höher als all die Hügel um uns herum. Über uns« – Dadua zeigte auf ein Plateau, das sich nördlich von uns erhob – »werde ich diesem Gott ein Haus erbauen, einen Platz auf Erden, an dem Er unter uns sein kann. Kein anderer Gott soll in dieser Stadt, in diesen Mauern, auf diesem Berg geduldet werden. Bis in alle Ewigkeit.«

Der Tempelberg, o Gott. Der Tempelberg? Dort hatten seit Urzeiten fast alle Schwierigkeiten in Jerusalem ihre Wurzel, jedenfalls behauptete das mein Vater.

Und *hier* hatte alles angefangen?

Daduas Miene wurde kühl. »Die Opferung von *Yeladim* wird nicht mehr hingenommen. Nie wieder sollt ihr im Tal den Bauch Molekhs mit der Saat eurer Lenden füttern. Es wird in Jebus keinen Gott außer *el ha*Shaday geben.

Die zweite Bedingung ist folgende: Unser Brauch gebietet es, Witwen und« – Dadua kam kurz ins Straucheln, da es keine Waisen mehr gab – »*ach*, allen, die unter uns leben, Schutz zu gewähren. Sollte ein Mann aus unseren Stämmen sich euch nähern und euch zum Weib oder zu seiner Konkubine nehmen wollen, müsst ihr wissen, was sich geziemt. Er ist verpflichtet, einen vollen Monat für euch zu sorgen. Während dieses Monats haltet ihr Trauer um eure Familie, um eure Verwandten.

Schert euer Haar, lasst eure Nägel wachsen und wisset, dass ihr einen Monat lang unter dem Schutz unserer Gesetze steht, um das zu ehren, was ihr verloren habt. Wenn er euch nach Ablauf dieser Zeit immer noch begehrt, kann er euch zur Frau nehmen, indem er euch erkennt. Er wird euch Kinder schenken, die ihr nicht töten werdet.«

Mein Blick wanderte über die Frauen. Wir sind wirklich das stärkere Geschlecht, dachte ich. Die Männer haben es leichter, sie fallen in der Schlacht. Die Frauen müssen ganz von vorne anfangen, sie müssen sich zu ihren Feinden ins Bett legen, ihnen Kinder schenken, den alten Sitten abschwören und neue annehmen.

War es die Sache wert gewesen? Tauschten sie dadurch die alten Ketten gegen neue ein? Mein Blick fiel auf die Kaufmänner, die Bauern, denen man das Leben geschenkt hatte. Wussten sie zu schätzen, was ihre Frauen getan hatten? Würden sie das neue Regime anerkennen?

»Falls er nach dieser Zeit, nach diesem Monat, euch nicht mehr zur Frau nehmen will, ist er verpflichtet, euch ziehen zu lassen. Er kann euch nicht verkaufen, denn er besitzt euch nicht.« Gott sei Dank, dachte ich. Keine Sklaverei, kein *Hal,* kein *Herim.* Ich atmete gerade erleichtert aus, als seine Worte in mein Bewusstsein drangen. »Ihr könnt mitsamt eurem Besitz von dannen ziehen.«

Aber er behält euer Haus, dachte ich. Ganz schön schlau, Dadua. Wirklich schlau.

»Sollte er darauf beharren, euch zur Frau zu nehmen, darf er sich nie wieder von euch scheiden lassen, denn ihr wurdet unter Zwang verheiratet. Ihr steht unter dem Schutz der Gesetze unseres Landes und der Ehre dieser Stämme. Eure Kinder sollen erzogen werden wie jene Y'sraels, sie werden Shaday anbeten und sich mit den unseren verheiraten.«

Daduas Blick wanderte über die Menge und kam endlich auf seinen Männern zu liegen. Sie antworteten im Chor: »Dein Wille geschehe.«

Er nahm ihre Zustimmung mit einem Kopfnicken zur Kenntnis und sprach dann zu Yoav: »Wie du es wünschst.«

Zorak ging direkt auf Waqi zu, zog sie in seine Arme und küsste sie. Es war eine zärtliche und liebevolle Geste, und sein Gesicht hatte denselben Ausdruck wie damals, als er ihr Kind zur Welt gebracht hatte, nur noch inniger.

Die Frauen wurden wie Obst gepflückt, behutsam und vorsichtig. Ohne alle unflätigen Bemerkungen, ohne Grabschen. Die Frauen, deren Männer noch am Leben waren, blieben dicht neben ihren Gemahlen stehen und wurden von den Männern aus den Stämmen übergangen. Es war ein stiller, geschäftsmäßiger und seltsam unpersönlicher Akt. Ich achtete darauf, im Schatten zu bleiben – ich wollte nicht für eine Bewohnerin von Jebus gehalten werden, nur falls jemand nicht gewillt war, mein zugeschminktes Gesicht zu übersehen. Dann berührte ich mein Gesicht mit dem Finger und bemerkte, dass meine Farbe, die Schutzmaske aus vorgetäuschter Akne, abgewaschen war.

In der Abenddämmerung wurden die Stadttore wieder geschlossen. Dadua hatte die ihm geschenkte Stadt in Besitz genommen und würde heute Nacht in seinem neuen Palast schlafen. Qiryat Dadua – mir schwirrte der Kopf.

Wenn ich in Ägypten während des Tages durch die Tempel gewandert war, hatte ich geglaubt, die Stimmen der Toten zu hören. Sie erzählten mir ihre Geschichten, sie eröffneten mir, wie schön es damals gewesen war. Mein Pinsel hatte danach gedrängt, sie aufzuzeichnen, doch das hatte meine Fähigkeiten überstiegen.

In Kallistae, inmitten der Wunder des aztlantischen Imperiums, hatte ein fast greifbares Gefühl von Magie in der Luft gelegen. Kein Wunder, dass dort unsere Götter- und Heldensagen ihren Ursprung hatten. Die mystische Stimmung ließ die Hügel selbst höher wirken.

Hier jedoch spürte ich etwas, das ich an keinem anderen Ort empfunden hatte. Heute Nacht, während der Wind durch mein schweißfeuchtes Haar fuhr und die Sterne den Himmel sprenkelten, spürte ich zum ersten Mal Heiligkeit.

Lag es daran, dass die Luft viel klarer war? Oder daran, dass wir so hoch lagen?

Oder daran, dass Jerusalem, unter welchem Namen auch immer, tatsächlich der Fußschemel Gottes war?

Vierter Teil

11. Kapitel

In nicht einmal drei Tagen war der Umzug Daduas, seiner mannigfachen Gemahlinnen und seiner nie still haltenden Kinder in die Stadt vollzogen. Die reisenden Männer trafen zwei Wochen darauf ein, am bislang heißesten Tag des Jahres.

Anfangs sahen wir sie nicht; wir rochen sie nur.

Im ersten Moment glaubte ich mich in die Zeit zurückversetzt, als dies die Stadt Molekhs gewesen war, da verbrennende Leichen und herumgetragene, halb verrottete Ziegen einen ähnlich beißenden, Ekel erregenden Gestank erzeugen, der sich kilometerweit, über die Berge hinweg und durch Stein hindurch ausbreitet.

Wir Frauen saßen gerade unschuldig im Hof, fächelten uns Luft zu, tranken lauwarmen Gurkenjogurt und klatschten. Offenbar hatte *haNasi* seine Augen auf irgendein junges Ding geworfen. Aber wer war sie?

Eine Sklavin? Die Tochter von irgendwem? Shaday allein wusste, woher plötzlich all die Prinzen mit Töchtern im heiratsfähigen Alter auftauchten. Die enge Stadt hatte sich in eine Edelfrühstückspension für abgewiesene gekrönte Häupter verwandelt. Hatten sie sich draußen in den Hügeln versteckt und nur den Ausgang der Schlacht abgewartet? Keine zwei Tage nach Daduas Einzug in die Stadt war der erste Wüstenkönig mit seiner verschleierten Tochter, einem einschmeichelnden Lächeln und schwer beladenen Eseln erschienen.

Doch konnte Dadua neben Mik'el, Avgay'el, Hag'it und Ahino'am wirklich noch mehr Gemahlinnen brauchen? Mik'el und Avgay'el weigerten sich, zusammen in einem Raum zu sein; Ahino'am verbot allen anderen, das tiefe Rot zu tragen, das ihre Lieblingsfarbe war; ich war fest davon überzeugt, dass Hag'it bisexuell war, und wenn die Kinder nicht gerade durch den Palast rannten, dann stritten sie miteinander.

Wer also war das junge Geschöpf? Jeder erging sich in Spekulationen.

Um Genaueres zu erfahren, bestach Mik'el die Wachposten vor Daduas Tür, damit sie ihr erzählten, wer dort ein und aus ging; Avgay'el bezahlte die Transuse dafür, dass sie aufpasste, welche Sklavinnen in seinen privaten Gemächern verschwanden und wie lange sie darin blieben: Hag'it steckte der Küchenhilfe etwas zu, damit sie die benutzten Tassen und Teller zählte und kontrollierte, ob Dadua nicht vielleicht für zwei aß; und Ahino'am aß selbst für zwei, da sie immer noch stillte. Da es bis zur Erfindung der Trockenmilch noch einige Zeit hin war, war es ganz normal, drei oder mehr Jahre lang zu stillen.

Es war das Essen zu *Yom Rishon,* und jede unter Daduas Frauen hatte ihre Spezialität zubereitet. Da wir am Sabbath nicht arbeiten durften, hatten wir bereits am Nachmittag zuvor Kleider ausgewählt oder ausgemustert, Geschmeide getauscht, die Hände mit Henna geschmückt. Ich hatte mich nach der schlichten Arbeit am Mühlstein gesehnt, nach dem Mahlen und Brotbacken. Auch wenn ich keine Sklavin war, so lebte ich doch im Harem, daher hätte es befremdlich gewirkt, wenn ich mich geweigert hätte.

Waqi hatte mich eingeladen, weiter bei ihr zu wohnen, doch Zorak und seine Mutter verbrachten dort Waqis »Trauermonat«, bevor die beiden ihre Verbindung offiziell bekannt geben würden. Ich brauchte sie nur zusammen zu sehen, ihre liebevollen Blicke sowie die beiläufigen Berührungen, um auf der Stelle Sehnsucht nach

Cheftu zu bekommen. Doch andererseits gab es kaum etwas, das diese Sehnsucht nicht auslöste.

Auf dem Dach war alles für das Essen vorbereitet worden, und endlich war auch die Temperatur gesunken, sodass eine wunderbare, parfümierte Kühle die von einem makellosen Vollmond erhellte Tafel durchwehte. Ich stand bei den meisten anderen Frauen, während die Männer speisten. Nur selten, wenn überhaupt je, aß die gesamte Familie zusammen. Für die Männer bedeutete so ein Essen einen absoluten gesellschaftlichen Höhepunkt, für die Frauen bedeutete es eine massive Zeit- und Energieverschwendung. Infolgedessen würden wir später essen, nach ihnen.

Und während wir dort standen, wehte der grässliche Gestank über uns hinweg. Und verzog sich wieder.

In mancher Hinsicht gleichen die Sitten im Nahen Osten jenen in den amerikanischen Südstaaten; ich glaube, dass mein Vater sich aus diesem Grund in beiden Gesellschaften so wohl gefühlt hat. Mimi hatte mir eingebläut, es sei die oberste Pflicht einer Gastgeberin, alles dafür zu tun, dass die Gäste sich wohl fühlten und das Gefühl bekamen, gern gesehen zu sein. Nichts durfte dieses Gefühl trüben, weshalb meine Familie auch stets alle Familienzwiste unterdrückt hatte.

Bei den Saudis war das ganz ähnlich. Nichts durfte dem Gast Unbehagen bereiten. Über negative Dinge wurde keinesfalls gesprochen; man stocherte nicht in alten Wunden herum. »Alles Unangenehme ignorieren« hieß das Motto.

Und nach diesem Motto wurde auch jetzt gehandelt, obwohl uns dieser entsetzliche Geruch überzog. Niemand erwähnte ihn mit einem Wort, auch wenn wir alle würgten, nach Luft schnappten, keuchten. Es war unvorstellbar. Dann drehte der Wind, und die Luft war wieder rein.

Die bunte Ansammlung von ausländischen Königen, Prinzen und Adligen gab vor, nicht das Geringste gerochen zu haben. Daduas Augen tränten, doch er schwieg. Verlegenes Schweigen senkte sich über die Tische, darum reichte ihm der *Gibori* Abishi den *Kinor.* »Sing uns ein Lied, *Adoni.*«

Dadua sah nicht einmal auf; er zupfte ein paar Mal an den Saiten, um sie zu stimmen. Während wir auf seinen Einsatz warteten, füllte sich die Luft mit unausgesprochenen Hoffnungen.

Wieder drehte der Wind, und erneut schlug uns der Gestank nieder. Höflich oder nicht, man hätte sowieso keinen passenden Kommentar finden können. Der Geruch war einfach nicht zu ignorieren. »Bei Shaday, was ist das?«, fragte eine Frau mit Tränen auf den Wangen.

»Sie kommen zurück!«, hörten wir einen Ruf vom Tor. »N'tan kommt zurück!« Der *Shofar* erklang. Tumultartig hetzten wir aus dem Palast und rannten zum schwer bewachten Tor hinunter. Der Gestank war kaum auszuhalten. Er ging von den Männern aus; es war gar nicht anders möglich. Die Nacht hatte sich endgültig über das Land gesenkt, weshalb jeder von uns eine Fackel hielt und wir uns an der Straße aufbauten, um ihnen den Weg hinauf in die Stadt zu weisen.

Ich versuchte im Dunkel etwas zu erkennen, meinen Mann auszumachen. Doch ich sah ihn nicht; ich hatte das Gefühl, gleich laut heulen zu müssen. »Sind das die Männer?«, fragte jemand.

»Was haben sie getan?«, fragte Avgay'el, die Nase in der Hand verborgen und mit Tränen auf ihrem makellos ovalen Gesicht.

Abiathar, der Hohe Priester, trat vor. Auch ohne seine Robe wirkte er eindrucksvoll.»N'tan?«, rief er in die Nacht.

»Ken«, hörten wir eine Stimme aus dem Dunkel.

»Ihr müsst euch reinigen, ehe ihr die Stadt betretet«, rief er. »Ihr stinkt.«

Ich konnte nicht fassen, welche Zeremonien die Männer über sich ergehen lassen mussten, ehe man sie in die Stadt ließ. Waschen und rasieren, Gebete und Besprechungen ... halb wahnsinnig wanderte ich durch die Nacht und versuchte Geduld zu bewahren. Schließlich kletterte ich auf den Wehrgang über dem Tor und sah hinaus ins Tal, während ich darauf wartete, dass man meinen Gemahl zu mir ließ.

Um Mitternacht ging Dadua zu den Männern hinaus. Die Akustik war bescheiden, deshalb hatte ich keine Ahnung, was dort gesprochen wurde. Schließlich ließ ich mich auf dem Gang zwischen den Wachtürmen nieder, zum Schutz vor dem Wind dicht an die Mauer gepresst, und schlief ein. Am Rande meines Bewusstseins hörte ich von Zeit zu Zeit Sandalen über Stein klatschen. »Chloe?«, hörte ich schließlich.

Ich erwachte aus einem Traum, schlug die Augen auf und blickte in das Gesicht, das ich über alles in der Welt liebte. »Du bist wieder da«, hauchte ich und streckte Cheftu die Arme entgegen. Kaum war der Schlaf von mir abgefallen und mir bewusst geworden, dass es bereits Tag war, da hatte ich mich auch schon wieder mit seinem Duft und dem Gefühl seiner Haut an meiner vertraut gemacht. »Du bist wieder da«, sagte ich noch einmal und hätte fast geweint vor Staunen darüber, dass er tatsächlich vor mir stand. »Wie geht es dir?«, fragte ich, rührte mich aber nicht dabei, weil ich den Kontakt zu seinem Fleisch nicht verlieren wollte.

»Jetzt ausgezeichnet«, sagte er.

»Habt ihr es gefunden?«, fragte ich. »Das Gold?«

»*Ken, chérie.* Genug Gold, um einen Pharao zufrieden zu stellen.«

Ich sah nach oben und stellte fest, dass der Himmel sich immer mehr aufhellte. »Wie kommt es, dass wir dieses Gold nicht gesehen haben?«, fragte ich. »Schließlich sind wir zusammen mit den Apiru aus Ägypten geflohen.«

»Es wurde vor unserem Aufbruch eingesammelt und gesondert transportiert. Die trauernden Ägypter waren damals nur zu gern bereit, die Apiru dafür zu bezahlen, dass sie fortzogen.«

Ich löste mich von ihm, um ihm ins Gesicht zu sehen. Einen Moment lang schwelgte ich einfach nur in seiner Schönheit. Dichte Brauen über einer messerscharfen Nase, ein kantiges Kinn, volle und sinnliche Lippen. »Was schaust du?« In seinen Augenwinkeln bildeten sich winzige Lachfältchen.

Ich streckte die Hand aus, strich über seine frisch rasierte Wange und bemerkte, wie das Lachen aus seinen Augen wich. »Es war –«

»Viel zu lang«, vollendete er den Satz für mich, zog mich in die Arme, drückte mich gegen die Steinmauer, presste seinen Mund auf meinen und verschlang mich mit Küssen.

Er packte mich am Kinn, sodass ich meinen Mund weiter öffnen musste. Meinen Schenkel über sein Bein ziehend und mit einer Hand meine Wade streichelnd, schob er meinen Rock hoch. Nach einigem Genestel und einem unterdrückten Lachen hatte er seinen Schurz gelöst.

Dort im morgendlichen Sonnenschein hielt er mich in seinen Händen, meine Beine um seine geschlungen, während er langsam meinen Leib auf seinen senkte. Meine Augen schlossen sich, ich spürte, ich kannte nur noch Cheftu. Schon ergoss sich das Licht der Sonne über uns, als würde eine Ofentür während des Vorheizens aufgerissen.

Ich spürte, wie sich seine Schultern unter meinen Händen bewegten und regten, wie seine Hände bedacht meinen Hintern hielten, wie unsere Beine sich ineinander verschränkten, wie er mich ganz und gar ausfüllte. Er war mein Universum, die einzige Wahrheit in diesem Raum in der Zeit. Mit langsamen und gleichmäßigen Bewegungen brachte er die Flamme dazu, höher zu brennen. Ich bat um mehr, ich flehte um Tempo, doch er spannte mich auf die Folter, er brachte meine Haut von innen zum Brennen. Bunte Flecken tanzten mir vor den Augen, verbrannten mich, entflammten mich, bis ich explodierte und wir beide, noch während ich in seinen Armen zusammensackte, bebend und schlotternd gegen die Mauer sanken.

»Was sollte das eben?«, fragte ich kurz darauf, immer noch außer Atem.

»*Ach*, na ja, du willst doch Kinder«, sagte er. »Als Sklave wollte ich auf keinen Fall welche bekommen, aber nun« – er zuckte mit den Achseln – »bin ich tatsächlich frei.« Er drehte den Kopf und lächelte mich an, doch seine Augen waren dabei gegen das Licht der Sonne geschlossen.

Ich brauchte einen Augenblick, ehe ich seine Worte verarbeitet hatte, doch dann schoss ich hoch. »Du bist frei!«

Die Löcher waren noch in seinen Ohren, doch ohne Kette. Er lächelte und hatte die Augen dabei immer noch geschlossen, aber seine ganze Haltung lockerte sich. »*Oui, chérie*. Wir haben ein Heim, ich habe Arbeit, wir befinden uns am Beginn des Aufstiegs des Volkes Israel … ich finde, wir sollten jetzt eine Familie gründen.«

Ich schluckte die Tränen hinunter. »Und da wolltest du keine Zeit vergeuden, wie?«, neckte ich ihn.

Er drückte mein Gesicht an seine Brust und schloss mich beschützend in seine Arme. Seufzend hörte ich ihm zu. Absolut ernst antwortete er mir auf Englisch: »Mit dir ist kein einziger Moment vergeudet, *ma* Chloe.«

So blieben wir sitzen, bis wir das unnatürlich laute Klirren von Metall auf Stein hörten. »*Merde,* Soldaten«, meinte Cheftu und löste sich von mir. Die Sonne brannte auf uns herab und grillte uns in dieser Spalte aus weißem, reflektierendem Stein. Ich zupfte meinen hoffnungslos zerknitterten Rock zurecht, während Cheftu seinen Schurz gerade rückte.

Dann sah er mich an, wahrscheinlich zum ersten Mal bei Tageslicht. »Deine Ketten!«, rief er aus. »Wo sind sie?«

Ich grinste. »Aschenputtel hat nicht auf den Prinzen gewartet«, meinte ich ironisch.

Wieder klirrte ein Schwert auf Stein, und jemand räusperte sich laut. »Wir sollten verschwinden, damit der arme Mann nicht weiter seine Waffe malträtieren muss«, sagte ich.

»Ich rühre mich nicht von der Stelle, ehe du mir das erklärst.«

Lächelnd zuckte ich mit den Achseln. »Ich habe mir die Freiheit erworben. Ab dem heutigen Tag.«

»Was? Wie?«, fragte er. »Du setzt mich immer wieder in Erstaunen, *chérie.* Du hast sie heute erworben?«

»Lo«, korrigierte ich. Ein junger *Gibori* marschierte pfeifend vorbei, den Blick fest auf das Tal gerichtet. Ich sah wieder Cheftu an. »Doch als Yoav gehört hat, dass du hier bist und dass Dadua dich empfängt, hat er nach mir geschickt.«

Cheftu verschränkte die Arme und zog eine Braue hoch. »Und?«

Wir hatten uns im düsteren Schein einer Lampe getroffen. Ich hatte den Wein gerochen, noch ehe ich in den Raum getreten war. »Du bist keine Sklavin mehr«, hatte Yoav gesagt. Er klang und wirkte nicht betrunken, doch er hatte sich bis auf die Untertunika ausgezogen. Im flackernden Licht der Lampe zuckten seine kräftigen Muskeln, und seine zerklüfteten Gesichtszüge wirkten weicher als sonst. »Darum komm und lass deine Ketten lösen.«

Seine Worte waren in keiner Weise zweideutig, doch seine Stimme klang suggestiv. So blieb ich stehen, denn einerseits wollte ich ohne Ketten sein, wenn ich Cheftu traf, andererseits jedoch hatte ich Angst davor, Yoav so nahe zu kommen. Mir war klar, dass er mich nicht anrühren würde, mir war klar, dass ich ihn nicht anrühren würde, dennoch war es ein merkwürdiges und beängstigendes Gefühl, ihn so extrem wahrzunehmen. Ich war verheiratet. Damit nicht genug, ich war glücklich verheiratet! Wieso stellte ich mich so an? Mein Schlucken hallte laut durch die Dunkelheit.

»Wir sind dir etwas schuldig.« Er räkelte sich in seinem Stuhl. »Ich jedenfalls. Ohne deine Mithilfe hätten wir keine Bresche in diese Stadt schlagen können.«

»Ich würde das kaum als ›Mithilfe‹ bezeichnen. Es war schon eher eine Erpressung, *Adoni.*«

Er lachte leise und zuckte mit den Achseln. »Ich tue alles, um meinem Lehnsherrn zu dienen.«

»Du hast bekommen, was du dir gewünscht hast, *Rosh Tsor haHagana.*«

Seine grünen Augen blickten in meine. »Was ich wirklich will, kann ich nicht bekommen.«

Ich schluckte wieder, denn ich spürte die Hitze in meiner Brust und auf meinem Gesicht.

»Ich werde es mir nicht nehmen. *Avayra goreret avayra.*«

»Was soll das heißen, dass eine Missetat die nächste nach sich zieht?«

»*Ach, Isha.* Du bist eine solche Heidin.« Er nahm ein Werkzeug von dem niedrigen Tisch an seiner Seite. »Setz dich, dann werde ich dir etwas über mein Volk erklären.«

Die Spannung hatte sich gelöst, aber ich war immer noch nervös. Ich ließ mich vor ihm auf einem Hocker nieder und zog ganz behutsam die Kette heraus. Ich hatte sie Tag und Nacht tragen müssen, doch ich hatte mich irgendwann daran gewöhnt, an das

Gewicht und das Gefühl. Es war ähnlich wie lange Haare zu haben oder sich ständig die Hände zu maniküren. Irgendwann fand man sich einfach damit ab. Allerdings hatte diese Art von Sklaverei wenig mit allen anderen Formen von Sklaverei zu tun, von denen ich je gehört hatte. Er zog die Metallglieder nach oben, bis ich ein leichtes Zerren an meinem Ohr spürte, dann hörte ich die Schläge des kleinen Hammers.

»*Lifnay* Dadua herrschte Labayu. *Lifnay* Labayu zum König gekrönt wurde, herrschten Richter über uns. Von der Zeit *ha*Mosches bis zu Labayu lebte jeder Stamm für sich und hatte seine eigenen Richter, die wiederum ihre eigenen Richter hatten und so fort.«

Die Schläge von Metall auf Metall gaben seiner Geschichte Rhythmus.

»Als also die Stämme wieder ins Land zogen, war Achan unter den Soldaten, die ausgesandt wurden, die Stadt Ai einzunehmen. Sie verloren die Schlacht, die sie eigentlich nicht hätten verlieren dürfen. Achan war ein tapferer Soldat und hatte den Angriff geleitet. Der damalige Richter wollte von Shaday wissen, warum wir verloren hatten. Shaday sagte, er könne uns nicht helfen, nachdem wir die Übereinkunft mit ihm gebrochen hatten. Man hatte uns gesagt, dass die Eroberung des Landes eine heilige Aufgabe sei, *Herim*. Es steht uns nicht an, zu schänden und zu plündern, wie es die Unbeschnittenen tun. *Ach*, nun, nach einigen Nachforschungen wurde offenbar, dass Achan in einer früheren Schlacht Beute gemacht hatte.«

»Und was geschah?«

»Man musste ein Exempel statuieren: *Avayra goreret avayra.*«

Schon wieder dieser Satz: Eine Missetat zieht die nächste nach sich.

»Achan wurde mitsamt seinem ganzen Besitz und seiner Familie vor das Lager gebracht. Da es sich um einen Übergriff gegen die Gemeinschaft handelte, denn schließlich hatten wir eine Schlacht und viele Leben verloren, fällte die Gemeinschaft das Urteil über ihn.«

»Äh … und welches?« Ich hatte ein ungutes Gefühl. Schließlich war ich im Nahen Osten aufgewachsen. Gerechtigkeit war hier eine blutige Angelegenheit.

Das Metall löste sich mit einem Klirren. Einen Moment lang herrschte atemlose Stille. »Achan, seine Familie und sein Besitz wurden zu Tode gesteinigt.«

»Gesteinigt?«, wiederholte ich.

»Und die Überreste wurden verbrannt. Wann immer du einen großen Steinhaufen vor der Stadtmauer siehst, handelt es sich um ein Zeichen, dass jemand einen Verstoß gegen die Gemeinschaft begangen hat und von der Gemeinschaft dafür bestraft wurde.« Er ließ sich zurücksinken. »Du kannst deine Ketten selbst lösen.«

Ich zog sie durch die Ohren, die sich mit diesen riesigen Löchern eigenartig luftig und ohne das Gewicht des Metalls befremdlich leicht anfühlten. »Ich begreife das immer noch nicht. Wieso zieht eine Missetat die nächste nach sich?« Ich hatte ihm den Rücken zugewandt. Er beugte sich von mir weg, sodass ich die Wärme der Lampe auf meiner Haut spürte. Meine Hände zitterten.

Yoav seufzte tief. »Du führst mich in Versuchung«, erklärte er geradeheraus. »Wenn ich dich nehmen würde, wäre das ein Ehebruch. Doch wie du selbst sagst, bekleide ich den Rang des *Rosh Tsor haHagana*. Der König leiht mir sein Ohr. Du würdest niemandem etwas verraten. Ich würde niemandem etwas verraten. Wenn ich das nächste Mal etwas möchte, das mir nicht zusteht, werde ich mir denken, ich habe Ehebruch begangen, ohne dass jemand davon erfahren hat. Wenn ich diesen Schatz stehle oder Lügen über jenen Mann verbreite, wer wird dann davon erfahren? Ich bin schon einmal davongekommen.«

Ich lauschte ihm absolut reglos; fast hatte ich Angst, mir bewusst zu machen, dass ich hier war.

»Vielleicht ist es nur eine Kleinigkeit, doch sie lässt meine Eitelkeit wachsen. Irgendwann werde ich glauben, dass ich mehr weiß und klüger bin als Shaday. Diese Eitelkeit vergiftet ganz langsam meinen *Nefesh*, bis alle Gesetze nur noch Vorschläge für mich sind. Wenn ich die Grenzen überschreite und keine Bestrafung erfolgt, werde ich sie beim nächsten Mal noch weiter überschreiten.

Und beim übernächsten Mal noch weiter. Im Lauf der Zeit wächst so ein Baum der Unaufrichtigkeit heran, der die Luft und die Erde unseres Landes vergiftet.« Er rückte in seinem Sessel herum. »Missetaten vergiften das Land. Und wenn das Land vergiftet wird, wird es uns ausspucken.«

Seine Stimme wurde resoluter. »Ich opfere mein Blut für dieses Land, für meinen Stamm. Und genauso werde ich meine Begierden opfern.«

Ich war aufgestanden; ohne anzuhalten ging ich aus dem Unterstand hinaus in die Nachtluft und die Treppe davor hinunter, bis ich, vom Wind umweht, auf dem Wehrgang stand und dorthin schaute, wo mein Herz war. *Aus einem winzigen Samenkorn wächst ein großer Baum,* hörte ich Mimi sagen. *Pflanz ihn lieber nicht ein.*

Ich sah meinen Ehemann an. »Er hat mir die Geschichte von Achans Fluch erzählt und mir erklärt, wie eine Missetat automatisch zur nächsten führt, bis alles verrottet. Danach bin ich hierher gekommen und habe auf dich gewartet.«

Seine Augen sprühten Funken; mir war klar, dass er verstanden hatte, was ich nicht gesagt hatte. Der Wind fuhr in mein Haar, und wieder spürte ich die Löcher in meinen Ohren, das Gefühl von Freiheit. Er legte eine Hand an meinen Hals und schmiegte sie um mein Gesicht. Sein Daumen fuhr das Loch in meinem Ohr nach. Wahrscheinlich konnte er den kleinen Finger hindurchstecken. Ich wollte ihn nicht ansehen, sein Blick war mir zu weich. So sah ich hinaus auf das Tal.

»Chloe?«, fragte er. Widerstrebend stellte ich mich seinem Blick. »Ich werde dich nie wieder verlassen. Das verspreche ich.«

»Nichts –«

Er schnitt mir das Wort ab. »Ich weiß das. Ich kenne dich.« Ich hatte den Blick abgewandt, darum drehte er mein Gesicht in seine Richtung. »Ich war dir gegenüber säumig, ich habe meine Pflichten vernachlässigt.«

Unerklärlicherweise stiegen mir Tränen in die Augen. »Das hast du nicht –«

Cheftu küsste mich, fest und besitzergreifend. Der Sonne und der Hitze zum Trotz bekam ich am ganzen Leib eine Gänsehaut. Ich wollte diesen Mann gleich wiederhaben. Ich fragte mich kurz, ob der Soldat wohl die gesamte Mauer abmarschierte oder nur dieses Teilstück. »Doch«, flüsterte er gegen meine Lippen. »Ich brauche dich. Ich brauche es, dich zu berühren und dich zu halten und dir zuzuhören. Es ist meine Pflicht, dich zu lieben, für dich zu sorgen, mit dir zusammen zu sein.«

War es ein Wunder, dass ich diesen Mann liebte? Er nahm meinen Mund in Beschlag und sprach zugleich einen Teil meines Herzens an, jene absurde weibliche Schwäche, die sich wünschte, dass mir jemand – natürlich nur ein intelligenter, einfühlsamer, sanfter Mann – einen Knüppel über den Kopf haute und mich in die nächste Höhle schleifte, um mich dort ganz und gar »in Besitz zu nehmen«.

Mein Leib lag dicht an seinem, ich spürte seine Erregung, doch durch sein Reden und seine Küsse bezauberte er mich viel mehr. Wir taumelten in eine schattige Nische, wo er mich festhielt, eine Hand auf meinen Kopf gelegt. »Nein, Chloe«, erklärte er in seinem schweren, abgehackten Englisch. »Nie wieder werde ich dich verlassen.«

Die Zeit der Rebenpflege war über uns gekommen; und zwar über uns alle. Noch nie hatte ich derart intensive Teamarbeit erlebt. Das »Land«, das ständig und überall im Munde geführt wurde, wurde für mich zu einer Einheit. Nicht zu einem Gott, sondern eher zu einem Verwandten, zu jemandem, für den man sorgt, den man nährt und unterstützt. Infolgedessen fand ich mich bis tief in die Nacht im Weinberg wieder, zusammen mit Cheftu und fast allen anderen Stammesangehörigen und Sklaven, wo wir Knospen zurückschnitten, Reben hochbanden und Triebe stutzten.

Nie, nie wieder würde ich gedankenlos einen Schluck Wein trinken.

Das Gute an der Sache war, dass abends sich viele von uns auf einem Dach versammelten, gewöhnlich auf Daduas, wo wir aßen und Geschichten die Runde machten. Der kühle Wind erfrischte uns, das Lachen verjüngte uns, und nach unseren Eskapaden, bei denen wir dicht am Tod vorbeigeschrammt waren, Psychopathen und Naturkatastrophen überlebt hatten, genossen Cheftu und ich unser neues Leben.

Immer noch war die Wohnungssituation in der Stadt prekär. Täglich zogen Menschen weg oder zu: Jebusi, die aufgegeben hatten und nach einem Ort suchten, an dem man Molekh freundlicher gesonnen war, Männer aus den Stämmen, die mit Kindern, Frauen und Rüstung Einzug hielten. Immer noch gab es in manchen Ecken der Stadt Blutflecken, doch ich zog es vor, meinen Blick abzuwenden.

Eines Nachts, nicht lange nach Cheftus Rückkehr und unserer Freilassung, saßen wir mit Zorak und Waqi, die inzwischen geheiratet hatten, sowie einigen anderen Auserwählten, deren Namen mir immer noch fremd waren, auf Daduas Dach, als Dadua verkündete, dass er ein neues Lied geschrieben habe. »Dieses Lied soll Yohanans, des Bruders meines *Nefesh*, gedenken, der in der Schlacht gefallen ist.« Es war eine klagende Melodie in noch schwereren Mollklängen als sonst in der Musik der Stämme üblich. Die Melodie der Laute und der gefühlvolle Klang seiner Stimme trugen weit über das stille Dach hinaus. Mir knurrte der Magen – die Frauen hatten noch nicht gegessen –, doch ich konnte nicht weg. Kein Wunder, dass all dies später einmal einen Teil der Menschheitsgeschichte darstellen sollte. Dadua spielte den letzten Akkord, und wir blieben schweigend sitzen – der letzten Note nachlauschend.

»Welche Schönheit entströmt dem Mund des Königs!«, rief jemand von der Treppe, die aus dem Hof zu uns heraufführte.

Wie ein Mann drehten wir die Köpfe, um nachzusehen, wer da gesprochen hatte.

»Welches Gefühl für seinen gefallenen Bruder! Welches Mitgefühl für die Verlorenen Y'sraels!« Ein alter Mann mit lockigem, geflochtenem Haar und wallendem Bart trat vor. Er war zwar alt, doch immer noch ausgesprochen gut aussehend.

»Wer bist du?«, fragte ein *Gibori*, der augenblicklich in Angriffsstellung ging, um Dadua notfalls zu verteidigen.

Der Mann nestelte eine Schriftrolle aus seiner Bauchschärpe

und reichte sie dem *Gibori.* »Ich überbringe eine Botschaft von Hiram, dem Herrn über Tsor. Es ist eine Botschaft des Friedens an euren hochgeschätzten Dichterkönig Dadua.«

Er sprach unseren Dialekt. Wie nicht anders zu erwarten, lehnten sich die *Giborim* zurück, um das Geschehen zu verfolgen. Immerhin konnte das genauso unterhaltsam werden wie eine Geschichte.

Einer der jüngeren *Giborim* nahm die Rolle und wickelte sie auf. Die anderen Soldaten zogen ihn deshalb auf, denn fast keiner von ihnen konnte lesen. Der junge Soldat starrte angestrengt auf das Papier, ohne auf die Frotzeleien seiner Kameraden einzugehen. Schließlich rollte er die Botschaft wieder zusammen und überbrachte sie Dadua.

Der blickte auf die Schriftzeichen, ohne dass sein Rosetti-perfektes Gesicht irgendeine Regung erkennen ließ. »Mein Schreiber wird das vorlesen«, erklärte er gelassen. Er sah auf. »Chavsha, bist du hier?«

Unsere Blicke begegneten sich, und Cheftu erhob sich, um vor den König zu treten. Er war wie ein Mann aus den Stämmen gekleidet, er ließ sich sogar einen Bart wachsen, doch er bewegte sich immer noch mit der katzenhaften Eleganz, die den Ägyptern eigen zu sein schien.

»Dein Wille geschehe«, sagte Cheftu mit einer Verbeugung, bei der er einen Arm über die Brust legte, so als würde er Pharao einen Dienst erweisen. Dadua zuckte nicht mal mit der Wimper. Er reichte Cheftu die Schriftrolle, als hätten sie das schon tausendmal getan. Ich war hin- und hergerissen: Einerseits hätte ich am liebsten hysterisch gelacht, andererseits wäre mir beinahe der Lehmbecher aus der Hand gefallen. Wem machte Dadua hier etwas vor? Ich blickte wieder auf den Boten.

Er war groß und stand vom Alter ungebeugt, aufrecht und mit durchgestreckten Schultern da. Gekleidet war er in eine dezent gefärbte und gemusterte Tunika. Er stand zur Hälfte im Schatten, sodass kaum Details zu erkennen waren. Doch er besaß unleugbar Ausstrahlung.

»An Dadua, den Herrscher in der Höhe: Sei gegrüßt, mein Bruder, von Hiram, Zakar Ba'al von Tsor, deinem erhabenen Ebenbürtigen«, las Cheftu vor.

»Für wen hält sich dieser Hiram eigentlich, dass er sich anmaßt, ein Sohn Avrahams sein zu wollen, indem er sich ›erhabener Bruder‹ nennt?«, kommentierte ein *Gibori.*

»Er ist nicht beschnitten«, ereiferte sich ein Zweiter.

»Das ist poetisch gemeint«, erklärte Abishi. »Er weiß, dass sie keine Brüder sind. Er sagt das nur, damit seine Bitten gefälliger klingen.«

Ich beobachtete den Boten während dieses Wortwechsels unter den *Giborim.* Er schien sich darüber zu amüsieren, allerdings war seine Miene kaum zu erkennen. Locken fielen ihm in die Stirn, und das übrige Gesicht wurde von der rechteckigen Umrahmung seines Bartes verdeckt. Dennoch hatte ich ein komisches Gefühl. Vielleicht wegen seiner Nase?

Die Männer beruhigten sich wieder, und Cheftu las weiter. »Da du nun in Abdihebas Behausung wohnst, hast du gewiss bemerkt, dass er kein Mensch war, dem viel an Bequemlichkeit lag.«

»Das braucht uns kein Heide zu erklären!«, rief einer. Cheftu blickte auf, und ich sah sein Gesicht im Profil. Mit kurzem Haar war er wirklich wunderschön, obwohl seine Schläfenlocken bereits wieder wuchsen.

Ich hörte einen leisen Aufschrei und drehte mich um. Der Bote war ins Straucheln geraten und sank jetzt, gestützt von einem *Gibori*, zu Boden. Der Mann war totenbleich geworden, das konnte man selbst bei diesem Licht erkennen. Die Soldaten netzten seine Lippen mit Wein. Er starrte Cheftu mit riesigen Augen an. »Habe ich etwas Falsches gesagt, *Adoni*?«, fragte Cheftu, als wir Übrigen uns zu ihm umdrehten, um festzustellen, was der Bote an ihm gesehen hatte.

Der Mann schloss die Augen und schüttelte den Kopf. »Bitte«, sagte er gleich darauf, »fahre fort.«

Dadua hatte kein Wort gesprochen. An einem richtigen Königshof hätte er sich wahrscheinlich nicht dazu herabgelassen, mit diesem Mann zu sprechen. Doch jetzt schwieg er wohl eher, weil er misstrauisch war. So weit ich das aus meiner geistigen Landkarte memorierte, entwickelte sich Tsor in ökonomischer wie auch sozialer Hinsicht allmählich zu einer Großmacht. Was wollten sie hier? Oder warum kam Zakar Ba'al nicht persönlich?

Es konnte sich um einen Bluff handeln, um in die Stadt zu gelangen und uns genauso zu überlisten, wie wir die Jebusi überlistet hatten. Ich sah zu Zorak hinüber, der das Zwischenspiel vollkommen ignorierte und sehnsüchtig ins Dunkel starrte. Vielleicht war eine solche List nichts Absolutes, sondern von der individuellen Perspektive abhängig?

Cheftu senkte den Blick und las weiter. »Er, also Abdiheba«, schob Cheftu ein, als er weiterlas, »glaubte, dass körperliche Schmerzen den Sieg in der Schlacht garantieren. Ein interessantes, doch unnötiges Ritual, wie ich meine. Den Berichten nach bist du ein Mann der Stärke, der Gnade und der Kunst. Darum schlage ich Folgendes vor, um der vereinten Ziele von Frieden und Handel zwischen unseren Völkern willen:

Der Mann, der diese Nachricht überbracht hat, ist mein oberster Baumeister und Architekt.« Cheftu sah den Boten an, genau wie wir alle. Tränen flossen über das Gesicht des Mannes. Hatte er Schmerzen? Seine Augen waren immer noch geschlossen, und er keuchte hektisch. Die Hände hatte er unter dem Hemd seiner Tunika zu Fäusten geballt. Etwas an ihm kam mir eindeutig bekannt vor. Cheftu las weiter.

»Er und seine Männer werden dir zum Zeichen dafür, wie sehr ich an dich glaube, einen Palast aus tsorischer Zeder erbauen –«

Die Menschen aus den Stämmen hielten den Atem an.

»– mit Nebengebäuden und Regierungsräumen. Eure Nation ist jung und stark, und sie setzt den Waden der Pelesti zu. Ich wünsche sie wachsen zu sehen.«

Ich schaute auf Dadua. Sein Blick war fest auf den Boten gerichtet; hatte er dieses unglaubliche Angebot überhaupt mitbekommen? Cheftu fasste zusammen:

»Sollte *ha-Adon* an seinem neuen Palast Gefallen finden, wird er sich vielleicht dazu herablassen, meine Karawanen sowie alle, die unter meinem Schutz stehen, von Ägypten aus durch sein blühendes Tal ziehen zu lassen. Erlaube meinem Architekten, deinen

Palast zu erbauen, während du über diesen Handel nachsinnst. Ich freue mich darauf, meinem Bruder eines Tages von Angesicht zu Angesicht gegenüberzustehen. Der Segen deines Gottes sei mit dir. Unterzeichnet Hiram, Zakar Ba'al von Tsor.«

Unsere Köpfe fuhren herum wie von einer unsichtbaren Schnur gezogen. Dieser alte Mann war oberster Baumeister?

»Unmöglich«, antwortete Dadua. Wie ein Mann schauten wir ihn wieder an. Er stand auf. »Richte Zakar Ba'al aus, dass wir sein Angebot zu schätzen wissen, aber es nicht annehmen können.«

Cheftu sah vom einen zum anderen. Mit einem kaum merklichen Stirnrunzeln betrachtete er den Boten. Hatte er dasselbe eigenartige Gefühl wie ich? *»Adoni«*, sagte er. Dadua sah ihn zornig an. »Als *Adonis* Schreiber«, fuhr er fort, wobei er das Wort »Schreiber« betonte, »würde ich vorschlagen, dass wir dem Mann Obdach für die Nacht bieten und diese Sache besprechen, nachdem er sich ausgeruht hat.«

»Er wird nicht in meiner Stadt bleiben«, gebot Dadua. Er klang nicht abweisend, sondern sagte das als bloße Feststellung. Cheftu sah wieder auf den Boten. Der Mann hatte die Augen niedergeschlagen, fast als könnte er den Anblick nicht länger ertragen.

Mein komisches Gefühl steigerte sich zu einer mulmigen Vorahnung, so als würde jemand nicht nur über mein Grab laufen, sondern darauf Polka tanzen.

Cheftu redete leise und hektisch auf Dadua ein, um ihn zu überreden, den Mann in einem der Wachhäuser schlafen zu lassen. Immer mehr Frauen verdrückten sich vom Dach nach unten, um dem Mann einen Schlafplatz zu bereiten, auch wenn dafür irgendeine Familie heute Nacht draußen im Wald schlafen musste.

»Das ist nicht nötig«, sagte der Bote plötzlich. »Wir haben schon ein Quartier.« Er verbeugte sich. »Vielleicht darf ich morgen vor *ha-Adons* Augen treten?« Im Gegensatz zu vorhin, als seine Stimme laut und kräftig geklungen hatte, sprach er jetzt beinahe schleppend. Hatte der Mann einen Schlaganfall gehabt? Sollte Cheftu ihn untersuchen?

Offenbar war ich nicht die Einzige, die sich darüber Gedanken machte. N'tan trat vor und bot dem Boten an, ihn zu untersuchen. Der Bote reagierte aufgebracht und wich unter Entschuldigungen zurück. Die *Giborim* wirkten angespannt und rückten kaum merklich an Dadua heran.

Der Bote wandte sich zum Gehen und kam dabei an uns Frauen vorbei. Einen Moment lang sahen wir einander in die Augen. Sein Blick wirkte gehetzt und entblößt, so als wären seine Gefühle eben mit dem Sandstrahler freigelegt worden. Qual und Freude mischten sich in seiner Miene, dann wandte er das Gesicht ab.

Schweigend saßen wir da und lauschten, wie er mit keineswegs müde klingenden Schritten den Rückzug über die Treppe antrat. Ein paar *Giborim* folgten ihm. Wie war er überhaupt in die Stadt gekommen? Hatte sich jemand darüber Gedanken gemacht?

Dadua wandte sich an Cheftu. »Was sollte das heißen?« Wie viele Menschen, die nie Großzügigkeit erfahren hatten, misstraute er jedem, der mit vollen Händen gab.

In diesem Fall war sein Misstrauen wahrscheinlich berechtigt. Irgendetwas war an diesen Augen …

»Wenn ich das richtig verstehe«, sagte Cheftu, »werden seine Männer dir einen Palast mit Nebengebäuden und Regierungsräumen errichten.«

Dadua blieb vorsichtig. »Und als Gegenleistung dürfen sie mein Königreich durchqueren?«

Cheftu zuckte mit den Achseln. »Und wahrscheinlich will er einen Platz, an dem seine Männer wohnen können.«

»Unmöglich«, urteilte Dadua wieder.

Abishi beugte sich vor. »*Adoni*, wir brauchen neue Häuser für unser Volk. Noch kommen wir so zurecht. Die Stammesbrüder und die Jebusi wohnen in ihren Sommerhäusern auf den Feldern und in den Weinbergen. Doch bald wird es Winter. Und hier ist der Winter kälter, als wir es gewohnt sind. Wo sollen die Menschen dann leben?«

Dadua zog die Stirn in Falten. »Ich werde nicht zulassen, dass ein Heide mit seinen Gefolgsleuten in meiner Stadt wohnt! Das wäre töricht!«

Yoav meldete sich bedächtig zu Wort. »Da hast du Recht, *Adoni*. Aber es muss eine Möglichkeit geben.«

»Könnten wir die Stadt vielleicht vergrößern?«, fragte N'tan. »Und ihn irgendwo außerhalb der Mauern bauen lassen?«

»Dort könnten wir ihn nicht beschützen«, wandte Yoav ein.

»Im Norden schon«, warf Abishi ein. Wir alle sahen ihn an.

»Er spricht die Wahrheit«, meinte ein weiterer, mir unbekannter General. »Zwischen hier und der Tenne der Jebusi gibt es Plateaus, die noch verbreitert werden könnten.«

Wieder sprach Abishi. »*Ach*, und weil sie sich zwischen dem unteren Tor und der Tenne befinden, könnte niemand dort eindringen.«

»Und dennoch würden sie nicht innerhalb der Stadtmauern wohnen«, stellte Yoav klar.

Dadua durchbohrte Cheftu mit einem Blick. »Was meinst du dazu?«

»Sie handeln mit dem, was sie haben«, antwortete Cheftu. »Sie haben nichts, was sie dir sonst anbieten könnten, nichts von großem Wert. Sie außerhalb der Mauern bauen zu lassen, würde eine ganze Reihe von Problemen lösen. Noch dazu würden sie die Kosten für Material und Arbeit übernehmen.«

»Zum Ausgleich musst du sie nur durch das Land der Stämme reisen lassen«, sagte Abishi.

»Wir könnten sie sogar eskortieren«, ergänzte Yoav. »Auf diese Weise würden die *Giborim* zwischen ihren Einsätzen gegen die Pelesti in Übung bleiben.« Sein Blick tastete kurz die Zuhörer ab. Ich sah, wie Cheftus Miene sich verhärtete. Dieser Mann ließ sich wirklich keine Gelegenheit entgehen.

Dadua gähnte. »Ich werde darüber nachdenken.«

Im Chor antworteten wir: »Dein Wille geschehe.«

»Wenn ihr bei uns bleiben wollt, müsst ihr unsere Gesetze befolgen«, sagte Dadua.

Wir schmorten in dem engen, behelfsmäßigen Audienzraum im eigenen Saft. Abgesehen von dem Wasserfall in seinem Harem hatte Abdiheba keinerlei Sinn für Ästhetik gezeigt. Alle Bauten waren für einen Belagerungsfall konzipiert.

Bei dem Gedanken rutschte ich nervös herum.

Der Bote neigte den Kopf. »*Ha-Adons* Wille geschehe«, sagte er. Er klang wieder kleinlaut. Vielleicht war sein donnernder Auftritt auf dem Dach nur Show gewesen?

»Wann werdet ihr anfangen?«, fragte Cheftu.

Der Bote senkte den Blick und murmelte: »Morgen, *Adon*. Morgen werden wir einen Bauplatz vorbereiten.«

»Wie lange wird das dauern?«

»In drei Monaten von heute an werdet ihr in diesem Palast wohnen.«

»Verzeih mir, Vater, doch das ist unmöglich«, sagte Abishi.

Der Bote sah ihn mit zornsprühenden Augen an. »Vor zwei Tagen hat euer Lehnsherr behauptet, es sei unmöglich, überhaupt zu bauen. Jetzt behauptet ihr, es sei unmöglich, ein Gebäude in drei Monaten zu errichten! Ich glaube nicht, dass dieses Wort das bedeutet, was ihr glaubt.« Er drehte sich wieder zum Thron und zu Cheftu, N'tan, Dadua und Yoav um.

Seine Bewegungen wirkten … vertraut. Ich zog die Stirn in Falten und versuchte mich zu entsinnen, wo ich ihn oder jemanden wie ihn schon einmal gesehen hatte.

»Euer Palast wird in drei Monaten noch nicht fertig sein, doch ihr werdet bereits darin wohnen können«, stellte der Bote klar. Wusste irgendwer, wie er hieß? Fand es niemand außer mir komisch, dass niemand das wusste? In meinem Kopf hörte ich Cheftus Warnung davor, seinen wahren Namen zu offenbaren.

»Wie kann ein so alter Mann …? Aber wie willst du ihn bauen? Ich sehe nicht, wie du Holz schleppen könntest!«, kommentierte ein Soldat.

»Er ist der Aufseher«, belehrte ihn ein anderer.

Der Bote sah den ersten Soldaten an und gab mir dadurch zum ersten Mal Gelegenheit, in sein Gesicht zu sehen. Ich schauderte. Irgendwie war er mir vertraut. Nicht auf Grund seines Alters oder der Gesichtsfarbe, sondern möglicherweise wegen der Kühnheit seines Blickes. »Ein kluger Einwand, mein beleibter Freund«, sagte der Bote. »Doch vielleicht sieht das Auge nicht alles.« Er lächelte und entblößte dabei große weiße Zähne. Das Gefühl, ihn zu kennen, wurde immer stärker.

Er richtete sich auf und schaute dabei in meine Richtung. Seine dunklen Augen waren tief wie das Meer und unter dichten Wimpern versteckt. Und fast faltenlos. Dieser Mann war längst nicht so alt, wie es schien; entweder das oder er hatte schon lange vor meiner Zeit Estée Lauder benutzt. Er wandte sich wieder an Dadua. »Hast du schon entschieden, wo du wohnen willst, *Adon*?«

Dadua sah ihn mit zusammengekniffenen Augen an. »Ich habe große Bedenken, ein Geschenk von einem Herrscher anzunehmen, den ich genauso wenig kenne wie seine Götter«, erklärte er. Er ließ sich nicht ins Bockshorn jagen.

»Würdest du gern oberhalb der Stadt wohnen?«

N'tan mischte sich ein. »Wir werden uns mit unserem Gott beraten und ihn fragen, wo der Palast erbaut werden soll.«

»Euer Gott ist Architekt?« Der Bote klang beinahe sarkastisch.

»Shaday hat Himmel und Erde erbaut«, entgegnete N'tan kühl. »Wie sollen wir dich ansprechen?«, fragte er dann den Mann.

»So wie meinen Lehnsherrn, mit Hiram«, erwiderte er und richtete sich auf.

Cheftus Augen wurden eine Sekunde lang groß, dann sah er weg und kramte in irgendwelchen Papieren. Dieser Name hatte etwas zu bedeuten, aber was? Bisher waren wir noch keinem Hiram begegnet. War es ein historischer Name?

»Dein König verehrt Ba'al?«, erkundigte sich N'tan.

Der Bote wirkte leicht verstimmt. »Mein König verehrt keinen Gott, *Adon*. Er glaubt, dass die Erde in sich selbst fruchtbar ist. Er glaubt, dass Himmel und Meer ihre Plätze beibehalten werden. Er ist voller Zuversicht, dass es irgendwo eine unbekannte Gottheit gibt, die sich eines Tages offenbaren wird, doch bis zu jenem Tage will er keine falschen Götter anbeten.«

Schuss und Tor! Durch diese Antwort hatte er seinen König geschickt aus der Schublade »Götzendiener« geholt und es Dadua auf diese Weise ermöglicht, mit ihm Beziehungen aufzunehmen. Shaday verbot es nämlich, mit Ungläubigen ein Abkommen zu schließen. »Erzähl mir von dem Palast deines Herrn«, sagte Dadua.

»Darf ich mich setzen, *Adon*? Nur weil diese alten Knochen müde werden, das ist alles.«

Dadua ließ ihn nicht nur Platz nehmen, er bot ihm auch Wein und Brot an.

Interessant. Kein Salz. Da ich im Nahen Osten aufgewachsen war, wusste ich, dass man, wenn man Salz und Brot angeboten bekam, so lange unter dem Schutz des Hausherrn stand, wie das Essen im Verdauungstrakt des Besuchers blieb – wobei die Dauer allgemein auf drei Tage geschätzt wurde. Mein Vater hatte es sich zur Regel gemacht, seinen Darm immer erst zu leeren, nachdem er das Haus eines Gastgebers verlassen hatte.

Meine Mutter hatte ihm deswegen Vorhaltungen gemacht, denn dieses Verhalten war nicht gerade gesund. Er hatte erwidert, sein Job verlange es so. Sie hatte düstere Andeutungen über Ärzte gemacht. Er hatte sie geküsst. Ende der Diskussion.

Der Bote leerte eben sein zweites Glas Wein und schien dabei jeden Tropfen zu genießen, ohne sich weiter um seine Zuhörer zu kümmern. Was für ein Schmierenkomödiant, dachte ich. Er wischte sich die Mundwinkel mit Brot aus, das er danach verspeiste. Die *Giborim* standen in der fast völligen Dunkelheit und verfolgten seine Vorstellung.

»Das Heim meines Herrn ist exquisit. Ashlar …« Hiram brüstete sich mit den Wundern des Palastes. Er ließ sich beredt über gewachsten Stein, poliertes Zedernholz, handgeschnitzte Fensterbretter aus Elfenbein sowie über beschnitzte und mit »königlichen Darstellungen« beschlagene Möbel aus.

Dadua saß zurückgelehnt und scheinbar vollkommen ungerührt da. Ich sah zu Cheftu hinüber, der gedankenverloren seinen Schreiberkiel zwischen den Fingern zwirbelte und dabei auf den Boden starrte. Hörte er überhaupt zu?

»Und wie siehst du den Palast unseres *Adoni*?«, fragte Yoav.

Der Bote schenkte ihm ein atemberaubendes Lächeln, ein Lächeln, mit dem er Engel zum Weinen bringen konnte, so phantastisch sah er dabei aus. Er mochte schon über hundert sein, aber er konnte immer noch als Modell arbeiten. Dieses Gesicht, diese Zähne. Er war einfach makellos.

Er ist bestimmt schwul.

Und in diesem Moment begriff ich, wer er war.

Meine Haut vereiste. Auf gar keinen Fall; das war doch nicht möglich, oder? Ich sah zu Cheftu hinüber, der immer noch stirnrunzelnd seinen Federkiel kreisen ließ. Vielleicht hatte ich mich geirrt; vielleicht war ich übermüdet; vielleicht halluzinierte ich ja.

»Hat *Adon* eine große Familie?«, wollte Hiram wissen.

Daduas Stimme schwoll vor Stolz an. »Vier Frauen und elf Söhne.«

»*Ach*! Eine wunderbare Familie. Und Diener? Ich frage das, weil ich wissen muss, wie viele Räume und Treppen wir brauchen werden.«

Avgay'el sprang ein: Es war einfach sehenswert, wie sie und Dadua sich den Ball zuspielten. »Einhundert.«

»*Ach*! Das reicht, um es allen angenehm zu machen.« Hiram rülpste. »Ein guter Wein. Mein Becher ist leer.« Ein Mundschenk eilte herbei und schenkte das Gefäß wieder voll.

Ich hatte Recht! O Gott, o Gott. Ich konnte mich kaum noch still halten. Nur das Wissen, dass ich dadurch alle Blicke im Raum auf mich ziehen würde, hielt mich davon ab, kreischend die Flucht zu ergreifen. Das konnte doch nicht wahr sein… das durfte doch nicht wahr sein! Bestimmt war die Welt nicht so klein?

Nicht an diesem Hof! Nicht zu dieser Zeit, bitte nicht! Wieder sah ich zu Cheftu hinüber. Er hatte noch nicht gemerkt, wer dieser Hiram war. Vielleicht würde er sich noch länger von dem Bart, den Locken, dem scheinbaren Alter hinters Licht führen lassen.

Der Bote hatte sich wieder gefangen und verkaufte Dadua weiter seine Träume. Terrassen und private Innenhöfe, geflieste Böden und plätschernde Brunnen. Mit Gold eingelegte Möbel – zu einem Spottpreis, weil die Möbel von seinem Bruder geschreinert wurden und nicht unter Hirams Angebot fielen –, und dann klatschte er sich mit der Hand auf die Stirn. »*Ha-Adon,* ich muss dich um Vergebung bitten!«

Plötzlich spannten sich alle im Raum an. Was hatte er getan?

»Mein Herr hat mir ein Mitbringsel, ein Geschenk mitgegeben. *Ach!* Was für ein nutzloser alter Greis bin ich doch!« Er drehte sich um und pfiff. Nichts. Er pfiff erneut. Immer noch nichts. Die eben noch entspannten *Giborim* waren auf der Stelle alarmiert. Einige Hände ruhten bereits auf den verzierten Heften ihrer Dolche.

Die Türen flogen auf und ein unförmiges Etwas wurde auf dem Rücken eines Riesen hereingetragen. Alle im Raum schnappten nach Luft, sowohl wegen des Gegenstands als auch wegen des Riesen. Der Gigant nahm das Ding vom Rücken herunter, woraufhin alle Anwesenden die Köpfe einzogen, um sie nicht versehentlich abrasiert zu bekommen, und setzte es ab. Mit einer befremdlich graziösen Geste zog er die Abdeckung herab.

Wieder schnappten alle nach Luft.

Es war ein Thron, ein ausgesprochen eleganter Sessel, flankiert von zwei riesigen geflügelten Löwen. Das ganze Ding war so weiß, dass es zu glühen schien. Auf Armlehnen und Stuhlbeinen waren mit Gold Trauben und Granatäpfel hervorgehoben, kunstvolle Schnitzereien in … mein Gott, war das Elfenbein? Der Gigant war wieder hinausgegangen und kehrte nun mit einem passenden Fußschemel zurück, der mit Zebrafell überzogen war.

Jetzt war mir klar, wie gefährdete Tierarten zu gefährdeten Tierarten werden konnten.

»*Ha-Adon* hat sich nach der Schönheit des Palastes, nach der Qualität der Arbeiten erkundigt«, sagte der Bote. »Dies soll dir als Beispiel dienen.«

Der Gigant kehrte mit immer neuen klobigen Paketen zurück. Wir beobachteten, wie er sie auspackte und zusammensetzte. »Was ist das?«, rief schließlich ein *Gibori*.

»Ich zeigen«, antwortete er mit tiefer Stimme. Dann hob er den Thron hoch – auf dem bereits Dadua Platz genommen hatte. Die *Giborim* wollten ihm schon in den Arm fallen, doch er setzte Dadua gleich wieder ab und trat dann zurück. Er hatte etwas unter den Thron geschoben, eine Art Podest, und fügte nun weitere atemberaubend gearbeitete Teile zusammen.

Nur dass diese Teile nicht weiß waren, sondern schwarz glänzten und mit noch mehr Gold belegt waren. Lange arbeitete er, wobei er immer weiter in die Menge zurückwich, die sich bereitwillig zurückzog. Schließlich richtete er sich auf. Er war fertig?

Eine Folge von sieben breiten Stufen reichte, von kleineren geflügelten Löwen gesäumt, zum Thron hinauf.

Es war einfach … *wow*!

»Findest du Gefallen an der Arbeit meines Herrn?«, fragte der Bote. »Möchtest du sein Geschenk annehmen?« Ich sah ihn noch mal an. Es war unübersehbar. Ich konnte gar nicht begreifen, dass ich diesen Mann nicht sofort wieder erkannt hatte.

Natürlich wirkte er ohne Stierblut und explodierende Vulkane ein wenig fehl am Platz. Von meiner Miene aufgeschreckt, warf Cheftu mir einen Blick zu. Er zog die Stirn in Falten, schien aber nicht zu verstehen, was ich ihm lautlos mitzuteilen versuchte, und sah gleich darauf wieder weg.

Dadua erhob sich wie ein wahrer König, schritt die Stufen hinab – die von dem Boten wegführten – und ging unten auf den Mann zu. Mit hoch erhobenem Kopf lud er den Boten ein, außerhalb von Jebus sein Lager aufzuschlagen und das Projekt fertig zu stellen, das sein Herr ihm aufgetragen hatte. Dadua bot an, dem Architekten im Rahmen seiner Möglichkeiten mit Soldaten und seinem Volk auszuhelfen.

Seine Gastfreundschaft reichte gerade so weit, wie sie militärisch abzusichern war. Sehr schlau, Dadua, dachte ich. Dieser Bote ist eine gerissene alte – mir verschlug es fast den Atem, wenn ich mir bewusst machte, wie alte – Schlange.

»Als Pfand meiner Dankbarkeit für deinen Besuch«, sagte Dadua, »werde ich deinem Zakar Ba'al eine Sammlung von Schilden schicken, die wir bei unseren Schlachten als Beute genommen haben.«

Schilde? Die Zierschilde oder einfache Schilde? Ich war wenig beeindruckt.

Der Bote ebenfalls. »Ein ehrenvolles Unterpfand, das wir meinem Herrn bringen werden … auf der Straße der Könige.«

»Ich werde euch eine Eskorte stellen«, sagte Dadua.

Schach und matt.

»Meine Dankbarkeit«, sagte er.

Er war es! Tatsächlich! Wie zum Teufel …?

Dadua wandte sich an seine *Giborim.* »Möge *el ha*Shaday euch segnen und euch schützen, sein Angesicht auf euch scheinen lassen und gnädig zu euch sein.«

Wir alle sagten: »*Sela.*«

Erst nachts sah ich Cheftu wieder. Da wir immer noch in dem improvisierten Palast wohnten und auf den Feldern arbeiteten, waren wir nur selten und immer nur für kurze Zeit allein. »Weißt du, wer das ist?«, fragte ich außer Atem. Uns blieben nur ein paar Augenblicke, bevor wir auf dem Dach erscheinen mussten.

Er küsste mich, aber ausnahmsweise ließ sein Kuss mich nicht alles andere vergessen. »Weißt du es?«, fragte ich.

»Aber natürlich – Hiram. Sein Name steht in der Bibel.«

Ich klappte den Mund auf, entschied mich dann aber um. Vielleicht sollte ich lieber nichts sagen, solange Cheftu ihn nicht wieder erkannte? Schließlich wollten wir jene Zeit unseres Lebens oder unserer Beziehung nicht noch einmal durchmachen müssen.

»*Nachon!*«, sagte ich enthusiastisch.

»Für wen hast du ihn denn gehalten?«

Ich küsste ihn lächelnd, ganz darauf konzentriert, ihn abzulenken. Doch die ganze Zeit über raste ein einziger Gedanke durch mein Gehirn: Tausend Jahre sind vergangen, und er lebt immer noch.

Das Elixier wirkt.

Am Tag nachdem David ihnen die Erlaubnis dazu erteilt hatte, begannen die Tsori mit dem Bauen. Klugerweise hatte Dadua sie außerhalb der Stadt angesiedelt, wo sie ihr »Quartier« aufschlagen sollten. Tagsüber kamen sie in die Stadt und verstärkten den Hügel, auf dem Dadua seinen Palast errichten wollte, sie errichteten Terrassen aus Stein, füllten sie mit Lehm auf und legten darüber dann die nächste Schicht an. Nachts arbeiteten sie an ihrem eigenen Quartier.

Innerhalb einer Woche hatten sie in ihrem eigenen Viertel die ersten Geschäfte eröffnet. Im Tsori-Viertel konnte man sich eine Art

»Philadelphia«-Frischkäse kaufen, dazu eine Platte aus blauem Glas, um ihn zu servieren, Leintücher für den Tisch und die Gesellschaft eines Mannes oder einer Frau, mit dem oder der man das Essen genießen wollte.

Wenig später begannen die Handwerker der Tsori, in der Unterstadt eine Reihe von Regierungsgebäuden zu errichten, sodass das Quartier der Jebusi zwischen den *Giborim* und dem Finanzamt eingefasst wurde. Die Jebusi hatten die Stadt aus wunderschönem Stein erbaut, doch sie hatten sie für den Kriegsfall errichtet und nach außen abgeschottet. Obwohl mir einleuchtete, weshalb es nur so wenige Fenster und so kleine dunkle Kammern gab, hoffte ich, dass die Tsori das besser machen würden.

Wir litten unter der Gluthitze des Sommers. Erst arbeiteten wir von der Morgendämmerung bis kurz nach Mittag, dann zogen wir uns in den Schatten der Bäume, in einen Hof oder, wenn wir wirklich vom Glück begünstigt waren, in ein Haus zurück.

An einem dieser Tage schwitzte ich gerade reglos vor mich hin, als Cheftu seinen Kopf um die Ecke streckte. »*HaMelekh* wünscht uns zu sehen«, sagte er.

»Kann ich erst noch baden?«

Er lächelte. »Ist dir heiß?«

Ich zupfte an meinem langärmligen Kleid mit hohem Kragen und hob dann das Kopftuch ab. Wegen meiner hellen Haut musste ich quasi in einer Rüstung arbeiten. »Ich werde mich nie wieder abkühlen«, beschwerte ich mich.

Er streckte die Hand nach mir aus. »Was erntet ihr gerade?«

Was ernteten wir eigentlich nicht? Die sommerliche Reifezeit traf genau mit der Sommerhitze zusammen. Die Trauben wurden immer praller; Pfirsiche, Birnen und Pflaumen fielen fast von den Bäumen, Gurken, Zwiebeln und Lauch mussten eingebracht werden. Jeden Tag zupften wir Salat. Zitronen und Limonen, aber keine Orangen. Kannte man die noch nicht?

Die Oliven reiften ebenfalls heran, die Granatapfelbüsche waren mit roten Blüten bedeckt, und die Feigen verströmten süßen Duft.

Ich folgte ihm – es war zu heiß zum Händchenhalten – durch

den Hof auf die Straße hinaus und ein paar gottlob schattige Treppen hinab. Qiryat Dadua lag wie ausgestorben unter der brennenden Sonne. »In Ägypten muss es jetzt schlimm sein«, dachte ich laut.

Er schoss mir einen verdutzten Blick zu und ging weiter.

Zorak hielt Wache. Er grüßte uns beide und ließ uns ein.

Das nächste Déjà-vu, dachte ich. Dadua und Yoav hatten sich auf dem kühlen Boden breitgemacht und spielten wieder einmal ihr Brettspiel. Avgay'el webte mit hochgebundenem Haar und nackten Armen träge vor sich hin. Immer wieder nickte sie bei ihrer Schlacht gegen die Nachmittagshitze ein. Ahino'am saß an die Wand gelehnt, ein schlafendes Kind an ihrer Brust. N'tan hockte im Schneidersitz auf dem Boden und schnitzte. Sie hatten keine einzige Lampe angezündet.

Yoav sah auf, blickte erst Cheftu, dann mich an und schaute dann wieder auf sein Spiel. N'tan bemerkte uns und sprang auf. »Che-Chavsha«, sagte er. »Und Klo-ee. Willkommen.«

Man ließ uns sitzen und bot uns Wein an. Dann wandte sich auch Dadua von seinem Spiel ab. Er hatte das Haar zum Pferdeschwanz gebunden und hockte in nichts als einem gemusterten Schurz auf dem Boden. Die Schläfenlocken hatte er hinter die Ohren geschoben, und er war barfuß. Seine olivfarbene Haut glänzte schweißig, aber selbst das sah gut bei ihm aus.

»Chavsha«, sagte er. »N'tan hat mir berichtet, dass du in der Wüste unschätzbare Dienste geleistet hat. Auch an meinem Hof hast du dich als unschätzbar erwiesen. Daher möchte ich dir gerne offiziell das Amt meines Schreibers übertragen.«

War ich die Einzige, die sah, wirklich sah, wie der Puls in Cheftus Hals zu rasen begann? Mein Gemahl senkte weltmännisch den Kopf. »Es ist mir eine Ehre, *Adoni*. Dein Wille geschehe.«

Die schwarzen Augen hefteten sich auf mich. »Yoavi behauptet, dass du zwar als Heidin gelebt hast, *Isha*, aber den *Nefesh* einer Stammesschwester hättest.« Ich spürte, wie ich rot zu werden begann. »Doch vor allem auf Grund deiner diplomatischen Erfahrung lade ich dich ein, *G'vret* Avgay'el als Hofdame zu dienen und ihr in Fragen des Zeremoniells mit Rat zur Seite zu stehen.«

Hofdame? Aber wir befinden uns in den Jahren vor dem JETZT, Chloe. Wenigstens kommst du auf diese Weise aus der Küche raus! Würde ich dadurch auch von der Feldarbeit erlöst? Auf jeden Fall bliebe mir fortan der Mühlstein erspart. »Es ist mir eine Ehre, *Adoni.*« Ich versuchte mein Lächeln zu unterdrücken. Schließlich befanden wir uns in der Bibel. »Dein Wille geschehe.«

Zwei weitere Besucher gesellten sich zu uns. Einer davon war ein neuer Seher aus dem Stamm Gad, der andere ein Prophet, der im Negev gelebt und sich während seiner Prophezeiungen von Heuschrecken ernährt hatte. Ich warf Cheftu einen schnellen Blick zu, doch der war zu verblüfft, um auf mich zu achten.

Dadua setzte sich auf, sodass Ahino'am ein paar Kissen hinter seinen Rücken stopfen und seinen Weinbecher nachfüllen konnte. Wir Übrigen wurden von Sklaven bedient. Wieder einmal hatte mich das Rad des Schicksals tief beeindruckt; vor einem Monat war ich noch zu unwichtig gewesen, um diesen Raum betreten zu dürfen; nun bekam ich eine persönliche Einladung.

»Man hat Ägypter auf dem Weg hierher gesichtet. Pharao Semenchkare, soweit ich gehört habe«, sagte Yoav zu mir, ohne mich dabei anzusehen.

»Im Westen werden Bewegungen unter den Pelesti gemeldet, *Isha*«, sagte Abishi.

»Sie ist jetzt *G'vret*«, korrigierte Dadua seinen General.

»Tov, todah«, zuckte Abishi betreten zurück.

»Was für Bewegungen?«, fragte ich. Wadia würde doch nichts im Schilde führen?

»Das wissen wir nicht, doch wenn sie nicht aufhören, werden wir sie ersticken müssen.«

Scheiße, logischerweise wusste ich nicht genug über die Denkweise der Philister, um zu wissen, was sie da taten. Bitte, Wadia, mach keine Dummheiten.

»Aus welchem Grund sollte der ägyptische Pharao hierher reisen?«, fragte Dadua Cheftu.

»Er ist Ko-Regent Pharaos, nicht der eigentliche Herrscher«, meinte Cheftu vorsichtig. »Und was den Grund angeht, hat Hiram bereits demonstriert, in welch mächtiger Position *Adoni* sich befindet. Ägypten nutzt die Straße der Könige ebenfalls. Ich könnte mir vorstellen, dass Pharao oder wer auch immer da angereist kommt, bei dir um eine Audienz ersuchen wird, um sicherzustellen, dass diese Wegerechte erhalten bleiben.«

Eine kühlende Brise wehte durch die Fenster herein. Ein Gutes hatte Jebus: Ganz egal wie heiß es wurde, gegen vier oder fünf Uhr nachmittags kühlte es regelmäßig ab. Avgay'el, die leise am Webstuhl vor sich hingeschnarcht hatte, wachte auf und begann wieder zu weben. Aus dem Hof war das Lärmen von Daduas Kindern zu hören. Die Jungs kämpften wieder, doch das taten sie immerzu. Ihre Mütter schritten nie ein.

»*G'vret*«, sagte Dadua, »du sprichst Ägyptisch, also wirst du dafür sorgen, dass dieser Ägypter alles bekommt, was er möglicherweise braucht. Er ist mit einer ganzen Armee unterwegs, darum werden wir ihn nicht einladen, in meiner Stadt zu wohnen. Doch ich werde ihm zum Empfang ein Gastmahl und Unterhaltung bieten. So ist es doch Sitte, *nachon*?«

Seine Unsicherheit war einnehmend. »*Nachon*«, bestätigte ich. »Dein Wille geschehe.«

Als ich fortgeschickt wurde, sah ich, wie sich der Prophet und der neue Seher niederließen. »Chavsha, küss deine Frau und komm dann zurück, um alles aufzuzeichnen, was wir besprechen«, befahl Dadua. »*Ach*, Yoavi, erzähl ihnen von dem Haus.«

Yoav sah mich mit ausdruckslosen grünen Augen an. »*HaMelek* hat euch ein Haus im unteren Bezirk der *Giborim* geschenkt.« Er wandte sich an Cheftu. »Eure Sachen wurden bereits hingebracht.« Sein Lächeln wirkte verschwörerisch. »Die Besprechung findet beim Abendessen statt, dir bleiben also ein paar Stunden, um deine Schreibgeräte zusammenzusuchen, Schreiber Chavsha.«

»*Todah, Adoni.*« Cheftu stand auf.

»Leiste gute Dienste, Ägypter«, meinte Dadua.

»Dein Wille geschehe.«

Ich stand im Gang und wartete wie auf Kohlen darauf, dass Cheftu fertig wurde und sich zu mir gesellte. »Wir haben ein Haus!«, quiekte ich, sobald die Tür hinter ihm zufiel.

Zorak grinste. »Dadua nimmt sich der Seinen an«, sagte er.

»Sag Waqi, dass ich sie morgen am Brunnen sehe«, jubelte ich.

Cheftu grüßte Zorak, nahm mich an der Hand und verließ schweigend mit mir den provisorischen Palast. Sobald wir ins Freie traten, hörten wir von dem »Milo« genannten Gelände, auf dem die Tsori bauten, das Klirren der Werkzeuge. Ein weißer Kalksteinnebel hing in der Luft und legte sich über alles.

Mein Mann sprach auch kein Wort, als wir durch die Straßen spazierten, die gerade nach dem Mittagsschlaf erwachten. Die Sonne war immer noch heiß, doch der Wind hatte sich gedreht, sodass er jetzt kühlte und erfrischte. Ich liebte diese Stadt.

Er nahm mich bei der Hand und wanderte immer noch schweigend mit mir durch die schmaler werdenden Gassen. Das untere *Gibori*-Viertel war keine luxuriöse Gegend, aber wir hatten ein eigenes Haus! »Endlich gehören wir dazu!«, flüsterte ich.

»Du bist so aufgeregt wegen unseres neuen Heims?«, fragte er.

»Na ja«, meinte ich lächelnd und auf Englisch, »mit einer Einschränkung: denn mein Heim ist immer dort, wo du bist. Aber ich möchte zu gern unser neues Haus sehen.«

Wir wanderten bergauf und bergab, durch schmale Gassen voller trocknender Wäsche, und stiegen schließlich eine Treppe hinauf.

Er stieß die Tür auf. »Willkommen, Geliebte«, sagte er.

»Unser erstes gemeinsames Haus«, meinte ich überglücklich.

»*Oui.*«

Ich sah ihn erwartungsvoll an.

»Willst du nicht hineingehen?«, fragte er.

»Es bringt Unglück, wenn die Braut die Schwelle überschreitet; man muss sie ins Haus tragen.«

»*Ach*! Die Braut?«

Ich verschränkte die Arme. »Ich bin immer noch frisch verheiratet. Wenn wir zusammenrechnen, wie viel Zeit wir in den vergangenen drei Jahren miteinander verbracht haben, dann kommt wahrscheinlich nicht einmal ein Jahr zusammen!«

Er hob mich hoch und verzog das Gesicht. »Wenn ich das gewusst hätte, hätte ich dich gestern Abend nicht so… ähm…«

»Enthusiastisch geliebt?«

Er lachte leise, trat dann über die Schwelle, knallte die Tür mit dem Absatz zu und schloss uns beide in der Dunkelheit unseres eigenen Hauses ein. »Ohne Enthusiasmus bestimmt nicht, *chérie.*«

Ich schmiegte mich in seine Arme und küsste ihn. Unser erstes Heim. Es war nicht gerade ein Coca-Cola-Moment, aber dennoch unvergesslich. *Mir* war jedenfalls nach Weinen zu Mute. Ich wand mich aus seiner Umarmung. »Komm, wir schauen uns alles an!«

Das Haus war lang, schmal und dunkel. Wie ein zu groß geratener Sarg. Wir gingen nach hinten durch, und dann sah ich etwas, das alles wettmachte. »Ein Zimmer mit Ausblick!«, rief ich. Das Haus war in einen Abschnitt der Stadtmauer hineingebaut. Und als Balkon diente uns die Brustwehr, von wo aus man auf die Felder, das Tal, den gegenüberliegenden Berg zu unserer Rechten und die Baustelle der Tsori links oben sehen konnte. »Wunderschön!« Ich hechtete mich auf ihn und bedeckte sein Gesicht mit Küssen. »Wir haben ein eigenes Haus, Geliebter! Endlich gehören wir dazu!«

»Du, *G'uret* Klo-ee, gehörst zu mir«, betonte er.

In diesem Moment bemerkte ich das schwere Goldsiegel um seinen Hals, das flach auf seiner glatten Brust lag. »Schreiber Chavsha?« Ich betastete es. »Dein Amtssiegel.«

»Genau dieses.«

»Und was haben sie dir erzählt, während ich im Gang warten musste?«, wollte ich wissen.

Cheftu sah mich mit dem Anflug eines Lächelns an. »Dadua hat mich daran erinnert, dass wir von nun an vollwertige Kinder des Landes sind. Daraus ergeben sich gewisse Pflichten.« Er streckte einen langen Arm aus, schlang ihn um meine Taille und zog mich an seine Brust. Unsere Zehen berührten einander, und durch den Stoff meines Rockes spürte ich seine Knie. Eine kühle Brise wehte vom Balkon her ins Haus. Unser Haus. Ich schwebte im siebten Himmel vor Glück; selbst die Brise hatten wir!

»Und das wären…?«, fragte ich ein wenig atemlos, weil er so angestrengt auf meinen Mund sah.

»Wir nehmen an allen Festen und Feierlichkeiten teil. In ein paar Wochen beginnt das Neujahrsfest, dann kommen der Tag der Sühne und das Sukkot.«

»*Nachon*«, sagte ich leise. »Keine Hefe im Frühjahr, wann war das, an Passah?«

Er legte einen Finger an meine Nase. »Du wirst fleckig.«

Spontan deckte ich die Hand über die Sommersprossen.

»Niedlich«, befand er.

»Das kommt von der Arbeit im Freien.« Wir unterhielten uns ganz ungezwungen, doch die Spannung zwischen uns wurde immer stärker und immer konzentrierter. Ich fuhr mir mit der Zunge über die Lippen, woraufhin er tief Luft holte. »Gibt es noch andere Pflichten?«

»*Ach, ken.* Die heiligste Pflicht überhaupt.«

»*Avayra goreret avayra?*«

Er küsste meine Fingerspitzen und ich seufzte leise. »*Lo*, die wichtigste Aufgabe im Land ist Folgendes.« Er beugte sich zu mir herunter, bis sein Atem warm über meine Haut strich. Seine Lippen verharrten dicht über meinem Ohr. »Seid fruchtbar und mehret euch.«

Mein Lachen verebbte zu einem leisen Seufzen. »O Chavsha, dein Wille geschehe.«

12. Kapitel

Dann trafen die Ägypter ein.

Mein Vater hätte sich bestimmt halb totgelacht, wenn er geahnt hätte, dass sein kleines Mädchen die Vermittlerrolle zwischen dem ägyptischen Thron und dem steinewerfenden David übernahm. Man hatte meinem Kommando eine eigene Küche für die Ägypter unterstellt, und ich hatte die Transuse geerbt, die für mich Getreide mahlte.

Ein paar pelestische Frauen und junge Bräute unter den Jebusi rundeten mein diplomatisches Corps ab. Die Ägypter kamen nicht herauf in die Stadt, sondern schlugen ihr weitläufiges Lager von weißen Zelten, Wimpeln und Soldaten am gegenüberliegenden Hang des Kidron-Tales auf. Wie Katzen lauerten sie im Schatten, ohne sich der Stadt zu nähern. Es war an uns, den Kontakt anzubahnen.

Ich war bei Avgay'el und bürstete ihr Haar, wie es sich für eine Hofdame gehörte, als Yoav eintrat. Er grüßte erst sie, dann mich. »Am Hang sind es zweihundert Ägypter«, sagte er, schritt dabei auf und ab und kämpfte mit seinen Schläfenlocken. »Weitere tausend lagern im Hinon-Tal und noch mal tausend am Fuß von Har Nebo.«

»Haben sie schon irgendetwas unternommen?«, fragte ich, ohne das Bürsten zu unterbrechen.

»*Lo.*«

»Woher beziehen sie ihr Wasser?«

»Sie graben Brunnen.«

Sie hatten also vor, länger zu bleiben, und ihnen war klar, dass David ihnen die Stadt nicht öffnen würde. »Was steht auf den Wimpeln?«

»Semenchkare, ewig möge er im Aton leben«, antwortete er. Irgendwann würde ich ihn fragen, was er eigentlich für eine Ausbildung hatte. Ein Stammesbruder, der lesen konnte, war schon eine Seltenheit; dass einer fremde Sprachen verstand und lesen konnte, kam so gut wie nie vor. »Unsere Stammesangehörigen geben vor, Oliven zu sammeln, doch in Wirklichkeit behalten sie die Ägypter im Auge.« Yoav lachte. »Sie sind besser als jeder Spion. Ich habe stattdessen Großmütter, die durch ihre Auffassungsgabe wettmachen, was ihnen an Augenschärfe mangelt.«

Es war bestimmt ein faszinierender Anblick: die Israeliten mit ihren bunt gemusterten Kleidern, Schärpen, Fransen und langen Locken neben den schlanken, ganz in Weiß und Gold gekleideten Ägyptern mit ihren geschminkten Augen und glatten Haaren.

»Sollen wir Pharao eine Depesche schicken, in der wir ihn fragen, ob er die Aussicht genießt, und uns ganz nebenbei erkundigen, aus welchem Grund er sich so weit von seinem flachen Land und seinen vielen Göttern entfernt hat?« Yoav warf beide Hände hoch.

»Wie geht es mit dem Audienzraum voran?«, fragte ich. »Wird er in den nächsten Tagen fertig sein?«

Yoav zog die Achseln hoch. »Möglich. Ich werde mit Hiram sprechen.«

»Dann werden wir eine Botschaft an Semenchkare schicken, in der wir ihn einladen, sich am Hofe *haMelekh* Daduas und seines Gefolges vorzustellen.« Ich sah Avgay'el an. »Geht das mitten in der Ernte?«

Daduas Gemahlin lächelte. »Gebt ihm, was immer er braucht.«

»Dann entschuldigt mich, *Adoni, G'vret.*« Und schon war ich aus dem Raum gelaufen.

Zum Glück lag der *Shabat* zwischen Semenchkares Ankunft und dem Zeitpunkt, an dem … Hiram von Tsor eintraf. Der Friede des *Shabat*-Nachmittags wurde durch einen Ruf von der Stadtmauer her durchschnitten. Jemand näherte sich dem Stadttor im Tal. Es war ganz in unserer Nähe, darum mischten Cheftu und ich uns unter die Menschenmenge, die verwirrt das Schauspiel verfolgte.

»Er kommt! Er kommt!«, hörten wir von unten her Rufe. Die Rufer standen auf der Straße und deuteten aufgeregt nach vorn.

Wer kam?

»Hiram kommt! Hiram Zakar Ba'al kommt!«

Ich fasste die Rufer genauer ins Auge und stufte sie als Werbetrommler ein; es waren weder Jebusi noch Stammesangehörige. Offenbar gehörten sie mit zu der Mannschaft, die Hirams – gab es bei den Tsori eigentlich auch andere Namen? – Bedeutung hervorheben sollte.

»Bei der Macht Shadays, was ist das?«, rief jemand, ein richtiger Stadtbürger. Wir spähten über die Steinmauer auf die Straße am Berghang uns gegenüber.

Hiram von Tsor, Zakar Ba'al, reiste ausgesprochen angenehm – und stilvoll.

»*Zut alors*«, hauchte Cheftu. »Was ist das für ein Ding?«

»Ein … Elefant«, antwortete ich. Gut, ein Zwergelefant, sonst hätte er es kaum über die Hügel geschafft, aber trotzdem – ein Elefant? Und die berittene Eskorte bestand aus einem Trupp von … Frauen? Sie waren kaum zu erkennen, aber sie sahen nicht wie Männer aus. Eine von ihnen schob den Schild zur Seite, und die Menge schnappte nach Luft.

Heilige Scheiße!

»Sind das Amazonen?«, fragte Cheftu mich.

»In Israel?«, entgegnete ich auf Englisch. »Ich hatte keine Ahnung, dass es jemals im Nahen Osten Elefanten gab«, bemerkte ich. »Von Kriegerinnen ganz zu schweigen.« Doch im Hinterkopf hörte ich meine Mutter in ihrem weichen, korrekten britischen Akzent von Pygmäenelefanten aus Afrika erzählen. Gehörte Israel noch zu Afrika? Mir schwirrte der Kopf, während die Gruppe auf uns zukam. Auf dem Rücken des Elefanten schaukelte im Takt seiner Schritte eine kleine Nissenhütte.

Schon bei dem Anblick wurde ich seekrank.

Dieser farbenfrohe Zug näherte sich der Stadtmauer. »Semenchkares Audienz soll morgen stattfinden«, sagte ich. »Aber Zakar Ba'al lässt uns kaum eine Wahl, wenn er einfach so vor den Stadttoren auftaucht.«

Cheftu sah zum Himmel auf. »Es ist noch eine ganze Wache hin, ehe *Yom Rishon* beginnt«, meinte er. »Allerdings wird er eine Weile brauchen, um auf diesem Vieh über die Hügel zu kommen«, kommentierte er. Die Anhöhe war bei weitem nicht so steil wie das Kidron-Tal oder der Abhang des Hinon-Tales, doch dort hatten bereits die Ägypter ihr Lager aufgeschlagen und dabei kaum einen Durchgang gelassen. Im Norden, im neuen, noch nicht ummauerten Abschnitt der Stadt, ließen die Tsori genau wie alle Stammesangehörigen an diesem Tag die Arbeit ruhen.

»Er hat kein Glück«, flüsterte ich auf Englisch. »Er wird warten müssen.«

Nach einer Weile wurde es langweilig, die Amazonen und den Elefanten bei ihrem Zickzackmarsch durch die Hügel zu beobachten, darum kehrten wir in unser Haus zurück. Doch sobald an jenem Abend der *Shofar* erklang, hasteten wir zum Audienzraum. Neben uns eilten Soldaten die Treppen hinab, alle rannten mit fliegenden Rockschößen zum Palast. Dann platzten wir in den neuen Thronsaal.

Chaos.

Avgay'el war in Galakleidung, und ihr Haar fiel in die Hände eines Jebusi-Mädchens hinab, das sich tapfer abmühte, Daduas Gemahlin zu frisieren, während es gleichzeitig mit ihr Schritt zu halten versuchte. Dadua war von seinem Sohn nass gemacht worden, darum wischte er hektisch an seiner einschultrigen Tunika herum, während Shana nach einer neuen kreischte.

N'tan stürzte mit blutfleckiger weißer Robe in den Raum.

Shana fuhr ihr an: »Du! Was soll das? Was bist du für ein *Tzadik*, so blutverschmiert hier aufzutauchen?«

»Ich habe das Omen geworfen«, brüllte er zurück, während er sich gleichzeitig die Tunika vom Leib riss und eine andere anzog. Es herrschte eine Hektik wie im Hinterzimmer einer Modenschau!

Die Anführer der *Zekenim* zogen ihre Umhänge gerade, während überall Sklaven herumrannten, die eine Illusion von Reichtum und Wohlstand zu schaffen versuchten, und die *Giborim* einander mit Rüstungsteilen aushalfen.

Ganz im Ernst, wenn der Mann auf einem Elefanten eingeritten kam, dann würde er auf den ersten Blick erkennen, dass Dadua keineswegs reich war und wir ebenso wenig im Wohlstand schwelgten. Schließlich war er derjenige, der uns einen Palast erbaute.

Doch hier ging es vor allem um Reklame, das war mir klar.

Darum bemühten wir uns alle verzweifelt, eine Illusion zu schaffen.

Zakar Ba'al traf keine Stunde später ein. Was sah er wohl?, fragte ich mich. Wir hatten uns in Formation aufgebaut: Frauen, Kinder, Soldaten, Leibwächter und Bedienstete, alle in Rot und Gold gekleidet – in der Annahme, dass sein Gefolge, da er ja aus Tsor kam, Königsblau tragen würde.

Wir befanden uns im neuen Audienzsaal in der Oberstadt. Es war ein geräumiger, oben offener Saal, allerdings überdacht von einem Baldachin aus erst tags zuvor gefertigten Leinenvorhängen, die mit fein gearbeiteten Troddeln zusammengehalten wurden. Die Wände aus Zedernblöcken glänzten, denn sie waren während des Einbaus mit Bienenwachs poliert worden. Daduas Thron und Podest beherrschten die Bühne, während wir Übrigen uns zu beiden Seiten aufreihten. Ein blinder Musiker – warum waren die Musiker in der Antike eigentlich immer blind? – schlug in einem Winkel leise die Saiten. Es hätte mich beinahe umgehauen, als ich sah, dass Cheftu im Schneidersitz auf dem Boden hockte, bewaffnet mit Kiel und Schriftrolle. Der Schreiber Chavsha zwinkerte mir zu und schob sich dann die Schläfenlocken hinter die Ohren.

Er hatte Hiram den Baumeister zwar nicht erkannt, doch mir

war klar, dass Hiram ihn erkannt hatte. Mich hatte Hiram natürlich nicht erkannt, weil es keine bessere Tarnung geben konnte als mein rotes Haar und meine bleiche Haut. Was hatte der Mann vor?, fragte ich mich.

Während wir auf den Auftritt des Königs warteten, überprüfte ich noch einmal die Sklaven. Sie standen mit Weinkrügen und Bechern, Körben voller frischer Feigen und Trauben, eingelegten Gurken und gegrillten ashqelonischen Zwiebeln als Erfrischungen bereit.

Alles war blitzblank gebohnert, gewienert und auf Hochglanz poliert. Die Spiele konnten beginnen.

Erst traten Zakar Ba'als Amazonen ein. Sie kamen mir vor wie Komparsen aus einem Billigfilm über Irre und Außerirdische. Sie hatten kaum einen Fetzen am Leib, sie sahen phantastisch aus – aber sie hatten nur eine Brust, die genauso wie ihre Narben frei zu Tage lag.

Insgesamt waren es zwölf. Alle bauten sich breitbeinig auf, eine Hand auf die Waffe gelegt. Sie sahen aggressiv, sogar gemein aus. Und außerdem sprachen sie kein Wort, sondern verständigten sich nur mit Handzeichen untereinander. Stumme Amazonen?

Als Nächstes kamen die Diener. Sie waren gepierct und tätowiert wie Punker und beinahe nackt. Sie legten sich in gleichmäßigen Abständen zwischen den Amazonen bäuchlings auf den Boden. Gut, dass der neue Audienzsaal so groß war. In den alten Raum hätten nie so viele Menschen gepasst.

Danach traten die drei Leibdiener ein, junge Männer in Röcken aus Pfauenfedern. Dieses leuchtende Azurblau löste einen ganzen Schwall von Erinnerungen an Griechenland aus.

Die gesamte Mannschaft warf sich wie ein Mann zu Boden, als Hiram Zakar Ba'al in der Tür erschien. Wie vom Donner gerührt starrte ich ihn an. Diese falsche, verschlagene Ratte, dachte ich.

Ich sah zu Cheftu hinüber. Ihm war alle Farbe aus dem Gesicht gewichen. Er sah aus, als hätte er zu viel Kürbis gegessen; sein Gesicht war irgendwie gelblich-grün. Man hätte ihn mit einer Pfauenfeder umhauen können.

Im Gegensatz zu seiner prunkhaften Entourage wirkte Hiram

selbst eher unauffällig. Seine dunklen Locken waren kurz geschnitten, der Bart knapp gestutzt, seine Kleider wirkten fast düster, Schminke und Geschmeide hatte er nur zurückhaltend eingesetzt. Zwei Dinge bewirkten dennoch, dass er uns den Atem raubte. Zum einen trug er eine zusammengerollte Giftschlange um den Hals – keine Nachbildung aus Gold, sondern eine echte Schlange.

Zum anderen erkannte ich seine Augen wieder. Ich hatte sie erst kürzlich in seiner Maskerade als oberster Baumeister der Tsori gesehen. Was sollte das alles? Was war aus dem weißen Haar und Bart geworden? Ich verfolgte, wie er nach vorne schritt und die vergoldeten Fransen seines Schurzes leise über dem Klimpern des Musikers raschelten. Niemand aus Daduas Hofstaat sprach ein Wort, alle beobachteten ihn schweigend.

Er hatte den Blick so eindringlich auf Cheftu gerichtet, dass ich mich wunderte, wieso die Luft sich nicht entzündete.

Als ich ihn in seiner Verkleidung als Bote Hirams erkannt und als ich ihn darum gemieden hatte, hatte ich kaum glauben können, dass er immer noch am Leben war. Doch zugleich hatte ich eine leise Schadenfreude darüber verspürt, dass er gealtert war. Offensichtlich war sein Alter nur Maskerade gewesen.

Dion hatte immer noch das Aussehen und Gebaren eines … nun ja, des Fürsten der Dunkelheit. Angeblich war Satan ja das schönste unter allen Geschöpfen Gottes gewesen. Es bestand durchaus die Möglichkeit, dass Dion Satan gewesen war und es *immer noch* war.

Automatisch sah ich zu Cheftu hinüber. Sein fassungsloser Blick war auf mich gerichtet; selbst der blinde Musiker musste diese Dreiecksbeziehung bemerken. »*G'vret*«, flüsterte jemand, »die Ägypter sind da.«

Wie könnte es auch anders sein, dachte ich. »Überprüft alle Vorratskammern und füllt noch mehr Weinkrüge«, kommandierte ich, während Dions verhasste Stimme die Segenswünsche eines Königs für einen anderen rezitierten.

HaNasi hieß den Herrn über Tsor mit gewandten Worten, wenn auch kühlem Blick willkommen. Dion erkundigte sich nach der königlichen Gesundheit und erhielt die Antwort von N'tan.

Cheftu schien vollauf damit beschäftigt, den Wortwechsel aufzuzeichnen. Was er sich wohl dachte? Ich hatte immerhin gewusst, dass Dion am Leben war, aber wie mochte sich Cheftu fühlen?

Wieder entstand Unruhe am Eingang – die Ägypter –, und ein Mädchen trat ein, das den Boden mit weißen Blüten bestreute. An der Jugendlocke, den ummalten Augen und der kupferfarbenen Haut war deutlich zu erkennen, dass sie aus dem Niltal stammte.

Eine Abteilung ägyptischer Soldaten mit durch Schminke verlängerten Augen, weißen Schurzen und goldenen Rüstungen kam hinter der Kleinen herein, gefolgt von drei Priestern mit geschorenen Köpfen und Umhängen aus Leopardenfell, welche die Luft mit Weihrauch schwängerten.

In meiner Eigenschaft als Gastgeberin zählte ich die Ankömmlinge und versuchte zu überschlagen, wie viel sie wohl trinken würden. Überall huschten Sklaven herum und servierten den anwesenden – Gott sei Dank nicht vielen – *Giborim* sowie den ausgewählten Kleinkönigen, die sich Dadua angeschlossen hatten, Wein.

»Der Kronprinz Ober- und Unterägyptens! Der Ruhm des Aton in der Morgendämmerung! Er Der Sich Im Osten Erhebt, Er Der Mit Dem Aton Regiert!« Eine halbe Ewigkeit lang ließ der Zeremonienmeister die Titel in zwei Sprachen durch den Saal schallen. Noch mehr Gefolgsleute aus Hirams/Dions Entourage waren in den Raum geschlüpft, Ratgeber, Seher, Adlige, der übliche Rattenschwanz, den jeder König auf Reisen hinter sich herzog.

Und alle wollten Wein.

»Er Der Den Aton Liebt«, fuhr der Zeremonienmeister fort, »Tutenchaton!«

Um ein Haar wäre ich lang hingeschlagen. Hätte ich irgendetwas in den Händen gehabt, wäre es mir bestimmt runtergefallen. Unmöglich! Ich musste halluzinieren oder träumen oder beides. Ich schaute zu, wie ein kleiner Junge auf einem goldenen Thron in Kleine-Jungen-Größe hereingetragen wurde. Ich erkannte sein wunderschönes Gesicht auf den ersten Blick, denn schließlich hatte mich dieser Anblick durch meine gesamte Kindheit begleitet! Dies war der Kindkönig Ägyptens!

Tutenchaton? Tutenchamun? David und Tutenchaton?

Nicht einmal Cheftu würde die Bedeutung dieser Verbindung begreifen. Dieser Abschnitt der Geschichte war mir allein vorbehalten. Während die Förmlichkeiten ausgetauscht wurden, nahm ich mein Zählen wieder auf. Tutenchaton war noch ein Kind, noch nicht einmal in der Pubertät, und hatte eine hohe, aber kräftige Stimme. Dann trat er beiseite, und der Zeremonienmeister begann eine neue Litanei von Titeln zu verlesen: Pharaos Ehrentitel.

Diesmal wurde Semenchkare angekündigt.

Ich blickte wieder zur Tür. Alles an ihm glänzte golden, von dem Diadem auf dem geschorenen Kopf über die Schminke um seine Augen bis zu den … *er* hatte *Brüste*? Ich scheuchte einen Sklaven weg, der mich etwas fragen wollte, und starrte das androgyne Wesen vor mir an.

Natürlich wusste ich durch meine Schwester, dass unter den Ägyptologen des zwanzigsten Jahrhunderts umstritten war, ob Echnaton nun ein Mann oder eine Frau, hetero oder schwul, eine Transvestitin, ein Transvestit oder das Opfer einer unbekannten Krankheit gewesen war, die Männern Brüste wachsen ließ. Da Semenchkare sein Cousin war …

Aber dieses Gesicht. Die Gesichtszüge waren vollkommen unägyptisch. Seine oder ihre Nase wirkten eindeutig griechisch.

Etwas zerplatzte, und ich wandte den Blick ab. Dion alias Hiram starrte Semenchkare ebenso an, wie er vor zwei Minuten Cheftu angestarrt hatte. Ich sah auf Cheftu, der sich ganz auf seine Arbeit konzentrierte, obwohl es nicht das Geringste zu schreiben gab, da niemand ein Wort sagte.

Der Hof war sprachlos, da dieses Wesen zwar kleine, doch deutlich erkennbare Brüste hatte, zugleich aber auch eine eindrucksvolle Ausbuchtung in seinem/ihrem Schurz vorweisen konnte.

Natürlich sah ich Semenchare nur im Profil.

»Grüße des Pharao, der für alle Zeit im Aton regiert!«, sagte der Zeremonienmeister, der nun als Dolmetscher fungierte.

»Ägypten heißt Dadua ben Yesse in der Riege der Regenten willkommen.« Auch anhand der Stimme war es nicht auszumachen. Mann oder Frau? Die *Giborim* waren wie verzaubert und verunsichert. Die Amazonen ignorierten ihn/sie, und Dions Miene war keinesfalls die eines Menschen, die schon tausend Jahre lang gelebt hatte. Dazu wirkte er zu überrascht. Was sah er nur in Semenchkare?

Cheftu blickte auf, und der Mund blieb ihm offen stehen.

Ich kam fast um vor Neugier. Ich schob mich durch die Menge, um auf gleicher Höhe mit Semenchkare zu bleiben, der langsam durch den Saal schritt. Er wirkte groß, braun gebrannt und auf drahtige Weise kräftig; die Beine hatte er unter einem langen Schurz versteckt – doch die Arme waren die einer Frau?

Dadua wirkte angewidert, als Semenchkare sich seinem Thron näherte. Cross-Dressing war an diesem Hof nicht üblich. Im Gegenteil, religiöse Gesetze verboten, dass Männer und Frauen sich auf gleiche Weise kleideten. Ich huschte seitlich hinter Avgay'el, wo ich besser sehen konnte.

Vor mir stand eine als Mann verkleidete Frau. Und das Gesicht erkannte ich auch ohne schwarze Locken!

Schließlich hatte ich es selbst ein Jahr lang getragen. Der Boden sackte mir unter den Füßen weg; elegant, geschmeidig und mit eindeutig raubtierhafter Grazie trat sie vor.

Sie war Sybilla, die Seherin, in deren Körper ich damals auf Aztlan gesteckt hatte; dies war Dions Tante und der Körper, den Cheftu als meinen gekannt hatte. Gold glänzte auf ihrer dunklen Haut, während ihre mandelförmigen Augen uns bitterböse anfunkelten. »Pharao selbst hat viel zu viel zu tun, um dich zu besuchen und dich willkommen zu heißen.« Sie baute sich mitten im Raum auf.

In meinem Kopf überschlugen sich die Schlussfolgerungen. Du hast deinen eigenen Körper wieder; Sybillas Geist hat schon eine ganze Weile in keinem Körper mehr gewohnt. Der ägyptische Körper wurde in Griechenland ausgelöscht. Womit zwei Seelen und zwei Körper übrig blieben. Ich war eine davon – und steckte in meinem eigenen Körper. Womit nur noch eine Seele und ein Körper übrig blieben.

»ICH BIN sein geliebter Semenchkare.«

Der gesamte Hof schnappte nach Luft.

Die altägyptische, zeitreisende Priesterin RaEmhetepet in der Haut der aztlantischen Seherin Sybilla und verkleidet als Semenchkare, Pharaos Ko-Regent, sah den Hofstaat erstaunt an. Bitte schau mich nicht an, dachte ich. Bitte übersieh mich.

»Das ist Blasphemie!«, schrie einer der *Zekenim.* »Steinigt sie!«

Sofort wurde er von seinen Stammesgefährten zum Schweigen gebracht. Pharao zu steinigen, schlug man nicht einmal im Scherz vor. RaEm und Dion starrten einander an; mir fiel auf, dass die Temperatur im Raum gestiegen war.

Meine verschiedenen Leben hatten sich an einem Ort versammelt. Mit jeder Faser meines Körpers verzehrte ich mich nach einer Zigarette. Cheftu starrte immer noch mit großen Augen auf die beiden. Dion funkelte Semenchkare wütend an. RaEm war ... Pharao?

Herrschaftlich und vollkommen reglos saß Dadua auf seinem Thron. »Ich heiße dich willkommen, Semenchkare aus Ägypten. Um meiner Stammesgenossen und meines Gottes willen muss ich dich bitten, seinen Namen nicht auszusprechen.«

RaEm trug den blauen Helm, den Kriegshelm. Eine dünne Furche grub sich durch ihre nachgezogenen Brauen. Sie sah wirklich phantastisch aus – und wenn man wie ich wusste, was dieser Körper alles durchgemacht hatte, war das eine umso beeindruckendere Leistung. »ICH BIN mir deines Gottes nicht bewusst, *Adon.*«

Ich war beeindruckt; sie beherrschte unsere Sprache, wie sie auch immer heißen mochte: Hebräisch? Akkadianisch? Pelestisch?

N'tan lächelte gezwungen. »Der Name unseres Gottes *lautet* ICH BIN.«

Plötzlich ergab alles Sinn! Kein Wunder, dass ich nie hatte sagen können: »Ich bin.« Mit diesen Worten sagte man nicht nur etwas über die eigene Identität aus; dies war eine Aussage über die Ewigkeit, der perfekte Name für eine unergründliche Gottheit. ICH BIN war eine Umschreibung der Unendlichkeit: Ich war, was ich bin und was ich sein werde, endlos und unveränderlich.

»Wir dürfen Shadays Namen weder zum Fluchen, noch zum Schwur verwenden; ausschließlich im Gebet und in völliger Ergebenheit sollen wir ihn anrufen«, fügte N'tan hastig hinzu.

Ich musste daran denken, wie oft mir »Gott« im Kopf herumgeisterte. Drohte mir keine Gefahr, da ich seinen wahren Namen nicht benutzt hatte?

»Als eure Götter Amun-Re, Hathor, Ma'at, als diese Götter in Ägypten gegen unseren Gott standen, da fragten eure Priester nach dem Namen unseres Gottes«, erklärte N'tan.

»Amun-Re ist genauso unerkennbar«, erwiderte RaEm steif. Ich war baff, wie geschlechtslos und zugleich schön sie war. Ob alle bemerkt hatten, dass sie eine Frau war? Oder… ich war verwirrt. »Doch jetzt regiert der Aton. Und nur der Aton«, bekräftigte sie.

N'tan zuckte mit den Achseln. »Das tut nichts zur Sache, Pharao. Hier ist unser Gott als Shaday bekannt. Du wirst seinen Namen nicht im Munde führen.« N'tans Stimme klang eisern. Ich zuckte zusammen; er wollte Pharao Vorschriften machen? Mehr noch, er wollte RaEm Vorschriften machen?

Zu meiner Überraschung senkte sie den Kopf. »Ich werde mich bemühen, meinen Gastgebern Ehre zu bereiten.«

Dann dämmerte es mir: Ich war ihre Kontaktperson. Ich würde ihr von Angesicht zu Angesicht gegenüberstehen. Ich musste mich auf die Lippe beißen, um nicht laut zu fluchen.

»Was führt dich den weiten Weg vom Nil hierher?«, fragte N'tan.

»Es ist die Zeit des Tributs, Zeit, mit einem neuen Bruder in der Familie zu teilen«, sagte sie. »Und Dadua im Verbund mit Ägypten willkommen zu heißen.«

Alle blieben wie angewurzelt stehen: Ägypten verlangte eine Abschlagszahlung dafür, dass es die Stämme in Frieden ließ.

N'tan hatte sich zu voller Größe aufgebaut und sah ausnahmsweise wirklich aus wie ein Prophet. »Uns ehrt« – er klang, als müsste er die Worte hervorwürgen – »das Interesse eures mächtigen Landes, und wir werden Meine« – jetzt hustete er – »Majestät gewiss reichlich beschenken, wenn er in seine fruchtbare Heimat am Fluss zurückkehrt.«

Kühl und gefasst, von Kopf bis Fuß ein Pharao, ließ RaEm ihren Blick über die Anwesenden wandern. Sie hatte gut von Hatschepsut gelernt. »Ich werde den Sommer über eure kühlen Hügel genießen und dann freudig mit den Gaben eurer knospenden Nation nach Kemt zurückkehren.«

Nach langer Stille ergriff Dadua widerstrebend das Wort. »Ihr seid eingeladen, hier zu bleiben. Mein Palast befindet sich noch im Bau, doch wir werden alle Anstrengungen unternehmen, euch den Aufenthalt angenehm zu machen.« Mimi hätte ihm ein paar Punkte in der Gastfreundschaftsnote abgezogen, weil er es erkennbar an Enthusiasmus mangeln ließ. Doch andererseits befand sich sein Haus *tatsächlich* im Bau. »Unsere Neujahrsfeiern beginnen übermorgen.«

RaEm reckte ihr Kinn eine Spur höher. »Ich wünsche euch dazu alles Gute. Werdet ihr die Feiern begehen?«

Dion starrte RaEm wutentbrannt an und sah dann zu Cheftu hinüber. Ich hätte am liebsten laut gelacht, weil Dion annehmen musste, ich sei sie, und darum erwartete, dass Cheftu dementsprechend reagieren würde. Andererseits wusste zwar RaEm, wie ich in meinem eigenen Körper aussah, Dion hingegen nicht. Sie sah Cheftu ebenfalls an, offenkundig überrascht, dass er immer noch am Leben war, und um ihn im Auge zu behalten, falls ich irgendwo auftauchte.

Und ich durfte all diese Leute verpflegen und unterhalten.

»Die Feierlichkeiten dauern einen ganzen Monat«, führte Dadua aus. »In ein paar Wochen werden wir das Totem meines Volkes in diese Stadt bringen, wo es seine neue Heimat finden soll.«

»Ich habe von diesem Wunder gehört«, sagte RaEm.

»Dann müsst ihr natürlich bleiben«, gab er kühl zurück. »Denn du bist ebenfalls eingeladen, Zakar ba'al.«

Dion neigte den Kopf kaum merklich. Bei den Machtspielchen im modernen Wirtschaftswesen kam es oft darauf an, wer zuerst sprach. Hier setzte man die Heftigkeit und Tiefe des Nickens auf genau die gleiche Weise ein. In meiner Zeit hatte derjenige Macht, der die anderen warten ließ. Hier schien der- oder diejenige das Sagen zu haben, der bei einer Verbeugung am wenigsten den Kopf senkte.

Dadua hielt sich gut, vor allem in Anbetracht der Tatsache, dass ihm die Erfahrung seiner Mitregenten fehlte. Er war *wirklich* eine Bibelgestalt aus der Bronzezeit. RaEm hatte schon in der Welt des zwanzigsten Jahrhunderts herumgespielt. Und Dion hatte schätzungsweise das ganze letzte Jahrtausend durchlebt. Es verstand sich von selbst, dass die beiden ein geschliffeneres Benehmen an den Tag legten, doch Dadua war erkennbar ein König.

Wie war RaEm Pharao geworden? Fragen über Fragen wirbelten durch meinen Kopf.

Avgay'el berührte meine Hand und fragte mich aus dem Mundwinkel: »Ist das Abendessen bereit?«

Hysterisches Lachen blubberte in mir hoch. Sie war mit einem Unsterblichen – nein, zwei Unsterblichen – sowie drei Zeitreisenden, dem Gründer der israelischen Nation und zwölf Amazonen in einem Raum, und sie zerbrach sich den Kopf wegen des Abendessens?

»Klo-ee?«, hakte sie nach.

Jawohl, sie zerbrach sich den Kopf wegen des Abendessens.

»Dein Wille geschehe«, sagte ich im Hinausgehen.

Das Neujahr (*Rosh* – erstes; *ha* – das; *shan'a* – Jahr) begann mit dem Blasen des *Shofar.* Dann aßen alle Familien Süßigkeiten, beteten zu Shaday und bereiteten sich auf den Tag der Sühne vor.

Cheftu knackte Nüsse und aß die Kerne, während wir auf dem Balkon saßen und zuschauten, wie die Nacht den Himmel überzog. Zum ersten Mal, seit dieses merkwürdige Wesen einer RaEm-Transvestitin und Hiram der Wahre aufgetaucht waren, saßen wir in trauter Zweisamkeit zusammen.

»Sie ist Pharao?« Ich konnte es immer noch nicht fassen.

Er schnaubte.

»Hat sie dir irgendwas erzählt?«

»*Lo*, aber dazu war auch gar keine Zeit über all den Feierlichkeiten, dem Ernten, den täglichen Vorbereitungen und der Rückkehr des Totems.«

»Und er?«, hakte ich fast kokett nach.

»*Lo*, gar nichts.«

Ich legte den Kopf in den Nacken und sah zu den Sternen auf.

»Wieso sind wir hier? Was haben wir nur mit der Menschheitsgeschichte angestellt, dass RaEm auf dem ägyptischen Thron gelandet ist? Meine Schwester, die Ägyptologin, würde total ausflippen, wenn sie wüsste, was für ein Chaos wir mit dieser wahnsinnigen alten Ägypterin veranstaltet haben!«

»Gefällt es dir hier nicht?«

»Ich bin mit dir zusammen, aber ich muss zugeben, dass ich es eigenartig finde. Nichts fliegt in die Luft, niemand ist krank. Es gibt keine Brände, keine Heuschrecken. Ehrlich gesagt weiß ich nicht, was wir hier sollen.«

Er sah auf. »Vielleicht einfach leben?«

Ich seufzte ruhelos. »Vielleicht.«

»Dadua hat eben das Plateau oberhalb des tsorischen Milo erworben«, kommentierte Cheftu. Wenn ich mich ganz weit aus der Südecke des Fensters lehnte, konnte ich es von unserer Wohnung aus sehen.

»Noch mehr Land, das wir besiedeln können?«

Cheftus Blick wurde bohrender. »Gibt es denn ein ›wir‹?«

»Dich und mich«, sagte ich. »Nur dich und mich.«

Wir ernteten die Oliven, indem wir Leintücher unter den Bäumen ausbreiteten und dann mit langen Stangen an den Ästen rüttelten, bis die Oliven herabregneten.

RaEm und Dion hatten ihre Lager auf zwei gegenüberliegenden Hügeln aufgeschlagen und wechselten sich mit ihren Audienzen bei Dadua ab. RaEm wollte Gold; Dion Zugang zur Straße der Könige. Dadua gab RaEm etwas Gold, und er gewährte Dion Zugang, allerdings nur in Begleitung einer Eskorte. Dennoch blieben die beiden, während sich ihre jeweiligen Gefolge in der Stadt tummelten, auf ihren Bergen hocken, wo sie sich von der Sonne auslaugen ließen, misstrauisch jede Bewegung des anderen verfolgten und versuchten, noch mehr aus *haMelekh* herauszupressen.

Cheftu schrieb: Briefe an Abdihebas ehemalige Vasallen, in denen er Tribut einforderte; Dokumente, durch die ein richtiger Staat mit einer Regierung entstand; und Aufzeichnungen der von N'tan erzählten Geschichten. Um ihn herum erbauten die Tsori die Stadt Jerusalem.

Avgay'el war wieder schwanger. Mik'el zeigte sich überhaupt nicht mehr in der Öffentlichkeit. Der Transuse wuchsen allmählich Brüste, und irgendwie schienen auch ihre Zähne immer besser in ihren Mund zu passen. Die Sommerhitze verblasste zum Altweibersommer. Und jede Nacht ergötzte sich Cheftu daran, mich nach bestem Vermögen zu schwängern.

Es war am *Shabat*-Morgen und im Hof des halb fertigen Palastes, in dem wir uns nach den langen Geschichten und der Feier des Vorabends immer noch befanden. Die Angehörigen des Hofstaates – *Giborim*, Ehefrauen, Priester, Seher und die allgegenwärtigen niederen Adligen – lagerten wie Katzen in der Sonne. Mein Kopf ruhte auf Cheftus Knien, während wir gemächlich Trauben naschten und dem müßigen Geklimper eines Musikers lauschten.

Aus dem Palast war ein Aufschrei zu hören; Türen knallten gegen Wände, gleich darauf folgte ein zweiter Schrei. Jemand rannte, und dann trat Dadua ins Sonnenlicht. Die *Giborim* gewöhnten sich allmählich daran, ihn wie einen König zu behandeln und ihm mit jener Höflichkeit zu begegnen, die ihm zustand, dennoch brauchten wir alle ein paar Sekunden, ehe wir niederknieten.

»Ich habe von Shaday gehört«, erklärte er ohne jede Vorrede. Das war eine wichtige Nachricht; Dadua hatte schon getrauert, weil Shaday so lange geschwiegen hatte. »Er hat mir erklärt, wie ich sein Haus erbauen soll«, sagte er.

Gottes Haus? Was meinte er wohl damit? Doch keine Kirche oder Synagoge – o mein Gott. Plötzlich musste ich gegen eine Gänsehaut und den unbändigen Wunsch ankämpfen, einfach wegzurennen. Gottes Haus – auf dem Tempelberg? Ich schluckte.

Dadua entrollte ein Papyrusblatt. »Ich habe geträumt und gleich darauf die Pläne aufgezeichnet.« Er winkte uns heran und begann dann, das Haus Shadays zu beschreiben.

»Es soll aus feinster Zeder und Gold gebaut werden«, sagte er. »Ein Tempel, der sich der Welt von seiner schönsten Seite zeigt und der Shaday zugleich ein Heim gibt.«

Ich schaute auf den Plan. Verglichen mit Karnak, wo Amun-Re

verehrt worden war, oder Knossos, der Heimat der Muttergöttin, kam mir der Bau eher klein vor, doch dafür wirkte er sehr kunstvoll. »Es wird ein dauerhaftes Versammlungszelt werden«, sagte er.

Dadua deutete auf seine Zeichnung. »Der äußere Hof befindet sich hier, wo das Meer und die Feuer sind.«

Das Meer wurde durch ein riesiges Wasserbecken dargestellt. Riesig. Und es thronte auf dem Rücken lebensgroßer Bronzekälber. Die Feuer brannten oben auf stufenturmartigen Gebäuden, die als Opferstellen dienen sollten. »Dort befindet sich der äußere Hof, wo sich jene, die nicht den Stämmen angehören, aber an Shaday glauben, versammeln können, um seinem Ruhm nahe zu sein.«

Sein Finger fuhr weiter an die nächste Einfriedigung. »Hier wird sich der Hof befinden, in dem die Frauen beten können. Hier und hier«, dabei fuhren seine Finger nach rechts und links, »werden die Vorratsräume für die *Levim*-Priester sein.« Der nächste Hof war der für die Männer, dann folgte der für die Priester, doch zum Gnadenthron selbst würde allein der Hohe Priester vordringen.

»Die zwei Pfeiler vom gegenwärtigen Tabernakel werden vor dem Bau stehen. Der gesamte Bau wird aus Kalkstein und Zedernholz errichtet, und alle Innenwände werden mit Gold überzogen, in das Granatäpfel und der geflügelte Löwe meines Stammes eingeprägt werden.«

Ich sah, wie einige *Giborim* die Brauen hochzogen. Mit diesen Einprägungen traf er eine klare Aussage.

Gottes Haus. Der Tempel in Jerusalem. David erklärte weiter, dass dieser Tempel keinem bestimmten Stamm gehören würde; er wäre das Eigentum dieser Stadt, die sich wiederum in Daduas Besitz befand. Die strategische Bedeutung Jerusalems würde nicht mehr allein darin liegen, dass die Stadt die Brücke zwischen den Stämmen im Norden und jenen im Süden darstellte, hier würde auch ihre heiligste Reliquie lagern. Dadua wäre nicht nur König, er würde auch über den Glauben gebieten.

Er zeigte ein weiteres Schriftstück vor, das mit seiner leidenschaftlichen, aber unleserlichen Schrift bedeckt war. »Dies sind die Außengebäude, die Amtsstuben der Priester.« Er zeigte, wie sie durch einen unterirdischen Gang mit den tiefer liegenden Regierungsräumen verbunden werden sollten.

»Was ist das für ein Symbol?«, fragte Yoav und deutete dabei auf einen allgegenwärtigen Buchstaben.

»Mit Gold überzogen«, antwortete Dadua.

Der ganze Tempel sollte aus Gold sein.

Schweigend besah ich mir die Zeichnungen vom Tempel. Ich fragte mich, ob diese mutigen Soldaten wohl begriffen, dass dieser Bau einfach alles verändern würde. Hatten sie genug Gold mit heimgebracht, um ein solches Werk zu vollbringen?

»Was sagst du, N'tan?«

»Ganz ausgezeichnet, *haNasi*! Diese Schönheit wird Shaday gewiss gefallen. Diese Pläne sind nicht schwer auszuführen. Doch brauchen wir sehr viel Gold dafür.«

Dadua sah seinem Propheten in die Augen, bis N'tan den Kopf senkte. »Dein Wille geschehe.«

Das Fest des *Shofar* oder Neujahr zog sich bis in die Zeit des Pflügens hin, unterbrochen nur vom Tag der Sühne. Mit ernsten Gesichtern standen wir auf den Mauern, den Wehrgängen und Straßen der Stadt und beobachteten, wie ein Priester ein rotes Tuch um den Hals eines Geißbocks band.

Ein zweiter Ziegenbock wurde vor dem Totem in Qiryat Yerim geopfert, wo er alles mit Opferblut bespritzte. Diese Zeremonie hatten wir nicht zu sehen bekommen. Ein zweiter Bock, jener mit dem roten Tuch, das für die Verstöße des Stammes stand, wurde ins Hinon-Tal hinabgejagt, wo er sich von Müll ernähren sollte. Daher der Begriff des »Sündenbocks«. Der Überlieferung nach würde sich das rote Tuch auf wundersame Weise weiß färben, sobald Shaday dem Stamm die Verstöße verziehen hatte.

An diesem Tag gab es nichts zu essen. Wir badeten nicht und zogen uns nicht fein an, um auch äußerlich erkennen zu lassen, dass wir innerlich begriffen hatten, wie sehr wir uns um Gott bemühen mussten. Auch wenn Cheftu und ich nicht zu den Stämmen gehörten, befolgten wir das Ritual.

Am nächsten Morgen pflügten die Stammesbrüder wieder, und

ich gab mir weiter alle Mühe, RaEm, Dion und dem ganzen surrealistischen Chaos aus dem Weg zu gehen. RaEm wollte mehr Gold; Dion beobachtete alles ganz genau. Er hatte Cheftu nicht weiter behelligt, vielleicht hatte er sich ja geändert?

In der Abenddämmerung versammelten wir uns auf den Klang des *Shofar* hin an den Stadttoren. Dadua stand hoch über uns, sodass die untergehende Sonne einen rötlichen Kranz um seine Haare legte. Der Hohe Priester Abiathar stand auf seiner einen Seite, seine Frauen warteten auf der anderen. Ich blieb neben Cheftu.

»Gutes Volk von Jebus«, begann Dadua, »meine Freunde, meine Familie, meine *Giborim*. Überall um uns herum hängen schwere Früchte an den Rebstöcken, überall um uns herum segnet *el ha* Shaday unsere Arbeit im Lande. Um ihn zu ehren, habe ich beschlossen, dass die Stadt Jebus fürderhin einen anderen Namen tragen soll. Niemand soll sich mehr an die Götter, die Traditionen oder die blutrünstigen Rituale der Jebusi erinnern.

Heute Nacht wird Jebus als eine eigenständige Stadt unter den Stämmen wiedergeboren. Eine Stadt, für die ich und die *Giborim* gekämpft und die wir erobert haben. Sie soll Tziyon heißen. Diesen Namen hat *el ha*Shaday selbst ihr verliehen.«

Was bedeutete Tziyon?

»Sie ist nicht länger ein Teil Binyamis oder Yudas, sondern eine Königsstadt.

Die Stadt soll dem Frieden und der Verehrung Shadays geweiht sein. Ich werde ihre Tore allen öffnen, die ihre Weisheit, ihr Wissen und ihr Können mit den Stämmen teilen möchten. Aus allen Ländern sollen Künstler anreisen können, um in ihren Mauern Kraft zu schöpfen. Handwerker aus allen Stämmen sind an meinem Tisch willkommen, wenn sie uns dafür ihre Fähigkeiten lehren. Gelehrte, Schreiber und Seher seien bis in alle Zeit eingeladen, hier zu lernen, zu diskutieren und einander wie auch uns etwas beizubringen.«

Mir blieb die Spucke weg. Er versprach damit praktisch eine Bronzezeitrenaissance! Kein Wunder, dass David in die Geschichtsbücher eingegangen war. Vor allem *das* Geschichtsbuch!

Er war noch nicht fertig. »Das Viertel, das einst für seine Prostituierten und für die Läden voller Götzenbilder berüchtigt war, soll zu einer Straße der Schauspieler werden.«

Schauspieler? Doch das Lexikon in meinem Kopf klärte mich auf: *Schauspieler = Philosophen = Denker.* In dieser Sprache gab es kein Wort für etwas so Stilles wie Denken, keine Vorstellung von einer Tat ohne sichtbares Ergebnis. Es gab keine Verben, die keine Bewegung bezeichneten.

»Schon jetzt sammeln wir Schriftrollen aus allen Ländern und Kulturen, um sie hier zu lagern und sie allen verfügbar zu machen, die Wissen suchen.«

»Eine Bibliothek?«, rief ich Cheftu über den aufbrandenden Jubel hinweg zu.

Er nickte grinsend.

Dadua deutete dorthin, wo der neue Markt angelegt würde; wie die Straße der Händler verbreitert würde; wo von hier aus im wahrsten Sinn des Wortes die neuen Viertel der Stadt mit vielen neuen Wohnungen in die Höhe wachsen würden.

Tziyon würde zu einem echten Kunstzentrum werden, dachte ich. Es war ein Aufruf an alle Künstler, in diese Stadt zu kommen, die bereits jetzt aus allen Nähten platzte. »Weiter oben«, sagte Dadua, »habe ich die Tenne der Jebusi erworben, und dort werde ich die Stiftshütte und das Totem errichten. Gleich morgen.«

Der Jubel war ohrenbetäubend.

Morgen würde der Hof und das gesamte Land mit dem Karren nach Qiryat Yerim reisen, gemeinsam mit fast allen anderen Stammesmitgliedern, die so viel Zeit erübrigen konnten, und den Thron hierher eskortieren, wo er für alle Zeiten bleiben sollte. Indem Dadua den Gnadenthron hierher brachte, begründete er seine Theokratie. Regierung wie Religion würden von denselben Organen und nach denselben Gesetzen regiert.

Gleich nach dem Abendessen würden Cheftu und N'tan zusammen mit den anderen Priestern, Sehern, Propheten et cetera aufbrechen.

Da sowohl Dion als auch RaEm noch hier waren, war ich immer noch rund um die Uhr im Dienst. Semenchkare – die uns mit ihren ständigen Forderungen nach mehr nervte, sei es Essen, Wein oder Daduas Gold – und Dion – der sich abwechselnd als Hiram der König und Hiram der Baumeister kostümierte – lagerten außerhalb der Stadt. Dion verfolgte von seinem Beobachtungsposten auf dem Berggipfel aus die Bauarbeiten an der Erweiterung der Stadt; Semenchkare, RaEm, saß in ihrem Lager ihm gegenüber und dachte sich ständig neue Möglichkeiten aus, wie sie sich Dadua verpflichten konnte. Morgen Abend würde ich die Verantwortung für ein noch größeres Fest tragen – diesmal mit (gefüllten) Wachteln, die eben nach Süden zogen und daher leicht zu finden waren.

»Shaday, der uns mehr schenkt, als wir erbitten, der unerschöpfliche *Chesed* zeigt, segne euch und eure Familien. Möge er sein Angesicht auf euch scheinen lassen und euch Frieden schenken.«

Wie auf Kommando leuchteten die ersten drei Sterne am Himmel auf.

»Morgen« hatte eben begonnen.

Gemeinsam mit Zorak, Waqi und dem Baby reihte ich mich in die Parade ein. Wir gehörten zu einer größeren Gruppe, der sich auch Yoavs Frauen, Abishi und seine neue jebusische Braut angeschlossen hatten. Der Weg aus Jebus herab war gesteckt voll. Die Menschen hatten bereits ihre Standorte am Straßenrand eingenommen, wo sie Kofferraumpartys ohne Kofferraum feierten. Der Wein floss in Strömen, Musik begleitete uns auf der gesamten zwölf Kilometer langen Wanderung, und alle schienen in fieberhafter Spannung zu sein – wie am Mardi Gras, wenn auch aus dem entgegengesetzten Motiv.

Yoav und die *Giborim* standen als Ehrengarde vor den Stadtmauern, während sich auf den Wehrgängen immer mehr Menschen drängten. Je näher wir Qirvat Yerim kamen, desto größer wurde das Gedränge. Trinkende, singende und tanzende Menschen füllten die Straßen, die Hügel und Täler. Wären wir keine VIPs gewesen, hätten wir es wahrscheinlich nie auch nur in die Nähe des Totems geschafft. Trotzdem brauchten wir Stunden, ehe wir ankamen.

Dann sah ich Cheftu auf der gegenüberliegenden Straßenseite neben N'tan stehen. Er lächelte mich an und prostete mir schweigend mit seinem Weinschlauch zu. Die Menge stand vor einem scheunenartigen Bau, wo der Gnadenthron aufbewahrt wurde, seit die Pelesti ihn vor zwei Jahrzehnten zurückgeschickt hatten.

Wir warteten. Priester in vollem Ornat eilten um uns herum. Jeden Augenblick konnten nun die Tore auffliegen, und der Gnadenthron würde mit einem lauten Ruf herausgezogen. So hatte man es mir jedenfalls erklärt.

Als der *Shofar* erklang, verstummte die Menge wie ein Mann. Langsam wurde das Tor von bartlosen Lewim-Knaben aufgeschoben. Die Menschen hielten die Luft an. Shana zufolge, die mich trotz meines Status als Freigelassene immer noch für eine ignorante Pelesti hielt, hatte seit zwanzig Jahren niemand mehr dieses Totem der Stämme zu Gesicht bekommen. Selbst N'tan als *Tzadik* hatte nur ein einziges Mal einen kurzen Blick darauf geworfen.

Während dieser zwanzig Jahre waren Gerüchte und Legenden um den Gnadenthron gewuchert. Er hätte Seuchen ausgelöst, andere Götter bekämpft, die *Elohim* darauf würden darstellen, was Shaday für sein Volk empfand.

Wie das möglich sein sollte, war mir unerfindlich.

Neugierig und erwartungsvoll reckten die Menschen die Hälse. Dies war *ihr* Totem. Sie wollten es sehen, sie wollten feststellen, ob der Zauber noch wirkte, ob die Geschichten wahr waren. Es wäre eine einzigartige Waffe. Um mich herum flogen Wortwechsel hin und her, und dann wurde der Wagen herausgerollt.

Der Thron bestand aus einer rechteckigen Goldkiste. Darauf standen zwei geflügelte Wesen, *Elohim*, die einander unter den gemeinsam aufgespannten Flügeln umarmten. Vorgeblich thronte Gott persönlich zwischen den *Elohim*. Die Sonne gleißte auf der Abdeckung, jenem Fleck, an dem Shaday sich befand, wenn er bei seinem Volk war.

Ich blinzelte geblendet. War ich plötzlich in einem Monumentalfilm gelandet?

Der goldbeschlagene Karren wurde in majestätischem Trott von zwei weißen, zur Feier des Tages mit Blumengirlanden behangenen Ochsen gezogen. Allmählich überwand die Menge den ersten Schock, und der Lärmpegel stieg exponentiell an.

Der Be'ma-Thron, der Thron der Gnade. Nur dass ich ihn unter einem anderen Namen kannte, jenem berühmten Namen, unter dem er verloren gegangen war und unter dem er in unzähligen Romanen wieder ausgegraben wurde: als Bundeslade.

Wie hätte jemand zwischen den *Elohim* sitzen können? Sie waren zu eng, um – ich zog die Stirn in Falten und sah mir die goldenen Statuen genauer an. Hatten sie sich nicht umarmt? Jetzt standen sie einander gegenüber, eine männliche und eine weibliche Figur, und hielten sich an den Händen.

Ich hätte schwören können –

Die Ochsen trotteten weiter, und die Bundeslade schaukelte auf der Fläche des Karrens hin und her. Ich runzelte die Stirn; musste die Bundeslade nicht auf Stangen getragen werden? »Was ist da drin?«, fragte ich laut.

»Den *Tzadikim* zufolge«, antwortete der Mann neben mir, »liegen darin die Tafeln mit den Zehn Geboten. Die von Shadays Hand beschriebenen Tafeln. *Ha*Moshe hat sie zu Boden geschleudert –«

»Du weißt, dass er wütend war«, ergänzte jemand anderes. »Aber woher hätten sie es wissen sollen? Unsere Ahnen hatten jahrhundertelang als Sklaven gelebt.«

»Unsere Vorfahren haben ein Götzenbild angebetet.«

»Wir waren Mizra –«

»*Ach*! Seid still«, mischte sich eine Frau ein. Merkwürdigerweise verstummten alle und schauten weiter zu.

Nach einem Moment rückte der erste Mann, der etwas älter und gebildeter war, näher an mich heran, um meine Frage ganz zu beantworten. »Außerdem befindet sich darin Aharons Stab mit den Knospen, der bewies, dass *el ha*Shaday die *Levim* für alle Zeiten als Priester auserwählt hatte. Und schließlich enthält er noch einen Krug mit Manna, der Honignahrung aus der Zeit in der Wüste.«

Mein hilfsbereiter Nachbar erklärte mir außerdem, dass Gott selbst die Gewänder der *Levim* entworfen hatte: Sie sollten weiß sein, am Saum mit Glocken und Granatäpfeln verziert und weiß und golden bestickt. Dazu trugen die Priester turbanartige Kopfbedeckungen in Blau und Weiß, je nach Rang.

»Das da ist der Hohe Priester«, sagte Zorak zu uns, »Abiathar.« Der Mann schritt ernst an uns vorüber, mit in der Sonne glänzendem Brustpanzer. »Diese Steine stehen für jeweils einen Stamm«, erläuterte Zorak. Ich besah mir den Schmuck des Hohen Priesters genauer. In den metallischen Panzer waren insgesamt zwölf Edelsteine in drei Reihen zu je vier Steinen eingearbeitet.

Trinkend und lachend verfolgten die Menschen aus den Stämmen, wie die Bundeslade vorbeischaukelte.

»Der Rubin auf dem Brustpanzer steht für Ruben, der Topas für Tsimeon, der Beryll für Gad, der Türkis für Yuda, der Lapislazuli für Y'sakhar, der Smaragd für Zebulon, der Hyazinth für Efra'im, der Achat für Mana'sa, der Amethyst für Binyamin, der Chrysolith für Dan, der Onyx für Asher und der Jaspis für Naftali«, spulte Zorak hastig ab. Ich sah auf Waqi, doch die war ganz und gar mit ihrem Baby beschäftigt.

»Hast du das auswendig gelernt?«, neckte ich ihn.

»Wir müssen alles auswendig lernen.« Er sah auf die Straße. »Wir sollen eine Nation sein, die nie vergisst.«

»Sela!«, mischte sich mein Nachbar ein.

Die Menschen streuten Blumenkränze vor den Wagen und ließen Blüten und Gebete auf die Priester herabregnen. Eine Frau tanzte vor der Bundeslade und hieß Gott dabei mit derart verführerischen Gesängen und Bewegungen willkommen, dass um sie herum Jubelrufe in die Luft aufstiegen. Mit ihrem wogenden Leib, dem breiten Lächeln und ihren unmissverständlichen Gesten wirkte sie eher wie eine Heidenpriesterin als eine Verehrerin Gottes, doch das wusste ich schon? Daduas Lächeln saß wie festgeklebt auf seinem Gesicht, und der Schmuck seiner Krone und seiner Kleider stand jenem der Priester nicht nach.

Cheftu schaute der Frau zu; sie war zwar bezaubernd, doch sie erregte ihn nicht. Ihm erschien ihre Art des Feierns eher unpassend, einen lebenden Gott willkommen zu heißen. Hinter ihr sah er Chloe lächelnd neben ihrer Freundin Waqi stehen und in der immer noch heißen Sonne Wein trinken. Die Freudenstimmung war einfach ansteckend. Selbst die Priester lachten und wirkten leutselig.

Dadua fuhr hinter dem Gnadenthron in einem weiteren, mit Gold beschlagenen Karren, winkte den Menschen zu und nahm ihre Küsse sowie den angebotenen Wein entgegen. Von diesem Tag an war Jebus offiziell Tziyon, Hauptstadt der Stämme und seine eigene Stadt. Es war ein Freudentag.

Ein Tag der Götzenverehrung.

Es schien kaum einen Unterschied zwischen dieser Feier und den vielen ägyptischen Ritualen zu geben, an denen Cheftu teilgenommen hatte. Der Be'ma-Thron wurde verehrt wie eine Götzenstatue. Die Menschen waren außer Rand und Band, weil sie *ihre* Bundeslade in *ihre* Stadt überführten. Sie liefen und tanzten neben den Ochsen her.

N'tan stand an seiner Seite und beobachtete, wie der Thron vorüberschaukelte. Er sah Cheftu an. »Wieso schaust du so ernst? Ist dies nicht der Tag, an dem wir auf den Rat der Steine hin den Thron in die Stadt bringen sollten?«

»Du warst noch nie in einem anderen Land, oder?«, fragte Cheftu.

»Genauso wenig wie in einer anderen Zeit«, bestätigte N'tan und setzte den Weinschlauch an. »Wieso fragst du?«

Cheftu schaute auf die torkelnde, tanzende, trinkende Horde und begriff, dass er sich in jeder anderen Zeit und an jedem anderen Ort hätte befinden können, an dem er schon gelebt hatte. Die menschliche Natur schien sich im Lauf der Jahrhunderte nicht zu ändern. »Shaday hat euch ermahnt, euch von allen anderen abzusondern, nicht wahr?«, sinnierte er. »Um das nicht zu vergessen, solltet ihr keine bunt gewebten Kleider tragen, keine gemischten Obstgärten anlegen und nicht zulassen, dass Milch und Fleisch gemischt werden?«

»B'seder«, bestätigte N'tan ungeduldig, während sie, von den schwitzigen Schaulustigen geschoben, weitergingen. Es war ein langer Weg zurück nach Jebus oder Tziyon, doch die Freude und Ausgelassenheit ließen ihn kürzer erscheinen.

»*Ach*, nun, diese Dinge sind allesamt als Beispiel gemeint. Sie sollen euch täglich daran erinnern, dass ihr euch von den Unbeschnittenen abheben sollt, *nachon*?«

N'tan starrte lächelnd auf den Thron. »Er ist mit Gold überzogen. Er ist wunderschön, *nachon*? Wird er nicht ausgezeichnet in Daduas Tempel passen – wie der größte Edelstein in der allerkostbarsten Einfassung?«

Cheftu blickte auf den Thron und schaute noch ernster. Hatte die Truhe vorhin nicht anders ausgesehen? Die männliche und die weibliche Goldstatue befanden sich an den gegenüberliegenden Ecken des Deckels, sodass mindestens ein Meter Abstand zwischen ihnen lagen. Er wandte den Blick ab. Irgendetwas war ihm an dieser Sache vertraut, er wusste nur nicht was. Wieder traf sein Blick auf Chloes. Sie hauchte ihm über die Menschenmenge hinweg einen Kuss zu. Cheftu fing ihn auf und erwiderte ihn lächelnd. Er war überkritisch, ermahnte er sich, warum genoss er nicht einfach den Tag? Weil…

Die Prozession bewegte sich nur noch langsam voran, denn hier, kurz vor der Tenne von Kidon, dem letzten Halt vor Tziyon, kam sie kaum noch durch die dicht stehenden, grölenden Stammeskinder. Von dort aus würde es bergauf in die Stadt gehen, doch das schien den Menschen gar nicht aufzufallen. Alle Hügel im Umkreis waren in Terrassen angelegt und mit Reben besetzt, vom Rot der Granatäpfel übersprenkelt und üppig mit den Gaben des Landes bewachsen. Es war ein zauberhafter Anblick. Doch Gott hatte sie ermahnt, sich von anderen Völkern zu unterscheiden, dachte Cheftu wieder. Vielleicht –

Abrupt blieb die Menge stehen.

Etwas rutschte.

Etwas kippte.

Ein Levit rannte nach vorne.

»Lo!«, schrien die Menschen.

Mit einem lauten *Zzzzzp* schoss Feuer aus dem herabrutschenden Gnadenthron.

Der Levit stürzte schreiend und seinen Arm haltend zu Boden. »Ich verbrenne! Helft mir! Hilfe!«

Die Ochsen gingen vor Schreck durch, und der Thron kam noch weiter ins Rutschen.

Mit offenem Mund und eine Hand auf die Brust gepresst, wand sich der Priester auf der Erde.

Der Thron knallte mit einem ohrenbetäubenden Krachen auf den Boden, und Flammen schossen aus seinem Inneren.

Die Menschen flohen in einer Massenpanik, sie trampelten einander nieder, sie kreischten vor Angst, sie flohen vor ihrem Totem. Cheftu kämpfte sich zu dem Leviten vor, gegen die Strömung der rennenden Menge an, die dem Thron zu entkommen versuchte. Schließlich hatte sich Cheftu befreit und lief zu dem Mann, um an seiner Seite niederzuknien. Die Ochsen bäumten sich auf und kippten dadurch den Thron noch weiter in die Höhe, bis zwei Ecken sich in den Boden bohrten und die Abdeckung zur Seite glitt. Schreiend und kreischend warfen sich die Männer und Frauen aus den Stämmen zu Boden oder flohen vor Shadays Zorn in die Hügel.

Cheftus Hände fuhren über den Leib des Mannes, um festzustellen, was für Verletzungen er abbekommen hatte. Blutige Schaumflocken standen in den Mundwinkeln des Priesters. Die Haare standen ihm zu Berge, und schwarze Verbrennungsmale überzogen seine Brust. Cheftu schloss die blinden Augen des Toten und sah dann auf. Nur sieben Menschen – Gott sei Dank nicht Chloe –, die panischen Ochsen, das Todeswerkzeug und der Leichnam waren noch in der Nähe. Eine gespenstische Stille hatte sich herabgesenkt.

»Den Thron zu berühren bedeutet den Tod«, flüsterte N'tan. »Ich dachte, damit sei eine Bestrafung gemeint, die wir nachstellen sollten.«

»Sieht aus, als hätte Yahwe euch diese Entscheidung abgenommen«, sagte Cheftu. Der Gestank versengten Fleisches stach ihm in der Nase. Er sah zu der Kiste auf, die fast senkrecht in der Straße steckte und irreführenderweise als Gnadenthron bezeichnet wurde.

N'tan trat einen Schritt vor. »Bleib stehen«, befahl Cheftu.

»Dieser Mann –«

»*Tzadik*«, mahnte einer der noch anwesenden Priester, »du darfst den Toten nicht berühren. Du bist ein Priester.«

War das noch eine Anspielung auf die religiösen Bräuche der Ägypter?, fragte sich Cheftu.

»Was ist passiert?«, fragte Dadua fassungslos, der, gefolgt von Avgay'el, von seinem Karren angelaufen kam. Er kniete neben dem Leichnam nieder, aber ohne ihn zu berühren, starrte dem Mann ins Gesicht und warf dann einen schiefen Blick auf den Thron. »Was ist los?« Seine Frau legte ihm die Hand auf die Schulter, um ihn zu beruhigen.

»Shaday hat ihn niedergestreckt«, antwortete N'tan langsam. »Darauf steht der Tod.«

»Er hat versucht, den Fall aufzuhalten!«, platzte es aus einem Priester heraus.

»Was genau ist vorgefallen?« Dadua drehte sich zu dem jungen Mann um.

»Der Karren muss in ein Schlagloch gefahren sein.« Der Priester deutete auf den Thron. »Der Be'ma kam ins Rutschen und, und...« Sein Gesicht fiel in sich zusammen. »Er hat versucht, ihn aufzuhalten! Sonst nichts. Er war nicht... er hat nicht...« Er schlug die Hände vor das Gesicht. Dadua schloss ihn in die Arme und blickte zugleich voller Zorn über die Schulter des Jungen.

Cheftu sah auf den Leichnam und rief sich ins Gedächtnis, was genau geschehen war. Was war das für ein Geräusch gewesen? Dieses *Zzzzzp*? Der Mann war zu Boden gestürzt, hatte seinen Arm und seine Brust umklammert und geschrien, dass er verbrenne. Woher waren die Flammen gekommen? Wo der Thron auf dem Boden aufgeschlagen war, hatte er die Erde ebenfalls geschwärzt und versengt. Cheftu wich vor dem Thron zurück. Was hatte das zu bedeuten?

»Wieso sollte Shaday das tun?«, fragte Dadua. »*Ach*, er berührte versehentlich –«

N'tan antwortete ihm monoton, mit geschlossenen Augen und ausgestreckten Händen: »Wir haben Shaday und den Thron in unserer Mitte willkommen geheißen, als würde sich dabei alles nur um uns drehen.«

»Ihr habt euch wie Heiden aufgeführt.« Cheftu legte die Arme des Leichnams über Kreuz in die Sterbeposition.

»Wir haben uns gefreut!«, entgegnete Dadua zornig. »Wir waren überglücklich, ihn wieder in unserer Mitte zu haben! Wir hatten nichts Böses im Sinn!«

»Der Ägypter hat Recht«, widersprach der *Tzadik*. »Wir haben den Thron angebetet wie ... einen Götzen. Er gehört nicht uns, es ist der Sitz Gottes.«

Alle blickten auf den Thron, der, umgeben von einem Strahlenkranz versengter Erde, in der Erde steckte.

N'tan wandte sich an einen anderen Priester. »Holt ein paar Frauen, die den Leichnam herrichten sollen.«

Der Mann nickte bibbernd und mit kalkweißem Gesicht, dann rannte er los.

»Woran ist er gestorben?«, fragte N'tan und kniete neben Cheftu nieder.

»Siehst du diese Wunden?« Cheftu deutete auf die Stelle, wo der Priester die Finger in die Brust geschlagen und in sein Gewand gekrallt hatte. »Siehst du sein Gesicht? Die nach unten gezerrten Mundwinkel?«

N'tan grunzte.

»Ich glaube, sein Herz hat ausgesetzt«, erklärte Cheftu. »Hierfür habe ich allerdings keine Erklärung.« Er drehte die Hand des Toten, die verkohlte Hand um. »Oder für das Feuer. Oder warum ihm das Haar zu Berge steht. Vielleicht haben sich mehrere Sachen ereignet. Ein Schlaganfall, als er begriffen hat, dass er es berührt hatte? Oder vielleicht ...« Er drehte die Hand wieder zurück. »Ich weiß es nicht.« Er sah zu N'tan auf. »Wer war das?«

»Mein Onkel Uzzi'a.«

In diesem Moment traten Cheftu die Worte wieder vor Augen, die Bibelgeschichte vom fehlgeschlagenen Einzug der Bundeslade in Jerusalem. Wieso habe ich mich nicht früher daran erinnert?, dachte er. Vielleicht hätte ich etwas sagen, sie warnen können. Er blickte auf den Leichnam, auf die Brandmale an jenem Menschen, der nur hatte helfen wollen. Es ergab keinen Sinn.

»Was will Shaday?«, fragte Dadua in die Runde, während er in sicherem Abstand vor dem Thron auf und ab ging. »Dürfen wir unseren Gott nicht freudig verehren wie andere Völker?«

»Ganz genau«, bestätigte N'tan. »Wir dürfen nicht wie andere Völker sein.«

»Wir sollen uns nicht freuen? Nicht feiern?« Daduas Stimme schwoll an.

Seine zweite Frau sah ruhig auf den Thron. »Vielleicht sollte unsere Freude ein anderes Motiv haben.«

Cheftu hustete und hoffte, dass er das Richtige tat. »In Ägypten tragen wir unsere Totems auf den Schultern der Priester.« Er deutete auf den Thron. »Vielleicht sind ja darum diese Ringe daran angebracht?«

In jede Ecke waren oben und unten Goldringe eingelassen. Schwere Goldringe. »Wenn wir ihn auf unseren Schultern trügen, dann wären wir genau wie die Heiden«, meinte Dadua frustriert. Der Gestank verschmorten Fleisches hing immer noch in der Luft. Was hatte Uzzi'a verbrannt? Die Kiste schien aus reinem Gold zu bestehen.

Während Cheftu den Leichnam zudeckte, starrte Dadua auf den Thron und zuckte schließlich mit den Achseln. »Ich weiß es nicht«, sagte er. »N'tan?«

Der *Tzadik* schüttelte den Kopf. »Wir wissen, dass wir ihn nicht berühren dürfen«, meinte er. »Das ist uns überliefert. Wer ihn berührt, muss sterben.«

Alle traten einen Schritt vom Gnadenthron zurück, so als wäre ihnen das eben wieder eingefallen. Cheftu blickte auf die *Elohim*. »N'tan?«, entfuhr es ihm entsetzt.

»Mah?«

»Die *Elohim*?«

Der *Tzadik* sah hoch, schrie auf und warf sich gequält in den Schmutz.

Dadua blieb wie vom Blitz getroffen stehen. »Dann stimmt es also«, flüsterte er. »Wenn Gott seine Gunst von uns wendet, sieht man das den *Elohim* an.«

Cheftu starrte die Truhe mit den Figuren an, die, einander zugewandt, an den gegenüberliegenden Seiten des Deckels gestanden hatten. Nun hatten sie sich den Rücken zugekehrt. Die eingelegten Augen der Frau waren in die Ferne gerichtet. *Die Statuen hatten sich bewegt!*

Dadua sprach mit verzweifelter, brechender Stimme: »Wie kann ich es wagen, diese Kiste in meine Stadt zu bringen, wenn ich weiß, dass sie jemanden töten kann, der nur helfen möchte? Wie können wir einem solchen Gott gefallen?«

Cheftu starrte den Thron an und nahm zum ersten Mal die Feinheiten daran wahr. In die Seiten waren Darstellungen von geflügelten Löwen, Symbolen und Buchstaben, Trauben und Granatäpfeln graviert. Der Deckel lag schief auf und ließ einen höchstens fingerbreiten Spalt frei. In diesem Moment sah er etwas Schwarzes auffliegen und verschwinden. Ein winziges schwarzes Ding. Dann noch eines und noch eines.

»Der Deckel ist offen«, sagte er.

»Nur Abiathar darf ihn berühren«, warnte ein weiterer Priester.

»Holt ihn«, befahl Dadua scharf.

Immer mehr winzige schwarze Punkte sah Cheftu aus der Öffnung trudeln. Er hatte eine Gänsehaut. Was war das? Was lebte in der Bundeslade? Er war nur froh, dass Chloe sich nicht im Umkreis dieses Dinges, was es auch sein mochte, befand. Er sprühte Feuer und war verpestet. Er bemerkte, dass die Umstehenden, deren Blicke fest auf die Bundeslade gerichtet waren, beim Reden auf sich selbst einzuschlagen begannen.

Eines der schwarzen Wesen landete auf ihm, als deutlich sichtbarer Punkt auf seiner weißen Tunika. Zaghaft zupfte Cheftu das Ding ab und betrachtete es im Licht des Spätnachmittags. Ein Floh. Der Thron hatte Flöhe?

»In der Wüste hat *ha*Moshe das Gold des ägyptischen Götzenbildes zermahlen und jene, die davor getanzt und sich ehrlos verhalten hatten, davon trinken lassen«, setzte N'tan sein Gespräch mit Dadua fort.

»Aber Uzzi'a hat sich nicht ehrlos verhalten«, wandte Dadua ein. »Er wollte nur helfen und den Gnadenthron schützen. Er war kein Heide; im Gegenteil, er war ein auserwählter Priester von gutem Stand. Und doch hat Shaday ihn getötet«, sinnierte Dadua. »Lässt er uns denn gar keinen Spielraum?«

Der *Tzadik* wandte den Blick ab und schloss die Augen, als versuche er etwas in seinen Gedanken zu erkennen. »Wir glauben, unsere Beweggründe würden unsere Taten rechtfertigen«, sagte N'tan wie in Trance. »Wir glauben, wenn wir aus den richtigen Gründen das Falsche tun, wird man uns verzeihen.« Der Prophet schlug die Augen auf. »Doch dem ist nicht so. Shaday ist die Gnade, aber er ist auch die Gerechtigkeit. Letzteres vergessen wir zu oft.«

Als hätten sie ihre Namen gehört, begannen sich die Steine in Cheftus Schärpe zu bewegen. Der Stein der Gnade und der Stein des Urteils. Konnten sie ihm hierbei von Nutzen sein? Cheftu zerquetschte den Floh und gleich darauf einen zweiten.

Abithar kam die Straße heraufgeschnauft, mit geschürzten Röcken und auf mühsam stapfenden weißen Stummelbeinen. Als er den Thron erblickte, blieb er stehen. »Der Deckel ist auf«, keuchte er. »Auf die Knie, und zwar alle! Das ist Gotteslästerung! Ihr spielt mit dem Leben!«

Die inzwischen auf zwölf Menschen angewachsene Gruppe warf sich zu Boden. Cheftu hörte nur noch das Pochen seines Herzens. Als er wieder aufsah, rückte der Hohe Priester eben seinen Brustpanzer zurecht. Die Haare standen ihm zu Berge, und sein weißes Gewand war von schwarzen Punkten übersät.

Die Flöhe.

Dadua wandte sich an sie alle. »Uzzi'a soll ein Staatsbegräbnis bekommen. Es ist bitter, Shaday als Lektion für die Mitmenschen dienen zu müssen.«

Dadua ließ Vorkehrungen treffen, den Sitz in der Scheune eines ortsansässigen jebusischen Bauern namens Obed unterzubringen, bis der König entschieden hatte, was weiter geschehen sollte. »Ich kann das Leben der Menschen in der Stadt nicht aufs Spiel setzen«, sagte er immer wieder.

Zu der Gruppe am Gnadenthron hatten sich inzwischen weitere Priester gesellt, die von Abiathar angewiesen wurden, einige von Obeds Sensenstangen durch die Ringe zu stecken. Vorsichtig hoben sie die Lade an. Alle warteten gespannt, ob die *Elohim* wohl Blitze schleudern oder noch jemanden niederstrecken würden. Als nichts geschah, trugen die Priester die Lade behutsam in die Scheune hinein. Einer der Priester machte sich daran, die Sensenstangen herauszuziehen, doch Obed hielt ihn mit einer Geste zurück.

»Dann hast du aber keine Sensen mehr«, wandte ein Priester ein.

»Der Thron hat jene, die ihn berühren, mit Beulen geschlagen, *ken*?«, fragte Obed.

Dadua nickte.

»Ich werde mir neue kaufen«, sagte er. »Mein Leib ist unbeschnitten wie der meiner Angehörigen, doch wir werden den Thron eures Gottes in Ehren halten.«

»Wir werden euch welche bringen«, beeilte sich der Priester mit einem Blick auf Dadua zu sagen.

Dadua sah auf den Thron und meinte leise zu N'tan: »Können wir ihn hier lassen? Wird er sie töten?«

»Ich bin kein Anbeter Molekhs«, erklärte Obed.

N'tan sah Cheftu an, der den Kopf schüttelte. Hatte Dadua ihren Austausch bemerkt?

»*Lo*, diesem Haus wird nichts geschehen«, meinte N'tan abwiegelnd. »Wir, die wir den Thron berührt haben, werden hingegen dafür bezahlen.«

Dadua wurde fahl. »Der Tod eines Priesters reicht ihm nicht?«

»Wir haben als Nation gesündigt. Wir hatten den Befehl, uns von den übrigen Stämmen abzusondern, Gott höher zu ehren als alle Idole und Legenden und die Natur, ihn mit unserem ganzen Leben zu ehren.«

Die Erkenntnis traf Dadua wie ein Schlag. Cheftu bekam mit, wie seine Miene sich veränderte, wie Zorn und Entrüstung zu Scham und Demut verblichen. »Ich habe sie zu Heiden gemacht«, stöhnte Dadua. Wie gefällt knickte er in die Knie. »Ich habe versucht, uns zu einer Nation wie alle anderen zu machen! Ich habe sie dazu verführt zu glauben, der Thron sei nichts als ein Kunstwerk, nicht der Sitz unseres leibhaftigen Gottes!« Er pulte ein paar

Dreck- und Dungkrümel aus der Erde, die er sich in das Gesicht, in die Haare und auf sein irisblaues Gewand rieb. »Shaday, Shaday, ich habe gefehlt! Vergib mir, dass ich Deine Heiligkeit gelästert habe!«

»Bist du sicher, dass wir den Thron hier lassen sollen?«, fragte ein Priester. »Sollten wir nicht versuchen, ihn in die Stadt zu bringen?«

»Und noch mehr Menschen in Gefahr bringen, wo ich allein gesündigt habe?« Daduas Gesicht war von braunen Streifen überzogen. »*Ani haMelekh*. Ich trage die Verantwortung und die Strafe.« Tränen rannen aus seinen Augen. »Wir müssen, ich muss mehr über *el ha*Shaday erfahren. Ich muss nach Vergebung dafür streben, dass ich den Thron an den anderen Königen vorbeiziehen ließ, um sie zu beeindrucken. Ich darf nie vergessen, dass der Thron, die Hütte, unsere Rituale nicht uns, sondern Gott zustehen.«

N'tans spitze schwarze Brauen hoben sich erbost. »Du hast das aus Stolz getan? Um die Heiden aus Ägypten und Tsor zu beeindrucken?«

»Ich habe gefehlt, ich habe gefehlt!« Jetzt schluchzte Dadua ganz unverhohlen. »Ich dachte, was ich auch tue, kann nicht falsch sein, doch ich habe mich getäuscht.«

»*El ha*Shaday sieht mit mehr Liebe auf dich als je auf einen Menschen zuvor, doch er bleibt immer noch unser Gott, über allen Bergen, über dem Meer, über den Sternen«, zürnte N'tan. »Er lässt nicht zu, dass wir über ihn herrschen.«

Was heute überdeutlich geworden war, dachte Cheftu.

»Er ist unsterblich und unsichtbar; wir Erdenbürger hingegen sind nur aus Lehm geformt!« Der *Tzadik* machte auf dem Absatz kehrt und zog ab. Dadua schlug mit der Stirn auf den Dreck, wodurch er die Tiere aufschreckte, die eben weggeführt wurden, und die mitfühlenden Blicke der Priester erntete.

»*Wie der Hirsch lechzt nach frischem Wasser, so dürstet mein* Nefesh *nach Dir. Mein* Nefesh *verlangt nach Dir, Shaday, nach dem lebendigen Gott. Wann kann ich Dir ins Angesicht blicken? Meine Tränen dienen mir zur Speise Tag und Nacht, denn ich höre die Menschen fragen: ›Wo ist dein Gott?‹ An diese Worte will ich denken und meinen* Nefesh *vor Dir ausschütten. Als Jüngling zog ich mit den Stammesbrüdern und wallte mit ihnen zum Hause Gottes. Frohlockend und dankend waren wir in der Schar jener, die da feierten.«*

»Das heute war kein Frohlocken, kein Dank«, wandte ein anderer Priester ein. »Das war Habgier, wenn nicht Lust.« Er sank auf die Knie, beschmierte sein Gewand mit Dreck und rief aus: *»Mein* Nefesh *ist betrübt und unruhig in meinem Guf. Ich harre auf Shaday, auch jetzt will ich ihn loben, denn er ist meine Rettung und mein Gott.«*

Cheftu beobachtete, wie der Priester und Dadua jene Worte sprachen, die er als Psalm kannte, die ihm jetzt aber wie ein von Herzen kommendes Flehen erschienen, nicht wie eine poetische Niederschrift. *Auch wenn mein* Nefesh *betrübt ist, so will ich Deiner gedenken«,* sagte der Priester. *»Aus dem Land am Yarden bis zu den Höhen Hermons. Eine Tiefe ruft die andere im Rauschen der Fluten, und Deine Wogen gehen über mich.*

Am Tage sendet el Shaday Seine Güte. Nachts höre ich Sein Lied in mir und bete zu dem Gott meines Lebens.«

Dadua schlug sich gegen die Brust und rief, vor dem Thron auf dem Boden liegend, zum Dach auf: *»Ich sage zu Dir, Shaday, meinem Fels: Warum hast Du mich vergessen? Warum muss ich so traurig gehen, warum bin ich in Bedrängnis wie ein Feind?«*

Seine Stimme brach, als er mit hoch erhobenen Händen aufstand. Die nächsten Worte entrangen sich seiner tränenrauen Kehle und seiner zerrissenen Seele: *»Warum betrübt sich meine Seele? Was bist Du so unruhig in mir? Ich will auf Gott bauen, ich will an sein* Chesed *glauben. Ich will ihn loben, denn Er ist Gott, mein Gott.«*

Gebrochen und demütig weinte Dadua still in seine Hände hinein. Avgay'el beobachtete ihren Gemahl mit gepeinigter Miene. Hinter ihm glühte der Thron. Die anderen Priester knieten ein paar Meter hinter dem König.

Bevor Cheftu die Tür schloss und Dadua, Avgay'el und den

Thron zurückließ, warf er noch einen letzten Blick über die Schulter zurück.

Die *Elohim* umarmten sich.

Er floh.

Fünfter Teil

13. Kapitel

RaEm scheuchte den Fächerträger weg. Müßig griff sie nach einer Traube und zermalmte sie, während sie in die Sonne blinzelte. Die Stämme versteckten sich vor ihrem eigenen Gott in ihren Häusern. Sie lachte. Tuti, das kleine Balg, spielte in einem anderen Zelt, umgeben von ihr treu ergebenen Soldaten. Ihre Spione hatten bestätigt, dass der gut aussehende, arrogante Herrscher über die Stämme mit Schmutz beschmiert und von seinen Priestern allein gelassen im Dunklen saß und seinen Gott anflehte.

Und aus einem unerfindlichen Grund schenkte der König Cheftu – zum Teufel mit ihm – Gehör.

Hätte der König ganz allein im Dunklen gesessen, wäre sie vielleicht zu ihm gegangen. So aber wartete sie lieber ab. Sie hatte nicht den geringsten Grund, sich im Dung zu wälzen. Das Spielbrett lag vor ihr, die Hälfte der Spielsteine war bereits bewegt worden. Seufzend ließ sie die Hand darüber schweben.

»Ich spiele die Hunde, wenn du mir die Gunst gewährst, die Schakale zu übernehmen.«

Er sprach mit schwerem ausländischen Akzent. RaEm wälzte sich herum und sah Hiram über ihr stehen.

Er war makellos: in einen schlichten blauen Schurz gekleidet, mit ungebändigtem Haar und bis auf die Bleiglanzringe um die Augen ungeschminkt. Schlichtes, aber teures Geschmeide schmückte ihn. »Zakar Ba'al, nehme ich an?«, erwiderte sie langsam.

Sein Blick war berechnend. »Pharao Semenchkare, der Mann, der so erfreulich weiblich wirkt.«

RaEm lächelte. »Und der erfreulicherweise als Pharaos Geliebter sein Ko-Regent ist.«

»Unter anderen?« Er sah aufmerksam in ihre Augen, ihr Gesicht. Sein Blick wirkte bohrend.

»Pharao allein ist ein vom Glück begünstigter Mensch«, sagte sie.

Er starrte sie weiter an, mit einem Blick ohne jede Begierde, aber voller Neugier. »Und wie ist es mit dir?«, erkundigte sie sich. »Ziert eine Königin deinen Thron?«

Hiram lachte und verschränkte die Arme vor der Brust. »Ich habe viele Gemahlinnen, Venas Nachwuchs.« Er beobachtete sie aufmerksam. »Welcher Mann in meiner Position hat das nicht? Doch leider keine Königin. Vielleicht weil sie Pharao zuerst aufgefallen ist?«

Er flirtete zwar, aber er war nicht wirklich interessiert. Erstaunt stellte RaEm fest, dass Hiram nichts von ihr als Frau wollte. Statt beleidigt zu sein, fühlte sie sich erleichtert und ein wenig provoziert. Er deutete auf das Spielbrett. »Darf ich dich herausfordern, falls dir sonst niemand Gesellschaft leistet?«

Sie klatschte in die Hände und befahl einem Sklaven, für Hiram Kissen, Wein, Obst und einen zweiten Fächerjungen zu bringen. Bald saß ihr Hiram auf gleicher Höhe gegenüber.

»Was hältst du von den Neuigkeiten über unseren Gastgeber?«, fragte er nach den Eröffnungszügen.

»Es ist ein eigenartiges kleines Volk«, antwortete RaEm.

Hiram rollte die Stäbe aus. »Ihr Gott Shaday kennt keine Nachsicht. Ich kenne zwanzig Jahre alte Geschichten.«

RaEm beobachtete seinen Zug und warf dann ihrerseits die Stäbe. »Was für Geschichten?«

»Komischerweise hatten die Pelesti den Thron in der Schlacht erobert. Sie stellten ihn in Dagons Tempel in Ashqelon. Du hast den Tempel gesehen, nicht wahr?«, fragte Hiram.

»Nein.«

»Ein erstaunlicher Bau«, erklärte er. »Sogar unter dem Meer haben sie Gebetsräume.«

»Unter dem Meer?«

»Ganz recht, dort befindet sich eine ganze Reihe von Räumen.«

RaEm warf ihm einen skeptischen Blick zu. Hielt er sie wirklich für so blöd? »Was war mit dem Thron?« Sie zog ihren Stein und lehnte sich dann zurück. »Soweit ich weiß, besteht dieser Totem aus reinem Gold?«

»Ja.« Er sprach immer noch Ägyptisch. »Eine goldene Truhe mit zwei auf dem Deckel angebrachten magischen Engeln, die ihr als *Ushebti* bezeichnen würdet und die sie *Elohim* nennen. Zweimal stürzten sie im Tempel in Ashqelon die Dagon-Statue um.«

RaEm beobachtete seinen Zug und sah dann auf. »Wie kam das?«

»Die Sache wurde Shadays Macht zugeschrieben. Die Pelesti beschlossen, den Thron an die Stämme zurückzugeben, da er viele von ihnen umgebracht hatte.«

»Wie?«

»Durch eine Seuche mit Geschwüren?«

»Die Lade überträgt eine Seuche?«

Er zuckte mit den Achseln. »Sie erzeugt sie. Doch wie sie von der Kiste auf die Menschen übergeht, ohne dass diese den Thron berühren, weiß ich nicht. Darum ist jede Berührung verboten; und genau das ist gestern geschehen. Ich habe gehört, aus der Kiste seien Blitze geschossen.«

RaEm schlug ihn beim letzten Zug. Sie gab sich alle Mühe, nicht zu lächeln. In der Kiste waren Blitze? Bedeutete das einen Segen Hathors? Oder bewies dadurch der Aton seine Existenz?

Hiram wirkt überrascht. »Du spielst auf Sieg, Meine Majestät.«

»Du sprichst meine Sprache fließend, Zakar«, entgegnete sie. »Wie kommt das?«

»Ich habe einst die Gesellschaft eines ägyptischen Schreibers genossen«, antwortete Hiram langsam und studierte dabei angestrengt das Spielbrett.

»Genau wie ich«, gab RaEm lachend zu.

»Sag an.« Wieder schaute er sie mit seinen dunklen Augen an. »Bist du je auf die Inseln des Großen Grüns gereist?«

»Du von allen Menschen solltest die Ägypter kennen, Zakar. Um genau zu sein, vor gar nicht langer Zeit hast du Wenaton, unseren Botschafter, so herablassend behandelt, dass du ihn am Rande eines Nervenzusammenbruchs heimgeschickt hast.«

Er lachte, doch sein Blick blieb eindringlich. »Bist du in Ägypten geboren?«

»Ja, Zakar.«

»Bitte nenn mich doch Hiram.«

»Wie du wünschst.« Sie nannte ihm absichtlich nicht ihren Namen. Sie spielten fast wortlos noch ein paar Runden. Sklaven traten ein und zündeten Lampen an, brachten ihnen dann etwas zu essen und schenkten ihre Becher nach. Schließlich ließ er sich zurücksinken. »Wieso bist du hier?«

»Um mit dem neuesten König zu sprechen«, log sie glatt.

»Wir wissen beide, dass das nicht stimmt«, sagte er. »Du würdest mir Respekt erweisen, indem du mir erklärst, dass mich das nichts angeht, aber glaube nicht, dass ich mich mit einer derart stümperhaft zusammengesponnenen Ausrede abspeisen lasse.«

»Dann sag du mir«, feuerte sie zurück, »wieso du hier bist.«

Er trank seinen Wein aus, setzte den Becher ab und sah sie an. Seine Augen waren dunkel und mit langen Wimpern besetzt. Seine Gesichtszüge waren perfekt modelliert, angefangen von der geraden Nase und der hohen Stirn über das kantige Kinn bis zu den sinnlichen Lippen, den vollen Wangen, der Form seines Kopfes. Er war exquisit, er war zu schön, um wahr zu sein.

Sie vermisste Echnaton mit seinem traurig missgeformten Kopf und Körper, seinem bohrenden Blick und seiner tiefen, vollen Stimme. Obwohl er sie verstoßen hatte, begehrte sie ihn immer noch. Und genau darum verabscheute ihn RaEm, denn jetzt war ihr Leben nur noch ein Scherbenhaufen, der nie wieder gekittet werden konnte.

Hatte Horetamun seinen Auftrag erfüllt? Die Götter mochten ihr dafür vergeben, dass sie die perfekte Leidenschaft aufgegeben hatte.

Hiram war ein schöner Mann, doch ihm schien die Seele zu fehlen. Seine Augen waren ohne jeden Glanz. Er wandte den Blick ab. »Meine Pläne haben sich geändert«, antwortete er langsam. »Ursprünglich bin ich gekommen, um Dadua einen Palast zu erbauen.«

»Wieso solltest du das tun?«

»Ich habe keine Armee, um mich gegen dieses Volk durchzusetzen, darum muss ich subtiler vorgehen.«

»Du inszenierst eine Invasion von Zimmerleuten?«

Er lachte kurz. »Ich baue ihm eine Stadt, in der ich mich auskennen werde und er nicht. Sobald der richtige Zeitpunkt gekommen ist, kann ich mich mit einem anderen Herrscher verbünden und die Stadt einnehmen. Ich will Tziyon haben; mir gefällt die Lage, die Straßen, der Blick über die umliegenden Täler. Und vor allem will ich die Kontrolle über die Straße der Könige.«

RaEm konnte kaum fassen, dass er ihr einfach so seine Absichten verraten hatte. Entweder war er vollkommen unbedarft, oder er hielt sie dafür. »Treibst du Späße mit mir?«, fragte sie kühl. »Ich lasse mich nicht für dumm verkaufen.«

Wieder heftete er seine Augen auf sie und durchbohrte sie mit seinem seelenlosen Blick. »Nein, ich besitze die Kühnheit, dir meine wahren Absichten zu verraten. Wirst du mir dieselbe Ehre erweisen, Sybilla?«

»Gold«, antwortete sie knapp.

Er starrte sie lange an, dann warf er den Kopf in den Nacken und lachte. »Ich scheine in letzter Zeit den Verstand zu verlieren«, sagte er. »Du hast es immer noch nicht gemerkt – aber wie ist das möglich?«, fuhr er leise fort. »Was habe ich mir nur davon erhofft?«

RaEm sah ihn zweifelnd an. »Du hast eine Frage gestellt, und ich habe dir Respekt erwiesen und dir darauf geantwortet. Worüber lachst du?«

Schlagartig wurde er ernst. »Verzeih mir. Dadua hat Gold?«

»Er besitzt genug Gold, um das Lösegeld für einen Pharao zu stellen.« Sie lächelte knapp. »Und ich habe einen Pharao, der dringend ausgelöst werden muss.«

»Du willst also das Gold, und ich will die Stadt.«

RaEm lachte. »Genau. Vielleicht sollten wir den Thron öffnen und abwarten, bis alle Stammesbrüder umgekommen sind, dann könnte ich die Stadt einnehmen und das Gold an mich nehmen, und du hättest eine Stadt ohne Bevölkerung.«

Hiram lachte. »Wir würden ihren eigenen Zauber gegen sie einsetzen, *aii*?«

»Es wäre nicht schwer«, bestätigte sie, »die Macht zu übernehmen, solange sie geschwächt sind.«

»Wie würdest du an das Gold kommen? Die Seuche würde nicht alle von ihnen umbringen.«

RaEm starrte in den Satz unten in ihrem Becher. Die abendliche Kühle war ihr fremd, genau wie die Bäume, die Hügel, der Tau. Sie seufzte. »Wahrscheinlich bräuchten wir in Wirklichkeit einfach nur den Thron. Er besteht aus Gold, sagst du. Wir könnten ihn einfach mitnehmen.«

»Er kann aber auch töten«, wandte er ein. »Und er ist ziemlich schwer, würde ich meinen.«

»Ich brauche viel Gold, ob es nun der Thron ist oder der Schatz in *haNasis* Truhen.« Sie starrte kurz in die Ferne. »Der Thron ist ihnen wichtig. Damit könnte man sie kriegen.«

»Du würdest ihn als Geisel nehmen, um das Lösegeld für deinen Pharao zu erpressen?«

Sie stellte sich seinem Blick. »Genau. Wenn dies hier nicht nur ein Gedankenspiel wäre.«

Er nahm sein Glas und klickte damit leise gegen die Tischplatte. »Dann wären wir Verbündete … wenn dies hier nicht nur ein Gedankenspiel wäre.«

»Und warum, Zakar Ba'al?«

»Ich würde euch in die Stadt führen, wo ihr den Thron holen könntet. Ihr würdet ihn erst als Geisel nehmen, dann dafür sorgen, dass fast alle sterben, und mir danach die Stadt überlassen.«

»Ich bekäme das Gold.«

»So wie ich die Stadt.«

Sie klopfte mit ihrem Becher auf den Tisch. »Du hast Recht. Wenn dies nicht nur ein Gedankenspiel wäre, dann wären wir Verbündete.

Etwa eine Woche lang, nachdem die Bundeslade Feuer gespuckt hatte – eine elektrische Entladung, vermutete ich auf Grund der Geschichten, die mir zu Ohren gekommen waren –, blieben die Stämme in Deckung. Vor Entsetzen ließen sie das Laubhüttenfest, das Sukkoth, ausfallen. Am nächsten Tag schlief ich bereits, eng an Cheftu gekuschelt, als jemand an die Tür klopfte.

Cheftu weigerte sich aufzuwachen, doch das Klopfen nahm kein Ende. Ich quälte mich hoch, warf eine Tunika über und tappte zur Tür. »Wer ist da?«, fragte ich, ohne den Türriegel zurückzuschieben.

»Zorak«, antwortete er. »*HaMelekh* will, dass du zu *G'vret* Avgay'el kommst.«

Wozu sie so spät noch eine Hofdame brauchte, war mir unerfindlich, dennoch flocht ich mein Haar, band eine Schärpe um und schlüpfte in ein Paar Sandalen. Schweigend wanderten wir bergauf durch die kühle Stadt, an den Wachen vorbei und in das Viertel der Tsori, wo auf dem Milo der Palast erbaut wurde.

»Sie ist krank, Klo-ee«, eröffnete er mir, ehe er mich in den Frauenflügel einließ.

Dadua kniete an Avgay'els Seite, die sich unruhig auf dem Bett herumwälzte. Ihre Haare waren verfilzt, die Augen hatte sie fest geschlossen. Obwohl ich einen halben Meter von ihr entfernt stand, spürte ich die Hitze, die von ihr ausstrahlte. Blut verklebte die Vorderseite ihres Nachtgewands, Blut, das sie, mit Schleim vermischt, ausgehustet hatte.

Dies sah nicht nach einer einfachen Grippe aus. »Wie lange geht das schon so?«, erkundigte ich mich, während ich neben Dadua niederkniete.

»Ich bin aufgewacht, weil sie so heiß war«, antwortete der Prinz von Tziyon. »Normalerweise ist sie eher kühl. Und dann habe ich sie nicht wach bekommen.«

»Mein Gemahl ist Arzt«, beeilte ich mich zu sagen. »Ich kann versuchen, ihr Linderung zu verschaffen, er hingegen wird wissen, was ihr fehlt und wie man ihr helfen kann.«

»Chavsha ist Arzt? Gibt es irgendetwas, wovon dieser Mann nichts versteht?«

Ich grinste und hoffte, Cheftu würde mir verzeihen, dass ich seine Tarnung gelüftet hatte. Sofort schickte Dadua jemanden los, Cheftu zu holen.

Während der nächsten Stunde bekämpfte ich Avgay'els Fieber mit kalten Umschlägen. Sie hatte sich nicht übergeben, doch sie würgte im Schlaf. Sie war so heiß, dass ich sie kaum berühren konnte. Vielleicht gehörte sie einfach zu den Menschen, die schnell hohes Fieber bekommen? Auf dem College hatte ich mit einer Frau zusammen im Zimmer gewohnt, bei der das so war.

Das Tuch war bereits zum dritten Mal getrocknet.

Der Morgen begann zu dämmern. Mir tränten die Augen, und dann packte mich das Grauen. Avgay'el bibberte, hustete, spuckte noch mehr Blut und begann das Licht zu fürchten. Ich gab mir alle Mühe, ihr Flüssigkeit einzuflößen, doch als ich ihre Zunge sah, war es mit meiner Beherrschung vorbei.

Sie war weiß.

Bis zum Vormittag hatte sich ihr ganzer Leib mit hellgrauen Kreisen überzogen.

Was hatte das zu bedeuten? Wo blieb Cheftu?

Bis zum Nachmittag war sie mit schwarzen Quaddeln übersät und am Hals, in den Achseln und im Schambereich waren ihr grässliche Beulen gewachsen. Endlich tauchte auch Cheftu auf, blutbefleckt und mit blutunterlaufenen Augen. »Was war denn los?«, fragte ich.

»Die Entbindung von N'tans Sohn war eine Katastrophe«, antwortete er. »Seine Frau hat nicht überlebt.«

»Sie ist tot?«

Cheftu wischte sich das Gesicht ab; wenigstens waren seine Hände sauber. »*Ken.* Das Kind ist sehr schwach.« Ich trat vor, und er erblickte Avgay'el. Mein Mann erstarrte, dann kniete er neben ihr nieder, ohne sie zu berühren. »Raus«, befahl er in klarem Englisch.

»Wieso? Was? Cheftu –«

»Verflucht, Chloe, raus hier, und zwar sofort! Alle außer den Priestern sollen verschwinden! Versiegelt die Räume und lasst niemanden herein.«

So hatte er noch nie mit mir gesprochen; ich hörte das Entsetzen in seiner Stimme. Ich zögerte noch einen Augenblick. »Sie hat die Beulenpest.« Er sah mich an. Seine Augen waren weit aufgerissen, bernsteingelb, braun – und voller Angst. »Raus!«

»Ihr müsst in Quarantäne«, sagte N'tan. »Chavsha besteht darauf.«

»Das mit deiner Frau tut mir Leid«, sagte ich.

Er sah weg. *»Todah.«*

»Solltest du nicht eigentlich trauern? Ich kann auf mich selbst aufpassen, ich kann sogar selbst in Quarantäne gehen«, bot ich ihm an.

»Sie gehörte nicht zu meiner Familie«, antwortete er monoton. »Ich werde sie nicht betrauern.«

»Mah?«

»So will es das Gesetz.«

Ich wollte schon loszetern, doch in diesem Moment sah er mich an. Sein schmales, aristokratisches Gesicht war verkniffen, und unter seinen Augen lagen tiefe, graue Schatten. »Wie geht es deinem Sohn?«

Ein Lächeln zuckte kurz um seine Mundwinkel. »Er ist wunderschön, ein Geschenk Shadays.«

»Wie heißt er?« Ich fragte nicht aus Höflichkeit; ich merkte, dass ich ihn unbedingt wissen lassen wollte, wie sehr ich mit ihm fühlte und mich mit ihm freute.

»Ich werde ihm am achten Tag einen Namen geben.«

Noch mehr Bräuche, noch mehr Gesetze.

»*G'vret*, du warst genau wie Dadua in Avgay'els Nähe. Ihr beide müsst ein paar Tage von den anderen abgesondert werden, bis feststeht, dass ihr euch nicht angesteckt habt. Dein Gemahl will es so.«

Die Beulenpest. Eine erschütternde Vorstellung. Ich hatte mich mit europäischer Geschichte beschäftigt – wurde diese Krankheit nicht von Ratten übertragen? War Avgay'el etwa von einer Ratte gebissen worden? Ich wusste, dass mir das nicht passiert war, doch wenn Cheftu so viel daran lag, würde ich ein paar Tage Urlaub machen. Nachdem sich in den letzten Tagen und Wochen die Ereignisse derart überschlagen hatten, wäre das ganz angenehm.

Was die Pest betraf, irrte sich Cheftu doch bestimmt? Es gab hier keine Ratten.

»Was können wir für sie tun?«

»Ich weiß es nicht, ich habe keine Ahnung, woher sie die Krankheit hat«, sagte Cheftu. Er sah, wie Avgay'el schauderte, und benetzte ihre glühende Stirn mit feuchten Tüchern. »Und du? Wie ergeht es dir?« Cheftu konnte sich nicht einmal ausmalen, wie ihn der Verlust seiner Frau quälen musste. Eine Geburt barg große Gefahren. War er sicher, dass er Chloe, dass er ihr Leben einem solchen Risiko aussetzen wollte?

N'tan zuckte mit den Achseln. »Du zeigst keine Angst vor dieser Seuche«, sagte der Prophet. »Wie kommt das?«

»Du auch nicht«, entgegnete Cheftu.

»*Ach*, nun, über mich hat sie keine Gewalt.«

Cheftu drehte sich um und sah den *Tzadik* über die Schulter hinweg an. »Wie ist das möglich?«

»Jeder, der möglicherweise mit dem Thron in Berührung kommt, weil er unter den *Levim* dient, wird absichtlich angesteckt, damit er nie wieder krank werden kann.« Der Priester krempelte den Ärmel hoch und winkte Cheftu heran. Dort, in N'tans haariger Achselhöhle, war eine kaum zu erkennende Narbe gewachsen – eine Pestnarbe.

»Ihr wisst, dass der Thron den Tod bringen kann?«, fragte Cheftu fassungslos.

»*Ken*, und das ist einer der Gründe, warum nur die Priester Levis in seine Nähe dürfen. Nur sie werden schon als Kinder angesteckt.« Er ging neben Avgay'el in die Hocke. »Sie muss ihm zu nahe gekommen sein.«

»Was können wir für sie tun?«, fragte Cheftu. »Ohne Hilfe wird sie sterben.«

N'tan sah ihn mit dunklen Augen an. »Wir können für sie beten, unser Wort für sie einlegen.«

Wie konnte er noch an Gott glauben, nachdem eben erst seine Frau gestorben war? »Es gibt keine Medizin dagegen? Keine Kräuter?«

»Wir müssen ihr Fieber senken.« N'tans Hand legte sich auf eine der prallen, blutgefüllten Beulen an ihrem Hals. »Sie war eine so schöne Frau. Was für eine Tragödie.«

Was für eine Ironie, dachte Cheftu. Diese Seuche würde im vierzehnten Jahrhundert ein Viertel der europäischen Bevölkerung auslöschen, doch die Leviten infizierten ihre Kinder absichtlich damit. Damit sie überlebten. »Was macht die Lade so gefährlich?«, fragte er.

N'tan zuckte mit den Achseln. »Die Macht *el ha*Shadays.«

Cheftu badete Daduas Weib in eisigem Wasser und unternahm alles, um ihren Leib zu kühlen. Das Fieber war so hoch, dass ihr das Haar büschelweise ausfiel. Immer wieder hustete sie Blut und sank dann in tiefen Schlaf zurück. Auch wenn er sich dabei wie ein Großinquisitor vorkam, zwang er sie zu trinken, obwohl sie kaum schlucken konnte, und ließ sie immer weitertrinken, trotz ihrer Proteste, dass sie keinen weiteren Schluck mehr aufnehmen könne. Doch sie trank, sie urinierte und trank dann noch mehr. Würde er die Krankheit aus ihrem Körper spülen können? Wie hatte sie sich überhaupt angesteckt?

Sie hatte die Bundeslade nicht einmal berührt. Nur auf eine einzige Weise konnte die Krankheit vom Thron in ihren Leib gelangt sein...

Durch die Flöhe.

Man hatte mich schon öfter eingesperrt. Der einzige spürbare Unterschied war, dass man mich diesmal nicht in die Zelle gestoßen hatte und dass man mir zu essen gab. In jeder anderen Hinsicht war dieser unterirdische, von einer mickrigen Lampe erhellte Raum genau wie alle anderen Gefängnisse.

Die Pest?

Ich hatte bereits zwei oder drei Tage lang müßige Nabelschau betrieben, als Dadua sich zu mir gesellte. Nicht mal für einen Espresso und ein Päckchen Camels hätte ich schneller reagiert. Zufällig war ich gerade dabei, Selbstgespräche oder eher Gespräche mit Gott über die Absurdität des Lebens, die Freiheit und die Suche nach dem Glück zu führen. »Ist unser Leben nur ein Spiel?«, fragte ich eben laut, um Dampf abzulassen. »Wir werden von einer Zeit in die nächste verschleppt und in Situationen geworfen, wo uns nichts anderes übrig bleibt, als das zu tun, was du sagst!« Ich starrte dem Unbekannten ins Gesicht. »Haben wir denn gar keinen freien Willen mehr?«

»Was für eine Sprache sprichst du da, *Isha*?«

Ich wirbelte herum. Keine dreißig Zentimeter hinter mir stand der Bezwinger Goliaths, der poetische Psalmist Israels, der x-fache Urgroßvater Jesu. »Mein, mein ... *Adon*«, verbeugte ich mich hastig.

»Wie geht es dir?« Er blickte sich um. »Hier ist es ja muffig wie in einem Gefängnis«, stellte er fest. »Wie viele Tage müssen wir hier ausharren?«

Ich merkte, wie ein eigenartig friedliches Gefühl sich meiner bemächtigte. Strahlte Dadua etwa ein Kraftfeld aus? »Ich weiß es nicht. Wie geht es Avgay'el?«

Dadua seufzte. »Sie weilt noch in diesem Leben, doch sie ist sehr krank.«

»Ich leide mit dir.«

»Sie ist eine gute Frau, eine bessere, als ich verdient habe«, meinte er nachdenklich. Er lehnte sich gegen die Mauer und ließ sich dann auf den Strohhaufen mir gegenüber sinken. »Was hast du Shaday eben gefragt?«

»Du, du hast mich verstanden?« Ich war schockiert. Mehr als schockiert.

Er lachte kurz. »Nicht die Worte, *lo*, aber den *Nefesh* dahinter, *ken*. Ich erkenne den Tonfall wieder.« Er sah mich an, ein Rosetti mit Leidensmiene. »Was hast du ihn gefragt?«

Warum sollte ich nicht David fragen? Ich meine, wenn jemand

Gott kannte, dann doch er, oder? Ich fuhr mit der Zunge über meine Lippen und kämpfte ein hysterisches Lachen nieder. Ich würde mit dem König Israels plaudern und gleichzeitig abwarten, ob ich die Pest bekam. Mannomann, das Leben konnte ganz schön verrückt sein. »Ich wollte wissen, ob ich immer noch einen freien Willen habe.«

»Weil du Sklavin warst?«

Instinktiv fasste ich an das Loch in meinem Ohr, jenes Loch, an das ich kaum mehr dachte. Fast hätte ich »Nein« gesagt, doch dann begriff ich, dass ich als Zeitreisende tatsächlich eine Art Sklavin war – je nach Blickwinkel. »Zeitweise«, antwortete ich.

»Wir sind alle Sklaven«, sagte er.

»Wie kannst du als König so etwas sagen?«

»Soll ich dir eine Geschichte erzählen?«

»B'seder.«

»Ich habe etwas Wein mitgebracht.«

Er schenkte zwei Becher voll. Ich war wie geblendet von seiner Gesellschaft; er war wahrscheinlich krank vor Sorge um seine Frau.

»Ein König ist ebenfalls ein Sklave«, erklärte er. »Als ich noch nicht König war – tatsächlich war ich auf der Flucht vor dem Zorn des Königs und musste mich in den Höhlen von Abdullum verstecken –, da erwähnte ich an einem heißen Tag, wie gerne ich Wasser, kühles, erfrischendes Wasser, aus dem Brunnen im Garten meines Vaters trinken würde.«

»Ken?«

»Damals lag der Garten hinter den Linien des Feindes. Dorthin zu gelangen war gefährlich, und zurückzukehren noch gefährlicher.«

»Hattet ihr kein Wasser?«

»Das ist es ja. Wir hatten Wasser. Ich sehnte mich zurück nach der Sicherheit meines Heimes, nach der Labsal, mit meiner Familie zusammen zu sein, nach den Jahren, bevor all das begonnen hatte. Dies war der Grund, weshalb ich mir Wasser aus genau diesem Brunnen wünschte.« Er seufzte. »Nun denn: Zwei meiner

Giborim schlichen durch die feindlichen Linien, schöpften Wasser und kamen zu uns zurück.

Es war ein kostspieliger Ausflug. Die beiden waren in Blut gebadet, denn sie mussten mehrere Menschen töten, um an das Wasser zu kommen.« Dadua fuhr sich mit der Zunge über die Lippen. »Ich fühlte mich so elend, ich hatte solche Angst.«

Dass er sich elend fühlte, konnte ich verstehen, doch warum hatte er Angst? »Wieso?«

»Ich hatte leichtfertig gesprochen. Nur deswegen waren sie ein Wagnis eingegangen, das sie fast mit dem Leben hätten bezahlen müssen. Nur wegen meiner Unverfrorenheit!«

»Es waren erwachsene Männer, sie haben die Entscheidung selbst gefällt«, wandte ich ein.

»*Ken*, doch sie haben sie meinetwegen gefällt. Damals habe ich zum ersten Mal begriffen, dass ich Macht ausübe.« Er leerte in einem langen Zug seinen Becher. »Die Macht versklavt einen Menschen ebenso sehr wie jeder Ring, den du jemals in deinem Ohr getragen hast, *G'vret*.«

»Und wie verhält es sich mit der Sklaverei durch Gott?«, fragte ich. »Woher weißt du, dass du immer das Richtige tust?«

»Das Richtige?«, wiederholte er. »Wenn du keine Götzen anbetest, wenn du deiner Familie, deinem Stamm, Shaday gegenüber treu bist…« Er verstummte. »Was bleibt außerdem noch ›Richtiges‹ zu tun?«

Ich klappte den Mund auf, um ihm etwas zu entgegnen, doch mir fiel keine Erwiderung ein. War es wirklich so einfach?

»Meine Mutter stammt aus diesem Land, sie ist eine Cousine, deren Vater nicht nach Ägypten gezogen war«, sagte er. »Diese Menschen folgen nicht den Gesetzen, die uns, den Stämmen, gegeben wurden. Für sie ist alles ganz einfach. Sie braucht sich kein Kopfzerbrechen über den Thron, über die Reinlichkeit oder *Hal* zu machen. Weil sie nicht auserwählt sind, fordert Shaday nur drei Dinge von ihnen.«

»Und zwar…?«

»Sie sollen Gerechtigkeit üben, die Gnade lieben und jeden Tag ergeben unter Shaday gehen.«

»Das ist alles?«, fragte ich.

»Sie sind nicht auserwählt, darum wird ihnen weniger abverlangt.«

»Und den Stämmen wird mehr abverlangt, weil sie auserwählt sind? Wieso das denn?«

Seufzend schenkte sich Dadua noch einen Becher Wein ein. »Auserwählt zu sein ist ein Extrem, *b'seder*?«

Ich nippte an meinem Becher und bemühte mich, seine Worte zu begreifen. Offenbar spürte er meine Verwirrung, denn er wurde noch deutlicher. »Auserwählt zu sein bedeutet, dass man von den Übrigen abgesondert wird, dass man kein Teil der Menge mehr ist, sondern ein Einzelwesen.« Er ließ ein Lächeln aufblitzen. »Normalerweise wird man zu einem guten oder schlechten Zweck aus einer Gruppe ausgewählt. Nimm zum Beispiel eine Opferung.«

»Die Schafe und Ziegen?« Ich musste an den Sündenbock denken, der jetzt draußen vor dem Tor auf der Müllhalde leben musste.

»*Ken.* Sie werden ausgesucht, als Beste ausgewählt, um ihr Blut für uns zu vergießen. Diese Auslese geschieht in einer höchst frommen Absicht, aber sie bedeutet für die Schafe nichts Gutes, *nachon*?«

Ich lachte. »*Nachon.*«

»Oder eine Gruppe von Arbeitern. Derjenige, der ausgesucht wird, ist entweder der Beste der Gruppe oder der Schlechteste, *ken*?«

Ich nickte.

»Siehst du?«, sagte er achselzuckend. »Wir sind auserwählt, wir sind in einer bestimmten Absicht augesucht worden. Manchmal, um den anderen ein Vorbild zu sein, um zu zeigen, wie es sein sollte. Manchmal, *ach*, dienen wir aber auch als abschreckendes Beispiel. ›So soll es nicht sein‹, will Shaday den anderen Völkern damit sagen. ›Jetzt dürft ihr sie nicht beachten.‹«

»Und was hat das –«

»Mit Sklaverei zu tun?«

»*Ken?*«

»So wie die Schafe dem Hirten gehören und ausgesucht werden, um verzehrt oder geopfert zu werden, und so wie die Arbeiter dem Aufseher gehören und ausgewählt werden, um befördert oder entlassen zu werden, so gehört ein Sklave seinem Besitzer.« Dadua kippte seinen Becher Wein hinunter. »Wir sind Sklaven. Shaday ist unser Besitzer.« Er streckte die Hand aus. »Die Felder und Hügel gehören nicht uns.« Er rülpste. »Sie gehören Gott. Alle fünfzig Jahre fällt das Land, wer es auch gerade besitzen mag, zurück an den allerersten Eigentümer aus der Zeit, als die ersten Stammesbrüder hier Land erwarben. Dadurch sollen wir daran erinnert werden, dass wir hier nur Pächter sind.«

Er goss Wein in meinen leeren Becher. »Durch unsere eigene Klugheit haben wir es hierher geschafft, sie gibt uns Nahrung, Kleidung, ein Heim und Schutz, *ken*, doch nur weil Shaday das zulässt. Wenn wir seine Gesetze brechen, wird er uns töten.« Dadua lachte freudlos. »Ganz offensichtlich, *nachon*?« Er schüttelte den Kopf. »Dann wird uns das Land ausspucken. Und deswegen müssen wir jeden Verstoß ahnden.«

Avayra goreret avayra, spukte es mir im Kopf herum. »Ist es ein Segen oder ein Fluch, auserwählt zu sein?«, fragte ich.

Ich hatte mehrere Wendepunkte der Geschichte miterleben dürfen. War das nun ein Segen oder ein Fluch? Und dass ich hier saß und mit dem Verfasser der Psalmen theologische Fragen diskutierte: War das ein Segen oder ein Fluch?

Er lachte und schenkte sich den nächsten Becher Wein voll. »Als wir als Könige in Ägypten lebten, war es ein Segen. Als wir als Sklaven in Ägypten lebten, war es ein Fluch.«

»Also ist es ein Segen, solange ihr die Herrscher seid?«

»*Lo*, auch als wir selbst über uns Volk herrschten, haben wir uns manchmal verflucht. *Lo*, ob Segen oder Fluch hängt davon ab, was wir von Shaday glauben. Wenn Er uns straft, damit wir uns richtig verhalten, weil das uns und dem Land Gewinn bringt, dann kann selbst ein Fluch ein Segen sein.«

»Ich glaube, ich bin zu betrunken, um dir noch folgen zu können.« Mir schwirrte der Kopf. Ich blickte in meinen Becher, bis auf den Grund, und fragte mich, ob ich wohl schon arg lallte. »Es steht euch also frei zu entscheiden, ob der Becher halb voll oder halb leer ist?«

Er sah überrascht auf den Becher in seiner Hand. Dann lachte er. »*Ach*, weil der Weinpegel unverändert bleibt, sondern sich nur unsere Wahrnehmung ändert? *Isha!* Das ist eine gute Lehre!«

Ich dankte im Stillen den unzähligen Lebenshilferatgebern, in denen ich das gelesen hatte.

Dadua streckte sich. »Wir sind alle Sklaven, *G'vret*. Du bist möglicherweise eine Sklavin Shadays, weil du, ohne dass du es dir ausgesucht hättest, auf eine bestimmte Weise oder an einem bestimmten Ort leben musst. Doch du bist frei, wenn du dich nur dazu entscheidest.«

Am nächsten Tag erhielten wir die gute Nachricht, dass Avgay'el zwar schwach, doch immer noch am Leben war. Die zweite gute Nachricht war, dass die Krankheit, falls Dadua und ich uns angesteckt hätten, bereits hätte ausbrechen müssen. Die schlechte Nachricht war, dass ich den schlimmsten Kater meines Lebens hatte – von einem Besäufnis mit dem König von Israel.

Und schließlich hatte man einen neuen Termin für das Sukkot festgesetzt, das auf Grund der feuerspeienden Bundeslade verschoben worden war. Zorak, der mich aus meiner Zelle befreite, erklärte mir, dass wir während des Festes alle im Freien und in Zelten leben würden, die mit den vier Arten dekoriert seien.

»Und diese Arten wären …?«, fragte ich, während wir durch das Labyrinth dem Licht entgegenwanderten. Als wir oben ankamen, gingen mir die Augen über, denn wir befanden uns oberhalb der Stadt und blickten auf das Milo und die Stadttore hinab.

»*Ach*«, fluchte Zorak. »Ich muss irgendwo falsch abgebogen sein.«

Ich blickte über meine Schulter und schnappte unwillkürlich nach Luft. Die Stiftshütte?

»*G'vret*«, sagte Zorak, »ich muss dich wieder nach unten bringen. Ich weiß nicht, in welchem Hof wir hier sind.«

Wir befanden uns innerhalb der aus Stoff bestehenden Einfriedung, nur wenige Schritte von jenem Zelt entfernt, in dem eines

Tages die Bundeslade aufbewahrt würde. Gierig sog ich jedes Detail auf. Die Wände bestanden aus gewebten Stoffbahnen und waren an Stangen befestigt, die eine Art Umzäunung für das Versammlungszelt bildeten. Zu beiden Seiten der bronzenen Meere, die Dadua uns auf seinem Plan gezeigt hatte, waren mannshohe Kerzenständer aufgebaut. In der Mitte stand die grellbunte Stiftshütte, deren Front mit violetten, blauen und roten Streifen gemustert war. Davor erhoben sich zwei Säulen, die einzigen festen Bauten in der Nähe. Sie waren dick wie Mammutbäume und oben mit einem Fries von Granatäpfeln und Trauben ausgekehlt.

Ein Wind fuhr über das Plateau; automatisch bückte ich mich, um meine Schuhe auszuziehen. Im Jerusalem des zwanzigsten Jahrhunderts stand auf dem Tempelberg der Felsendom. Mein Vater hatte mir erzählt, dass streng religiöse Juden den Tempelberg nicht betraten, da sie nicht wussten, wo genau sich der Altar befunden hatte und sie nicht unabsichtlich auf diese Stelle treten wollten. Jetzt begriff ich, was sie empfanden. Schrecken, Freude, Ehrfurcht.

Gottes Berg.

Wie waren wir hierher gekommen?, fragte ich mich, während Zorak mich die Treppe hinuntergeleitete, die direkt von den städtischen Kalksteingruben in den Innenhof um die Stiftshütte führte – dort wo einst der Tempel stehen würde.

Wieder landeten wir am falschen Ende, doch schließlich erreichten wir, schon im Dunkeln, die Straßen der Stadt. »Wann wird das Fest beginnen?«

»Sieh doch, *G'vret*, es hat bereits begonnen.«

Und tatsächlich gab es überall in der Stadt aus Palmblättern zusammengeflickte Unterstände, aus denen der Schein der Lampen die Nacht durchflocht. Plötzlich fühlte ich mich unsagbar einsam. »Ist dies schon wieder so ein Fest, bei dem die Männer nach Qiryat Yerim ziehen?« Ich merkte, wie sehr ich Cheftu vermisste.

»*Lo*, Klo-ee, von nun an befindet sich die Stiftshütte hier, daher werden die Feierlichkeiten ebenfalls hier stattfinden. Morgen findet die Prozession statt, mit der die acht Tage offiziell beginnen.«

Wir wünschten einander Gute Nacht, und ich stolperte hungrig, schmutzig und sehnsüchtig heimwärts. Mein Mann wartete mit einem warmen Essen, einem warmen Bad und offenen Armen auf mich. Ich genoss eines nach dem anderen, wenn auch nicht in dieser Reihenfolge.

Der *Shofar* verkündete den Beginn der Feiern. Gesänge wehten durch mein Fenster herein, was an und für sich nicht ungewöhnlich war, in dieser Lautstärke allerdings schon. Auf den Straßen drängten sich die Menschen, die Angehörigen der Stämme aus der Umgebung, die allesamt dem Hügel oberhalb der Stadt entgegenzogen. Von hier aus konnte ich auch die Stiftshütte ausmachen, die Gottes Allmacht abschirmte.

Nach den Vorfällen der letzten Woche fühlten wir uns unter einem solchen Schutz wohl alle sicherer. Innerhalb des Geländes stand das kleinere Zelt, Gottes Heim. Das warme Licht des Sonnenuntergangs strahlte auf den Tafelberg und überzog ihn mit flüssigem Gold. Mit Früchten beladene, blumengeschmückte Ochsen und Esel wurden zum Zelt hinaufgeführt. Nebenher eilten, mit Kuchen und Ölkrügen vollgepackt, die Stammesangehörigen, deren Freude nur durch die Furcht gedämpft wurde, ob ihre Gaben wohl angenommen würden.

Irgendwie musste es ganz angenehm sein, sofort zu erfahren, ob Gott einem wohl oder übel gesonnen war. Falls der Regen einsetzte, meinte er es gut. Falls nicht, dann nicht. Man brauchte sich nicht zu verstecken, man brauchte sich keine Fragen zu stellen, man brauchte nicht lange zu bangen. Andererseits wirkte eventuelle Reue nicht spontan ertragssteigernd. Niederschlag und Bodenqualität bestimmten die Fakten. Wo die Bundeslade mit ihrer zerstörerischen Sprengkraft dabei ins Spiel kam, war mir unerfindlich.

»Hosianna!« Singend zog die Menge an uns vorbei, denn wir waren Heiden und nicht in Gottes Nähe zugelassen. Sie veranstalteten einen ziemlichen Lärm; oder vielleicht war ich zum ersten Mal während meiner Reisen durch die Zeit wirklich ein Teil der Menge. Dass ich es *wirklich* hörte, war unwirklich. Bevor wir wussten, wie uns geschah, wurden Cheftu und ich von der Prozession mitgezogen und von der wandernden, aufgeregten Menge aufgesogen. Mit festem Schritt und im Rhythmus der Gesänge marschierten wir bergauf, bis wir alle oben auf der Bergkuppe standen.

Der Wind war stärker und kälter geworden; er peitschte über uns hinweg. In einem wellenförmigen Muster verstummten die Menschen, denn ein Gefühl von Jenseitigkeit überkam uns. Von dieser Anhöhe aus konnte man über alle Hügel rund um Tziyon und über die gesamte Stadt blicken. Wir waren über den Rest der Welt erhöht, wir befanden uns auf der Ebene, die Jerusalem darstellte. Über uns waren nur noch die Sterne.

»Wir sehen die Welt so, wie Gott sie sieht«, flüsterte Cheftu, kurz bevor wir in Männer, Frauen und Ausländer aufgeteilt wurden.

Überall um uns herum bedeckten die Frauen ihr Haar. Durch die Menge hindurch sah ich die von tausend Fackeln erhellte Stiftshütte. Die Männer ließen die Frauen und Kinder außerhalb der Stoffmauern zurück und betraten gottgeweihten Boden.

Ich drängte durch die Menge nach vorne, näher an die Bespannungen hin, bis ich das eingewebte Muster von Granatäpfeln und geflügelten Löwen erkennen konnte, bis ich das Konzert klingelnder Glöckchen hören konnte. Die Musik der Glöckchen an den Säumen der Priesterroben.

Es fragte mich niemand, warum ich zu weinen begann. Es war kein trockenes Schluchzen, über mein Gesicht strömten die Tränen. Ich war *hier*, aus welchem Grund auch immer. Ich durfte all dies beobachten. Hatte ich es mir so ausgesucht? Oder war ich dazu ausgesucht worden? Sollte ich mein Glück preisen? Oder hatte ich Pech gehabt? Was würde noch von mir verlangt werden, oder sollte ich fortan ein ganz gewöhnliches Leben führen? War das Drama meiner Zeitreisen zu Ende? Es war bereits Oktober, und wir hatten immer noch kein neues Portal gefunden. War es uns bestimmt, hier zu bleiben?

»Wieso immer nur die Männer?«, zischte eine Frau hinter mir.

»*Ach*, Dvorka, hör auf zu klagen.«

»Ich frage ja nur. Immer bekommen die Männer Jahwe zu sehen. Wieso nicht wir? Schließlich lastet auf uns der Fluch des Gebärens!«

Ganz offenbar gehörten diese Frauen den Stämmen an und waren keine Jebusi, die sich über morgendliche Übelkeit freuten.

»Psst. Das Gebären ist ein Segen.«

Dass man sie zum Schweigen bringen wollte, ließ die Frau nur noch lauter werden. Sie schnaubte. »Erzähl das mal meinen Hüften! Seit Yohans Geburt sind sie so breit, dass die eine inzwischen in Y'srael ist und die andere in Yuda!«

Ich musste mir auf die Zunge beißen, um nicht laut zu lachen.

»Du nennst das einen Segen? Mein Yuri meint, er kann mich innen nicht mehr spüren! Er behauptet, es würde sich anfühlen, als würde er eine Grotte lieben! Und das nennst du einen Segen?«

»Psst. Ich glaube nicht, dass du im Angesicht Gottes von deinen Ehegeschichten sprechen solltest.«

»Gott? Wie? Weiß er etwa nicht, was zwischen Mann und Frau passiert? Er weiß das nur zu gut! Er weiß genau, warum Lilith nicht bei Adama blieb.«

Der Hohe Priester kletterte auf ein Podest, von dem aus die Edelsteine auf seiner Brust in allen Farben über die Männer schillerten. Alle konnten ihn sehen. Sein Auftritt brachte die Frauen hinter mir zum Schweigen; die Autorität seines Amtes ließ jeden verstummen. Ernst und feierlich sprach er seine Gebete. Ich konnte mir vorstellen, dass die Priester ein wenig nervös waren. Im Chor sagten wir: *»Sela.«*

»Warum sind also keine Frauen im Zelt?«, zischte die Frau hinter mir. »Können wir etwa weniger gut Gebete nachsprechen als die Männer?«

»Wir sind nicht dort, denn wer würde sich sonst um die Kinder kümmern?«

»Und ihre Väter können das nicht?«

Die andere Frau erwiderte nichts darauf; es kostete mich einige Beherrschung, nicht den Kopf zu drehen, um den Blick zu sehen, mit dem sie ihre Freundin höchstwahrscheinlich bedachte. *»B'se-*

der. Das war eine dumme Frage«, gab die Frau zu, die sich so laut beschwert hatte.

Der Priester sagte etwas, und auf einmal reichten die Menschen Speisen nach vorne durch. Vor uns stieg ein Mann die stufenpyramidenähnliche Treppe hoch, und wir sahen zu, wie er einem Schaf die Kehle durchschnitt. Mir wurde ein bisschen flau im Magen – doch immerhin war es kein lebendes Baby.

Wir reichten die Opfergaben nach vorne durch: Brotlaibe, Ölflaschen, Weinschläuche, Honigtöpfe.

»Die Männer könnten das also nicht?«, löcherte die Frau hinter mir ihre Freundin.

»Du würdest deinem Yuri zutrauen, deine Brote zu backen und dafür zu sorgen, dass sie unbeschadet zum Allmächtigen gelangen?«

»Er bringt die Schafe zu Shaday«, entgegnete sie.

»Die Schafe brauchen nur zu sterben, wenn sie hier ankommen«, sagte sie. »Dazu brauchen sie nicht in makelloser Verfassung zu sein.«

»Ach ja, und meine Brote müssen wohl vor dem Allmächtigen tanzen?«

»Lieber sie als Yuri!«

Beide unterdrückten ein Lachen. Auch ich musste mir ein Grinsen verkneifen.

Priester mit Kegelhüten und weißgoldenen Schurzen bliesen in die *Shofars*. Die Männer sangen mit dröhnenden Stimmen, bis der Berggipfel selbst zu beben schien. Doch wie auf einen Schlag verstummten alle. »Ein Zeichen!«, rief jemand aus. Wir reckten unsere Hälse. Abiathar, der Hohe Priester, fiel auf die Knie.

»Was ist denn? Was gibt es denn zu sehen?«, fragte die Frau hinter mir. Jeder versuchte auszumachen, was sich vorne abspielte. Der Hohe Priester hatte nicht wieder aufgesehen, doch das Flüstern wehte durch die Menge wie ein Wind, der in einem Weizenfeld die Ähren zum Rauschen bringt. Als es zu mir gedrungen war, gefror mir das Blut in den Adern:

Der Sündenbock war wieder da, er war den Hügel heraufgeklettert und in die Umfriedung getrabt.

Und die Schärpe um seinen Hals war immer noch rot.

Als die Botschaft eintraf, saß RaEm gerade in ihrem Zelt und verfasste im Geist einen Liebesbrief, den sie nie an Echnaton abschicken würde.

»Sie übernachten heute in Hütten. Möchtest du meine Gänge erkunden? H.«

Hirams Gänge. Bei jemand anderem hätte diese Nachricht obszön geklungen, doch nicht bei Zakar Ba'al. RaEm erklärte dem Boten, dass sie einverstanden sei.

»Würde Meine Majestät dann mit mir kommen?«

»Sofort?«

»Unter dem Deckmantel so vieler Gäste können wir dich von einem Lager ins andere bringen, ohne dass die Wachen aufmerksam werden.«

RaEm seufzte. Sie brauchte jemanden, der sich während der Nacht um Tuti kümmern würde. Was hatte sie nur geritten, ihn mitzunehmen, diesen kleinen Buben mit der Attitüde eines Imperators? »Meine Sklavinnen werden es merken«, sagte sie.

Der Tsori trat näher. »Zakar Ba'al hat eine Doppelgängerin für dich mitgeschickt. Falls es dir recht ist, wird sie deine Kleider tragen, während du dich eine Nacht lang als sie ausgibst.«

»Wo ist sie?«

Er trat zurück und winkte jemanden ins Zelt. RaEm sah sich selbst hereinkommen – groß, schlank, mit flacher Brust, kurzem, schwarzem Haar und dunklen Augen. Langsam breitete sich ein Lächeln über ihr Gesicht. Sie fand Hirams Denkweise äußerst ansprechend. »Lass uns allein«, sagte sie zu dem tsorischen Boten.

Wenig später machten sich die beiden tsorischen Lakaien auf ihren Weg den Hügel hinab, über den Bach, um die Stadt herum und den gegenüberliegenden Hügel wieder hinauf. Als sie in Hirams Lager eintrafen, dämmerte bereits der Abend.

RaEm war schweißverklebt; es war lange her, dass sie geklettert und so weite Strecken gewandert war. Um keine Aufmerksamkeit zu erregen, führte sie der Agent zu den Dienstbotenzelten, durch deren Rückwände man in Hirams Zelt gelangte.

Augenblicklich wurde RaEm von Hirams einbrüstigen Soldatinnen umringt. Sie gestikulierten untereinander, dann verschwand eine in einen anderen Zeltabschnitt. Hiram erschien im Durchgang. RaEm hatte nicht vor, ihn zu verführen, trotzdem wünschte sie sich, sie würde nicht so verdreckt aussehen. »Ich habe mir die Freiheit genommen, dir ein Bad vorbereiten zu lassen«, sagte er. »Nach unserer Exkursion.«

RaEms Freude wandelte sich zu Ungeduld.

»Damit wir besser mit der Nacht verschmelzen, würde ich dir raten, dein Gesicht zu schwärzen; doch dadurch würdest du ein weiteres Bad brauchen, ehe du in dein Lager zurückkehrst.«

Das klang sinnig, doch es war ihr zuwider, derart verschmutzt loszuziehen. »Ich werde mich nach deinem Vorschlag richten«, zwang sie sich zu sagen. »Es war ein sehr kluger Plan.«

Hiram lächelte; sein Gesicht war schön, aber absolut kalt. »Sollen wir zuvor noch speisen? Die Menschen aus den Stämmen versammeln sich eben zum Abendessen.«

Es war ein schnelles Mahl aus Getreide und Geflügel. Dann ließ er ihr dunkle Kleider und Schminke für ihr Gesicht bringen. Er entschuldigte sich. Nach nicht einmal einem Dekan war er zurückgekehrt – unsichtbar wie ein Schatten in der Nacht. Sein Blick, den sie nur noch anhand seiner weißen Augäpfel ausmachen konnte, musterte sie. »Das wird genügen. Gehen wir?«

»Wohin gehen wir?«, fragte sie. Während des Umkleidens war ihr der Gedanke gekommen, dass er möglicherweise vorhatte, sie in irgendeinem dunklen Tunnel zu beseitigen.

»Du wolltest doch wissen, ob er Gold besitzt, nicht wahr?«

RaEm nickte.

»Also werde ich dich zu seinen Schatztruhen führen. So weißt du, wie viel er aufbringen kann, falls du jemals Anlass haben solltest, mehr von ihm zu verlangen.« Er sah auf ihren Mund. »Es empfiehlt sich, stets zu wissen, wie weit der andere den eigenen Bedürfnissen entgegenkommen kann, meinst du nicht auch?« Er lächelte wieder. »Außerdem hat es dich zu Tode gelangweilt, auf deinem Berghang zu sitzen und zuzuschauen, wie sie hinter ihrem Gott herrennen.«

»Und was erhoffst du dir hiervon?«, fragte sie unvermittelt, denn es störte sie, dass er sie so durchschaute.

Er zuckte mit den Achseln. »Es macht mir Spaß.«

»Dir macht alles nur Spaß«, fauchte sie. »Hat dir dein kleiner ägyptischer Schreiber auch Spaß gemacht?«

Aus seinen Augen schlugen Flammen, und RaEm revidierte ihre ursprüngliche Einschätzung. Es war nicht so, dass er keine Seele besaß; er war ein Dämon. »Ich will nie wieder ein Wort darüber hören, sonst wird es dein letztes sein.«

»Meine Soldaten würden dich töten«, erwiderte sie hoheitsvoll.

»Ich kann nicht sterben.«

In jener Nacht erhob sich Dadua in der Sukkah, die Daduas energiegeladene Kinder erbaut hatten. »Ich habe gesündigt«, sagte er. »Ich habe zugelassen, dass sich in diesem Land unsere Nachbarn mit uns mischen.« Er wandte den Blick ab. »Wir wussten nicht mehr, wie wir mit dem Totem, dem Be'ma-Thron umgehen sollten. Wir haben die Worte der Weisen auf unserem Zug vergessen. Nie wieder soll das vorkommen. Fortan soll stets ein Schreiber bei uns sein, der uns ermahnt und uns anhält, den Worten Shadays zu folgen. Es genügt nicht, lediglich über dieses Land zu wandeln.« Seine Stimme brach, doch er sprach weiter.

»Ich habe Tziyon zu einer bloßen Sache herabgewürdigt. Wenn wir die Stadt oder den nackten Boden des Berges verehren, dann sind wir nicht besser als Götzendiener. Doch« – er sah uns eindringlich an – »wenn wir uns daran erinnern, was diese Stadt für uns bedeutet – dass unsere Geschichte unsere Zukunft ist, dass Shaday ein Gebender und Schöpfer jenseits all unserer Vorstellungen ist –, dann werden wir ein Ideal für die Ewigkeit geschaffen haben. Dann wird Tziyon nie zu Grunde gehen.«

Du hast *überhaupt keine* Ahnung, dachte ich.

»Aus diesem Grunde werden wir, indem wir das Antlitz und die Gunst Shadays suchen, zu einem Volk werden, das die Wahrheiten unseres Gottes erkennt. Es genügt nicht, an Feiertagen die Geschichten aufzusagen. Wir müssen jedes Wort, das er je zu unserem Volk sprach, im Gedächtnis behalten.«

Ich fasste meinen Becher fester. Ich hatte mir – was dumm war, wie mir jetzt aufging – nie zuvor Gedanken darüber gemacht, dass es zu diesem Zeitpunkt noch gar keine Bibel gab.

»*Ha*Moshe hat uns Gesetze gegeben. Gesetze, die wir befolgen, ohne zu wissen, warum. Während der nächsten Woche werden wir uns jeden Abend versammeln und von neuem erfahren, warum wir diese Gesetze befolgen. Wir werden lernen, wie wir Shaday Gefallen bereiten können.

Und können auf diese Weise vielleicht seinem Zorn entkommen.«

Das zaghafte Klopfen einiger Knöchel auf den Boden wurde lauter. »Außerdem«, fuhr Dadua fort, »habe ich Schritte unternommen, um diese Stadt als Königsstadt zu organisieren. Auf diese Weise können wir besser darauf achten, dass wir Shaday folgen. Der Schreiber Chavsha wird die Worte der Priester, des *Tzadik* aufzeichnen, damit nichts mehr verloren geht. Dieser Chronist wird –«

Hinter den Reihen der Sklaven und Konkubinen sank ich in die Hocke. Das konnte doch nicht wahr sein! Das war doch nicht möglich! Aber ich konnte die Bücher auswendig aufsagen; das gehörte zu den Dingen, die ich mir aus jenen lang zurückliegenden und weit entfernten Schulstunden gemerkt hatte. Genesis, Exodus, Levitikus, Zahlen, Deuteronomium, Josua, Richter, Ruth, Samuel I und II, Könige I und II, *Chronik I und II*! Mir wurde schwindelig; das war unglaublich!

»Wir werden als Stämme neu beginnen«, sagte er. »Wir werden aus Y'srael und Yuda eine vereinte Monarchie bilden. Wir werden eine Nation sein!«

Wir klopften begeistert. N'tan erhob sich. Er war im Priesterornat, in seiner goldenen Kappe spiegelten sich die zahllosen Lichter. Er sprach ein Gebet zu Shaday und deutete dann zu Dadua hin.

Dadua sprach erneut. »Shaday wird dies für uns tun«, sagte er. »Was zählt, ist nicht das Werk unserer Hände, sondern unser Gehorsam ihm gegenüber.« Er atmete tief durch. »Darum müssen wir Shadays Worte in unseren *Nefesh* einschreiben, sie müssen in unser Blut übergehen.« Es herrschte gespannte Stille. »N'tan wird uns diese Worte lehren, wir werden sie uns mit jedem Atemzug einverleiben und sie nie vergessen!«

Wir klopften zustimmend, während der *Tzadik* nach vorne trat.

»Heute Nacht werden wir das erste Geset lernen!«, rief N'tan. »Shaday ist der einzige Gott der Stämme!«

Der Mond stand hinter einer Wolke, was dafür sprach, dass der Gott der Stämme ihnen bald verzeihen würde, denn er würde Regen schicken. Regen. RaEm schauderte. Was für ein ekliges, unnatürliches Zeug. Das einzig Gute am Regen waren die Blitze – die waren wirklich aufregend. Sie und Hiram kletterten die bewaldete Flanke des Hügels hinauf, auf einen Abschnitt der Mauer zu, wo es keine Tore, sondern nur Wohnhäuser gab. Hiram trat an einen riesigen Baum und betastete die Borke.

Sie schwang nach außen auf! Ein Teil des Baumes war eine Tür! RaEm war sprachlos. »Wie?«, fragte sie verblüfft.

»Wir schlagen sie in Tsor, doch wir lassen die Wurzeln am Stamm. Dann können sie leicht verpflanzt werden, ohne dass dies hier auffällt«, sagte er, wobei er eine Holzplatte abnahm. »Dieses Exemplar ist schnell und grob gearbeitet. Meine anderen Arbeiten sind feiner, aber ...« Er zog die Schultern hoch.

RaEm blickte in das Loch hinab. Es war tiefschwarz, eng und stank nach Dung. Hiram kletterte rückwärts hinab, wobei sich seine langen Röcke zwischen den Beinen verfingen. Er hielt sich kurz am Rand fest, dann war er in der Dunkelheit verschwunden.

Sie hörte einen dumpfen Aufschlag und dann nichts mehr. Das Innere des Baumes war kaum geräumiger als ihre Duschkabine im modernen Ägypten. »Kommst du?«, hörte sie ihn von unten. Sie zögerte. Konnte sie diesem Mann trauen? Er wartete ein paar Atemzüge lang. »Semenchkare, du erinnerst mich an einen Jüngling, der sich nicht entscheiden kann, ob er ein Weib beschlafen oder von einem Mann beschlafen werden möchte. Entscheide dich!«

Er sprach nicht laut, doch mit aller Deutlichkeit: Hör auf, Zeit zu verschwenden.

RaEm zwängte sich durch das Loch, fühlte aber nichts als Luft, bis Hiram sie mit unpersönlichem Griff an den Knöcheln packte. Er stellte ihre Füße auf seinen Schultern ab, und gleich darauf war sie unten. Sie krochen aus einer Kalksteinkammer in einen weiteren Tunnel. Es gab kein Licht, keine Lampen, keine Kerzen. Sie folgte allein dem Klang seiner Stimme.

Eine Zeit lang wanderten sie geduckt dahin, dann durchbrach er das Schweigen.

»Wir befinden uns unterhalb der Stadt.«

Fast schlagartig änderte sich die Umgebung. Sie ließen sich in einen Kalksteintunnel fallen, der so hoch war, dass sie aufrecht gehen konnten. Hiram förderte eine Öllampe zu Tage, dann gingen sie weiter.

»Wir befinden uns jetzt unter der Rehov Shiryon«, sagte er.

»Können sie dich hören?«, fragte sie.

»Sie sitzen alle mit ihrem Propheten zusammen«, meinte Hiram. »Auf diese Weise können wir nach Lust und Laune einmarschieren.«

Die *Giborim* beugten sich vor und hörten N'tan gespannt zu. Sie schienen wirklich etwas lernen zu wollen, auch wenn ich gesagt hätte, dass sie mich an Profi-Wrestler erinnerten, die sich für Stickerei interessierten. Vielleicht hatte ich sie falsch eingeschätzt?

»Unser Gott«, sagte N'tan, »ist ein eifernder Gott.«

Ich zog die Stirn in Falten. Ich hatte gehört, er sei eifersüchtig … waren diese Worte austauschbar oder wie? Ich wollte mein fast nicht mehr existentes Lexikon durchforsten, bekam aber keine Antwort.

»Wieso können wir nicht anderen, geringeren Göttern dienen?«, fragte einer der *Giborim*.

N'tan zog die Schultern hoch und hob die Hände. »Warum sollten wir?«

Sie starrten ihn verständnislos an. Auch ich starrte ihn verständnislos an; es war eine so nahe liegende Frage, dennoch hatte ich sie nie gestellt. Cheftu kritzelte seine Worte nieder. Selbst er sah N'tan verdutzt an.

»Nehmen wir an, du bist *haMelekh* einer Stadt, *ken?*«, schlug der *Tzadik* vor.

»Ziqlag«, erwiderte der Soldat schlagfertig. »Ich regiere als *haMelekh* über Ziqlag.«

Dort hatte Dadua zuerst geherrscht. Alle lachten, als sich der Mann aufrichtete und sein Gewand zurechtzog, als wäre es Daduas blaue Robe. Dadua lächelte nur und sah ihm mit einem feurigen Glänzen in den Augen zu.

»Du willst Ziqlag vor den plündernden… Hochländern beschützen«, sagte N'tan. Die Zuhörer lachten. »Nun kannst du entweder eine ganze Division ausschicken oder einen Riesen, einen *Anaki*. Einen Krieger, der jeden einzelnen feindlichen Soldaten niederkämpft und tötet. Oder du kannst siebenhundert Männer aussenden, die den Hochländern ebenbürtig sind. Wen schickst du los?«

»Den Riesen. Warum sollte ich so viele aussenden, wenn ich mit einem Einzigen dasselbe erreiche?«

»Nachon«, bestätigte N'tan. »Andere Götter sind nicht mehr als diese Soldaten. Sie können etwas bewirken, doch niemals so viel wie der Riese, unser Shaday. Darum: Besteht kein Bedarf an anderen Göttern.«

»Warum hat Shaday ausgerechnet uns auserwählt?«, fragte jemand.

N'tan lehnte sich zurück und zupfte an seinem Bart. »Avram lebte in einer Gesellschaft mit vielen Göttern. Nun sehet: Er sehnte sich nach mehr als bloßen Statuen und Opfergaben. Er konnte sich einen Gott denken, den man nicht in Lehm oder Gold oder Glas darstellen kann.« N'tan hob den Blick und sah den Frager an. »Avram konnte glauben. Er sah nichts, und doch konnte er glauben, dass es alles sei.«

Ich betrachtete die Zuhörer. Ob sie das kapierten? Ein paar sahen verwirrt aus, doch die Mehrheit nickte. Hatte ich das kapiert? Dies entsprach genau Daduas Konzept, »auserwählt« zu sein.

»Doch wir brauchten noch etwas«, sagte N'tan. »Disziplin, wir brauchten Disziplin. Diese Disziplin konnten wir nur in der Not erlernen, daher Avrams Reise. Er musste, genau wie wir jetzt, unterscheiden lernen, was heilig und was weltlich ist. Dafür haben wir die Gesetze – damit wir den Unterschied begreifen.«

Der *Tzadik* beugte sich vor. »Shaday hat uns auserwählt, weil wir die Frucht von Avrams Reisen sind. Weil wir begreifen, dass dies Shadays Universum ist, aber dass Er nicht in den Bäumen oder der Erde haust. Er steht über allen anderen Göttern, so wie ein Riese über allen Soldaten steht.«

N'tan war ein guter Lehrer. Ich spürte, wie er mich in seinen Bann zog.

»Dies also ist das erste Gesetz: Kein Gott außer Shaday für die Menschen aus den Stämmen.« Er sah Cheftu an. »Hast du das, Ägypter Chavsha?«

»Nachon.« Cheftu wischte seinen Kiel trocken.

Wir lebten in der Bibel.

»Sollen wir es noch mal versuchen? H.«, stand auf der Nachricht.

RaEm lief ein Schauer über den Rücken, wenn sie daran dachte, wie sie sich in der vergangenen Nacht in den Tunnels verirrt hatten, wie sie verlorenen Seelen gleich durch die dunklen Höhlen der Nachwelt gezogen waren. Schließlich waren sie oberhalb der ganzen Stadt gelandet, wo sie von jenem Ort aus, wo die Stammesangehörigen ihrem Gott ein erbärmliches Zelt erbaut hatten, auf ihre armseligen Hütten hinabgeschaut hatten.

RaEm konnte ihrem Gott nachfühlen, dass er nicht in diese Stadt kommen wollte. Hier roch es nach Bäumen, es gab keinen Fluss, die Luft schmeckte dünn, dem Auge boten sich keinerlei Reize. Alles war übervölkert und strebte den Wolken zu. Wollte sie noch einmal in die Tunnel steigen, um das Gold zu sehen? Ja, sie musste. Jeden Tag konnte die Nachricht aus Ägypten eintreffen. Man würde wissen wollen, wie lange die »diplomatische Reise« des Kronprinzen noch dauern würde.

Jeden Tag konnte sie erfahren, dass ihr Geliebter gestorben war.

Sie sah den Sklaven an. »Sag deinem Zakar Ba'al, dass ich später zu ihm kommen werde.«

Er verbeugte sich und verschwand. RaEm starrte hinaus auf die grünen Bäume, die braunen Hügel, den grauen Himmel und bibberte in ihrem Leinenhemd und -schurz. Sie musste an Daduas Gold kommen, doch wie? Ihr Finger fuhr am Schenkel entlang aufwärts bis zum Sitz ihrer Begierde. Mit Sex hatte es noch immer geklappt. Sie hatte sogar den Pharao Ägyptens umsponnen. Ein König auf seinem Schlammhügel sollte ihr eigentlich ein Leichtes sein.

Nur dass ich ihn nicht will, dachte RaEm und vergrub das Gesicht im Leinenstoff. Wieso hat Echnaton mich nur verstoßen? Wieso hat er mich vor die Wahl gestellt? Und während der erste laue Regen auf das fremde Land Tziyon fiel, weinte sich RaEm in den Schlaf.

In der nächsten Nacht hockten wir wieder alle zusammen in der Sukkah. Diesmal hatten wir etwas schneller gegessen, es hatte weniger Wein und weniger Geplauder gegeben. N'tan erhob sich und zupfte an seinem Bart. »Worin bestand unser Sündenfall in der Wüste?«, wollte er von uns wissen.

»Wir sind von Shaday abgefallen!«

»Wir haben vergessen, wer uns vor den Ägyptern gerettet hat!«

N'tan sah uns an. Offenbar hatte noch niemand die richtige Antwort genannt. »Was haben unsere Vorväter getan?«

»Wir haben uns ein Bild von Gott gemacht«, sagte Dadua.

N'tan sah den König an. »*Ken*, wir fertigten ein goldenes Bildnis an und nannten es unseren Gott. Ihm haben wir unsere Rettung, unsere Freiheit zugeschrieben. Wir haben es mit unseren Händen gefertigt.«

Die Künstlerin in mir horchte auf. Das war seit jeher ein interessanter Punkt in der Kunstgeschichte gewesen. Weder Juden noch Moslems ließen Abbildungen von Mensch oder Tier zu. Wieso eigentlich?

Ein paar Atemzüge lang wanderte N'tan, an seinem Bart zupfend, auf und ab. »Wen verehren die Pelesti?«

»Dagon und Astarte.«

»*Ken*. Und die Amori, wen verehren die?«

Die Männer spuckten auf den Boden. »Sie dienen Molekh.«

»*Ken*. Und worüber herrscht Dagon?«, fragte der *Tzadik*.

»Das Meer? Hat er nicht deshalb das Geschlecht eines Fisches?«, schlug jemand vor.

»Vielleicht ist er ein Fisch, um sich vor der Liebe im Stil der Sodomiten zu schützen!« Die Männer grölten vor Lachen, verstummten aber unter N'tans Blick wieder.

Ich merkte, wie ich wütend wurde. Sie machten sich über Dinge lustig, von denen sie keine Ahnung hatten. *Aber andererseits, Chloe, ist Dagon nur ein Götzenbild, es gibt ihn nicht wirklich, und er wird tatsächlich als Fisch dargestellt. Wieso sollte man da ernst bleiben?* Ich sah zu Cheftu hinüber, der sich ganz und gar auf seinen Papyrus konzentrierte und dessen Kiel über die Seite flog.

»Und Astarte?«, fragte N'tan weiter.

»*Ach*! Diese liebreizende Göttin fördert die Liebe«, antwortete der Klingonen-*Gibori*. »Sie macht die Felder fruchtbar.« Ich entsann mich, dass jemand mir erzählt hatte, er käme aus Hatti. Dort wurde Astarte ebenfalls verehrt. Wie war er hier gelandet?

»Und wenn es eine Trockenheit gibt?«, fragte N'tan. »Wenn der Regen ausbleibt. Was tun die Pelesti und Amori dann?«

»Sie bitten um mehr, sie opfern mehr? Sie versuchen, die Blicke der Götter auf sich zu lenken?«, meinte jemand.

»*Ken*. Doch herrschen ihre Götter über *haYam*? Den Regen? Können sie beschließen, weiterzuziehen oder etwas zu unternehmen?« Auf diese Frage hin blieb es erst einmal still.

»Äh, *lo*.«

»Und wieso nicht?«

»Sie sind aus Stein«, erklärte jemand im Hintergrund.

N'tan stand mit geschlossenen Augen vor uns. Er sah aus wie ein Grundschullehrer, dessen Schüler nicht davon abzubringen waren, dass die Geschenke vom Weihnachtsmann gebracht wurden. Wir wollten es einfach nicht begreifen. Selbst ich verstand ihn nicht, trotz oder gerade wegen meiner neuzeitlichen Perspektive.

»*Ken*. Aus Stein«, sagte er. »Und was ist dann Shaday?«

Diesmal blieb es noch länger still. Was wollte er von uns hören? Aus welchem Stoff Gott bestand? Was für eine Frage war das? Ich sah zu Cheftu hinüber. Er sah N'tan mit leicht gerunzelter Stirn an.

»Unsichtbar«, antwortete Dadua schließlich.

Allmählich begriff ich, warum er König war; er wusste auf alles eine Antwort.

»Und wieso ist es uns verboten, ein Bildnis von Ihm zu machen?«, wollte N'tan jetzt wissen.

»Weil wir nicht wissen, wie Er aussieht?«, fragte eine der weiblichen *Giborim* zurück.

»*Lo*. Weil wir nur einen Teil von Ihm darstellen könnten. Nicht alles, weshalb das Bild eine Lüge wäre«, erläuterte N'tan.

»Wieso?«, fragte Cheftu.

»Weil es unvollständig wäre. Was ist Shaday?«

Nun, wenn er unsichtbar war, dann war N'tan möglicherweise nicht auf der Suche nach einem Aufsatzthema.

»Der Verteidiger Y'sraels, Jahwe, unser Kriegsgott«, antwortete Avgay'el in ihrer sanften Stimme. Sie wirkte schwach und zerbrechlich, doch sie war höchst intelligent und offenbar oft im Einklang mit Gott.

»*Nachon*. Wie würden wir uns davon ein Bildnis machen?«, fragte N'tan.

Er wollte, dass wir ein Götzenbild machten? Gott in einem Bild darstellten? Hatte man schon so früh mit psychologischen Provokativfragen gearbeitet?

»Äh, eine Hand?«, war aus dem Hintergrund zu hören.

N'tan zuckte mit den Achseln. »Dann verehren wir fortan eine Steinhand?«

Sie lachten, doch es war ein nervöses, verunsichertes Lachen. Allmählich wurde klar, worauf er hinauswollte.

»Wir könnten Ihn als Herrn über Tziyon darstellen?«, schlug jemand vor.

»Wie?«

Ein jüngerer *Gibori* stand auf. Er zitterte so stark, dass seine Schläfenlocken zu tanzen schienen. »Wir könnten Ihn als Miniatur Har Mori'as darstellen? Mit Gold überzogen?«

»Ein Goldklumpen soll unser Gott sein?«, rief jemand überrascht dazwischen. Der Junge errötete, während seine Gefährten sich über ihn lustig machten.

»Wie wäre es mit einem Symbol, mit ein paar Buchstaben?«, meinte jemand.

»Die was bedeuten?«

»Seinen Namen«, war von hinten, aus dem Schatten zu hören.

»Wir dürfen Seinen Namen nicht verwenden.« N'tan spähte ins Dunkel. »Er ist Gott. Wenn wir Seinen Namen verwenden würden, hätten wir Gewalt über Ihn.«

»Ihr behauptet aber, Er hätte einen Namen verwendet, als ihr gegen die Ägypter gekämpft habt?«, meldete sich Cheftu. Wie er gleichzeitig schreiben und zuhören konnte, war mir ein Rätsel. Doch er hatte Recht; das wurde behauptet. Allerdings hätte RaEm diese Behauptung aufstellen sollen. Sie war nicht hier. Ich fragte mich, ob sie erwartete, dass wir ihr heute Abend etwas zu essen brachten? Meinetwegen konnte sie verhungern, beschloss ich.

N'tan antwortete darauf. »Auf diese Weise will Er von uns angerufen werden, darum kommt dies einem Namen am nächsten. Doch ist es nicht Sein wahrer Name. Den kennen wir nicht. Wir kennen lediglich ICH BIN.«

Es wurde totenstill.

»Es gibt zwei Gründe, weswegen wir kein Bildnis von Shaday haben«, sagte er. »*Echad*: Weil wir Ihn nicht richtig und vollständig darstellen können. Weder durch Buchstaben, noch durch Symbole oder die feinsten Handwerksarbeiten. Selbst der Gnadenthron ist nichts als der Schemel Shadays.« Er streckte die Hand aus. »Der zweite Grund ist elementarer. Wir sollen ein Volk sein, das hört, keines, das sieht.«

»Kannst du sie nicht hören?«, fragte Hiram. RaEm unterdrückte ein Gähnen. Sie krochen schon eine ganze Weile durch die Gänge unter der Stadt. Der ganze Boden war durchzogen von Tunnels und Gängen, Hinterlassenschaften der vielen Völker, die hier schon gelebt hatten.

Man konnte vom Palast zur Tenne oder von der Brunnenkammer zum Marktplatz gelangen. Es gab Durchgänge in Häuser und Läden, von denen sogar die Bewohner nichts wussten.

Die zwei Herrscher saßen im Dunklen und schöpften Atem, ehe

sie die Korridore unterhalb des Palastes erforschen wollten. Dadua lagerte seine Schätze im Fels, behauptete Hiram.

»Du tust das also, weil du die Stadt willst«, sagte RaEm leise. »Und die Straße der Könige?«

»Ganz recht. Und aus einem weiteren Grund.«

»Den Schreiber, Chavsha?«, riet sie.

»Genau.«

RaEm kratzte sich unter ihrem hochgebundenen Haar. »Du hast mir nie verraten, woher du ihn kennst und weshalb du ihn mit so verzehrender Leidenschaft begehrst.«

»Das habe ich nicht.«

»Nein.« Es blieb still. Sollte sie dem rätselhaften Herrscher verraten, dass sie »Chavsha« schon viele Male besessen hatte? Dass sie ihn als Erste genommen hatte? Ihr fiel wieder ein, wie zornig Hirams schwarze Augen geblitzt hatten, als sie zum ersten Mal von einem ägyptischen Schreiber gesprochen hatte. Lieber nicht. »Jetzt hätten wir Zeit.«

Dion atmete aus. »Ich bin ihm begegnet, als ich noch jung war.«

»Du bist immer noch jung«, wandte RaEm ein. »Warst du damals ein Kind?«

Sein Lachen klang bittersüß. »Im tiefsten Sinne des Wortes war ich wirklich ein Kind. Cheftu, Chavsha, *aii*, das war ein Mann … ein wirklich eindrucksvoller Mann.«

Attraktiv schon, dachte RaEm. Begnadet gewiss. Aber eindrucksvoll? Der Mann besaß keine Macht, keinen Thron, kein Gold. Was sonst konnte solche Anziehungskraft haben? »Doch er war verheiratet?«

Hiram schwieg wieder. RaEm hakte nach. »Das ist eine komplizierte Geschichte«, erwiderte er. »Nichts ist so einfach, wie es aussieht.«

»Das weiß ich nur zu gut«, lachte sie.

Er sah sie an. »Dein Gesicht ist mir vertraut, wenn auch nicht mit diesen Augen.«

»Wirklich?«

»Es war das Gesicht meiner Tante Sybilla. Derselben Tante, die Cheftu heiratete.«

RaEm lächelte. »Sybilla. So hast du mich schon einmal genannt, allerdings habe ich damals nicht erkannt, dass das ein Name ist.«

»In diesem Moment habe ich begriffen, dass du irgendwie nicht mehr diese grünäugige Hexe bist.«

»*Aii*, meinst du damit Cheftus Weib?«

»Er hat offenbar eine Schwäche für grünäugige Frauen. Seine neue Frau hat auch welche.«

Sie prustete los; er wusste nicht, dass Chloe immer noch hier war? War der Mann denn blind?

»Was bringt dich zum Lachen, Pharao?«, fragte er.

»Wenn du mir deine Geheimnisse verrätst, werde ich auch meine mit dir teilen«, bot ihm RaEm an. »Doch wenn du vorziehst, es nicht zu tun, werde ich meine ebenfalls für mich behalten.«

Sie spürte seinen Blick auf ihrem Gesicht, ehe er schließlich sprach: »Wir brauchen uns gegenseitig als Werkzeug. Es gibt keinen Grund für Vertraulichkeiten.«

Das wird dir noch Leid tun, dachte sie. Ich könnte es dir so einfach machen, an deinen Geliebten heranzukommen. »Wie du meinst«, sagte sie.

»Sollen wir uns jetzt Daduas Schatzkammer ansehen?«

»Wir sollen hören, nicht schauen«, fuhr N'tan fort. »So soll unser Leben sein.«

Stimmte das? Ich schaute auf Cheftu, weil ich seine Reaktion sehen wollte. Mit starrer Miene schrieb er die Worte des *Tzadik* nieder.

N'tan hatte uns in Bann geschlagen. »Wo haben der erste Mann und die erste Frau gelebt?«, fragte er.

»In einem Garten.«

»*Ken*. Und was geschah am Abend eines jeden Tages?«

»Da wandelte Shaday mit ihnen und sprach zu ihnen.«

»*Ken*. Eure Eltern haben euch die Worte der Weisen gut gelehrt. *Ach*, und wie sah Shaday den Weisen zufolge aus?«, fragte N'tan.

Wir schwiegen. Nirgendwo in der Bibel gab es eine Beschreibung Gottes, da war ich ziemlich sicher.

»Und was wissen wir über Seine Worte?«, fragte N'tan wenig später.

»Mit Seinen Worten erschuf er die Welt. Er trennte das Licht vom Dunkel, das Meer von der Luft«, antwortete Avgay'el.

»*Nachon*. Mit Seinen Worten.« N'tan ließ das eine Weile einwirken. Ich sah nicht mehr auf diese unwissenden Soldaten herab; auch ich wusste nicht, worauf er hinauswollte. »Wie haben uns die Weisen diese Worte gelehrt? Wie haben sie die Schöpfungsgeschichte weitergegeben?«

Alle schwiegen.

»Diese Geschichten wurden nur an jene weitergegeben, die unsere Buchstaben kennen, die lesen können. Und warum?«

»Weil die Buchstaben und Worte heilig sind?«, rief jemand, wenn auch zaghaft, von hinten.

»*Ken*. Darum werden diese Geschichten aus dem Gedächtnis von einer Generation an die nächste weitergegeben. Und zwar Wort für Wort, Buchstabe für Buchstabe, damit sich nicht das Geringste daran ändert. Buchstabe für Buchstabe.« Er streckte die Arme in die Luft und rezitierte: *»Bet, raish, alef, shin, yud, taf. Beresheth.«*

Am Anfang... Waren all diese Geschichten tatsächlich so weitergegeben worden?

Einmal hatte im Philosophieunterricht der Lehrer uns in einer Reihe aufgestellt und dem Ersten in der Reihe etwas ins Ohr geflüstert. Wir hatten diesen Satz von einem zum anderen weitergeflüstert, bis ans Ende der Reihe. Dann hatte der letzte Student laut vorgetragen, was er gehört hatte.

Der Satz hatte sich nicht stark verändert, doch er hatte sich eindeutig gewandelt. Dies, hatte der Lehrer uns erklärt, sei nur ein Beispiel, weshalb nichts, was von einem Menschen geschrieben wurde, unfehlbar sein könne. Seit jenem Tag hatte ich nicht mehr an die Bibel geglaubt. Ich meine, es waren ein paar tausend Jahre vergangen. Wenn wir innerhalb von fünf Minuten und mit fünfzehn Schülern einen Satz versauen konnten, wer wollte dann noch behaupten, er wisse, was ursprünglich in der Bibel gestanden hatte?

Genau darüber hatte ich mich mit meiner Mutter gestritten, als ich die Schriftrollen aus dem Toten Meer gesehen hatte. Die Phraseologie war die Gleiche wie in der ersten, ältesten Version der Bibel. Meine Mutter wies mich darauf hin, doch ich reagierte spöttisch. Wer konnte das schon so genau wissen?, fragte ich.

Es erübrigt sich zu sagen, dass ich jetzt beschämt an meinen Sandalen kaute! Wenn diese ersten Bücher Buchstabe für Buchstabe weitergegeben worden waren, dann waren sie keiner kulturellen Konnotation ausgesetzt gewesen. Dann waren keine Worte ausgetauscht worden, zum Beispiel »Hügel« gegen »Berg«, was letzten Endes zu einer ganz anderen Aussage führen konnte.

Dadurch wären diese Geschichten, zumindest in der hebräischen Version – ich schluckte hörbar –, im Grunde unfehlbar.

N'tan stand schweigend und tiefernst vor uns. Ausnahmsweise wirkte er einmal wirklich wie ein Prophet Gottes. »Wir sollen uns kein Bildnis von Shaday machen, weil wir Seine Worte hören, Seinem Wesen vertrauen und auf unseren Glauben bauen sollen. Nicht unseren Augen, nicht den Werken unserer Hände. Wir sind nach Seinem Ebenbild erschaffen.

Nicht Er nach unserem.«

Er erhob seine Hände über die Priester, Frauen, Konkubinen und *Giborim* und dröhnte: »Möge *el ha*Shaday euch segnen und behüten. Möge Er Sein Angesicht über euch leuchten lassen und euch gnädig sein. *Sela.*«

Wir antworteten im Chor: *»Sela.«*

14. Kapitel

RaEm bekam glänzende Augen. Schilde aus pelestischen und jebusischen Palästen schmückten die Wände. Weihrauchschalen, Kerzen, Lampen, durchwegs aus Gold und Bronze, mit Edelsteinen verziert und mit Silber oder Stein eingelegt, lagen im Raum verstreut. Geschmeide, mühsam gefertigt und fein geschmiedet oder auch schwer und majestätisch, lag körbeweise in der Schatzkammer aufgehäuft. Krüge voller Salben, Parfüms, Puder, Räucherwerk, Myrrhe, Pakete voller Salz und Gewürze waren schlampig an den Mauern aufgestapelt.

Hiram öffnete die Tür zu einem weiteren Raum, einem Raum voller Gold. Damit konnte sie ihr Volk retten! Damit konnte sie ihren Thron retten! Damit konnte sie sich die Treue der Priester in Waset erkaufen. RaEm brachte es nicht über sich, etwas zu berühren, sonst würde sie am Ende alles stehlen. Es war besser, wenn Dadua es ihr gab. Doch es stammte aus Ägypten; sie würde nicht stehlen, sie würde ihr Gold nur zurückholen. Dort sah sie noch eine Kartusche Hatschepsuts. Hatten diese Stämme die königliche Leibwache überfallen? Die Rüstungen aus massivem Gold, die Verkleidungen der Streitwagen, sogar die Waffen mit den Einlegearbeiten aus Karneol und Jaspis, Türkis und Beryll stammten aus Ägypten.

Wie war das möglich?

»Es gibt noch drei weitere Kammern«, sagte Hiram.

»Wie viel ist es?«, fragte RaEm.

»Wie viel?«

»Wie viel ist hier?«

Hiram seufzte und fuhr mit der Hand über sein Gesicht. »Knapp einhunderttausend Talente Gold und vielleicht eine Million Talente Silber? Ich habe keine Ahnung, wie viel Bronze es ist – davon haben sie so viel, dass sie nicht einmal hier aufbewahrt wird.«

Sie kehrten in den ersten Raum zurück. RaEm betrachtete die Schilde an den Wänden, jene Trophäen, die jeder Bergprinz und Wüstenkönig an sich nahm, wenn er eine Stadt unterwarf. Es waren mindestens sechzig Schilde, und alle waren aus Metall, größtenteils aus Gold. Knäuel von Gold- und Kupferdraht oder -kabeln lagen zusammengerollt auf dem Boden wie schlafende Schlangen. Kisten und Krüge, Tröge und Teller aus Gold, Silber und Bronze bedeckten den Boden.

Das hatte nichts mehr mit Schönheit zu tun; es war protziger Reichtum in einem Ausmaß, das sie sich nicht hatte vorstellen können. Hier, in diesem winzigen Königreich, von dem kein Mensch je gehört hatte.

»Hast du genug gesehen?«, fragte Hiram.

Sie hatte mehr als genug gesehen. Sie brauchte es nur noch nach Ägypten zu schaffen.

Und dazu brauchte sie nur …?

»Der Thron? Was ist damit?«

»Ich weiß, dass er aus einem schweren Goldüberzug über Akazienholz gefertigt wurde.«

Ihr Handgelenk lag in seiner Hand, während sie durch die schwarze Dunkelheit zu ihrem Baum zurückwanderten. »Und er ist ihr allerheiligster Besitz?«

»Genau.«

»Er schießt Blitze und bringt die Pest?«

»Genau.«

»Ich will alles.«

Seine Finger schlossen sich fester um ihr Gelenk.

Am nächsten Tag begann der Regen zu fallen – der erste Herbstregen. Weich, sanft, eher eine Dusche als einer jener prügelnd harten Wassergüsse, die ich als Regen kannte. Die Frauen in meiner Küche ließen die Arbeit liegen, liefen ins Freie und tanzten. Sie wiegten sich hin und her, drehten sich und wirbelten herum, streckten die Gesichter dem Himmel entgegen und sangen dabei.

»Deine Liebe, Shaday, strömt aus den Himmeln, Du verkündest Deinen chesed *aus der Höhe. Deine Größe stehet fest wie der mächtige Berg, Deine Gerechtigkeit bleibet unergründlich wie die Meerestiefe. Du,* el ha*Shaday, bewahrest Mensch und Tier. Wie unersetzlich Dein unfehlbarer* chesed*!«*

Nie zuvor hatte ich an einem derart mit Gesang erfüllten Ort gelebt. Je stärker der Regen wurde, desto enthusiastischer wurden sie, bis sie sich unter den Armen einhakten und im Kreis tanzten. 'Sheva packte mich am Arm, und zwar mit derselben Entschlossenheit und Leidenschaft wie damals, als wir über *haMelekh* gesprochen hatten. Sie zog mich in den Kreis hinein, in dem Sklavin und Besitzerin, Gläubige und Heidin tanzten und lachten – ohne dass ich auch nur wusste, warum!

Doch endlich entdeckte ich, was 'Sheva schön machte. Sie war eine Tänzerin. Wenn sie sich bewegte, verblassten ihre linkischen Bewegungen, ihr übergroßes Gebiss, die Glupschaugen. Sie wurde geschmeidig und schön. Ihr Leib schien keine Knochen, keine Gelenke mehr zu haben. Sie wirkte wie ein Zauberwesen, wie aus einer anderen Welt. Wie Wasser wogte sie hin und her und ließ eine Welle nach der anderen durch ihren Körper laufen.

Sie war zwar noch ein Kind, doch ihre Hüften verstanden bereits zu verführen.

Ich war nicht die Einzige, der das auffiel; nur 'Sheva selbst ahnte noch nichts von ihrer Gabe, ihrem Talent, der Macht, die sie eines Tages durch ihre Tanzkunst über die Männer ausüben würde.

Als ich später zuschaute, wie das Wasser vom Säulengang weg

durch den Hof abfloss, und zugleich Getreide nachschüttete, das 'Sheva mahlte, gestand sie mir, dass sie für ihr Leben gern im Regen tanzte.

»Immer wenn es regnet, könnte man glauben, der Allmächtige schickt winzige Fußspuren der Freude zur Erde.«

Ich verkniff mir das Lachen – »Fußspuren der Freude«? –, denn es war ihr ernst damit. Sie sah wirklich glücklich aus.

»Manchmal tanze ich sogar beim Baden, dann gieße ich mir Wasser über den Kopf und tue so, als sei es Regen.«

Ich nickte bedächtig und schüttete langsam neues Getreide in den Mahlstein.

Cheftu spülte seine Pinsel aus und ließ sich noch einmal den vergangenen Tag und die vergangene Nacht durch den Kopf gehen. Plötzlich hatte er das Gefühl, beobachtet zu werden. Langsam drehte er sich um, doch ohne sich seine Angst und seine Beklemmung anmerken zu lassen.

»Sei gegrüßt, Schreiber«, sagte der gegenwärtige Zakar Ba'al von Tsor; das ehemalige aztlantische Sippenoberhaupt; der einzige Mann, der jemals versucht hatte, Cheftu zu verführen, der aus diesem Grund Chloe zu töten versucht hatte und der auf Grund seiner Liebe Cheftus Leben für alle Zeiten verändert hatte.

»Dion.«

»Tausend Jahre sind inzwischen vergangen. Und du kannst mir noch immer nicht verzeihen?«

Tausend Jahre? Cheftu gab sich alle Mühe, sich sein Entsetzen nicht anmerken zu lassen. Das Elixier wirkte also? Welche Fragen konnte er stellen, und welche würden ihn verraten?

»Nichts zu sagen?«

Cheftu fuhr sich mit der Zunge über die trockenen Lippen. »Was willst du? Weshalb bist du hier?«

Dion lächelte. »Ich baue. Damit beschäftige ich mich, damit beschäftigt sich mein Volk.«

»Die Überlebenden von Aztlan?«

»*Ken*, wenn auch nicht von jenem Ausbruch, an den du dich erinnerst. Es gab später einen zweiten, vielleicht« – er dachte kurz nach – »vor vierhundert Jahren? Nun ist, so traurig es ist, nichts mehr übrig als ein qualmender, sichelförmiger Rest.«

Mon Dieu! Das musste der Ausbruch während der Zeit des Exodus gewesen sein! Die Hofmagiere hatten Recht gehabt.

»Es erstaunt mich, dass unsere Wege sich nicht schon früher gekreuzt haben. Wo warst du?«

Cheftu hatte die vergangenen tausend Jahre nicht in Jahren durchmessen, er war in einem Augenzwinkern durch sie hindurchgeschlüpft. Doch wenn er Dion von den Zeitreisen erzählte, von den Portalen und den Steinen, würde er einen Mann in Versuchung führen, der ihr noch jedes Mal erlegen war. »Ich war hier und da«, antwortete er ausweichend.

»So wie ich. Nur wenige Menschen genießen das Leben so wie wir, Cheftu.« Dions Blick drang in sein Innerstes. »Ich war überzeugt, dass du gestorben warst, obwohl keine weise Frau je in der Lage gewesen war, deinen Schatten anzurufen. Andererseits war es ausgeschlossen, dass jemand so vollkommen verschwindet. Nicht einmal ein Gerücht über dich ist mir zu Ohren gekommen.« Er zog die Stirn in Falten und nahm einen von Cheftus Federkielen. »Und doch bist du hier aufgetaucht, du musst also irgendwo gesteckt haben. Man kann schließlich nicht einfach in der Geschichte untertauchen und wieder auftauchen, oder?«

Genau das kann man, dachte Cheftu. Ganz genau. »Was soll diese Verkleidung?«, fragte er.

Dion zuckte mit den Achseln. »Hiram der König könnte nicht das einfache Leben eines Arbeiters genießen.«

»Und was soll das Altern?«

Dion reckte sich und offenbarte dabei den Körper eines Mannes in den besten Jahren: mit breiten Schultern, schmaler Taille und festen Beinen. »Hiram der Baumeister lebt nun schon viele Jahre. Ewige Jugend, das habe ich inzwischen gelernt, ruft zwei Arten von Reaktion hervor. Entweder die Menschen weichen ängstlich vor dem Unbekannten zurück oder sie begehren es so sehr, dass sie dafür töten würden.«

»Diese Erfahrung hast du gemacht?«

Dion nickte und sah Cheftu aus zusammengekniffenen Augen

an. »Du sprichst, als hättest du anders gelebt. Was für Geheimnisse bewahrst du in deiner Brust?«

Cheftu musste alle Kraft aufbringen, um nicht wegzuschauen. »Nicht mehr als du, Dion.«

Der Dunkle beugte sich vor und hob einen Pinsel von Cheftus Tisch auf. »Wie ich sehe, hast du eine neue grünäugige Frau gefunden. Ein bezauberndes Wesen.«

Er wusste nicht, dass Chloe immer noch am Leben war. »Das ist sie«, stimmte Cheftu ihm gelassen zu.

Dion kam näher. »Was für einen Zauber trägst du in dir? Tausend Jahre sind vergangen, und ich begehre dich immer noch. Es ist mir egal, was du getan hast, dass du den Geist meiner Tante aus ihrem Körper gelöst hast oder welchen Dämon du jetzt hier leben lässt. Mir sind die aberhundert grünäugigen Frauen gleich, die du gehabt hast. Ich will nur dich. Seit tausend Jahren will ich einzig und allein nur dich.«

Cheftu starrte in Dions Augen. Er entdeckte Liebe darin, genau dieselbe Liebe, die er in Chloes Augen sah, daher wusste er, dass Dions Gefühle aufrichtig waren. Er entdeckte Lust, Leidenschaft und die Pforten zu Dingen, die er sich lieber nicht ausmalen wollte. Dion war ihm ein Freund gewesen, ein Vertrauter und Verbündeter, ein Mann, den er geachtet und bewundert hatte. Früher einmal hätte er sein Leben für diesen dunklen Griechen gegeben.

Bis Dion in Cheftus Leben Gott gespielt hatte.

In einem Augenblick extremer Angst und extremer Manipulation hatte Dion ihm ein Elixier verabreicht, das angeblich das ewige Leben gewähren sollte. Dieses Mittel hatte Cheftu vom Abgrund des Todes zurückgerissen und seither immer wieder in sein Leben eingegriffen.

Die Sklaventreiber hatten Cheftu härter geschlagen, weil seine Wunden schneller heilten. Als er auf der Insel oder in der Wüste dem Tod geweiht war, als er nach drei Tagen des Starrens in die Sonne hätte erblinden müssen, als er beinahe von den Briganten ermordet worden wäre, die sie in der Wüste überfielen, war ihm nie etwas zugestoßen. Schmerzen unter der Misshandlung, Qualen, die Todeswünsche in ihm weckten, die Raserei der Folter, und alles ohne Unterlass. Und im Hinterkopf peinigte ihn Tag für Tag das Wissen, dass Chloe das Elixier nicht genommen hatte.

Dass die Geburt eines Kindes sie ihm womöglich entreißen würde.

Sie konnte ertrinken, zu Tode stürzen, von einer Waffe gefällt werden oder an einem Knochen ersticken, und er wäre für alle Zeit allein. »Nein«, antwortete er Dion. »Meine Antwort bleibt dieselbe.«

»Versuche es, Cheftu. Lass dich nur einmal von mir berühren, dann wirst du sehen, ob du etwas empfindest. Lass mich dich kosten –«

»Nein.«

»Ich kann dir helfen«, bot er an. »Ich biete dir Gold, Macht, Ansehen, alles, was du willst.«

Cheftu trat einen Schritt vor. Sein Blick war hart. Dion sah nur noch auf seinen Mund. »Sieh mir in die Augen, Dion«, warnte Cheftu. »Und höre die Wahrheit, die meine Lippen sprechen.«

»Es ist schwer, sich zu konzentrieren, wenn ich dich nur küssen will.«

Cheftu knirschte mit den Zähnen. »Du würdest nicht verstehen, was ich will. Ganz gleich, was du denkst, du kennst meine Seele nicht. Und das, was du getan hast, bedeutet nicht, dass du mich besitzt, nicht einmal zum Teil.« Wieder machte er angriffslustig einen Schritt auf Dion zu. Dion wich keine Handbreit. Angewidert bemerkte Cheftu, dass sein Widersacher erregt war. »Ich weise dich ab, weil ich meine Frau liebe. Und sollte sie mir, was Shaday verhindern möge, morgen genommen werden, würde das nichts an meiner Entscheidung ändern. Ich liebe sie, diese Frau, deren Leib so kostbar ist und Leben schenken kann, deren Verstand fruchtbar und scharf ist, deren Geist mich belebt und umfängt.« Er legte die Hand auf Dions Brust. »Du. Nicht.«

Cheftu schubste Dion von sich weg, sodass jener überrascht rückwärts taumelte. »Treib mich nie wieder in die Enge, geifere nie wieder nach mir, mache dir nie wieder meinetwegen Hoffnungen. Weder jetzt noch irgendwann. Nein.«

Er drehte sich um, tauchte seinen Pinsel wieder ein und fuhr mit seiner Niederschrift fort.

»Du wirst diese Worte noch bereuen, Ägypter«, drohte Dion.

Und verschwand.

Die nächste Nacht verblüffte mich. Ich hatte geglaubt, die Zehn Gebote zu kennen. Die meisten westlichen Gesetzeswerke hatten ihren Ursprung in diesen schlichten, doch bindenden Bestimmungen. Ich rechnete fest damit, N'tan über Ehebruch oder Mord oder die Lüge sprechen zu hören, doch er fing an, von Festtagen zu reden.

Festtagen?

Er ließ sich darüber aus, dass die Stämme das Passahfest und das siebentägige Fest des Ungesäuerten Brotes in Ehren halten sollten. Dann erklärte er, sie sollten auch Shavu'ot feiern, das Fest der Wochen, und Sukkot, das Laubhüttenfest – das wir zur Zeit begingen. Bei diesen drei Festen sollten die Menschen der Stämme vor Shadays Angesicht stehen.

Das nächste Gesetz, verkündete N'tan, sei ganz einfach. »Koche kein Zicklein in der Milch seiner Mutter.«

Das war's. Finito. Dies waren die Gesetze der Stämme. Ein bisschen was über die Feiertage, die Sache mit dem keinen anderen Gott und dem keinen Bildnis von Gott, noch ein paar Merksätze über das Auslösen mit Blut... und ein Gesetz, dass man kein Zicklein in der Milch seiner Mutter kochen soll. Ich musste mich zusammenreißen, um nicht laut zu plärren: »Was zum Teufel soll das denn?« Stattdessen sprach ich mit allen anderen zusammen: »*Sela.*«

Erst auf dem Heimweg brach es aus mir heraus. »Was ist mit den Zehn Geboten? Ich dachte, die solltest du niederschreiben! Die Gebote, die N'tan da angeführt hat, die er den Stämmen beigebracht hat, sind nicht die, die ich kenne. Was meinst du dazu?«

»Wenn man die sprachlichen Abweichungen berücksichtigt«, setzte Cheftu an.

»*Lo.* Auch mit sprachlichen Abweichungen lässt sich nicht erklären, warum es nicht heißt: ›Du sollst nicht begehren‹, ›du sollst Vater und Mutter ehren‹ und ›du sollst nicht töten.‹«

Er gab mir einen Kuss auf den Handrücken, doch es war kein erotischer, sondern ein rein nachdenklicher Kuss. »Wir haben das Gebot, keine Götter neben Shaday zu haben.«

»*Ken.* Weil man Ihn eifernd nennt, ist Er ein eifernder Gott.«

»Das Gebot, sich kein Bildnis von Ihm zu machen.«

»Richtig. Zumal nach der Katastrophe, dass sie nur wenige Monate, nachdem Shaday sie durch das Rote Meer geführt hat, Hathor angebetet hatten.« Wie hatten sie nur an ihm zweifeln können? Das mit dem Roten Meer hatte ich mit eigenen Augen beobachtet, und es hatte mein ganzes Leben verändert.

Na ja, wenigstens ein bisschen beeinflusst.

Okay gut, ich war also nicht anders. Auch ich zweifelte immer noch, obwohl ich das mit dem Roten Meer gesehen hatte.

»Doch statt all der Gesetze über Freunde und Familie, Ehrlichkeit und Gier folgen ein Haufen Vorschriften über Opfer und Feiertage«, beschwerte ich mich.

»Das Werkzeug, mit dem dieser Glaube am Leben erhalten wird, ist das Gedächtnis«, sagte Cheftu. »Genau wie N'tan erklärt hat. Wenn sie Shaday im Gedächtnis bewahren, und zwar durch all die kleinen Gesten – indem sie ihren Wein und das Brot segnen, ehe sie es verzehren, indem sie sich von fremden Völkern absondern, so wie sie die Aprikosenbäume von den Birnbäumen absondern – dann werden sie Shaday auch in den wichtigen Dingen leichter im Gedächtnis behalten.«

Wir gingen in unser immer noch ungeschmücktes, so wie fast alles ungeschmückt war, Haus. Cheftu zündete die Lampe an, während ich sofort auf den Balkon trat.

Ich zweifelte nicht daran, dass er mit seinem Einwand Recht hatte. Doch das beantwortete nicht meine Frage, ob die Zehn Gebote noch fehlten und warum. »Wie konnten die Gebote erst so und später ganz anders sein?« Ich drehte mich um und sah Cheftu an. Er starrte über meine Schulter in eine Ferne, die ihm ganz allein vorbehalten war.

»Vielleicht...«, sann er nach, »vielleicht war es ja umgekehrt.«

Ich sah ihn abwartend an. Seine Augen waren mit Bleiglanz umschminkt, und in seinen Ohrringen blitzte das Licht der Lampe auf. Wie konnte es umgekehrt gewesen sein? Schließlich sprachen wir hier über die Zehn Gebote.

»Diese Gesetze machten aus einem Haufen von Sklaven eine organisierte Armee«, meinte er gedehnt.

»*Ken?*«

»Vielleicht waren sie die allerersten Gesetze, der erste Versuch einer Organisation.«

Ich hatte keine Ahnung, wovon er sprach. Meine Miene musste das verraten haben.

»Als sie aus Ägypten kamen, hatten sie jahrhundertelang als Diener gelebt. Und was tut ein Diener?«

»Dienen?«, meinte ich ironisch.

Cheftu zog eine Braue hoch.

»*B'seder*. Sie bedienen, sie schuften, sie –«

»Aber sie fällen keine Entscheidungen«, sagte er.

Ich verstummte. Ein Sklave hat keine Gelegenheit, selbstständig zu denken. Wir hatten nur ein paar Monate lang als Sklaven gelebt. Man hatte uns zu essen, etwas anzuziehen und ein Obdach gegeben und uns gesagt, wann wir wo zu sein hatten. Nach ein paar hundert Jahren hatte ein Volk bestimmt vergessen, wie man Entscheidungen fällt und ausführt. Nicht weil die Menschen zu dumm waren, sondern weil man ihnen diese Fähigkeit ausgeprügelt hatte. Die Apiru hatten also immer jemanden gehabt, der ihnen sagte, was sie tun sollten: Und über Nacht hatten sie die Verantwortung für sich selbst übernehmen müssen?

»Sie haben also ihre Aufseher gegen Shaday eingetauscht?«, fragte ich. Wieder kam mir Dadua und seine Theorie von Shaday als Sklavenbesitzer in den Sinn.

Cheftu hatte sich auf dem Mauersims niedergelassen und zog mich an seine Seite. »Denk doch mal nach. Die ersten Gesetze waren einfach und leicht zu befolgen. Sie drehten sich vor allem um Opferriten, denn die hatten sie auch als Sklaven beobachtet und konnten sie daher verstehen.

Weil sie unter Menschen gelebt hatten, die ihre Erstgeborenen verehrten, gaben ihnen die Bestimmungen, den Erstgeborenen auszulösen und nicht ohne ein Geschenk vor Shaday zu erscheinen, das Gefühl, einen Gott zu verehren, der dem ihrer Nachbarn ähnlich, wenn auch nicht gleich war. Diese Dinge waren ihnen vertraut.«

Er küsste meine Schulter und sprach dann weiter. »Die Feiertagsgesetze waren ihnen auf Grund ihres ägyptischen Erbes ebenfalls leicht begreifbar. Der religiöse Kalender und das Tabu, Götzen anzubeten, waren das Erste, was sie lernen mussten.«

»Weil ihnen das noch frisch im Gedächtnis war?«, meinte ich.

»*Ken.* Sie hatten erst kürzlich Hathor, das Goldene Kalb, angebetet. Man musste ihnen erklären, was daran falsch gewesen war.«

Ich nickte, denn jetzt konnte ich seinem Gedankengang folgen.

»Die von dir angeführten Gesetze, jene Gebote, die ich aus dem Katechismus kenne, waren viel komplizierter. Sie waren für Menschen bestimmt, die sich an den Gedanken gewöhnt hatten, dass sie ihr eigener Herr waren.«

»Also wurden diese Gesetze nicht von Moshe niedergeschrieben?«, fragte ich.

»Nein, von Shaday.«

»Das verstehe ich nicht«, gestand ich auf Englisch.

»Die ersten Tafeln hat Shaday selbst geschrieben, *nachon*?«, fragte Cheftu.

Der Film »Die Zehn Gebote« zog vor meinen Augen vorbei, wobei das Gesicht des Schauspielers durch das dunkeläugige Antlitz Moshes, des ehemaligen ägyptischen Kronprinzen, ersetzt wurde. Ein Blitz, vorgeblich der Finger Gottes, hatte die Gesetze in Steintafeln gemeißelt. Dann war Moshe den Berg hinabgestiegen, hatte die Steine auf den Boden geschleudert und sie dabei zerbrochen.

»Den Weisen zufolge«, antwortete ich zaghaft.

Cheftu lachte, gab mir einen Kuss auf den Hals und schlang die Arme um mich. »*Ken.* So erzählen es die *Tzadikum.* Nachdem *ha*Moshe sein Volk bestraft hatte, stieg er den Berg wieder hinauf und nahm die Zehn Gebote mit eigener Hand auf.«

Ich drehte mich zu ihm um. »Willst du damit sagen, sie haben sie im zweiten Durchgang ein wenig geglättet? Weil die Menschen einfach noch nicht reif dafür waren? Die Zehn Gebote, die ich kenne, die Mimi mir so oft aufgesagt hat, wären demnach die erste Fassung, doch sie waren zu kompliziert, sodass Moses und Gott eine Version für Abc-Schützen hinterhergeschickt haben?«

Er zuckte mit den Achseln, ein Sinnbild gallischer Nonchalance. »Abraham hat mit Gott um ganz andere Dinge gefeilscht, wer will das also so genau sagen?«

Es war ein verblüffender Gedanke. »Du glaubst also, dass die Regeln, die Shaday selbst in Stein gemeißelt hat, jene Zehn Gebote waren, die wir kennen? Und jene, die *ha*Moshe dem einfachen Volk vortrug, waren dann jene, die er beim zweiten Mal erhielt?«

Ich konnte mich nicht mehr stillhalten. Ich sprang von der Brüstung. »Die Gesetze, die N'tan aufgeführt hat, wären also der zweite Satz, den Moses erhalten hat? Die einfache Version, die Trainingsgebote? Dies sind die Gebote, die er selbst niedergeschrieben hat?«

Cheftu blieb lange stumm. »Es wäre denkbar, denn die Zehn Gebote, wie wir sie kennen, erforderten für eine Herde von Sklaven ein viel zu komplexes Denken.« Lächelnd fing er mit den Händen die Spitzen meiner Haare. »Es sähe Shaday ähnlich, zwei Pläne zu erstellen, einen für die Gegenwart und einen für die Nachwelt, die einander aber nicht widersprechen. Die Gebote, die wir hier befolgen, sind sehr körperliche Gebote. Die späteren Gebote sind eher geistiger Natur, sie richten sich an unser inneres Selbst. Du kennst nur die Letzteren, doch in der Heiligen Schrift stehen beide Versionen.«

Ich war nicht sicher, ob ich mit ihm einer Meinung war. »Was meinst du – in welcher Sprache hat Gott sie wohl niedergeschrieben?«

»Man wäre geneigt zu sagen Hebräisch«, antwortete Cheftu. »Die Urim und Thummin tragen hebräische Inschriften, wir wissen also, dass die Sprache bereits existierte. Und geschrieben wurde.«

»Und in welcher Sprache hat Moshe seine verfasst?«, fragte ich weiter.

Cheftu klappte den Mund auf; in diesem Augenblick spürte ich denselben Kick wie er. »In Hieroglyphen?« Seine Stimme stieg um eine Oktave an.

Und über noch etwas hatte ich mir Gedanken gemacht. »Wo befinden sich wohl die Gebote, die Gott selbst niedergeschrieben hat?«

»In der Bundeslade.«

Sechster Teil

15. Kapitel

RaEm wachte von einem leisen Rascheln vor ihrer Zelttür auf. Schlagartig war sie hellwach und schlich hin. Der wachhabende Soldat seufzte leise, als seine Kehle durchgeschnitten wurde. Einen Moment lang geriet sie in Panik, doch dann hörte sie die Stimme des Mörders: »Ich komme von Horetaton, Meine Majestät.«

»Musstest du ihn deshalb umbringen?« Sie schlug die Zeltklappe zurück und deutete auf den am Boden liegenden Leichnam.

»Ja. Es war unvermeidlich.« Erst als der Bote ins Zelt trat, erkannte RaEm, dass er eine Sie war. Eine junge, flachbrüstige Frau, geschoren und geschmückt wie ein Priester, doch eindeutig weiblich.

»Was hat das zu bedeuten?«, herrschte RaEm sie an.

»Horetamun, ich meine –« Sie verhaspelte sich. »Er war mein Herr, Meine Majestät.«

RaEms Augen wurden schmal. »Weiter.«

»Er war –« Das Mädchen schöpfte angestrengt Luft. »Sie haben ihn umgebracht, Meine Majestät.«

RaEm war entsetzt. Er war ihr einziger Verbündeter! Ihr einziges Werkzeug! »Umgebracht?«

»Die Priester Amun-Res erheben sich, Meine Majestät. Sie wollen den Aton und Pharao auslöschen.«

»Erzähl mir alles.« Sie bedeutete dem Mädchen, sich zu setzen.

»Die Überschwemmung war schwach.«

»Das ist mir bekannt.«

»Das von dir gesandte Gold hat nicht gereicht.«

Bei diesem Gedanken zuckte RaEm zusammen. Die Stammesbrüder hatten sich für besonders schlau gehalten, weil sie das Gold zusammen mit den verwesenden Leichen vergraben hatten. Doch RaEm hatte jeden Soldaten, der sich geweigert hatte zu graben, persönlich ausgepeitscht. Sie hatten eine Menge Gold zu Tage gefördert – Rüstungen und Waffen mit Hatschepsuts Kartusche, einem Pharao, von dem keiner der Soldaten je etwas gehört hatte. Zur Strafe für ihre Unwissenheit hatte RaEm sie ein zweites Mal ausgepeitscht.

Doch das Gold hatte nicht ausgereicht.

Dann hatte sie Daduas Tributzahlungen nach Ägypten geschickt, ein willkommenes Scherflein, doch längst nicht genug, um die gierigen Pfoten der bestechlichen Adligen und Priester zu füllen.

»Was ist passiert?«

»Er hat in Gottes Kammer zu Amun gebetet. Alle anderen Priester hatte er hinausgeschickt, darum hat er während des Gebets die Steine, das Gold und die Schätze ausgegraben, die niemand außer ihm vermissen würden.«

Es war ein Akt der Verzweiflung. Hoffentlich würde der Gott verstehen, dass er nur aus Liebe zu Ägypten gehandelt hatte.

»Der, der andere Priester« – das Mädchen wischte sich mit dem Handrücken die Nase ab – »er war schon immer neidisch auf Horetamun. Er ist mit den Wachen in den Raum eingedrungen und hat Horetamun auf frischer Tat ertappt.«

RaEm schloss die Augen. Sie konnte sich die Szene, die Eifersüchteleien, die Rivalitäten ausmalen. In den Tempeln sammelten sich die Menschen, die es nach Macht gelüstete. Bestimmt hatte er gekniet und wahrscheinlich im Boden gewühlt, als die Tür aufgeflogen war.

»Haben sie ihn gleich dort getötet?«

Das Mädchen schüttelte den Kopf. »Er wurde hingerichtet.«

»*Aii*, Isis, nein!«, hauchte RaEm. Das bedeutete, dass er eine Woche lang gefoltert worden war, dass er zehn volle Tage die verschiedenen »Höllen« durchleben musste, die dem Glauben nach seine Seele nach dem Tod durchwandern würde.

Man hatte ihn mit Honig überzogen und den Ameisen überlassen.

Seine Finger abgeschnitten und sie vor seinen Augen an Sobeks Krokodile verfüttert.

Ihn gnadenlos ausgepeitscht, bis er am ganzen Leib blutete, und dann in der Sonne liegen gelassen.

Seine Zunge abgeschnitten und ihm alle Zähne gezogen.

Ihn chirurgisch bei vollem Bewusstsein ausgeweidet, aber so, dass er dabei nicht starb.

Ihm das Geschlecht abgehackt und in den Mund gestopft.

Dann ihn geblendet.

Und schließlich seinen Leib in Pech getaucht und angezündet.

Nichts würde von ihm übrig bleiben; sein Name würde aus allen Papyri gelöscht, seine Siegel eingeschmolzen, seine Asche im Wüstenwind verstreut und sein gesamter Haushalt an Ausländer und in die elendeste Sklaverei verkauft.

RaEm weinte um ihn. Sie zerriss ihre Kleider, schlug sich an die Brust, beschmierte Gesicht und Kopf mit Asche und verharrte drei Tage lang im Dunklen, wo sie um ihn trauerte. Doch zuvor sorgte sie dafür, dass das Mädchen Gold und neue Kleider erhielt, und schickte sie nach Yaffo, von wo aus sie auf eine weit entlegene Insel reisen sollte.

Unterwegs würden RaEms Agenten, als Priester Amun-Res verkleidet, sie überwältigen, umbringen und den Leichnam liegen lassen. Natürlich hatte der richtige Priester das Mädchen verfolgen lassen. RaEm durfte nicht zulassen, dass man eine Verbindung zwischen dem beseitigten Hohe Priester und dem herrschenden Ko-Regenten Ägyptens zog.

Allerdings würde das Mädchen einen schnellen, schmerzlosen Tod sterben. RaEm würde persönlich dafür sorgen, dass sie betrauert und ihr Name in vielen Schriftrollen verzeichnet würde, damit sie für alle Zeit weiterlebte.

Nach Ablauf der drei Tage verwandelte sich RaEm zurück in Semenchkare, ließ ihren Tragsessel rufen und brach auf zu Daduas Audienzsaal.

Sie hatte ihren Verbündeten verloren; sie brauchte einen neuen.

Es war Zeit zu handeln. In einem Monat würde das goldene Totem in die Stadt einziehen. RaEm wusste nicht, ob Echnaton noch so viel Zeit blieb. Wenn er ermordet wurde, ohne dass sie selbst den Mord in Auftrag gegeben hatte, dann würde man sie ebenfalls zum Feind erklären. Eigentlich hätte ihr Priester Horetamun diesen Mord ausführen und dann ihr, dem über Ägypten herrschenden Pharao, zuschreiben sollen. So wie Hatschepsut mit ihrem Neffen Thutmosis verfahren war, hätte RaEm den kleinen Tuti unter Hausarrest gestellt und seine Regentschaft an sich gerissen.

Doch man hatte ihr Werkzeug entdeckt. Jetzt musste sie bald nach Ägypten zurückkehren, sie musste mit Gold beladen zurückkehren und mit einer triumphierenden, Kriegsbeute heimführenden Armee, dem Symbol eines längst untergegangenen Ägyptens.

Es war höchste Zeit; Horetamun war seit beinahe einem Monat tot.

Als die Regenfälle endgültig einsetzten, stand ich auf meinem Balkon und mahlte mein Getreide, da ich keine Sklavin hatte. Das Wetter hatte uns schon länger geneckt, mit etwas Nieselregen oder einem kurzen Schauer hie und da. Und fast jeden Nachmittag mit einer kleinen, vom Wind geschobenen Wolkenfront. Die ganze Woche hindurch war es stetig abgekühlt. Die Felder waren umgepflügt und bepflanzt; die Trauben zu Wein zerstampft; die Oliven eingelegt; die Granatäpfel gepflückt; und das Getreide geerntet.

Jetzt begann die Regenzeit.

Es war meine Zeit »auf dem Stroh«. Ich sah dem Regen zu und hätte am liebsten geweint. Was lächerlich war, da alles gut, sehr gut lief. Besser als in jedem anderen Zeitalter, in dem ich bisher gelebt hatte.

»Du brauchst ein Hobby«, sagte ich mir laut. »Eines, das dich davon abhält, Selbstgespräche zu führen.«

Mir fehlte meine Kunst, das Staunen über etwas Selbsterschaffenes. Brot zählte nicht als kreatives Werk, auch wenn ich ziemlich gut im Backen geworden war. Ich hörte ein Klopfen an der Tür, darum legte ich den Stein ab und lief hin. Draußen im Regen stand die Transuse, tanzend und mit einem Lächeln auf den Lippen.

Richtig, sie tanzte gern im Regen. Fußabdrücke Gottes oder so.

»Avgay'el lädt dich zum ersten Krempeln ein«, sagte sie. »Heute Nachmittag.«

Ich starrte sie an; das Mädchen wandelte sich immer mehr zur Frau. Nicht nur das, sie war ausgesprochen liebreizend, wenn sie sich bewegte. Hatte sie überhaupt Knochen im Leib? »Wann?«

»Heute Nachmittag.«

»*B'seder*, aber wann?«

»Jetzt.«

»Äh, also, soll ich irgendwas mitbringen?«

»Wir krempeln«, sagte sie. »Kommst du?«

Warum nicht. Ich zog die Tür hinter mir zu und folgte ihr hinaus in den Regen.

Ich stapfte vor mich hin, sie tanzte. Selbst im Gehen tanzte sie. Sie bemerkte nicht die Blicke der Männer, die sich nach ihr umdrehten und ihre Freunde auf diese Frau aufmerksam machten.

Vor uns sah ich eine Gruppe von *Giborim*. Sie war noch ein Kind, selbst wenn sie sich wie flüssiges Öl bewegte. »Geh lieber ein Stück weit normal«, flüsterte ich ihr zu. Sie tanzte. Die Soldaten hatten sie noch nicht bemerkt. Unter ihnen war auch der Klingone. Vielleicht konnten wir ihnen irgendwie ausweichen?

Donner.

Mit einem Schlag steigerte sich der Regen von einem normalen, mittelmäßigen Schauer zu einem monumentalen Wolkenbruch. Ich sah mich nach einer Möglichkeit zum Unterstellen um, doch die Transuse jubilierte verzückt. Sie begann im schwächer werdenden Nachmittagslicht über die Straße zu kreiseln, zu wirbeln und zu tänzeln.

Uri'a, der Klingone, wurde auf sie aufmerksam; ich sah, wie sein

Gesicht vor Geilheit erschlaffte. Ein anderer *Gibori* trat vor, doch Uri'a hielt ihn mit dem Schwert zurück – einem Schwert aus pelestischem Eisen. Sie wechselten ein paar Worte miteinander, vermutlich etwas wie: »Ich habe sie zuerst gesehen.«

Und die Transuse tanzte immer weiter, das Gesicht dem Regen entgegengestreckt. Deine Kindheit ist vorbei, dachte ich. Uri'a schaute ihr zu. Wütend auf sie und auf mich selbst hastete ich durch die Sintflut, riss mir das Kopftuch von den Haaren und warf es ihr über. Dann packte ich sie an der Schulter und marschierte mit ihr durch den Regen davon. Sie protestierte, doch Uri'as Miene wollte mir einfach nicht aus dem Sinn.

Avgay'el und Shana mussten davon erfahren.

Triefnass, mit laufenden Nasen und völlig aus der Fasson kamen wir im Palast an.

Im Hof stand ein Ägypter, ein Ägypter, den ich noch nie gesehen hatte. Er war zwar wie ein Priester gekleidet, trug aber ein Schwert wie ein Soldat. Der Bleiglanz war über sein Gesicht verlaufen; er war völlig durchnässt. Niemand war in seiner Nähe. Ich befahl der Transuse knapp, in den Frauenflügel voranzugehen. 'Sheva warf mir einen finsteren Blick zu und zog ab.

»Hat sich schon jemand deiner angenommen, Herr?«, fragte ich auf Ägyptisch.

Mein Anblick schien ihn zu verblüffen; seine Finger flogen durch die Luft und machten das Zeichen gegen den bösen Blick, denn schließlich hatte ich rotes Haar und grüne Augen. »Nein, äh, Herrin«, antwortete er.

»Wen möchtest du sprechen? Pharao Semenchkare hat sein Lager auf dem Hügel gegenüber aufgeschlagen.« Ich gab mir alle Mühe, mich nützlich zu machen. Seine Augen wurden schmal. Allmählich bekam ich das Gefühl, alles falsch zu machen. »Oder bist du hier, weil du *haNasi* Dadua sprechen möchtest?«

»Ich bringe Kunde von einem neuen Pharao«, sagte er.

»Echnaton ist zu Osiris heimgeflogen?«

»Echnaton hat Osiris' Existenz geleugnet«, erwiderte er eisig.

Na prima, ich leistete ja erstklassige Arbeit. Ich beschloss, den Mund zu halten, solange es noch möglich war.

»Der Junge, Tuti, ist er bei Pharao?«

Bildete ich mir das nur ein, oder lastete auf dem Wort *Pharao* dicker Sarkasmus? Ich zuckte mit den Achseln. Das wusste ich nicht. Ich bot ihm Wasser an und zog dann ab in den Frauenflügel. Sobald ich dort und damit bei Daduas kreischenden, herumrennenden Kindern angekommen war, suchte ich Shana auf und berichtete ihr von dem Boten. Dann erzählte ich ihr von der Transuse und Uri'a. Sie *tch*'te und schickte mich aufs Stroh.

Die Kinder wurden zum Mittagsschlaf hingelegt und an uns Frauen Wollballen sowie jeweils zwei Holzplatten ausgeteilt: eine mit zwei Zinkenreihen, die andere mit einer. Bei all dem Wollekrempeln und Teigkneten würde ich mir in Zukunft jedes Fitnesstraining sparen können. Als Frau im Altertum zu leben, war harte Arbeit und ein ebenso hartes Workout.

Würde ich immer eine Frau im Altertum bleiben? Ich legte die Hand auf meinen Bauch und kämpfte gegen die Tränen an. Wollte ich das denn?

»Erzähl uns eine Geschichte, Avgay'el!«, forderten die Frauen. Avgay'el war schwanger, auch wenn man ihr das nicht ansah. Andererseits war Daduas neueste Frau, eine ausländische Prinzessin, unübersehbar schwanger. In einer Hinsicht war das eigenartig; in anderer auch wieder nicht. Theoretisch hatte ich mich mittlerweile mit der Polygamie abgefunden; verwandelte ich mich allmählich wirklich in eine Frau des Altertums?

Die Himmel hatten sich über Tziyon geöffnet und durchtränkte uns. Wir hörten die Tropfen auf das Dach trommeln; das Gewitter hatte es drinnen dunkel werden lassen. Anhino'am bat die Transuse, Lampen anzuzünden. Dann merkte ich, wie 'Sheva hinausschlüpfte. Um wieder im Regen zu tanzen, dachte ich. Wenigstens befand sie sich jetzt im Palast, wo es sicher war.

Avgay'el nahm ihr Arbeitszeug auf und fing an, ihren Wollballen zu entfilzen, wobei sie im Rhythmus ihrer Bewegungen mit kräftiger, melodiöser Stimme sprach: »Angesichts des Wetters«, sagte sie, »weiß ich schon, welche Geschichte heute passt.«

Die Frauen lachten. Ich konzentrierte mich darauf, meinen

Wollballen auseinander zu ziehen, damit ich anfangen konnte, ihn zu krempeln.

»Die Geschichte hat ihren Anfang, nachdem die erste Familie sich vermehrt hatte«, begann Avgay'el. »Sie besiedelte das Antlitz der Erde. Nun gab es auch eine Rasse von Riesen, *Anakim*: Himmelssöhne, die sich Menschentöchter erkoren. Ein Heldengeschlecht zog durch die Welt, Männer und Frauen von sagenhaftem Ruhm.«

Ich wand mich auf meinem Strohhaufen und zerrte mein Wollknäuel auseinander. Bedeutete dies, dass die Bibel Raum für diese mythologischen Wesen ließ? War es überhaupt dieselbe Bibel, die ich besessen hatte? Irgendwie war ich sicher, dass ich damals besser aufgepasst hätte, wenn darin etwas über ein Picknick mit Gott oder über Riesen und Zaubergestalten gestanden hätte.

Stattdessen war mir die Bibel vorgekommen wie eine Ansammlung von Moralvorschriften und Zeugungslisten.

Ich sah mich um, von der stillenden Frau auf die zwei Ehefrauen in anderen Umständen und die vier Konkubinen, die sich sämtlich in verschiedenen Stadien der Schwangerschaft befanden: das mit den Zeugungslisten traf allerdings schon zu.

Avgay'el drehte ihre Krempelhölzer um, hielt inne und sah uns der Reihe nach an. »So hört: Yahwe blickte auf den Erdling, der zu einem Monster herangewachsen war. Denn in seinem Dichten erschuf er immer nur Böses, aus dem sich böses Trachten ergab. Da wurde Yahwe das Herz schwer wie einem Vater, dessen Sohn ein fruchtloses Leben führt. ›Ich will die Erdlinge vom Angesicht des Landes tilgen‹, sprach er. ›Mensch und Tier, Gewürm und Vögel; denn es reut mich, dass ich sie gemacht habe.‹«

Die Frauen sahen sie voller Trauer über Gottes Pein an. Ich versuchte angestrengt, ihre Worte nicht in irgendeine mir bekannte Geschichte zu pressen. Ich wollte ihr einfach nur zuhören und die Situation genießen: einen Regentag im Harem, die Kameradschaft gemeinsam arbeitender und in Bann geschlagener Frauen.

»Doch Noach der Fromme erwärmte Yahwes Herz.«

Natürlich Noah. Wieso sollte mich das überraschen? Bei Regen lag der Gedanke an eine Arche nahe. Ich hörte sie sagen, dass Gott

Noach befahl, die Arche zu besteigen, weil er ein Gerechter unter den Völkern sei. »Nimm dir sieben mal sieben – das Männchen und sein Weibchen – von jedem reinen Tier.«

Sieben mal sieben? Und was war mit zwei mal zwei?

»Von den unreinen Tieren nimm dir je ein Männchen und sein Weibchen. Sieben mal sieben Vögel, das Männchen und sein Weibchen. Sie verteilen den Samen des Lebens über das Angesicht der Erde.«

»Ich wünschte, er hätte die Schlangen weggelassen«, meinte Hag'it. »Sie hätten ruhig zusammen mit den unreinen Menschen ertrinken können. Mir hätten sie nicht gefehlt.« Die übrigen Frauen lachten. Avgay'el lächelte und schaute gleich wieder auf ihre Krempelhölzer.

»Nun höret: Yahwe sagte, dass er in sieben Tagen Wasser auf die Erde regnen lassen würde, vierzig Tage und vierzig Nächte lang ohne Unterlass. Auf diese Weise würde er alles Lebendige, das er aus Lehm gemacht hatte, vom Erdboden tilgen. Noach, sein Weib, seine Söhne und ihre Weiber gingen in die Arche, so wie Yahwe es ihnen gebot.

Nun sehet: Sieben Tage vergingen, dann regnete das Wasser vierzig Tage und Nächte lang. Yahwe verschloss die Tür hinter Noach. Das Wasser hob die Arche an und ließ sie vierzig Tage über dem Land schwimmen. Das Wasser nahm überhand und wusch das Angesicht der Erde rein. Die Arche schwamm über das Angesicht der Erde hinweg. Alle hohen Berge waren von Wasser bedeckt.«

Ich musste an meine Flüge über die Schweizer Alpen denken, deren schneebedeckte Gipfel alle Wolken durchstießen und selbst aus zehntausend Meter Höhe zu erkennen waren. Und diese Höhen waren angeblich von Wasser bedeckt gewesen? Das erschien lachhaft, doch mein skeptischer Ansatzhebel wurde allmählich rostig. Ich hatte miterlebt, dass Gottes Taten meine Fähigkeit zu verstehen und zu glauben mit Leichtigkeit übersteigen konnten. Und änderte letztendlich mein Glaube oder Unglaube irgendetwas?

Avgay'el fuhr fort: »Die Wasser stiegen fünfzehn Ellen über die bedeckten Berge. Alles, was *Nefesh* hatte, verschwand vom Land. Alles, was gelaufen oder geflogen oder gekreucht war; alles war ausgelöscht. Nur Noach und was mit ihm in der Arche war, blieb übrig.

Nun wurde dem Regen vom Himmel gewehrt. Da verliefen sich die Wasser auf der Erde. Nun sehet: Das Fenster, das Noach gemacht hatte, wird geöffnet. Er lässt eine Taube ausfliegen, um zu erfahren, ob die Wasser sich verlaufen hätten auf dem Land.«

Wie viele Kunstwerke mit diesem Motiv hatte ich schon gesehen? Von der Renaissance angefangen bis in die Moderne: Tierköpfe, die aus den Fenstern der Arche ragen, Noah, der die Taube fliegen lässt und auf ihre Rückkehr wartet.

Doch diesmal sah ich noch etwas, das mir nie zuvor aufgefallen war. Die grauenvolle Einsamkeit, die einzigen Menschen auf dem Planeten zu sein; die alles überwältigende Angst vor einem Gott, der – in gewisser Weise – selbstkritisch und flexibel genug war, seine Schöpfung zu zerstören, weil sie seinen eigenen Maßstäben nicht genügte. Als wären all diese Menschen und Tiere nichts weiter als Tonschüsseln; getöpfert, glasiert und gebrannt, doch so missgestaltet, dass sie weder zu retten noch zu gebrauchen waren. Und deshalb kaputtgemacht werden mussten.

Doch zum ersten Mal verstand ich Gott. Ich konnte seinen Blickwinkel verstehen. Gott als Schöpfer – der keinerlei Gefallen an seinem Werk fand. Wie oft hatte ich eine Leinwand übermalt? Eine Skulptur weggeschmissen? Etwas Getöpfertes wieder eingestampft?

Durch mein Grübeln verpasste ich die Stelle, an der die Taube ausbleibt, doch diesen Teil der Geschichte kannte ich bereits. Avgay'el nahm einen Schluck Wein, um ihre Stimme zu glätten, bevor sie fortfuhr: »Nun baute Noach Yahwe einen Altar und nahm von allen reinen Tieren, den reinen Vögeln und opferte sie: als Brandopfer auf dem Altar.

Und Yahwes Herz wurde besänftigt; denn seine Nase roch den lieblichen Duft. Er dachte: ›Ich will hinfort nicht mehr über die Erde richten um der Taten der Erdlinge willen. Wenn sie die Gabe meiner Schöpfungskraft zu schändlichen Gedanken missbrauchen, werden böse Taten entspringen. Dennoch will ich hinfort nie wieder schlagen, alles was da liebt, nur um ihn zu treffen.‹«

Ich hörte die erste Kinderstimme nach der Mutter rufen. Avgay'el kam eilig zum Schluss. »Dies waren die Söhne Noachs, die aus der Arche gingen. Shem, Ham und Yafat. Von diesen drei Söhnen her kommen alle Menschen auf Erden.«

Wir hatten unsere Wollfilze in lange Matten gekrempelt, aus denen dann Fäden gesponnen würden. Gerade als wir die Krempelhölzer zurückgaben, sah ich die Transuse hereintaumeln. Sie blutete, und ihr Gesicht war mit blauen Flecken übersät.

Mir wurde schlecht, denn mir schwante Böses. »'Sheva!« Ich lief zu ihr hin. »'Sheva, was ist passiert?«

Sie antwortete nicht, sondern starrte in die Ferne. Shana packte sie am Arm und rüttelte sie: »Du! 'Sheva«, doch auch das führte zu nichts. Avgay'el strich ihr über das Haar und bemerkte dabei einen Biss auf ihrem Hals.

Einen großen Biss. O nein, nein, nein, dachte ich.

»Hebt ihren Rock hoch«, befahl Shana.

Auch ich half dabei. Das Mädchen war geschändet worden. Im Schlamm überwältigt. Die Mienen der Frauen blieben ernst, doch keine weinte. Avgay'el und Shana sahen sich an.

»Trag sie ins Stroh, Klo-ee«, sagte Avgay'el. »Shana wird sie untersuchen.«

Ich hob sie hoch und schob meinen Arm unter ihre Knie. Sie war so zerbrechlich und wie im Koma. Sie war vergewaltigt worden? Das erschien mir unvorstellbar. Diese Menschen vergewaltigten nicht einmal die Frauen, wenn sie eine Stadt plünderten! Ich legte sie auf dem Stroh ab, während die anderen Frauen ihr erst Wein und dann ein paar Lampen brachten, damit Shana besser sehen konnte. Hag'it diente der Transuse als Kopfkissen, sie bettete den Kopf des Mädchens in ihrem Schoß und strich ihr das mondstrahlfarbene Haar aus dem Gesicht. Ahino'am brachte erwärmte Lumpen, mit denen wir ganz vorsichtig den Schlamm und das Blut abtupften.

Wir zogen der bibbernden und zähneklappernden 'Sheva das Kleid aus und wickelten sie dann in Tierfelle. Shana untersuchte das Mädchen, während Avgay'el eine Lampe über ihre Schulter hielt, um ihr zu leuchten. Ich schaute nicht zu, dennoch fiel mir auf, dass ihr eben erst die Schamhaare wuchsen. Sie war noch ein Kind, ganz gleich, was ihr Körper verkündete.

Ihre Haut war von blauen Flecken gezeichnet; es war leicht nachzuvollziehen, was passiert war. Er hatte sie mit dem Unterarm knapp über der Kehle auf den Boden gepresst. Sobald sie sich bewegte, drückte er ihr die Luft ab. Ein dickes Knie hatte sich in ihren weichen Bauch gedrückt. Was für ein Monster war das gewesen? Ihre Schenkel waren auseinander gezerrt und festgehalten worden. Wir hätten praktisch Fingerabdrücke von ihrem Vergewaltiger nehmen können!

Shanas kleine Hände huschten über den Leib. Daduas Schwester schüttelte traurig den Kopf, und in ihren Augen glänzten Tränen. »Ihre Jungfernschaft ist dahin«, sagte sie. »Ich werde es Dadua sagen.«

»Was für eine Strafe steht darauf?«, fragte ich. Ich glaubte zu wissen, wer der Täter war, wer dieses arme Kind so missbraucht hatte.

Alle sahen mich fassungslos an.

»Das war Uri'a, das würde ich beschwören. Ich habe euch doch erzählt, wie er sie vorhin angesehen hat.« Ich sah mich um. »Gibt es hier ein Gefängnis? Wird er ausgepeitscht?«

Avgay'el sah mich stirnrunzelnd an. »Manchmal vergesse ich, dass du eine Pelesti bist, Klo-ee. Er wird nicht bestraft werden. Sie werden heiraten.«

»Aber er hat sie vergewaltigt! Und jetzt soll er sie heiraten, damit er sie nach Lust und Laune wieder vergewaltigen kann?«

Daduas Gemahlin zuckte mit den Achseln. »Es ist die am wenigsten elegante Methode, zu einer Braut zu kommen, *nachon* –«

»Was für Methoden gibt es denn sonst?«, fragte ich zornig.

»Verführung oder Kauf«, antwortete sie. »Wie hat dein Mann denn dich bekommen?«

»Er hat mich gefragt.«

Sie schnappten nach Luft. »Er hat nicht für dich bezahlt? Er hat dich nicht verführt, sodass du fortan an ihn gebunden warst?«

»*Lo*. Und er hat mich ganz gewiss nicht vergewaltigt!« Ich blickte auf die schlafende Transuse hinab. »Sie ist doch noch ein Kind! Jetzt wird sie ihr Leben lang diese Gewalt erdulden müssen!«

»Das ist gut für sie«, erklärte Shana stoisch. »Die Erfahrung natürlich nicht – es wäre besser gewesen, wenn er sie durch betörende Worte und sanfte Berührungen verführt hätte –, doch sie ist eine Sklavin. Er hat sie wie eine freie Frau behandelt. Jetzt wird sie die Gemahlin eines *Gibori*. Sie wird selbst Sklaven haben, außerdem ein Heim, Kleider, Kinder. *Ach*, es ist ein Segen!«

Ich würde mich gleich übergeben. »Eine Vergewaltigung ist ein Segen?«, brach es aus mir heraus.

»Bisher war Batsheva ein Niemand«, sagte Shana.

Ich wusste, dass in diesem *Alef-bet* »t« und »th« austauschbar waren. Genau wie »b« und »v«. Abrakadabra und – o Gott, ich hatte mit Bathseba Getreide gemahlen? Doch gewiss nicht *der* Bathseba? Dieses dürre, pferdezähnige Mädel konnte doch unmöglich die aus der Bibel berühmte Bathseba sein? Die Mutter Salomons, des weisesten Mannes der Welt?

»Jetzt wird sie Mutter und gute, starke Söhne bekommen.«

Und warum nicht, Chloe? Ich sah auf die Transuse – Bathseba – hinab und begriff, dass ihre Tage als Niemand sich in rasendem Tempo dem Ende näherten. Würde David nicht ihren Mann umbringen, um an sie heranzukommen? Plötzlich kam mir dieser Mord nicht mehr ganz so schändlich vor.

Laut Gesetz war der Gesetzesbrecher bereits mit ihr verheiratet; jetzt waren nur noch die Formalitäten abzuwickeln. Da 'Sheva eine Sklavin war, sprang Dadua als ihr Vater ein. Shana legte ein Kopftuch um und würde als 'Shevas Fürsprecherin vor den König treten.

Wir deckten die Schlafende zu und verzogen uns.

Ich stolperte durch den Regen und musste die ganze Zeit an Gottes Verkündigung denken, dass missbrauchte Schöpfungskraft die Wurzel böser Taten und letztendlich der Grund war, weswegen die »Erdlinge« ausgelöscht worden waren. Und doch war es ohne eine derartige Vorstellung einem Menschen nicht möglich, die Idee eines Gottes, vor allem eines unsichtbaren Gottes, zu erfassen.

Ich würde *ganz bestimmt* Hindu werden.

Cheftu öffnete die Tür und spürte sofort, dass etwas passiert war. Kein wärmendes Wasser brannte, es duftete nicht nach Gebratenem, es gab keine überschwängliche Begrüßung. Es war kalt und dunkel und so still, dass er ihre Tränen hörte.

Er lief durch das Haus auf den Balkon. Chloe saß mit dem Rücken zur Wand und schluchzte. Er ging vor ihr in die Hocke. »Chloe? Geliebte?«

Abrupt zuckte sie hoch und wischte sich über das Gesicht. »Ist es schon so spät? Es tut mir Leid, ich –«

Sie wollte schon aufspringen, doch sie sprach Englisch, daher wusste er, dass sie extrem aufgeregt war. Er legte eine Hand auf ihre Schulter, um sie am Aufstehen zu hindern. Ihr Gesicht war fleckig, die Nase lief, die Augen waren gerötet. Er ließ sich neben ihr nieder und zischte kurz, als der kalte Regen auf seinen Körper traf. Wenn er den Jerusalemer Winter überleben wollte, würde er seine Leinentuniken gegen welche aus Wolle umtauschen müssen.

Er küsste ihren Handrücken und wartete ab. Sie starrte aus dem Fenster auf die braunen Hügel. »Wieso sind wir hier?«

Cheftu zuckte mit den Achseln. »Weil die Portale uns hergebracht haben?«

Schniefend rieb sie sich mit der Hand über die Nase. »Mein Gott, was würde ich für ein Tempo geben!«

Er wusste nicht, was sie mit »Tempo« meinte, doch er besaß ein provisorisches Taschentuch. Sie dankte ihm und schnäuzte sich.

»Wir sind hier, doch verändert hat sich dadurch nichts. Wahrscheinlich haben wir die Menschheitsgeschichte total durcheinander gebracht, weil wir die Menschen, die andernfalls den ganzen Kram erledigt hätten, daran gehindert haben.«

»Kram?«, wiederholt er verwirrt. »Geliebte, du musst deutlich sprechen, wenn du Englisch redest. Was für einen Kram?«

»Jerusalem. Die Lade. Bathseba.«

Sie hatte es also schon gehört. Uri'a der Hethiter würde Bathseba heiraten. Irgendwann würde, so stand es in der Bibel, David sie beim Baden beobachten und sie in einer Nacht der Leidenschaft schwängern. Daraufhin würde er alles versuchen, um Uri'a zu seinem eigenen Weib ins Bett zu locken, doch vergeblich.

Schließlich würde David dafür sorgen, dass Yoav Uri'a in der Schlacht umkommen ließ.

Der König würde seine heimliche Geliebte heiraten.

N'tan, der *Tzadik*, würde die Geschichte in ein Gleichnis kleiden und dem König erzählen. David würde toben und erklären, dass der Mann in der Geschichte eine Strafe verdient hätte. Daraufhin würde N'tan die berühmten Worte sprechen: »Du bist jener Mann.«

Bathsebas und Davids erstes Kind würde sterben. Sie würden ein zweites bekommen, Salomon genannt.

Alles geschah genauso, wie in der Heiligen Schrift geschrieben stand. Nicht in der Weise, wie Cheftu sich diese biblischen Geschichten ausgemalt hatte, dennoch erfüllten sie sich Wort für Wort.

Genau jenen Worten entsprechend, die ein ägyptischer Schreiber am Hof der Israeliten aufgezeichnet hatte.

»Was für ein ›Kram‹ ist das?«

»Wieso sind wir hier?« Sie sah ihn an. »Diese Geschichte findet doch bereits statt. Man hätte uns gar nicht gebraucht. Das war absolut sinnlos!«

Er sah zum Himmel auf und fragte sich, was *le bon Dieu*, falls er tatsächlich im Himmel wohnte, wohl von ihrem Kommentar hielt. »Sollen wir mit Jerusalem anfangen?«, fragte er.

Chloe zuckte mit den Achseln. »Klar.« Sie schnäuzte sich noch mal. »Es wurde eingenommen. Das wissen wir.«

»Du weißt das aus der Geschichte?«, fragte er.

Sie nickte.

»Woher willst du wissen, dass nicht du der Schlüssel zu dieser Invasion warst?«

»Jerusalem wurde von David eingenommen. Willst du etwa behaupten, ich hätte von jeher in dieser Geschichte eine Rolle gespielt?« Ihre Stimme klang beinahe hysterisch.

Es war eine Schwindel erregende Vorstellung, das musste er zugeben. Doch andererseits ergab sie in einer Art Zirkelschluss durchaus Sinn. »Pass auf: Du sprichst von Bestimmung, von einem Weg, den Gott dir zugedacht hat.«

»Wenn du Hebräisch sprichst, klingst du wie Avgay'el«, bemerkte sie.

Er sah sie kurz an und sprach dann weiter. »Dann sprichst du von der Geschichte als einem vorgezeichneten Weg.« Er zuckte mit den Achseln. »Daraus folgt, dass du möglicherweise von Anfang an ein Teil der Geschichte warst; vielleicht ist es deine Bestimmung, an der Invasion teilzunehmen.«

»Und deine, ein Verfasser der Bibel zu sein?«

Wenn die eine Annahme zutraf, dann konnte die zweite ebenso zutreffen, begriff Cheftu. Die Geschichte wurde also durch die Zukunft bestimmt? Das entsprach nicht der griechischen, linearen Denkweise und damit dem europäischen oder, wie er vermutete, amerikanischen Gedankengut. Zum Ausgleich folgte diese Argumentation geradezu byzantinischen Windungen, einem Vermächtnis der Labyrinthe.

Sie bewies Fantasie. Es war eine kreative Art, die Geschichte zu verweben. War es möglich, dass noch viel mehr Menschen von einer Zeit in eine andere reisten? Reisten Menschen aus Chloes Zukunft in eine Vergangenheit jenseits jener, die er und Chloe kannten?

Vielleicht waren sie gar nicht so einzigartig, wie er geglaubt hatte?

»Wenn das, was du da sagst, auch nur annähernd der Wahrheit entspricht, dann wäre, wenn ich nicht hier wäre...« Sie verstummte und schüttelte den Kopf. Der Regen, der vorübergehend nachgelassen hatte, setzte mit voller Wucht wieder ein. »Ein bestürzender Gedanke: kein Jerusalem für die Juden? Oder Christen? Oder Moslems?« Sie murmelte vor sich hin. »Keine Nahostkonflikte, aber auch kein Monotheismus?« Sie sah ihn an. »Wenn es kein Jerusalem gäbe, wo würde dann der Tempel erbaut? Wo würde Christus gekreuzigt? Wo würde Mohammed auf die Erde zurückkehren?«

Cheftu zog die Achseln hoch. Es erschien geradezu aberwitzig, dass ein so großer Teil der Geschichte auf diesen elfenbeinhellen Schultern lasten sollte. »Yoav hat dich ausgesucht.«

»Aber warum? Warum mich?«

»Offenbar weiß er besser über deine militärische Erfahrung Bescheid als ich.«

»Nein, das tut er nicht. Niemand weiß von meiner militärischen Erfahrung.«

»Wirst du mir davon erzählen?« Cheftu hörte selbst, wie hoffnungsvoll er klang. Seit Jahren hatte ihn das interessiert, doch sie hatte so gut wie nie von ihrem Leben in der Moderne erzählt. Tatsächlich wusste er mehr aus RaEms Erzählungen über ihr früheres Leben als von ihr selbst. Wusste sie, wie faszinierend er sie fand?

»Klar, warum nicht?« Sie sprach nach wie vor Englisch, hatte sich also immer noch nicht beruhigt.

»Wie hast du gedient?«, fragte er.

»Ich war Offizier bei der Luftwaffe, der United States Air Force.«

Cheftu schüttelte verwundert den Kopf. »Fliegende Soldaten, *mon Dieu*, das ist ein Wunder! Erzähl mir alles von Anfang an.«

»Ich kam vorzeitig auf die High-School, weil ich schon in mehreren Schulen eine Klasse übersprungen hatte. Und das bedeutete, dass ich auch vorzeitig auf die Universität kam. Bei meinem Abschluss war ich erst zwanzig. Ich hatte vor, zwischendurch vielleicht fünf oder zehn Jahre als Offizier bei der Luftwaffe zu absolvieren.«

»Weshalb?«

Sie lachte. »In meiner Familie war immer ein Mitglied beim Militär. Im englischen Zweig meiner Familie kämpfen wir schon seit Cromwell. Und der amerikanische Zweig hat mir schon von frühester Kindheit an Geschichten aus dem Krieg zwischen den Staaten erzählt. Mein Vater hat in Vietnam gedient. Es war Tradition, und es war mir wichtig.«

»Aber du bist eine Frau.«

»Das ist dir aufgefallen?«, neckte sie ihn.

Cheftu küsste ihre Hand. »Schon.« Er zwinkerte. »Hat das keine Probleme gegeben?«

»Natürlich, aber das war mir gleich. Je schwieriger es wurde, desto entschlossener war ich. Ich hatte das Gefühl, die Ehre meiner Familie laste auf meinen Schultern.«

»Hat sie dich unterstützt?«

»Du machst wohl Witze. Mein Vater hat vor Wut gekocht, Mimi hat geweint, und meine Mutter hat vor Zorn einen ganzen Rosengarten ausgerissen. Nur meine Geschwister haben mich verstanden und mir den Rücken gestärkt.« Chloe verschränkte ihre Finger mit seinen. »Ich war die Letzte unter uns, die ihre töchterliche Freiheit verkündet hat. Und so ... habe ich die Ausbildung gemacht.«

Sie sah weg, als würde ihr eine ganz andere Welt vor Augen stehen.

»Ich war in Te – in dem Staat, in dem auch meine Großmutter lebte.«

»Mimi?«

»Ihr hätte bestimmt gefallen, wie du ihren Namen aussprichst, mit der Betonung auf dem zweiten *mi.*« Sie lächelte ihn an. In ihren grünen Augen stand düsterer Schmerz, doch sie rang ihn nieder. »Du bist so französisch.«

Cheftu gab ihr einen weiteren Kuss auf den Handrücken. »*Oui, madame*. Und weiter?«

»Kurz vor ihrem Tod und vor meinen Abschlussprüfungen konnte ich sie noch einmal besuchen. Es war an einem Freitagnachmittag; die Blätter färbten sich bereits herbstlich. Ich hatte den Schlüssel zu ihrem Haus. Es war ein riesiger viktorianischer Kasten mit umlaufender Veranda.« Sie fuhr sich mit der Zunge über die Lippen. »Mimi saß im dunklen Wohnzimmer und weinte.« Cheftu drückte ihre Hand und gab sich alle Mühe, sie trotz ihres *accent américain* zu verstehen. »Sie hatte es eben von ihrem Arzt erfahren. Sie hatte Krebs.«

»*Mon Dieu*«, flüsterte er, und das Herz tat ihm weh. Krebs – jene unerforschliche, unbesiegbare Krankheit, die so viele Menschen völlig grundlos dahinraffte. Und das sollte bis in Chloes Zeit so bleiben? War sie denn ein unausrottbares Übel?

»Na ja, ich war gerade in meinem letzten Semester an der Universität. Ich hatte einen Zeitauftrag bei der Luftwaffe ganz in der Nähe. Mimi machte eine Chemotherapie, sie hat alles versucht, wirklich alles... Doch nach einem Jahr, als ich im aktiven Dienst war, wurde klar, dass sie nicht länger allein zurechtkam. Mein Vater konnte nicht heimkommen, meine Mom war sporadisch mal da gewesen, aber...« Sie seufzte. »Also bin ich zu meinem Kommandanten gegangen. Ich habe ihm erklärt, dass Mimi nicht mehr lang zu leben hätte und dass ich bei ihr bleiben wollte. Wir trafen ein Abkommen.« Lächelnd sah sie auf. »Ich habe nicht oft gefeilscht, ich bin eine miserable Händlerin, aber dafür habe ich mit allem gekämpft, was sich angeboten hat.«

»Und was für ein Abkommen war das?«

»Ich würde aus dem aktiven Dienst ausscheiden und mich vorübergehend in den Ruhestand versetzen lassen, aber weiterhin meinen Reservistendienst ableisten. Was bedeutete, dass ich jeden Monat eine Woche und jedes Jahr einen Monat am Stück aktiv sein würde.« Sie zuckte mit den Achseln. »Mein Einsatzgebiet war sowieso der Computer.«

»Komm-pu-ter?« Das war eine neue technische Errungenschaft – das wusste er glücklicherweise von RaEm. Was genau sie beinhaltete, wusste er nicht. Doch aus RaEms Kommentaren schloss er, dass sie ebenso umwälzende Veränderungen in der Welt auslösen würde wie der Buchdruck mit beweglichen Lettern.

»Eine neue Technologie, ja.« Sie sprach immer noch Englisch. »Zum Ausgleich würde ich doppelt so lange als Reservistin dienen, abzüglich der Zeit, die ich bereits im aktiven Dienst abgeleistet hatte. Acht Jahre.« Sie stöhnte. »Frag nicht, was RaEm mit diesem Teil meines Lebens angestellt hat. Du würdest es nicht wirklich wissen wollen. Irgendwie habe ich ein schlechtes Gewissen. Ich meine, auf diesen Dokumenten steht mein Name, mein Ruf ist davon abhängig. Mein armer Vater...«

Es war absolut dunkel und kalt. Der Winter sickerte in die Steinmauern. Chloe kuschelte sich an ihn und deckte ihn mit ihrem wollenen Umhang zu. »Glaubst du, wir kehren jemals in unsere Heimatstadt zurück?«, fragte sie. »Oder glaubst du, es ist unser Fluch, durch die Geschichte zu irren? Also kein Fluch in einem schlechten Sinn …«

»Kann Fluch denn etwas Gutes sein?«, neckte er sie.

»Vielleicht eher unsere Bestimmung.«

Er wickelte eine Strähne ihres kupferroten Haares um seinen braunen Finger. »Wäre das so schlimm, *chérie?*«

»Nein. Natürlich nicht. Es wäre spannend, es wäre aufregend. Vorausgesetzt, wir überleben.«

»Trifft das nicht auf jeden Tag zu jeder beliebigen Zeit zu?«, fragte er. »Ist jemals irgendetwas gewiss?«

»Aber was ist, wenn wir alt werden? Ich meine, selbst Indiana Jones hat sich irgendwann zur Ruhe gesetzt.«

Cheftu setzte sich im Schneidersitz auf. »Wer ist dieser Indiana Jones? Du hast ihn schon öfter erwähnt. War er einer deiner Lehrer?«

Sie kicherte. »Manche Lücken werden wir niemals füllen, *chéri*«, antwortete sie. Auf Französisch. Cheftu spürte, wie seine Sorgen sich ein wenig aufhellten; es ging ihr schon wieder besser.

»Yoav wusste also nichts von deiner militärischen Ausbildung?«

»Mein Computerwissen hätte ihm kaum geholfen«, meinte sie trocken. »Doch ihm war klar, dass ich eine Ausbildung gemacht hatte. Das war wahrscheinlich nicht zu übersehen.« Wieder auf Englisch.

»Und damit hat er dich ausgesucht?«

»Wenn ich nicht hier gewesen wäre, dann wäre was – Jerusalem möglicherweise nicht erobert worden?« Sie lachte bitter. »Das kann doch nicht wahr sein.«

»Vielleicht gab es noch einen zweiten Plan. Vielleicht tausend weitere Pläne für tausend weitere Seelen«, entgegnete er. »Wenn du dich dagegen entschieden hättest, hätte es ein anderer tun müssen. Doch das hast du nicht.«

»Ich habe dir das noch nie gesagt, Cheftu, aber du spinnst.«

»Weil du nur eine einzige Frau bist?«

»So wichtig kann ich unmöglich sein. Ich bin nur ein winziges Rädchen im Getriebe. Ich bin eine moderne Frau. Wir sind hier im Altertum, ich kann unmöglich so bedeutsam sein!«

»Wahrscheinlich hast du Recht«, pflichtete er ihr bei. Es war verrückt. »Wenn du nicht gewesen wärst, dann hätte es jemand anderer getan. Du hast wahrscheinlich Recht.«

»Und wenn ich mich irre?«, fragte sie nervös.

Er richtete sich auf, legte die Hand in ihren Nacken und massierte die Knötchen weg. »Gott hat dich aus deiner Familie gerissen und dich in meine Zeit geschickt. Hatschepsuts Zeit, *haii*?«

Wieder nickte sie.

»Von dort aus hat er dich nach Aztlan gebracht?«

»*Ken.*«

»Jetzt bist du hier. Und du bist bereits von einer getreidemahlenden Sklavin zu einer Gefährtin von Daduas Gemahlinnen aufgestiegen. Du hast die Begegnung mit RaEm überlebt!«

»Du auch.« Sie lachte.

»Zu mir kommen wir später«, winkte Cheftu ab. »Lass dir das einmal durch den Kopf gehen, Geliebte. Ist Gott nicht groß genug, dich von allen Irrtümern abzuhalten, falls sie tatsächlich so allumfassend sein sollten?«

Sie hatte den Kopf gesenkt und schwieg. »Ich glaube an den freien Willen«, sagte sie schließlich.

»Du hast jeden Tag die freie Wahl«, antwortete Cheftu. »Doch just deine Angst vor einem Irrtum, dein Bedürfnis, das Richtige zu tun, haben dich zu einem Werkzeug Gottes werden lassen.«

»Also sind wir jetzt fertig? Wir können uns in Davids Jerusalem zur Ruhe setzen? Wo man eine Verlobung eingehen kann, indem man eine Frau vergewaltigt?« Plötzlich wurde ihre Stimme schrill, und er hörte ihren Abscheu, ihre Angst. »Und was ist, wenn wir ein kleines Mädchen bekommen?«

Seine Hand erstarrte auf ihrer Schulter. »Wäre das möglich?«

Sie zuckte mit den Achseln. »In diesem Monat nicht.«

Er legte einen Finger unter ihr Kinn. »Es gibt immer noch den nächsten Monat und den Monat danach. Ich werde niemals müde, dich zu lieben, *chérie*.«

Chloe nahm seine Hand in ihre und rückte näher an ihn heran, bis sie Knie an Knie im Schneidersitz saßen wie zwei Schreiber. »Wenn du mich ansiehst, dann weiß ich, dass die Zeitsprünge in unserem Leben nichts zu bedeuten haben, dass auch unsere unterschiedlichen Herkunftszeiten nichts zu bedeuten haben. Wenn mich jemals jemand geheilt oder gekannt hat, dann du.«

Cheftu las eben das jüngste Schreiben aus Ägypten, das der ägyptische Bote überbracht hatte, der nicht bei den Ägyptern bleiben wollte. Äußerst merkwürdig. Diesem Dokument zufolge regierte nun Pharao Tutenchaton. Echnaton oder der Aton wurden mit keinem Wort erwähnt. Wusste RaEm alias Semenchkare, dass sie vom Thron gestoßen worden war?

War Tutenchaton nicht der kleine Junge aus dem Lager der Ägypter? Wichtiger noch, hatte RaEm ihn nicht unter ihre Fittiche genommen? Cheftu rätselte darüber nach, als er ein diskretes Räuspern hörte. Er drehte sich um. »N'tan!«

»Chavsha«, erwiderte der *Tzadik*. Er zog die Tür hinter sich zu und schloss damit den Lärm der tsorischen Bauarbeiter und den allgegenwärtigen Kalkstaub aus.

Der Arzt in Cheftu stellte fest, dass der Mann nicht gesund aussah. Den Tod seiner Frau hatte er tapfer ertragen, doch in seinem Blick lag eine Trauer, die, so fürchtete Cheftu, womöglich nie wieder weichen würde. Chloe zufolge standen die Frauen schon Schlange, um zu sehen, wer seine nächste Braut würde, doch N'tan würdigte sie keines Blickes.

Unter den Augen lagen dunkle Ringe, und seine Hände zitterten. »Setz dich, mein Freund«, sagte Cheftu. »Soll ich Wein bringen lassen? Oder einen Kräutertee?« Er ging um seinen Tisch herum und setzte sich N'tan gegenüber. »Sag, was ist geschehen?«

N'tan zupfte nervös an seinem Bart. Es fiel ihm schwer, Cheftu in die Augen zu sehen. »Ich fürchte, dass ich schwer gefehlt habe.«

»Warum das?«

»Der Tempel, das Haus Gottes.«

Cheftu spürte, wie ihm der Atem stockte.

»Bislang habe ich Dadua erklärt, dass er einen Tempel, ein Haus für Shaday bauen sollte, wenn ihm das richtig erschien. Doch in der Nacht plagen mich Träume.« N'tan schüttelte sich. »Grässliche Träume. Sobald ich aufwache, kann ich mich nicht mehr an sie erinnern, doch die Botschaft ist eindeutig.«

Cheftu nickte stumm.

»Dadua ist in Blut gebadet. Seine Absicht war es, ein Volk zusammenzuschmieden, es aus dem Fleisch unserer Nachbarn herauszuschneiden.« Wieder schauderte N'tan. »Einer seiner Söhne wird den Tempel erbauen, ein Mann des Friedens, so wie Dadua ein Mann des Krieges ist.«

Wieder nickte Cheftu.

»Es ist gefährlich, wenn der *Tzadik* seine Meinung ändert. Und darum wende ich mich an dich.«

»An mich?«

»Du trägst die magischen Steine bei dir.« N'tan wandte den Blick ab. »Das haben meine Vorväter mir niedergeschrieben, das wurde von einem Imhotep zum nächsten weitergegeben. Sie sagen dir, was richtig ist. Kannst du sie fragen, ob ich Dadua sagen soll, dass er den Tempel nicht bauen darf? Kannst du mir Gewissheit verschaffen?«

Cheftu zog sie aus seiner Schärpe, denn es bestand keine Notwendigkeit mehr, sie an einem anderen, schwerer einzusehenden Platz aufzubewahren. Sie wärmten seine Hände und begannen zu zucken, sobald er sie zusammenführte. »Was willst du sie fragen?«

»Ob meine Träume wahr sind – *lo, lo.*« N'tan verstummte abrupt. »Frage sie, ob ich meine Träume richtig deute.«

Cheftu stellte die Frage und warf die Steine aus. Die Antwort war knapp und eindeutig.

»K-e-n.«

»Willst du noch mehr wissen?«

N'tan lächelte zaghaft. »Wie wütend wird Dadua sein?«, fragte er ironisch. Dann streckte er die Schultern durch. »Das will ich gar nicht wissen, nicht wirklich. Seine Reaktion tut nichts zur Sache.

Ich bin zum *Tzadik* berufen. Diese Last muss ich tragen. *Todah rabah*, mein Freund.«

»*Shalom*, N'tan«, sagte Cheftu, während der Prophet bereits die Tür hinter sich schloss.

Cheftu sank auf die Knie, denn ihm standen die Worte so deutlich vor Augen, als läge die Heilige Schrift aufgeschlagen vor ihm:

»Geh hin und sage zu meinem Knecht David: So spricht der Herr: Solltest du mir ein Haus bauen, dass ich darin wohne? Habe ich doch in keinem Hause gewohnt seit dem Tag, da ich die Kinder Israel aus Ägypten führte bis auf diesen Tag, sondern ich bin umhergezogen in einem Zelt als Wohnung. Habe ich die ganze Zeit, als ich mit den Kindern Israels umherzog, je geredet zu einem der Richter Israels, denen ich befohlen hatte, mein Volk zu weiden: Warum baut ihr mir nicht ein Haus?

Darum sollst du nun so zu meinem Knecht David sagen: So spricht der Herr, der Allmächtige: Ich habe dich genommen von den Schafhütern und von den Herden, dass du über mein Volk Israel herrschen sollst. Ich war mit dir, wo du auch hingegangen bist, und habe all deine Feinde vor dir gefällt.

Und ich will dir einen großen Namen machen gleich den Größten der Erde. Und ich will meinem Volk Israel eine Stätte geben und will es pflanzen, dass es dort wohne und sich nicht mehr ängstigen müsse und die Kinder der Bosheit es nicht mehr bedrängen, wie sie es vormals taten und von jeher, seit ich die Richter über mein Volk Israel ernannte. Und alle deine Feinde will ich unterwerfen.

Und ich verkünde dir, dass der Herr dir ein Haus erbauen wird. Wenn deine Zeit um ist und du zu deinen Vätern eingehst, dann will ich dir einen Sohn erwecken und sein Königtum bestätigen. Der soll meinem Namen ein Haus bauen, und ich will seinen Königsthron bestätigen ewiglich.«

Cheftu wusste nicht wie oder wieso, doch dies waren Gottes Worte, die durch alle Zeiten hindurch weiterleben würden. Davids Thron würde für alle Zeiten bestätigt. Er war Gottes Liebling, die Verkörperung der göttlichen *Nishmat ha hayyim* und erfüllt mit dem Eifer Shadays. Dafür würde er in Ehren gehalten.

Und durch ihn würden alle Erdenbewohner gesegnet. Cheftus Stirn berührte den Boden, und er flüsterte: »*Sela.*« Draußen grummelte der Donner. Es begann wieder zu regnen.

Die Schweigsame, Bathseba, hatte kein Wort mehr gesprochen. Wir hatten uns um sie versammelt, als Ersatzfamilie der Braut. Lustlos starrte sie ins Leere. Shana und Hag'it hatten ihr die Haare zu Locken gedreht und dann ihr Gesicht mit einem leichten Rosa und Rauchgrau geschminkt.

Avgay'el hatte ihr ein Kleid in Rot, der Farbe der Freude, geliehen. Es war mit Silber und Gold bestickt und um den Hals mit winzigen Perlen besetzt. Ein Mitgiftstirnband mit den silbernen Münzen ergänzte den Halsschmuck aus Silbermünzen.

Sie setzte sich.

Die Atmosphäre war gezwungen, aber daran war wohl nichts zu ändern. Mir kam das barbarisch vor, dennoch war dies hier für sie besser als ein Leben als einfache Sklavin, nicht wahr? Schließlich musste Bathseba Uri'a und später, tja, Dadua heiraten, denn woher sollte andernfalls Salomon kommen?

Und wenn es keinen Salomon gab… keine Ahnung.

Oder war es so, wie Cheftu angedeutet hatte: In Wahrheit gab es tausend Möglichkeiten, tausend andere Seelen, und wenn es nicht auf diese Weise geschah, dann würde ein anderer Weg eingeschlagen? Mein Geist sperrte sich gegen das Konzept alternativer Wirklichkeiten; das schmeckte mir zu sehr nach Sciencefiction.

Indem wir eine Entscheidung trafen, sollten wir in ein ganz anderes Universum von Entscheidungen treten? Waren alle durch Fäden untereinander verbunden wie in einem riesigen Spinnennetz? Wäre ich nicht hier in Jerusalem gewesen, hätte dann eine andere Frau meinen Part übernommen, und ich wäre in der Schlacht von Ashqelon umgekommen?

Es war besser, wenn ich mich an die nahe liegende Aufgabe hielt, 'Shevas Hände und Füße mit Henna zu verzieren. Die Frauen tanzten und tranken, während ich bei der Schweigsamen saß. Sie streckte mir die Handflächen entgegen.

»*HaMelekh* wird mich sehen«, flüsterte sie. »Machst du mich schön?«

Die Ironie dieser Frage war fast unglaublich, doch ich griff zu den Pinseln. Sie war mir nie wie eine Blumenliebhaberin vorgekommen; die meisten Hennazeichnungen, die ich gesehen hatte, rankten sich um Blumen.

Regentropfen!

Sie hatte lange, dünne Hände; eigenartig, dass mir das nie aufgefallen war. Perfekte Hände für eine Tänzerin, ausdrucksvoll und eloquent. Nachdem ich das Ende des Hennastäbchens, das mir als Pinsel diente, eingetaucht hatte, malte ich ein winziges Paisleymuster von lauter kleinen Regentropfen auf ihre Finger. Dann umgab ich sie mit Pünktchen. Danach folgte ihre Handfläche.

»Was gefällt dir?« Mein Flüstern wurde fast von dem Lachen der Frauen übertönt.

»Die Regentropfen«, antwortete sie.

»Die habe ich schon.«

»Blätter.«

Blätter würden zu sehr nach Regentropfen aussehen, dachte ich. »Und was noch?«

»Sterne.«

Ich betrachtete ihre Handflächen. Die Linien schienen sich in zwei Richtungen aufzuteilen, wobei eine zum Venusberg verlief und die andere an der Außenkante verschwand. Ich folgte den Falten und verband sie dann. Es war ein Dreieck, das auf Grund seiner Schwünge sehr islamisch aussah.

»Sterne«, wiederholte sie.

Ich legte ein zweites, ebenso verwinkeltes und geschwungenes Dreieck über das erste. Danach malte ich, nur um die leeren Flächen zu füllen, Regentropfen, die davon wegflogen. In der anderen Hand wiederholte ich das Muster. Die Sterne sahen ein wenig nach jüdischen Sternen aus, doch schließlich war sie ein gutes jüdisches Mädchen, was also war daran auszusetzen? Als ich fertig war, stießen wir noch einmal gemeinsam auf sie an und gruppierten uns dann als Leibwache um sie herum, bevor wir, da es draußen kalt und nass war, in einer der erst kürzlich fertig gestellten

Zedernräume auf Uri'a trafen. 'Sheva zitterte nicht mehr; im Gegenteil, sie schritt voller Anmut und Stolz dahin, und ihr fließendes, platinsilbernes Haar stand in deutlichem Kontrast zu ihrem roten Kleid.

Der Klingone wartete unter dem Hochzeitshimmel auf sie. Da er sie bereits in Besitz genommen hatte, gab es keine große Feier.

Ihre Familie war nicht gekommen – falls sie überhaupt in Jerusalem war. Nur N'tan, Dadua und die Frauen aus dem Harem waren anwesend.

Die Zeremonie war schnell erledigt, dann folgte das Festmahl. Alle aßen wenig und tranken viel, und dann nahm Uri'a seine Braut hoch, um sie in sein Heim zu tragen. »Warte!«, rief Dadua. »Als König, *Gibori*, steht es mir zu, die Braut zu küssen!«

Wir lachten. Unter normalen Umständen wäre das ein unschuldiger Scherz gewesen. Doch heute wirkte es gezwungen. Trotzdem war ich ihm dafür dankbar, denn die Schweigsame wünschte sich nichts sehnlicher im Leben, als von David geküsst zu werden und im Regen zu tanzen. Würde sich dadurch die Geschichte verändern? Hatte sie das schon? Uri'a setzte sie ab, dann nahm Dadua ihre Hände in seine und sah ihr ins Gesicht.

Atmeten alle anderen ebenfalls schneller? Ich konnte kaum glauben, was ich da sah!

»Uri'a ist ein guter Mann. Er ist mir treu ergeben. Sei du ihm ebenfalls treu ergeben.« 'Sheva glotzte ihn an, als hätte er nur für sie die Sterne an den Himmel gehängt, die Sterne, die ihr so gut gefielen. »Möge Shaday dich mit vielen Kindern segnen«, fuhr Dadua fort. »Mögen diese Kinder heranwachsen und den Stämmen Gutes erweisen.« Sie legte den Kopf in den Nacken, damit er sie besser küssen konnte. Doch Dadua küsste stattdessen erst ihre eine Handfläche, dann die andere.

Er sah stirnrunzelnd auf mein Hennamuster und küsste nochmals ihre Handfläche. Uri'a hob 'Sheva hoch, die vor Enttäuschung wie durch die Mangel gezogen wirkte, und trug sie davon.

Ein Donnern brachte das Gebäude zum Erbeben. Avgay'el lud mich ein, bei ihr zu bleiben und in den friedlichen Frauengemächern abzuwarten, bis Cheftu mit seiner Arbeit fertig war. Ich war schon eingeschlafen, als Avgay'el mich sanft wach rüttelte. Leise sagte sie: »Dadua möchte dich sehen.«

Ich spritzte mir etwas Wasser ins Gesicht und ging mit Shana in einen kleineren Audienzraum. Dort war Yoav, der mit ernster Miene einen Papyrus studierte. Dadua sprang auf, sobald er mich erblickte. »Möchtest du Wein, Klo-ee?«

»B'seder«, sagte ich.

»Der Tempel, *ach*, nun, Shaday will nicht, dass ich ihn erbaue.«

Das hatte Cheftu bereits erwähnt; und das stimmte auch mit der Bibel überein, so wie ich sie kannte.

»Darum möchte ich jetzt eine Uniform machen lassen, die alle *Giborim* tragen sollen.«

Die professionelle Ausrüstung der Ägypter und Pelesti hatte seinen Neid geweckt?

»Yoav«, sagte er und deutete dabei auf den *Rosh Tsor haHagana*, »hat bei deinen Verwandten, den Pelesti in Ashdoid, bereits Schilde in Auftrag gegeben.«

Ich nickte.

»Vielleicht könntest du mit ihnen reden und bessere Konditionen für uns vereinbaren?«

Ich nickte; allmählich wurde ich besser im Feilschen, und ich würde Cheftu mitnehmen. Vielleicht würde ich sogar Wadia zu sehen bekommen?

Dadua trat vor mich hin. Er war mir so nahe, dass ich seine Haut riechen konnte. Die Schweigsame hätte mich umgebracht, um jetzt an meiner Stelle zu sein. »Ich war auf der Suche nach einem Emblem, der Tziyon, unsere Lage hier, symbolisieren sollte.« Er hob frustriert die Hände. »Doch mir will nichts, aber auch gar nichts einfallen. Nicht einmal Hirams geschickte und begabte Zeichner können mir helfen.«

»Ken?«

»Doch heute, bei der Hochzeit des Mädchens, habe ich es gesehen!«

»Was gesehen?«

»Das Zeichen! Es ist doch ganz eindeutig«, rief Dadua aus. »Ein Sinnbild für Tziyon, für die vereinte Monarchie!«

Ich hielt den Atem an.

»Das! Das ist es!« Er zerrte einen Papyrus hervor. Dort war mit weitaus weniger Eleganz als im Original mein Muster aus der Hand der Schweigsamen nachgezeichnet. Ohne Schwünge, Kurven und Winkel war es ein schlichtes Dreieck.

Über dem umgedreht ein zweites Dreieck lag.

»Es hat oben drei Spitzen, entsprechend den drei heiligen Städten im Norden, und unten drei Spitzen, entsprechend den heiligen Städten im Süden. Und in Tziyon überschneiden sich beide!«

Ich starrte auf den Papyrus. Zwei Dreiecke, die sich wahrhaftig überschnitten.

»Und so leicht zu zeichnen! Wir können es überall anbringen!«

Ich mag Sterne, hatte die Schweigsame gesagt. Darum hatte ich ihr einen gezeichnet. Aus zwei Dreiecken. Ein Mann namens David, der eben einen Staat gegründet hatte, hatte ihn gesehen. Er hatte ihm gefallen. Und er hatte beschlossen, ihn zu verwenden.

Ob ich das wohl in meinem Lebenslauf verwenden konnte?

»Das wird das Schild Shalems sein, denn diese Stadt soll eine Stadt des Friedens sein, eine Stadt Shadays. Perfekt!«

Ich hatte den Schild Salomons entworfen, auch Davidsstern genannt, denn schließlich wusste ich aus der Geschichte, dass dies der Davidsstern werden würde. Ich hatte eben – irgendwie – Geschichte gemacht. Darüber konnte ich nur noch lachen. Mein Leben schien nur noch aus Zirkelschlüssen zu bestehen.

16. Kapitel

»Es erfreut mich, dass du zu meiner Feier gekommen bist«, sagte RaEm und lehnte sich zurück.

Dadua stand in ihrer Tür, von mehreren Soldaten flankiert. Die Zelte ihres Volkes waren nicht gegen den Regen gerüstet, darum hatten ihre Soldaten von den Tsori gelernt, Bäume zu fällen. Nun schützte ein hölzernes Dach ihr Zelt, verdüsterte es aber auch. Und die Kälte war durch nichts abzuhalten. Sie zitterte, doch als *haNasis* Blick kurz auf ihre steifen Brustwarzen fiel, schickte RaEm ein knappes Dankgebet zu den Göttern der Kälte.

»Bitte mach es dir bequem, *Adoni*«, lud sie ihn in jener Sprache ein, die ihr immer noch so fremd war. Dennoch, während der Sommerhitze hatte sie wenig anderes zu tun gehabt. »Deine Soldaten können es sich im Zelt nebenan gemütlich machen. Meine Sklavinnen werden dafür sorgen, dass unsere Wünsche erfüllt werden.«

Er hatte schwarze Augen, fast wie Hiram, doch in seinen lag schon beinahe zu viel Seele. Dadurch schien der diesbezügliche Mangel in ihren noch deutlicher hervorzutreten. Er schickte seine Männer fort und gesellte sich zu ihr. Um sich seinen Sitten anzupassen, hatte sie einen niedrigen Tisch, umgeben von Seidenkissen, decken lassen. Überall im Raum glomm in Brandschalen Weihrauch, der Wärme und Duft spendete. Dadua ließ sich auf der anderen Seite des vergoldeten Tisches nieder und streckte seinen Körper ihr gegenüber aus.

RaEm schenkte Wein ein und reichte ihn Dadua. »Auf die Vereinigung unserer beiden Völker«, sagte sie.

Er hielt den Becher an die Lippen und schluckte, doch ihr war klar, dass er nichts getrunken hatte. »Verzeih, *Adoni*«, sagte sie und nahm ihm den Becher wieder ab. »Wir kennen beide die Intrigen des Hofes nur zu gut, nicht wahr?« Sie nahm einen Schluck und fragte sich im gleichen Moment, wie viel von der zerstoßenen Alraunwurzel dadurch wohl in ihre Adern gelangte. »Jetzt weißt du, dass dir nichts passieren wird.« Sie gab ihm den Becher zurück.

Damit war es eine Frage der Ehre; nun würde er in vollen Zügen trinken müssen, wenn er den Pharao Ägyptens nicht als möglichen Mörder beleidigen wollte. Er leerte seinen Becher, und sie seufzte erleichtert. Es würde ein Leichtes sein; sie hätte mehr Vertrauen in sich haben sollen. Nur sein ruhiger Atem und sein allmächtiger, strenger Gott machten sie nervös.

Mit einem Lächeln rief sie die Sklavinnen herein. Sie trugen nichts als Perlenschnüre und Perücken, waren rasiert und parfümiert und allein auf Grund ihrer Schönheit und der Eleganz ihrer Bewegungen ausgesucht. Und dazu ausersehen, die Leidenschaft dieses Königs zu entfachen.

Er folgte ihnen mit Blicken, während er gleichzeitig mit RaEm beiläufig über die Landwirtschaft und den Hof plauderte. Sie stellte ihm absichtlich nur Fragen, die er im Schlaf beantworten konnte. Die Mädchen bedienten ihn, strichen dabei an seinem Körper vorbei, füllten seinen Becher nach und brachten dadurch noch mehr Alraunwurzel in seinen bereits erregten Leib.

RaEm dankte den Göttern. Alles lief nach Plan.

Je kühler der Abend draußen wurde, desto höher stieg die Temperatur im Zelt. Daduas Gesicht war gerötet, seine Augen glänzten, er begann zu lallen. RaEm spürte, wie zum ersten Mal seit vielen Monaten die Begierde in ihr erwachte. Die Lampen blakten; hinter einem Vorhang spielte eine einsame Flöte. Sie lachte, er scherzte, ihre gelegentlichen Berührungen wurden bedeutungsschwangerer, bis er RaEm, während sie, auf seinen Schenkel gestützt, eine Geschichte erzählte, unvermittelt unterbrach.

»Bist du ein Mann oder eine Frau?«

RaEm warf den Kopf zurück und lachte. Genau das hatte sie gewollt. Mit zittrigen Fingern löste sie die Schließe an ihrem Kleid. Ihre Brüste waren schmählich zu sehen, doch immer noch empfindsam. Sie drehte sich um, sodass sie vor ihm auf den Fersen saß. Er verfolgte, wie ihre vergoldeten Fingernägel über ihren Leib wanderten und die festen Brustwarzen kniffen. Er starrte sie an und klappte den Mund auf. »Was glaubst du denn, *Adoni*?«, fragte sie. RaEm fasste nach seiner Hand und legte sie auf ihre Brust. Instinktiv umfasste er sie, während sein dunkler Blick sich auf ihr Gesicht heftete.

Seine Hände glitten über ihre Schulter an ihren Hals und zogen sie heran. Sein Mund war heiß und beweglich. Er küsste genauso wie er kämpfte, wie er verhandelte, wie er auch alles andere tat: Er verführte ganz langsam ihren Mund. Seine andere Hand wanderte über ihren nackten Rücken, schmiegte sich um ihre Hinterbacke und drückte sie an seinen Leib.

»Und wie kommt es, dass du der Ko-Regent Ägyptens bist?«, fragte er RaEm, ehe er ihr einen tiefen Kuss gab. Scinc Fingcr schlüpften unter ihren Schurz und stellten fest, dass sie warm und feucht war.

»Pharao ... ist ... mein Schwiegervater«, hauchte RaEm und betete zugleich, dass er nicht aufhören möge, sie zu berühren. Es war so lange her; es war ein so gutes Gefühl.

»Er hat noch einen Sohn?« Er nuckelte an ihrer Brust.

»Seine Tochter Meritaton.« Sie sprach nur noch undeutlich, so intensiv spürte sie die Hitze ihres Körpers und seine Begierde.

Er erstarrte.

RaEm wand sich unter seinen Händen. »Keine Angst, wir verstoßen nicht gegen eure Gesetze. Sie ist gestorben.« Bitte, Hathor, lass ihn nicht aufhören, dachte sie.

Seine Finger rollten sich in ihr ein. »Du warst mit einer Frau verheiratet?« Seine Stimme klang schlagartig klarer.

»Es war eine politische Heirat.« Der Nebel in RaEms Hirn verflog in Windeseile, weil er nur noch sprach und sie nicht mehr berührte.

Mit einer einzigen Bewegung stieß er sie von sich, tauchte seine Finger in Wein und schmierte sie sich über den Mund. »Du Ungeheuer! Du warst mit einer Frau verheiratet?«

Sie hatte ihr Hemd abgelegt, und ihr Schurz hatte sich um ihre Taille gewickelt; sie war vollkommen entblößt. »Es war eine politische Heirat!«

»Was für ein Monstrum bist du eigentlich?« Mühsam kam er auf die Füße. »Mit wem hätte ich mich da um ein Haar eingelassen?« Er spuckte aus und wischte die Finger an der Tischdecke ab.

RaEm tobte vor Zorn. »Vielleicht solltest du dir diese Frage wirklich stellen, *Adoni*«, fauchte sie. »Wie würden es deine Priester wohl aufnehmen, dass du mit dem Pharao Ägyptens, einem Mann, zusammen warst? Jeder meiner Sklaven würde beschwören, dass ich dich in die Knie gezwungen und wie ein Schwein bestiegen habe!«

Er zuckte zurück, als hätte sie ihn geohrfeigt.

»Niemand würde es wagen anzudeuten, dass ich kein richtiger Mann bin, das kann sich niemand auch nur im Traum ausmalen.«

»Was willst du von mir, Semenchkare, falls du wirklich so heißt?«

»Du hast Gold. Das will ich.«

»*Ach*! Gier! Ich hätte es wissen müssen!«

»Deine fünfzig pelestischen Schilde, dann ziehe ich ganz friedlich ab.«

Sein Blick tastete sie von oben bis unten ab. Dann schüttelte er den Kopf. »Kein Wunder, dass Shaday uns aus Ägypten führen wollte. Du bist ein korruptes, niederträchtiges Scheusal. Du kannst erzählen, was du willst und wem du willst. Ich fürchte dich nicht.«

»Das solltest du aber!«, zischte RaEm. »Ich habe mehr Macht in dieser und der nächsten Welt, als du dir vorstellen kannst. Ich kann über den Blitz gebieten. Tausende würden für mich in den Tod gehen, sollte ich es nur wünschen. Ich kenne die Zukunft!« Sie schlotterte am ganzen Leib, so viel Kraft kostete es sie, gegen die Alraunwurzel anzukämpfen und gegen seinen Abscheu zu bestehen.

Er lachte. »Wenn du wirklich so mächtig bist, warum hältst du dann einen achtjährigen Jungen als Geisel, warum willst du einen Mann verführen, der dich für widerwärtig hält, und warum brauchst du dann mein Gold?«

Mit einem zornigen Aufschrei schnappte RaEm ihren Dolch und stürzte sich auf Dadua. Sie spürte, wie die Klinge sich in Fleisch senkte, dann wurde sie zur Seite geschleudert. Ein anderer Mann sprach sie mit schwerem Akzent auf Ägyptisch an. »Das war ein Mordversuch, Pharao. Wenn du keinen Krieg willst, dann verlasse unser Land.«

Sie blickte auf. Der große grünäugige Soldat schubste den Leichnam eines Mädchens, eines ägyptischen Sklavenmädchens, beiseite, in dessen Brust ein Dolch steckte. Dadua war umgefallen, aber nicht getroffen worden. RaEm hatte eine der ihren getötet. Ihr Blick traf auf Daduas. »Wenn du dein falsches Spiel weiterspielen willst«, sagte er, »dann solltest du deinen Frauenkörper verhüllen.«

RaEm sah an sich herab. Sie war nackt. Eine Frau.

Und machtlos.

Wieder einmal hatten wir uns versammelt – diesmal auf königliches Geheiß. Wo zuvor gelärmt worden war, herrschte nun Stille. Wo zuvor gezecht und gefeiert worden war, wurde nun gefastet. Wo die Atmosphäre ausgelassen und fröhlich gewesen war, lag nun Ehrerbietung und Furcht in der Luft.

Wo zuvor die Sonne geschienen hatte, standen wir nun im strömenden Regen.

Wieder wurden die Tore geöffnet. Statt auf einem Karren zu fahren, hing der Thron nun zwischen goldenen Stangen und wurde wie eine Sänfte von den *Levim* getragen. Die *Elohim* hielten einander bei den Händen, und ihre geschwungenen Flügel schirmten den Deckel der Truhe vor den Regentropfen ab.

Ich zitterte. Ich würde sie gar nicht beachten. Ich wollte nicht wirklich wissen, ob sie sich bewegten oder nicht. Lieber redete ich mir ein, dass ich betrunken gewesen war. Nur dass niemand Wein dabei gehabt hatte.

Die blau und weiß gekleideten *Levim* traten mit dem schwebenden Thron vor. Mit ernster Miene schritten sie bedächtig wie ein Trauerzug dahin. Die Stangen, auf denen der Thron lagerte, waren mindestens drei Meter lang, und je drei Männer trugen ein Ende, in sicherem Abstand zu der Truhe.

Die Lade musste erheblich schwerer sein, als Indiana Jones geglaubt hatte.

In den mit Edelsteinen besetzten Brustpanzer des Hohen Priesters und einen schlichten Sklavenschurz gekleidet, ging Dadua vor dem Thron her. Ohne Krone und ohne Geschmeide, denn heute war er kein König, sondern ein Bittsteller.

Nach dem siebten Schritt blieb Dadua stehen. N'tan führte einen reinen, weißen und gesunden Ochsen herbei. Unter Gebeten schlitzte er dem Tier den Hals durch und verspritzte das Blut. Es sickerte in den Boden, vermischte sich mit dem Regen und lief den *Levim* zwischen den nackten Zehen hindurch.

Ich wagte einen hastigen Blick auf die zwei goldenen Figuren oben auf der Truhe. Waren sie einander näher gekommen? Frag nicht, schau nicht hin, ermahnte ich mich selbst.

Als der Ochse verendet war, wurde er von drei *Levim* weggeschleift. Alle warteten in angespannter Stille. Dadua, dem der Regen die Blutspritzer von den Beinen wusch, trat einen Schritt vor.

Nichts geschah.

N'tan blies den *Shofar*, während die *Levim* weitergingen. Und zusammentraten. Alle warteten gespannt. Nichts geschah. Die Menschen der Stämme atmeten wie ein Mann aus. In gemessenem Tempo bewegte sich der Thron auf Gottes Tziyon zu. Nach weiteren sieben Schritten wurde der zweite Ochse geopfert.

Die gesamte Gruppe bewegte sich in der Geschwindigkeit des Thrones. Ich warf einen ängstlichen Blick auf die Statuen der *Elohim*. Hatten sie sich bewegt? Vielleicht sogar aufeinander zu? Hatten sie sich vorhin nicht nur an den Händen gehalten? Mit jedem Schritt löste sich die Spannung der Anwesenden mehr, dennoch war deutlich zu spüren, welche Bedeutung dieser Augenblick hatte.

Das Wetter schlug um, es blieb kühl, denn immerhin war es Dezember, doch es hörte auf zu regnen.

Noch unterwegs begannen die *Levim* Daduas neueste Komposition vorzutragen. Wir lauschten dem Anfang der Psalmen. Ich drückte Cheftus Hand. Sein Blick war wie hypnotisiert auf die Bundeslade gerichtet, doch er erwiderte meinen Händedruck.

»Die Erde ist Shadays und was darinnen ist, der Erdkreis und die darauf wohnen. Denn Er hat ihn über den Meeren gegründet und über den Wassern bereitet.

Wer darf auf des Herrn Berg gehen und wer darf stehen an Seiner heiligen Stätte? Wer unschuldige Hände hat und reinen Herzens ist, wer nicht bedacht ist auf Lug und Trug.

Nur der wird den Segen Shadays empfangen und Gerechtigkeit von dem Gott seines Heils. Das ist das Geschlecht, das da sucht Dein Antlitz, Gott unserer Vorväter.

Machet die Tore weit und die alten Türen hoch, dass Shaday, der König der Ehre einziehe! Wer ist der König der Ehre?

Er ist el *Elyon, der Starke und Mächtige, der Gott des Krieges, der Gott des Sieges.«*

Dadua sang den Vers ein zweites Mal und forderte dann die Menschen auf einzustimmen.

Die Schönheit der Musik verschlug mir die Sprache. Auch wenn sie die für die Musik des Nahen Ostens typischen antiphonalen Grundelemente aufwies, verliehen ihr die Stimmen der uns umgebenden Chorknaben doch eine Unschuld und Majestät, wie ich sie nie zuvor erlebt hatte.

Und in der Höhe wartete Tziyon, wo die Sonne durch die Wolken brach und den Stein mit rosafarbenem Licht überzuckerte.

»Machet die Tore weit«, sangen die Chorknaben.

Dadua schritt immer noch ehrfürchtig und mit flehend erhobenen Händen vor dem Thron her. Er ging dort, weil er keinesfalls wollte, dass sich jemand anderes in Gefahr begab, hatte Cheftu ihr erläutert. Die *Giborim* hatten gegen diese Geste Protest eingelegt, doch er war nicht auf ihre Bedenken eingegangen. Er sei für das

Königreich und für dessen Beschlüsse verantwortlich, hatte er erklärt. Er würde vor Shadays Antlitz stehen. Wenn jemand niedergeschlagen werden sollte, dann er.

Er war ein wahrer Anführer.

Die Sonne verschwand hinter der nächsten Wolke, und schlagartig kühlte es ab. Die Stadttore, an denen sich schweigend die Stammesanhörigen drängten, standen weit offen.

Die *Levim* hielten an, Dadua blieb stehen. Worauf warteten wir? Ein mächtiger Wind zog über uns hinweg, fast als wollte die Luft die Versammelten mit Gewalt in die Stadt hineintreiben. Ich hatte diesen Wind schon früher gespürt, und zwar bei meinen Zeitreisen. Cheftus Hand schloss sich fester um meine.

Dann ergoss sich wie auf einem Renaissancegemälde ein Lichtstrahl durch die Wolken, durch ein Loch genau über Dadua. Reglos stand er da, mit gesenktem Haupt, die Hände ehrfürchtig zum Himmel erhoben. Der Sonnenstrahl wurde intensiver, er ließ die roten, grünen, blauen und orangefarbenen Juwelen auf Daduas Brust aufflammen und das mahagonibraune Haar auf seinem Kopf zu einem Heiligenschein erstrahlen.

Wir sahen, wie die Sonne ihn umhüllte. Vor unseren Augen wurde er mit Gold überzogen – ein ebenso göttliches und rätselhaftes himmlisches Sprachrohr wie die *Elohim* auf dem Thron.

Dann begann er zu tanzen, in einer Explosion von Bewegungen, die wir kaum mit Blicken nachzuvollziehen vermochten. Nicht wie in der Tanzschule: vorwärts, seitwärts, rückwärts, Schluss. Nein, wie Barischnikow oder Astaire und mit erstaunlicher Akrobatik.

Die Chorjungen begannen wieder zu singen, die *Levim* schritten weiter, wobei der Thron sacht zwischen ihnen schaukelte. Dann stockte den Menschen der Atem, denn der König der Stämme – der König Israels – warf seinen Schurz von sich.

Was tat er da? Was dachte er sich dabei? Der König war *nackt*?

Dadua tanzte.

Er tanzte in überschwänglicher Freude vor Shaday. Er tanzte mit jener Freude, die einen am Ende eines phantastischen Tages erfüllt – wo man tanzt, weil man einfach nicht still sitzen kann. Er tanzte, weil das Leben so gut ist. Weil er Leben und Blut in sich spürte.

Dadua tanzte nackt – befreit von der Last seines Ichs, seines Stolzes, seiner Scham. Ohne jeden sexuellen Unterton, sondern unbekleidet zum Ruhme des Menschseins, ein Geschöpf nach Gottes Ebenbild und ein Schöpfer wie Gott selbst.

Dadua tanzte nackt mit Gott.

Wir drängten in Tziyons schmale, sich überlagernde Straßen und folgten dabei der Menge, die sich dem Gesang der Chorknaben angeschlossen hatte und Gott pries – und nicht mehr sich selbst als Besitzer der Bundeslade. Die Menschen freuten sich, sie waren begeistert, doch diesmal waren sie auf das Ewige konzentriert, nicht auf sich selbst.

War dies der einzige Unterschied zwischen dem ersten Einzug und diesem? Und doch war es ein alles entscheidender.

»Machet die Tore weit und die alten Türen hoch, dass Shaday, der König der Ehre einziehe! Wer ist der König der Ehre?

Er ist el *Elyon, der Starke und Mächtige, der Gott des Krieges, der Gott des Sieges.«*

Ich warf Cheftu einen schnellen Blick zu. Ob er wohl fassen konnte, wo wir uns befanden? Und in welcher Zeit? Alle miteinander – Jebusi, die Angehörigen der Stämme, Männer und Frauen, Sklaven und Freie – folgten wir dem Thron hinauf zum Tempelberg. Die Farben des Zeltes, das dem Heiligsten unter den Heiligen geweiht war, leuchteten vor dem aquarellblassen Himmel und der Kalksteinterrasse. Hier würde der Thron seine Heimstatt finden, bis Dadua, oder genauer Daduas Sohn, den Tempel errichten würde.

Die Prozession endete vor den gewebten Wänden um das Versammlungszelt. Die Priester lösten sich aus dem Volk und traten durch die Tore. Wir verstummten, die Menge von mehreren hundert Menschen wurde so still, dass man die nackten Füße der Priester auf den festgetretenen Boden klatschen hörte. Auch wie die goldenen Stangen leise gegen die goldenen Ringe der auf den Schultern der *Levim* schaukelnden Bundeslade schabte, war zu vernehmen. Der Thron schwebte so nahe an mir vorüber, dass ich die Granatapfel- und Traubenmuster auf dem Rand erkennen konnte. Ich sah zu den goldenen Figuren auf. Eisiger Schweiß lief mir über den Rücken.

Die *Elohim* umarmten sich.

Die Statuen hatten sich bewegt! Ohne jeden Zweifel!

Ohne innezuhalten stiegen die Priester die Stufen hinauf, bis die bestickten Vorhänge mit weichem Schwung hinter ihnen zufielen. Hinter uns war Daduas Stimme zu hören, der immer noch Shaday pries.

»Singe Shaday, alle Welt! Verkündet mit jedem Tag Sein Heil. Erzählet unter den Völkern der Erde von Seiner Herrlichkeit, unter allen Nationen von Seinen Wundern. Denn groß ist el *Elyon und hoch zu loben! Mehr als alle Götter ist er zu fürchten. Vor Shaday sind alle Götter der Völker Götzen; aber Shaday hat den Himmel gemacht. Hoheit und Pracht sind vor ihm, Macht und Herrlichkeit strömen aus Seinem heiligen Thron. Preiset* el *Elyon, ihr Heiden, preiset* el *Elyons Kraft und Größe, preiset* el *Elyon, wie es ihm zukommt. Kniet mit euren Gaben vor Ihm, betet Seine Heiligkeit an. Es fürchtet Ihn alle Welt!«*

Ein paar atemlose Sekunden lang flogen die vergangenen Jahre an mir vorbei: der Exodus aus Ägypten, der Fall von Atlantis und jetzt das? Ich wusste, dass im Zelt Tiere geopfert wurden, dass Gott in Seinem neuen Heim willkommen geheißen wurde. Ich sah zu Cheftu auf. »Glaubst du –«

Plötzlich durchzuckte mich und alle um mich herum etwas Undefinierbares. Ich fühlte mich, als hätte mich der rote Punkt eines Laserstrahls erfasst und wäre dann weitergewandert.

Ein Ruf: »Er ist mit uns!«

Wie alle anderen schaute auch ich zum Zelt hin. Hinter den Wänden befand sich ein heiliger Raum: Gottes Boudoir. Vor dem blau getönten Himmel zuckten aus jenem Raum Blitze aufwärts. Streifen in gleißendem Gold vor dem Eichelhäher-Eisblau des Himmels, umbettet von Wölkchen aus silbrigem, halb durchsichtigem Rauch.

Die Menschheit hatte ihre Hand zum Himmel ausgestreckt. *El ha*Shaday hatte seine Hand zur Erde ausgestreckt.

Alle Knie beugten sich.
Gott wohnte wieder unter dem Volk Israel.

Als sich – im wahrsten Sinn des Wortes – der Rauch verzog, erhielt jeder einen Laib Brot, einen Dattelkuchen und einen Rosinenkuchen. Es war ein Festtag und das Singen wollte kein Ende nehmen. Wer in der Umgebung wohnte, machte sich in der Abenddämmerung auf den Heimweg. Wer in der Stadt wohnte, kehrte mit frischem Stolz darauf, ein Kind Abrahams zu sein und in Tziyon zu wohnen, in sein Heim zurück.

Es begann wieder zu regnen; in der Ferne zuckten Blitze.

RaEm blickte durch den strömenden Regen ihre Soldaten an. »Ägypten fällt«, sagte sie. »Sie kommen, Tutenchaton zu holen, um ihn nach Noph zu bringen und ihn vor Horus, Ptah, Amun-Re und Hathor zu krönen. Pharaos Vision eines einzigen Gottes wird verloren gehen.«

Schweigend standen sie vor ihr, von ihren Köpfen und Nasen tropfte das Wasser. Sie wandten den Blick nicht ab. »Sie werden uns ebenfalls holen. Wir werden, wie so viele vor uns, durch ihre Hände sterben.«

Ein paar erbleichten, doch die meisten blieben ungerührt. Resigniert.

»Wir brauchen nur Gold.«

RaEm stapfte davon, dass der Schlamm auf ihren Schurz spritzte. »Mit Gold können wir all unsere Probleme lösen. Damit können wir uns ein Amt, unsere Freiheit und Sicherheit im neuen Ägypten erkaufen. Ohne Gold wird man uns alles nehmen und uns als einen Überrest des verstoßenen Königreiches verrotten lassen.«

Sie sah sie, ihre Truppenführer, der Reihe nach an. Insgesamt fünfundzwanzig gehorsame, kräftige Männer. Und alle waren Ägypten treu ergeben. »Ich weiß, wo es Gold gibt. Ich brauche eure Hilfe. Ihr müsst mir ganz und gar vertrauen. Ihr dürft keinen Moment an meinen Zauberkräften zweifeln.«

»Wie könnten wir an dir zweifeln?«, fragte einer von ihnen. »Du gebietest über den Blitz!«

Zustimmendes Gemurmel war zu hören. Gut! Dass sie gelernt hatte, den Himmel zu lenken, war also nicht unbemerkt geblieben. »Genau. Werdet ihr mir vertrauen?«

»Nicht dass wir dir nicht vertrauen, Meine Majestät, aber warum erstürmen wir Noph nicht einfach? Wir kontrollieren die Armee. Tausende von uns lagern zwischen Jebus und Ägypten. Jeder Soldat würde nur zu gerne nach Hause zurückkehren und das Land für Pharao erobern.«

Sie lächelte. Sie waren so schlicht, so entzückend süß. Sie würden Noph und auch Waset erstürmen. Doch bei den Verhandlungen in Karnak, bei den Verhandlungen mit jenen Adligen, deren Name seit mehreren Dynastien bei Hofe vertreten war, zählte nur Gold. Mit Brutalität und Angst würde sie bei jenen, deren Anerkennung sie mit Sicherheit brauchte, überhaupt nichts erreichen.

Immerhin wäre sie schließlich Pharao, genau wie Hatschepsut vor ihr. Tuti hätte einen kleinen Unfall, und sie würde an seiner Stelle herrschen. Später würde er nach einem langen, qualvollen Kampf gegen eine Krankheit dahinscheiden. Und dann wäre Semenchkare der größte Pharao, den Ägypten je gekannt hatte.

Und der reichste. Nie wieder würde sie sich von einem König über einen Schlammhügel als »machtlos« beschimpfen lassen. Sie konnte es kaum erwarten, ihn auszuweiden, ihm sein Geschlecht in den Mund zu stopfen und ihn anzuzünden. Vielleicht ließ sich auch das mit einem Blitz bewerkstelligen?

»Vertraut ihr mir?«, fragte sie.

»Ja!«

»Werdet ihr mir folgen?«

»Ja!«

»Nie meine Befehle hinterfragen, sondern sie stets gehorsam ausführen?«

»Ja!«

»Dann schwärzt eure Gesichter mit Schlamm und lasst eure Schwerter zurück. Noch heute Nacht werden wir den Heimweg antreten.«

Die *Chorim, Zekenim* und *Giborim* waren (dem wieder angekleideten) Dadua gefolgt, der sein neues Heim segnen wollte, solange er noch in Shadays Gnade stand. Wir standen innerhalb der Fundamente des Hofes von Daduas künftigem Palast. Die Lade war sicher auf dem Tempelberg untergebracht; für die Israeliten war alles im Lot.

Daduas Frauen standen dicht beisammen und beobachteten unser Eintreten. Er winkte jeder Einzelnen zu. Avgay'el senkte den Kopf, Hag'it errötete und winkte zurück, Ahino'am blies ihm unter unserem Jubel einen Kuss zu.

Mik'el stand auf der Seite gegenüber und wartete auf Daduas Geste. Sie reagierte nicht und schien ihn nicht zur Kenntnis zu nehmen. Dadua winkte noch einmal; Mik'el machte auf dem Absatz kehrt und ging davon.

Verblüfftes Schweigen. Sie hatte *haNasi* vor den Kopf gestoßen? Das war nie besonders klug, und heute am allerwenigsten. Als Dadua sich wieder zu uns umdrehte, lächelte er immer noch, doch in seinen schwarzen Augen glühte es. Er warf den Kopf zurück und erbat Shadays Segen für sein Haus, sein Geschlecht, seine Dynastie und die vereinten Stämme von Y'srael und Yuda.

War ich wirklich dabei? Cheftu und ich mischten uns unter die Übrigen und wanderten unter Gesängen zurück zum Palast. Dort ließen wir uns um den Tisch herum nieder und speisten bis in die tiefe Nacht hinein, deren Sterne sich unter einer Wolkendecke verkrochen hatten.

Als vor uns nur noch ein paar Überreste von Lamm, Getreide, Obst und Gemüse lagen, entschuldigte sich Dadua. Die Musikanten spielten, der Wein floss; es war ein perfekter Abend. Cheftu hatte mich eben geküsst und angedeutet, es sei an der Zeit, in unser eigenes Haus zurückzukehren, als wir alle ein lautes Krachen hörten.

»Was –«, hörte ich über die Gespräche der Männer hinweg. Wir klappten den Mund zu und bemerkten, dass auch alle Übrigen am Tisch still geworden waren.

»Was für eine Schande!« Mik'els Stimme war unverkennbar. Jetzt verstummten auch alle Übrigen im Raum und lauschten.

»Was denn? Dass der Thron nach Jerusalem zurückgekehrt ist? Jetzt sind wir die Hauptstadt aller Stämme!«, erwiderte Dadua.

»*Ach*! Ein Haufen ungekämmter, unzüchtiger Bauern, die immer noch Steine anbeten und sich mit Apiru verheiraten.« Wir gaben nicht einmal vor, nicht zu lauschen.

Schweigen.

»Du vergisst dich, *Isha*. Meine Mutter ist Apiru.«

»Wie könnte man das vergessen. Vor allem nach dem heutigen Schauspiel! Hast du keine Würde? Keinen Stolz? Wie beschämend, dass der Thron Yudas eine solche Farce geworden ist.«

In unserem Raum traute sich keiner, dem anderen ins Gesicht zu sehen. Es war zu spät, um noch ein unbefangenes Gespräch anzufangen; andererseits war es ausgesprochen peinlich, diesem Streit zuzuhören.

»Deine Sklavinnen haben dich nackt gesehen!«, zeterte sie. »Du bist der König! Man sollte nicht einmal dein Gesicht sehen dürfen, doch du zeigst deinen Penis her! Mein Vater würde sich schämen! Das Haus Labayus würde sich schämen!«

»Es gibt kein Haus Labayus!« Davids Erwiderung kam schnell, zornig und sehr, sehr laut. »Ich habe vor meinem Gott getanzt, und zwar so, wie mein Gott mich geschaffen hat. Er hat mich über deinen Vater, über deine Brüder, über dein gesamtes Haus Labayu erhoben! Ich bin der König. *HaNasi* Tziyons, *haMelekh* der Stämme, das bin ich!«

Wenn überhaupt, wurde Dadua noch zorniger.

»Vor meinem Gott werde ich so feiern, wie es mein Herz mir befiehlt. Vor Gott ist kein Platz für irgendwelche Würde; noch würdeloser will ich vor ihm sein. Vor Shaday ist kein Platz für Stolz; noch mehr will ich mich vor ihm erniedrigen. Auch wenn du an einem Herrscher, der seinem Herzen folgt, nichts Bewundernswertes siehst, werden die Sklavenmädchen, auf die du so herabsiehst, die Majestät Shadays im Gedächtnis behalten, denn sie haben begriffen, dass ich vor ihm und nicht vor ihnen nackt war.«

Wieder blieb es still.

Lange still.

»Aus meinen Augen, Mik'el. Nie wieder sollst du einen Mann erkennen.«

Der Vorhang bauschte sich zur Seite; wir starrten Dadua an, er starrte uns an. Mik'el stand hinter ihm im Dunklen. »Vor all diesen Menschen«, verkündete er, »hat Mik'el darum gebeten, das Haus Labayu zu verstoßen. Dass ich ihren Tod nicht fordere, beweist meinen *Chesed.*« Er drehte sich zu ihr um. »Du sollst Tziyon nie wieder betreten.«

Stolz und wunderschön trat sie vor. »Eher will ich auf mich allein gestellt sein, als mit einem König zusammenzuleben, der sich nicht königlich zu verhalten weiß.«

Ich konnte nicht anders; ich zuckte zusammen. War sie wirklich so dumm? Oder wollte sie wirklich ihren Tod heraufbeschwören? Dadua sah sie an, als wollte er sie umbringen.

»Um Yohans willen, den ich geliebt habe, werde ich dich lediglich verstoßen. *Gibori!*«, rief er.

Yoav und Abishi eilten an seine Seite. Dadua wies mit einer Kopfbewegung auf sie, woraufhin sie sich neben ihr aufbauten und sie an beiden Handgelenken packten. Mik'el riss sich aus ihrem Griff los, und dann schritt sie, statt durch den Hinterausgang zu verschwinden, gemessen und elegant durch unsere Gruppe hindurch. Sie war vom Scheitel bis zur Sohle eine Prinzessin.

Wir waren wie vor den Kopf geschlagen.

Ein paar Minuten verstrichen. Was sollten wir unternehmen? Selbst N'tan war still geworden. Schließlich nahm Dadua sein Instrument, strich über seinen *Kinor* und begann zu singen.

»Shaday, man lobt Dich in der Stille Tziyons, Dir halten wir unsere Gelübde. O Du erhörst unsere Gebete, darum kommet alles Fleisch zu Dir. Dich wollen wir suchen. Wenn unsere Missetaten uns hart drücken, vergibst Du uns unsere Sünden und schenkst uns einen neuen Anfang.

Wohl dem, den Du erwählst. Wohl dem, den Du an Deinen Vorhöfen leben lässt. Wir sind erfüllt von Trost aus Deinem Hause, wir nutznießen von dem Dienst in Deinen heiligen Zelten. Du erhörest unsere Fragen mit allmächtigen Taten und zeigest Gerechtigkeit, o Gott, unser Heil.

Du bist die Zuversicht aller auf Erden und fern am Meer. In Deiner Kraft setztest Du Berge fest, Du bist gerüstet mit Macht. Du hast das Brausen der Wogen gestillt und das Toben der Völker. Die an den Enden wohnen, haben von Deinen Taten gehört und entsetzen sich vor Deinen Zeichen. Wo auch immer der Morgen dämmert oder der Abend sich senkt, singt man Dir zu.

Du hast das Land reich gemacht und es bewässert. Dein Chesed *fließt wie ein Bächlein Deinem Volke zu und nährt uns wie bestes Korn. So hast Du das Land bebaut. Mit dem Wasser Deiner Worte tränkst du uns, besänftigst Du uns, machst Du uns fruchtbar wie das Land.*

Du segnest sein Gewächs. Du krönst das Jahr mit Deinem Gut, die Marktkarren fließen über vor Reichtum, die Weiden in der Steppe nehmen kein Ende; und die Hügel sind erfüllt mit Freude. Die Anger sind voller Schafe, und die Auen stehen dicht mit Korn. Das ganze Land singt und jubiliert unter Deinen Gaben.«

»*Sela*«, antworteten wir im Chor.

RaEm führte sie durch die Nacht und durch den strömenden Regen. Ihre Rüstungen waren mit Schlamm überzogen; nirgendwo glänzte Metall, nirgendwo funkelte eine polierte Stelle. Sie kam an dem Baum an und öffnete ihn. Hiram war längst nicht so raffiniert, wie er glaubte.

Dann hinunter in die Tiefe, in die Dunkelheit. Nur dass sie diesmal eine Lampe dabeihatte. Beim ersten Mal hatte Zakar Ba'al sie zu verwirren versucht, indem er im Kreis gegangen war und keine sichtbaren Merkmale hinterlassen hatte. Doch unter ihren Füßen hatte sie weichen Boden gespürt. Jeder Schritt war wie ein Wegweiser. Jetzt brauchte sie nur die Lampe anzuheben und konnte leicht den Schritten dutzender Arbeiter in die Stadt folgen.

Wenn man es nicht darauf anlegte, jemanden in die Irre zu führen, war der Weg erheblich kürzer.

Sie kamen unterhalb des Speiseraums vorbei, wo sie die gedämpften Klänge von Daduas *Kinor* hören konnten. Dann durch die kleineren Kammern bis in die Schatzkammer. »Passt auf«, sagte sie zu den Männern. »Nehmt nur das, was ich euch befehle.

Nichts weiter. Nicht ein einziges Stück, das ich nicht aufgezählt habe. Alles dient einem ganz bestimmten Zweck, einer Macht, die nur ich beherrsche. Habt ihr das verstanden?«

»Jawohl, Meine Majestät«, bestätigten sie leise.

Sie sah einen nach dem anderen an und fragte sich, wer von ihnen der Versuchung wohl erliegen würde, wer die Kammer nicht wieder verlassen würde. »Dort sind Schilde aus Gold und Silber. Nehmt alle mit. Außerdem findet ihr dort Rollen mit Draht und Kabeln aus Gold, Kupfer und Bronze. Auch die nehmt ihr mit.«

Sie nickten, und RaEm öffnete die Tür. Die Soldaten waren bestimmt geblendet, doch sie waren diszipliniert. Sie nahmen die Schilde von den Wänden und hoben die aufgewickelten Drähte und Kabel vom Boden auf. RaEm winkte sie heraus, und ein Mann nach dem anderen kehrte in den Gang zurück, jeder mit zwei Schilden und einer über die Schulter gehängten Rolle beladen.

Dann sah sie ihn; er war jung und nervös. »Halt«, sagte RaEm. Er blieb stehen, die dunklen Augen vor Angst geweitet. »Ich habe dir doch befohlen, nichts mitzunehmen außer den Dingen, die ich aufgezählt habe.«

»Meine Majestät! Das habe ich auch nicht! Wirklich nicht!«, protestierte er.

Die anderen sahen zu. Sie hatten ihn noch nie leiden können, das hatte sie aus ihren Reaktionen geschlossen. »Du hast die Frechheit, mich anzulügen?«

»Meine Majestät –« Er warf sich zu Boden und sprudelte los: »Ich schwöre bei der Ma'at, bei den Hörnern Hathors –«

»Und nun beleidigst du mich auch noch, indem du bei Göttern schwörst, die es gar nicht gibt!«

Bibbernd lag er ihr zu Füßen. »Ich habe nichts getan, Meine Majestät«, sagte er. Doch seine Stimme war weicher geworden. Ihm war klar, dass er nicht mehr zu retten war.

»Steh auf.«

Er schauderte noch einmal, dann reichte sie ihm die Hand. Als er sich erhob, breitete sich eine eigenartige Miene auf seinem Gesicht aus. Er öffnete die Hand und zeigte ihr einen goldenen Ohrring, einen jener Ohrringe, die zufällig neben der von ihm aufgehobenen Drahtrolle gelegen hatten. Sein Blick traf auf RaEms. Er wusste Bescheid und verstand. In diesem Augenblick wich auch der letzte Schatten kindlichen Vertrauens in seinen Augen.

Wie sagte man noch in Chloes Welt? Das Leben kann ganz schön beschissen sein?

»Du stirbst für Ägypten.« RaEm senkte die Klinge in seinen Körper. Er wandte die Augen nicht von ihr ab. Sein Blick war fest auf sie gerichtet, sodass auch sie ihren nicht abwenden konnte. Heiß sprühte sein Blut über ihre Hände, über ihre Kleider und ihr Gesicht, doch sie schaffte es nicht, sich umzudrehen.

»Ich hätte beide nehmen sollen«, keuchte er. »Wie blöd, nur einen zu stehlen.«

Sie zog ihre Klinge zurück, wischte sie an seinem Schurz ab und drehte sich zu den Übrigen um. »Vertraut ihr mir?«

Sie vertrauten ihr nicht, doch plötzlich hatten sie Angst vor ihr.

»Werdet ihr mir folgen?«

Sie nickten hastig.

»Dann kommt, wir haben viel zu tun.«

Ich war eben – wieder – eingeschlafen, nachdem ich mich mit Cheftu geliebt hatte, als jemand an unsere Tür trommelte. Wir hatten Brust an Brust geschlafen, die Beine ineinander verschlungen, und schossen wie ein Mann hoch. »Was zum Teufel …«, grummelte ich verschlafen.

»Ich gehe schon, *chérie*«, sagte er, stand auf und tappte davon. Der Besucher an der Tür wollte nicht aufhören mit Trommeln. Ich vergrub den Kopf unter dem Kissen und döste langsam wieder ein. Bis ich etwas hörte, das ich nie zu hören erwartet hätte: Cheftu, der »Heilige Scheiße!« rief.

Sekunden später war ich aufgesprungen, angezogen und an der Tür. Cheftu sah mich an. »Das Tabernakel ist mit Soldaten umstellt.«

»Was?«

Draußen rumpelte der Donner. N'tan, bis auf die Haut durchnässt, verdrehte die Augen. »Dieser Ägypter hat das Tabernakel als Geisel genommen!«

»Semenchkare?«

»*Ken*! Das ist eine Beleidigung für Shaday, unsere Gastfreundschaft, für alles!«

»In der Bibel steht nichts Derartiges, und ich habe auch nirgendwo etwas darüber gelesen oder auch nur gehört«, sagte Cheftu zu N'tan.

Ich sah den Nachfahren Imhoteps I. und II. an. »Möchtest du etwas Wein?«, fragte ich und bewies damit, dass ich die geradezu absurde Gastfreundschaft der Südstaaten mit der Muttermilch aufgesogen hatte. Ich schenkte drei Becher voll. N'tan erzählte uns, dass er zwei Boten zum Tabernakel ausgesandt hatte und sie, nachdem sie nicht zurückgekehrt waren, suchen gegangen war. Wobei er auf Soldaten gestoßen war.

Ägyptische Soldaten.

»Was ist mit den Priestern? Den Leuten, die dort oben waren?«

N'tan zuckte mit den Achseln. »Es war kaum jemand dort. Die Erntezeit, die Feiern und Opfer sind abgeschlossen. Es bleiben nur ein paar Priester beim Tabernakel, die sich den Winter hindurch beim Gottesdienst abwechseln.« Er kaute auf einer Schläfenlocke herum. »Vieles aus dem Tabernakel wurde ohnehin in die Unterstadt eingelagert.«

»Und was ist oben geblieben?«

»Nur die äußeren Vorhänge und der Thron.«

Cheftu schauderte und murmelte etwas von einer tödlichen Waffe in seinen Bart. »Was haben die Soldaten getan?«

»Sie haben das Zelt eingerissen.«

»Haben sie den Thron berührt?«

»Wieso fragst du das?«, mischte ich mich ein.

»Weil eine Frau, die acht Meter von der Bundeslade entfernt stand, um ein Haar an der Pest gestorben wäre.«

»Die Beulenpest ist in der Arche?« Vor Verblüffung sprach ich Englisch.

N'tan sah uns beide an, ohne ein Wort zu verstehen.

»Flöhe, *chérie*. Ich weiß nicht warum, aber Flöhe.«

»Bist du sicher?«

Cheftu piekte mit dem Finger in N'tans Richtung und wechselte wieder ins Hebräische. »Sie machen die Priester krank, damit sie sich in der Nähe des Throns aufhalten können, ohne sich anzustecken. Der Thron löst die Seuche aus.« Er wandte sich an N'tan und bat ihn, mir zu erklären, was ihnen die Pelesti bei der Rückgabe des Thrones noch übergeben hatten.

»Goldene Darstellungen, *G'vret*. Von Tumoren.«

»Statuen von Pestbeulen«, erklärte Cheftu auf Englisch.

»Und goldene Totems von Ratten«, ergänzte N'tan auf Hebräisch.

Ich leerte meinen Becher in einem einzigen Zug. »Und weshalb macht ihr euch solche Sorgen?«

Cheftu stand auf, fuhr sich mit den Händen über das Gesicht und erklärte hastig: »Schon ein winziger Spalt unter dem Deckel, nicht einmal breit genug für meinen Finger, hätte die Gemahlin des Königs beinahe das Leben gekostet. Uns Übrigen ist nur nichts passiert, weil wir, wie nennst du das?, immun waren.«

Ich stand auf. »Aber wenn die Lade weiter geöffnet würde –«

»Dann könnte die Seuche das jüdische Volk auslöschen.«

War es möglich, dass RaEm die Vernichtung der Juden auslösen würde? In Europa hatte die Pest ein dunkles Zeitalter heraufbeschworen. War es möglich, dass sie auch hier ein dunkles Zeitalter herbeiführte? Statt Salomons Ruhm die düstere Herrschaft RaEms?

Der Donner ließ uns für Sekunden taub werden.

Das klang arg nach Gruselroman, aber wer hätte andererseits schon geahnt, dass ich mit Salomons Mutter Getreide mahlen oder König David den Davidsstern zeigen oder dass Cheftu einige Bücher der Bibel verfassen würde?

Wir rannten durch den Regen.

Unter dem tiefen, schwarzen Himmel, in peitschendem Regen und eisigem Wind stand Dadua. In der Ferne zuckten Blitze, und aus allen Ecken und Enden der Stadt strömten Männer und Frauen herbei, um sich seiner Gruppe anzuschließen. Mit triefender Nase und am Schädel klebendem Haar sprach Dadua zu seinen *Giborim* und zu uns.

»Niemand wird meine Stadt, meinen Tempelberg oder den

Thron meines Gottes an sich reißen. Lasst den *Shofar* erschallen; ruft alle Bürger zum Tempelberg. Ägypten will den Kampf, Ägypten soll ihn bekommen.« Er wandte sich an Yoav. »Hast du nicht behauptet, dass der Ägypterknabe der neue Pharao sei? Hol ihn herbei.«

»Er ist schon hier.« Dion als Hiram kam herangelaufen. »Ich biete dir meine Dienste an, *Adon*.«

Blitz und Donner. Ich drückte Cheftus Hand. Dadua sah auf die Versammelten. »Wir werden Ägypten ein zweites Mal befehlen, Shadays Volk ziehen zu lassen!«

Siebter Teil

17. Kapitel

Wir gingen in einem engen Pulk, darum flüsterte ich in der Hoffnung, dass Cheftu mich verstehen würde, auf Englisch: »Wie erklärst du dir die Flöhe?«

»In der Bundeslade?«

»Ja!«

»Vielleicht ernähren sie sich von dem Manna oder dem knospenden Stab, mit Flöhen kenne ich mich nicht aus.«

Dadua teilte uns auf, weil wir uns den Ägyptern aus allen vier Himmelsrichtungen nähern sollten. Cheftu und ich sollten die Ostseite des Berges ersteigen.

Es war schlammig, kalt und absolut unglaublich.

RaEm auf dem Tempelberg? »Wieso jagt Gott sie nicht einfach in die Luft?« Ich schnaufte neben Cheftu bergauf. Inzwischen hatten wir den Rand des Plateaus erreicht. Die äußeren Wände des Heiligtums waren eingerissen, und das Tabernakel selbst war enthüllt, wodurch nur noch die zwei Pfeiler vor der Lade stehen geblieben waren. Blitze erhellten die Szenerie. Ich hörte Cheftu zischen: »*Mon Signeur!* Sieh dir das an! Was tut sie da?«

Anstelle des Tabernakels stand dort ein weiter Kreis von silbernen und goldenen, gegen den Himmel gerichteten Schilden.

»Ihre Blasphemie ist grenzenlos«, meinte mein Ehemann schockiert.

Die Lade stand im Zentrum dieses äußerst bizarren Arrangements. Die vier Stangen, an denen sie getragen wurde, waren hochkant gestellt. Wieso um alles in der Welt? Ich konnte mir nicht einmal ausmalen, was RaEm damit bezweckte.

Sie stand knapp nördlich ihrer Konstruktion. Um sie herum schossen ägyptische Soldaten Pfeile in den Himmel. Mein erster Gedanke war, dass alles, was da hochflog, auch wieder herunterkommen würde und ich vermeiden musste, von oben herab aufgespießt zu werden. Dann fragte ich mich, was sie wohl beabsichtigte.

Die Blitze kamen näher.

Auf wilde, wahnsinnige, hexenweibische Weise sah sie wunderschön aus. Sie hatte Semenchkares Schurz gegen ein weißes Kleid ohne Schmuck getauscht, und ihr geschorener Kopf glänzte in der regenglatten Nacht.

Blitze! RaEm hätte sich wie besessen für Blitze interessiert, hatte meine Schwester Cammy erzählt. Der Regen klatschte uns fast waagerecht ins Gesicht. Die ägyptischen Soldaten standen wie angewurzelt da, allerdings hatten sie die Augen vor Angst so weit aufgerissen, dass ich selbst in der Düsternis das Weiße darin erkennen konnte.

Die Blitze kamen noch näher, sie zuckten um uns herum nieder. Was tat sie da? Wollte sie die Lade als eine Art riesigen Blitzableiter benutzen? »O mein Gott«, sagte ich auf Englisch.

Cheftu blieb stehen und sah mich an. »Chloe?«

RaEm wollte die Macht des Fernsehens eindeutig als Macht der Finsternis einsetzen.

»Menschen der Stämme!«, verkündete sie mit dramatischen Gesten. Gut, dass sie Hebräisch gelernt hatte, ein Übersetzer hätte die ganze Atmosphäre versaut. »Das Feuer des Himmels steht in meiner Macht! Es ist mir untertan!« Die Soldaten schossen immer weiter Pfeile in die Luft. »Mit den Mitteln der alles überragenden Magie Ägyptens«, sagte sie, »habe ich den Göttern der Wüste und des Sturmes einen Altar erbaut. Shaday selbst ist mein Sklave.«

Um uns herum dröhnte Donner los, der ihre Worte ein paar Sekunden lang überrollte. Die versammelten Menschen sahen voller Ehrfurcht zu. Für sie hatte RaEm allem Anschein nach Zauberkräfte. Ob ihr aber irgendwer sonst, irgendwer, der selbst Macht besaß, diese Geschichte abkaufte?

Dennoch war sie eindrucksvoll. Äußerst eindrucksvoll.

»Meine Forderungen sind schlicht«, erklärte sie in bester Terroristenlogik. »Das Gold, das ich begehre, für die Truhe, die ihr so hoch schätzt.«

»Wieso nimmt sie nicht einfach die Truhe?«, flüsterte ich Cheftu zu. Schließlich war sie mit schwerem Gold überzogen; man brauchte eine kleine Armee von Priestern, um sie zu bewegen.

»Die Truhe ist nichts verglichen mit den Goldschätzen, die Dadua versteckt hat. Wir haben hunderttausende von Talenten in Gold und Silber mitgebracht. Ein solcher Reichtum wäre selbst zu deiner Zeit noch eindrucksvoll.«

Trotz der Inflation?

RaEm war mit ihrer Theatervorstellung noch nicht am Ende. »Durch die Kraft der Götter der Luft und des Sturmes, durch Ba'als eigene Blitze wird dieses einsame Totem eures einsamen Gottes bis in Gottes eigenen Thronsaal fliegen!«

Wie auf Kommando schlug ein Blitz in den Berg ein. Alle sprangen zurück. Statik knisterte in der Luft. Ich blickte auf die Stangen, die Schilde, die Lade. »Sie will, dass der Blitz in die Bundeslade einschlägt?«, überlegte ich laut.

Wie das? Blitzableiter waren dazu da, die Blitze anzuziehen und sie auf diese Weise von anderen Dingen abzulenken. Wollte sie –? Plötzlich schubste Cheftu mich beiseite und rettete mir dadurch das Leben. Ich sah nach unten. Wo ich gestanden hatte, zitterte ein Pfeil im Boden. Ich kniete daneben nieder. Hauchdünne Golddrähte hingen wie jüdische Schläfenlocken in winzigen Spiralen vom Schaft herab.

Blitz und Donner setzten gleichzeitig ein.

»Chloe«, schrie Cheftu über den heulenden Wind hinweg, »wenn diese Truhe geöffnet wird, wenn sie nur einen Spaltbreit offen steht, dann kann das eine Katastrophe auslösen.«

»Wieso?« Ich versuchte immer noch, die Sache mit dem Pfeil zu verarbeiten.

»Die Pest.«

Ich blickte wieder auf die Lade, die inmitten der goldenen Schilde thronte. »Sie hat eine grausamere Waffe, als ihr bewusst ist«, murmelte ich.

»Die Priester wissen das«, antwortete er.

Ich kaute auf meiner Lippe und versuchte verzweifelt, mir den Physiklehrstoff aus der achten Klasse wieder ins Gedächtnis zu rufen. »Gold ist ein elektrischer Leiter«, sagte ich. »Falls der Blitz einschlägt, wird er nur das zerstören, was er trifft. Die elektrische Ladung wird nicht ausreichen –«

»Siehst du die Drähte?« Cheftu brüllte beinahe. Ich kniff die Augen gegen den Regen zusammen. »Sie verbinden alles miteinander, die Schilder mit den Stangen und der Truhe!«

»B'seder«, bestätigte ich. »Dann haben wir wirklich ein Problem.« Ein Blitzeinschlag, dann würde die Spannung, falls sie das Gold nicht augenblicklich schmelzen ließ, schließlich und endlich in die Truhe überspringen. »Würden die Flöhe bei einem Blitzschlag nicht verbrennen?« Ich trat von einem Bein aufs andere.

»Es reicht, wenn ein, zwei Flöhe überleben, und die Krankheit geht auf die Tiere, die Kleider und Möbel über. Den schwarzen Tod wird man nur los, wenn man die Toten mitsamt all ihren Habseligkeiten verbrennt.«

RaEm zählte immer noch auf, wie viel Gold sie wollte: das gesamte Gold, das N'tau und Cheftu aus der Wüste von Gottes Berg in Midian mitgebracht hatten. Ägyptisches Gold, wie RaEm behauptete. Sie hatte Recht, doch die Ägypter hatten das Gold am Vorabend des Exodus den Israeliten geschenkt, als diese noch Apiru gewesen waren.

Ein Blitz schlug in das Tal westlich von uns ein. War das Zentrum des Sturmes bereits weitergezogen? Der nächste Pfeilhagel stieg zum Himmel auf. Die Blitze würden zurückkehren. Irgendwie zog RaEm sie an. Halbwissen konnte sich als sehr gefährlich erweisen.

N'tan sprach uns von hinten an. »Was rätst du uns? Was sagen die Steine?«

»Sie liegen wie tot in meinen Händen«, erklärte Cheftu.

»Zu viel statische Spannung«, vermutete ich.

»Zieht eure Schuhe aus.« N'tan deutete auf unsere Füße. »So verlangt es das Gesetz auf diesem Berg, vor Shaday und dem Thron.«

Natürlich, denn barfuß war jeder geerdet, der die Lade berührte oder ihr so nahe kam, dass die Spannung überspringen konnte. »Wir müssen den Stromkreis durchbrechen«, meinte ich, wobei ich durch den Regen zu den Drähten spähte. Und auf die vielen Soldaten zwischen ihnen und uns.

»Wie?«

Er fragte nicht, ob das geschehen würde, sondern nur wie? »Glaubst du mir?« Ich war verdutzt.

N'tan wischte sich das Wasser aus dem Gesicht. »Feuer kommt vom Himmel nieder, es verbrennt die Felder, Häuser, Dörfer. Ich weiß, was ein Blitz anrichten kann. Irgendwie lockt sie ihn an. Aber was wird dadurch mit dem Thron geschehen?«

»Bumm! Die Lade zerspringt möglicherweise in tausend Stücke«, antwortete Cheftu. Es gab keine korrekte Übersetzung für »Explosion«. »Dadurch könnten die Flöhe freikommen und die Stadt verseucht werden.«

Ganz zu schweigen davon, dass die Lade unwiederbringlich verloren wäre. War sie vielleicht deshalb nie gefunden worden? Weil sie zu Asche zerfallen war? Wenn die Seuche sich ausbreitete, wenn die Israeliten ausgelöscht würden... wie würde sich das auf die Menschheitsgeschichte auswirken?

Woher sollten wir ohne die Juden die Zehn Gebote bekommen?

Woher sollten wir ohne die Juden die Bibel bekommen?

Woher sollten wir Jesus bekommen? Oder Mohammed?

Falls dieser kleine Stamm vom Erdboden getilgt wurde, würde es mich dann überhaupt geben? Oder die Vereinigten Staaten von Amerika? Einstein wäre nicht geboren worden. Oder Freud. Es gäbe kein Nahostproblem – weil es keinen Nahen Osten geben würde. Keine Juden, keine Christen, keine Moslems. Würden wir alle stattdessen die Bäume und den Himmel und den Blitz anbeten?

»Du beschreibst ein –« N'tans Worte wurden von einem massiven Blitz unterbrochen, der minutenlang am Himmel zu stehen schien, obwohl so etwas unmöglich war.

Es wurde noch dunkler. Der Donner kam näher.

»Du kannst das Haus unseres Gottes nicht zerstören!«, brüllte Dadua von seinem Unterstand am Südende des Plateaus aus zu RaEm hinüber. »Er ist ein mächtiger Gott! Er wird das nicht zulassen!«

Eine Eins plus für deine Glaubensfestigkeit, Dadua. Doch Gott hatte auch die Elektrizität erschaffen, und zwar so, dass sie unter bestimmten Bedingungen wirkte. All diese Bedingungen waren berücksichtigt und erfüllt – und wurden von RaEm kontrolliert.

»Ich allein gebiete über den Himmel!«, brüllte RaEm zurück. »Dein Gott ist nichts! Er kann sich mir nicht entgegenstellen! Du bist nichts! Jedes einzelne Wort wirst du bereuen!«

Der Blitz schlug hinter RaEm ein, und zwar so nahe, dass wir ihren Körper als Silhouette sahen. Die Anordnung von Schilden und Bundeslade ähnelte auf perverse Weise einer Blüte mit dem Blütenstempel in der Mitte. Einer todbringenden Blüte, so viel stand fest.

»Soll ich durch den Draht brechen?«, fragte N'tan und machte sich bereit, an den Soldaten vorbei in Richtung der Lade zu rennen. Der Regen ließ geringfügig nach, dafür kamen die Blitze wieder näher. »Warte, der Stromkreis ist noch nicht geschlossen.« Ich kniff die Augen zusammen. Richtig, RaEm hielt die zwei Enden des Drahtes in ihren Händen. Ich zeigte auf sie. »Wenn sie die beiden verbindet, *ach*, also dann –«

»Werden wir alle geröstet?«, ergänzte N'tan.

Er wartete nicht länger ab, sondern rannte los. Mit quecksilberhafter Schnelligkeit fingen ihn zwei ägyptische Soldaten ab und schleuderten ihn in den Schlamm. Wir mussten an ihnen vorbei. Cheftu sah mich an. »Niemand sonst weiß, was zu tun ist.« Ich geriet in Panik.

Ein paar weitere *Giborim* rannten auf das Zentrum zu, wurden aber samt und sonders von ägyptischen Soldaten gefällt. Mein Blick fiel auf eine Schleuder in der Bauchschärpe eines Mannes, die ich mir auslieh und lud, um dann abzuwarten. »Du hast deine Chance gehabt, du Narr!«, brüllte RaEm Dadua an.

»Du wirst ebenfalls sterben!«, brüllte Dadua zurück.

»ICH BIN unsterblich!«, kreischte sie und hob die Drähte über ihren Kopf. Das Zentrum des Gewitters befand sich jetzt genau über uns. Ich richtete mich auf und ließ die Schleuder kreisen, bis ich sie über meinem Kopf surren hörte. Mit einem Gebet auf den Lippen schoss ich den Stein ab. Der Soldat vor uns stürzte zu Boden und gab den Weg für Cheftu frei, der zur Lade hinraste.

Ich folgte ihm nach, allerdings erst nach kurzem Zögern. Ich steckte in meinem eigenen Körper; ich hatte keine Ersatzhaut, falls mir irgendetwas zustieß. Ich würde mich selbst versengen. Aber wenn wir nichts unternahmen, dann würde die Truhe unter Umständen in die Luft fliegen, die Seuche würde ganz bestimmt freigesetzt, und wir würden sowieso alle sterben – bis auf Cheftu und Dion.

Jemand berührte meinen Armrücken und jagte einen elektrischen Schlag durch meinen Körper. Ich machte einen Satz, wurde aber nicht langsamer.

Yoav raste mit gezogenem Schwert auf RaEm zu. Das war ein Plan! Wie in Zeitlupe fasste RaEm hinter sich, packte einen Stock und zielte damit auf ihn. Der lang herbeigerufene Blitz schoss in das Ende des Stockes und sprang dann auf Yoav über.

Er fiel zuckend zu Boden und blieb dann reglos stehen.

»Ihr da! Stehen bleiben!«

Der Ruf erreichte uns auf Ägyptisch. Cheftu drehte sich um und bekam die Faust des Soldaten in den Bauch. Zu zweit stürzten sie sich auf uns. Ich duckte mich unter dem Speer weg und trat sofort zu. Ich erwischte den Angreifer in der Brust und schleuderte ihn zurück. Er riss das Schwert hoch, um mich aufzuspießen, doch ich sprang zur Seite weg und schlidderte dabei in den Schlamm.

Sekundenlang erhellte sich der Himmel auf gespenstische Weise, während ich mich wieder zu meinem Soldaten umdrehte. Aus seinem Hals sprudelte Blut, und sein Kopf baumelte schief auf der

Seite. Er war von hinten gefällt worden. Mir wurde der Arm aus dem Gelenk gerissen, so heftig wurde ich zur Seite katapultiert.

Wieder schlug der Blitz ein. Der Regen prasselte mittlerweile so laut, dass nichts anderes mehr zu hören war. Durch das stroboskopartige Licht sah ich einen Mann in den Kreis der Schilde treten und sie auseinander reißen. Das Haar stand ihm zu Berge, und seine dichten schwarzen Locken schienen in den wenigen Sekunden, in denen er die von RaEm konstruierte moderne Maschinerie einriss, noch voller zu werden.

»Verräter!«, kreischte sie und in diesem Moment schlug der Blitz ein.

Er schlug in eine der Stangen, sprang unten auf die Lade über und von dort aus zur zweiten Stange und zu dem Schildkreis weiter, wo Dion stand. Er zuckte durch seinen Körper, ließ ihn wie eine Marionette zappeln und verschwand dann im Boden.

Nichts flog in die Luft. Die Seuche blieb eingesperrt.

Dion hatte uns, warum auch immer, gerettet.

»Tötet sie!«, kreischte RaEm. Ich schaute gar nicht erst auf, um festzustellen, wen sie damit meinte. Ich packte Cheftu am Arm und zog ihn strauchelnd hinter mich. Überall sirrten Pfeile durch die Luft, Pfeile, die nicht mehr in den Himmel, sondern auf die Menschen gerichtet waren. Die *Giborim* stürzten vor, die neuen pelestischen Schwerter gezückt.

Das Klirren von Metall auf Metall wetteiferte mit dem Heulen des Sturms.

Ägypter und Israeliten bekämpften einander auf dem Tempelberg. Schreie, Stöhnen und das Scheppern der Waffen erfüllten die elektrisch knisternde Luft. Doch nachdem keine Pfeile mehr in den Himmel flogen, um den Sturm anzulocken, zog er schnell über uns hinweg. Cheftu und N'tan bahnten sich einen Weg durch die Kämpfenden, also zog ich den Kopf ein und lief ihnen hinterher. Immer mehr Priester schienen sich aus dem Tumult zu lösen, während die Stammesangehörigen und Cheftu den Golddraht von den Stangen holten, die von den Priestern neu angeordnet wurden.

Andere Priester bauten das Zelttabernakel wieder auf, um weitere Blitzschläge abzuwenden und ihren wertvollsten Besitz zu schützen. RaEm hatte die Lade an ihrem Platz gelassen, sie hatte einfach alles im Umkreis niedergerissen. Die Priester holten die Schilde herunter und rückten die Lade gerade, deren Cherubim wie ein einziges, vierflügliges Wesen aussahen. Doch darüber wollte ich mir keinesfalls den Kopf zerbrechen.

Statuen bewegten sich nicht; daher auch die Redewendung *still wie eine Statue*. Dies war bestimmt ein Traum. Eine Halluzination.

Dion lag leblos am Boden. Das Tabernakel wurde wieder aufgerichtet, die Soldaten kämpften, und mittendrin lag Dion.

Zögernd fasste ich nach seinem Hals und versuchte, den Puls zu ertasten. Immer wieder zuckte der Himmel auf, doch ich kam beim Zählen bis »acht«, ohne dass es donnerte.

Dion schlug die Augen auf und schnappte nach Luft. Dass sich mir die Haare aufstellten, hatte nichts mit der statischen Aufladung in der Luft zu tun. »Wo ist RaEm?«, fragte er.

Diese Hexe.

»Sag du es mir.«

Er schnappte noch mal nach Luft. »Unter der Stadt. In den Höhlen. Versteckt sich.« Ich blickte auf den Mann hinab, dessen Tod ich nur wenig bedauert hätte, und begriff, dass er niemals sterben würde. Genauso wenig wie Cheftu. Ich ließ ihn liegen und eilte auf der Suche nach dem Eingang zu den Höhlen durch das Schlachtengetümmel. Noch einmal würde sie nicht davonkommen. Nicht noch einmal.

Ich hielt inne und lauschte auf Schritte. Nichts. Kein anderer Atem, nur meiner. Ich ließ mich hinab und folgte dann dem Pfad durch alle Windungen und Wendungen. Unter einem weiteren von Menschen gehauenen Bogen hindurch in eine weitere Kammer. Ich war inzwischen durch so viele gekommen, dass ich nicht mehr sagen konnte, ob ich mich vorwärts oder im Kreis bewegte. Kannte ich diesen Raum bereits?

Stattdessen stand ich an einem ganz anderen Ort, als ich geglaubt hatte. Ich bewegte mich nicht im Kreis. Ich war in einem Labyrinth! Ich hob die brennende Öllampe hoch, die ich aus einem der vorigen Räume mitgenommen hatte, und sah mich um.

Selbst hier unten in diesem steinernen Irrgarten konnte ich den Schlachtenlärm von oben hören. War da noch etwas anderes? Ein Wimmern vielleicht? Statt denselben Weg zurückzugehen, folgte ich dem Klang, der durch die Mauern zu mir drang, und wagte mich dabei Schritt um Schritt tiefer in das Labyrinth vor. War Dion darauf gestoßen, als er hier unten Steine gebrochen hatte?

Ich blieb stehen und lauschte. Hatte ich nicht ein Keuchen, ein Stöhnen gehört? Ich schlich ein paar Schritte weiter vor. Ja. Nachdem ich ein paar weitere Kurven in diesem Gewirr von Gängen umrundet hatte, sah ich sie zusammengerollt auf dem Boden liegen. »RaEm?«, fragte ich.

Sie drehte sich zu mir um, und ich hätte mich um ein Haar übergeben. Sie würde nirgendwohin verschwinden. Nie wieder. »Mein Gott«, hauchte ich.

»Es ist dein Gott.« Sie krächzte nur noch. »Er ist dein Gott, und er liebt dich, genau wie deine kalte moderne Welt und dein –« Sie zischte vor Schmerz.

»Spar dir die Flüche«, sagte ich. »Du liegst im –«

»Im Sterben. Ja, ich weiß.«

Sie war versengt, die rechte Hälfte ihres Körpers war schwarz gebrannt. Ihre Hand hatte sich in eine verkohlte Klaue verwandelt, mit der sie die rechte Hälfte ihres Gesichts umfasste. Ich war froh, dass das Licht so schlecht war. Irgendwas stimmte auf groteske Weise mit ihrem Gesicht nicht. »Wieso?« Ich starrte sie an. »Du warst ägyptischer Pharao. Wie hast du es so weit gebracht?«

»Du kennst doch das Sprichwort«, antwortete sie auf Englisch. »Geld erbt man oder heiratet man.«

»Du hast es geheiratet?«

»Meritaton, das Balg.«

Ich hatte mich doch verhört – oder? »Ein Mädchen?«

Sie schnaubte. »Wieso wundert dich das?«

»Weil du eine Frau bist! Hat sie das überhaupt gewusst? Bist du lesbisch?«

»Ich bin doch nicht verrückt! Natürlich hat sie nichts gewusst.«

»Du hast also die Ehe nicht vollzogen?«

»Natürlich habe ich das.«

Mein verwirrtes Schweigen brachte sie zum Reden.

»Du bist eine Idiotin. Sie war ein unerfahrenes Kind. Ich brauchte nur die Vorhänge zuzuziehen, die Lichter zu löschen und das mit ihr zu machen, was ich mit ihr gemacht habe.«

»O mein Gott.« Ich sah sie entsetzt an.

RaEm wimmerte kurz und schluckte die Tränen hinunter. »Aber dann ist diese Flasche gestorben.«

»Das tut mir Leid.« Vielleicht kannte ich nicht die ganze Geschichte. »Das war bestimmt sehr schwierig für dich?«, meinte ich zaghaft.

»Natürlich. Echnaton war verzagt; und alle haben ihm die Stiefel geleckt. Es war wirklich schrecklich.«

»Wieso ist sie …«

»Sie konnte nicht schwanger werden.« RaEm zuckte mit den Achseln. »Also hat sie die Überdosis eines Schlaftrunks genommen, den ich aufbewahrt hatte. Weshalb ich gezwungen war« – sie wand sich – »so zu tun, als sei sie an der Pest gestorben.«

Ich brauchte ein paar Sekunden, um das zu verdauen. »Du bist krank«, flüsterte ich. In ihrer Nähe zu sein bereitete mir eine Gänsehaut.

Sie drehte sich zu mir um, mit einem zur Hälfte makellosen, bezaubernden Gesicht, einem Gesicht, das mich ein Jahr lang aus dem Wasserspiegel angeblickt hatte; die andere Hälfte war verkrustet und dort, wo sich die Haut nicht abschälte, von Blasen bedeckt. »Du bist nicht anders als ich«, sagte sie. »Du hättest genauso gehandelt, dieselben Entscheidungen getroffen. Dein Leben war leichter, deshalb glaubst du, über mich urteilen zu können.«

Ich starrte ihr ins Gesicht. »Ich wünschte, du hättest jetzt einen Spiegel, RaEm. Denn dies ist dein wirkliches Gesicht. Zutiefst verrottet unter einer dünnen Schicht äußerlicher Schönheit.« Ich stand auf. »Es gibt keine Entschuldigung. Wie hast du nur glauben können, du würdest damit durchkommen? Du hast ein Kind in den Selbstmord getrieben? Du hast versucht, die Bundeslade in die Luft zu jagen?«

»Vergiss nicht die Morde und das Auspeitschen«, sagte sie.

»Und du gibst noch damit an! Wie hast du nur glauben können, du könntest damit durchkommen? Was hat dich über alle moralischen Gesetze gestellt?«

»Da stand ich schon immer.«

Ich trat einen Schritt zurück. »*Avaryra goreret avayra*«, murmelte ich.

»Lass mich nicht allein.« Plötzlich schien sie in Panik zu geraten.

Ich machte einen weiteren Schritt zurück.

»Bitte, geh nicht. Ich sterbe. Lass mich nicht allein sterben.«

Noch ein Schritt zurück. »Dieses Kind, Mary –«

»Meritaton.«

»Hat ihr jemand die Hand gehalten?«

»Du verstehst das nicht –«

Noch ein Schritt. »Glaubst du –«

»Bitte lass mich nicht allein, Chloe«, flehte sie.

»Weshalb sollte ich bleiben?«

»Lass mich nicht allein, bitte.« Sie kroch mir nach und ihr verbrannter Körper glänzte dabei im Lampenschein. Spürte sie überhaupt noch physische Schmerzen? Sie war außer sich. »Ich verrate dir, wo das Portal ist, aber bitte verlass mich nicht.«

»Du hast meine Beziehung zu meinen Eltern ruiniert«, sagte ich. »Obwohl mir inzwischen klar ist, dass du solche Kleinigkeiten vor dem Frühstück erledigst.«

»Es ist hier, in diesen Gängen«, sagte sie.

»Mein Ruf, meine Schwester, meine Firma. Hast du jemals auch nur eine Sekunde lang nicht an dich selbst gedacht?«

»Heute ist es so weit, hast du das gewusst? Die dreiundzwanzigste Macht verleiht die Fähigkeit, durch das Portal zu treten. Es ist der Ausgleich dafür, dass man am unglücklichsten Tag des ganzen Jahres geboren ist.« Sie schleppte sich weiter auf mich zu.

»Du hast mir die militärische Laufbahn versaut. Auf meine Ergreifung steht eine Belohnung, sollte ich je in die Vereinigten Staaten zurückkehren. Ich habe keine Zukunft in der Zukunft mehr.«

»Als man mich zur Priesterin weihte, hat man mir von dieser Gabe erzählt, doch ich habe damals nichts verstanden. Welche

Macht haben wir, Chloe!« Wieder zog sie sich eine Handbreit näher.

»Ich kann nie wieder nach Hause zurückkehren«, fauchte ich sie verbittert an. »Ich hasse dich.«

RaEm stürzte mit einem Wimmern zusammengerollt auf ihre verbrannte rechte Seite. War sie tot? Ich trat vor, mit einem Mal entsetzt darüber, wie ich mich verhielt. Ich hatte tatenlos zugeschaut, wie ein menschliches Wesen starb? Mit angehaltenem Atem kniete ich neben ihr nieder. War sie tot?

Sie schoss herum und knallte mir eine.

Ich flog hintenüber, doch sie warf sich auf mich. Über Monate hinweg hatte sie vorgegeben, ein Mann zu sein, das hatte ihr Kraft gegeben, während mich das ständige Teigkneten und Wollekrempeln geschwächt hatten. Eine verkohlte Hand und eine heile Hand schlossen sich um meine Kehle. »Ich werde nicht alleine sterben«, schwor sie mir. Ich würgte; mir wurde übel von ihrem Anblick und dem Geruch ihrer Haut. »Du hast dich über mich lustig gemacht, so wie sie alle. Alle haben mich beiseite gestoßen. Echnaton, den ich habe ermorden lassen. Phaemon, dessen Leichnam man nie finden wird. Hiram, der mich betrogen hat. Und euer ach so gottesfürchtiger Dadua, der meine Küsse ausgespuckt hat.«

Ich kämpfte gegen ihren Klammergriff, auch wenn es in meinen Ohren schon laut summte. Ich versuchte sie abzuwerfen, kieselig und hart fühlte sich ihre Haut unter meiner Hand an. Sie hockte auf meinem Brustkorb, zu weit oben, als dass ich meine Beine einsetzen konnte, und zu schwer, als dass ich mich herumdrehen konnte. »Ich werde nicht allein sterben! Ganz bestimmt nicht!«, kreischte sie. Unter meiner Hand, an ihrem verbrannten Arm, spürte ich einen Riss in der Haut – ich konnte nichts mehr sehen, ich spürte die Hitze in meinem Gesicht, als würde es im nächsten Moment explodieren. Die Hand, die ich in ihre verbrannte Seite gekrallt hatte, erschlaffte.

Kraftlosigkeit packte meinen Körper. Kein Sauerstoff mehr im Gehirn, dachte ich. Ich wüsste zu gern, wie sich *das* in die Geschichte fügt.

Nein! RaEm würde mich nicht umbringen.

Ich bohrte die Finger unter die Haut und riss an. Sie brüllte auf, denn ihre Epidermis löste sich wie ein Handschuh ab. Blut sprühte über mich, sie heulte auf und hielt sich den Arm. Ich rollte mich zur Seite und krabbelte schwer keuchend zur Tür. Sie packte mich am Fuß, und jedes Gramm an Selbsterhaltungstrieb in mir reagierte.

Ich trat sie ins Gesicht, rammte dabei den Knorpel ihrer Nase mit einem Ekel erregenden Knirschen in ihr Gehirn und schleppte mich unter Würgekrämpfen in den Gang.

Immer weiter kroch ich, denn ich wollte nur noch fort von diesem Raum und ihrem Leichnam. Dann traf mich der Schock, und ich rollte mich bibbernd und schlotternd zusammen. Mein Gott, ich hatte eben einen Menschen getötet, einen Erdenbewohner.

Als ich endlich wieder die Augen aufschlug, sah ich etwas Blaues in allen Schattierungen glühen.

Tief in den Felsen unter Jerusalem hatte jemand ein Portal gehauen. Azurblau, türkis und kornblumenblau leuchtende Strahlen durchzogen den Raum. RaEm hatte mir verraten, dass dies die entscheidende Nacht war; möglicherweise hatte sie damit das einzige Mal in ihrem Leben die Wahrheit gesagt. Dies war die Gelegenheit, von hier fortzukommen? Dies war der Ausgleich dafür, am unglückseligsten Tag des ganzen Jahres geboren zu sein? Dass ich jetzt reisen konnte? Jetzt? Ich war zu schwach, um mich zu bewegen, zu erschöpft, um mir darüber den Kopf zu zerbrechen. Jetzt war es so weit?

Ich habe keine Ahnung, ob ich nun stunden- oder minutenlang wie in Selbsthypnose auf das Portal starrte. Dann hörte ich meinen Namen, einen der vielen, die sich inzwischen angesammelt hatten, durch die Kalksteinhöhlen hallen.

»Chloe, Chloe? *Mon Dieu*!«

Dann kniete er vor mir, verschwitzt, aber am Leben. Cheftu warf einen Blick über seine Schulter und fluchte. N'tan war im Durchgang stehen geblieben. »Seit Generationen hat unser Volk von diesem Gebilde gehört, aber es zu sehen ist …« Er verstummte.

»RaEm ist –«, krächzte ich.
»Wir wissen es.«
»Ich habe sie umgebracht.«
»Sie lag schon im Sterben, *chère*.«
»Dion?«
Cheftu seufzte. »Ist verschwunden.«
Da war noch etwas, das mir keine Ruhe ließ. »Der Bundeslade ist nichts passiert?« Seitdem RaEm mich gewürgt hatte, klang meine Stimme schrecklich.
»Sie wurde versiegelt und das Tabernakel wieder darüber aufgebaut.«
Dann schlug es erneut zu: mein Wissen, meine bizarren naturwissenschaftlichen Kenntnisse. »Entschärft die Bundeslade«, flüsterte ich.
Cheftu sah auf das Portal. »Wie meinst du das?«
»Sie ist eine Zeitbombe, die jederzeit in die Luft gehen kann. Sobald sie geöffnet wird, können die Flöhe heraus, nicht wahr?«
N'tan nickte.
»Ihr müsst sie vernichten.«
»Und wie?«, fragte der *Tzadik*.
Cheftu und ich antworteten ihm im Chor. »Entfernt das Manna und den Stab.«
»Woher weißt du das?«, hauchte ich verblüfft.
»Woher weißt *du* das?«, fragte er mich.
»Es ist ihre Nährlösung. Solange die Flöhe etwas haben, von dem sie sich ernähren können, vermehren sie sich. Sobald man ihnen die Nahrung nimmt, werden sie sterben. Wieso hast du das gesagt?«
»Weil laut der Heiligen Schrift nur noch die Tafeln in der Lade lagen, als Salomon sie in den Tempel bringen ließ.«
Es blieb still.
»Rädchen im Getriebe«, krächzte ich heiser. N'tan schlich davon, während mein Blick fest auf Cheftu lag.
»Heute ist der Tag.« Cheftu drückte meine Hand.
Ich blickte über seine Schulter auf das tiefer werdende blaue Glühen. »Willst du?«

Er seufzte. »Eine schwere Entscheidung. Hier haben wir alles.«

»Genau. Ein Heim.«

»Mehr noch, *chérie*, wir haben einander.« Er drehte sich zum Portal um. »Und die Freiheit, den Einen Gott anzubeten. Das war uns noch nie gestattet.«

Ich wickelte seine Schläfenlocke um meinen Finger; ich fühlte mich schwach, doch ich musste ihn irgendwie berühren. »Gefällt dir das Leben als Jude?«

Ein weises Lächeln blitzte in seinem dunklen Bart auf. »Wir sind keine Juden, wir leben unter dem jüdischen Volk.«

»Du hast einen phantastischen Job hier«, überlegte ich.

»Und du kannst tun und lassen, was du willst«, entgegnete er. »Du bist der Liebling des Hofes.«

»Aber gehören wir hierher?«

Er gab mir einen tiefen, innigen Kuss, bei dem er mich anhob, damit ich nicht aus seinen Armen sackte. »Gehören wir denn überhaupt irgendwohin?«, fragte er.

Das Leuchten wurde heller, intensiver, es kroch über den gesamten weißen Raum und legte sich über Cheftus Gesicht, wodurch sein Gesicht etwas Außerirdisches bekam. »Das hoffe ich doch. Die Vorstellung, wir könnten für alle Zeiten Fremde bleiben, ist deprimierend.«

»*Lo, chérie*, du hast mich nicht richtig verstanden. Ich frage mich, ob wir überhaupt irgendwohin gehören, denn schließlich könnten wir in jede beliebige Zeit eintreten. Es gibt bestimmt nicht viele Menschen, die so viel über die Zukunft wissen wie du, ohne aus ihrem Wissen Vorteil zu schlagen.«

Wie RaEm bewiesen hatte.

»Nicht viele Menschen könnten so mir nichts, dir nichts ihren Körper wechseln und sich unter neuen Völkern, in neuen Religionen und neuen Sprachen zurechtfinden.« Er sah mich an und hielt mein Gesicht fest, sodass auch ich von dem blauen Licht angestrahlt wurde. »Dies ist unsere Chance. Du brauchst nur ein Wort zu sagen, und wir bleiben hier. Dann werden wir in Tziyon leben, den Einen Gott anbeten, unsere Kinder großziehen, uns auf den Feldern lieben oder an andere Höfe reisen, ganz wie du willst.«

Ich zog die Stirn in Falten und wich seinem beschwörenden Blick aus. »Wieso liegt die Entscheidung bei mir?« Selbst von hier aus konnte ich die Inschrift auf den Steinen erkennen, wenngleich ich sie nicht entziffern konnte. War das ein Zeichen? Bedeutete dies das Ende unserer Zeitreisenkarriere? »Würden wir uns hier langweilen? Könnte es einen weiteren Krieg oder andere Katastrophen geben, die wir berücksichtigen sollten? Woher kannst du überhaupt so viele Sprachen?« Ich war hellwach und zugleich bis auf die Knochen entkräftet. »Hast du auch ein Lexikon?«

Cheftu zuckte mit den Achseln. »Keine Kriege, von denen ich wüsste. Ich verstehe alle diese Sprachen, weil sie miteinander verwandt sind.« Er zog die Stirn in Falten. »Von diesem Lexikon allerdings weiß ich nichts.«

Ich seufzte. »Was hätte es für einen Zweck, hier zu bleiben?«

Mein Mann zupfte an seiner Schläfenlocke. »Irgendwoher hat Echnaton einen Psalm Davids erhalten, den er umgeschrieben hat. Mich würde interessieren woher.«

»Das kann ich dir sagen. Sie haben jahrelang miteinander korrespondiert.«

»Woher weißt du das?«

»Von meiner Schwester. Irgendwann in meinem Jahrhundert wurde ein Haufen Steintafeln gefunden, ein Briefwechsel zwischen Ägypten und Israel. Wenn ich mich recht entsinne, wird darauf zum allerersten Mal der Name Israel erwähnt.«

Cheftu sackte neben mir zu Boden. »*Ach*, na gut, so viel zu meinen Gründen, hier zu bleiben.«

Ich lachte verhalten und kratzend. Das Licht lockte uns. »Woher sollen wir es wissen?«, fragte ich mich.

»Welche Entscheidung wir auch treffen, sie ist nicht endgültig«, antwortete Cheftu. »Wir können jedes Jahr hierher kommen und uns neu entscheiden.«

»Solange wir keine Kids haben.«

Er sah mich fragend an und wiederholte auf Englisch: »Eine kleine Ziege?«

Ich lachte. »Kinder. *Yeladim*.«

Er zupfte an seinem Bart. »*Ken*, das wäre eine schwere Entscheidung.«

Was wollte ich eigentlich? Hier hatten wir doch alles.

Als ich vergangenes Jahr aus dem Jahr 1996 in diese verrückte Welt von Meerjungfrauen-Gottheiten, biblischen Gestalten und elektrisch geladenen Laden gesprungen war, hatte ich einzig und allein Cheftu finden und an seiner Seite leben wollen. Konnte ich denn sicher sein, dass ich ihn jedes Mal wieder finden würde? Würden wir es beide auf die andere Seite schaffen, wenn wir beide sprangen? Würden wir am selben Fleck landen oder würden wir einander suchen müssen? »Was wir hier haben, ist das, was der Ewigkeit am nächsten kommt«, sagte ich. »Hier kennen wir die Antworten; wir wissen, was wir tun, wo wir leben, wie wir arbeiten sollen.«

Wir standen auf, ich schlang meinen Arm um seinen Leib und spürte noch durch seine Gewänder seine Muskeln. Er zog die Steine aus der Schärpe und warf sie auf den Boden. Entsetzt sah ich ihn an.

»Jedenfalls sollten wir unsere Entscheidung nicht von irgendwelchen Steinen, sondern vom Gebet abhängig machen.«

Ich sah auf die Steine. »Würden sie uns überhaupt helfen?« Meine Stimme klang rau, der Hals tat mir weh.

»Was brauchen wir noch zu wissen?«, erwiderte er. »Hier haben wir alle Sicherheiten. Dort«, dabei blickte Cheftu sehnsüchtig auf das Portal, »alle Möglichkeiten.«

Ich nahm seine Hand in meine. Ich brauchte den Himmel nicht zu sehen, um die Sternenkonstellation zu erkennen, die ich so gut kannte wie meinen Namen – Chloe. Ich wusste, dass sie am Himmel stand.

Zum ersten Mal konnte ich den Raum im Portal geöffnet sehen. Dahinter lagen Risiken, Mysterien, Abenteuer. Dahinter lagen alle Potenziale, gute wie schlechte. Alles, was wir aus der Geschichte kannten und alles, was nirgendwo niedergeschrieben war; die Möglichkeit, dass wir zusammenbleiben würden, die Gefahr, getrennt zu werden; die Fortsetzung unserer bizarren Bestimmung oder deren Abschluss. Ich spürte das Gewicht meiner Worte, als ich sagte: »Die Stunde ist gekommen.«

Cheftu küsste mich erst auf die Hand, dann auf den Mund und mir war klar, dass wir zusammenbleiben würden, ganz gleich, wie wir uns entschieden.

Und letzten Endes zählte nur das allein.

Nachwort

Das alte Israel hat mit dem heutigen Israel nicht mehr gemein als das moderne Judentum mit seinen antiken Wurzeln. Im Großen und Ganzen beruht die Handlung dieses Romans auf einer ganz normalen Bibel, wie man sie in fast jedem Hotelzimmer findet, gewürzt mit ein wenig kultureller Perspektive.

Die uns verschlossenen Abschnitte der Geschichte werden allein durch die Schatten erhellt, die sie werfen. In den Jahren zwischen dem Raub der Bundeslade durch die Philister (Pelesti) und ihrer endgültigen Ankunft in Salomons Tempel wurden der Mannakrug sowie der Stab Aarons entfernt. Danach werden der Bundeslade keine Seuchen oder Katastrophen mehr zugeschrieben. Es sieht also so aus, als hätten zumindest die Priester gewusst, dass zwischen beidem eine Verbindung bestand.

Da das Volk Israel ermahnt wurde, auf Hautausschläge zu achten, hielten es die Gelehrten für möglich, dass die Bundeslade mit der Beulenpest in Verbindung gebracht wurde. Wer einen Ausschlag bekam, musste fortan außerhalb des Lagers leben. Wenn die Bundeslade nicht unter absolut hygienischen Bedingungen und unter der Beachtung strikter Reinlichkeitsregeln aufbewahrt wurde, konnte sie massive Zerstörung bewirken.

Für die Annahme der Gelehrten, es habe eine Verbindung zwischen der Bundeslade und der Beulenpest gegeben, spricht auch, dass die Philister bei der Rückgabe der Bundeslade goldene Nachbildungen von Tumoren und Ratten mitschickten. Wie konnte die Lade als Überträger einer Seuche wirken? Die Erreger der Beulenpest siedeln im Verdauungstrakt des Flohs. Möglicherweise ernährten sich die Flöhe in der Lade von einer Kombination aus Manna und den Blüten an Aarons Stab. Auf diese Weise wurde die Lade, nachdem diese Gegenstände entfernt wurden und damit die Brutstätte der Flöhe zerstört worden war, zu einem rein religiösen Totem.

Die Theorie, dass die Bundeslade möglicherweise elektrisch geladen war, beruht auf ihrem Baumaterial und auf Berechnungen, welche statischen Spannungen sich in einer so schweren Goldtruhe aufbauen konnten. Diese Annahme wird von der Tatsache gestürzt, dass die Priester barfuß gehen mussten; der Brustpanzer des Hohen Priesters schützte möglicherweise den Träger, wenn er die Lade öffnete; und der Tempel selbst war wie ein riesiges Schutzfeld gegen die Kraft der Lade konzipiert.

Aufmerksame Leser werden schon vermutet haben, dass Avgay'el (Abigail) bei mir zur Autorin der Urbibel wird, die Autorin der »J«-Version. Ich habe ihr diese Machtstellung und die Verantwortung übertragen, indem ich mich, was die Syntax der Übersetzung sowie den Kern ihrer Geschichten betrifft, freizügig bei Harold Blooms und David Rosenbergs *The Book of J* bedient habe.

Hiram von Tsor (Tyrus) gehört zu den rätselhaftesten Gestalten der Geschichte. Was sprach dagegen, diesen Mann, der die Freimaurerlegende inspirierte, dessen Wurzeln bis ins alte Ägypten sowie nach Atlantis zurückreichen, der die Muse für so viele Gottheiten darstellt und der noch dazu den Tempel erbaute – was sprach dagegen, diesen Mann von Dion verkörpern zu lassen? Der unsterbliche, düstere und von seinen Begierden gepeinigte Grieche konnte nach seinem Sturz problemlos in die von so vielen Legenden umrankte Rolle schlüpfen.

Es gibt keinerlei vernünftige Erklärung für Echnatons Herrschaft, während der er eigenhändig das ägyptische Imperium zu

Grunde richtete und die Menschen ihren Göttern entfremdete, um auf diese Weise zum alleinigen Priester der narzisstischen Religion bis hin zum Massaker von Jonestown zu werden. Es ist durchaus denkbar, dass er aus den Psalmen abschrieb und sie umschrieb. Er heiratete seine Töchter und hinterließ keine Söhne. Dennoch wurde, so meint wenigstens der Ägyptologe James Breasted, mehr Papier über diesen Zeitabschnitt voll geschrieben als über die gesamte übrige ägyptische Geschichte. Echnaton muss ein extremes Charisma besessen haben, sonst hätte er keinesfalls die Ma'at kippen, den Hof umschmeicheln, Nofretete – die schönste Frau seiner Zeit – heiraten und sich über zehn Jahre auf dem Thron halten können.

Semenchkare bleibt uns ebenfalls ein Mysterium. Wir haben die Mumie eines achtzehn- bis zweiundzwanzigjährigen Menschen dieses Namens, doch Identität und Geschlecht des Toten sind seit fast hundert Jahren umstritten. Wer weiß? Es war zu jeder Zeit modern, die Mächtigen zu imitieren, darum ließ ich Echnaton mit seiner Androgynie einen solchen Trend setzen, dass RaEm sich in der Verkleidung eines Mannes einen Platz am Hof erobern konnte – bis hin zur Hochzeit mit Meritaton, die zufälligerweise zur gleichen Zeit wie Semenchkare von der Bildfläche verschwindet.

Eine beinahe gespenstische Erfahrung beim Schreiben hatte ich, als ich auf den Namen von Davids ägyptischem Schreiber stieß. Er wird auf verschiedene Weise interpretiert, darunter auch als Chavsha. Vieles deutet darauf hin, dass David sich die ägyptische Regierungsform zum Vorbild für seine neue vereinte Monarchie nahm. Die Wasserschacht-(Tzinor-)Invasion Jerusalems wird vielleicht nie zur Zufriedenheit aufgeklärt werden, da wir nicht wissen, wie dieser hebräische Begriff genau zu übersetzen ist. Doch nachdem ich in Jerusalem persönlich Hiskias Tunnel durchwandert hatte, erschienen mir die schriftstellerischen Möglichkeiten für unsere Heldin, die Wasserwegsveteranin, zu verlockend, um sie zu ignorieren.

Die Geschichten von Saul, David und Salomon wurden in der Zeit nach dem Exil verfasst, und zwar nicht als geschichtliche Aufzeichnung, sondern als spirituelle Erzählung, mit der den Juden, die so weit von ihrer Heimat und dem Zentrum ihres Glaubens entfernt leben mussten, Mut gemacht werden sollte. Daher sollte man die biblischen Geschichten auch nicht als logische, lineare und wirklichkeitsgetreue Berichte lesen, sondern als Ausschnitte eines größeren, bisweilen scheinbar widersprüchlichen Ganzen. Vor diesem Hintergrund habe ich auch die Urim und Thummim beträchtlich später eingeführt als in der Bibel erwähnt. Die Gelehrten sind der Meinung, dass mehrere Ausgaben dieser Steine als Orakel gedient haben. Um der Geschichte willen habe ich das alte Aza mit seinem heutigen Namen, Gaza, bezeichnet. Außerdem wurde von mir die Bedeutung Ashdods und Ashqelons umgekehrt.

Es war eine Herausforderung, die Welt des Alten Testamentes, Echnatons Ägypten und das Judentum vor der Festlegung ritueller Strukturen zu porträtieren. Ich musste die historischen Gestalten von meiner Ehrfurcht vor der Heiligen Schrift ablösen. Trotz meines jüdisch-christlichen, westlichen Hintergrundes wollte ich diese Geschichte mit derselben Detailtreue darstellen und die Beziehung dieser Kultur zu ihrem Einen Gott einer ebenso kritischen Betrachtung unterziehen, wie ich es bei einer polytheistischen Religion getan hätte. Mehrere Bücher haben mir geholfen, einen kulturkritischen Standpunkt zu entwickeln, meine Ansichten dieser Epoche zu erhellen und die Menschen in diesen historischen Gestalten zu erkennen.

The Book of J von Harold Bloom und David Rosenberg, das meine Weltsicht verändert und die Syntax inspiriert hat, habe ich bereits erwähnt; zu nennen ist außerdem *Pharaonen und Propheten* von David Rohl, dessen Forschungen jedes Mal meine Phantasie beflügeln; *In the Wake of the Goddesses* von Tikva Frymer-Kensky mit einer umwerfenden Neueinschätzung des Lebens als Frau in biblischen Zeiten; *Ancient Zionism* von Avi Ehrlich, der mich mit seinen Ansichten und seiner Gelehrsamkeit ebenso verblüfft wie in Ehrfurcht versetzt hat; *Das Gold des Exodus* von Howard Blum, dem ich die Wüstenepisode verdanke; und die Bibel auf Hebräisch sowie in verschiedenen Übersetzungen.

Unsere Motivation, der kulturelle Blickwinkel, selbst das Wetter beeinflussen jenes feste Fundament unserer Realität, das wir

Geschichte nennen. Doch jede neue Erkenntnis, jede archäologische Ausgrabung, jedes neu übersetzte Wort verleiht dem, was wir wissen, neue Nuancen und Schattierungen; darum ist die Geschichte keinesfalls tote Materie. Sie lebt, atmet und verändert sich mit jeder neuen Information und Einsicht. Die Vergangenheit ist genauso beseelt und lebendig wie die Gegenwart, und wenn wir auf sie hören, kann sie uns viel über uns selbst lehren.

Suzanne Frank
12. Februar 1999
Dallas, Texas

Danksagung

Viele Menschen haben zu meiner geistigen Gesundheit und zur Richtigkeit meines Romans beigetragen – manche sogar zu beidem. Mein tiefster Dank gilt Hanne und Sydney für die Freiheit, die ich auf ihrem Speicher genoss, und für den Derkato-Mythos; Renee, meiner außergewöhnlichen *Chavera*; dem Piraten für die aufmunternden Gespräche, inspirierenden E-Mails und durchdachten Überraschungen; Ernie für die explodierenden Augäpfel, Dannyboy, Peter und Tanya für das Foto; Tim für die Nachhilfe in Elektrophysik; Mister Avolio dafür, dass er seine Musikbegeisterung mit mir geteilt und mir Daduas Herz geöffnet hat; Dana und Melanie für die Rückzugsmöglichkeit im Baumhaus; Michael für die Truhe und die Pest; Martine für ihr magisches Wissen; Fabian und La Madeleine für die Party; Marianne für den Paradigmenwandel; Geraldine im Mystery Bookstore für ihre enthusiastische Unterstützung; Maxwell Books in DeSoto für die erstaunliche Leistung als Sponsor; Brent für seinen scharfen Blick; Kati für ihr Heim, für ihre Freundschaft und ihre schwesterliche Liebe; und Dan, dem alle Worte nicht gerecht werden.

Wie immer gilt mein unermesslicher Dank Susan Sandler und Jessica Papin, die ihre Messlatte immer höher legten und mich dadurch forderten und förderten; Sona Vogel und Harvey-Jane Kowal bei Warner, die mich auf dem wahren Pfad gehalten haben. Ich danke auch meinen Eltern für die erste Israelreise (und die zweite und dritte), dafür, dass sie mir eine Welt ohne Grenzen erschaffen haben, und vor allem für ihr Vertrauen.

Jericho war eine Schlacht, die ich nicht ohne die ständige enthusiastische Unterstützung meines ganz persönlichen Fanclubs hätte schlagen können (dazu zählen auch alle zuvor Erwähnten): Renee, Mathias, Paul, River, Ira, Joebo, Drue, Barbara W., Kris, Steve A., David El, David C., the Rickster, Elaine W., Jimbo, John, meine SMU-Klasse, Sally (C. E. der SMU), Debi, Michelle und Dwayne.

Todah rabah.

Glossar

Adon/Adoni – Mann, Herr, mein Herr
akchav – Hebräisch für »sofort«
Ashodod – Stadt der Philister
Ashqelon – Stadt der Philister
Astarte – Gefährtin Ba'als und Fruchtbarkeitsgöttin im vorchristlichen Nahen Osten
avayra goreret avayra – eine Missetat zieht die nächste nach sich
Ba'al – nahöstliche Gottheit, u. a. des Gewitters
Bereshet – das erste Wort in der hebräischen Bibel: »Am Anfang«
B'rith – Kontrakt
b'seder – hebräischer Ausdruck der Zustimmung
b'vakasha – Hebräisch für »Bitte«
chalev v'd'vash – Milch und Honig
Chesed – liebende Freundlichkeit
Dagon – fischschwänziger Gott der Pelesti (Philister)
Derkato – mythologische Gefährtin Dagons
echad – eins
el – Gott
Elohim – Engelskrieger und göttliche Höflinge
Gaza – Philisterstadt, auch Aza genannt

Giborim – Davids Leibgardisten
Guf – Körper/Fleisch
G'vret – Dame
ha – der/die/das
hakol b'seder – alles in Ordnung
Hal – biblische Bezeichnung dafür, Gott etwas als Opfer darzubringen, indem man es zerstört
Hamishah – Bezeichnung für die fünf Philisterstädte in der Ebene
Har – Berg
Henti – ägyptisches Längenmaß, vergleichbar einem Stadion
Herim – heiliger Krieg
ICH BIN – Name Gottes
Isha – Frau
Keftiu – Kreta und die Kykladeninseln
Kemt – ägyptische Bezeichnung für Ägypten
ken – Hebräisch für »Ja«
Kinor – zehnsaitige Harfe
Laylah – Nacht
Levim – die Stammespriester
lifnay – Hebräisch für »davor« im chronologischen Sinne
lo – Hebräisch für »Nein«
mah – was
Melekh – König
Moshe – der biblische Moses
nachon – nachdrückliche Zustimmung
Nasi – Prinz
Nefesh – Seele
Nishmat ha hayyim – der göttliche Odem, der Leben einhaucht
Pelesti – damalige Bezeichnung für die Philister
Qiryat – Stadt
Qiselee – Stadt der Philister
Rosh Tsor haHagana – Oberbefehlshaber der Armee
sela – Amen
Serenim – Anführer der Philister
Shabat – Hebräisch für den Sabbat, der vom Sonnenuntergang am Freitag bis zum Sonnenuntergang am Samstag dauert

shalosh – drei
shtyme – zwei
Tani'n – Anfeuerungsrede und -tanz vor der Schlacht
Teraphim – Totemstatuen
Thummim – Orakelstein
todah – danke
tov – gut
Tsidon – das heutige Sidon
Tsor – das heutige Tirus
Tzadik – Heiliger/Prophet
Urim – Orakelstein
Yaffa – das heutige Jaffa
Yam – Hebräisch für »Meer«
Yelad/im – Kind/er
Zakar Ba'al – offizieller Titel des Herrschers von Tsor
Zekenim – die siebzig Stammesführer